„Die Charaktere in diesem Buch sind so **lebhaft und farbenfroh** beschrieben und glaubhaft dargestellt, **dass man sie sich bildlich vorstellen kann**. Die Handlung war spannend und originell." – *Kindle Customer*

„Diese Geschichte bietet wirklich alles, was das Herz begehrt: **Humor, heiße Liebesszenen, Verrat und tiefe Gefühle**. Der Roman ist ein Muss für alle, die **knisternde Erotik, spannende Handlung und scharfsinnige Charaktere** lieben!" – *Shannonymous, Amazon*

Lob für Der Undercover-Herzog

„Ich LIEBE dieses Buch! **Es hat mich sehr an die Romane von Johanna Lindsey erinnert**. Besonders originell fand ich die Idee, eine Regency-Liebesgeschichte mit einem „düsteren" Twist aufzupeppen. Genial!" – *Judge for the Daphne du Maurier Award for Excellence in Mystery & Suspense*

„Ich habe so lange auf dieses Buch gewartet und hatte dementsprechend hohe Erwartungen, die zum Glück alle erfüllt wurden. Der Undercover-Herzog ist eine mitreißende Geschichte, der es an nichts fehlt: **stürmische Romanze, familiärer Zusammenhalt, Spannung, Abenteuer sowie glaubhafte Haupt- und Nebencharaktere**." – *Lubnaa, Goodreads*

„Was für ein Abenteuer! Zwischen den beiden Hauptcharakteren hat es von Anfang an **geknistert,** und die **wachsende Leidenschaft** war beinahe mit Händen greifbar. Ein perfekter Lesespaß mit Helden und Schurken, Verrat und Gefahr ... und einem Frettchen!" – *GoAwayImReading, Amazon*

„Wie immer eine **spannende**, **gut geschriebene** Geschichte. Kein Wunder, dass Grace Callaway so viele Preise gewinnt. Ihre Charaktere, Handlungsstränge und Dialoge bringen stets einen frischen Wind in das Genre. Ihre gelungene Mischung aus Romanze und Abenteuergeschichte **hebt sie von der Masse ab**." – *BJ, Amazon*

Weitere Bücher auf Deutsch von Grace Callaway

GAME OF DUKES – GEFÄHRLICHES SPIEL

Der Undercover-Herzog

Der verlorene Schatz des Herzogs (Kommt bald)

DETEKTIVE AUS LEIDENSCHAFT

Der Herzog, der zu viel wusste

M wie Marquess

Die Lady, die aus der Kälte kam

Der Vicomte klopft immer zweimal

Sag niemals nie zu einem Grafen

Der Kavalier, der mich liebte

MIEDER IN MAYFAIR

Lehrling der Lust

Ihre waghalsige Wette

Ihr begieriger Beschützer

Ihre lasterhafte Leidenschaft

Der UNDERCOVER-HERZOG

GEFÄHRLICHES SPIEL

BUCH 1

USA TODAY BESTSELLING AUTHOR

Aus dem Englischen von
ANNIKA MIRWALD

Prolog

West Midlands, England, 1838

„Bennett, wir müssen reden", ertönte eine weibliche Stimme aus Richtung des Bettes.

Harry Kent – oder vielmehr Sam Bennett, wie er sich in dem Eisenbahnlager nannte, wo er eine Stelle als Gleisarbeiter angenommen hatte –, hielt in der Bewegung inne. Er war gerade dabei gewesen, sich anzukleiden, als Roxanne Taggart sich zu Wort meldete. In den drei Monaten, seit er sie kannte, hatte sie nie das Gespräch gesucht. Bislang waren ihre Treffen eher wortkarg abgelaufen ... mit Ausnahme der lustvollen Ausrufe, die sie während des Liebesakts ausstieß. Harry selbst zog es vor, die gemeinsame Zeit im Bett schweigend zu genießen.

Schnell knöpfte er sein Hemd zu, setzte sich die Brille auf und ging zu ihr hinüber. Sie befanden sich in seinem Zimmer in einer Fremdenpension, die nicht weit von seinem Arbeitsplatz entfernt lag.

Roxy saß gegen die Kissen gelehnt im Bett. Das dunkelblonde Haar fiel ihr wild und offen über die Schultern, ihre vollen Brüste waren entblößt.

„Worüber?", fragte er mit höflicher Zurückhaltung.

„Über dich und mich, Schätzchen."

Ihr ernster Tonfall überraschte ihn. War sie wirklich die unbekümmerte Witwe, die sie zu sein vorgab? Aus Erfahrung wusste er, dass er nicht das beste Urteilsvermögen besaß, was Frauen anbelangte.

Sein Magen verkrampfte sich, als er an Miss Celeste De Witt denken musste, die Dame, die er einst geliebt hatte. Die Frau, deren Verrat nicht nur seinen guten Namen, sondern auch seine Karriere zerstört hatte ... seinen lebenslangen Traum, ein erfolgreicher Wissenschaftler zu werden. Wegen ihr war er aus der Royal Society hinausgeworfen worden und musste Cambridge in Schmach und Schande den Rücken kehren. Während der letzten zwei Jahre hatte er versucht, den Skandal hinter sich zu lassen und sich ein neues Leben als Sam Bennett aufgebaut, ein einfacher Hilfsarbeiter, der für die Grand Midlands Eisenbahngesellschaft Felsen sprengte.

Wenigstens konnte er auf diese Weise seine im Labor erlernten Fähigkeiten einsetzen. Geröll in die Luft zu jagen, war nicht nur eine praktische Umsetzung seines Fachwissens über Sprengstoffe, sondern auch äußerst kathartisch. Zwar war die harte, körperliche Arbeit recht stumpfsinnig, aber auch wenn sie seinen Geist nicht anregte, schaffte sie es zumindest, ihn für eine Weile lang alles vergessen zu lassen.

Er war schon immer ein recht privater Mensch gewesen, der sich nicht gerne von Gefühlen leiten ließ. Es hatte Monate gedauert, nach seiner turbulenten Affäre mit Celeste die Wogen zu glätten, und hinterher hatte er sich geschworen, sich nur noch auf seinen Verstand zu verlassen, nicht auf sein trügerisches Herz. Aus diesem Grund gefiel ihm das berechnende Funkeln in Roxys Augen ganz und gar nicht.

„Mir war nicht bewusst, dass es Probleme zwischen uns gibt", sagte er.

„Das meinte ich damit nicht, Schätzchen." Nackt, wie sie war, krabbelte sie über die Matratze und kniete sich vor ihm hin, bevor sie ihm eine Hand auf die Brust legte. Ihre Fingerspitzen strichen sanft über die Haut, die zwischen den Aufschlägen seines Hemdkragens hervorspitzte. „Wir vergnügen uns jetzt schon 'ne ganze Weile miteinander, und ich finde, es ist langsam an der Zeit, die Beziehung ... offizieller zu machen."

Er erstarrte. Verdammt, wollte sie ihn etwa ... heiraten? Der Gedanke war ihm bislang nicht einmal ansatzweise in den Sinn gekommen.

„Darüber haben wir doch gleich zu Beginn gesprochen", erwiderte er vorsichtig. „Ich habe dir ganz deutlich zu verstehen gegeben, woran ich interessiert bin, und du wolltest dasselbe wie ich. Wir hatten eine Abmachung."

„Mag sein", sagte sie schmollend. „Aber manchmal ändern sich die Dinge eben, nicht? Unsere Abmachung von *damals* ist nicht mehr dieselbe wie *heute*."

Genau diese Art von weiblicher Logik verwirrte ihn. Er mochte Frauen, hatte mehrere Schwestern, die er vergötterte, aber das bedeutete nicht, dass er sie verstand.

Trotz seiner Irritation wollte er Roxanne jedoch nicht verletzen.

„Für mich hat sich nichts geändert", erwiderte er leise. „Und das wird es auch nicht."

Etwas in seinem Tonfall musste ihr signalisiert haben, dass es zwecklos war, die Diskussion fortzusetzen. Sie zog die Hand zurück, sprang aus dem Bett und begann, sich anzukleiden.

„Mir egal, wenn du mich nicht willst. Es gibt genug andere, die verrückt nach mir sind", fauchte sie. „Tom Wilkins hat letzte Woche um meine Hand angehalten."

Harry hatte nicht gewusst, dass sie sich mit anderen Männern traf. Nicht, dass es eine Rolle spielte. Er war nur unschlüssig, was er darauf antworten sollte, also sah er schweigend zu, wie sie in ihre Kleidung schlüpfte und anschließend auf ihn zustürmte.

„Hast du nichts dazu zu sagen?", wollte sie wissen. „Ich habe dir gerade eröffnet, dass ich 'nen anderen heiraten werde!"

Es gefällt mir nicht, wenn man versucht, mich zu manipulieren. Das war der einzige Gedanke, der ihm durch den Kopf schoss, doch er glaubte kaum, dass es das war, was sie hören wollte.

„Ich wünsche dir alles Gute", murmelte er schließlich.

„Hast wohl bei 'ner Schlägerei den Kürzeren gezogen, was?", fragte Johnson, einer der anderen Streckenarbeiter, der in Begleitung mehrerer Männer aus dem Tunnel auftauchte, seine Kreuzhacke niederlegte und Harry breit angrinste.

„So was in der Art", murmelte dieser ausweichend, während er seine Werkzeuge zusammenpackte.

Sein Kiefer schmerzte immer noch von dem rechten Haken, den Roxanne ihm verpasst hatte.

„Hättest mich mal nach Tipps fragen sollen. Ich hätt' professioneller Boxer werden können, wenn ich's gewollt hätte", prahlte Johnson. „Hab bisher noch keinen Kampf verloren."

Früher hatte das Boxen zu Harrys bevorzugten Freizeitaktivitäten gehört. Er hatte regelmäßig im Ring des Gentleman Jackson's gestanden und wusste durchaus, wie man kämpfte. Aber er würde niemals eine Frau schlagen.

Was man von den übrigen Männern hier nicht behaupten konnte. Allerdings waren ihre Frauen nicht weniger angriffslustig, wie er dank Roxy am eigenen Leib hatte erfahren dürfen.

Während die übrigen Arbeiter unter der brennenden Nachmittagssonne ihr Bier tranken, laut rülpsten und sich anrüchige Anekdoten erzählten, legte sich ein Schatten über Harrys Gemüt.

Ihm wurde bewusst, dass er nicht dort war, wo er sein wollte.

Nicht, dass er sich mit seinen Kollegen nicht gut verstand. Zunächst waren sie ihm und seinem „feinen Gehabe" gegenüber zwar etwas skeptisch gewesen, aber da er Aufgaben erledigte, die ihnen die Arbeit erleichterte und die sonst niemand durchführen wollte, hatten sie ihn nach und nach akzeptiert. Seiner Unzufriedenheit lag etwas Tieferes zugrunde, etwas, das nach dem Gespräch mit Roxanne an die Oberfläche gedrungen war.

Der letzte der Gleisarbeiter kam aus dem Tunnel und rief ihm zu: „Sie gehört ganz dir, Bennett!"

Harry schulterte die Tasche voll selbstgebauter Sprengstoffe, schnappte sich eine Laterne und verschwand in der Dunkelheit des Stollens. Feuchte, stickige Luft schlug ihm entgegen. Nach wenigen Metern erreichte er eine Gabelung und wählte den schmaleren Gang, den seine Kameraden und er ausgegraben hatten, wobei er unablässig über den wahren Grund für seine innere Unruhe nachgrübelte.

Ihm war langweilig. Er war der tagtäglichen Plackerei und des eintönigen nächtlichen Vergnügens überdrüssig. Sein Leben steuerte keinem Ziel entgegen, ganz im Gegenteil, es schien ins Leere zu laufen. Früher hatte er davon geträumt, ein erfolgreicher Wissenschaftler und geachtetes Mitglied der Royal Society zu werden ... und irgendwann auch Ehemann und Vater.

Doch nun war er bereits zweiunddreißig und hatte nichts davon erreicht.

Er ließ sich einfach dahintreiben, wie ein Blatt im Wind.

Als er an der Felswand ankam, die er wegsprengen sollte, war er dankbar für die Ablenkung und machte sich eifrig an die Arbeit. Mit geübten Griffen befestigte er die Schießpulverhülsen an den zerklüfteten Felsen und verband sie anschließend mit der Zündschnur.

Nachdem er diese angezündet hatte, verließ er so schnell es ging den Tunnel. Draußen wurde er von grellem Sonnenlicht und panischen Rufen empfangen.

„Larkin muss noch da drin sein! Er ist nicht mit uns rausgekommen!"

Verdammt. Mit wild hämmerndem Herzen machte Harry kehrt und rannte zurück in die Dunkelheit. Ihm blieb keine Zeit, den Sprengsatz von der Zündschnur zu trennen, also musste er sich darauf konzentrieren, den verschollenen Kameraden zu finden.

„Larkin!", rief er laut, während er durch den größeren der beiden Gänge sprintete. „Mach, dass du hier rauskommst!"

Endlich erspähte er den anderen Mann, der ihm offensichtlich betrunken entgegentaumelte.

Harry packte ihn am Arm. „Beeil dich, verdammt ... Hier fliegt gleich alles in die Luft!"

Unsanft schubste er Larkin in Richtung Ausgang. Der schien langsam zu begreifen, was vor sich ging, denn er stolperte so schnell es ging vorwärts. Harry folgte ihm dicht auf dem Fuß, doch gerade, als er die Öffnung des Tunnels erblickte, hörte er ein bedrohliches Donnern, spürte den Boden unter sich beben und sah, wie um ihn herum alles zu bröckeln begann.

Im nächsten Augenblick wurde er von einer heftigen Druckwelle erfasst und verlor das Bewusstsein.

Kapitel Eins

Drei Monate später, St. Giles, London

Trotz der rauchverhangenen Düsternis im Hare and Hounds erspähte Miss Tessa Black-Todd ihr Ziel, einen Mann namens Dewey O'Toole, sofort. Der rothaarige Mistkerl hatte den besten Tisch in der Mitte des gut besuchten Gasthauses für sich beschlagnahmt und ließ sich mit zwei Kameraden Bier und Lammkeule schmecken. Sie beobachtete, wie er die Keule fallen ließ, um nach einer vorbeilaufenden Kellnerin zu grapschen, wobei seine Finger fettige Abdrücke auf ihren Röcken hinterließen.

Grimmig ballte Tessa die Hände zu Fäusten und widerstand nur mit Mühe dem Drang, zu ihm hinüberzumarschieren.

Lass den Schuft zu dir kommen.

Und O'Toole *würde* zu ihr kommen, dafür hatte sie mit ihrer überzeugenden Tarnung gesorgt. Ihre langen, schwarzen Locken steckten unter einer braunen Kurzhaarperücke, auf der eine Kappe thronte. Buschige Koteletten und ein falscher Schnurrbart verliehen ihr ein burschikoses Aussehen. Sie hatte sich die Brust mit Verbandsmull abgebunden – einer der wenigen Momente, in denen sie froh über ihre spärliche Oberweite war – und trug die lose Kleidung eines Knaben vom Lande. Ein unordentlich geknotetes Halstuch vervollständigte ihre Verkleidung.

Ihr blieb nicht viel Zeit, um sich ihr Opfer zu schnappen. Der neue Aufpasser, den ihr Großvater angeheuert hatte, um sie im Auge zu behalten, würde bestimmt bald feststellen, dass sie ihm entwischt war. Also marschierte sie entschlossen zum Tresen hinüber und ließ sich auf einen der Barhocker plumpsen.

„Hier drüben, mein guter Mann!", rief sie dem Wirt zu, wobei sie mit möglichst tiefer Stimme zu sprechen versuchte. „Mein Name ist Tom Brown, bin neu in der Stadt."

Der Gastwirt war ein großer, stämmiger Mann, den jeder in St. Giles aufgrund seiner auffallenden Krawattentücher nur den grellen Joe Banks nannte. Das rostrot-purpur-karierte Tuch, das er an diesem Abend trug, war eine wahre Zumutung für den Sehnerv. Joe schenkte ihren Rufen keine Beachtung.

„Ich hab 'nen Mordsdurst", versuchte sie es erneut. „Was können Sie mir empfehlen, mein Herr?"

„Ale", erwiderte der grelle Joe, ohne von den Krügen aufzusehen, die er gerade mit Bier vom Fass befüllte.

„Was für Ale gibt's denn?"

„Das, was ich dir vorsetze."

„Dann hätte ich gern Ihr bestes Bier ..."

Ein Humpen wurde mit solcher Wucht vor ihr abgestellt, dass der Schaum überschwappte und sich auf dem abgenutzten Tresen ausbreitete.

Tessa nahm einen Schluck von dem wässrigen Gebräu und rümpfte die Nase. Durch den gesprungenen Spiegel hinter der Theke konnte sie das rege Treiben im Schankraum beobachten. Dewey O'Toole und seine Kumpane saßen noch immer grölend und lachend an ihrem Tisch und schienen bester Laune zu sein.

Wut stieg in ihr auf, als sie an das geschwollene, zerschundene Gesicht ihrer Freundin Belinda denken musste, die ihr unter Tränen berichtet hatte, dass ihre mühsam erarbeiteten Ersparnisse gestohlen worden waren.

Damit wirst du nicht durchkommen, O'Toole, dachte Tessa grimmig. *Nicht, solange ich ein Wörtchen mitzureden habe.*

In der inneren Tasche ihres Gehrocks spürte sie ein eifriges Scharren.

„Geduld, Swift Nick", murmelte sie kaum hörbar, und das Kratzen hörte auf. „Der Mistkerl wird schon bald seine gerechte Strafe erhalten."

Dann holte sie tief Luft und rief nach dem Wirt.

„Was denn noch?", grunzte Joe ungehalten.

„Ich bin in Feierlaune und will den geschätzten Gästen hier 'ne Runde ausgeben."

Geschätzte Gäste ... am Arsch! Oder vielmehr: am *derrière*, wie ihre Französischlehrerin sagen würde. (Offenbar war der Sprachunterricht an Mrs Southbridges Internat für wohlerzogene junge Damen – oder dem *Verlies des Grauens,* wie Tessa es bevorzugt nannte – doch nicht völlig umsonst gewesen.) Das Hare and Hounds war der Treffpunkt schlechthin für Halsabschneider, Diebe und Hehler. Zwar hatte sie grundsätzlich nichts gegen diese Tätigkeiten einzuwenden, wusste sie doch genau, woher das Vermögen ihrer Familie stammte, aber sie hielt sich nicht zurück, wenn es darum ging, einen Mann anhand seines Sinns für Moral einzuschätzen.

Ein Mann ist nur so viel wert wie sein Wort, hatte ihr Großvater stets zu sagen gepflegt. *Wie er die ihm Ebenbürtigen behandelt und diejenigen, die ihm unterstellt sind, zeigt dir den wahren Charakter eines Menschen, Tessie.*

Demnach zu urteilen, war Dewey O'Toole der niederträchtigste Schuft unter der Sonne.

Unbekümmert wischte Joe mit einem Lappen über den Tresen. „Bier gibt's hier nicht umsonst."

Bewusst langsam ließ Tessa ein Säckchen voll Münzen auf die Theke fallen. Das unverkennbare Klirren von Gold zog die Blicke der übrigen Gäste auf sich, wie die Glocken von St. Mary-Le-Bow die Gottesfürchtigen zu sich trieb. Andächtige Stille legte sich über den Schankraum, als sie eine Guinee herauszog und sie hochhielt, damit jeder sah, wie sie im Licht glänzte.

„Das sollte doch reichen, nicht?", fragte sie unschuldig.

„Nan! Alice!", bellte Joe nach seinen Kellnerinnen. „Eine Runde Bier für alle, auf Kosten unseres jungen Freundes hier."

Die Jubelschreie, die seinen Worten folgten, ließen die Balken des alten Gebäudes erbeben. Innerhalb weniger Sekunden war Tessa von neuen „Freunden" umringt, Männer, die selbst ihre Großmutter für eine Goldmünze verkaufen würden. Dennoch waren sie weitaus weniger gefährlich als Tessas ehemalige Klassenkameradinnen. Die feinen Damen der Gesellschaft waren die schlimmsten und skrupellosesten Schurken von allen, da sie einem ohne zu zögern rücklings einen Dolch zwischen die Schultern rammten, während sie vorneherum höflich lächelnd an ihrem Tee nippten.

Grimmig verdrängte sie die schmerzhaften Erinnerungen und konzentrierte sich auf die Frage eines schlitzohrigen Straßenhändlers, wie sie denn ein solches Vermögen ihr Eigen nennen könne.

„Mein Onkel Jim, Gott habe ihn selig, hat mir die Kohle vermacht", erklärte sie mit der naiven Ernsthaftigkeit eines Bauerntölpels. „Ma hat immer gesagt, ihr Bruder sei ein elender Nichtsnutz, der Zeit seines Lebens keinen einzigen Finger rührte ..."

„Wenn er angeblich so 'n fauler Sack war, wie isser dann

bitte an so viel Geld gekommen?", wollte ein rußverschmierter Kaminfeger wissen.

„Onkel Jim hatte ein Händchen fürs Glücksspiel und hat irgendwann mal hundert Pfund gewonnen. Das allein ist ja schon 'ne ordentliche Summe, aber damit hat er dann irgendwelche Papiere gekauft ..." Sie hielt inne und kratzte sich nachdenklich am Ohr, während ihr Publikum ihr gebannt an den Lippen hing. „Anteilscheine nannte der Anwalt sie. Hatte irgendwas mit Stahlrössern zu tun. Ich für meinen Teil traue ja keinem Gaul über den Weg, der nicht frisst und scheißt, wenn ich das mal so unverblümt sagen darf, aber mein Onkel war eben ein waschechter Zocker. Und das Risiko hat sich für ihn ausgezahlt: Die Papiere sind heute *fünf Mal* so viel wert wie vor dem Kauf!"

Sie hörte förmlich, wie es in den Köpfen ihrer Zuhörer ratterte, während sie versuchten, die Summe ihres aktuellen Vermögens zu überschlagen. In diesem Augenblick erregte eine Bewegung am anderen Ende des Tresens ihre Aufmerksamkeit.

Ihr Herz machte einen Satz, und sie spürte ein seltsames Prickeln auf ihrer Haut.

Der Fremde, der ein paar Meter von ihr entfernt stand, war eben noch nicht da gewesen, und es beunruhigte sie, dass sie sein Eintreten nicht bemerkt hatte. Er war groß und breitschultrig, hatte jedoch schmale Hüften, wie die Ritter aus den Geschichten, die ihr Großvater ihr früher stets zu erzählen pflegte.

Einen Arm hatte er lässig auf der Theke abgestützt und hielt einen Krug in der Hand. Seine saubere, aber deutlich abgetragene Kleidung schmeichelte seiner muskulösen Statur. Das dämmerige Licht in der Taverne ließ sein dichtes, dunkles Haar glänzen, warf Schatten über sein markantes Profil und reflektierte von seiner ... Brille?

Tessa verspürte ein seltsames Flattern in der Magengegend.

Als er den Kopf ein wenig in ihre Richtung drehte und sie sein Gesicht besser sehen konnte, stockte ihr der Atem. Er wirkte in der Tat wie ein Ritter, der, von den Spuren eines gefährlichen Abenteuers gezeichnet, nach Hause zurückgekehrt war. Sein markanter Kiefer und die hohen Wangenknochen verliehen ihm gemeinsam mit der Narbe, die durch seine linke Augenbraue verlief, ein verwegenes Aussehen. Die Brille und seine nachdenkliche Miene bildeten einen faszinierenden Kontrast zu seinem Auftreten. Der intensive Ausdruck in seinen Augen war eiserner als jede Rüstung.

Reiß dich zusammen, Dummchen, schalt sie sich.

Es sah ihr nicht ähnlich, sich so von einem Mann ablenken zu lassen. Ihr Vater besaß ein Freudenhaus, und schon von Kindesbeinen an hatten ihr die Dirnen, die dort arbeiteten, eingeschärft, sich vor dem Strohfeuer der Leidenschaft zu hüten. In ihren vierundzwanzig Jahren hatte sie bislang nie etwas derart Überwältigendes gefühlt, und zweifelte langsam daran, dass sie es je tun würde.

„Du da", rief Dewey O'Toole in seinem nasalen Tonfall.

Energisch schob sie die Gedanken an den Fremden beiseite. Es war an der Zeit, ihren Plan in die Tat umzusetzen.

Konzentriere dich auf deine Rolle. Belinda hat Gerechtigkeit verdient.

„Wer, ich, Sir?", fragte sie mit gespielter Schüchternheit.

O'Toole krümmte einen Finger, winkte sie heran und schob den Stuhl neben sich mit dem Fuß vom Tisch. „Komm her."

Die Menge teilte sich wie das Rote Meer, sodass sie ungehindert zu ihm hinübergelangte. Offenbar wagte es niemand, sich dem Erben des berüchtigten Halsabschneiders Francis O'Toole in den Weg zu stellen, egal, wie viel Gold im Spiel sein mochte.

In der Tat gehörte Francis O'Toole zu den sieben Männern, die die Londoner Unterwelt beherrschten, mächtige Kriminelle, die gemeinhin als die sieben „Herzöge" bekannt waren. O'Toole war der Herzog des Hafenviertels, dessen Revier von den Anlegestellen in Bluegate Fields bis zur Isle of Dogs reichte. So einflussreich diese sieben Oberhäupter auch sein mochten, mussten sie doch dem Mächtigsten unter ihnen ihre Ehrerbietung erweisen.

Und bei diesem handelte es sich um keinen Geringeren als Bartholomew Black, den König der Unterwelt. Tessas Großvater.

Der Gedanke an ihren geliebten Großpapa erfüllte sie mit Stolz. Er war eine lebende Legende, denn er allein hatte es geschafft, die blutigen Bandenkriege um die Herrschaft im Elendsviertel zu zerschlagen. Manche hielten ihn zwar für einen herzlosen Halsabschneider, aber immerhin war es ihm unter Einsatz jedweder Mittel gelungen, seitdem den Frieden zu wahren. Ihm lag das Wohlergehen derjenigen, die unter seiner Obhut standen, am Herzen. Während die Regierung Gesetze erließ, die den Reichen zugutekamen und die Bedürftigen ihrem Hunger und ihrer Not überließen, fand Bartholomew immer neue Wege, seine Leute mit Nahrung und Arbeit zu versorgen ... ungeachtet gesellschaftlicher Rechtmäßigkeiten.

In letzter Zeit hatte ihr Großpapa sich allerdings mit diversen Bedrohungen herumschlagen müssen: einem versuchten Mordanschlag, dem Tod eines seiner ergebensten Herzöge sowie einer fatalen Explosion in einem Freudenhaus. Zum ersten Mal konnte Tessa sehen, wie viel Verantwortung auf ihm lastete, und diese Erkenntnis bereitete ihr große Sorge. Doch so sehr sie auch darauf beharrte, ihm zu helfen, wies er sie stets ab. Er wollte einfach nicht einsehen, dass sie ihm von Nutzen sein könnte, dass sie in der Lage war, ihn dabei zu unterstützen, die Unterwelt zu einem besseren Ort zu machen.

Stattdessen beabsichtigte er, sie mit irgendeinem dahergelaufenen Adeligen zu vermählen. Tessa runzelte die Stirn. So sehr sie ihren Großvater auch liebte, würde sie sich auf keinen Fall wie Vieh auf dem Smithfield Market verhökern lassen. Sie war immerhin eine geborene Black, und es lag ihr im Blut, die Londoner Unterwelt sowie seine Bewohner zu beschützen.

Wenn ihr Großpapa sie nicht an seiner Seite kämpfen lassen wollte, musste sie eben eigene Mittel und Wege finden, ihm zu dienen.

Und ganz oben auf der Tagesordnung stand, Dewey O'Toole seiner gerechten Strafe zuzuführen.

Gemächlich schlenderte sie nun auf diesen zu und zog zum Gruß die Kappe. „Tom Brown, zu Ihren Diensten, Sir."

„O'Toole", erwiderte der Schuft, bevor er achtlos auf die beiden Männer ihm gegenüber deutete. „Barton und Smithers."

„Freut mich, Sie kennenzulernen", sagte Tessa, während sie Platz nahm.

Sie kannte seine Schergen vom Hörensagen. Barton war ein dunkelhäutiger Koloss, der jeden Mann mühelos zu Brei schlagen konnte, aber es war Smithers, vor dem man sich besonders in Acht nehmen musste. Der Kerl war ein verschlagenes Wiesel ... was eine Beleidigung für die armen Tiere war, wie Tessa fand. Nichtsdestotrotz war er das gerissene Köpfchen des Trios, und sie hielt gebannt den Atem an, als sein Blick forschend über sie wanderte. Glücklicherweise schien er keinen Verdacht zu schöpfen, denn er wandte sich ohne ein Wort wieder seinem Anführer zu.

„Hab zufällig mitbekommen, dass du ein hübsches Sümmchen geerbt hast", bemerkte O'Toole, dessen kleine, schwarze Augen vor Habgier funkelten. „Vierhundert Pfund, hm?"

„Fünfhundert", korrigierte Smithers ihn, woraufhin Dewey ihm einen vernichtenden Blick zuwarf.

„Fünfhundert ... Hab ich doch gesagt", knurrte er und schlug so heftig mit der Faust auf den Tisch, dass die Teller und Tassen klirrten. „Bist du taub, oder was?"

„Tschuldigung", murmelte Smithers kleinlaut. „Hab mich wohl einfach verhört."

„Du bist eben ein Erbsenhirn", zischte O'Toole verächtlich.

„Erbsenhirn", wiederholte Barton grölend und schlug sich mit der Pranke aufs Knie. „Der war gut, Boss."

O'Toole runzelte irritiert die Stirn. „Wo waren wir stehen geblieben, bevor ich unterbrochen wurde?"

Da Tessa nicht die ganze Nacht hier herumsitzen wollte, warf sie den prall gefüllten Lederbeutel demonstrativ auf den Tisch. „Ist alles hier drin."

„Verarschen kann ich mich selber", schnaubte Barton. „Fünfhundert Guineen passen doch niemals da rein."

Herr im Himmel, ich bin wahrlich von Schwachköpfen umgeben.

Nur mit Mühe widerstand sie dem Drang, die Augen zu verdrehen. „Der Bankangestellte hat mir gesagt, dass der Schein hier den gleichen Wert besitzt wie das Gold", erklärte sie, während sie das Säckchen öffnete und eine Fünfzig-Pfund-Note herauszog.

O'Toole schnappte sie sich und begutachtete sie mit zusammengekniffenen Augen. Dann grunzte er und schob sie über den Tisch.

Smithers nahm sie an sich und musterte sie eingehend. „Stimmt, die ist echt", stellte er nach einer Weile fest.

Die drei Männer wechselten vielsagende Blicke untereinander.

„Was willst du denn mit der ganzen Kohle anstellen?", fragte O'Toole.

Na endlich.

„Ehrlich gesagt hab ich 'ne kleine Schwäche fürs Kartenspiel", murmelte sie in verschwörerischem Tonfall. „Hab gehört, hier in der Stadt soll's Orte geben, wo die Wetteinsätze gar nicht hoch genug sein können. Sie können mir nicht zufällig ein gutes Etablissement empfehlen?"

„Dafür brauchst du keine Spielhölle", erwiderte O'Toole. „Wir zocken gleich hier."

Tessa setzte eine zerknirschte Miene auf. „Danke für das Angebot, aber ich hatte da an ein etwas, äh, größeres Spiel gedacht."

„Glaubst wohl, mein Wetteinsatz wäre nicht hoch genug, was?"

„Keinesfalls, Sir, ich wollte nicht ..."

„Hier sind hundert Pfund." O'Toole warf einen Beutel voller Münzen auf den Tisch, der leise klirrend gegen Tessas eigenen stieß. „Und davon hab ich noch viel mehr."

Hundert Pfund sind doppelt so viel wie das, was du Belinda geklaut hast, du Schuft. Also wirst du ihr das Geld schön mit Zinsen zurückzahlen.

Unschlüssig wiegte sie den Kopf hin und her und kratzte sich am Ohr. „Ich weiß ja nicht, ob das so 'ne gute Idee ist ..."

„Wir spielen", verkündete O'Toole und schnippte mit den Fingern in Richtung Smithers. „Hol uns ein Kartendeck, du Erbsenhirn."

„Ich habe eins dabei", beeilte sie sich zu sagen.

Vorsicht. Sie dürfen keinen Verdacht schöpfen.

Sie zog das Deck zur Hälfte aus ihrer äußeren Jackentasche, bevor sie innehielt und es wieder zurückschob. „Nee, besser nicht. Es ist unanständig."

„Unanständig? Was soll das denn heißen?", wollte O'Toole wissen.

Mit gespielter Verlegenheit senkte sie den Blick. „Der Typ, von dem ich sie habe, hat mich übers Ohr gehau'n. Hat gesagt, die wären der letzte Schrei in den gehobeneren Herrenklubs. Aber wenn ich gewusst hätte, was da für'n Schweinkram drauf ist ..."

„Zeig mal her."

Zögerlich reichte sie O'Toole das Deck. Er breitete die Karten auf dem Tisch aus. Jede von ihnen zeigte ein nacktes Paar in unterschiedlich anrüchigen Positionen des Geschlechtsaktes. Ihre Gesichtsausdrücke spiegelten wilde Verzückung wider, und gewisse Körperteile waren auf groteske Weise vergrößert dargestellt.

„Die treiben's ja wie die Karnickel", grölte O'Toole amüsiert.

Barton beugte sich über die obszönen Abbildungen und grunzte. „Die sind alle keine Jungfrauen mehr, so viel steht fest!"

„Oho, seht euch mal *das* hier an." Kichernd deutete O'Toole auf die Pik-Drei. Die Zeichnung stellte eine Frau dar, die sich mit vor Verzückung verdrehten Augen rücklings auf dem riesigen Gemächt eines Mannes niederließ. „St. George reitet den Drachen!"

Smithers eilte um den Tisch herum. „Lasst mich auch mal sehen!"

Männer waren ja *so* berechenbar. Der leiseste Hauch von Obszönität verwandelte selbst den fiesesten Halsabschneider in einen kichernden Schuljungen. Es war ein brillanter Einfall gewesen, sich dieses Kartendeck von ihrem Freund Alfred auszuleihen. Ablenkung war die Grundvoraussetzung für erfolgreiches Schummeln. Das Trio war so fasziniert von den kopulierenden Karikaturen, dass ihm etwas Entscheidendes entging: Die Karten waren gezinkt.

„Na los, spielen wir", prustete O'Toole.

Tessa schlug ein Spiel Vingt-et-un vor, und ihr Widersacher teilte die Karten aus. Um ihn in falscher Sicherheit zu wiegen, ließ sie ihn die ersten Runden gewinnen und sich von ihm fünfzig Pfund abknöpfen. Als sie mit dem Austeilen an der Reihe war, verlor sie abermals, sodass sich sein Gewinn auf hundert Pfund belief. Mittlerweile hatten sich einige Schaulustige um ihren Tisch versammelt, die ihrerseits Wetten auf den Ausgang dieses lukrativen Spiels abschlossen.

Als O'Toole nach einer weiteren Runde kurz innehielt, um auf seinen Sieg zu trinken, stieg ihr ein berauschender Duft aus Seife, Leder und Würze in die Nase, der den fettigen, rauchigen Gestank des Gasthauses verdrängte. Ohne sich umzudrehen, wusste sie, dass der Unbekannte von vorhin hinter ihr stand. Neugierig warf sie einen Blick über die Schulter.

Der Mann war so groß, dass sie den Kopf in den Nacken legen musste, um ihm ins Gesicht sehen zu können.

Seine Augen waren von einem tiefen Braun, wie warmes, poliertes Ebenholz. Sein wachsamer, intelligenter Blick jagte ihr einen Schauer über den Rücken. Er richtete seine Aufmerksamkeit auf das Spiel, und sie bemerkte, dass er den Pik-Buben betrachtete, ein ziemlich behaarter Kerl, der genüsslich eine Dame von hinten nahm.

Der Fremde hob eine Braue – die mit der Narbe –, zeigte sonst jedoch keine Regung.

Mit glühenden Wangen wandte Tessa sich wieder dem Spiel zu. Die verruchten Zeichnungen hatten sie bislang nie aus der Fassung gebracht, im Gegenteil, sie fand sie recht amüsant. Warum fühlte sie sich dann plötzlich so verlegen, nur weil sie die Karten durch die Augen des Unbekannten wahrnahm?

Sie versuchte, sich zusammenzureißen und konzentrierte sich auf die Runde, in der sie zunächst jedem Spieler eine verdeckte Karte zuschob.

Als O'Toole seine anhob, grinste er breit. „Ich bin mit hundert Pfund dabei."

Barton und Smithers setzten ebenfalls, jedoch weitaus weniger als ihr Anführer.

Die nächste Runde Karten verteilte Tessa mit der Bildseite nach oben. O'Toole erhielt eine Acht, sie selbst eine Fünf ...

natürlich mit voller Absicht, da sie seine Vermessenheit anstacheln wollte. Und er fiel blindlings darauf herein.

„Wollen wir das Ganze etwas interessanter machen und die Wetteinsätze erhöhen?", schlug er vor und tippte auf seinen prall gefüllten Geldbeutel. „Alles, was ich hier drin hab ... zusätzlich zu meinem bisherigen Gewinn."

„Bist du dir sicher, Boss?", fragte Smithers und fuhr sich nervös mit der Zunge über die Lippen. „Du hast doch schon ordentlich abgestaubt ..."

„Halt's Maul!", fuhr O'Toole seinen Schergen an, der sofort verstummte. Tessa sah jedoch, wie es in seinem Kiefer pulsierte. „Wenn die Glücksgöttin sich dir wie eine Hure anbietet, ziehst du nicht winselnd den Schwanz ein, sondern packst die Gelegenheit bei den Hüften und besorgst es ihr."

„Wie ein ganzer Kerl gesprochen, Boss!", grölte Barton zustimmend.

Tessa, die immer noch die Präsenz des Fremden hinter sich spürte, beschloss, die Sache voranzutreiben. „Dann verdoppeln wir eben."

O'Toole schob seinen beachtlichen Einsatz in die Mitte des Tisches, und sie legte ihrerseits zweihundert Pfund dazu.

Dann teilte sie jedem von ihnen die dritte und letzte Karte aus. Barton und Smithers stöhnten enttäuscht auf, was sie nicht weiter verwunderte, da sie den beiden absichtlich ein Blatt gegeben hatte, das einundzwanzig überstieg. O'Toole erhielt ein Kreuz-Ass. Als er ihre dritte Karte, eine weitere Fünf, erblickte, grinste er triumphierend über das ganze Gesicht.

Mit einem selbstgefälligen Grunzen drehte er seine verdeckte Karte um. „Karo-Ass. Damit bin ich bei zwanzig. Der Pot gehört mir, es sei denn ..."

Tessa drehte ihre Karte um.

„Heilige Scheiße, 'n Herz-Ass!", rief einer der Zuschauer.

„Mit den zwei Fünfen zusammen macht das genau *einundzwanzig*. Tom Brown hat gewonnen!"

Die übrigen Schaulustigen brachen in lautes Gejubel aus. Ihr Herausforderer hingegen lief vor Wut puterrot an.

Da Tessa ahnte, was ihr gleich blühen würde, schob sie die Karten und ihren Gewinn hastig in ihren Beutel und erhob sich. „Hat mich gefreut, die Herrschaften, aber jetzt muss ich leider ..."

„Nicht so schnell, du mieser, kleiner Betrüger." O'Toole sprang auf die Füße und warf ihr einen bedrohlichen Blick zu.

O weh. Sie beschloss, sich nichts unterstellen zu lassen. „Jetzt hör'n Sie mal, Sie haben kein Recht, meinen guten Ruf in den Dreck zu ziehen, Sir! Ich hab das Spiel anständig und ehrlich gewonnen. Sie haben nichts gegen mich in der Hand."

Ihre Worte wurden von zustimmendem Gemurmelt quittiert. Selbst unter Dieben, Bettlern und Hehlern waren schlechte Verlierer verpönt.

„Ich brauch keinen Beweis, du hinterlistiger Bastard. Ich *weiß*, dass du mich beschissen hast." Anklagend zeigte O'Toole mit dem Finger auf sie. „Barton, Smithers, schnappt ihn euch!"

Tessa nahm die Beine in die Hand. Geschickt wich sie dem riesigen, aber langsamen Barton aus und schickte sich an, um Smithers herumzuflitzen. Der jedoch war leider weitaus flinker, als er aussah, packte sie am Arm und zerrte so fest daran, dass sie vor Schmerz aufschrie.

„Hab ich dich ... Hey, was zum Henker ist das denn für'n Vieh?", kreischte er auf.

Blitzschnell war Swift Nick, ihr treues, champagnerfarbenes Frettchen, aus der Innentasche ihres Gehrocks und hinauf auf ihre Schulter geklettert. Es stellte sich auf die Hinterbeine, fauchte Smithers feindselig an und biss dem Schurken dann mit seinen scharfen Zähnchen in die Hand.

Der Mistkerl stieß einen schrillen Schrei aus und lockerte

seinen Griff, woraufhin Tessa sich befreien konnte. Sie verstaute ihren pelzigen Retter wieder sicher in ihrer Tasche und stürmte in Richtung Hintereingang. Mittlerweile war im gesamten Schankraum eine heftige Rangelei ausgebrochen, und sie musste auf ihrem Weg wild um sich schwingenden Fäusten und Stiefeln ausweichen. Hinter sich vernahm sie Bartons schwere Schritte. Gerade, als sie seinen heißen Atem in ihrem Nacken spürte, hörte sie ihn plötzlich wütend aufschreien. Als sie herumwirbelte, sah sie, dass der attraktive Fremde ihr zu Hilfe geeilt war.

Fasziniert beobachtete sie, wie er sich Barton in den Weg stellte. Der Koloss holte zum Schlag aus, doch der Unbekannte wich ihm geschickt aus und verpasste seinem Gegner dann seinerseits einen ordentlichen Kinnhaken. Seine Stärke und Präzision ließen Tessas Herz höherschlagen.

Barton stöhnte auf und kippte wie ein gefällter Baum nach hinten um.

„Das war ein Volltreffer", hauchte sie anerkennend.

„Wir tolerieren hier keine Unruhestifter", ertönte plötzlich Joes tiefe Stimme hinter ihr.

Bevor sie sich zu ihm umdrehen konnte, hatte er sie bereits am Kragen gepackt und hochgehoben, als wäre sie leicht wie eine Feder. Fluchend strampelte sie mit den Füßen in der Luft und versuchte, an einen der Dolche zu gelangen, die sie in ihren Stiefeln versteckt hatte, als sich mit einem Mal ihr Halstuch löste und zu Boden flatterte.

„*Gütiger Himmel.*" Sofort ließ Joe sie los und stolperte einen Schritt zurück. Sein Blick haftete an dem goldenen Medaillon um ihren Hals. „Ich schwöre, ich hatte keine Ahnung, wer Sie sind ..."

„Jetzt weißt du es", erwiderte Tessa unwirsch und bückte sich, um ihr Tuch aufzuheben. „Und du wirst kein Wort darüber verlieren, dass ich heute Abend hier war. Wenn auch nur irgendwer davon Wind bekommt, weiß ich, wen ich dafür verantwortlich machen werde."

„K-klar, wie Sie wünschen ..."

In diesem Augenblick rannte der Unbekannte auf sie zu, bereit, erneut die Fäuste einzusetzen.

Tessa bedeutete Joe mit einem Kopfnicken, sich zu entfernen, und dieser zog sich mit erhobenen Händen zurück. Schnell band sie sich das Tuch um den Hals, bevor der Fremde sie erreicht hatte.

„Tom Brown, zu Ihren Diensten", sagte sie atemlos. „Und Sie sind?"

Barton, der sich wieder erholt hatte, stürmte mit ohrenbetäubendem Gebrüll auf sie zu, dicht gefolgt von einer Schar frisch eingetroffener Schergen O'Tooles.

„Die Höflichkeiten müssen warten", rief der Fremde und zerrte sie am Arm mit sich. „Fürs Erste sollten wir von hier verschwinden!"

Kapitel Zwei

„Hier entlang", sagte Harrys Gefährte. „Wir hängen sie in dem Mietshaus dort ab."

Harry duckte sich, um dem niedrigen Türbalken auszuweichen, und folgte seiner Begleitung in das baufällige Gebäude. Er wusste, dass „Tom Brown" nicht der war, der er zu sein vorgab, aber fürs Erste hatte er beschlossen, bei dessen Spielchen mitzuspielen. Tom schien sich in den engen Gassen des Elendsviertels bestens auszukennen, denn er hatte sie zielsicher durch das Labyrinth geführt und war dabei den angetrunkenen Menschenaufläufen vor sämtlichen Tavernen und Spielhöllen geschickt ausgewichen. Auch mit den Ecken und Winkeln dieser heruntergekommenen Behausung wirkte er vertraut und wusste genau, wohin er ging.

Harry folgte ihm durch die engen Räume, in denen verwahrloste Gestalten jeden Alters herumlungerten. Niemand schenkte den beiden Eindringlingen Beachtung. Armut nahm den Menschen jegliche Privatsphäre, das Leben fand vor den Augen und Ohren anderer statt, einschließlich der Streitereien, des Geschlechtsverkehrs und der zügellosen Trinkgelage. Das Elend und die Gesetzlosigkeit der Londoner Unterwelt erinnerte Harry an seine Zeit im Eisenbahnlager. Und an den Unfall, der ihn beinahe das Leben gekostet hätte.

Umgeben von tiefschwarzer Dunkelheit, hatte ihn nicht nur die Panik, sondern auch ein schmerzhaftes Bedauern übermannt. Er bereute es, nicht mehr aus sich gemacht zu haben, sterben zu müssen, ohne die Gelegenheit, die Welt zum Besseren zu verändern.

In jenem finsteren Moment waren ihm die weisen Worte seines Vaters in den Sinn gekommen: *Der Charakter eines Menschen wird nicht von dessen Meinung, sondern seinen Entscheidungen beeinflusst. Was macht das Leben aus? Anderen zu dienen und Gutes zu tun.*

Da wurde Harry klar, dass die Erinnerung an ihn nicht von Skandalen und Misserfolgen getrübt sein sollte. Mit letzter Kraft hatte er sich seinen Weg durch Finsternis und Geröll erkämpft, war dem Klang der Stimmen und der Hoffnung auf Tageslicht gefolgt, bis er dem tödlichen Tunnel mit nichts weiter als einer kleinen Narbe über der Braue entkommen war. Diesen glücklichen Zustand erachtete er als Wink des Schicksals.

Er wollte nicht länger vor der Vergangenheit fliehen, sondern nach vorne blicken und sich der Zukunft stellen.

Also hatte er als Sam Bennett seine Kündigung eingereicht und war nach London zurückgekehrt. Sein älterer Bruder Ambrose leitete eine erfolgreiche Privatdetektei und hatte ihm eine Position als Ermittler angeboten, doch Harry wollte nicht einfach auf dessen Erfolgswelle mitreiten, sondern aus eigenen Kräften eine Berufung finden, die ihn mit Stolz erfüllte und ihm das Gefühl gab, etwas in der Welt zu verändern.

Aus diesem Grund hatte er sich vor zwei Wochen als Wachtmeister bei der Londoner Gendarmerie beworben. Für Gerechtigkeit zu sorgen, erschien ihm der beste Weg, seinen Mitmenschen dienen zu können. Bei seinem ersten Einsatz hatte es sich um einen besonders grausigen Mordfall gehandelt. Ein Sprengsatz hatte das Gilded Pearl, ein beliebtes Freudenhaus in Covent Garden, dem Erdboden gleichgemacht und dabei über ein Dutzend Angestellte und Gäste getötet. Ihm drehte sich auch jetzt noch der Magen um, wenn er an die verkohlten Leichen dachte, die er während seines ersten Arbeitstages im Scotland-Yard-Hauptquartier hatte begutachten müssen.

Dieser brutale Anschlag hatte zu seiner gegenwärtigen Mission geführt. Obwohl er die Opfer nicht hatte retten können, wollte er alles daransetzen, den Täter zu finden und weitere Tragödien dieser Art zu verhindern. Und sein Bauchgefühl sagte ihm, dass seine Begleitung, die schnellen Schrittes vor ihm herlief, der Schlüssel zur Aufklärung dieses Falls war.

Ein leises Pfeifen ließ ihn aufblicken. Eine Blondine trat hinter dem Vorhang hervor, den Tom eben passiert hatte, und versperrte Harry den Weg.

„Lust auf ein Schäferstündchen, Schätzchen?", säuselte sie. Ihr kokettes, leicht bekleidetes Auftreten sowie das stark geschminkte Gesicht ließen keinen Zweifel zu, was ihren Beruf betraf.

„Nein, danke", erwiderte er schroff. „Lassen Sie mich durch."

„Ein Gentleman mit Manieren, das gefällt mir", zwitscherte die Dirne. „Sicher, dass du dir nicht doch 'n bisschen Spaß gönnen willst?" Sie zog den Vorhang beiseite und gewährte ihm einen Blick auf das verruchte Treiben, das sich dahinter abspielte.

Harry hatte während seiner Zeit im Arbeitslager einiges gesehen, aber nichts war vergleichbar mit dem Anblick, der sich ihm nun bot: Nackte Körper wanden sich eng umschlungen auf zahlreichen Matratzen, die überall auf dem Boden verteilt lagen. Männer und Frauen frönten in Pärchen oder Gruppen aus zwei, drei oder gar mehr Personen ihrer Fleischeslust. Die Luft war erfüllt von lautem Stöhnen und dem Klatschen entblößter Haut gegeneinander.

Harry schoss die Hitze ins Gesicht, als er Tom neben sich bemerkte. Wie würde der „Bursche" wohl auf ein derart anrüchiges Schauspiel reagieren? Der jedoch schien nicht im Geringsten beeindruckt zu sein, denn er wandte sich der Dirne zu und sagte in nüchternem Tonfall: „Such dir deine Freier woanders." Mit einem Stirnrunzeln und einem Wink in Harrys Richtung fügte er hinzu: „Der da gehört zu mir."

„Ach, *so* ist das also", erwiderte sie mit einem anzüglichen Grinsen.

Bevor Harry etwas erwidern konnte, fuhr Tom ihn an: „Hör'n Sie gefälligst damit auf, die zweitklassige Ware anzuglotzen. O'Tooles Schergen sind uns dicht auf den Fersen!"

„Ich habe nicht geglotzt ...", setzte dieser zu seiner Verteidigung an, doch sein Begleiter hatte ihm bereits den Rücken zugewandt und stürmte weiter.

Seufzend folgte er dem hitzköpfigen Kerl, der in Wahrheit niemand anderes war als eine gewisse Miss Thérèse-Marie Todd, die einzige Tochter des Bordellbesitzers Malcolm Todd *und* einzige Enkelin des berüchtigtsten Halsabschneiders seiner Zeit: Bartholomew Black, König der Londoner Unterwelt.

Ein skrupelloser Krimineller und Mörder.

Harrys Vorgesetztem, Inspector Davies, zufolge, war Black für eine Reihe von Morden und Verbrechen verantwortlich, die ihm jedoch nie eindeutig nachgewiesen werden konnten.

Sämtliche Zeugen hielten dicht. Wichtige Beweisstücke verschwanden spurlos.

Die Unterwelt beschützte ihre Bewohner.

Diesmal kriegen wir den Bastard dran, hatte Inspector Davies mit grimmiger Miene verkündet. *Nicht einmal Black kann mehr als ein Dutzend Menschen niederfackeln und glauben, ungeschoren davonzukommen.*

Davies hatte Harry und die anderen Neulinge eingehend über Blacks Angehörige informiert, ebenso wie über jeden, mit dem der Verbrecher bekanntermaßen verkehrte. Er ließ dessen Festung in St. Giles rund um die Uhr von seinen Männern bewachen, allerdings in ziviler Kleidung, um sie keinen unnötigen Gefahren auszusetzen. Harry, der an diesem Abend eingeteilt gewesen war, hatte beobachtet, wie sich eine schlanke Gestalt aus dem ummauerten Anwesen schlich. Da er wusste, dass Black eine Enkelin hatte, die für ihr Leben gern Unruhe stiftete, beschloss er, seinen Posten zu verlassen und ihr zu folgen. Im Hare and Hounds hatte er ihre Verkleidung sofort durchschaut. Eine Weile lang begnügte er sich damit, Miss Todd bei ihren Spielchen zuzusehen, bevor es an der Zeit war, einzuschreiten.

Instinktiv war er ihr zu Hilfe geeilt. Obwohl sie zu einer der gefährlichsten Verbrecherfamilien Londons gehörte, war sie noch immer eine Frau, noch dazu eine recht zierliche (zumindest, was ihre Größe anbelangte). Weder sein Ehrgefühl noch sein Gewissen ließen ihn tatenlos zusehen, wie sich eine Bande ungehobelter Grobiane auf sie stürzte.

Selbst wenn sie sich wie eine leichtsinnige Irre verhielt.

So führte eines zum anderen, und plötzlich befand er sich mit der Enkeltochter des Hauptverdächtigen auf einer wilden Verfolgungsjagd durch das Elendsviertel. Einer Frau, die sich wie ein Bursche kleidete, gefährliche Halsabschneider beim Kartenspielen ausnahm und beim Anblick einer ausgewachsenen Orgie nicht einmal mit der Wimper zuckte.

Der Apfel fällt nicht weit vom Stamm, dachte er grimmig.

Doch nun gab es kein Zurück mehr. Er würde über seine nächsten Schritte nachdenken, sobald er Miss Todd und sich selbst aus der Bredouille gebracht hatte. Als sie das Ende des

Korridors erreichten, versperrte ihnen eine massive Tür den Weg.

Seine Begleiterin rüttelte am Türknauf. „Verdammt, sie ist abgeschlossen. Und ich habe keine Haarna…"

Sie brach ab, und Harry musterte sie mit hochgezogenen Brauen. Bislang hatte sie ihre Farce mühelos aufrecht erhalten.

„Keine Habseligkeiten zum Schlösserknacken dabei", korrigierte sie sich hastig.

„Darf ich mal?" Er holte einen Satz Dietriche aus seiner Tasche hervor und machte sich an dem Schloss zu schaffen. Innerhalb weniger Sekunden ertönte ein leises Klicken.

„Donnerwetter, das haben Sie nicht zum ersten Mal gemacht, was?" Ihre Augen leuchteten anerkennend. Im Halbdunkel ihrer Umgebung konnte er die Farbe nicht ausmachen. Allerdings kam er nicht umhin zu bemerken, wie dicht und geschwungen ihre Wimpern waren. Der Blick, mit dem sie ihn bedachte, sprühte vor Intelligenz und etwas anderem, einer Ausgelassenheit, die beinahe ein wenig kindlich wirkte. Unschuldig.

Aber der Schein konnte oftmals trügen … Vor allem bei Frauen.

Harry biss die Zähne zusammen. Er war nicht länger der einfältige Grünschnabel, der er damals in Cambridge gewesen war. Keinesfalls würde er nach allem, was er erlebt hatte, noch auf die weiblichen Reize hereinfallen, schon gar nicht auf die von Miss Todd, die Inspector Davies' Berichten sowie seiner eigenen Beobachtungen zufolge ebenso wenig harmlos war wie eine geladene Pistole.

Plötzlich ertönten schwere Schritte und laute Stimmen hinter ihnen.

In Windeseile verschwand seine Begleiterin durch die Tür. Harry folgte ihr … und fand sich mit einem Mal in einem luxuriösen Innenhof wieder. Es war, als hätte er eine völlig andere Welt betreten.

Überrascht betrachtete er die majestätischen Bäume, die den Blick auf die angrenzenden, heruntergekommenen Gebäude versperrten. Überall befanden sich gepflegte Blumenbeete sowie beeindruckende Marmorstatuen. Inmitten des Hofs stand ein prächtiger Springbrunnen aus weißem Marmor, der fröhlich vor sich hin plätscherte. Am anderen Ende der Grünfläche lagen die Stallungen. Miss Todd steuerte zielstrebig auf diese zu, und Harry beeilte sich, ihr zu folgen. Er lauschte dem knirschenden Geräusch seiner Stiefel auf dem Kiesweg und bewunderte die unzähligen Sterne, die wie Diamanten am samtschwarzen Himmel funkelten.

Als sie sich den Stallungen näherten, erblickte er eine Holztreppe, die in das Quartier des Stallmeisters über den Pferdeboxen führte. Er warf einen prüfenden Blick hinauf, um festzustellen, ob sich jemand in den Räumlichkeiten aufhielt, doch die Fenster waren dunkel, nur das Mondlicht spiegelte sich in den Scheiben. Vorsichtig öffnete Miss Todd die Stalltür. Glücklicherweise waren die Scharniere sorgsam geölt, sodass sie nicht verräterisch quietschten. Seine Begleiterin spähte in sämtliche Richtungen, bevor sie hineinging und ihm mit einer Handbewegung andeutete, ihr zu folgen.

Schwaches Laternenlicht empfing sie im Inneren. In den Boxen standen reinrassige Pferde mit glänzendem Fell, für die so manch einer bei den Versteigerungen im Tattersalls eine hübsche Summe bezahlen würde. Miss Todd führte ihn den von Fenstern gesäumten Gang entlang bis zur hintersten Box, öffnete die Halbtür und zog ihn mit sich hinein. Außer Bergen von duftendem Heu befand sich nichts darin.

„Wir können uns hier vor ihnen verstecken", erklärte sie.

Harry sah sich um, konnte aber nirgends eine Hintertür entdecken. „Wenn sie hier reinkommen, sitzen wir in der Falle."

„Die setzen ganz sicher keinen Fuß hier rein."

„Woher wollen Sie das wissen?"

Er sah, wie sie unter ihrem aufgeklebten Schnurrbart errötete. „Äh, ist nur so 'ne Ahnung."

Bevor er weiter nachbohren konnte, bemerkte er plötzlich eine seltsame Bewegung unter ihrem Gehrock.

„Was zum Henker ist das?" Er blinzelte verwirrt, als etwas Pelziges aus einer ihrer Taschen hervorschnellte und an ihrem Arm emporkletterte, bevor es sich wie ein Kragen um ihren Hals schmiegte. Es war ein cremefarbenes Tier mit braunen Pfoten und dunkelbraunen Streifen auf dem Schwanz. Das Fell um seine Augen war ebenfalls dunkler, was den Anschein erweckte, als trüge es eine Maske. Gemeinsam mit den spitzen Ohren und der zuckenden, zartrosafarbenen Schnauze verlieh dieses Merkmal dem kleinen Fellknäuel das Aussehen eines neugierigen Banditen.

„Sie ... tragen ein Frettchen mit sich herum?", fragte er ungläubig.

„Das hier ist Swift Nick Nevison. Wir sind praktisch unzertrennlich."

Natürlich hatte sie ihrem ungewöhnlichen Haustier den Namen eines berüchtigten Wegelagerers verliehen. Wie passend.

„Lass das, Swift Nick", schalt sie ihren possierlichen Gefährten nun. „Wir fauchen unsere Freunde nicht an."

Das Frettchen verstummte, zeigte Harry aber nach wie vor die Zähne.

„Freut mich ebenfalls, deine Bekanntschaft zu machen", murmelte dieser.

Offensichtlich fest entschlossen, ihre Rolle aufrechtzuerhalten, verneigte Miss Todd sich keck vor ihm. „Danke für die Hilfe heute Abend. Wie war noch gleich Ihr Name, Sir?"

Bevor er etwas erwidern konnte, schallten Stimmen durch

den Hof, und gleich darauf huschten einige Silhouetten an den Fenstern vorbei.

Instinktiv packte Harry seine Begleiterin und riss sie mit sich zu Boden. Mit einem leisen „Uff" landete sie auf ihm. Swift Nick, der während des Falls abgesprungen war, hüpfte aufgebracht neben ihnen auf und nieder und stieß zischende Laute aus.

„Sei still, Nick", flüsterte seine Besitzerin ihm atemlos zu. „Versteck dich und komm erst wieder raus, wenn ich es dir befehle."

Das Frettchen funkelte Harry noch einmal wütend an, bevor es im Heu verschwand.

Einen Augenblick lang verharrten sie reglos. Harry hatte die Arme um Miss Todd gelegt und spürte ihren wilden Herzschlag an seiner Brust. Sein eigener Puls raste nicht weniger schnell.

„Sie sind da drinnen", rief jemand. Es war Barton, der rüpelhafte Koloss, dem Harry einen Kinnhaken verpasst hatte. „Ich kann sie riechen."

„Dann lass uns reingehen", erwiderte eine andere, ebenso tiefe Stimme.

„*Halt.* Wir sollten uns besser aus dem Staub machen", warf Smithers in seinem unverkennbar nasalen Tonfall ein. „Der Hof hier gehört zu Blacks Revier."

Überrascht drehte Harry den Kopf und sah Miss Todd an. Sie erwiderte seinen Blick, ohne mit der Wimper zu zucken. Offensichtlich hatte sie nicht bemerkt, dass ihr Schnurrbart sich während des Falls gelöst hatte. Ohne den lächerlichen Flaum konnte er nun deutlich sehen, wie verführerisch voll und rosig ihre Lippen waren.

Als sie sich ein wenig auf ihm bewegte, spürte er trotz ihrer mehrlagigen Verkleidung, wie wohlgeformt ihr schlanker Körper an den richtigen Stellen doch war.

„Scheiß auf Black. Vor dem hab ich keine Angst", ertönte Bartons prahlerische Behauptung durch die Holzwand der Stallungen. „Der alte Knacker ist viel zu schwach, um es mit mir aufnehmen zu können. Ich sag's euch, es dauert nicht mehr lang, bis ein neuer König der Unterwelt gekrönt wird ..."

„Halt die Klappe", unterbrach Smithers ihn scharf.

Plötzlich hallte ein Schuss durch die Luft, gefolgt von einem schrillen Schrei. Instinktiv rollte Harry sich schützend über Miss Todd. Von draußen drang lautes Gebrüll herein.

„Verdammt, Barton ist tot! Die Kugel hat ihn mitten zwischen den Augen getroffen!"

„Da ist ein Schütze über den Stallungen!"

Ein weiterer Schuss fiel.

„Der Bastard will uns alle abknallen! Lauft!"

Die Schritte ihrer Verfolger entfernten sich hastig. Dann herrschte Stille.

„Warten Sie hier", flüsterte Harry seiner Begleiterin zu. Diese beobachtete ihn mit weit aufgerissenen Augen, während er sich erhob und den kaum vernehmbaren Schritten über ihren Köpfen lauschte. Irgendjemand schlich sich die Treppe herunter, die zum Quartier des Stallmeisters führte. Vorsichtig holte er sein Steinschlossgewehr hervor und verließ die Box. Die Pferde wieherten leise, als er an ihnen vorbeiging. Durch eines der Fenster erspähte er Barton, der mit offenen Augen reglos auf dem Boden lag. Aus einem Loch in seiner Stirn sickerte Blut.

Je näher Harry dem Ausgang kam, desto deutlicher hörte er Schritte auf der anderen Seite. Entschlossen verstärkte er den Griff um seine Waffe.

Plötzlich flog die Tür auf, und er stand einem Mann gegenüber, der chinesischer Abstammung sein musste. Sein schwarzes Haar war zu einem langen Zopf geflochten und er trug ein Gewand mit hohem Kragen. Sein Blick war ebenso ruhig und unerschütterlich wie der Griff seiner Hände, in denen er eine Schrotflinte hielt.

Einen Augenblick lang starrten sie einander an, die Waffen auf den jeweils anderen gerichtet.

„Nicht schießen, Ming!", rief Miss Todd, die auf sie zugerannt kam.

„Miss Tessie?" Der Chinese – Ming, wie er offenbar hieß – blinzelte überrascht. „Was tun Sie denn hier? Noch dazu in Männerkleidung?"

„Ich, äh, bin gewissermaßen in Schwierigkeiten geraten."

Mit einem verlegenen Blick auf Harry entfernte sie ihre Koteletten sowie die Kappe und Kurzhaarperücke. Ihm stockte der Atem, als sie die Haarnadeln herauszog und ihre langen, zobelbraunen Locken ausschüttelte, die ihr bis zur Taille fielen.

„Bitte nimm die Waffe runter, Ming. Dieser Gentleman ist mir zu Hilfe geeilt." Sie schenkte Harry ein strahlendes Lächeln, welches ein seltsames, kribbelndes Gefühl in ihm auslöste. „Er ist ein *Held*."

Langsam ließ der Chinese das Gewehr sinken und schüttelte stirnrunzelnd den Kopf. „Das wird Mr Black nicht gefallen. Ganz und gar nicht."

Kapitel Drei

G egen Mitternacht erreichten sie den Wohnsitz der Blacks.

Ming hatte darauf bestanden, dass Harry sie begleitete, und dieser wagte im Hinblick auf die tödliche Flinte seines Gegenübers keinen Widerspruch. Also betrat er nun die buchstäbliche Festung, die einen ganzen Gebäudeblock inmitten des Elendsviertels einnahm. Während seiner bisherigen Erkundungstouren war es ihm nie gelungen, einen Blick hinter das bewachte Tor und die undurchdringlichen Mauern aus Buschwerk zu werfen. Aber diesmal, auf Mings Anweisungen hin, ließen die Wachen ihn durch. Das schwere Eisentor schloss sich hinter ihnen, während der Chinese die Kutsche eine mit Kies bedeckte Einfahrt hinunterlenkte.

Mit einer Mischung aus Argwohn und Aufregung beobachtete Harry, wie sie sich Blacks Festung näherten. Der Mond tauchte die Türme und Gewölbe des gotischen Herrenhauses in ein gespenstisches, silbernes Licht. Als sie vor dem Eingang anhielten, kletterte er zuerst hinaus und half dann Miss Todd aus der Kutsche. Ihre Hand fühlte sich samtig warm in der seinen an. Mit müheloser Eleganz stieg sie die Trittstufen hinab, bevor sie ihre Finger aus seinem Griff löste.

Während er ihr hinauf zur Eingangstür folgte, überkam ihn plötzlich das Gefühl, beobachtet zu werden. Als er einen Blick nach oben wagte, entdeckte er dunkle Silhouetten entlang der Dachlinie. Bei näherer Betrachtung entlarvte das Mondlicht sie als Wasserspeier, die mit teuflischem Grinsen oder finsterem Stirnrunzeln auf ihn hinabstarrten.

Bartholomew Black verstand sich wahrhaftig darauf, Eindruck zu schinden.

Sobald sie das Foyer betreten hatten, wies Ming Miss Todd an, nach oben zu gehen und sich umzuziehen.

Sie nagte an ihrer Unterlippe. „Denkst du, es ist klug, Mr Bennett allein zu lassen?"

Während der kurzen Fahrt hatte sie Harry erneut nach seinem Namen gefragt, und er war einen Augenblick lang unschlüssig gewesen, ob er ihr die Wahrheit sagen sollte. Gewiss würde es Bartholomew Black nicht schwerfallen, ihn als Polizeibeamten zu entlarven, wenn er ihr verriet, wie er wirklich hieß. Und da die Londoner Unterwelt den Gesetzeshütern für gewöhnlich eher feindselig gesinnt war, bezweifelte er, dass Black es gutheißen würde, wenn ein Beamter sich in die Angelegenheiten seiner Enkelin einmischte. Außerdem wollte er Davies' laufende Ermittlungen nicht gefährden.

Aus diesem Grund hatte er sich ihr als Sam Bennett vorgestellt, eine Geheimidentität, die sich aus dem Vornamen seines Vaters und dem Mädchennamen seiner Mutter zusammensetzte. Er hatte bereits so lange als Bennett gelebt, dass es sich nicht einmal mehr wie eine Lüge anfühlte.

„Rauf. Umziehen", wiederholte Ming unerbittlich.

„Aber du *weißt* doch, wie Großpapa sein kann", erwiderte Miss Todd schmollend. Im Licht des Kronleuchters erkannte Harry, dass ihre Augen von einem ungewöhnlichen Grün waren, das leicht ins Gräuliche ging ... wie Grünspan, ein aus essigsaurem Kupferoxid gewonnener Farbstoff.

„Ich will Mr Bennett nicht mit ihm allein lassen", beharrte sie erneut. „Wir wissen doch beide, wie schnell er an die Decke geht."

„Wenn er Sie in diesem Aufzug sieht, explodiert er wie ein Feuerwerk."

Die stoische Antwort entlockte Miss Todd ein breites Grinsen. „Also gut, Ming. Du hast gewonnen." Schnell lief sie zur Treppe hinüber, hielt jedoch an deren Fuß noch einmal inne und fügte hinzu: „Behalte unseren Gast im Auge, ja?"

„Ich kann gut auf mich selbst aufpassen", rief Harry ihr hinterher, doch sie war bereits nach oben verschwunden.

Der unerschütterliche Ming führte ihn in den Salon, wo er auf Black warten sollte.

Kaum war er allein, nutzte Harry die Gelegenheit, um sich umzusehen. Die auf Hochglanz polierten Mahagonimöbel und plüschigen Aubusson-Teppiche verliehen dem Raum eine luxuriöse Eleganz. Ebenso gut hätte er sich in einer opulenten Mayfair-Residenz oder auch dem Heim einer seiner Geschwister befinden können. Obwohl sie einer einfachen Familie entstammten, die der Mittelschicht angehörte, und auf dem Land aufgewachsen waren, hatten sein Bruder Ambrose und seine vier Schwestern zur Überraschung des *ton* – und ihrer eigenen – in die Ränge der Reichen und Schönen eingeheiratet.

Ja, die Kents hatten es trotz ihrer bescheidenen Anfänge weit gebracht, und wie es der Zufall wollte, waren mehrere von ihnen Bartholomew Black bereits über den Weg gelaufen. Zwar kannte Harry keine Details, aber er wusste, dass die Frau seines Bruders, Marianne, vor vielen Jahren eine Schuld beim König der Unterwelt zu begleichen hatte. Und Andrew Corbett, der Mann, mit dem Mariannes und Ambroses Tochter Rosie vermählt war, schien ebenfalls in Geschäfte mit Black verwickelt gewesen zu sein.

Corbett war ein Kind des Elendsviertels und hatte, laut eigener Aussage, als junger Mann den glühenden Zorn Blacks auf sich gezogen und nur knapp überlebt. Diese Anspielung bestätigte Inspector Davies in seiner Überzeugung, dass Brandstiftung zu Blacks bevorzugter Vorgehensweise gehörte und dieser für die Explosion im Gilded Pearl verantwortlich war.

Diese einmalige Gelegenheit muss ich mir zunutze machen, dachte Harry entschlossen. Zwar war der Abend nicht nach Plan verlaufen, aber durch einen glücklichen Zufall war ihm nun Zutritt zum Domizil ihres Hauptverdächtigen gewährt worden, und diese Chance würde er beim Schopf packen.

Lautlos durchquerte er das Zimmer, ohne zu wissen, wonach genau er suchte. Die Tür im Auge behaltend, durchforstete er die Schubladen eines Sekretärs, fand jedoch nichts weiter als ein paar heruntergebrannte Kerzen, ein Tintenfass sowie mehrere kaputte Schreibfedern. Anschließend führte sein Weg ihn an mehreren Sitzbereichen vorbei, von denen der größte sich vor dem kunstvoll gemeißelten Steinkamin befand. Das Kaminfeuer warf seinen Schatten an die mit Seidentapete verkleidete und von Säulen eingerahmte Wand, an der diverse mit Gold umrahmte Gemälde im Stil des berühmten Künstlers Benjamin West hingen.

Neugierig trat er näher an eines der Porträts heran und versuchte, die Signatur auszumachen ... Donnerwetter, sie *waren* tatsächlich von West gemalt.

Von den goldenen Plaketten unter den Bildern erfuhr er, dass es sich um Angehörige der Black-Familie handelte. Eines von ihnen trug den Titel „Althea Bourdelain Black" und zeigte eine majestätische wirkende Dame, auf deren dunklem Haar ein mit Perlen besetztes Diadem thronte. Umrahmt von purpurroten Vorhängen, saß sie an einem Tisch und hatte eine mit zahlreichen Ringen bestückte Hand auf einer Bibel abgelegt. West war es gelungen, das Tiefgrün ihrer Augen sowie das Blutrot ihres herzförmigen Rubinanhängers und des dazu passenden Rings vortrefflich zur Geltung zu bringen.

Auf den folgenden Porträts war Blacks einzige Tochter, Mavis, abgebildet, vom Kleinkindalter bis zur jungen Dame. Sie wirkte auf jedem Bild scheu und zerbrechlich. Das letzte Gemälde zeigte sie als junge Frau auf einer Schaukel sitzend, die an einer stattlichen, belaubten Eiche hing.

Den Schluss der Ahnengalerie bildete ein Porträt vom König der Unterwelt selbst, gekleidet in eine Kniehose aus weißer Seide sowie einen kunstvoll bestickten Gehrock, ganz nach dem Modegeschmack des vorigen Jahrhunderts. Dazu trug Black eine gepuderte Perücke, und seine stechenden, dunklen Augen schienen sich geradewegs in die des Betrachters zu bohren.

„Solche Künstler findet man heutzutage nirgends mehr", ertönte plötzlich eine durchdringende Stimme hinter ihm.

Als Harry sich umdrehte, erblickte er Bartholomew Black im Türrahmen stehend.

Der Kerl sah aus, als wäre er einem seiner Gemälde entstiegen. Er trug dieselbe Art von altmodischer Perücke und exotisch verzierter Kleidung, anstatt einer Jacke allerdings einen Morgenrock aus rotbrauner Seide.

An jedem anderen Mann hätte dieses unzeitgemäße Ensemble lächerlich gewirkt, aber was den König der Unterwelt anbelangte, vermochte nichts dessen spürbare Aura aus Macht und Skrupellosigkeit zu mindern. Harry war sich bewusst, dass die kultivierte Atmosphäre nur dem Schein diente. Sein Gastgeber brauchte nur den Befehl zu erteilen, und schon fand ein Menschenleben sein jähes Ende.

Halte deine wahre Identität geheim und versuche, so viel wie möglich über den Verdächtigen herauszufinden. Und geh dabei bloß nicht drauf, rief Harry sich mit angespannter Miene ins Gedächtnis.

Je näher Black ihm kam, desto mehr Unterschiede fielen ihm zwischen dem Mann und seinem Bildnis auf. Selbst dem berüchtigtsten Halsabschneider der Stadt war es nicht gelungen, den Zeichen der Zeit zu entgehen. Tiefe Falten zerfurchten sein breites Gesicht. Der Stock in seiner Hand diente nicht nur als Accessoire. Black verlagerte beim Gehen deutlich sichtbar sein Gewicht darauf und hielt den Messinggriff fest umklammert.

Neben Harry angekommen, blieb er stehen. Obwohl er um einige Zentimeter kleiner war, verliehen ihm seine kräftige Statur und die breite Brust eine einschüchternde Präsenz.

„Haben Sie 'ne Ahnung, wer diese Bilder gemalt hat?", wollte er wissen.

Die zusammenhanglose Frage verunsicherte Harry ein wenig. „Benjamin West, nehme ich an", erwiderte er argwöhnisch.

„Genau der und kein anderer. West war Vorsitzender der Royal Academy. Nur das Beste für meine Familie. Aber der Mistkerl hat das Zeitliche gesegnet, bevor er meine Tessie verewigen konnte."

Blacks anklagender Tonfall erweckte den Eindruck, als empfände er den Tod des Künstlers vor gut zwanzig Jahren als persönliche Beleidigung.

„Wie ungeheuer rücksichtslos von ihm", gab Harry trocken zurück.

Sein Gastgeber kniff die Augen zusammen und wies mit dem Gehstock auf einen der Sessel vor dem Kamin. „Setzen Sie sich."

Harry hielt es für das Klügste, der Aufforderung zu folgen.

Black nahm auf einem thronähnlichen Ohrensessel neben ihm Platz, der wesentlich höher war als alle übrigen Sitzgelegenheiten. Dennoch waren sie dank Harrys Körpergröße auf Augenhöhe.

„Erklären Sie sich", verlangte Black.

Dann mal los. „Mein Name ist Sam Bennett ..."

„Ich weiß, wie Sie heißen. Und ich weiß, dass man Sie zusammen mit meiner Tessie in meinen Stallungen aufgefunden hat", knurrte sein Gegenüber. „Worüber ich mir noch klar werden muss, ist, ob ich Sie wie ein Schwein abschlachten sollte."

Gütiger Himmel, der Kerl redet wirklich nicht um den heißen Brei herum. „Ich, äh, glaube nicht, dass das nötig sein wird."

„Dann raus mit der Sprache. Was hatten Sie mit meiner Enkelin zu schaffen, hm?"

Harry beschloss, so nah wie möglich an der Wahrheit zu bleiben. „Ich war gerade im Hare and Hounds, als ich bemerkte, dass Miss Todd in Schwierigkeiten zu stecken schien. Zu dem Zeitpunkt hielt ich sie für einen jungen Burschen, da sie als solcher verkleidet war", fügte er hinzu, als er bemerkte, wie Blacks Miene sich verfinsterte. „Ich sah, dass ihre Gegner in der Überzahl waren, und bin ihr zu Hilfe geeilt. Die Schurken verfolgten uns, und um ihnen zu entkommen, führte Miss Todd mich zu den Stallungen, wo wir uns versteckten, bis Ihr Angestellter, Ming, die Kerle in die Flucht schlug und uns hierherbrachte." *Und einem von ihnen das Gehirn rauspustete.*

Einen Augenblick lang herrschte Schweigen. Die Flammen des Kaminfeuers warfen dämonische Schatten auf Blacks wie versteinert wirkende Miene. Gerade, als Harry sich vor seinem geistigen Auge schon leblos in der Themse dahintreiben sah, fragte sein Gastgeber schroff: „Und sonst ist nichts passiert? Zwischen Ihnen und meiner Tessie?"

„Nein, Sir. Das schwöre ich bei meiner Ehre."

„Ehre? Pah, das werden wir ja seh'n." Black trommelte mit

den Fingern auf der Armlehne seines Sessels. Sein goldener Siegelring glänzte dabei im Schein des Feuers. „Wie viel?"

„Ich verstehe nicht ganz ..."

„Wie viel verlangen Sie dafür, meine Enkelin aus ihren *Schwierigkeiten*, wie Sie es nennen, herausgeholt zu haben?"

„Ich verlange gar nichts", erwiderte Harry stirnrunzelnd. „Ich habe lediglich getan, was jeder Gentleman tun würde."

„Wenn dem so ist ... Wie viel für Ihr Schweigen?"

„Auch das lässt sich nicht kaufen", sagte er ruhig. „Ich gebe Ihnen aber mein Wort darauf, dass ich niemals etwas tun würde, das den Ruf einer jungen Dame gefährdet."

„Gut, denn meine Tessie ist eine waschechte Dame", erklärte Black.

Harry hielt es für das Klügste, seinem Gastgeber nicht zu widersprechen, und schwieg daher.

„Ich hab sie auf dasselbe Internat geschickt, auf dem die Püppchen des *ton* erzogen werden. Meine Tessie kann es mit der Tochter eines jeden Schnösels aufnehmen. Sie spricht besser Französisch als jeder Landsmann, spielt Geige wie eine Virtuosin und besitzt ein ebensolch künstlerisches Talent wie der Kerl, der die Decke dieser berühmten Kapelle angepinselt hat."

Insgeheim fragte Harry sich, worauf Black mit seiner Lobesrede hinauswollte.

„Ich will damit sagen, dass Tessie clever ist. Sie hat Köpfchen und sieht gut aus. In dieser Hinsicht kommt sie ganz nach mir ... Von ihrem Vater hat sie diese Tugenden jedenfalls nicht, das steht fest", fügte Black prustend hinzu.

Jeder wusste, dass der König der Unterwelt seinen Schwiegersohn, Malcolm Todd, weder sonderlich gut leiden konnte noch respektierte. Laut Inspector Davies war Mavis' zweiter Ehemann und Besitzer mehrerer Freudenhäuser ein kaltblütiger, ehrgeiziger Geselle. Genau genommen war Miss Thérèse-

Marie Todd seine Tochter aus erster Ehe und daher nicht mit Black blutsverwandt. Dennoch war sie dessen einzige Enkelin, und er vergötterte sie.

„Manche Männer wissen nicht, wie man mit 'ner hochklassigen Frau wie meiner Tessie umgeht", fuhr Black fort und lehnte sich mit wachsamer Miene nach vorne. „Wie denken Sie über temperamentvolle, intelligente Damen, hm?"

Da Harry mit vier temperamentvollen, intelligenten Schwestern gesegnet war, antwortete er wahrheitsgemäß: „Ich habe großen Respekt vor ihnen, Sir."

„Sehr gut. Dann sind Sie eingestellt."

„Eingestellt?", wiederholte er und starrte seinen Gastgeber verwirrt an. „Wofür?"

„Um meine Enkelin zu beschützen, natürlich. Sie werden Ihr Leibwächter sein", erklärte Black ungeduldig.

Was zum Henker? „Warum, äh, braucht sie denn einen Beschützer?"

„Weil ich der mächtigste Mann des Elendsviertels bin und mehr Feinde habe als 'n Köter Flöhe hat. Ich bin rund um die Uhr damit beschäftigt, das Ungeziefer auszurotten und darf mich dabei nicht von meiner Sorge um Tessie ablenken lassen."

Die Worte sowie die finstere Miene seines Gastgebers brachten Harry ins Grübeln. Wer waren diese Feinde, von denen er sprach? Hatte das Feuer im Gilded Pearl dazu gedient, diese „auszurotten"? Gab es womöglich ein geheimes Motiv, das Black mit dem Verbrechen in Verbindung bringen könnte, wenn es ans Licht käme?

Verwickle ihn weiter ins Gespräch. „Ungeziefer, Sir?"

„Überall, wo man hinsieht. Und am schlimmsten sind Peels Männer. Eine größere Pest als Kopfläuse, diese Dreckskerle."

Harrys Magen krampfte sich zusammen, als er hörte, wie abfällig Black über die Gendarmerie sprach. *Weiß er, dass ich einer von ihnen bin? Ist das hier nur ein krankes Katz-und-Maus-Spiel?*

„Sie haben Ärger mit der Polizei, Sir?", erkundigte er sich vorsichtig.

„Diese Schweine bringen nichts als Ärger. Sie sind die wahre Bedrohung für den freien Engländer." Black krallte die Finger in die Armlehne seines Sessels. „Wenn's nach mir ginge, würde ich jeden einzelnen dieser elenden Parasiten zerquetschen."

Immerhin schien seine Feindseligkeit nicht gegen Harry persönlich gerichtet zu sein.

„Der springende Punkt ist, dass ich alle Hände voll zu tun habe", fuhr Black fort. „Und ich will sichergehen, dass meine Tessie nicht zu Schaden kommt. Mein Plan ist es, sie ganz aus dieser Welt herauszuholen und in die feine Gesellschaft zu katapultieren, wo sie hingehört."

Unwillkürlich musste Harry an die spitzbübische, hosentragende Schwindlerin denken und bezweifelte, dass es eine Wurfmaschine gab, der ein solches Wunder gelänge.

„Gute Idee", sagte er in möglichst neutralem Tonfall.

„Hab sogar schon einen möglichen Bräutigam aufgetrieben. Der Bursche hat Geld und Titel, wodurch ihr sämtliche Türen offen stünden. Das Problem ist, dass Tessie der Plan ganz und gar nicht gefällt." Black hielt inne und kratzte sich irritiert unter der Perücke. „Sie ist daran gewöhnt, ihren Willen durchzusetzen. Was natürlich nicht ihre Schuld ist. Ihr Vater hat sich nie um irgendwen außer sich selbst gekümmert, und meine Tochter Mavis ist zu zartfühlig, um mit einem Wildfang wie ihr fertigzuwerden. Also hat sie immer nach ihrer eigenen Pfeife getanzt, und den Gedanken ans Heiraten lehnt sie entschieden ab. Sagt, sie wolle lieber an meiner Seite bleiben. Als ob ich das zulassen würde! Deshalb brauche ich jemanden wie Sie, der ein Auge auf sie hat."

Ich bin doch kein Kindermädchen, dachte Harry. „Für mich klingt das so, als bräuchte sie vielmehr eine Anstandsdame."

„Eine von diesen prüden Meckerziegen?", erwiderte Black und verdrehte die Augen. „Die würden dank Tessie in Ohnmacht fallen, bevor sie überhaupt einen Fuß ins Haus setzen. Nein, meine Enkelin braucht jemanden, der sich gegen sie durchsetzen kann. Deshalb habe ich sie hierher zu mir geholt. Aber ich bin, wie gesagt, ein vielbeschäftigter Mann, daher muss ich einen Aufpasser finden, der ihrem Temperament gewachsen ist. Allein im letzten Monat hat sie drei andere Burschen vergrault."

Harry hob die Augenbrauen. „Vergrault?"

„Das waren Schwächlinge, und Schwäche kann ich nicht ausstehen." Von einer Sekunde zur anderen wandelte Black sich vom liebenden Großvater zum König der Unterwelt. „Ich vertraue darauf, dass Sie meinen Schatz behüten, und wenn Sie mein Vertrauen missbrauchen, dann ..." Er hielt inne und deutete bedrohlich mit dem Finger auf Harry. „Dann machen Sie sich besser auf die Konsequenzen gefasst."

Harry stellten sich die Nackenhaare auf. Gleichzeitig schoss ihm eine Idee durch den Kopf: Als Miss Todds persönlicher Aufpasser hätte er Zugang zu Blacks Privatgemächern. Dort könnte er nach Beweisen suchen, die der Polizei andernfalls niemals in die Hände fallen würden.

Natürlich wäre dieses Unterfangen mit großen Risiken verbunden, doch fürs Erste entschied er sich, mitzuspielen. Solange er diese Nacht überlebte, konnte er sich am folgenden Tag mit seinem Vorgesetzten über die weitere Vorgehensweise bei dieser Operation beraten.

„Woher wollen Sie wissen, dass ich der Richtige für diese Aufgabe bin, Sir?", fragte er. „Sie kennen mich doch gar nicht ..."

„Ich weiß, dass Ihr Name Sam Bennett lautet. Und ich

weiß, dass Sie sich wie ein Gentleman benehmen, aber keiner dieser Tunichtgute zu sein scheinen." Black deutete mit dem Kinn auf Harrys Hände. „Solche Schwielen kriegt man nicht, wenn man in Herrenklubs herumlungert."

„Ich war früher Streckenarbeiter", antwortete dieser auf die unausgesprochene Frage.

„Harte Arbeit. Die macht einen zum Mann." Black nickte beinahe wohlwollend. „Obwohl Sie 'ne Brillenschlange sind, haben Sie sich im Hare and Hounds mit Bravour geschlagen. Haben gleich drei von den Bastarden verdroschen ... Mit dem rechten Haken könnten Sie glatt zum Berufsboxer werden."

Verdammt, woher weiß er das alles?

„Ich hab meine Augen und Ohren überall. Vergessen Sie das bloß nicht." Die Warnung hinter den Worten seines Gastgebers war unmissverständlich. „Sie fangen gleich am Montag an."

„Jawohl, Sir", erwiderte Harry. Das schien ihm die sicherste Antwort zu sein.

„Oh, eins noch. Sie werden Tessie mit Ihrem Leben beschützen. Sollten Sie sie aus irgendeinem anderen Grund anfassen, knüpfe ich Sie auf und reiße Ihnen bei lebendigem Leib die Gedärme raus. Haben wir uns verstanden?"

Gütiger Himmel. Nur ein Narr würde dem etwas entgegensetzen. „Klar und deutlich."

„Gut." Black nickte zufrieden. „Stecken Sie ruhig ein und teilen Sie aus, wenn Sie wollen oder müssen, aber halten Sie Tessie von jeglichem Ärger fern. Der Schnösel, den ich für sie ausgesucht habe, ist ein Prinzipienreiter der obersten Sorte. Hab ihn zwar an den Eiern – und am Geldhahn –, aber er wird sie nur heiraten, wenn ihr Ruf absolut blütenrein ist."

Bevor Harry dahinterkommen konnte, was genau Black mit „Einstecken und Austeilen" meinte, flog die Tür auf. Er erhob sich und war einen Augenblick lang sprachlos, als eine völlig verwandelte Miss Todd eintrat.

Verdammt, sie ist ja ... wunderschön!

Statt des schmächtigen Burschen von vorhin stand nun eine hinreißende junge Dame vor ihm. Ihre langen, dunklen Locken waren zu einer eleganten Frisur aufgesteckt, wodurch ihr schlanker Hals vortrefflich zur Geltung kam. Ohne ihre Verkleidung konnte Harry deutlich ihr herzförmiges Gesicht, ihre Stupsnase und das ein wenig spitz zulaufende Kinn sehen. Ihre Augen funkelten wie ein tiefgrüner Teich im Sonnenlicht, und ihre vollen Lippen ...

Schnell senkte er den Blick, als er merkte, wie sein Puls zu rasen begann. Doch das war ein Fehler gewesen, denn nun lag sein Augenmerk auf ihrem Körper, der von dem rosafarbenen Kleid, das sie trug, hervorragend in Szene gesetzt und an all den richtigen Stellen schmeichelhaft betont wurde. Ungebeten kam ihm die Erinnerung an die Wärme und Weichheit ihrer verkleideten Rundungen in den Sinn, als sie vorhin im Stroh aneinandergepresst dalagen.

Er schluckte schwer und ermahnte sich, an Celestes Verrat zu denken. Das einzige Mal, als er sich von seinen Gefühlen statt seiner Vernunft hatte leiten lassen, endete in einer Katastrophe. Und diesmal stand noch viel mehr auf dem Spiel als ein ruinierter Ruf: Wenn er sich nicht vorsah, könnte er mit dem Leben bezahlen.

Nein, er würde denselben Fehler nicht ein zweites Mal begehen. Was das weibliche Geschlecht anbelangte, durfte er sich allein auf seinen Verstand verlassen. Und so, wie es aussah, würde er jede Gehirnzelle brauchen, um es mit der anstrengenden Miss Todd aufzunehmen.

Kapitel Vier

„Guten Abend, Großpapa", sagte Tessa.

„Das unschuldige Getue kannst du dir sparen", knurrte ihr Großvater, reckte ihr jedoch die Wange für einen Begrüßungskuss hin. „Ich sollte dich übers Knie legen und dir den Hintern versohlen, sodass du eine Woche lang nicht mehr sitzen kannst, junges Fräulein."

Tessa strahlte ihn unbekümmert an. Sie hatte keine Angst vor ihrem Großpapa. Er stieß gern wüste Drohungen aus, krümmte ihr aber niemals ein Haar. Allerdings hatte sie Mr Bennett nicht länger als nötig mit ihm allein lassen wollen und sich daher so schnell es ging umgezogen.

Als sie ihrem Gast, der neben ihrem Großvater stand, nun einen verstohlenen Blick zuwarf, bemerkte sie zu ihrer Erleichterung, dass er gefasst und unversehrt wirkte. Nicht, dass sie sich ernsthaft Sorgen gemacht hätte ... So selbstsicher und geschickt, wie er ihr zu Hilfe geeilt war, schien Bennett ein Mann zu sein, der gut auf sich selbst achtgeben konnte.

Ein Held, der sie aus einer brenzligen Situation gerettet hatte.

Es kam nicht oft vor, dass jemand für sie Partei ergriff. Ein seltsames, prickelndes Gefühl durchflutete sie. Als er zum Gruß den Kopf neigte, fiel ihm eine dunkle Locke in die Stirn, und sie verspürte das unerklärliche Bedürfnis, sie wegzustreichen.

Um die ungewohnte Reaktion ihres Körpers zu überspielen, setzte sie ein Lächeln auf und knickste höflich. „Wie ich sehe, sind Sie wohlauf."

„Warum sollte ich das nicht sein, Miss Todd?"

Ihr Lächeln erlosch, als sie seinen nüchternen Tonfall wahrnahm. Er bedachte sie mit einem höflichen, wenn auch etwas kühlen Blick. Seine intelligenten, braunen Augen funkelten hinter seiner Brille, während er sie eindringlich musterte. Auf ähnliche Weise, wie er sie vorhin im Hare and Hounds betrachtet hatte, als wäre sie ein Insekt, das er genauestens unter die Lupe nehmen musste, weil er nicht sicher war, welcher Gattung er sie zuordnen sollte.

Sie war es gewohnt, von anderen zurückgewiesen zu werden. Obwohl sie ihren Vater liebte, behandelte dieser sie stets wie eine Plage, eine Fliege, die er so lange ignorierte, bis sie ihm zu lästig wurde und er etwas unternehmen musste. Schlimmer noch war jedoch ihre Zeit auf dem Internat der alten Schreckschraube Mrs Southbridge gewesen.

Sie hatte das Verlies des Grauens unter dem Decknamen Miss Theresa Smith besucht, eine „entfernte Nichte" der verarmten Baronin von Friesing, die von Großpapa als Tessas Gönnerin angeheuert worden war. Aber Tessas ungestümes Verhalten und ihre mangelnden gesellschaftsfähigen Kompetenzen hatten sie von Anfang an zur Außenseiterin gemacht.

Ungebeten schossen ihr Lady Hyacinth Tippings honigsüße Worte durch den Kopf: *Was für einen ... überschaubaren Busen Sie doch haben, Miss Smith.*

Ich habe leider mein Opernglas nicht bei mir, hatte Miss Sarah St. John (Hyacinths hinterhältige Speichelleckerin) mit einem gehässigen Lachen hinzugefügt. *Mit dem bloßen Auge ist er kaum zu erkennen.*

Vielleicht wächst er ja noch, wenn Sie ihn regelmäßig gießen, meine Teure, hatte sich schließlich auch Lady Jane Perrin (die andere Speichelleckerin in Hyacinths Gefolgschaft) zu Wort gemeldet.

Nur mit Mühe widerstand Tessa dem Drang, die Arme vor der Brust zu verschränken. Dieser Teil ihres Körpers war nur einer von vielen, über den ihre Mitschülerinnen sich gnadenlos lustig gemacht hatten. Zwar hatte Ming ihr beigebracht, wie man sich gegen körperliche Angriffe verteidigte (kaum ein Dolch, den sie warf, verfehlte sein Ziel), aber was die gesellschaftliche Kriegsführung anbelangte, war sie nicht wirklich gewappnet, insbesondere nicht gegen die Sticheleien, die Gerüchte und die Tatsache, wie Luft behandelt zu werden. Jeglicher Versuch, sich zu wehren, hatte ihre Lage nur noch verschlimmert, und so sehr sie auch versucht war, konnte sie ihre Probleme unglücklicherweise nicht mit einem gezielten Messerwurf aus der Welt schaffen. Obwohl ihre Zeit auf dem Internat schon eine Weile zurücklag, kämpfte sie noch immer mit den Wunden, die diese schreckliche Erfahrung hinterlassen hatte.

Selbst jetzt, Jahre später, fiel es ihr schwer, anderen Menschen zu vertrauen.

Bennett hat dir aus der Patsche geholfen, rief sie sich ins Gedächtnis. *Es gibt keinen Grund, seine Beweggründe zu hinterfragen.*

„Bennett ist hier nicht derjenige, dem ich den Hals umdrehen sollte, hm, junge Dame?", sagte ihr Großvater streng und bedeutete ihr, auf dem gestreiften Sofa Platz zu nehmen. „Du bist mir 'ne Erklärung schuldig, und zwar dalli."

Wie ein getadeltes Schulmädchen setzte Tessa sich hin.

Bennett ließ sich neben ihr nieder. Sein nach wie vor reserviertes Verhalten verunsicherte sie.

„Und?" Großpapa, der wie üblich in seinem protzigen Ohrensessel saß, musterte sie eindringlich. „Was hast du zu deiner Verteidigung vorzubringen?"

„Spielt das eine Rolle?", gab sie patzig zurück. „Das Urteil wurde ja offensichtlich längst gefällt."

„Nicht in diesem Ton, Thérèse-Marie. Für dein freches Mundwerk fehlt mir die Geduld."

O weh. Es verhieß nichts Gutes, wenn er sie mit vollem Namen ansprach. Seit er in ihr Leben getreten war, damals, als sie gerade erst vier Jahre alt war, hatte er darauf bestanden, dass jedes seiner Enkelkinder einen anständigen englischen Namen erhalten sollte. Also hatte er sie „Tessa" getauft, eine Kurzform, die sie ebenso sehr liebte wie den Nachnamen Black, den sie als seine Enkeltochter tragen durfte.

„Ich wollte nicht frech rüberkommen", beharrte sie. „Ich habe lediglich auf die Tatsache hingewiesen, dass meine Erklärung keine Rolle spielt, da ich deiner Meinung nach sowieso im Unrecht bin."

„Natürlich bist du das! Mehrere Augenzeugen haben mir berichtet, dass du im Hare and Hounds wie'n Bengel verkleidet rumstolziert bist und Unruhe gestiftet hast."

Manch einer hätte sich von Großpapas Gebrüll einschüchtern lassen, aber Tessa war längst daran gewöhnt.

„Hat Joe mich etwa verpfiffen?", fragte sie und kniff die Augen zusammen.

Eine Black vergaß nie etwas. Die Fähigkeit, Gerechtigkeit walten zu lassen, war ein Mittel zum Erfolg. Sie verschaffte einem Respekt. Aus diesem Grund führte Tessa eine Liste der Vergeltung. Wenn es um Rache ging, führten viele Wege ans Ziel. Sie bevorzugte clevere Tricks statt roher Gewalt. In Gedanken setzte sie Joe auf ihre Liste.

„Das ist nicht der springende Punkt!", donnerte ihr Großvater. „Was hast du dir nur dabei gedacht, den Sohn von Francis O'Toole zu verärgern?"

Verflixt. Wieder einmal waren seine Informanten weitaus gründlicher gewesen, als sie ihnen zugetraut hätte. Leider konnte sie Großpapa unmöglich die Wahrheit sagen. Er hatte wirklich schon genug Probleme am Hals, da wollte sie ihm diese Last nicht auch noch aufbürden. Außerdem würde er um des lieben jedoch oftmals gefährdeten Friedens willen wohl kaum die O'Tooles wegen einer einfachen Dirne zur Rechenschaft ziehen.

Ein Herrscher muss manchmal schwere Entscheidungen treffen, würde er gewiss sagen. *Die Bedürfnisse der Mehrheit überwiegen die der Minderheit.*

Tessas Ansicht nach verdiente jedoch auch die „Minderheit" Gerechtigkeit und Respekt. Allerdings war die Sache nicht so einfach: Nachdem Belinda ihr unter Tränen gestanden hatte, dass Dewey O'Toole sie nach dem Schäferstündchen verprügelt und bestohlen hatte, musste Tessa ihr versprechen, Stillschweigen über die Angelegenheit zu bewahren.

„Lass mich wenigstens mit Vater darüber reden", hatte Tessa beharrt.

„*Nein!* Mr Todd weiß, was passiert ist, und er hat mir gesagt, ich solle den Mund halten. Er drohte, wenn ich es wagen sollte, 'nen O'Toole zu kränken, würde er mich ebenfalls verhau'n und auf die Straße setzen. Ich *brauche* diese Anstellung, Tessa. Deshalb darfst du weder deinem Vater noch deinem Großvater noch sonst irgendwem davon erzählen." Belindas geschwollene Lippe hatte gezittert, und ihr verzweifelter Blick war unerträglich gewesen. „*Versprich es mir.*"

Widerwillig hatte Tessa der Freundin ihr Wort gegeben. Aber nur, weil ihre Familie den O'Tooles nicht zu nahe treten wollte, hieß das nicht, dass *sie* nicht in Belindas Namen Rache nehmen konnte.

Also hatte sie den Plan gefasst, sich deren Geld zurückzuholen. Nun musste sie es der Freundin nur noch übergeben, ohne sich zu verplappern. Sie stand so kurz vorm Ziel. Um Belindas willen durfte sie niemandem etwas verraten ... nicht einmal ihrem Großvater.

„Ich war nicht darauf aus, jemanden zu verärgern, sondern wollte nur ein bisschen Spaß haben", flunkerte sie. „Dewey O'Toole war derjenige, der auf das Kartenspiel bestand."

„Ist das wahr, Bennett?", bellte Großpapa.

Tessa blinzelte überrascht. Für gewöhnlich gab er nicht viel auf die Meinung eines Fremden. Aber offensichtlich schien er an Mr Bennett Gefallen gefunden zu haben, was sie ihm nicht verübeln konnte. Der Kerl hatte irgendetwas Solides, Vertrauenerweckendes an sich, mit seinen starken Händen und den tadellosen Manieren.

Jeder, der einem in Bedrängnis geratenen Unbekannten aus der Bredouille half, war in ihren Augen eine echte Seltenheit ... ein Mann von Ehre. Ebenso galant wie die furchtlosen Ritter längst vergangener Tage.

Wieder durchflutete sie dieses seltsam kribbelnde Gefühl.

Mr Bennett rückte seine Brille zurecht. „Es stimmt, dass Mr O'Toole Miss Todd zuerst angesprochen hat."

Tessa lächelte ihn dankbar an. Er war wirklich ein toller Kerl.

Großpapa brummte wohlwollend. „Also trifft meine Enkelin keine Schuld?"

„So würde ich das nicht sagen."

Ihr Lächeln erlosch.

„Miss Todd hat ihn zwar nicht zuerst angesprochen, aber sie hat ihm zweifelsohne eine Falle gestellt", fuhr Mr Bennett fort. „Und O'Toole ist hineingetappt, wie sie es geplant hatte."

„Immer schön langsam", widersprach Tessa ungehalten. „Ich habe nicht ..."

„Sei still!", wies Großpapa sie scharf an. „Ich will hören, was Bennett zu sagen hat."

Sie presste die Lippen zusammen und verschränkte die Arme vor der Brust.

„Also", wandte ihr Großvater sich erneut an seinen Gast, „warum sollte meine Tessie diesem O'Toole Ihrer Meinung nach 'ne Falle stellen wollen?"

„Über Miss Todds Beweggründe kann ich nur Vermutungen anstellen", erklärte Bennett in einem irritierend sachlichen Tonfall. „Allerdings habe ich eine Theorie."

Eine Theorie? Hält der sich für einen verdammten Professor? Ich kann nicht glauben, dass ich diesem aufgeblasenen Mistkerl vertraut habe!

„Immer raus damit", sagte Großpapa.

Ja, genau, redet ruhig über mich, als wäre ich nicht da, dachte sie wütend.

„Basierend auf Miss Todds Taten heute Abend sowie dem, was Sie mir zuvor über sie berichtet haben, würde ich behaupten, dass sie auf der Suche nach Zerstreuung war. Ablenkung, um genau zu sein. Kurz gesagt: Ich vermute, sie hatte Langeweile und wollte sich amüsieren", beendete er seinen kleinen Vortrag.

Seine Worte trafen sie wie eine Ohrfeige. Ihre Wangen glühten vor Wut. *Zerstreuung?* Wie konnte er es wagen, ihren ausgeklügelten Racheplan sowie dessen brillante Ausführung als albernes Freizeitvergnügen einer gelangweilten Frau abzutun?

Gleichzeitig verspürte sie ein seltsames Gefühl in der Brust, als wäre ihr Herz ein Heißluftballon, der in sich zusammenfiel. Sie hätte es besser wissen müssen, hätte nicht darauf hoffen dürfen, dass nur dieses eine Mal jemand sehen konnte, wer sie wirklich war. Dass jemand ihr Talent erkannte. Sie vielleicht sogar ... mochte.

Energisch schob sie die törichten Gedanken beiseite. Das Einzige, was sie bekümmerte, war die Tatsache, dass sie sich nicht verteidigen konnte, da sie ansonsten Belindas Sicherheit aufs Spiel setzte. Zumindest redete sie sich das ein.

Mir doch egal, was Bennett über mich denkt, schoss es ihr durch den Kopf. *Nach heute Abend werde ich mich nie wieder mit diesem elenden Schuft abgeben müssen.*

„Wie oft muss ich es dir noch sagen, Tessie?" Großpapas belehrender Tonfall erzürnte sie nur noch mehr. „Du kannst nicht einfach draußen herumrennen, wie's dir beliebt. Das ist gefährlich. Außerdem bist du jetzt 'ne junge Dame, also fang endlich an, dich wie eine zu benehmen."

Die ganze Situation war so ungerecht, dass sie am liebsten laut geschrien hätte.

Stattdessen ging sie zu ihrem Großvater hinüber, kniete neben seinem Sessel nieder und nahm seine Hand, so wie sie es als kleines Mädchen oft getan hatte. Damals hatte die Masche immer gezogen. Er hatte ihr zugehört, sie nach Strich und Faden verwöhnt: von ihren Lieblingsbonbons mit Zitronenge-schmack über ein Zwergpony bis hin zu Besuchen im Astley's, der berühmten Zirkusmanege ... Er legte ihr die Welt zu Füßen.

Aber am schönsten waren die Stunden gewesen, die sie gemeinsam im Nightingale's verbracht hatten, Großpapas liebstem Kaffeehaus, in dem er seinen Geschäften nachzugehen pflegte. Zwischen seinen Terminen erzählte er ihr stets Geschichten über König Artus und die Ritter der Tafelrunde, über gefährliche Abenteuer, über Ehre, Pflicht und unbeugsame Loyalität. Die Menschen aus dem Elendsviertel waren zu ihm gekommen, um Hilfe zu erbitten oder ihm zu huldigen, und Tessa hatte alles voller Stolz verfolgt.

Denn Bartholomew Black war ein waschechter König, und

sie hatte sich seit jeher nichts sehnlicher gewünscht, als seine treue Vasallin zu sein, neben ihm an dem langen Tisch des Kaffeehauses zu sitzen und ihn dabei zu unterstützen, in seinem Reich für Recht und Ordnung zu sorgen. Gut, sie mochte nicht über die körperliche Kraft oder die Skrupellosigkeit seiner Herzöge verfügen, aber dafür hatte sie einen scharfen Verstand und ein entschlossenes Herz vorzuweisen.

Je älter sie jedoch wurde, desto mehr veränderte sich alles.

Ihr Großvater verhätschelte sie nicht länger, sondern kritisierte alles, was sie sagte oder tat. Er zwang sie, Mrs Southbridges schreckliches Internat zu besuchen, ihre Hosen gegen eng geschnürte Mieder einzutauschen und ihre Identität als Tochter des Elendsviertels aufzugeben, um bei den Schnöseln des *ton* Eindruck zu schinden. Trotz ihrer Verwirrtheit und ihres Kummers hatte sie stets ihr Bestes gegeben, um seinen Erwartungen gerecht zu werden ... Aber langsam reichte es ihr.

Sie würde nicht zulassen, dass er sie aus diesen Straßen, aus ihrer Welt, ihrem *Zuhause*, fortriss.

„Ich will keine Dame sein", verkündete sie mit wilder Entschlossenheit, „sondern an deiner Seite bleiben, Großpapa, um dir zu helfen ... Gerade jetzt, wo unsere Familie sich ernsten Bedrohungen stellen muss." Sie hielt inne und warf einen flüchtigen Blick auf Bennett. Keinesfalls wollte sie Details über das Attentat auf ihren Großvater vor einem Fremden preisgeben. „Warum kannst du das nicht verstehen?"

Warum siehst du nicht ein, dass du mich brauchst? Warum siehst du mich *nicht?*

„Es wird langsam Zeit, dass du den Tatsachen ins Auge blickst, Tessie. Wärst du'n Mann, sähe die Sache anders aus. Aber du bist nun mal keiner", erwiderte Großpapa unverblümt. „Du bist eine Frau, und als solche gibt es in meiner Welt keinen Platz für dich. Wenn du mir helfen willst, dann heirate den reichen Schnösel, den ich für dich ausgesucht habe und schenk mir 'n paar Urenkel. Das ist deine Pflicht."

Seine Worte zerrissen sie innerlich. Ein Dolchstoß mitten ins Herz wäre weniger schmerzhaft gewesen.

„Ich bedaure es zutiefst, dass ich nicht strenger zu dir war", fuhr ihr Großvater kaltherzig fort. „Dass ich dir viel zu viel Freiraum gelassen habe. Aber damit ist jetzt Schluss. Fortan tust du, was ich dir sage. Du wirst dich wie 'ne anständige Dame verhalten, eine, die ihren Platz als zukünftige Gemahlin des Herzogs von Ranelagh und Somerville verdient hat."

Als er ihr zum ersten Mal von seinem Plan erzählt hatte, sie mit dem Herzog vermählen zu wollen, war sie überzeugt gewesen, dass es sich um einen schlechten Scherz handeln musste. Aber ihr wurde schnell klar, dass er es ernst meinte, denn er ließ sich nicht von seinem Entschluss abbringen, egal, welche Argumente sie auch vorbrachte.

„Der Herzog ist ein berüchtigter *Wüstling*", protestierte sie verzweifelt. „Er wird einen furchtbaren Ehemann abgeben!"

„Er wird dafür sorgen, dass du in Sicherheit bist, und das ist die Hauptsache."

„Dafür brauche ich ihn nicht, ich habe doch dich ..."

„Ich werde nicht ewig für dich da sein können, Tessie, und ich will die Zeit, die mir noch bleibt, nicht mit ewigen Streitereien vergeuden. Die Baronin von Friesing wird ein Abendessen für uns ausrichten, an dem auch Seine Gnaden teilnehmen wird. Der erste Eindruck zählt, also bereite dich besser gut drauf vor."

Die beiläufige Art, auf die er über seine Sterblichkeit sprach, verursachte ihr Unbehagen. Gleichzeitig brachte seine Überheblichkeit sie zur Weißglut.

„Ich werde ganz sicher keinen dahergelaufenen Herzog heiraten und seine verzogenen Gören austragen!", rief sie und hob herausfordernd das Kinn. „Ich gehöre hierher, zu dir und den Menschen, denen ich helfen kann. Du kannst mich nicht zu etwas zwingen, das ich nicht will!"

„Muss ich auch gar nicht. Das ist ab sofort Bennetts Aufgabe", erwiderte Großpapa mit einem selbstgefälligen Grinsen. „Darf ich vorstellen: dein neuer Leibwächter."

„Was?" Sie sprang auf und wandte sich Bennett zu, der sich gleichzeitig mit ihr erhoben hatte. „Ich brauche nicht noch einen Aufpasser!"

„Er ist der Einzige. Den anderen hab ich gefeuert", murmelte ihr Großvater. „Nutzloser Schwachkopf."

„Ihr Großvater will nur das Beste für Sie", meldete Bennett sich zu Wort. „Es wäre klug, sich seinen Wünschen zu beugen."

Schlimm genug, dass ihr eigener Großpapa ihr kein Gehör schenkte und sie zurückwies, jetzt kam auch noch dieser Hanswurst daher und wollte sie belehren? Eigentlich hatte sie ihn für einen intelligenten Mann gehalten, der an diesem Abend Zeuge ihres Geschicks geworden war. Er hatte ihre clevere Verkleidung gesehen, wie sie O'Toole aufs Kreuz gelegt und ihnen anschließend die Flucht vor dessen Schergen durchs Elendsviertel ermöglicht hatte. Und dennoch hielt er sie für ein gelangweiltes Dummchen, das sich nur nach ein wenig Abwechslung sehnte? Ein unfähiges Kind, das einen Aufpasser brauchte?

All ihre Wut und Verzweiflung richteten sich gegen ihn.

„Wie viel zahlt mein Großvater Ihnen?", fragte sie in eisigem Tonfall.

„Das geht dich nichts an, Tessie", mischte Großpapa sich ein.

Sie ignorierte ihn. „Wie viel?"

„Über die finanzielle Vergütung haben wir noch nicht gesprochen", erwiderte Bennett.

„Wie dem auch sei, ich kann Ihnen jedenfalls versichern, dass kein Gold der Welt den Ärger wert sein wird, den ich

Ihnen bereiten werde. Sollten Sie die Stelle antreten, werde ich Sie meiner Liste der Vergeltung hinzufügen", drohte sie ihm.

Einen Augenblick lang starrte er sie wortlos an. Dann bemerkte sie, wie seine Lippen zuckten. „Ihre, äh, Liste der Vergeltung?"

„Auge um Auge", erklärte sie schnippisch. „Eine Black vergisst niemals."

Statt Angst oder Sorge trat ein amüsiertes Funkeln in seine Augen. „Ich lasse es drauf ankommen."

„Das werden Sie bereuen." Wütend bohrte sie ihm einen Finger in die Brust und wurde noch ungehaltener, als sie feststellen musste, wie hart seine Muskeln doch waren. Es fühlte sich an, als stieße sie gegen eine Marmorplatte. *Autsch!* Sie widerstand dem Bedürfnis, sich den schmerzenden Finger zu reiben, und stürmte ohne ein weiteres Wort an ihm vorbei.

„Einen schönen Abend noch, Miss Todd", rief er ihr nach, und ihre Wangen glühten, als sie den belustigten Unterton in seiner Stimme vernahm. „Es hat mich gefreut, Ihre Bekanntschaft zu machen."

Sie haben ja keine Ahnung, mit wem Sie es zu tun haben, Bennett, dachte sie grimmig. Aber wenn Sie darauf bestehen, mir in die Quere zu kommen, werden Sie schon noch sehen, wozu ich fähig bin.

Kapitel Fünf

Nachdem er Blacks Anwesen verlassen hatte, nahm Harry sich ein Zimmer in irgendeiner Absteige, anstatt in seine Unterkunft zurückzukehren. Er wollte nicht riskieren, dass seine Deckung aufflog, weil sein Vermieter ihn womöglich bei Blacks Spitzeln verpfiff. Nach einer kurzen Nacht erhob er sich noch vor Sonnenaufgang und begab sich über zahlreiche Umwege zu den Lambeth Stairs, wo er das Binnenschiff eines Mannes namens Salty Finn nahm.

Während Salty Finn über den dunklen Fluss auf Inspector Davies' wartende Schute zusteuerte, ging Harry in Gedanken die Geschehnisse des vergangenen Tages durch, um sie für seinen Bericht verständlich wiedergeben zu können.

Zunächst würde er seinem Vorgesetzten erläutern, was er über Tessa Todd in Erfahrung hatte bringen können. Die Fakten lagen auf der Hand: Sie war eine Frau, die geübt darin war, sich zu verkleiden, beim Kartenspielen zu mogeln und die sich nicht vom Anblick einer Orgie oder eines erschossenen Mannes aus der Ruhe bringen ließ. Zudem hatte sie unumwunden zugegeben, dass sie ihre nächtlichen Abenteuer als vergnüglichen Zeitvertreib erachtete. Zweifellos war sie die verruchteste Frau, der er je begegnet war ... Mit Ausnahme von Celeste De Witt, die ihre Waffen der Verführung dazu eingesetzt hatte, um ihrem Vater zu helfen, Harrys wissenschaftliche Arbeit zu stehlen und ihn als Dieb und Lügner hinzustellen.

Als Sir Aloysius De Witts markante Gesichtszüge vor seinem geistigen Auge Gestalt annahmen, überkam ihn ein Gefühl tiefer Verbitterung. Celestes Vater mochte in wissenschaftlichen Kreisen ein angesehener Mann sein, aber Harry wusste, wer er wirklich war: ein gerissener, skrupelloser Hochstapler. Es war ein geringer Trost gewesen zu hören, dass Aloysius' hinterhältige Pläne ihm nicht viel gebracht hatten. Wie Harry dem Bastard einst gesagt hatte: Manche Feuer waren zu gefährlich, als dass man sie einzudämmen vermochte.

Energisch schob er die schmerzhaften Erinnerungen beiseite und versuchte, sich wieder auf Miss Todds ungestümes, bizarres – wenn nicht sogar an Kriminalität grenzendes – Verhalten zu konzentrieren. Trotz dieser Einschätzung ihres Charakters ließ sich nicht leugnen, dass sie eine gewisse ... Faszination auf ihn ausübte. Sie war wie ein wissenschaftliches Experiment, dessen Ergebnis sich nicht voraussagen ließ, die Art von Experiment, welches ihn früher nächtelang wachgehalten hatte, während er in seinem Labor verbissen nach einer Lösung suchte.

Er redete sich ein, dass sie seine Neugierde nur deswegen geweckt hatte, weil sie ganz anders war als die meisten Frauen, die er kannte. Als er an ihre „Liste der Vergeltung" denken musste, zuckten seine Mundwinkel amüsiert. Miss Todds Eigensinn schien selbst den seiner Schwestern zu übertreffen, deren zierliche Erscheinung ihren sturen Charakter Lügen straften.

Eines wusste er jedoch genau: Sie bedeutete Ärger.

Deswegen würde er sich auf seinen Verstand verlassen, die Reaktion seines Körpers zwar akzeptieren, aber ignorieren, und seine Pflicht erfüllen.

Als sie endlich ihr Ziel erreicht hatten, kletterte er hinüber auf die überdachte Schute, die mitten auf der Themse dahintrieb. Er duckte sich und betrat die beengte Kajüte, in der sein Vorgesetzter ihn erwartete.

„Ist Ihnen jemand gefolgt?", fragte Inspector Davies ohne Umschweife.

„Nein, Sir." Das Wasser schwappte leise gegen die Seiten des Schiffes, während sie nebeneinander Platz nahmen. „Ich habe sämtliche Vorsichtsmaßnahmen getroffen."

Das flackernde Licht der einzelnen Laterne betonte die tiefen Schatten unter den Augen des Polizeiinspektors. Trotz seines drahtigen, grauen Haars und seines von Falten geprägten Gesichts besaß der Fünfzigjährige die Energie und den Tatendrang eines jüngeren Mannes. In mancher Hinsicht erinnerte Davies' Wachsamkeit Harry an seinen Bruder Ambrose. In der Tat kannten die beiden sich von früher, als sie gemeinsam bei der Londoner Flusspolizei gearbeitet hatten.

Ambrose hatte seinen ehemaligen Kollegen als ehrgeizigen Burschen mit der unfehlbaren Nase und Unbeirrbarkeit eines Jagdhundes beschrieben, eine Einschätzung, der Harry nur zustimmen konnte: Sein Vorgesetzter zog alle Register, um Black des Verbrechens zu überführen, dessen er beschuldigt wurde. Er ließ nicht nur die Residenz des Halsabschneiders rund um die Uhr überwachen, sondern verlangte zudem, dass jeder Beamte nach Ende seiner Schicht zu ihm kam und ihm persönlich Bericht erstattete. Diese Gespräche hielt er abseits fremder Augen und Ohren mitten auf der Themse ab.

„Was konnten Sie in Erfahrung bringen?", wollte Davies nun wissen.

Harry holte tief Luft, bevor er die Geschehnisse der vergangenen Nacht wiedergab.

Sein Vorgesetzter zog die Brauen bis zum Haaransatz hoch. „Wollen Sie mir etwa weismachen, Black hätte Sie als Aufpasser für seine Enkelin angeheuert? Und Sie haben die Stelle *angenommen*?"

Da Harry gegen das Protokoll verstoßen hatte, machte er sich auf eine ordentliche Standpauke gefasst.

„Jawohl, Sir", sagte er. „Ich wollte nicht, dass er Verdacht schöpft und hinter unsere Ermittlungen kommt. Außerdem wollte ich ihm in Anbetracht der Umstände nicht widersprechen. Also habe ich mitgespielt."

„Wissen Sie, was Sie da getan haben, Kent?", fragte der Inspector langsam.

Etwas in der Miene und Haltung seines Vorgesetzten beunruhigte Harry zutiefst. Mit einer Zurechtweisung hatte er ja gerechnet ... Aber wäre es möglich, dass er für seine Handlungen gefeuert werden würde? Verdammt, wie hatte er nur so unvorsichtig sein können? Zwei Jahre lang hatte er im Schatten der Schande gelebt und nur darauf gewartet, dass jeden Augenblick die nächste Katastrophe über ihn hereinbrach. Und nun, als er hätte vorbereitet sein sollen, traf es ihn wie aus heiterem Himmel.

Er versuchte, sich so gut es ging mental gegen sein erneutes Scheitern zu wappnen.

„Sie haben uns Zugang zu Blacks Festung verschafft. Endlich!" Die Schute schaukelte gefährlich, als Davies sich enthusiastisch mit der Faust in die Handfläche schlug. „Nach *jahrelanger* Observation haben wir den Kerl endlich an der Angel. Mit Ihnen als eingeschleustem Agent können wir nun handfeste Beweise sammeln, die ihn überführen."

Harry war ebenso erleichtert wie überrascht. „Sie wollen also, dass ich die Stelle annehme?"

„*Ja*, selbstverständlich!" Die Augen des Inspectors glühten vor fieberhaftem Eifer. „Das ist eine einmalige Gelegenheit, Kent. Ich bin seit Jahren hinter Black her, aber jedes Mal ist er davongekommen, selbst bei Anklagen wegen Diebstahls oder Mord. Es gab nie genügend Indizien, um ihn schuldig zu sprechen. Selbst bei diesem Fall, obwohl wir das hier haben."

Aus seiner Tasche zog er ein goldenes Medaillon hervor, das er Harry und den anderen Polizeibeamten bereits während der ersten Einsatzbesprechung präsentiert hatte. Davies hatte es um den Hals der Bordellwirtin des Gilded Pearl gefunden. Auf der einen Seite des glänzenden Schmuckstücks befand sich eine Prägung: zwei gekreuzte Schwerter. Von der Klinge des rechten tropfte ein winziger, blutroter Edelstein. Auf der anderen Seite stand nur ein einziges Wort eingraviert: *Adsum*.

Das lateinische Wort für „*Hier bin ich*".

„Das ist Blacks Insignia. Er hat uns praktisch seine Visitenkarte hinterlassen, und dennoch konnte ich nichts unternehmen", knurrte Davies und drückte die Faust zusammen, in der er die Kette hielt.

Der Inspector hatte Black am Tag nach dem Brand verhört, aber der Halsabschneider wies jegliche Schuld von sich. Zwar hatte er zugegeben, dass es sich bei dem Medaillon um das Wappen seiner Familie handelte, sich ansonsten jedoch nicht weiter dazu geäußert. Zudem gab es keine Zeugen – zumindest niemanden, der bereit war, seinen Hals zu riskieren – und Black hatte für den fraglichen Zeitpunkt ein Alibi: Er hatte eine Soiree seiner Tochter Mavis besucht, und seine Anwesenheit war von gut einem Dutzend anderer Gäste bezeugt worden.

„Ich musste das Gespräch unverrichteter Dinge beenden, aber das wird mir nicht noch einmal passieren. Dafür werden Sie sorgen."

Während Davies das Medaillon wieder einsteckte, bemerkte Harry den frustrierten Blick seines Vorgesetzten. Wie es wohl sein musste, so viele Jahre lang hilflos mit anzusehen, wie Black Leid und Zerstörung über andere brachte? Unermüdlich gegen die Mächte des Bösen anzukämpfen, ohne Aussicht auf Erfolg?

„Was soll ich tun?", fragte er leise.

Davies stützte die Ellbogen auf den Knien ab und starrte nachdenklich ins Leere. „Gewinnen Sie Blacks Vertrauen. Wenn Sie es schaffen, in den Kreis seiner engsten Vertrauten aufgenommen zu werden, erhalten Sie bestimmt Zugang zu wertvollen Informationen. Halten Sie Augen und Ohren offen. Jedes noch so kleine Detail – über seine Geschäfte oder seine Familie – könnte uns helfen, ihn mit dem Brand im Bordell in Verbindung zu bringen. Aber unternehmen Sie nichts auf eigene Faust! Wir wollen keinen zweiten Popay-Skandal heraufbeschwören."

Harry nickte. Ein ehemaliges Mitglied der Einheit, William Popay, hatte als Zivilist getarnt die National Union infiltriert. Allerdings hatte sein Übereifer ihn als „Spion" enttarnt und ein äußerst schlechtes Licht auf die Gendarmerie geworfen.

„Halten Sie Ausschau nach Motiven oder Beweisen, mit denen wir Black der Zerstörung des Gilded Pearl überführen können. Oder irgendeines anderen Verbrechens. Mir ist egal, wofür wir ihn drankriegen, solange wir den Mistkerl endlich schnappen", fuhr Davies mit grimmiger Entschlossenheit fort. „Während dieses Einsatzes müssen Sie Ihre wahre Identität um jeden Preis geheim halten. Sie essen, schlafen und atmen als Sam Bennett. Nur ein falscher Schritt kann Sie das Leben kosten, verstanden?"

„Jawohl, Sir", erwiderte Harry und fügte nach kurzem Zögern hinzu: „Was soll ich tun, wenn ich enttarnt werde?"

Obwohl Black und er aus unterschiedlichen Welten kamen, bestand immer die Gefahr, dass jemand ihn erkannte. London mochte eine riesige Metropole sein, aber gewisse Viertel glichen

Chudleigh Crest, dem Dorf, aus dem er stammte, und wo jeder jeden kannte. Sein großer Vorteil war, dass er die letzten zwei Jahre fernab der Stadt verbracht und zuvor lange Zeit in Cambridge studiert hatte. Zudem hatte die harte Arbeit sein Aussehen verändert, was ihm zusätzlich Anonymität verschaffte.

„Verstecken oder fliehen", erwiderte Davies knapp.

Eine aufrichtige, wenn auch nicht sonderlich ermutigende Antwort.

Plötzlich kam Harry noch ein anderes Problem in den Sinn: seine Familie. Die Kents waren eine eingeschworene Gemeinschaft. Seit seiner Rückkehr nach London hatten insbesondere seine Schwestern darauf bestanden, dass er vermehrt am gesellschaftlichen Leben teilnahm. *Kopf hoch, Bruderherz. Pfeif auf das, was andere behaupten*, hatte Emma, die älteste von ihnen, in ihrer unverblümten Art gesagt. *Du kennst die Wahrheit, und das ist das Einzige, was zählt. Außerdem stehen wir immer an deiner Seite, das weißt du doch.*

Natürlich wusste er das, aber keinesfalls würde er zulassen, dass seine Familie seine Schlachten für ihn austrug. Ebenso vehement wehrte er sich gegen die gut gemeinten Versuche seiner Schwestern, ihn mit „netten jungen Damen" bekannt zu machen. Er war von Natur aus ein privater Mensch, der es nicht schätzte, wenn andere sich in seine Angelegenheiten einmischten.

Nun musste er seine Liebsten auf Abstand halten, um seinen ersten Undercover-Einsatz nicht zu gefährden.

„Ich muss mit meinem Bruder sprechen ...", begann er.

„Ich werde ihn über Ihre Mission in Kenntnis setzen. Ambrose Kent ist ein Mann, der die Notwendigkeit von Diskretion versteht. Gewiss wird er auch den Rest Ihrer Familie, äh, unter Kontrolle halten können."

Dem schiefen Blick des Inspectors nach zu urteilen, waren

ihm Harrys Schwestern durchaus bekannt. Die Kent-Damen waren berühmt (oder berüchtigt, je nachdem, wen man fragte) für ihr unkonventionelles Verhalten und dafür, dass sie trotz dessen hervorragende Partien geheiratet hatten. Emma hatte ihren Gemahl, den Herzog von Strathaven, während einer Mordermittlung kennengelernt. Seine anderen Schwestern – Thea, Violet und Polly – waren ihren Lords auf ähnlich abenteuerliche Weise begegnet.

„Ambrose wird schon wissen, was zu tun ist", sagte Harry.

Davies nickte. „Die Mission ist mit großen Risiken verbunden, aber sollte sie gelingen, winken Ihnen eine ansehnliche Gehaltserhöhung sowie eine Beförderung, das verspreche ich Ihnen."

Mehr sagte der Inspector nicht dazu. Harry wusste, dass sein Vorgesetzter ihm die Wahl überließ, ob er sich der Gefahr stellen wollte oder nicht. Die Entscheidung fiel ihm denkbar einfach. Endlich bot sich ihm die Gelegenheit, das Richtige zu tun und dabei hoffentlich seinen guten Ruf wiederherzustellen.

„Wie kann ich mit Ihnen kommunizieren, wenn ich etwas zu berichten habe, Sir?", fragte er.

Ein triumphierendes Funkeln trat in Davies' Augen. „Guter Mann. Wir setzen die Gassenjungen ein."

Damit meinte er eine Gruppe von Kindern und Jugendlichen aus dem Elendsviertel, die an den schlammigen Ufern der Themse nach Wertsachen suchten. Dank ihrer allgegenwärtigen Präsenz eigneten sie sich hervorragend als Botenjungen. Ihre Schnelligkeit und Diskretion waren ihr Gewicht in Gold wert.

„Gibt es sonst noch etwas zu berichten, Kent?", fragte Davies. „Erwarten Sie irgendwelche Probleme bei der Ausführung Ihrer Mission?"

Ungebeten spukten ihm ein Paar graugrüne Augen, wilde,

dunkle Locken und ein verführerisch voller Mund durch den Kopf.

Energisch schob er die Erinnerung beiseite und erwiderte forsch: „Nichts, womit ich nicht fertigwerden würde, Sir."

67

Kapitel Sechs

Verdammt, das halte ich keinen Tag länger aus.

Zumindest nicht, ohne Tessa Todd zu erwürgen!

Das war der erste Gedanke, der Harry durch den Kopf schoss, als er erwachte.

Seit einer Woche arbeitete er nun als Leibwächter für das widerspenstige Biest. Eine Woche, die ihm wie die Ewigkeit in der Hölle vorkam. Als sie ihm gedroht hatte, dass er es noch bereuen würde, die Stelle angenommen zu haben, war das offensichtlich ihr bitterer Ernst gewesen.

Stöhnend schlug er die Hände vors Gesicht. Er hatte mit explosiven Chemikalien experimentiert, tödliche Brandgeschosse hergestellt, um Tunnel durch Berge zu sprengen. Wie hätte er da ahnen können, dass dies sein gefährlichster Job werden würde?

Wie sich herausstellte, war Miss Todd nicht nur blitzgescheit und arglistig, wie er bereits bei ihrer ersten Begegnung feststellen musste, sie besaß zudem auch den Sinn für Humor eines pubertierenden Jugendlichen. Seine beiden halbwüchsigen Neffen wären zweifellos begeistert von ihren Streichen. Auf ihrer Liste der Vergeltung zu stehen, war jedoch kein Spaß.

Das zeigte sich bereits an seinem ersten Arbeitstag, als er ihr verboten hatte, einen „guten Kumpel" namens Alfred zu besuchen. Abgesehen davon, dass es absolut unziemlich für sie wäre, den Kerl ohne Begleitung zu treffen, wohnte dieser auch noch in der übelsten Gegend von Whitechapel. Als Miss Todd ihm eröffnete, dass sie diesen Freund bereits seit Jahren ohne Aufsicht aufsuchte, fiel Harry aus allen Wolken.

Was hatte ihre Familie sich nur dabei gedacht, ihr dieses Verhalten so lange durchgehen zu lassen?

Er hatte jeden ihrer Überredungsversuche vehement abgeblockt, bis sie schließlich schmollend auf ihr Zimmer verschwunden war.

Wenig später begann sie – ob nun zu ihrem Vergnügen oder als Strafe für ihn –, Geige zu spielen. Er hatte schon Katzenjammer gehört, der harmonischer klang. Gerade, als er glaubte, seine Ohren würden anfangen zu bluten, hatte eines der Dienstmädchen ihm ein Teetablett gebracht. Dankbar für die Ablenkung, hatte Harry löffelweise Zucker in seine Tasse gehäuft ... und die versalzene Plörre sofort wieder ausgespuckt.

Miss Todds lautes Gelächter aus dem angrenzenden Zimmer war ihm nicht entgangen.

Am Tag darauf hatte er sie zu Potter's begleitet, einem Teeladen in Covent Garden, der für die wohlhabenden Mitglieder der Londoner Unterwelt das Äquivalent zu Gunter's sein musste. In dem lichtdurchfluteten Speisesaal nahmen vornehm gekleidete Gäste Kuchen und glasiertes Gebäck zu sich, das auf mehrstöckigen Tortenständern serviert wurde. Harry wollte ursprünglich draußen warten, aber Miss Todd hatte darauf bestanden, dass er sich zu ihr setzte. Als er argwöhnisch den Tee beäugte, den sie ihm einschenkte, grinste sie ihn herausfordernd an.

„Ich schwöre feierlich, dass ich nichts mit Ihrem Getränk angestellt habe ... zumindest diesmal", sagte sie verschmitzt.

Widerwillig hatte er neben ihr Platz genommen, doch in dem Moment, als sein Hintern auf das plüschige Sitzkissen sank, trompetete ein lautes, entwürdigendes Geräusch durch den Saal. Er lief noch immer knallrot an, wenn er an die schockierten Blicke und das aufgebrachte Getuschel der anderen Gäste dachte. Währenddessen hatte Miss Todd – erfolglos, wohlgemerkt – versucht, ihr Kichern hinter ihrer Serviette zu verbergen.

Zähneknirschend hatte er den Scherzartikel, der aus einer Schweineblase hergestellt war und Flatulenzgeräusche erzeugte, unter seinem Kissen hervorgezogen. Aber das war noch längst nicht die Krönung ihrer Vergeltung gewesen, o nein. Ihr Pièce de resistance sollte bald darauf folgen.

Harry erhob sich von seiner Pritsche und zündete eine Kerze an. Er bewohnte mittlerweile ein gemütliches, funktionelles Zimmer in den Stallungen hinter Blacks Herrenhaus. Seufzend ging er hinüber zu seinem Waschtisch, wusch sich das Gesicht und warf dann einen Blick in den Spiegel. Der Mann, der ihm entgegenblickte, starrte finster drein.

Nach dem peinlichen Zwischenfall im Potter's hatte Harry seinen Stolz überwunden und Miss Todd einen Waffenstillstand angeboten: Er würde sie auf einen Ausflug ihrer Wahl begleiten, solange die Aktivität einer Dame angemessen war.

Sie hatte sich entschieden, einkaufen zu gehen.

Als sie im Pantheon, einem beliebten Einkaufsbasar, ankamen, fragte sie ihn ganz unschuldig (was ihn sofort hätte misstrauisch stimmen sollen), ob er wohl ihre Handtasche halten könne, während sie und ihre Zofe sich in einem der Geschäfte umsahen. Nachdem er sich vergewissert hatte, dass der Laden keinen zweiten Ausgang besaß, willigte er ein, draußen auf sie zu warten. Im nächsten Augenblick stürmten zwei Wachmänner mit erhobenen Schlagstöcken auf ihn zu.

Offenbar hatte eine junge Dame bei ihnen Anzeige erstattet

und behauptet, ein Mann, dessen Beschreibung haargenau auf Harry zutraf, hätte ihren Pompadour gestohlen. Es war kein leichtes Unterfangen gewesen, das Missverständnis aufzuklären. Vorbeigehende Besucher des Pantheons hatten ihn angesehen, als sei er Pferdemist unter ihren Absätzen.

Warum bist du überrascht?, dachte er, vor Wut kochend. *Du solltest doch daran gewöhnt sein, von einer Frau gedemütigt zu werden.*

Wieder einmal erinnerte er sich voll Schmach an seine verzweifelten Bemühungen, Celeste De Witt zu beeindrucken. Wie töricht er ihrer bildschönen Erscheinung und augenscheinlichen Verletzlichkeit verfallen war. Vier Jahre lang hatte er blindlings den Boden unter ihren Füßen angebetet. Obwohl er von Natur aus eher schüchtern und reserviert war, hatte er sich stets bemüht, sie mit Komplimenten und romantischen Gesten zu überhäufen. Wenn Celeste ihn gebeten hätte, ihr den Mond vom Himmel zu holen, hätte er gefragt, ob sie nicht auch noch die Sterne dazu wolle.

Wie dem auch sei ... Er hatte aus seinen Fehlern gelernt. Nie wieder würde er in einer Frau einen Engel sehen oder sie gar auf ein Podest stellen.

Und Tessa Todd war nicht schwer zu durchschauen: Sie war ein missratenes Gör, das dringend übers Knie gelegt werden musste. Allerdings machte sich bei dem Gedanken daran, ihr den Hintern zu versohlen, eine seltsam prickelnde Hitze in seiner Lendengegend breit.

Fluchend fuhr er sich mit der Hand durchs Haar. Er verstand nicht, warum sein Körper so heftig auf diesen Plagegeist reagierte, und Dingen, die er nicht verstehen konnte, traute er nicht. Logisch betrachtet, ließ sich nicht leugnen, dass Tessa Todd eine attraktive Frau war. Je nach Laune schimmerten ihre Augen grün oder grau, und loderten wie ein Waldbrand, wenn sie wütend war (was in seiner Gegenwart durchaus häufiger vorkam). Ihre Gesichtszüge waren zart und vornehm, ihre Figur zierlich und wohlgeformt. Wäre sie nicht so ein Wirbelwind, würde er sie beinahe mit einer anmutigen Porzellanfigur gleichsetzen.

Wenigstens wusste er genau, woran er bei ihr war. Während Celeste ihren wahren Charakter hinter einer sittsamen, tugendhaften Fassade verborgen hatte, machte Tessa Todd keinen Hehl daraus, wie tückisch und verzogen sie war. Im Gegenteil, sie schien sogar noch stolz darauf zu sein. Eigentlich hätte ihre Vorliebe für Irreführung und Manipulation jegliche Anziehung, die er ihr gegenüber empfand, im Keim ersticken müssen ... doch leider schien sein Verstand sich zu seinem Missfallen nicht durchsetzen zu können.

Vielleicht war er einfach zu lange enthaltsam gewesen. Seit seiner lockeren Beziehung mit Roxanne hatte er mit keiner anderen Frau mehr geschlafen, da er Ablenkungen um jeden Preis vermeiden wollte, während er versuchte, sich bei der Gendarmerie einen Namen zu machen. Aber nun realisierte er, dass es besser wäre, wieder einmal Dampf abzulassen.

Du darfst nicht zulassen, dass Tessa Todd dir unter die Haut geht, ermahnte er sich. *Konzentriere dich auf deine Mission. Halte diese kleine Unruhestifterin im Zaum ... und dich ebenso!*

Mit geübter Effizienz kleidete er sich an und griff nach seinen Ersatzstiefeln. Sein Lieblingspaar hatte Miss Todd ruiniert, indem sie Honig hineinfüllte, ohne dass er es mitbekam. Finster dreinblickend steckte er eine Hand in die abgetragenen Lederschuhe ... Es befand sich keine böse Überraschung darin, dem Himmel sei Dank.

Der abgenutzte Zustand seines Schuhwerks war seiner Abneigung gegen das Einkaufen geschuldet. Für gewöhnlich ließ er eine Anprobe über sich ergehen und bestellte anschließend gleich mehrere Exemplare, die er so lange trug, bis sie nicht mehr annehmbar waren. Oder bis seine elegante und modebegeisterte Schwägerin, Marianne, einen Ausnahmezustand über seine Garderobe verhängte und ihn zu einem ausgiebigen Einkaufsbummel zwang. Glücklicherweise war Marianne nicht zugegen, und so schlüpfte er in seine alten, aber bequemen Stiefel, verließ sein Zimmer und durchquerte den dunklen Innenhof in Richtung Küche.

In dem warmen, höhlenartigen Raum herrschte bereits reges Treiben. Eine der Wände wurde von einem großen, schwarzen Herd dominiert, über dem zahlreiche Töpfe und Pfannen ordentlich aneinandergereiht hingen. Um den Arbeitstisch, der mitten in der Küche stand, scharten sich mehrere Bedienstete und bereiteten das Frühstück zu. Der Duft von gebratenem Speck und frischem Brot hing in der Luft.

Harry erwiderte die freundlichen Begrüßungen, die von mitleidigen Blicken begleitet wurden.

„Bereit für die nächste Runde, Bennett?", fragte Jim, einer der Lakaien, mit einem Grinsen.

„Hüte deine Zunge, Jim", sagte Mrs Gates, die Haushälterin, und sah von der Liste auf, die sie soeben durchgegangen war. „Wenn der Hausherr dich so respektlos daherreden hört, setzt er dich noch auf die Straße. Und du hättest es verdient."

Jim schnaubte nur und schnappte sich eines der beladenen Tabletts. „Dazu müsste er überhaupt erst mal zu Hause sein."

Damit hatte der Lakai nicht ganz unrecht. Seit Harry seine Stelle angetreten hatte, war er Black kaum begegnet. Da er alle Hände voll zu tun hatte, Miss Todd unter Kontrolle zu halten, war es ihm bislang nicht gelungen, Nachforschungen anzustellen. Sein Schützling stand für gewöhnlich früh auf, aber da es noch etwas hin war bis zum Sonnenaufgang, blieb ihm hoffentlich endlich einmal genug Zeit, um ein wenig herumzuschnüffeln.

„Ist Mr Black mit etwas Bestimmtem beschäftigt?", erkundigte er sich beiläufig.

„Nur mit dem Üblichen ... Mord und Totschlag", erwiderte Jim, bevor er die Treppe hinauf verschwand.

Mord und Totschlag? Meint er damit den Anschlag auf das Gilded Pearl?

„Beachten Sie Jim besser gar nicht", sagte Mrs Gates und runzelte missbilligend die Stirn. „Wenn er nur halb so viel Zeit auf seine Ausbildung wie auf albernes Geschwätz verwenden würde, wäre er längst der oberste Lakai."

Mit diesen Worten wandte sie sich ab, um ein paar tuschelnde Dienstmädchen zu rügen, die betreten davoneilten, um ihre Befehle auszuführen.

Harry bemerkte, wie die Arme der Köchin zitterten, als sie eine große, gusseiserne Pfanne von der Herdplatte hob. Schnell ging er zu ihr hinüber, um ihr zu helfen. „Lassen Sie mich das machen, Mrs Crabtree."

Die Köchin überließ sie ihm mit einem dankbaren Lächeln. „Sie sind zu freundlich, Bennett."

„Keine Ursache." Mit ihrer rundlichen Figur und den krausen Locken erinnerte sie ihn ein wenig an seine Mutter. Vorsichtig setzte er die Pfanne auf dem Arbeitstisch neben einem großen Teller gebackener Eier ab. „Die Rahmsoße duftet vorzüglich."

„Meine Geheimzutat ist der Estragon", verriet sie ihm mit einem Augenzwinkern. „Und ein großzügiger Tropfen Sherry."

„So hat meine Mutter das Gericht auch immer zubereitet."

„Lebt Ihre Familie ebenfalls hier in London?"

Er zögerte kurz. „Meine Eltern sind vor einer Weile gestorben."

„Das tut mir leid."

„Danke." Obwohl seine Mama starb, als er zwölf Jahre alt war, und sein Vater nur zehn Jahre später, versetzte der Gedanke an die beiden ihm noch immer einen Stich ins Herz. Marjorie und Samuel Kent waren ein liebendes Ehepaar und hingebungsvolle Eltern gewesen. Manchmal fragte er sich insgeheim, ob er je wieder so viel Glück und Geborgenheit empfinden würde wie damals, als sie noch lebten.

„Es ist nicht leicht, geliebte Menschen zu verlieren. Meine Eltern sind gestorben, als ich noch 'n kleines Mädchen war", erzählte Mrs Crabtree, während sie die Soße vorsichtig über den Eiern verteilte. „Wenn der Hausherr nicht gewesen wäre, hätte man mich vielleicht ins Waisenhaus abgeschoben ... oder noch schlimmer."

„Mr Black hat Sie aufgenommen?", fragte Harry, unfähig, die Überraschung in seiner Stimme zu verbergen.

„So isses. Ich hab ihm viel zu verdanken. Er hat sich um mich gekümmert und dafür gesorgt, dass ich 'ne anständige Ausbildung erhielt. Und da bin ich nicht die Einzige. Weil so viele Menschen wegen der Korngesetze Hunger leiden müssen, unterstützt er die Freiküchen hier in der Gemeinde und versucht, den Männern bei der Arbeitssuche zu helfen. Der Regierung mag das gemeine Volk ja egal sein, aber Bartholomew Black bestimmt nicht."

Ihre Worte versetzten Harry mehr und mehr in Staunen.

„Und was Jim da geschwafelt hat, stimmt auch nicht. Der Hausherr war die letzte Woche über damit beschäftigt, sich um die arme Miss Mavis ... äh, Mrs Todd, meine ich, zu kümmern", mischte Mrs Gates sich ein. „Einen fürsorglicheren Vater als ihn gibt es wahrhaftig nicht."

„Die arme Mrs Todd", pflichtete Mrs Crabtree ihr bei und schnalzte mit der Zunge. „Sie braucht ihn während ihrer Anfälle bei sich. Sonst hat sie ja niemanden, auf den sie sich verlassen kann."

Die beiden Frauen wechselten einen wissenden Blick.

„Was ist denn mit ihrem Ehemann?", fragte Harry, der sich auf seine Aufgabe besann, so viel wie möglich über Black und dessen Familie in Erfahrung zu bringen.

„Pah", schnaubte Mrs Crabtree. „Der Kerl ist doch nur drauf fixiert, sich die Taschen mit Geld zu füllen. Wenn der Hausherr kein Auge auf ihn hätte, würde er sich nie in seinem eigenen Heim blicken lassen."

Eine interessante Gegebenheit, die Harry sich unbedingt merken musste. „Und was ist mit Miss Todd? Steht sie ihren Eltern nahe?"

„Das arme Ding hat ihren Vater stets angehimmelt. Nicht, dass sie ihn je groß zu Gesicht bekommen hätte", sagte Mrs Gates. „Mit ihrer Stiefmutter versteht sie sich zwar gut, aber leider braucht Mrs Todd viel Ruhe."

„Was sich in Miss Todds Gegenwart als schwierig gestalten dürfte", murmelte Harry.

Mrs Crabtree schmunzelte, und auch Mrs Gates sah aus, als müsste sie sich ein Lächeln verkneifen.

„Sie schlagen sich besser als die meisten anderen, Bennett", erwiderte die Haushälterin mit einem wohlwollenden Nicken. „Der Großteil Ihrer Vorgänger hat nicht einmal eine Woche durchgehalten. Nach ein paar Tagen haben sie alle mit eingezogenem Schwanz das Weite gesucht. Es braucht nicht nur Muskeln, sondern auch Köpfchen, um es mit unserer Miss Tessa aufzunehmen."

„Sie spielt zwar gern Streiche", fügte Mrs Crabtree in besänftigendem Tonfall hinzu, „aber hinter der widerspenstigen Fassade steckt ein Herz aus Gold. Sie behandelt jeden von uns Angestellten mit Güte und vergisst niemals einen Geburtstag. Und sie ist immer zur Stelle, wenn jemand Hilfe braucht. Wissen Sie noch damals, als Mr Blacks ehemaliger Kammerdiener sich den Arm gebrochen hatte, Mrs Gates?"

Die Haushälterin nickte bekräftigend. „Miss Tessa hat ihn regelmäßig besucht und seiner Familie Vorräte gebracht. Außerdem pflegt sie in den Waisenhäusern des Viertels vorbeizuschauen. Ich weiß nicht, was die Kinder mehr lieben: das leckere Essen, das sie ihnen mitbringt, oder die Kunststücke, die Swift Nick für sie aufführt."

„Sie ist ganz wie ihr Großvater, was das anbelangt", bestätigte Mrs Crabtree.

Der Vergleich war zweifellos als Kompliment gemeint. Dennoch fiel es Harry schwer, diese neuen Informationen mit dem Bild zu vereinbaren, das er von den Blacks hatte.

Als sie schwere Schritte auf der Treppe hörten, die in die Küche hinunterführte, wandte Mrs Gates sich dem Neuankömmling zu. „Guten Morgen, Lizzie. Ist Miss Tessa bereit für ihr Frühstück?"

Lizzie, eine kräftige Frau mit leicht nach unten hängenden Mundwinkeln, schüttelte den Kopf. „Hat mir gestern Abend noch gesagt, dass sie heute Morgen nicht gestört werden wolle, weil sie beabsichtige, länger zu schlafen."

Sofort wurde Harry misstrauisch. „Meines Wissens ist Miss Todd Frühaufsteherin."

„Ach, und Sie wissen nach einer Woche wohl schon alles über sie, was?", konterte Lizzie und verschränkte die Arme vor der üppigen Brust. Ihr Gesichtsausdruck erinnerte ihn an eine angriffslustige Bulldogge. „Ich arbeite seit *zehn Jahren* für Miss Tessa und wage deshalb zu behaupten, dass ich sie besser kenne als Sie."

Unter den Angestellten war Miss Todds Zofe die Einzige, die Harry gegenüber feindselig gestimmt war.

Zweifellos eifert sie ihrer Herrin nach.

„Es gehört zu meiner Aufgabe, Miss Todds Tagesablauf zu verstehen", erklärte er.

„Und *meine* Aufgabe ist es, ihre Wünsche zu befolgen", erwiderte Lizzie schnippisch. „Wie ich schon sagte, sie will *nicht* gestört werden."

Anstatt weiter mit der Zofe zu streiten, machte Harry sich auf direktem Weg zum Schlafgemach seines Schützlings auf.

Er eilte die Bedienstetentreppe hinauf in den ersten Stock, wobei er Lizzie ignorierte, die ihm ächzend und schnaufend folgte. Oben angekommen, trat er durch ein Wandpaneel hinaus in den Gang, der zu Miss Todds Zimmer führte, und klopfte energisch an die Tür.

„Miss Todd, hier ist Bennett", rief er.

Als alles still blieb, überkam ihn eine ungute Vorahnung.

„Sie schläft noch", ertönte Lizzies ungehaltene Stimme hinter ihm. „Machen Sie gefälligst nicht so einen Krach, sonst wecken Sie sie noch auf."

Harry klopfte erneut an die Tür, diesmal deutlich lauter. „Antworten Sie mir auf der Stelle, andernfalls komme ich rein."

„Wagen Sie es ja nicht!", kreischte die Zofe empört.

Er rüttelte am Knauf. Zugesperrt. *War ja klar.*

Entschlossen nahm er ein paar Schritte Anlauf und rammte dann mit der Schulter gegen die Tür. Sie flog auf, und er hatte den Bruchteil einer Sekunde Zeit, um festzustellen, dass das Zimmer leer war, bevor ein eisiger Schauer auf ihn herabstürzte. Völlig verdattert wischte er sich übers Gesicht und die Brille und blickte nach oben.

Durch die Schlieren sah er einen Eimer, der mithilfe eines Seils und eines Flaschenzugs über der Tür befestigt worden war. Eine Schnur an der Klinke hatte ihn zum Kippen gebracht. Wäre er nicht so wütend gewesen, hätte der komplexe Mechanismus ihn schwer beeindruckt.

Er schnaubte so heftig, dass seine Brille beschlug.

„Hab Ihnen doch gesagt, dass Sie nicht reingehen sollen", merkte Lizzie an.

Als er ihr einen vernichtenden Blick zuwarf, zuckte sie nur mit den Schultern und verschwand.

Ein Wassertropfen rann über seine Stirn hinunter zu seiner Braue. Irritiert riss er sich die Brille von der Nase und suchte in der Tasche seines Gehrocks nach einem Taschentuch. Ein ungehaltenes Stöhnen entfuhr ihm, als er ein klatschnasses Stück Stoff hervorzog.

Jetzt reicht es mir endgültig. Bebend vor Wut stapfte er den Gang hinunter. Bislang hatte er versucht, sich wie ein Gentleman zu benehmen und über den Dingen zu stehen. Aber damit war nun Schluss. Er würde diesen verdammten Plagegeist finden ... und dann sollte Miss Tessa Todd ihr blaues Wunder erleben.

Kapitel Sieben

„**D**as hast du nicht wirklich getan!", rief Francie aus.

„O doch", erwiderte Tessa. „Wahrscheinlich hat Sam Bennett in eben diesem Augenblick die eisigste Dusche seines Lebens ereilt."

Ihre drei Freundinnen – Francie, Belinda und Daisy – starrten sie mit großen Augen an. Dann einander.

Dann brachen alle vier in schallendes Gelächter aus.

Vor etwa einer halben Stunde hatte Tessa sich ins Underworld, das Bordell ihres Vaters, geschlichen. Sie war praktisch in dem Freudenhaus aufgewachsen. Nachdem ihre Mutter bei ihrer Geburt gestorben war, hatte ihr vielbeschäftigter Papa sie oft zur Arbeit mitgenommen, da er nicht wusste – und auch nicht viel darüber nachdachte –, wie man sich sonst am besten um ein kleines Kind kümmerte.

Soweit sie sich erinnern konnte, hatte sie nie ein Kindermädchen gehabt, da die Dirnen des Underworld sie praktisch unter ihrer Fittiche nahmen. Seit jeher hatte sie sich in dem Etablissement ganz wie zu Hause gefühlt. Zu dieser frühen Stunde fing sie für gewöhnlich ihre Freundinnen ab, bevor diese nach einer langen Nacht zu Bett gingen. Sie hatten es sich in

Francies Zimmer gemütlich gemacht, um den neuesten Klatsch und Tratsch auszutauschen.

Die anderen Frauen waren in hauchdünne, farbenfrohe Morgenröcke gehüllt, während Tessa wieder einmal als Bursche verkleidet war. Statt eine kratzige Perücke zu tragen, hatte sie ihr geflochtenes Haar diesmal jedoch unter ihrer Kappe versteckt. Selbst am helllichten Tag war es für eine Frau gefährlich, allein auf den Straßen des Elendsviertels unterwegs zu sein. Ohne die lästigen Lagen ihrer Röcke und Unterröcke konnte Tessa sich unbeschwert durch die Gassen bewegen, ihre treuen Dolche sicher in den Stiefeln verstaut.

Während sie sich angeregt mit ihren Freundinnen unterhielt, wanderte ihr Blick immer wieder hinüber zu Belinda. Seit diese von O'Toole verprügelt und bestohlen worden war, hatte sie etwas von ihrer üblichen Lebhaftigkeit verloren. Der Bastard hatte die Ärmste nicht nur um ihr hart erarbeitetes Geld erleichtert, sondern auch ihr Selbstbewusstsein zerstört.

Wenn Großpapa mich doch nur für ihn arbeiten ließe, würde ich für Belinda und all die anderen Dirnen einstehen, denen es ähnlich ergeht, dachte sie grimmig. *Dann würden Mistkerle wie O'Toole zweimal darüber nachdenken, bevor sie sich an wehrlosen Frauen vergreifen.*

Glücklicherweise wirkte Belinda an diesem Morgen wieder mehr wie sie selbst. Die Blutergüsse um ihr rechtes Auge waren beinahe vollständig verblasst, und ihre honigblonden Locken hüpften auf und ab, während sie ausgelassen mit den anderen kicherte. Swift Nick saß auf ihrem Schoß und futterte kalte Hammelpastete aus ihrer Hand.

„Dieser Bennett tut mir beinahe ein wenig leid", verkündete Francie, die sich genüsslich auf ihrem Bett räkelte. Sie hatte das lange, rotbraune Haar mit Stoffstreifen aufgewickelt, um es lockig zu halten, und war nach wie vor stark geschminkt. Mit ihren vierunddreißig Jahren war sie seit Kurzem die Bordellwirtin des Underworld, und obwohl sie nur noch selten Freier empfing, achtete sie weiterhin auf ein tadelloses Auftreten. „Er hatte ja keine Ahnung, worauf er sich da einlässt."

Vor vielen Jahren, als Francie noch als Prostituierte arbeitete, war sie besonders nett zu Tessa gewesen. Daisy und Belinda waren erst viel später hinzugekommen, aber seit jeher erachtete Tessa die drei Frauen als ihre engsten Vertrauten.

Sie machte es sich am Fußende des Bettes bequem und hing ihre Kappe an einen der Pfosten. „O doch, er wusste ganz genau, worauf er sich einlässt, weil ich ihn *gewarnt* habe. Ich sagte ihm geradeheraus, dass ich mich in meiner Freiheit nicht einschränken lassen würde. Warum brauche ich überhaupt einen Leibwächter? Ich kann gut auf mich selbst aufpassen."

„Unsere Tessa ist beileibe kein hilfloses, verzogenes Ding", pflichtete Daisy ihr mit einem Zwinkern bei. Sie und Belinda saßen auf einem Sofa neben dem Bett. „Sie kann es mit jedem aufnehmen, das ist wohl wahr."

Tessa strahlte über das Kompliment. Es bedeutete ihr viel, als starke, unabhängige Frau wahrgenommen zu werden.

„Aber nach dem, was deinem Großvater im Nightingale's passiert ist, wäre ein bisschen zusätzliche Sicherheit doch nicht schlecht, oder?", warf Belinda zögerlich ein.

Die Erinnerung an das schreckliche Attentat jagte Tessa einen eisigen Schauer über den Rücken.

Vor etwa einem Monat war es vor dem Kaffeehaus zu einer Schießerei gekommen. Glücklicherweise hatte der Attentäter sein Ziel verfehlt, Mings Gegenangriff war jedoch wie immer tödlich gewesen. Um die Ordnung in den Straßen aufrechtzuerhalten, hatte Großpapa jegliches Gerede über den Vorfall unterbunden. Belinda und die anderen wussten nur deshalb davon, weil Tessa sich ihnen anvertraut hatte. Seitdem war zwar nichts weiter geschehen, aber dennoch verspürte sie eine tiefe, innere Unruhe. Ihr Großvater war nicht unverwundbar … und ihm fehlte einer seiner wichtigsten Männer.

Vor zwei Monaten war John Randolph, der ehemalige Herzog von Covent Garden, bei einem Kutschenunfall gestorben. Während der nie enden wollenden Machtkämpfe in der Londoner Unterwelt war Randolph dem vorherrschenden König stets ein loyaler Verbündeter gewesen, und sein Verlust traf ihren Großvater schwer.

Umso entschlossener war sie, ihm tatkräftig zur Seite zu stehen.

Denn genau dort braucht er mich. Wann immer sie in den Gassen des Elendsviertels unterwegs war, sperrte sie Augen und Ohren für ihn auf. Gleichzeitig bemühte sie sich um ein würdevolles Auftreten, da sie wusste, wie wichtig es war, die Familie angemessen zu repräsentieren.

„Wir Blacks lassen uns nicht einschüchtern!", verkündete sie stolz. „Stimmt's, Swift Nick?"

Das kleine Frettchen musterte sie aufmerksam. Als Tessa kaum merklich mit dem Kopf nickte, ahmte das Tier die Bewegung nach, sodass es aussah, als würde es ihr zustimmen.

Belinda lachte. „Wie hast du ihm das nur beigebracht?"

„War ganz einfach. Swift Nick ist das cleverste Kerlchen auf der Welt und zudem der einzige Beschützer, den ich brauche. Ist es nicht so, mein Lieber?"

Als Antwort auf ihre Frage sprang Nick auf ihren Schoß und rollte sich auf den Rücken. Zur Belohnung kraulte Tessa ihm den Bauch, woraufhin er zufriedene Laute ausstieß, die vergleichbar mit dem Schnurren einer Katze waren.

„Clever ist er zweifellos, aber beschützen kann er dich ganz sicher nicht", sagte Francie und runzelte die Stirn. „Belinda hat recht. Vielleicht solltest du besser nicht mehr allein hierherkommen."

Tessas Magen verkrampfte sich. Ihr Großvater hatte bereits

versucht, ihr die Besuche im Freudenhaus zu verbieten, und ihr Vater war derselben Ansicht gewesen (nicht, weil er sich um sie sorgte, sondern weil er es sich mit seinem Schwiegervater nicht verscherzen wollte). Entgegen ihrer Anordnung hatte sie das Bordell jedoch weiterhin aufgesucht. Niemand würde es schaffen, ihr ihre Freundinnen und ihr zweites Zuhause wegzunehmen.

„Der Verrückte, der auf meinen Großvater geschossen hat, ist tot", erklärte sie mit fester Stimme. „Die Gefahr ist vorüber."

„Bist du dir da sicher?"

Als sie den ernsten Ausdruck in Francies Augen bemerkte, setzte Tessa sich auf. „Warum? Was ist dir zu Ohren gekommen?"

Die Freundin zögerte kurz, wodurch sie verriet, dass sie in der Tat etwas wusste. Viel zu oft wurden Dirnen wegen ihres Berufs unterschätzt. Die meisten glaubten, weil sie für ihren Lebensunterhalt die Beine breit machten, würde es den Frauen an Grips mangeln, aber damit lagen sie falsch.

Tessas Freundinnen waren scharfsinnig und besaßen zudem eine hervorragende Beobachtungsgabe, was dazu führte, dass sie regelmäßig Zeuginnen schmutziger Geheimnisse wurden. Die betrunkenen, wollüstigen Freier, die zu ihnen kamen, scherten sich vor den vermeintlich „hirnlosen Weibern" nicht darum, Diskretion zu wahren.

Aus diesem Grund erfuhren Francie und die anderen Frauen wichtige Informationen, die in der Londoner Unterwelt mehr wert waren als Geld.

Nichts, wirklich gar nichts, verlieh einem Mann (oder einer Frau) mehr Macht, als Dinge zu wissen, die andere nicht wussten.

„Wahrscheinlich ist es gar nicht von Bedeutung", murmelte Francie.

„Jetzt sag schon", bohrte Tessa nach. „Du weißt doch, dass ich dich niemals verpfeifen würde."

Francie fuhr sich mit der Zunge über die Lippen. „Es kursieren Gerüchte über deinen Großvater ..." Sie brach ab und senkte die Stimme. „Angeblich soll er nicht mehr so mächtig sein wie früher. Manche glauben, der Vorfall im Gilded Pearl sei der Beweis dafür."

Das Gilded Pearl war ein Bordell in Covent Garden gewesen. Vor etwa zwei Wochen hatte es dort eine Explosion gegeben, deren Flammen alle Anwesenden zum Opfer gefallen waren. Ihr Großvater war völlig außer sich gewesen, da er sich, wie jeder gute König, für die Menschen unter seinem Schutz verantwortlich fühlte.

Ein eisiger Schauer jagte ihr über den Rücken. „Das war doch nur ein Unfall. Großpapa hat es selbst gesagt."

„Wenn man John Randolphs Tod dazuzählt, passieren in Covent Garden in letzter Zeit zu viele *Unfälle* für meinen Geschmack", erwiderte Francie grimmig. „Es heißt, Blacks Herrschaft neige sich ihrem Ende zu."

Ungebeten spukten Tessa Bartons letzte Worte durch den Kopf: *Der alte Knacker ist viel zu schwach, um es mit mir aufnehmen zu können. Ich sag's euch, es dauert nicht mehr lang, bis ein neuer König der Unterwelt gekrönt wird ...*

Sie ballte die Hände zu Fäusten. „Wer behauptet das?"

„Unwichtig", sagte Francie und warf einen flüchtigen Blick auf Belinda. „Hinzu kommt allerdings noch, dass nach dem, was hier im Bordell deines Vaters vorgefallen ist und worauf er nicht reagiert hat, eure ganze Familie als schwach dasteht, Mistkerle wie O'Toole dafür umso stärker."

Frustration schnürte Tessa wie ein zu enges Korsett die Luft ab. Obwohl sie das Verhalten ihres Vaters nicht guthieß, hielt sie aus familiärer Loyalität doch zu ihm. „Mein Vater hat keine

Angst vor Schurken wie O'Toole. Ich bin sicher, wenn ich ihn fragen würde, warum er nichts unternommen hat, würde er …"

„Nein!", fuhr Belinda sie mit blassem Gesicht an. „Du hast mir *versprochen*, dass du ihm gegenüber kein Wort über die Sache verlierst. Ich will diesen Job nicht aufs Spiel setzen, ich kann sonst nirgendwo hin!"

Als sie die nackte Angst im Blick ihrer Freundin sah, atmete Tessa tief durch, um die aufsteigende Frustration zu unterdrücken. So gerne sie ihren Vater auch konfrontieren würde, wollte sie keinesfalls ihr Versprechen Belinda gegenüber brechen.

Sie erhob sich, ging zu ihr hinüber und legte ihr eine Hand auf die zitternde Schulter. „Ich bin eine Frau, die zu ihrem Wort steht. Du kannst dich darauf verlassen, dass ich dichthalten werde."

„Danke", erwiderte Belinda mit erstickter Stimme.

Eigentlich hatte Tessa vorgehabt, ihr das zurückgewonnene Geld unter vier Augen zu überreichen, aber sie wusste, dass sie nicht länger warten konnte. Sie musste ihren Freundinnen beweisen, dass ihre Familie nach wie vor die Macht besaß, das geheiligte Gleichgewicht des Gebens und Nehmens aufrechtzuerhalten, das im Elendsviertel vorherrschte.

Mit einem Pfeifen und einer Kinnbewegung bedeutete sie Swift Nick, zu ihrem Gehrock hinüberzuklettern, der über einer Stuhllehne hing. Das Frettchen folgte der Aufforderung und verschwand in der inneren Tasche, aus der es kurze Zeit später mit einem Münzbeutel im Maul wieder erschien.

„Bring den zu Belinda", wies sie ihn an.

Nick bugsierte das schwere Säckchen zu Belinda hinüber und legte es vor ihren Füßen ab.

„Was ist das denn?", fragte die Freundin, hob den Beutel auf und öffnete ihn. Als sie sah, was sich im Inneren befand, stieß sie ein schrilles Quietschen aus. „Meine Güte, was für ein Riesenhaufen Kohle!"

„Es ist der Betrag, den O'Toole dir gestohlen hat", erklärte Tessa.

„Aber da ist viel mehr drin als hundert Pfund ..."

„Weil er dir so viel *mehr* als nur das Geld schuldet", beharrte sie. „Erachte es als Rückzahlung mit Zinsen."

Belinda presste den Beutel an ihre Brust. „Wie ... wie bist du da drangekommen?"

„Das spielt keine Rolle. Wichtig ist nur, dass die Blacks immer zur Stelle sein werden, um Gerechtigkeit walten zu lassen."

„Wir werden damit direkt zum Goldschmied gehen", mischte Francie sich ein. „Er wird es für dich in Silber umwandeln und sicher aufbewahren."

Belinda schluckte schwer. „Oh, Tessa, ich weiß nicht, wie ich mich je dafür revanchieren soll ..."

„Deine Freundschaft reicht mir völlig aus", erwiderte Tessa und legte der Freundin eine Hand auf die Schulter. „Du hast stets zu mir gehalten. Endlich konnte ich mich einmal revanchieren."

Sie würde nie vergessen, wie großzügig und liebevoll ihre Freundinnen zu ihr gewesen waren. Diese Frauen hatten sie durch die einsamen Jahre ihrer Kindheit und die turbulenten Zeiten des Erwachsenwerdens begleitet. Unzählige Male war sie nach einem schrecklichen Tag auf dem Internat niederge-schlagen in das Bordell zurückgekehrt, wo Belinda mit einem freundlichen Wort und einer warmen Umarmung auf sie gewartet hatte, während Daisy sie stets mit einer lustigen Anek-dote aufzuheitern wusste. Und Francie war damals wie auch jetzt ihr Quell der Weisheit gewesen.

„Als deine Freundinnen wollen wir nicht, dass dir etwas zustößt, Tessa", sagte diese nun. „Was ist denn so schlimm daran, einen Leibwächter zu haben?"

„Er würde mir niemals gestatten, hierherzukommen." Seufzend ließ Tessa sich zurück auf Francies Bett sinken. „Bennett ist solch ein Sittsamkeitsapostel. Er hält mir ständig Vorträge darüber, was ich tun darf und was nicht. Ich glaube, ihm gefällt es, Großpapas Anordnungen durchzusetzen, um mich unter Kontrolle zu halten."

„Durchzusetzen?", wiederholte Belinda leise. „Ist er etwa ein Rohling?"

Bennett war ... alles andere als das, wie sie widerwillig zugeben musste. Tatsächlich war sie nie zuvor einem Mann wie ihm begegnet.

„Nein, ist er nicht", murmelte sie mürrisch. „Ich meine, er ist schon ziemlich groß und muskulös, aber nicht auf diese Bauerntrampelart, wie seine Vorgänger. Er ist intelligent und hat gute Manieren, allerdings ist er kein arroganter Schnösel. Und in einem Kampf weiß er sich durchaus zu verteidigen."

„Dieser Bennett ist also ein cleverer und höflicher Bursche, der auch noch seine Muskeln einzusetzen weiß?", fasste Daisy zusammen und verzog amüsiert das Gesicht. „Ja, ich verstehe, warum wir Frauen ihn abstoßend finden sollten. Jetzt sag bloß, er sieht auch noch gut aus?"

Tessa errötete heftig. Eher würde sie ihre Kappe fressen, bevor sie zugab, dass sie den Kerl attraktiv fand.

„Darauf habe ich nicht geachtet", erwiderte sie. „Mir gefällt einfach seine Art nicht."

„Warum, was ist denn damit?", wollte Daisy wissen.

Er ist zu aufmerksam. Liegt mir ständig auf der Pelle. Und ihn scheint nichts aus der Ruhe zu bringen.

Bennetts unerschütterliche Gelassenheit irritierte sie am meisten. Doch damit stand sie offensichtlich allein da, denn Mrs Gates lobte bei jeder Gelegenheit sein freundliches Wesen, während Mrs Crabtree von seiner Ruhe und Besonnenheit schwärmte, wann immer sie den Mund öffnete.

Vielleicht lag es daran, dass Tessa Männer gewöhnt war, die

ihrem Unmut ungehindert Luft machten. Sowohl ihr Vater als auch ihr Großvater waren äußerst launenhaft und gingen schnell an die Decke. Im Gegensatz zu ihnen kam ihr Bennetts ruhiges, vernünftiges Auftreten regelrecht *unnatürlich* vor. Wenn sie ihm einen Streich spielte, reagierte er weder mit Gebrüll noch Drohungen noch sonst irgendwelchen Gefühlsausbrüchen darauf, ganz im Gegenteil: Er bedachte sie mit einem kühlen Blick und hielt ihr in seinem leisen, belehrenden Tonfall einen Vortrag, bevor er seines Weges ging ... als wäre nichts geschehen!

Unerklärlicherweise stachelte sein Verhalten sie nur noch weiter an. Sie war wild entschlossen, seine stoische Fassade zu durchbrechen, ihm irgendeine Art von Reaktion zu entlocken.

„Er ist eigenwillig und kontrollsüchtig", sagte sie und verschränkte die Arme vor der Brust. „Stellt euch nur mal vor, er hat mir doch tatsächlich verboten, mich mit Alfred zu treffen! Er glaubt, er könne mir Vorschriften machen!"

„Er ist ein Mann, Schätzchen", erwiderte Francie. „Und Männer sehen es nun mal als ihr gottgegebenes Recht an, uns herumzukommandieren."

„Ich kann jedenfalls gut auf einen gebieterischen Aufpasser verzichten. Vor allem, wenn er nur dazu da ist, um sicherzustellen, dass der Herzog von Ranelagh und Somerville eine tugendhafte, unberührte Braut bekommt", erklärte sie verbittert.

Denn genau das war der springende Punkt: Mehr als alles andere verärgerte sie die Tatsache, dass Bennett die Pläne ihres Großvaters unterstützte. Neulich, als sie gemeinsam vor O'Tooles Schergen geflohen waren und er ihr die Führung überlassen hatte, war sie für den Bruchteil einer Sekunde davon überzeugt gewesen, dass er sie als ebenbürtig erachtete. Dass sie einander respektierten. Von wegen! Stattdessen hielt er sie für ein gelangweiltes Dummchen, das besser tun sollte, was man ihr sagte.

Francie hob eine Braue. „Dein Großvater will dich also immer noch mit Ransom vermählen?"

Aufgrund seines langatmigen Titels wurde der Herzog von Ranelagh und Somerville von den Mitgliedern des *ton* allgemeinhin „Ransom" gerufen, ein zusammengezogener Spitzname aus seinen beiden Titeln.

„Ich soll mich morgen Abend mit dem elenden Schnösel treffen", murrte sie.

„Fändest du es wirklich so schlimm, eine Herzogin zu werden?", fragte Belinda mit verträumtem Gesichtsausdruck. „Denk doch nur an die prunkvollen Bälle, die Landsitze und die vielen vornehmen Bekanntschaften."

Zu dieser Vorstellung fiel Tessa nur ein einziges Wort ein: *Folter.*

Während ihrer Ausbildung auf dem Internat hatte sie jede Sekunde gehasst, in der sie vorgeben musste, Miss Theresa Smith zu sein. Sie war gezwungen gewesen, ihren wahren Namen, ihre Herkunft und ihr Familienvermächtnis zu verleugnen ... und wofür? Nur, um von hochnäsigen Dummköpfen verspottet zu werden, die links nicht von rechts unterscheiden konnten?

Verdammt, sie hatte Wichtigeres zu tun, als ein gesellschaftliches Mauerblümchen zu spielen. Großpapas Leben und seine Herrschaft waren in Gefahr. Sie musste ihr Volk, ihre Welt beschützen!

Trotzig hob sie das Kinn an. „Kein Titel ist es wert, meinen Namen und meine Identität aufzugeben."

„Ich hab gehört, dass der gute Ransom neben seinen Titeln noch andere Vorzüge haben soll", erwiderte Daisy mit einem anzüglichen Grinsen. „Vor allem einen bestimmten, *riesigen* Vorzug."

„Halt den Rand", fuhr Francie sie an. „Du sollst vor Tessie nicht so reden."

„Ist schon in Ordnung ...“, begann diese.

„Nein, ist es nicht“, sagte Francie und schüttelte den Kopf. „Du bist eine unverheiratete Frau.“

„Tut mir leid, hab nicht nachgedacht“, murmelte Daisy zerknirscht.

Als Tessa den steinernen Blick ihrer ältesten Freundin bemerkte, seufzte sie innerlich auf: Es hatte keinen Zweck, mit ihr darüber zu streiten. Die anderen Frauen waren schon immer äußerst beschützerisch gewesen, was Tessas „Unschuld“ anbelangte. Dabei spielte es keine Rolle, dass sie praktisch in dem Freudenhaus aufgewachsen war. Ihre Freundinnen bestanden darauf, sie wie eine Dame zu behandeln, insbesondere, wenn es um sexuelle Belange ging. In solchen Momenten wurden die drei Dirnen zu prüden Moralaposteln und ließen sich auch nicht durch Tessas Argumente umstimmen, dass sie in diesem Etablissement bereits Dinge gehört und gesehen hatte, die jede andere Jungfrau in Ohnmacht hätte fallen lassen.

Sie selbst mochte zwar noch nie mit einem Mann intim gewesen sein, doch ihre Gedanken waren alles andere als tugendhaft. Zweifellos verfügte ihr Wortschatz über mehr Obszönitäten als französische Vokabeln. Und dennoch bestanden Francie, Belinda und Daisy darauf, sie vor allem Unzüchtigen zu behüten. Da sie es aus Liebe taten, konnte Tessa ihnen nicht einmal böse sein.

„Ich will mich einfach für niemanden verstellen müssen“, beharrte sie. „Habt ihr mir nicht immer eingeschärft, dass eine Frau niemals ihre Freiheit für einen Mann aufgeben sollte?“

Jede ihrer Freundinnen war in der Vergangenheit von Männern misshandelt worden. Alle drei hatten daraufhin in diesem Gewerbe zu arbeiten begonnen, weil sie auf diese Weise wenigstens für ihre Dienste bezahlt wurden und sich dadurch ihre finanzielle und individuelle Unabhängigkeit bewahrten.

„Du bist eine kluge Frau“, sagte Francie mit unverhohlenem

Stolz. „Hoffentlich kapiert dein Großvater das auch, bevor es zu spät ist."

Als Tessa bemerkte, wie Belinda ein Gähnen zu unterdrücken versuchte und wie Daisy langsam die Augen zufielen, realisierte sie, dass es höchste Zeit war zu gehen. Ihre Freundinnen hatten eine lange Nacht hinter sich und brauchten ihren Schlaf.

„Ich habe euch viel zu lang wachgehalten", sagte sie und erhob sich. Swift Nick sprang aufbruchsbereit vom Bett. „Es ist wohl besser, wenn ich jetzt ..."

Plötzlich flog die Tür auf.

Sam Bennett stand im Türrahmen und musste sich ein wenig ducken, als er eintrat. Tessa fiel auf, dass seine Haare leicht feucht waren. Eine dunkle Locke fiel ihm keck in die Stirn, was ihm ein jungenhaftes Aussehen verlieh, das so gar nicht zu seinem finsteren Gesichtsausdruck passte.

„Wie haben Sie mich gefunden?", platzte sie heraus.

„Das ist nun mal mein verdammter Job."

In einem so tiefen, knurrenden Tonfall hatte er noch nie mit ihr gesprochen. Ein prickelnder Schauer jagte ihr über den Rücken, als sie den Sturm in seinen sonst so klaren, braunen Augen sah. Es war, als hätte die Erde sich aufgetan, um einer glühenden Masse geschmolzener Emotionen zu weichen. Die vernarbte Haut über seiner Augenbraue war sichtlich angespannt, und jeder Zentimeter seines muskulösen Körpers strahlte unterdrückte Wut aus.

Tessa schluckte schwer und fuhr sich mit der Zunge über die Lippen.

„Gütiger Himmel", flüsterte Daisy in die angespannte Stille. „Jetzt sag bloß nicht, dass *der* da dein Bennett ist?"

Kapitel Acht

*R*eiß *dich zusammen,* ermahnte er sich. *Verlier bloß nicht die Beherrschung.*

Diese Worte hatte er sich auf dem Weg zum Freudenhaus wie ein Mantra immer wieder vorgesagt. Es war nicht schwer gewesen herauszufinden, wie und wohin der Fluch seines Lebens verschwunden war. Vom Balkon ihres Schlafgemachs aus konnte sie mühelos in den Garten klettern, und als er das Personal befragte, erfuhr er, dass Miss Todd oft und gerne ihre „Freundinnen" im Klub ihres Vaters zu besuchen pflegte.

Sie war tatsächlich in ein *Bordell* gegangen.

Er konnte es kaum glauben. Und doch stand sie vor ihm, wie eine Frau, die sich unter den drei anwesenden Dirnen pudelwohl zu fühlen schien.

Obwohl die anderen Damen weitaus knapper und aufreizender gekleidet waren, zog Miss Todd seine ganze Aufmerksamkeit auf sich. Wieder einmal steckte sie in Männerklamotten, aber diesmal war ihre Kleidung nicht viel zu weit und verhüllend, im Gegenteil: Sie trug keinen Gehrock, und das dünne Leinenhemd umspielte verführerisch ihre weiblichen Rundungen. Die Hose schmiegte sich wie eine zweite Haut um ihre schlanken Beine, und das Krawattentuch brachte ihren schwanengleichen Hals vortrefflich zur Geltung. Ihr langes, glänzendes Haar war zu einem schlichten Zopf geflochten, was ihre großen Augen und feinen Züge zusätzlich betonte.

Statt ihre Weiblichkeit zu kaschieren, hob die Verkleidung diese auf verlockende Weise hervor. Ihre frische, natürliche Anmut würde jeden Mann um den Verstand bringen. Er spürte, wie sein Blut in Wallung geriet.

Hat dieses verfluchte Weib denn keine Ahnung, welchen Gefahren sie sich aussetzt?

Der Muskel unter seinem linken Auge begann zu zucken. Das war kein gutes Zeichen.

„Wir gehen jetzt", verkündete er schroff.

„Mit Ihnen gehe ich nirgendwo hin", erwiderte sie und reckte trotzig das Kinn vor. In der Tat wirkte ihre ganze Haltung herausfordernd: Sie hatte die Hände in die Hüften gestemmt und sich breitbeinig vor ihm aufgebaut.

Starr nicht so auf ihre Beine, du Trottel.

Neben ihr lauerte ihr verdammtes Frettchen und zeigte ihm angriffslustig die Zähne.

„Wenn du nicht mit ihm gehst, tu's ich, Tessa."

Harrys Blick wanderte zu der brünetten Dirne, die eben gesprochen hatte. Sie zwinkerte ihm zu und lehnte sich auf ihrem Bett etwas nach vorne, um ihm einen großzügigen Blick auf das tiefe Dekolleté ihres gelben Satinmorgenmantels zu gewähren. Hastig wandte er sich wieder ab.

„Oooh, der stramme Bursche wird ja ganz rot! Ist er nicht herzallerliebst?", zwitscherte sie.

„Schluss damit, Daisy", fiel Miss Todd ihr gereizt ins Wort. „Und was Sie angeht, Professor", wandte sie sich mit einem rebellischen Funkeln in den Augen an Harry, „verschwinden

Sie besser wieder. Ich gehe nach Hause, wann immer es *mir* passt."

Die ganze Woche über hatte sie ihn bereits mit diesem Spitznamen genervt. Obwohl sie seine Vergangenheit nicht kannte, war es ihr gelungen, eine Scherbe seines zerbrochenen Traums aufzulesen und diese wie einen Dolch in sein Herz zu bohren, schonungslos und ohne Erbarmen.

Er stand kurz davor zu explodieren.

„Sie kommen auf der Stelle mit mir, Sie elender Quälgeist", knurrte er. „Und wenn ich ein Professor wäre, würde ich Ihnen dringend eine Lektion in Sachen Benehmen erteilen. Nein, vielmehr in Sachen *gesunder Menschenverstand.* Was haben Sie sich nur dabei gedacht, in diesem ungebührlichen Aufzug herumzurennen, noch dazu in einem *Bordell?* Jemand hätte Sie belästigen können ... oder noch schlimmer!"

Der letzte Teil des Satzes entfuhr ihm viel lauter und heftiger, als er beabsichtigt hatte. Selbst er war über seine Reaktion überrascht. Normalerweise war er ein besonnener Mensch, der niemals die Stimme erhob, schon gar nicht gegen eine Frau.

Miss Todd besaß doch tatsächlich die Dreistigkeit, die Augen zu verdrehen. „Ich kann sehr wohl selbst auf mich aufpassen."

„Und wie?", konterte er. „Wie genau würden Sie sich gegen die unerwünschten Avancen eines Mannes wehren?"

„Mit denen hier." Harry blinzelte verblüfft, als sie sich bückte und jeweils einen Dolch aus ihren Stiefeln zog. Geschickt warf sie die kleinen Waffen mit Cloisonné-Griffen in die Luft.

„Wo zum Henker haben Sie denn die Dinger her?", fragte er ungläubig.

„Von Ming. Er hat mir auch beigebracht, wie man sie benutzt. Ich habe noch nie ein Ziel verfehlt."

Die unterschwellige (und ziemlich angeberische) Drohung

in ihrem Tonfall war nicht zu überhören. Harry biss die Zähne zusammen und überlegte gerade, ob er sie sich einfach über die Schulter werfen und hinaustragen sollte, als eine rothaarige Dirne neben sie trat. Die Frau war älter als die übrigen Anwesenden und gut aussehend, wenn auch ein wenig verhärmt.

Wortlos stupste sie Miss Todd an, woraufhin diese genervt aufseufzte ... Doch dann verstaute sie ihre Dolche gehorsam in ihren Stiefeln.

„Ich bin Madam Francie, die Bordellwirtin dieses Etablissements", sagte die rothaarige Frau, an Harry gewandt. „Tessa ist bei uns in Sicherheit. Wir alle passen gut auf sie auf. Außerdem benutzt sie die verborgenen Bedienstetengänge, sodass sie von keinem unserer Gäste gesehen wird."

„Danke, dass Sie sich so gut um meinen Schützling gekümmert haben, Miss Francie", erwiderte er kurz angebunden. „Nichtsdestotrotz ist dieses Bordell kein Ort für eine junge Dame. Die Tatsache, dass Miss Todd so lange tun und lassen durfte, was sie wollte, ist unerhört."

Zu seiner Überraschung nickte die Bordellwirtin kleinlaut.

„Hör nicht auf Bennett", mischte sein missratener Schützling sich ein. „Er ist ein überheblicher Moralapostel ..."

„Nicht nur ich bin der Meinung, dass Ihr Benehmen einer Reform bedarf, sondern auch Ihr Großvater."

Bartholomew Black ins Spiel zu bringen, war der richtige Schachzug gewesen.

Madam Francie legte Tessa eine Hand auf die Schulter.

„Du gehst besser mit ihm, Schätzchen", sagte die rothaarige Dirne leise.

Miss Todd ließ die Schultern hängen und bedachte ihre Freundin mit einem verletzten Blick.

Harry entdeckte einen langen, schwarzen Umhang an einer der Wände und fragte: „Darf Miss Todd sich den ausleihen?"

„Natürlich", erwiderte eine dritte, blonde Dirne und holte das Gewand vom Haken.

Als sie sich ihnen näherte, bemerkte er die verblassenden Blutergüsse auf ihrem Gesicht. Sie zuckte leicht zusammen, als er die Hand ausstreckte, um den Umhang entgegenzunehmen, was seinen Verdacht bestätigte. Seine Brust schnürte sich zusammen. Es gab nichts Feigeres, Verabscheuungswürdigeres auf dieser Welt als einen Mann, der Frauen schlug.

Langsam drehte er seine Handfläche nach oben und wartete darauf, dass sie ihm das Kleidungsstück aushändigte.

„Vielen Dank, Miss", sagte er sanft, nachdem sie es ihm gegeben hatte.

„Oh ... Kein Problem. Und nennen Sie mich ruhig Belinda." Sie wickelte eine blonde Locke um ihren Finger und schenkte ihm ein nervöses Lächeln.

Er neigte höflich den Kopf, bevor er sich Miss Todd zuwandte. „Werfen Sie das über."

Sie bedachte ihn mit einem finsteren Blick. „Ich werde Belinda nicht ihren besten Mantel wegnehmen."

„Ich sorge dafür, dass sie ihn wiedererhält. Tatsache ist, dass Sie unmöglich in diesem Aufzug herumlaufen können", erwiderte er schroff. „Jetzt ziehen Sie das verdammte Ding an, sonst erledige ich das für Sie."

Als sie zögerte, wünschte er sich beinahe, sie möge sich ihm widersetzen. *Versuch es nur.*

Doch dann riss sie ihm den Umhang aus der Hand und band ihn sich um. „Zufrieden?", fragte sie mit einem wütenden Funkeln in den Augen.

„Erst, wenn Sie wohlbehalten zu Hause sind", sagte er und deutete auf die Tür. „Und jetzt, marsch, zurück durch den geheimen Korridor."

Sie bückte sich, um ihr Frettchen aufzusammeln, bevor sie sich flüchtig von ihren Freundinnen verabschiedete und zur

Tür hinausrauschte. Draußen blieb sie vor einem der Wandpaneele stehen und drückte auf einen Bereich in der Zierleiste. Das Paneel schwang auf und gab den Blick frei auf einen Gang, der hinter der Steinmauer verlief.

Miss Todd stieg hinein und wies ihn über die Schulter in neunmalklugem Tonfall an: „Vergessen Sie nicht, die Öffnung hinter sich zu schließen.“

Nur mit Mühe unterdrückte er eine bissige Antwort. Sobald er den Geheimgang betreten hatte, zog er die Holzverkleidung hinter sich zu und folgte ihr durch die Dunkelheit. Während er den Kopf einzog, um sich nicht an der niedrigen Decke zu stoßen, überkam ihn plötzlich eine beklemmende Erinnerung: ein lauter Knall, gefolgt von herabstürzendem Geröll. Gefangen in ewiger Finsternis, ohne Licht, ohne Luft. Die altbekannte Panik stieg in ihm auf. Sein Herz begann zu rasen, seine Handflächen wurden klamm ...

„Verdammt, das hier ist kein Spaziergang durch den Hyde Park“, riss Miss Todds schneidender Tonfall ihn aus seiner Gedankenspirale. „Beeilen Sie sich gefälligst.“

Er wusste nicht, ob er über die Ablenkung erzürnt oder erleichtert sein sollte. Zumindest spürte er, wie die Panik abebbte. Er beschleunigte seine Schritte, und als er ihr näherkam, stieg ihm ihr frischer Duft in die Nase und vertrieb jegliche Erinnerung an die beißenden Überreste von Schießpulver und verkohlter Erde. Wenn er ehrlich war, hatte ihr süßes Aroma ihn seit Tagen beinahe um den Verstand gebracht. Es war eine betörende, magische Mischung aus Parfüm, Seife ... und ihr.

Nach einer Weile stiegen sie eine Treppe hinunter und setzten ihren Weg im Erdgeschoss fort. Plötzlich blieb sie stehen, und er tat es ihr gleich. Seine Nase war nur wenige Zentimeter von ihrem Schopf entfernt. Wieder hüllte ihr lieblicher Duft ihn ein, und er konnte nicht anders, als tief einzuatmen.

„Warum halten wir an?", murmelte er.

„*Pssst*. Ich glaube, da kommt jemand."

Harry erstarrte und spitzte die Ohren. Erst hörte er ein gedämpftes Geräusch … Schritte? Dann undeutliches Stimmengewirr, aus dem sich nach und nach Worte herauskristallisierten.

„Oooh, du bist so groß und hart", stöhnte eine weibliche Stimme.

„Mein Schwanz gefällt dir, hm? Dann lass mich damit deine kleine, feuchte Pussy ficken!"

Harry brach der Schweiß aus, als ihm klar wurde, dass das dumpfe Geräusch keine Schritte waren, sondern das Klopfen eines Kopfendes gegen die Wand, untermalt von den immer lauter werdenden Schreien des Paares, das sich in besagtem Bett zu vergnügen schien.

In der Tat *kam* hier jemand … Nur nicht so, wie Miss Todd es vermutet hatte.

Mit einem Mal war er sich ihres würzigen Aromas, ihrer elektrisierenden Nähe und ihres flachen Atems bewusst, und sein Körper reagierte augenblicklich: Hitze durchströmte ihn von Kopf bis Fuß, und sein Schwanz begann zu pulsieren.

Verdammt noch mal. Reiß dich zusammen, Mann.

„Ich hatte nicht erwartet, dass um diese Uhrzeit jemand …", stammelte sie verlegen, bevor sie abbrach und nach einer kurzen Pause erneut ansetzte: „Ähm, wir sollten weitergehen."

Eiligen Schrittes setzte sie ihren Weg fort, und er folgte ihr auf dem Fuße.

Wie viel Erfahrung hat sie eigentlich auf diesem Gebiet? Seit ihrer ersten Begegnung hatte er sich diese Frage immer wieder gestellt. Sie war eine Frau, die mit versauten Karten spielte, sich in einem Bordell wie zu Hause fühlte und beim Anblick einer wilden Orgie nicht einmal mit der Wimper zuckte. Im Gegensatz zu Celeste, die ihre wahre Natur stets hinter einer engelhaften Fassade verborgen hatte, machte Tessa Todd aus ihrer Verruchtheit keinen Hehl.

Wenn du willentlich von ihrem Gift kostest, bist du ein verdammter Narr.

„Verflucht, ich glaube, da vorne kommt mein Vater", riss Miss Todds panisches Flüstern ihn aus seinen finsteren Gedanken. „Er bringt mich um, wenn er mich hier entdeckt."

Jetzt hörte Harry es auch: Männerstimmen und Schritte, nur wenige Meter von ihnen entfernt in der Dunkelheit.

„Wo ist der nächstgelegene Ausgang?", flüsterte er angespannt. „Vor oder hinter uns?"

„Der liegt ein Stück zurück ..."

Ohne Zeit zu verlieren, drängte er sich an ihr vorbei. „Führen Sie uns hin. *Sofort.*"

Hektisch eilten sie den Weg zurück, den sie gekommen waren. Harrys Puls begann zu rasen, während die Stimmen hinter ihnen sich unaufhaltsam zu nähern schienen. Als er einen Blick über die Schulter warf, sah er das schwache Flackern von Kerzenlicht an der Wand des Tunnels.

Dann hielt Miss Todd abrupt inne und betätigte einen Mechanismus in der Mauer. Mit einem leisen Klicken öffnete sich das Paneel vor ihnen. Sie sprangen hinaus, verschlossen den Ausgang hinter sich und warteten angespannt darauf, dass die Schritte an ihnen vorbeigingen ... doch sie kamen direkt neben ihnen auf der anderen Seite der Wand zum Stehen.

„Lass das römische Atrium säubern", ertönte eine schroffe Stimme. „Nach der Orgie letzte Nacht sieht es da aus wie im Schweinestall."

„Jawohl, Mr Todd. Wollen Sie auch die Zimmer auf dieser Etage besichtigen?"

Harry sah Tessa an. Die Pupillen ihrer sturmgrünen Augen waren vor Angst geweitet.

„Keine Zeit", erwiderte der Bordellbesitzer ungehalten. „Außerdem ist das doch deine Aufgabe, oder nicht?"

„Natürlich, Sir. Bitte um Verzeihung, Sir."

„Dann mal weiter. Ich hab nicht den ganzen Tag Zeit."

Als die Schritte verklungen waren, atmete Harry erleichtert auf, bevor er sich in dem Gang umsah, in dem sie standen. Entlang der gegenüberliegenden Wand befanden sich mehrere Türen und am Ende des Korridors eine weitere Treppe.

„Können Sie uns hier rausbringen?", fragte er leise.

Miss Todd nickte, sichtlich erschüttert. „Wir müssen die Hintertreppe nehmen."

Plötzlich schwang eine der Türen auf, und abermals ertönten Stimmen.

„Kommen Sie bald wieder, meine Herren", säuselte eine Frau.

Ihre Worte wurden von dem Gelächter mehrerer Männer quittiert. „Mit dir gelingt uns das doch immer, Sally."

Dann betraten zwei Freier den Korridor.

Verdammt. Sobald die Kerle den Kopf drehten, würden sie Harry und Tessa erblicken. Ihnen blieb keine Zeit mehr, sich irgendwo zu verstecken. Fieberhaft überlegte er, ob es etwas bringen würde, sie mit seinem Körper abzuschirmen, doch bevor er etwas unternehmen konnte, spürte er, wie ihre Finger durch sein Haar glitten.

Überrascht wandte er sich ihr zu und starrte sie an, sah gerade noch den entschlossenen Ausdruck in ihren Augen, bevor sie sich auf die Zehenspitzen stellte und ihren Mund auf den seinen presste.

Bennett zu küssen, war ein gewagter Einfall.

Doch sie musste unbedingt verhindern, dass sie erkannt wurde, wenn sie dem Zorn ihres Großvaters entgehen wollte. Die Freier, die sich ihnen näherten, würden einem eng umschlungenen Paar in einem Bordell keine Beachtung schenken. Und Bennett schien nichts gegen ihren Plan einzuwenden zu haben, denn er drängte sie gegen die Wand und stellte sich schützend vor sie, während seine Lippen die ihren versiegelten.

Bislang hatte sie nur gesehen, wie andere sich küssten, die Erfahrung jedoch nie selbst gemacht. Sie wusste nicht genau, was sie tun sollte, außer ihre Lippen gegen Bennetts Mund zu pressen. Unglücklicherweise vernebelte seine Nähe ihr völlig die Sinne. Sein muskulöser Körper und die Hitze zwischen ihnen ließen sie keinen klaren Gedanken fassen.

Als sie versuchte, etwas zu sagen, nutzte er die Gelegenheit, um den Kuss zu vertiefen. Ihr Verstand setzte aus und sie gab sich völlig den neuartigen Gefühlen hin, die er in ihr erweckte. Bennett küsste auf dieselbe Weise, mit der er alle Aufgaben erledigte: gewissenhaft, intensiv, geschickt. Seine warmen, samtigen Lippen entfachten ein fieberhaftes Feuer unter ihrer Haut.

Er schmeckt nach Pfefferminz, dachte sie, halb betäubt vor Lust.

Wie von selbst öffnete sich ihr Mund, um ihm noch näher sein zu können. Sie spürte, wie er erschauderte, und dann presste seine Zunge gegen ihre Lippen.

Gütiger Himmel.

Sie hatte es stets als absurd (und, offen gesagt, unhygienisch) empfunden, wenn andere Paare sich auf diese Weise küssten, aber diese Nähe nun selbst zu erfahren, war eine Offenbarung. Bennetts Kuss war berauschend, erregend ... und gefährlich süchtig machend. Als seine Zunge gegen die ihre rieb, durchfuhr sie ein elektrisierender Schock, der in einem prickelnden

Pulsieren zwischen ihren Schenkeln endete. Sie vergrub die Hände in seinem dichten Haar und presste sich an ihn, ein stilles, verzweifeltes Flehen nach mehr.

In der nächsten Sekunde hatte er sie gegen die Wand gedrückt und küsste sie noch feuriger und fordernder als zuvor. Ihre steifen Brustwarzen rieben gegen seine harten Muskeln, während seine geschickte Zunge sie mit jeder Berührung weiter in den Wahnsinn trieb. In seiner Umarmung fühlte sie sich seltsam sicher. Behütet.

Und unglaublich *heiß*. Gott, es kam ihr vor, als würde sie innerlich verglühen. Seine großen, starken Hände umfassten ihre Kehrseite und zogen sie noch näher an sich, wobei einer seiner kräftigen Schenkel zwischen ihre Beine glitt.

Als ihr ein leises Stöhnen entwich, begann er, gegen ihre Scham zu reiben, was ihr weitere atemlose Laute der Verzückung entlockte. Ihre intimste Stelle pulsierte heiß und feucht, und halb von Sinnen vor Lust hob sie sich seinen Bewegungen entgegen.

„Gott, ja", keuchte er gegen ihre Lippen. „Reite mich."

Das brauchte er ihr nicht zweimal zu sagen. Sie konnte nicht aufhören, selbst wenn sie gewollt hätte. Plötzlich spürte sie etwas Hartes gegen ihren Schenkel pressen, und durch den Nebel der Leidenschaft erkannte sie, dass es sein steifes Glied war. Als sie ihre Hüfte noch schneller und intensiver dagegen kreisen ließ, stieß er ein kehliges Stöhnen aus, dessen Vibrationen sie tief in ihrer Brust spürte. Seine Zunge rieb immer fordernder gegen die ihre, und instinktiv begann sie, daran zu saugen ...

„Da hat's jemand nicht bis ins Zimmer geschafft, was?"

„Die Kleine muss ja 'ne Bombe sein! Dürfen wir auch mal ran?"

Tessa zuckte erschrocken zusammen, als sie die männlichen Stimmen vernahm, aber Bennett reagierte sofort und hielt sie fest gegen die Wand gedrückt, schirmte sie so gut es ging vor den Blicken der neugierigen Rüpel ab.

Ohne sich umzudrehen, knurrte er: „Verzieht euch, sonst erlebt ihr euer blaues Wunder.“

Angesichts seines drohenden Tonfalls suchten die beiden schleunigst das Weite.

Sobald sie verschwunden waren, trat Bennett einen Schritt zurück.

Atemlos und mit vor Erregung steifen Brustwarzen beobachtete Tessa, wie er seine Brille abnahm und an seinem Hemd putzte. Zu sehen, wie behutsam seine großen, starken Hände mit dem zerbrechlichen Gestell umgingen, verursachte ein warmes Kribbeln in ihrem Magen.

So fühlt sich also Begierde an, dachte sie benommen.

Die ganze Zeit über hatte sie die knisternde, pulsierende Energie zwischen ihnen als Feindseligkeit interpretiert ... dabei war es etwas völlig anderes gewesen. Oder zumindest nicht nur gegenseitige Animosität. Abneigung und Anziehungskraft waren zwei Seiten derselben Medaille, wie sie feststellen musste.

Kurz darauf setzte Bennett seine Brille wieder auf und starrte sie finster an.

„Was zum Henker sollte das denn?“, presste er hervor.

Seine Verärgerung traf sie völlig unvorbereitet.

„I-ich hielt es für eine gute List, um nicht erkannt zu werden“, stammelte sie.

„Wenn Sie mich das nächste Mal als Mittel zum Zweck benutzen wollen, warnen Sie mich gefälligst vor“, erwiderte er in eisigem Tonfall. „Es sei denn, Sie ziehen es vor, wie ein Flittchen gegen die Wand genommen zu werden.“

Wie vom Donner gerührt stand sie da. Eine Welle der Demütigung überrollte sie, als sie seine schroffe Miene und das wütende Funkeln in seinen Augen bemerkte. *Was habe ich mir nur dabei gedacht?* Auch wenn sie es nur getan hatte, um ihre Identität zu schützen, ließ sich ihr leichtsinniges Benehmen nicht entschuldigen. Sie hatte sich völlig vergessen, sich Bennett buchstäblich an den Hals geworfen ... Törichterweise hatte sie angenommen, dass er den Kuss ebenso sehr genossen hatte wie sie, dieselbe erderschütternde Anziehungskraft zwischen ihnen verspürte.

Aber da hatte sie sich wohl getäuscht. Er hielt sie für ein Flittchen.

Gott, was war sie doch für eine Närrin.

„Es ... es tut mir leid", presste sie hervor.

„Gehen wir", sagte er unwirsch und deutete in Richtung Treppe. Seine grimmige Miene verriet ihr, dass er keinen Widerspruch duldete.

Zum ersten Mal in ihrem Leben schluckte sie ihren Stolz hinunter, um nicht vollständig die Fassung zu verlieren. Während sie mit Mühe die aufsteigenden Tränen zurückhielt, eilte sie in Richtung Ausgang.

Kapitel Neun

Am nächsten Abend beobachtete Harry missmutig das rege Treiben auf Baronin Lucia von Friesings Abendgesellschaft. Hätte man ihm die Wahl gelassen zwischen einem Einkaufsbummel und seiner Anwesenheit auf dieser Veranstaltung, hätte er sich mit Freuden auf der Bond Street eine neue Garderobe zusammengestellt.

Die Gründe für seinen Fluchtwunsch waren mannigfaltig.

Zum einen war der mit dunklem Holz verkleidete Speisesaal viel zu klein und stickig für die geladenen Gäste, und Harry fühlte sich ebenso fehl am Platz wie das hastig zusammengestellte, nicht zueinanderpassende Gedeck auf dem Tisch vor ihm. Doch aus irgendeinem Grund hatte Black darauf bestanden, dass er ihnen während des Essens Gesellschaft leistete, anstatt draußen in der Kutsche zu warten.

Zum anderen konnte Harry den Ehrengast auf Anhieb nicht ausstehen, was ungewöhnlich für ihn war, da er normalerweise nicht vorschnell über Fremde urteilte oder eine so heftige und irrationale Abneigung gegen irgendwen verspürte.

Nichtsdestotrotz ging der Herzog von Ranelagh und Somerville ihm gehörig auf die Nerven.

Seine Gnaden, der den Beinamen „Ransom" trug – was für ein alberner Spitzname war das denn bitte? –, saß auf dem Ehrenplatz neben der Gastgeberin. Die Baronin von Friesing, eine magere, silberhaarige Frau, hatte nur Augen für den Herzog und nickte eifrig bei jedem seiner Worte, sodass die schwarzen Perlen an ihrem Turban mit jeder Bewegung hin und her schwangen. Ihre Miene spiegelte eine solche Bewunderung wider, als wäre er der Entdecker des Heiligen Grals höchstpersönlich.

Ransom war ein großer, schlanker Mann mit dunklem Haar und markanten Zügen. Seine haselnussbraunen Augen, geschwungenen Brauen und hohen Wangenknochen ließen einen exotischen Einfluss in seinem Stammbaum erahnen. Ein gepflegter Schnurrbart zierte seine Oberlippe, und am Kinn hatte er ein winziges Bärtchen, das sorgfältiger getrimmt war als die Büsche im Garten von Versailles. Letzteres fand Harry ausgesprochen albern, und er war der Ansicht, dass kein anständiger Engländer auf diese affektierte Weise herumlaufen sollte.

Aber es war nicht Ransoms Vorliebe für übermäßig gepflegte Gesichtsbehaarung, die Harry erzürnte, sondern dessen gelangweilte Arroganz. Der Herzog sprach in einem spöttischen, gedehnten Tonfall und ließ den Blick abwesend über die anderen Gäste schweifen, als könne er niemandes Anblick allzu lang ertragen. Und wie er Tessa, seine Begleiterin für den Abend, behandelte, war geradezu abstoßend.

Sie saß neben dem überheblichen Schnösel und schien sich zunehmend unbehaglicher zu fühlen, was kaum verwunderlich war. Wann immer Ransom sich dazu herabließ, sie anzusehen, schürzte er mokant die Lippen, als hielte er es für einen schlechten Scherz, ihre Gesellschaft ertragen zu müssen. Die wenigen Worte, die er bislang mit ihr gewechselt hatte, trieften trotz der höflichen Fassade vor Herablassung.

Eingebildeter Bastard. Irritiert ballte Harry unter dem Tisch die Hände zu Fäusten. *Sie hat etwas Besseres verdient als ihn. Etwas viel Besseres.*

Dieser Gedanke führte ihn zu seinem dritten und dringlichsten Grund, warum er nicht hier sein wollte: Er fühlte sich ... schuldig.

Seine Brust zog sich schmerzhaft zusammen. Sein Verhalten ihr gegenüber am Tag zuvor war unverzeihlich gewesen. Ihr Kuss hatte ihn völlig überrumpelt, ihm jegliche Kontrolle über seinen Verstand und seinen Körper geraubt. Als die beiden Freier sie unterbrochen hatten, war eine längst unterdrückte Erinnerung zurückgekehrt und mit dem Rausch der Lust, die ihn in jenem Moment durchflutete, verschmolzen: Celeste, die ihn eines Nachts in seiner Junggesellenunterkunft überrascht hatte. Sie glich einem Engel, der aus dem Himmel in seine schäbige Bleibe hinabgestiegen war ... und ihr süßer Kuss hatte ihn alles um sich vergessen lassen, ihn angespornt, weiterzugehen, und immer weiter – bis das Gift ihrer Lippen ihn ins Verderben stürzte.

Die Erinnerung an ihre hinterhältige Manipulation, an seine törichte Naivität, drohte ihn zu überwältigen. Er hatte sich geschworen, nie wieder auf die Verführungskünste einer Frau hereinzufallen, und doch war er am Tag zuvor einer anderen Spinne ins Netz gegangen. Abermals war er als Mittel zum Zweck benutzt worden und hatte dabei sowohl seine Mission als auch seine Ehre riskiert.

Dennoch war es nicht rechtens gewesen, seine Wut an Tessa auszulassen. Nachdem der Sturm in ihm abgeklungen war – zumindest so weit, dass er wieder klare Gedanken zu fassen vermochte –, hatte er realisiert, wie ungehobelt und ungebührlich sein Verhalten gewesen war. Er musste sich bei ihr entschuldigen.

Den ganzen Tag über hatte er sich den Kopf darüber zerbrochen, wie er ihr sein Benehmen erklären könnte, ohne Details über seine Vergangenheit preiszugeben. Nicht, dass sie ihm überhaupt eine Gelegenheit dazu gegeben hätte.

Das widerspenstige, sture Biest hatte sich die ganze Zeit über in ihrem Zimmer verkrochen und ihrer Zofe – oder vielmehr ihrem Wachhund – Lizzie befohlen, niemanden hereinzulassen. Er hätte ja schlecht die Tür eintreten können, um ihr seine Entschuldigung aufzuzwängen. Aber je länger er wartete, desto überfälliger wurden die Worte der Abbitte. Worte, die ihm einfach nicht einfallen wollten.

Während er sie nun beobachtete, wurde ihm eine Tatsache sonnenklar: Hinter ihrer wilden, ruchlosen Fassade war Tessa Todd eine verletzliche, unberührte Frau.

Der Gedanke erfüllte ihn mit Selbsthass und Abscheu. Am liebsten hätte er sich selbst in den Hintern getreten und ihr angeboten, dasselbe zu tun.

Die Art und Weise, wie sie den Augenkontakt mit ihm vermied und in ihrem Essen herumstocherte (sie hatte auch die Mahlzeiten verschmäht, die Mrs Crabtree ihr aufs Zimmer schicken ließ), zeigte ihm, wie sehr er sie gekränkt hatte. Scham und Reue durchfluteten ihn, als er an ihren verwundeten Blick und ihre gestammelte Entschuldigung dachte ... und dann hatte er sie auch noch als Flittchen bezeichnet! Dabei hätte er sofort merken müssen, dass sie eine Jungfrau war, denn so feurig und ungezügelt sie ihn auch geküsst haben mochte, war ihre Unerfahrenheit nicht zu übersehen gewesen.

Er war derjenige gewesen, der die Situation hatte außer Kontrolle geraten lassen, mit dem die Leidenschaft durchgegangen war. Und dennoch hatte er *ihr* die Schuld gegeben.

Harry schluckte schwer und schwor sich, sie bei der erstbesten Gelegenheit um Vergebung zu bitten ... aber zunächst musste er diesen Abend durchstehen und sich auf seine Mission konzentrieren.

Er wollte sein unbedachtes Verhalten wiedergutmachen,

indem er diese Einladung dazu nutzte, um Informationen zu sammeln. Zum ersten Mal seit seiner Einstellung waren er und Black wieder im selben Raum, und diese Gelegenheit durfte er sich nicht entgehen lassen.

Der König der Unterwelt trug wie üblich eine gepuderte Perücke und seine altmodische, aber pompöse Kluft. Er saß am Ende der Tafel neben Harry, während Blacks Tochter, Mrs Todd, auf seiner anderen Seite Platz genommen hatte. Trotz der Sommerhitze war die blasse, schmächtige Frau in schweren Samt gekleidet und trug zahlreiche Rubine sowie Diamanten an Hals und Händen. Neben ihr befand sich ihr Gemahl, Malcolm Todd, ein kleiner, schütter werdender Kerl mit harten Zügen und schroffem Auftreten. Während der letzten fünfzehn Minuten hatte er bereits dreimal ungeduldig einen Blick auf seine Taschenuhr geworfen.

Eine peinliche Stille lag über der Gesellschaft. Die Unterhaltung war von Beginn an stockend gewesen und mittlerweile vollständig versiegt. Glücklicherweise brachten die livrierten Lakaien in diesem Augenblick den nächsten Gang herein: Suppe. Am anderen Ende der Tafel räusperte die Baronin sich aufmerksamkeitsheischend.

„Wie finden Sie die Mulligatawny-Suppe, Mr Black?", fragte sie.

„Hab schon schlechtere gegessen", erwiderte dieser und deutete mit seinem Löffel auf die silbernen Armleuchter und Tafelaufsätze voll exotischer Treibhausblumen, die den Tisch zierten. „Aber hoffentlich müssen wir uns nicht mit dem bisschen Suppe und ein paar Muscheln zufriedengeben. Wenn ich Gäste zu Besuch hab, biegt sich der Tisch vor Essen, nicht vor albernem Gestrüpp."

Die Baronin bemühte sich, ihr Entsetzen nicht allzu deutlich zu zeigen. „Das Dinner wird heute Abend auf russische

Weise kredenzt, Sir." Auf Blacks argwöhnischen Blick hin fügte sie erklärend hinzu: „Die Gänge werden nacheinander serviert, anstatt alle auf einmal. Das ist im Moment der letzte Schrei."

„Kann mir gut vorstellen, dass die Leute zu schreien anfangen, wenn sie kurz vorm Verhungern sind", schnaubte Black.

Als Harry das Funkeln in den Augen seines Tischnachbarn bemerkte, realisierte er, dass der Halsabschneider sich auf Kosten der Gastgeberin einen Spaß erlaubte. Während diese stammelnd nach einer Antwort suchte, mischte der Herzog sich ein.

„Wenn das Essen ein wenig Schwung in die Runde bringt, soll mir das nur recht sein", murmelte er gedehnt.

„Finden Sie die gegenwärtige Gesellschaft nicht stimulierend genug, Euer Gnaden?", wollte Black mit einem bedrohlichen Unterton wissen.

„*Au contraire*, ich finde sie ganz reizend", erwiderte Ransom aalglatt und wandte sich mit einem aufgesetzten Lächeln Tessa zu. „Darf ich Ihnen sagen, wie bezaubernd Sie heute Abend aussehen, Miss Todd? Ihr Kleid ist geradezu ergötzlich."

Tessa rührte gelangweilt in ihrer Suppe herum. „Da spricht wohl der Hunger aus Ihnen."

Ihre schnippische Antwort ließ den Herzog stutzen.

Harry gefiel das verschlagene Interesse nicht, das in dessen Blick aufflackerte.

„Meine Stieftochter lässt ihre Garderobe von Madame Rousseau anfertigen", meldete Mavis Todd sich zu Wort. „Sie ist eine gefragte Modistin, müssen Sie wissen. Nimmt nur Aufträge der Crème de la Crème an."

„Was Sie nicht sagen." Nun klang der Herzog wieder so gelangweilt wie zuvor.

„Die Franzosen sind Vorreiter in Sachen Mode", plapperte

Mrs Todd weiter. „In der Tat habe ich bereits beim Eintreten Ihren Gehrock bewundert, Euer Gnaden. Er ist nach dem neusten französischen Stil geschnitten, nicht wahr?"

„Schon möglich. Ich besitze eine Residenz in Paris", erwiderte Ransom gleichgültig.

Das erklärt den albernen Gesichtsflaum, dachte Harry. *Was für ein schmieriger Bastard.*

„Aber unsere Tessa ist nicht nur modisch auf dem neuesten Stand, sondern auch eine perfekte Dame", sagte Mrs Todd, deren Stimme vor Anstrengung leicht zu zittern begann. „Mrs Southbridge, die Leiterin des renommierten Southbridge's Internat für junge Damen, bezeichnete sie als ihre ‚hervorragendste' Schülerin. Wussten Sie, dass sie mit der Tochter des Marquis von Chetley im selben Jahrgang war?"

Harry war klar, dass sie nur versuchte, ihrer Stieftochter zu helfen, aber ihre übertriebenen Lobeshymnen und die Erwähnung wichtiger Beziehungen erinnerten eher an den verzweifelten Versuch einer Fischhändlerin, ihre zweitklassige Ware anzupreisen.

„Tatsächlich?" Seine Gnaden bedachte Miss Todd mit einem höhnischen Blick. „Mir war nicht bewusst, welch außerordentliche Beziehungen Sie pflegen, Miss … äh, Smith."

Harrys Beschützerinstinkt regte sich, als Tessa knallrot anlief. Während der Fahrt hierher hatte sie sich mit ihrem Großvater gestritten, weil sie nicht länger vorgeben wollte, die entfernte Nichte der Baronin zu sein.

Black hatte die Diskussion jedoch energisch mit den Worten beendet: *Der Duke ist der Ansicht, dass du dich mit dem Namen Todd nicht in seinen Kreisen bewegen kannst, und da gebe ich ihm recht. Keine Widerrede mehr! Ab jetzt bist du offiziell Miss Smith.*

Obwohl Harry meistens nicht viel von Tessas unkonventionellen Methoden hielt, musste er doch ihren Stolz bewundern, ihren Wunsch, sich selbst treu zu bleiben. Er sah, wie sehr sie in diesem Augenblick nach Fassung rang. Es war offensichtlich, dass sie dem Herzog am liebsten gehörig die Meinung gegeigt hätte und sich nur aufgrund des warnenden Blicks ihres Großvaters zurückhielt.

„Wie lange dauert das denn noch? Kommt hier endlich mal was Essbares auf den Tisch?", mischte Malcolm Todd sich ungehalten ein.

„Wie ich schon sagte, auf russische Art bedeutet ... Ach, vergessen Sie's", seufzte die Baronin. „Die restlichen Gänge kommen nacheinander, Mr Todd. Wir dürften in etwa drei Stunden mit dem Menü durch sein."

„Das ist doch wohl 'n Scherz!", rief Todd mit hochrotem Kopf aus. „Ich bin ein wichtiger Mann! Ich kann hier nicht noch drei Stunden rumsitzen und Däumchen dreh'n."

„Bitte nicht so laut", murmelte Mavis. „Du weißt doch, dass Lärm nicht gut für meine Kopfschmerzen ist."

„Dann hättest du mir vielleicht vorher sagen sollen, dass das hier *drei Stunden* dauert", zischte ihr Gatte ihr in gedämpftem Tonfall zu, bevor er in Richtung des Herzogs gestikulierte. „Ich dachte, die Sache wäre längst erledigt. Beschlossen und bezahlt."

„Es wurde noch gar nichts beschlossen", merkte Ransom kühl an.

„Das können Sie laut sagen!", fiel Tessa ihm mit rebellischer Miene ins Wort. „Ich werde nicht zulassen, dass meine Zukunft über meinen Kopf hinweg entschieden wird!"

Seine Gnaden ließ den Blick erneut über sie wandern, und Harry spannte die Muskeln an, als er den lüsternen Ausdruck in den Augen des Mistkerls bemerkte. Ungeachtet dessen, was Ransom über ihre Herkunft dachte, genoss er dennoch ihren Anblick. Jeder Mann, der bei Verstand war, würde das tun.

Tessa war eine Frau von bezaubernder Schönheit. An

diesem Abend trug sie ein laubgrünes, mit Saatperlen besetztes Kleid und hatte die dunklen Locken zu einer kunstvollen Frisur hochgesteckt. Eichenblätter aus goldener Seide zierten die Haarpracht, und ihre Wangen waren vor Ärger gerötet. Mit ihrer samtigen Haut und dem herausfordernden Funkeln in den Augen erinnerte sie Harry an eine schmollende, sinnliche Waldnymphe.

Ihr aufbrausendes Temperament war ebenso fesselnd wie ihre körperlichen Vorzüge. Von Anfang an hatte sie es geschafft, ihm ungewohnt heftige Reaktionen zu entlocken, sei es Irritation, Faszination oder sogar Lust. Und genau deshalb musste er in ihrer Gegenwart höllisch aufpassen. Er durfte nicht zulassen, dass seine Gefühle für sie seinen gesunden Menschenverstand oder seine Mission beeinträchtigten.

„Du wirst tun, was man dir sagt", schnauzte Malcolm Todd. „Ich hab mich nicht hierher schleifen lassen, damit man meine wertvolle Zeit vergeudet ..."

„*Das reicht jetzt!*" Black schlug so kraftvoll mit der Faust auf den Tisch, dass das Geschirr klirrte (und die Baronin sich schockiert an die Brust fasste).

„Du, mein Fräulein, wirst dich gefälligst wie 'ne anständige Dame benehmen", sagte er und deutete auf Tessa, die ihn wütend anfunkelte. „Und Sie, Euer Gnaden", fuhr er fort, wobei er mit dem Finger auf Ransom zeigte, „täten gut daran, sich an die Bedingungen unserer Abmachung zu halten." Der Herzog starrte ihn ausdruckslos an. Zu guter Letzt wandte Black sich an seinen Schwiegersohn. „Und du hör endlich mit dem Gejammer auf. Das hier ist weder die Zeit noch der Ort für deine Theatralik. Habe ich mich klar und deutlich ausgedrückt?"

Tessa presste die Lippen zusammen, sagte jedoch nichts.

Seine Gnaden leerte sein Weinglas in einem Zug.

„Ich müsste nicht so viel jammern, wenn du dich endlich mal entscheiden würdest", murmelte Malcolm Todd.

„Was hast du da gesagt?" Auf Blacks Gesicht braute sich ein unheilvoller Sturm zusammen.

„Die Geier kreisen seit Wochen über Covent Garden", platzte sein Schwiegersohn heraus. „Das Gebiet braucht endlich einen neuen Herrscher, und die Position sollte *mir* zufallen. Ich habe sie *verdient!*"

Black schlägt sich also mit Territorialkonflikten herum? Wer sind diese ‚Geier', die Todd erwähnt hat? Und ist es reiner Zufall, dass sie über Covent Garden kreisen, dem Gebiet, in dem das Gilded Pearl stand?

Mit regem Interesse verfolgte Harry den Wortwechsel.

„Wie oft soll ich es dir noch sagen, hm? Du hast dir *gar nichts* verdient", rief Black und feuerte seine Serviette auf den Tisch. „Respekt muss man sich hart erarbeiten, du Narr. Und genau deswegen wirst du es nie zu etwas bringen."

„Wenn du in Gefahr schwebst, dann lass mich dir helfen, Großpapa ...", entfuhr es Tessa.

„Halt den Rand", unterbrach ihr Vater sie.

„Halt dich da raus", knurrte Black.

Sie blickte zwischen den beiden Männern hin und her, und für den Bruchteil einer Sekunde ließ sie ihre harte Fassade fallen. Harrys Brust zog sich schmerzhaft zusammen, als er erkannte, was sich dahinter verbarg: ein verwirrtes, verletztes Kind, das nicht wusste, warum es bestraft wird. Doch im nächsten Augenblick hatte sie ihre undurchdringliche Maske wieder aufgesetzt und ihren Schmerz hinter einem Schleier aus Trotz und Herausforderung verborgen.

„Was dich angeht", donnerte Black, der sich wieder seinem Schwiegersohn zugewandt hatte, „du solltest besser aufpassen ..."

Plötzlich hörte Harry eine leise, zitternde Stimme neben sich: „Ich ... fühle mich auf einmal so schwach ..."

Instinktiv drehte er sich zu seiner Sitznachbarin um und fing sie auf, bevor sie vom Stuhl kippte. „Ich habe Sie, Mrs Todd", versicherte er ihr, als sie gegen seine Schulter sackte, leicht wie eine Feder.

„Gütiger Himmel!", rief die Baronin alarmiert aus. „Soll ich etwas Riechsalz bringen lassen?"

„Das nützt nichts", brummte Black, der mit einem besorgten Stirnrunzeln zu seiner Tochter herübergehumpelt kam. „Geht es dir gut, Püppchen?"

Mavis schüttelte unter großer Anstrengung den Kopf. „Ich muss nach Hause. Es tut mir leid, Vater."

„Muss es nicht", erwiderte dieser schroff.

„Ich komme mit dir, Mama", bot Tessa an und kam ebenfalls herübergelaufen. „Damit ich dir dein Stärkungsmittel zubereiten kann."

„Nein, bleib ruhig hier und unterhalte dich weiter mit Seiner Gnaden, Liebes", murmelte Mavis und drückte kraftlos die Hand ihrer Stieftochter. „Dein Vater wird mich nach Hause bringen."

„Na, dann mal los." Malcolm Todd war der Einzige von ihnen, der nicht besorgt wirkte. Vielmehr schien er erleichtert zu sein, endlich eine Entschuldigung gefunden zu haben, dem Dinner zu entfliehen.

„Ich erwarte, dass du bei ihr bleibst, nachdem du sie heimgebracht hast", wies Black seinen Schwiegersohn in gedämpftem Tonfall an. „Pass gut auf mein Mädchen auf. Ich werde nach ihr sehen, sobald wir hier fertig sind."

Todd nickte knapp, dann begleitete er seine Frau hinaus.

Die übrigen Gäste kehrten wieder auf ihre Plätze zurück, und Harry fragte sich insgeheim, welche Art von Katastrophe wohl als Nächstes über sie hereinbrechen würde. Er musste nicht lange auf seine Antwort warten.

Während das Fischgericht serviert wurde, sagte Black: „Kommen wir endlich zur Sache. Zweck dieses Dinners war es, dass die beiden Partien sich besser kennenlernen. Aber das geht natürlich nicht, wenn so viele neugierige Augen und Ohren zugegen sind."

„*Großpapa*", zischte Tessa ungehalten.

„Was denn? Du wolltest doch ein Mitspracherecht über deine Zukunft haben. Aber wie willst du 'ne Entscheidung treffen, wenn du Seine Gnaden überhaupt nicht kennst, hm?"

Sie öffnete den Mund, um Einwand zu erheben – *was ihr gutes Recht ist*, dachte Harry missmutig –, als der Herzog ihr ins Wort fiel: „Vielleicht würde Miss Todd mir die Ehre erweisen, mich auf einen Spaziergang durch den Garten zu begleiten?"

Harry traute dem Kerl nicht über den Weg. Kaum auszudenken, was ein Wüstling wie Ransom unbeaufsichtigt im Dunkeln mit einer bildschönen jungen Frau anstellen könnte. Der Blick, mit dem er Tessa bedachte, schien ihr förmlich das Kleid vom Leib zu reißen.

Irritiert presste Harry die Zähne zusammen.

„Ich könnte natürlich die Anstandsdame spielen", seufzte die Baronin mit einem sehnsüchtigen Blick auf ihren gedünsteten Steinbutt.

„Sie bleiben hier. Bennett wird die beiden begleiten", ordnete Black an.

Ein Gedanke schoss Harry durch den Kopf. „Ich sollte erst eine Runde allein drehen und das Gelände sichern."

„Das Gelände sichern?", wiederholte Ransom, bevor er sich mit hochgezogenen Brauen an Black wandte. „Sind alle Ihre Angestellten so gewissenhaft? Oder nur der Bursche hier?"

„Ein Mann kann niemals zu vorsichtig sein", erwiderte der, während er sich einen Bissen des Fischs in den Mund schob.

Harry widerstand nur mit Mühe dem Drang, dem Herzog die Faust in das höhnische Gesicht zu rammen. Stattdessen erhob er sich auf das Nicken seines Vorgesetzten hin und begab sich hinaus in den Garten, um sicherzustellen, dass nichts und niemand seinem Schützling Schaden zufügen würde.

Kapitel Zehn

Der Herzog von Ranelagh und Somerville geleitete Tessa hinaus in den Garten, dicht gefolgt von Bennett. Das durch den Nebel gedämpft schimmernde Mondlicht erhellte eine kleine, rechteckige Grünfläche, die von Hecken umsäumt war. Zwei Kiespfade verliefen diagonal durch das Gras, und in der Mitte des „X", das sie bildeten, stand ein sprudelnder Springbrunnen. Sie konnte sich beim besten Willen nicht vorstellen, warum Bennett zehn Minuten gebraucht hatte, um die „Gegend zu sichern", es sei denn, er hätte jeden Stein und jedes Blatt in den schmalen Beeten umgedreht.

Mit jedem Schritt spürte sie überdeutlich seine Präsenz hinter sich. Seit ihrem Kuss hatte sie ihn nicht mehr aus dem Kopf bekommen, und es kostete sie all ihre Willenskraft, ihn zu ignorieren. Ihre Gefühle und Erinnerungen ließen sich jedoch nicht so einfach verdrängen: Ihre Lippen brannten noch immer von seinem Kuss, und es war ihr, als spürte sie noch immer seinen harten, muskulösen Körper gegen den ihren gepresst. Wann immer ihr sein frischer Duft in die Nase stieg, begann ihr Herz vor Sehnsucht zu rasen … und vor Demütigung.

Endlich begriff sie, wovor Francie und die anderen sie stets zu warnen versucht hatten. Früher hatte sie die Vorstellung, von einem Mann verführt zu werden, mit einem Kopfschütteln abgetan, überzeugt, dass ihr etwas Derartiges niemals passieren würde, aber seit Bennetts heißen Küssen wusste sie es besser. Und seine Reaktion hatte ihr gezeigt, wie schmerzhaft es sein konnte, sich im Sturm der Leidenschaft zu verlieren.

Immerhin hatte er in einer Sache recht behalten: Sie *war* ein Flittchen.

Nachdem sie sich alles, was vorgefallen war, ausgiebig durch den Kopf hatte gehen lassen, war sie über diese Erkenntnis weder sonderlich überrascht noch beschämt. Die Mitglieder der Familie Black waren stolz auf ihre heißblütige Natur. Obwohl sie keine Blutsverwandte war, spürte sie dasselbe Temperament durch ihren Körper fließen und wusste, dass diese Leidenschaft, die in ihr geweckt worden war, zu ihrem Erbe gehörte.

Ihr Großvater hatte die erste Begegnung mit seiner zukünftigen Braut wie einen Blitzschlag beschrieben, der ihn von Kopf bis Fuß durchfuhr. Als er die schöne Althea Bourdelain damals auf einem Jahrmarkt erblickte, wusste er sofort, dass es niemals eine andere Frau als sie für ihn geben würde. Und ihr war es genauso ergangen. Ihre großbürgerliche Familie war gegen die Vereinigung der beiden gewesen und hatte Althea enterbt, als diese sich entschloss, mit ihrer großen Liebe durchzubrennen.

Sie und Bartholomew blieben einander bis zu Altheas Tod treu ergeben. Großpapa hatte nach dem Verlust nie wieder geheiratet.

Ein Black bindet sich nur einmal im Leben, Tessie, pflegte er stets zu sagen.

Tessa hatte die Liebesgeschichte ihrer Großeltern immer als überaus romantisch empfunden und sich insgeheim gewünscht, eines Tages Gefühle von ähnlicher Intensität erleben zu dürfen, eine Liebe zu erfahren, die alles überdauerte und jeden Moment zum glücklichsten ihres Lebens machte. Von daher war es ihr auch egal, für ein Flittchen gehalten zu werden, solange sich ihr Herzenswunsch nur irgendwann erfüllen würde.

Allerdings störte es sie ungemein, ein *zurückgewiesenes* Flittchen zu sein.

Verflucht, warum sehne ich mich nach einem Mann, der nichts von mir wissen will?

Als sie sich endlich ihre wahren Gefühle für Bennett eingestanden hatte, war es zu spät gewesen, diese zu verdrängen. Um ehrlich zu sein, waren sie vom Augenblick ihrer ersten Begegnung an in ihr aufgekeimt und trotz seiner schroffen Zurückweisung weiter gewachsen. Es war unsagbar frustrierend, von Sehnsucht gepeinigt zu werden, während er völlig unberührt zu sein schien von dem, was zwischen ihnen vorgefallen war.

Er ging seiner Arbeit als ihr Aufpasser nach, als sei nichts geschehen. An diesem Abend hatte er teilnahmslos zugesehen, wie ihre Familie versuchte, sie wie ein edles Zuchtross zu verhökern. Offensichtlich störte ihn der Gedanke, sie könne einen anderen heiraten, kein bisschen. Vielmehr half er ihrem Großvater auch noch dabei, dessen perfide Pläne in die Tat umzusetzen!

Verfluchter Mistkerl, dachte sie und zitterte vor unterdrückter Wut.

„Ist Ihnen kalt, meine Teure?", riss eine ölige Stimme sie aus ihren Gedanken.

Vor lauter Grübeln hatte sie beinahe den Herzog vergessen, was insofern verwunderlich war, wenn man bedachte, dass er fast so groß war wie Bennett und genau neben ihr stand. Im Mondlicht glänzten seine bernsteinfarbenen Augen silbern, und seine langen, eleganten Finger begannen, die Knöpfe an seinem Mantel zu öffnen.

Bevor sie etwas erwidern konnte, spürte sie, wie sich etwas Warmes, Wolliges um ihre Schultern legte, und Bennetts würziger Duft stieg ihr in die Nase. Sofort jagte ihr ein elektrisierender Schock durch den Körper.

„Nehmen Sie meinen", ertönte seine schroffe Stimme hinter ihr.

Sie drehte sich zu ihm um, und die vertraute Frustration stieg augenblicklich wieder in ihr auf, als sie seine gleichgültige Miene wahrnahm.

Damit mich Ihr Geruch den ganzen Abend lang wahnsinnig machen kann? Nein, danke!

Energisch schüttelte sie den Mantel ab und pfefferte ihn in Bennetts Richtung. „Nicht nötig."

„Der hier wird Ihnen gewiss mehr zusagen." Zu ihrer Überraschung legte Ransom ihr nun *seinen* Mantel über die Schultern. „Die Wolle wurde speziell für mich von Hand gewebt."

Das Material war zweifellos weicher und luxuriöser als das von Bennetts Umhang und roch nach einem teuren, exotischen Parfüm, bei dem ihr die Augen tränten. Gerade, als sie das Kleidungsstück ablehnen wollte, fiel ihr Blick jedoch auf ihren Aufpasser, und sie hielt inne.

Die Hand, die seinen Mantel umklammerte, war zur Faust geballt, und seine grimmige Miene spiegelte ... Irritation wider?

Ein Hoffnungsfunke erwachte in ihr. Vielleicht sollte sie die Geste des Herzogs doch nicht voreilig ablehnen.

Entschlossen kehrte sie Bennett den Rücken zu und schenkte Ransom ein strahlendes Lächeln. „Vielen Dank, Euer Gnaden."

Der Herzog blinzelte überrascht, und sie stellte fest, wie ungewöhnlich lang seine Wimpern waren. In Kombination mit seinen katzenartigen Augen und dem kleinen Bärtchen verliehen sie ihm ein verwegenes, romanheldenhaftes Aussehen, das sie ein wenig an einen Piraten erinnerte. Er war unbestreitbar attraktiv, auf eine sinnliche, leicht exotische Weise, die mit Sicherheit unzählige Debütantinnenherzen dahinschmelzen ließ.

Unglücklicherweise schien *sie* Männer zu bevorzugen, die von Natur aus stoisch, in sich gekehrt und äußerst nervtötend waren.

Seine Gnaden hielt ihr galant den Arm hin. „Wollen wir?"

Gemeinsam schlenderten sie einen der Kieswege entlang, der sie in Richtung des Brunnens führte. Während sie Bennetts schlurfende Schritte hinter sich vernahm, wirbelten ihr unzählige Fragen durch den Kopf. Empfand er am Ende doch etwas für sie? Er mochte sie für ein Flittchen halten, aber immerhin hatte er ihren Kuss erwidert, ihr sogar die Zunge in den Mund geschoben! Und den harten, heißen Beweis seiner Erregung an ihrem Schenkel hatte sie sich ganz bestimmt nicht eingebildet.

Sie war ihm also eindeutig nicht egal. Aber warum war er dann so wütend gewesen?

Wenn Sie mich das nächste Mal als Mittel zum Zweck benutzen wollen, warnen Sie mich gefälligst vor.

Hatte er sich benutzt gefühlt? Manipuliert? Sah er denn nicht, dass sie sich zu ihm hingezogen fühlte? Dass ihr anfängliches Ablenkungsmanöver aufrichtiger Begierde gewichen war?

Würde ihm das überhaupt etwas bedeuten?

„Woran denken Sie gerade, Miss Smith?", fragte der Herzog in seinem affektierten Tonfall.

Sie war entschlossener denn je, Antworten auf ihre Fragen zu erhalten. Aber dazu musste sie Bennetts Panzer der Gleichgültigkeit durchbrechen ... und sie wusste auch schon, wie sie das angehen wollte.

„Wir wissen doch beide, dass das nicht mein wahrer Name ist", erwiderte sie mit einem gewinnenden Lächeln, erfreut über die Gelegenheit, die sich ihr bot. „Nennen Sie mich doch bitte Tessa."

„Nur, wenn Sie mir den Gefallen tun und mich Ransom nennen", sagte Seine Gnaden und fügte nach einer kurzen Pause hinzu: „Sie überraschen mich."

„Inwiefern?", fragte sie und legte den Kopf schief.

„Sie scheinen ganz anders zu sein als der Rest Ihrer Familie."

„Wollen Sie mich etwa beleidigen, Sir?", erwiderte sie hitzig.

„Keineswegs." Er musterte sie eindringlich. „Sie wollen mich überhaupt nicht heiraten, habe ich recht?"

Eher würde ich mir einen glühenden Schürhaken durchs Auge rammen. Da sie sich jedoch auf ihr Spielchen konzentrieren musste, wählte sie eine diplomatischere Antwort. „Ich kenne Sie ja gar nicht. Wie soll ich da wissen, ob wir zueinanderpassen?"

„Allein die Aussicht, Herzogin zu werden, überzeugt die meisten Frauen und lässt diese Frage gar nicht erst aufkommen."

„Ich bin nicht wie die meisten Frauen."

„Das wird mir langsam ebenfalls klar", murmelte er.

Sie errötete leicht, als er den Blick offenkundig wertschätzend an ihr entlangwandern ließ. Bislang hatte sie sich nie die Mühe gemacht, einen Mann zu umgarnen. Keiner war es je wert gewesen, dass sie sich zum Affen machte, indem sie mit ihrem Fächer spielte, mit den Wimpern klimperte und leere Schmeicheleien von sich gab.

Aber ein verstohlener Blick zurück zu Bennett, der sichtlich die Zähne zusammenpresste, ermutigte sie. Vielleicht war die Kunst der Koketterie doch keine vergebliche Liebesmüh. Wenn sogar die einfältigen Dummköpfe in Mrs Southbridges Unterricht es geschafft hatten, diese zu meistern, sollte ihr das ebenfalls gelingen.

Sie wandte ihre Aufmerksamkeit erneut dem Herzog zu

und schenkte ihm ein umwerfendes Lächeln. „Und mir wird klar, dass Sie gar nicht so übel sind, wie ich anfangs angenommen hatte."

Ransom starrte sie einen Moment lang sprachlos an, dann brach er in schallendes Gelächter aus, das überraschend aufrichtig und sympathisch klang.

Ich frage mich, wie Bennetts Lachen wohl klingen mag, dachte sie mit einem Anflug von Wehmut. Bislang hatte er sich in ihrer Gegenwart noch nie zu Heiterkeitsausbrüchen hinreißen lassen, war er doch viel zu beschäftigt damit gewesen, finster dreinzublicken und ihr Vorträge zu halten.

„Was für ein Bild hatten Sie denn von mir?", fragte der Herzog, während er sie an dem Springbrunnen vorbeiführte.

„Ich hielt Sie für einen Wüstling", erklärte sie unverblümt.

„Nun, das Junggesellendasein erfordert hin und wieder eine Unterbrechung der Langeweile."

„Gerüchten zufolge geschieht das weitaus häufiger als hin und wieder."

Statt die Anschuldigung abzustreiten, lächelte Ransom nur. „Ich hasse Langeweile. Und wenn mich nicht alles täuscht, geht es Ihnen genauso ... Tessa."

Obwohl sie ihn gebeten hatte, sie beim Vornamen zu nennen, ließ die Art, auf die seine Stimme die Silben liebkoste, sie heftig erröten. Es war zu intim, fühlte sich beinahe unsittlich an, als hätte man sie ohne Unterwäsche erwischt.

„Sie werden sie gefälligst mit *Miss Todd* ansprechen", knurrte Bennett, der plötzlich neben ihr stand. Im Mondlicht wirkte sein sonst so ausdrucksloses Gesicht hart und bedrohlich, und jeder Muskel seines Körpers schien angespannt zu sein. „Sie ist eine Dame. Erweisen Sie ihr gegenüber gefälligst den nötigen Respekt."

Ein elektrisierender Schock durchfuhr sie.

„Rufen Sie doch bitte Ihren Wachhund zurück", erwiderte

Ransom, an sie gewandt. Er klang irritiert. „Der Kerl hat ja buchstäblich Schaum vorm Mund."

„Treten Sie zurück, Bennett", befahl sie ihm, doch er rührte sich nicht.

Sein Blick war fest auf Ransom gerichtet, seine Hände zu Fäusten geballt.

Verflucht, sie durfte nicht zulassen, dass es zu einer blutigen Auseinandersetzung kam. Energisch presste sie eine Hand gegen seine Brust und spürte seinen kräftigen Herzschlag unter ihren Fingern. „Ich sagte, Sie sollen zurücktreten!"

Endlich richtete er seine Aufmerksamkeit auf sie. Ihr stockte der Atem, als sie das Feuer bemerkte, das hinter seinen Brillengläsern loderte.

Widerwillig folgte er ihrem Befehl.

Ransom zupfte sich den Kragen zurecht und sagte: „Wollen wir unseren Weg fortsetzen?"

Während sie weiter durch den Garten spazierten, war sie sich Bennetts Gegenwart hinter ihnen nur zu gewahr und hörte unter jedem seiner Schritte den Kies knirschen. Eigentlich sollte sie ihr kokettes Geplänkel mit dem Herzog fortführen, aber darauf hatte sie keine Lust mehr. In Gedanken war sie ganz bei ihrem Leibwächter. Was ihm wohl gerade durch den Kopf ging? Hatte er sich aufgrund seiner Gefühle für sie eingeschaltet ... oder nur, weil es seine Pflicht war?

„Was spricht, abgesehen von meiner Abneigung gegen Langeweile, sonst noch dagegen, mich zu heiraten?", setzte Ransom ihre Unterhaltung fort, als wäre nichts geschehen.

„Haben Sie denn außer meiner Mitgift noch andere Gründe, warum Sie mich heiraten wollen?"

„Nein."

Seine Direktheit überraschte sie. Inzwischen hatten sie eine Runde gedreht und waren erneut bei dem großen, mehrstöckigen Springbrunnen angekommen, dessen Spitze eine steinerne Ananas zierte, aus deren Blättern das Wasser in die darunterliegenden Becken plätscherte.

Statt daran vorbeizugehen, hielt Ransom jedoch davor inne und wandte sich ihr zu.

„Ich leugne nicht, dass mich eine gewisse Notwendigkeit zu diesem Schritt drängt. Allerdings widerstrebt mir der Gedanke, mir eine Braut zu nehmen, die nicht willens ist." Er legte ihr einen Finger unters Kinn und hob es an. „Auch wenn mein Titel Sie nicht zu reizen vermag, gibt es andere Vorzüge, die ich Ihnen bieten kann."

Die Art und Weise, wie seine Augen das silberne Mondlicht reflektierten, war seltsam fesselnd.

„Miss Todd, Sie sollten jetzt besser wieder hineingehen", riss Bennetts tiefe Stimme sie aus ihrer Trance.

Als sie ihm einen flüchtigen Blick zuwarf, bemerkte sie den vertrauten steinernen Ausdruck auf seinem Gesicht, und ein Gefühl der Verbitterung durchflutete sie.

„Warum sollte ich?", erwiderte sie schnippisch.

Er schnaubte ungeduldig. „Tun Sie doch bitte einmal das, was man Ihnen aufträgt."

Nur, weil sie ihn begehrte, hieß das noch lange nicht, dass sie sich von ihm wie ein Kind behandeln lassen würde. Langsam war sie seiner widersprüchlichen Signale überdrüssig.

„Warum tun *Sie* nicht endlich das, was man Ihnen aufträgt, und lassen mich in Ruhe, Professor?", konterte sie hitzig.

„Ihr Arbeitgeber hat Ihnen aufgetragen, uns zu begleiten. Von Einmischen war nie die Rede." Der gefährliche Unterton in Ransoms Stimme machte Tessa stutzig. Lag womöglich doch mehr hinter der gleichgültigen Fassade des Herzogs, als man auf den ersten Blick vermutete? „Verziehen Sie sich."

Tessa sah die Anspannung in Bennetts Schultern und Kiefer und fürchtete für einen Moment, dass er seinen Gegner angreifen könnte. Zweifellos war er stark genug dafür, aber einen Herzog zu verprügeln, würde unweigerlich Konsequenzen nach sich ziehen.

Bevor sie dazwischengehen konnte, machte Bennett jedoch auf dem Absatz kehrt und verschwand um den Brunnen herum. Ein seltsames Gefühl der Enttäuschung überkam sie. Offensichtlich fiel es ihm nicht weiter schwer, sie aufzugeben.

Weil du ihm eben doch egal bist. Sieh es endlich ein.

Der Herzog legte ihr die Hände auf die Schultern und drehte sie zu sich um.

„Wo waren wir gerade?", murmelte er.

Ich für meinen Teil bin auf den Kerl hinter dem Brunnen fixiert.

Die Wahrheit war ebenso irritierend wie demütigend. Warum buhlte sie wieder einmal um die Aufmerksamkeit eines Mannes, der sie nicht wollte? Hatte sie von ihrem Vater, ihrem Großvater und den Hohlköpfen auf dem Internat nicht schon genug Zurückweisung erfahren?

Ransom trat einen Schritt näher und strich ihr eine lose Haarsträhne hinters Ohr. „Ah, ja, wenn ich mich recht erinnere, wollte ich Ihnen die Vorzüge demonstrieren, in deren Genuss Sie als meine Herzogin kommen würden."

Als ihr seine Absichten klar wurden, kam ihr ein verzweifelter Gedanke: Vielleicht war sie nur deswegen so auf Bennett fixiert, weil er der erste Mann war, der sie geküsst hatte. Vielleicht würde sie es ebenso weltbewegend finden, einen anderen zu küssen.

Wenn ich es mit dem Herzog versuche, wird mir vielleicht bewusst, dass Bennett nichts Besonderes ist ...

Reglos stand sie da und beobachtete, wie Ransoms Gesicht sich dem ihren näherte. Er war ein Wüstling und sollte sich daher auf die Kunst des Küssens verstehen. Als sie jedoch seinen aufgesetzten Schlafzimmerblick bemerkte, musste sie den Drang unterdrücken, laut loszulachen. Dann berührten seine Lippen sanft die ihren. Er küsste mit Geschick und Routine. Es war ... nett. Und ein wenig fade, wie eine lauwarme Tasse Tee.

Mist. Doppelmist.

Ein lauter Knall riss sie auseinander, und im nächsten Augenblick ergoss sich ein Schauer eisigen Wassers über sie.

Ransom sprang einen Schritt zurück und schrie: „Was zum Henker geht hier vor sich?"

Tessa japste nach Luft und starrte verwirrt auf den Springbrunnen. Die Spitze war ... explodiert? Im untersten Becken lagen Überreste der steinernen Ananas. Statt eines angenehmen Plätscherns spritzte das Wasser nun nach allen Seiten und durchnässte jeden, der sich in unmittelbarer Nähe befand. Mit einem Quietschen wich sie ebenfalls zurück, um der nächsten Fontäne zu entgehen.

„Ziehen Sie den hier an." Wie aus dem Nichts erschien Bennett an ihrer Seite, zerrte ihr Ransoms triefenden Mantel von den Schultern und legte ihr seinen eigenen um, der trocken und warm war.

„W-was ist passiert?", stammelte sie, ein wenig benebelt von seiner Nähe und seinem Duft.

„Der Springbrunnen scheint defekt zu sein", erwiderte er.

Sie warf ihm einen argwöhnischen Blick zu. Er klang viel zu gelassen. Bevor sie ihn jedoch weiter in die Mangel nehmen konnte, wurde sie von einer Niesattacke unterbrochen.

Hinter ihnen versuchte der Herzog laut fluchend, das Wasser aus seinen Schuhen zu leeren.

„Seine Gnaden scheint noch eine Weile beschäftigt zu sein", bemerkte Bennett, nahm sie am Arm und führte sie in Richtung Haus. „Ich bringe Sie besser wieder rein, bevor Ihnen noch weitere Missgeschicke widerfahren."

Kapitel Elf

„Du warst ein böses Mädchen", murmelte Harry mit rauer Stimme.

Tessa saß auf der Kante seines Schreibtisches, die Beine übereinandergeschlagen, und warf ihm einen herausfordernden Blick zu. „Warum züchtigst du mich dann nicht, Professor?"

Ihr herausfordernder Tonfall und ihr Schmollmund ließen ihn umgehend aktiv werden. Er erhob sich von seinem Stuhl, stellte sich vor sie und begann, sie zu entkleiden, bis sie völlig entblößt vor ihm saß. Die ganze Zeit über beobachtete sie ihn mit einem lustvollen Ausdruck in den Augen. Als er sie sanft auf die Tischplatte niederdrückte, pulsierte sein Schwanz angesichts des erotischen Kontrasts zwischen dem dunklen Holz und ihrer blassen Haut.

„Sei ein braves Mädchen und bleib so liegen", befahl er ihr.

Glücklicherweise gehorchte sie ihm diesmal. Er belohnte sie mit unzähligen Küssen, die er über ihren ganzen Körper verteilte: ihre Lippen, ihre empfindlichen Ohrläppchen, ihre steifen, lieblichen Brustwarzen. Keinen Zentimeter ihrer seidig weichen Haut ließ er unerforscht. Sie stieß einen Seufzer aus, als seine Zunge zwischen ihren Brüsten entlang und ihren Bauch hinunterwanderte. Er lehnte sich ein wenig zurück, packte ihre Schenkel und drückte sie auseinander.

Beim Anblick ihrer samtigen Pussy quoll ihm ein Lusttropfen aus der geschwollenen Eichel. Genüsslich ließ er einen Finger über ihre rosafarbene Spalte gleiten.

„Gott, du bist so feucht", murmelte er. „Gefällt es dir, wenn ich dich hier berühre?"

„Ja", hauchte sie. Ihre Augen waren dunkelgrün vor Verlangen. „Mach weiter."

„Nur, wenn du lieb fragst."

„Bitte", fügte sie schmollend hinzu.

„Bitte, was?"

„Bitte berühre meine Pussy?", flüsterte sie und nagte verführerisch an ihrer Unterlippe.

Das ließ er sich nicht zweimal sagen. Schwer atmend liebkoste er ihre seidigen Schamlippen, bis sie ihm ihre Hüften mit jeder Bewegung entgegenhob und stöhnend den Kopf hin und her warf. Er wusste, dass sie kurz vor dem Orgasmus stand und wollte ihr ein möglichst intensives Erlebnis bieten. Also legte er ihre Beine über seine Schultern und tauchte zwischen ihre Schenkel.

Sie schrie überrascht auf, als er begann, sie mit seinem Mund zu verwöhnen. Unablässig ließ er seine Zunge über ihre geschwollene Scham gleiten, bis sie sich zitternd und flehend auf der Tischplatte wand. O ja, mehr, bitte, Professor ...

Nach einer Weile ging er dazu über, an ihrer Perle zu saugen, während er einen Finger in sie gleiten ließ. Gott, sie war so verdammt eng. Seine Hoden zogen sich erwartungsvoll zusammen, als er spürte, wie ihre Scheidenmuskeln ihn umklammerten. Sie schrie vor Wonne auf und er stöhnte laut, während er sich unaufhaltsam seinem eigenen Höhepunkt näherte ...

Harry erwachte abrupt, und es dauerte einen Moment, bis er ganz zu sich kam. Er lag nackt und schwer atmend in seinem Bett. Das Laken ballte sich um seine Hüften, und die enorme Erektion unter dem dünnen Stoff war nicht zu übersehen. Sein Schwanz war steinhart und benetzt von Lusttropfen, die sein erotischer Traum ihm entlockt hatte.

Er sehnte sich danach, zu kommen.

Doch statt sich Erleichterung zu verschaffen, fuhr er sich frustriert mit den Händen durchs Haar und starrte hinauf an die dunkle Zimmerdecke.

Was zur Hölle sollte das?

Langsam, aber sicher entglitt ihm die Kontrolle. Erst hatte er sich dazu hinreißen lassen, Tessa zu küssen, dann hatte er den Springbrunnen in die Luft gejagt, um sie und den Herzog auseinanderzubringen, und nun verlor er sich in unanständigen Fantasien. Der Traum war so real gewesen, dass er glaubte, noch immer von ihrem Duft umgeben zu sein, ihr Aroma noch auf seiner Zunge schmecken zu können. Sein Schwanz pulsierte vor Begehren.

Nicht einmal Celeste hatte es geschafft, ihn derart zu erregen, obwohl sie es durchaus versuchte. Sie hatte ihn stets gegen ihre anderen Verehrer ausgespielt, um jeden von ihnen mittels der wachsenden Eifersucht zu kontrollieren. Trotz seiner tiefen Gefühle für sie hatte Harry ihr Spiel jedoch durchschaut und sich geweigert, mitzuspielen.

Diesmal war es allerdings ganz anders gewesen. Tessa mit dem Herzog von Ranelagh zu sehen, hatte in ihm den bestialischen Wunsch geweckt, dem Bastard jedes Glied seines Körpers einzeln auszureißen, bevor er Tessa als die Seine beanspruchte, obwohl sie das nicht war und niemals sein würde. Sie war die Enkelin des Hauptverdächtigen einer laufenden Ermittlung, und seine Existenz in ihrem Leben basierte auf einem Lügengebilde.

Es gab nur einen Ausweg aus dieser Misere: Er musste seine Mission so schnell wie möglich abschließen und sich anschließend aus dem Staub machen. Schluss mit der Warterei und dem tatenlosen Beobachten. Nachdem sie die Residenz der Baronin von Friesing am frühen Abend verlassen hatten, war Black zu seiner Tochter gefahren. Das war die perfekte Gelegenheit, um dessen Arbeitszimmer zu durchsuchen. Entweder würde Harry einen Beweis für die Schuld des Halsabschneiders finden oder er musste Inspector Davies darüber informieren, dass seine Objektivität beeinträchtigt war und er sich daher gezwungen sah, die Mission abzubrechen.

Hastig kleidete er sich an und machte sich auf den Weg zum Haupthaus. Als er den vorderen Salon passierte, bemerkte er, dass aus der angelehnten Tür des Billardraums, der sich direkt neben Blacks Arbeitszimmer befand, ein schwacher Lichtschein fiel. Gerade, als er kehrtmachen wollte, hörte er leises Gemurmel aus dem Zimmer, und die Neugier siegte. Lautlos trat er näher und warf einen Blick durch den Türspalt.

Verdammt. Es war Tessa.

Verschwinde hier. Geh bloß nicht rein!

Doch so sehr er sich auch bemühte, gelang es ihm nicht, sich von ihr abzuwenden. Begierde strömte wie heiße Lava durch seinen Körper. Sie trug einen weißen, mit Rüschen besetzten Morgenmantel und die langen, dunklen Locken fielen ihr lose über die Schultern. Offenbar spielte sie gegen sich selbst Billard. Neben dem enormen, mit grünem Wollstoff überzogenen Tisch, wirkte sie wie ein kleines Mädchen, das sich an einem Spiel für Erwachsene versuchte.

Er sah zu, wie sie zum Stoß ansetzte und eine der Kugeln zielsicher in einer Ecktasche versenkte.

„Du bist dran", sagte sie anschließend.

Mit wem zum Henker spielt sie da?

Seine wachsende Neugier verleitete ihn dazu, die Tür ein

Stück weiter aufzuschieben, bis er Swift Nick erblickte, der auf einer Tischkante thronte und wild mit den Vorderpfoten herumfuchtelte. Tessa lachte vergnügt auf.

Der liebliche Klang wärmte Harry wie ein Schluck erlesenen Kognaks.

„Leider gibt es keinen Queue in deiner Größe", sagte sie und kraulte das Tierchen hinter den Ohren. „Aber keine Sorge, mein Bester, ich werde für dich spielen."

Gegen seinen Willen musste Harry schmunzeln. Ihre natürliche Unbekümmertheit war äußerst anziehend. Würde diese sie nicht dazu verleiten, ihn unablässig mit teuflischen Streichen zu quälen, könnte er sie beinahe als *hinreißend* bezeichnen.

„Was hältst du davon, wenn wir den Einsatz erhöhen?", flüsterte sie ihrem Frettchen verschwörerisch zu. „Wenn ich die nächste Kugel versenke, bedeutet das, dass er ganz sicher Gefühle für mich hat."

Harry erstarrte. *Wen meint sie damit? Doch nicht etwa diesen Bastard Ransom ...?*

Tessa lief um den Billardtisch herum und verschwand kurzzeitig aus seinem Blickfeld, bis sie wieder auftauchte und sich über die grüne Oberfläche beugte. Da sie mit dem Rücken zur Tür stand, gewährte sie ihm einen einladenden Blick auf ihre pralle Kehrseite. Harry schluckte schwer, während sie mit dem Hintern wackelte, in dem Versuch, die Kugel mit ihrem Queue zu erreichen. Nach mehreren erfolglosen Ansätzen zog sie kurzerhand den Rock ihres Morgenmantels hoch und kletterte auf die Kante des Tisches.

Gütiger Himmel.

Lust und Staunen übermannten ihn gleichermaßen. Ihre schlanken, schneeweißen Beine waren noch viel ansehnlicher, als er sie sich vorgestellt hatte. Ungebeten tauchten Erinnerungen an seinen Traum vor seinem geistigen Auge auf: ihre

Schenkel über seinen Schultern, der Druck ihrer Fersen gegen seinen Rücken, während er sich an ihrem Nektar labte …

„Verflixt und zugenäht!"

Tessas ungehaltener Ausruf riss ihn aus seinen lüsternen Gedanken. Sie hatte sich verkalkuliert, und die Kugel, die sie versenken wollte, prallte an der Bande ab und rollte gemächlich zum anderen Ende des Tisches. Sie sprang auf die Füße und stemmte die Hände in die Hüften. Von einer Sekunde zur anderen hatte sie sich von einer verführerischen Nymphe in eine wütende Furie verwandelt. Ihre Irritation war so übertrieben und gleichzeitig so hinreißend, dass er nur mit Mühe ein Lachen unterdrücken konnte.

Sie wirbelte herum. „Wer ist da?"

Verdammt. Harry holte tief Luft, bevor er wie ein ertappter Schuljunge kleinlaut den Raum betrat.

„*Bennett.*" Überrascht starrte sie ihn an. „Sie haben mich ganz schön erschreckt."

Er blieb in sicherer Entfernung stehen. „Das wage ich zu bezweifeln. Sie lassen sich ja nicht mal von einer Horde blutrünstiger Halsabschneider einschüchtern."

Ihr Blick ruhte unverwandt auf ihm. „Was tun Sie hier um diese Uhrzeit?"

Da er ihr wohl schlecht die Wahrheit über seinen Plan, das Arbeitszimmer ihres Großvaters zu durchsuchen, erzählen konnte, suchte er fieberhaft nach einer Ausrede. „Ich konnte nicht schlafen und wollte mir daher eine Bettlektüre besorgen." Als er das halbleere Glas auf einem nahe gelegenen Beistelltisch bemerkte, hob er fragend die Brauen.

„Ich konnte auch nicht schlafen und dachte, Brandy und Billard könnten helfen." Sie rümpfte die Nase. „Aber wenn ich jetzt zu Bett gehe, werden mich die Albträume über diesen desaströsen Stoß wachhalten."

Er musste sich ein Lächeln verkneifen. Ihr Wetteifer war irgendwie niedlich.

„Kein Wunder, dass Sie nicht getroffen haben. Sie waren aus dem Gleichgewicht", erklärte er.

„Stimmt doch gar nicht. Ich musste mich über den Tisch beugen, weil ich nicht groß genug bin." Sie hielt inne und musterte ihn mit zusammengekniffenen Augen. „Jetzt erzählen Sie mir bloß nicht, dass Sie zufällig Billardexperte sind?"

Ich habe mir mit dem Spielen mehr oder weniger das Studium finanziert.

Er zuckte bescheiden mit den Achseln. „Ich habe früher ab und zu mal gespielt."

Sie hob eine Braue. „Lust auf eine Partie?"

Ihre Einladung überraschte ihn. Eigentlich wäre es töricht, sie anzunehmen. Rational betrachtet, sollte er dankend ablehnen, sich umdrehen und wieder gehen.

Andererseits ... Er war noch nie vor einer Herausforderung zurückgeschreckt.

Also nickte er zustimmend. „Gut, spielen wir. Aber nur eine Runde."

Trotz ihrer inneren Aufregung gelang es Tessa, gelassen zu wirken.

Sie war sich sicher, dass Bennett für den explodierenden Springbrunnen verantwortlich gewesen war. Sein Einfallsreichtum war wirklich bewundernswert. Es konnte keine Lappalie gewesen sein, das Ding in die Luft zu jagen. Im Gegensatz zu seinem Können war ihr kleiner Wassereimer-über-der-Tür-Scherz beinahe lächerlich gewesen. Und die Tatsache, dass er sich zu solch einem ausgeklügelten Streich hatte hinreißen lassen, erfüllte sie mit Hoffnung.

Ist er am Ende doch an mir interessiert? Zumindest ein kleines bisschen?

Während sie sich im Bett herumgewälzt hatte, war ihr eines unumstößlich klar geworden: Sie wollte Bennett. Er war der Mann, mit dem sie den Rest ihres Lebens zu verbringen gedachte. Wie ein Blitzschlag hatte er eingeschlagen und sie mitten ins Herz getroffen. Natürlich musste sie zunächst einige Hindernisse überwinden: Zum einen galt es, sich aus der geplanten Verlobung mit Ransom herauszuwinden, zum anderen war es erforderlich, Bennetts Zuneigung zu gewinnen.

Blacks gaben niemals kampflos auf. Sie heulten wegen einer Zurückweisung nicht herum, sondern rappelten sich auf und versuchten es erneut. Und dann noch einmal und ein weiteres Mal, bis sie ihr Ziel erreicht hatten.

Tessas Ziel war Bennett, und sie war gewillt, im Kampf um sein Herz (und andere Teile seines Körpers) alles zu geben.

Je länger sie darüber nachdachte, desto bewusster wurde ihr, dass sie die Sache bislang nicht gerade klug angegangen war. Welcher Mann erlag schon einer Frau, die ihm versalzenen Tee servierte, ihn in einem Teeladen blamierte, ihn ungerechtfertigterweise des Diebstahls bezichtigte und beinahe verhaften ließ, und seine besten Stiefel zerstörte? Und sich ihm anschließend auch noch ohne Vorwarnung an den Hals warf?

Sie musste wirklich an der Kunst des Umgarnens arbeiten. Es war an der Zeit, eine neue Strategie anzuwenden: Statt ihn pausenlos zu ärgern, würde sie sich ihm gegenüber entgegenkommender und fügsamer verhalten, wie man es von einer Dame erwartete.

Zu ihrer Freude bot sich ihr nun früher als erwartet die Gelegenheit, ihren Plan in die Tat umzusetzen.

Mit angehaltenem Atem beobachtete sie, wie Bennett den Raum durchquerte und die Billardqueues begutachtete, die an einer der Wände hingen. Seine langen Finger glitten über die

Holzstäbe, während er abwog, welcher am besten ausbalanciert war, und ein Schauer jagte ihr über den Rücken, als sie sich vorstellte, wie seine starken Hände sich wohl auf ihrer Haut anfühlen mochten.

Schließlich entschied er sich für einen Queue aus poliertem Eschenholz. Sie selbst spielte bevorzugt mit einem Schieber, einem kürzeren, geschnitzten Billardstock mit flachem Holzkopf.

„Worum wollen wir wetten?", fragte sie.

„Ich nehme kein Geld von Frauen", erwiderte er herablassend.

Als könnte es Ihnen je gelingen, mich zu schlagen. Sie schluckte die bissige Antwort, die ihr auf der Zunge lag, herunter. Männer verloren nicht gerne. Wenn sie Bennett also erfolgreich umgarnen wollte, sollte sie ihn besser gewinnen lassen.

Verflucht. Das Herz eines Auserwählten zu erobern, war schwieriger als gedacht.

Doch plötzlich kam ihr ein genialer Gedanke. Beim Umwerben ging es doch darum, die andere Person besser kennenzulernen, nicht wahr? Wenn sie sich also Bennetts Gefühle zusichern wollte, gab es nur einen Weg.

„Dann spielen wir um einen weitaus interessanteren Einsatz", schlug sie vor.

Er musterte sie eindringlich. „Der da wäre?"

„Wer auch immer einen Zug verliert, muss dem anderen eine Frage beantworten", erklärte sie unschuldig. „Und bei Gleichstand antworten wir beide."

Er hob eine Braue. „Also gut. Benennen Sie den ersten Stoß."

Tessa konnte nur mit Mühe ihre Aufregung zügeln. „Anstoß auf Kopflinie, die Kugel, die der Fußbande am nächsten kommt, gewinnt."

Diese Art von Stoß war ihre Spezialität. Sie hatte ihn schon Hunderte Male geübt.

„Ich überlasse der Dame den Vortritt", sagte er.

Tessa platzierte ihren Queue auf dem Tisch und visierte die Kugel an. Als sie sich nach vorne beugte, fiel das goldene Medaillon, das sie um den Hals trug, aus dem Ausschnitt ihres Morgenmantels und baumelte zwischen ihren Händen. Sie nahm es ab und legte es neben sich auf die Tischkante, bevor sie erneut zielte und die weiße Kugel mit einem geschickten Stoß über die Grünfläche jagte.

Der Ball prallte gegen das Fußende des Billardtisches und blieb nur knapp fünf Zentimeter von der Bande entfernt liegen. Der Sieg war ihr so gut wie sicher.

Triumphierend wandte sie sich zu Bennett um, der fasziniert ihre Halskette betrachtete.

„Sie sind dran."

Sein Blick wanderte zu ihrer Kugel. „Nicht schlecht."

„Als könnten Sie es besser", gab sie zurück.

Mist. Alte Gewohnheiten ließen sich nun mal schwer ablegen.

Er schien sich von ihrer streitlustigen Bemerkung jedoch nicht angegriffen zu fühlen. Stattdessen bemerkte sie ein draufgängerisches Funkeln hinter seinen Brillengläsern. Gemächlich zog er seinen Gehrock aus und warf ihn über eine Stuhllehne, bevor er seine Position am Kopfende des Tisches einnahm.

Seine selbstsicheren Bewegungen ließen ihr Herz höherschlagen. Seine schlichte, blaue Weste und die hochgerollten Hemdsärmel verliehen ihm ein lässiges, viriles Aussehen. Als er seine weiße Kugel platzierte, bemerkte sie die hervortretenden Venen an seinen entblößten Unterarmen und die Muskeln, die unter seinen breiten Schultern arbeiteten. Während er sich über seinen Queue beugte, ließ sie den Blick genüsslich an seinen langen, kraftvollen Beinen entlangwandern.

Schließlich schickte er seinen Ball mit einem präzisen Stoß über den Tisch. Er prallte am Fußende ab und rollte nur wenige Millimeter an ihrer eigenen Kugel vorbei, bevor er eine Haaresbreite entfernt von der Bande liegenblieb.

Tessa blinzelte überrascht. „Sie haben gewonnen."

„Reiner Glückstreffer."

Von wegen. Angesichts seines Könnens schämte sie sich nicht, ihre Niederlage einzugestehen. „Was wollen Sie wissen?"

Er musterte sie mit undurchdringlicher Miene. „Ich kann Sie fragen, was immer ich will?"

Sie nickte.

„Woher haben Sie dieses Medaillon?"

„Das hier?" Sie griff nach ihrer Halskette und hielt sie hoch. „Großpapa hat es mir gegeben. Warum?"

„Die Prägung hat mich neugierig gemacht. Ein solches Schmuckstück ist äußerst ungewöhnlich für eine Dame."

„Oh ... Ja, irgendwie schon." Nach einem kurzen Moment des Zögerns zeigte sie ihm die Vorderseite des Medaillons aus der Nähe. „Das ist unser Familienwappen. Großvater ließ es einem mittelalterlichen Symbol nachempfinden. Sehen Sie die beiden überkreuzten Schwerter? Eines von ihnen steht für Schutz, das andere für Vergeltung." Mit dem Fingernagel fuhr sie über den winzigen Rubin, der an der Spitze eines Schwertes eingebettet war. „Der Blutstropfen symbolisiert unsere familiären Bande, warnt aber gleichzeitig unsere Feinde davor, sich uns nicht in den Weg zu stellen."

„Das Medaillon dient also als Visitenkarte für Ihre Feinde?", wiederholte er in einem ungewöhnlich harschen Tonfall. „Wenn sie es erhalten, wissen sie, dass ihnen blutige Rache droht?"

„Nein", erwiderte sie und schüttelte stirnrunzelnd den Kopf. Wie konnte sie sich nur besser erklären? „Großvater händigt es nicht an seine Gegner aus, sondern an Familienmitglieder, loyale Diener und an diejenigen, denen er Gnade gewährt. Es soll uns vor denen beschützen, die uns Schaden zufügen wollen."

Ein seltsamer Ausdruck huschte über sein Gesicht, und die Stimmung schien auf einmal umzuschlagen.

„Äh ... Bereit für die nächste Runde?", fragte sie verunsichert.

Mehrere Augenblicke lang musterte er sie forschend. Dann verflogen die dunklen Wolken, die sich über ihm zusammengebraut hatten, ebenso schnell wieder, und er nickte.

„Spielen wir diesmal einen Winning Hazard", schlug sie erleichtert vor. „Sie fangen an."

Er platzierte die Kugeln und führte abermals einen perfekten Stoß aus. Anschließend trat er zur Seite, um sie an den Tisch zu lassen.

Ich kann immer noch aufholen. Entschlossen positionierte sie ihren Schieber und zielte mit der weißen Kugel auf den roten Objektball. Während sie ihren Stoß vorbereitete, spürte sie Bennetts intensiven Blick förmlich auf sich. Ransoms Interesse an ihr war ganz anderer Natur gewesen, flüchtig, bedeutungslos, nur ein momentaner Zeitvertreib. Er hatte in ihr eine willkommene Ablenkung von seinem langweiligen Alltag gesehen, eine Möglichkeit, seine Haushaltskasse zu füllen, um seinem Dasein als berüchtigter Wüstling weiterhin sorglos nachgehen zu können.

Bennett jedoch schenkte ihr seine volle Aufmerksamkeit, als wäre sie ein fremdartiges, faszinierendes Wesen, dessen Innenleben es zu entschlüsseln galt. Kein Mann hatte sie je auf diese Weise angesehen.

Sie versuchte, sich auf ihren Stoß zu konzentrieren, doch ihre Arme zitterten, und ihre Kugel rollte in weitem Bogen an ihrem Ziel vorbei.

„Sie haben schon wieder gewonnen", verkündete sie und

ärgerte sich über sich selbst. „Was möchten Sie als Nächstes wissen?“

Ihr Plan verlief ganz und gar nicht nach ihren Vorstellungen. Wenn das Spiel so weiterging, käme sie nie dazu, ihn zu fragen, ob er den Springbrunnen absichtlich manipuliert hatte ... und warum. Seufzend wartete sie auf die nächste zusammenhanglose Frage, die er ihr stellen würde.

„Können Sie mir verzeihen, Tessa?“

Ihr Herz machte einen Satz. Trotz seiner nüchternen Miene spürte sie, dass ihre Antwort ihm wichtig war.

„Wofür?“, flüsterte sie.

„Für das, was gestern vorgefallen ist. Mein Verhalten Ihnen gegenüber war unverzeihlich. Ich habe die Kontrolle verloren und Ihnen die Schuld gegeben, dabei lag die Verantwortung allein bei mir.“ Der Muskel in seinem Kiefer zuckte angespannt. Sie bemerkte, wie fest er den Queue umklammert hielt. „Ich war alles andere als ein Gentleman, und dafür möchte ich mich entschuldigen.“

„Es war meine Schuld!“, platzte sie heraus. „Ich hätte mich Ihnen nicht einfach an den Hals werfen dürfen.“

„Es war ein gutes Ablenkungsmanöver“, erwiderte er leise. „Sie haben mich nur überrumpelt, und ich mag es nicht, überrascht zu werden.“

Sie trat einen Schritt auf ihn zu. „Es tut mir leid.“

„Das muss es nicht. Ich bin derjenige, der seine Wut ungerechtfertigt an Ihnen ausgelassen hat.“ Er legte seinen Queue auf dem Tisch ab und vergrub die Hände in den Hosentaschen. „Wenn ich könnte, würde ich das, was ich zu Ihnen sagte, zurücknehmen.“

Seine Worte erfüllten sie mit Wärme. Und Erstaunen. Niemand hatte sich je zuvor so sehr um ihre Gefühle gesorgt ... oder um *sie*.

„Ist schon in Ordnung“, sagte sie sanft. Sie hatte ihm längst vergeben.

„Nein, ist es nicht", widersprach er ernst. „Was ich Sie gerufen habe, stimmt nicht."

„Immerhin habe ich Sie in einem Bordell überfallen", scherzte sie. „Da würde so manch einer Ihrer Wortwahl zustimmen."

„Sie sind kein Flittchen!" Sein vehementer Tonfall ließ ihr Herz höherschlagen. „Was ich sagte, fällt auf mich zurück, nicht auf Sie. Ich habe unbedacht gesprochen ... wegen eines Vorfalls aus meiner Vergangenheit. Aber was damals geschehen ist, hat nichts mit Ihnen zu tun. Und ich will nicht, dass Sie sich selbst als Flittchen bezeichnen oder darüber scherzen. Sie sollen so etwas nicht einmal denken."

„Was ist denn damals vorgefallen?", fragte sie.

„Dazu werde ich nichts sagen", erwiderte er mit stählerner Miene. „Ich habe es nur erwähnt, um Ihnen klarzumachen, dass die Schuld bei mir liegt, nicht bei Ihnen. Nehmen Sie meine Entschuldigung nun an?"

So gerne sie auch weiter nachgebohrt hätte, hielt sie sich zurück ... fürs Erste. Noch nie zuvor hatte sie mit einer anderen Person ein solch aufrichtiges Gespräch geführt, und sie wollte keinesfalls die Intimität zerstören, die sich langsam zwischen ihnen aufbaute.

Du wolltest doch seine Zuneigung gewinnen. Das ist deine Chance. Vermassele es nicht.

In diesem Moment wurde ihr bewusst, dass es weitaus mehr Mut erforderte, seine wahren Gefühle und Sehnsüchte offenzulegen, als einen ausgeklügelten Plan zu verfolgen.

Sie holte tief Luft und trat einen weiteren Schritt auf ihn zu. Seine Schultern spannten sich an, und er bedachte sie mit einem wachsamen Blick.

„Ich nehme Ihre Entschuldigung an", sagte sie. „Aber nur, wenn Sie meine akzeptieren."

Er runzelte die Stirn. „Es gibt nichts, wofür Sie sich entschuldigen müssten."

„Ich meinte nicht den Kuss, sondern alles andere", erklärte sie mit zitternder Stimme. „Die ganzen Streiche, die ich Ihnen gespielt habe. Das war äußerst kindisch von mir ... und nicht sehr nett."

„Entschuldigung angenommen." Er hielt inne, und sie glaubte, ein amüsiertes Funkeln in seinen Augen wahrzunehmen. „Obwohl ich zugeben muss, dass der Eimer über der Tür ziemlich einfallsreich war."

„Nicht so einfallsreich wie ein explodierender Brunnen", erwiderte sie ohne nachzudenken, und hätte sich im nächsten Augenblick am liebsten für ihre Unachtsamkeit geohrfeigt. „Ich, äh, wollte damit nicht andeuten ..."

„Schon in Ordnung. Dafür bin ich tatsächlich verantwortlich." Seine Lippen zuckten merklich. „Auch dafür möchte ich mich entschuldigen."

„Nicht nötig. Ich bin froh, dass Sie es getan haben", sagte sie atemlos.

Er musterte sie überrascht. „Warum das?"

Sei stark. Sei mutig. Sei eine Black.

„Weil ich nicht wollte, dass Ransom mich küsst. Doch, eigentlich schon, aber ..." Als sie sah, wie seine Miene sich verfinsterte, brach sie ab und verbesserte sich hastig: „Aber nur, weil ich *Ihren* Kuss vergessen wollte."

Ein Sturm verschiedenster Emotionen tobte hinter seinen Brillengläsern. „Tessa ..."

„Doch das ist unmöglich." Obwohl ihr das Herz bis zum Hals schlug, hielt sie seinem Blick stand. Langsam hob sie eine Hand und legte sie an seine Brust, spürte seinen harten, beständigen Pulsschlag unter ihren Fingern. „Es ist unmöglich, weil Sie der Einzige sind, den ich küssen möchte, Bennett."

Kapitel Zwölf

Oh, verdammt!

Noch während er Tessas liebliches Gesicht studierte, ihr schüchternes Geständnis verarbeitete, wusste Harry, dass er verloren hatte.

Er fühlte sich aus so vielen Gründen zu ihr hingezogen: aufgrund ihrer natürlichen Schönheit, ihrer verspielten Unbekümmertheit, ihrer Fähigkeit, ihn dazu zu bringen, dass er sie entweder erwürgen, laut über sie lachen oder sie küssen wollte. Sie weckte Gefühle in ihm, die er lange verloren geglaubt hatte.

Zudem sah sie ihn an, als sei er das Einzige auf dieser Welt, das sie begehrte. Ein verletzlicher Ausdruck spiegelte sich in ihren Augen wider, und sie biss sich nervös auf die Unterlippe. Beinahe wirkte sie ein wenig ängstlich ... als wüsste sie nicht, ob ihre Zuneigung auf Gegenseitigkeit beruhte.

Gott, sie war der Funke, der die Zündschnur seines Pulverfasses in Brand steckte.

Die Lust und Begierde, die er so lange zu unterdrücken versucht hatte, explodierte und riss auch die letzten Überreste seines Verstandes in tausend winzige Stücke.

Bevor er wusste, was geschah, hatte er sie hochgehoben, auf

der Kante des Billardtisches abgesetzt und war zwischen ihre gespreizten Beine getreten. Sie schnappte hörbar nach Luft, schlang jedoch bereitwillig die Arme um seinen Hals. Achtlos warf er seine Brille auf die grüne Tischbedeckung und küsste sie hungrig. Ihre Münder verschmolzen miteinander, ihre Zungen umspielten einander in einem sinnlichen Tanz. Verdammt, sie war so willig, erwiderte jede seiner Liebkosungen mit solch ebenbürtigem Eifer, dass ihm das Blut in die Lendengegend schoss.

Seine Lippen wanderten zu ihrem Ohrläppchen und er begann, an der empfindlichen Stelle zu saugen. Ihr lustvolles Stöhnen jagte ihm einen Schauer über den Rücken, und sein Schwanz begann zu pulsieren. Gott, er wollte mehr, *brauchte* mehr.

Mit geschickten Fingern löste er das Band ihres Morgenmantels und streifte ihn ihr von den Schultern. Wie ein Kokon fiel er von ihr ab und blieb auf der Tischfläche liegen. Dann umfasste er eine ihrer festen, kleinen Brüste. Ihre Brustwarze ragte steif unter dem Baumwollstoff ihres Nachtgewands hervor. Als er mit dem Daumen darüberstrich, verschleierte sich ihr Blick, und ein leiser Laut entwich ihren halb geöffneten Lippen.

„Gefällt dir das?", murmelte er heiser.

„Ja", erwiderte sie seufzend. „Mach das nochmal."

Trotz seiner berauschenden Erregung spürte er einen Anflug von Belustigung. Wer hätte gedacht, dass ihre Unverfrorenheit durchaus Vorteile haben konnte? Er war hin- und hergerissen zwischen dem Verlangen, laut aufzulachen oder ihr weitere Laute der Lust zu entlocken. Am Ende fiel ihm die Entscheidung jedoch nicht allzu schwer.

Er senkte den Kopf und umschloss die von Stoff bedeckte Brustwarze mit seinem Mund.

„Gütiger Himmel!" Sie vergrub die Finger in seinem Haar und zog ihn noch näher an sich. „*Bennett!*"

Wie gerne würde er seinen echten Namen von ihren Lippen hören. Stattdessen konzentrierte er sich auf ihre harte Knospe, liebkoste und umspielte sie mit seiner Zunge, bis sie sich wimmernd und zitternd unter seiner Zuwendung wand. Anschließend schenkte er ihrer anderen Brust dieselbe Beachtung. Sie stöhnte und seufzte auf so hemmungslose Weise, dass er nicht anders konnte, als den Saum ihres Nachtgewands anzuheben und immer weiter nach oben zu schieben, bis es den Blick auf ihre samtigen Schenkel preisgab. Als er jedoch seine große Hand auf ihrer blassen Haut sah, wurde er plötzlich jäh in die Realität zurückgeholt.

Was zum Henker tue ich hier eigentlich? Ich kann doch nicht …

„Bitte hör nicht auf", keuchte sie. „Mach weiter."

Es war unmöglich, ihrer verzweifelten Bitte und dem unverhohlenen Verlangen in ihren Augen zu widerstehen. Seine Finger wanderten an der Innenseite ihres Oberschenkels entlang, bis er ihre intimste Stelle erreichte, und als er sie dort berührte, stöhnte auch er laut auf.

„Gott, deine Pussy ist so heiß und feucht", flüsterte er mit belegter Stimme.

Ihre Muskeln spannten sich an, als er einen Finger über ihre geschwollenen Schamlippen gleiten ließ. Und als sein Daumen über ihren Kitzler rieb, zuckte sie überrascht zusammen.

„Das fühlt sich … seltsam an", keuchte sie. „Ich weiß nicht, ob ich es gut finde."

Er musste sich ein Lächeln verkneifen. „Lass mich wissen, wie du dich entscheidest."

Den Blick unbeirrt auf ihr ausdrucksvolles Gesicht gerichtet, verwöhnte er sie weiter, bis sie laut zu wimmern begann und der Nektar ihrer Lust seine Finger benetzte. *Verdammt*, sie war so bereitwillig, so ungehemmt. Mit jeder seiner Bewegungen hob sie ihm ihre Hüften noch fordernder entgegen. Während er immer schneller und härter über ihre Perle rieb, umfasste er mit der anderen Hand ihre Brust und kniff in ihren steifen Nippel.

Ihre Lippen öffneten sich zu einem überraschten „O", als ihr Orgasmus über sie hinwegrollte. Sie kam so heftig in seine Hand, dass sein Schwanz vor Verlangen pulsierte und ein paar erste Lusttropfen die Innenseite seiner Unterwäsche durchnässten.

Stöhnend beugte er sich vor, um sie erneut zu küssen, als er plötzlich ein gedämpftes Klirren vernahm.

Ruckartig hob er den Kopf. „Was war das?"

„W-was?"

Benommen blinzelte sie ihn an. Der sinnliche Blick, mit dem sie ihn bedachte, sollte ihn zweifellos dazu verführen, alles um sich herum zu vergessen und mit den Gedanken ganz bei ihr zu bleiben. Aber sein Bauchgefühl sagte ihm, dass etwas nicht stimmte. Swift Nick schien ebenfalls alarmiert zu sein, denn das kleine Frettchen flitzte hinüber zu der Tür, die das Billardzimmer vom Salon trennte.

„Es hat sich wie splitterndes Glas angehört." Hastig setzte er seine Brille auf, holte seine Pistole aus der Tasche seines Gehrocks und eilte hinüber zu Nick, der aufgeregt vor der Tür herumwuselte. „Bleib, wo du bist", wies er Tessa über die Schulter hinweg an.

Sie nickte mit weit aufgerissenen Augen.

Harry entsicherte seine Waffe, riss die Tür auf und erspähte sofort die Ursache des Klirrens: Im vorderen Fenster befand sich ein riesiges Loch. Während er darauf zustürmte, meinte er, schemenhafte Gestalten in der Dunkelheit dahinter zu erkennen.

„Wer ist da?", rief er. „Antwortet mir, sonst schieße ich!"

„Wirf sie rein. Wir haben keine Zeit mehr, die anderen anzuzünden", zischte eine männliche Stimme. „Und dann lass uns verschwinden!"

Bevor Harry einen Schuss abfeuern konnte, kamen zwei Geschosse durch die zerbrochene Fensterscheibe geflogen ... eiserne Büchsen mit brennenden Zündschnüren, die in entgegengesetzte Richtungen rollten. Er sprintete zu derjenigen hinüber, die ihm am nächsten war, und trat die Flamme aus. Die andere Bombe war zu weit entfernt und die Zündschnur bereits zu weit heruntergebrannt. Ihm blieb keine Zeit mehr, sie unschädlich zu machen. Instinktiv schnappte er sich das gesicherte Geschoss und hastete zurück ins Billardzimmer.

Er knallte die Tür hinter sich zu, packte Tessa am Arm und zerrte sie mit sich unter den Billardtisch, wo er sie so gut es ging mit seinem Körper abzuschirmen versuchte. In der nächsten Sekunde ertönte ein ohrenbetäubender Knall, der das Haus in seinen Grundfesten erschütterte. Putz rieselte von der Decke auf den Tisch herab.

Harry hob den Kopf und musterte Tessa besorgt. „Alles in Ordnung mit dir?"

„Ja." Sie wirkte verängstigt, war aber unverletzt. „Was ist passiert?"

„Jemand hat Sprengkörper durchs Fenster geworfen. Ich muss den Salon in Augenschein nehmen."

Er rappelte sich auf und half anschließend ihr unterm Tisch hervor. Dann holte er vorsichtig die entschärfte Büchse aus seiner Tasche und legte sie auf dem grünen Spielfeld ab.

„Ist das ...?" Fasziniert betrachtete Tessa das Geschoss, aus dessen Ende die Baumwollfüllung herausquoll.

Baumwolle, die unschuldig aussah, jedoch tödlich sein konnte.

„Das Ding ist hochexplosiv", warnte er sie. „Rühr es bloß nicht an."

Er würde den Sprengsatz später genauer untersuchen, obwohl er dessen Beschaffenheit bereits kannte ... denn er hatte dieses Gemisch selbst entwickelt.

Wie kommt es, dass meine explosive Baumwolle in diesem Sprengkörper steckt? Hat womöglich Aloysius De Witt seine Finger im Spiel?

„Da kommt Rauch aus dem Salon!", rief Tessa alarmiert.

Verdammt. Harry schob seine Gedanken beiseite und sah sich im Zimmer nach etwas um, mit dem er das Feuer bekämpfen konnte. Entschlossen ging er zum Fenster hinüber und riss einen der schweren Samtvorhänge hinunter. „Tessa, geh und wecke die anderen auf. Beeil dich!"

Während sie in Windeseile das Zimmer verließ, sprintete er zurück in den Salon, um sich den gefräßigen Flammen zu stellen.

Kapitel Dreizehn

Das schwache, graue Licht des anbrechenden Tages entsprach genau der düsteren Stimmung im Arbeitszimmer ihres Großvaters.

Obwohl Tessa in der vergangenen Nacht kein Auge zugetan hatte, saß sie gemeinsam mit ihrem Vater frisch gewaschen und bekleidet vor dem Schreibtisch ihres Großpapas. Bennett stand neben ihr, während Ming wie immer treu an der Seite des Familienoberhaupts wachte. Der alte Black, der ihnen gegenüber in seinem Ohrensessel Platz genommen hatte, trug weder seine Perücke noch sein übliches pompöses Ensemble. Mit seinen kurz geschorenen, grauen Haaren und dem abgespannten Gesicht wirkte er viel älter als sonst.

Wutentbrannt musterte er die schwarze Eisenröhre, die vor ihm auf dem Tisch lag. Bennett, der sich aufgrund seiner Zeit als Streckenarbeiter mit Sprengkörpern auskannte, hatte die Vorrichtung behutsam auseinandergenommen und die inneren Bestandteile in einer Schachtel verstaut. Die Baumwolle hatte so harmlos ausgesehen, doch bei dem Gedanken an den verheerenden Schaden in ihrem Salon durchfuhr Tessa ein eisiger Schauer.

„Ich werde demjenigen, der dafür verantwortlich ist, die Gedärme rausreißen und ihn daran aufknüpfen!", donnerte Großpapa.

Seit er nach Hause berufen worden war und den Angriff auf seine Festung mit eigenen Augen gesehen hatte, stieß er unentwegt wüste Drohungen aus. Zwei seiner Wachmänner, die das Eingangstor beschützt hatten, waren bei dem Überfall ums Leben gekommen. Der Gedanke an Ned und Josiah trieb ihr die Tränen in die Augen. Beide Männer hinterließen Ehefrauen und Kinder. Gemeinsam mit ihrem Großvater wollte sie so bald wie möglich nach den Witwen sehen und ihnen versichern, dass weiterhin für ihre Familien gesorgt würde. Aber natürlich konnte kein Geld der Welt über den Verlust eines geliebten Menschen hinwegtrösten.

Wie konnte ein Abend, der so vielversprechend begonnen hatte, in einer solchen Tragödie enden? Tessa spürte den Wandel der Gezeiten tief in sich, die aufziehenden Sturmwolken, die Schatten auf ihr bisheriges Leben warfen. Als sie Bennett verstohlen musterte, wuchs ihre Beklemmung um ein Vielfaches. Obwohl er nur wenige Schritte von ihr entfernt stand, schienen Welten zwischen ihnen zu liegen. Seine Miene war eisern, sein Blick undurchdringlich. Von dem leidenschaftlichen Liebhaber, der ihr bisher nie gekannte Lust beschert hatte, war nichts mehr zu sehen.

Sie versuchte sich einzureden, dass er sich nur so distanziert verhielt, um nicht den Verdacht ihrer Familie zu wecken, aber ihr Bauchgefühl sagte ihr, dass mehr dahintersteckte. Seit dem Überfall wirkte er noch stoischer und in sich gekehrter als sonst. Er hatte kaum ein Wort mit ihr gewechselt, nicht einmal, während sie die Brandwunden verarztete, die er sich bei seinem Kampf gegen das Feuer zugezogen hatte.

Selbst während der letzten Tage, als sie noch im Zwiespalt miteinander standen, hatte sie zumindest stets den Eindruck gehabt, dass seine ungeteilte Aufmerksamkeit ihr galt. Doch wie die Flammen war auch diese erloschen.

Nun spürte sie rein gar nichts mehr.

Sie versuchte, sich nicht verrückt zu machen. Vielleicht waren das einfach noch die Nachwirkungen der lebensbedrohlichen Situation, in die sie geraten waren. Oder vielleicht war er erschöpft von seinem heroischen Versuch, das Feuer zu löschen.

Oder aber er bereut es, mit dir intim geworden zu sein.

Der Gedanke schürte ihre innere Unruhe nur noch mehr. Nach allem, was geschehen war, hatte sie wahrlich nicht das mentale Durchhaltevermögen, um sich mit diesen Zweifeln auseinanderzusetzen. Ein unbekannter Feind hatte ihre Familie angegriffen, und Tessa musste sich darauf konzentrieren, sie zu beschützen. Ein gebrochenes Herz konnte sie dabei nun wirklich nicht gebrauchen.

Die unbestreitbare Wahrheit jedoch lautete, dass sie sich in Bennett verliebt hatte. So war es immer bei den Blacks: Es traf sie völlig unvorbereitet, wie ein Blitzschlag. Und sie wusste, dass es für sie, wie auch für ihren Großvater und alle Familienmitglieder vor ihm, kein zweites Mal geben würde.

Sie atmete tief durch und warf Bennett einen weiteren verstohlenen Blick zu. Ihr Magen verkrampfte sich schmerzhaft.

Er sah starr geradeaus. Alles an ihm wirkte eisig, zurückhaltend.

„Lass uns allein, Tessa."

Überrascht wandte sie sich ihrem Vater zu, der abfällig in ihre Richtung winkte, als wollte er eine lästige Fliege verscheuchen. Er war noch immer in den Anzug gekleidet, den er während des Dinners bei der Baronin getragen hatte. Es kam ihr vor, als läge dieses Abendessen eine Ewigkeit zurück.

„Wir müssen uns hier um 'ne Krise kümmern, und du bist nur im Weg", brummte er.

Sie versuchte, die aufsteigende Verzweiflung zu unterdrücken. Sollte dies ihr Schicksal sein? Ein Leben lang als lästig empfunden zu werden?

„Ich habe ein Recht darauf, hier zu sein." *Keiner von euch wird mich je wieder ausschließen.* „Wir sind eine Familie und stellen uns jeder Herausforderung, jedem Feind gemeinsam."

Ihr Vater lief puterrot an. „Werd bloß nicht frech, Kind, sonst ..."

„Ach, halt endlich die Klappe, Todd!", mischte Großpapa sich ein und schlug so heftig mit der Faust auf den Tisch, dass die Eisenröhre bebte. „Für dein Gejammer haben wir keine Zeit. Lass dir lieber was einfallen, um diesen verdammten Bastard zu schnappen, der hierfür verantwortlich ist, statt nutzlos rumzuheulen."

Tessa biss sich auf die Unterlippe, während ihr Vater verstummte und wütend vor sich hinbrütete.

„Also, Ming", wandte ihr Großvater sich nun an seine rechte Hand. „Wer steckt hinter diesem Angriff?"

Ming schüttelte leicht den Kopf, wobei sein langer, schwarzer Zopf wie ein Pendel hin und her schwang. „Weiß nicht, Mr Black. Suche läuft noch."

„Streng dich gefälligst etwas mehr an!", polterte sein Arbeitgeber. „Wofür bezahl ich dich eigentlich, hm? Mein Heim wurde von einem Haufen räudiger Mistkerle angegriffen und du bist nutzloser als eine Pestbeule an meinem Arsch!"

Ming ließ die Tirade über sich ergehen, ohne mit der Wimper zu zucken. Er wusste, dass sich hinter Bartholomew Blacks Wut die Scham und der Kummer eines Mannes verbargen, dem es nicht gelungen war, seine Familie zu beschützen. Dennoch entging Tessa das kaum merkliche Stirnrunzeln des treuen Dieners nicht. Auch er hatte in dieser Nacht zwei Kameraden verloren. Sie konnte nicht länger an sich halten.

„Ming trifft doch keine Schuld, Großpapa. Wer auch immer

hinter dem Anschlag steckt, war bestens vorbereitet und wusste, zu welcher Zeit der Wachwechsel stattfindet und wir in puncto Sicherheit am verwundbarsten sein würden. Wenn Bennett diese Schurken nicht auf frischer Tat ertappt hätte, wäre es ihnen womöglich gelungen, auch noch den Rest des Hauses in die Luft zu jagen." Sie hoffte, dass niemand bemerkte, wie sehr ihre Stimme bei der Erwähnung seines Namens zitterte.

Dank seiner Wachsamkeit war einzig und allein der Salon zu Schaden gekommen. Gemeinsam mit einigen Angestellten hatte er die Ausbreitung des Feuers verhindern und sogar die Familienporträts retten können. Diese lehnten nun um sie herum an den Bücherregalen des Arbeitszimmers und beobachteten das Geschehen mit finsteren Mienen.

Ihr Großvater bedachte sie mit einem eindringlichen Blick. „Aus welchem Grund hast du dich überhaupt mitten in der Nacht in Bennetts Gesellschaft rumgetrieben, mein Fräulein?"

Tessa schluckte schwer und spürte, wie ihr Leibwächter neben ihr erstarrte. In all dem Chaos hatte sie überhaupt nicht daran gedacht, sich eine Ausrede zurechtzulegen. Einer Sache war sie sich allerdings sicher: Sie würde ihrem Großvater *niemals* die Wahrheit sagen können. Keinesfalls wollte sie Bennett in Gefahr bringen.

„Wir sind einander zufällig über den Weg gelaufen", erklärte sie hastig. „Ich habe Billard gespielt, weil ich nicht schlafen konnte. Irgendwann kam er ins Zimmer, weil er ein verdächtiges Geräusch gehört hatte. Und in der nächsten Sekunde wurden wir Zeugen des Angriffs."

Technisch gesehen war nichts davon gelogen. Sie hatte nur einige Details ausgelassen, wie etwa Bennetts brennende Küsse, die unglaubliche Lust, die er ihr mit seinen geschickten Fingern und Lippen bereitet hatte ...

„Wäre Miss Todd nicht so umsichtig gewesen, augenblicklich die Feuerglocke zu läuten und alle Anwesend zu alarmieren, hätte die Angelegenheit ein viel schlimmeres Ende genommen", ließ sich Bennetts tiefe Stimme vernehmen.

Sie sah ihn überrascht an. Mit solch einem Lob hätte sie nicht gerechnet. Obwohl seine Miene nach wie vor nichts preisgab, meinte sie, einen Funken der Anerkennung in seinen Augen zu erkennen. Sie schenkte ihm ein schwaches Lächeln. Bildete sie es sich nur ein, oder tauten seine eisigen Züge ein wenig auf?

„Meine Tessie hätte erst gar nicht in eine so gefährliche Situation geraten dürfen!", knurrte ihr Großvater ungehalten.

Er schnappte sich seinen Gehstock und erhob sich mühsam. Mit stolzen, aber sichtlich unsicheren Schritten humpelte er auf die Porträts zu und blieb vor dem seiner verstorbenen Frau stehen. Langsam ließ er einen Finger über den verkohlten Rahmen gleiten. An manchen Stellen war die Farbe geschmolzen, und das Rot des Samtvorhangs lief wie Blut hinter Althea Bourdelain Black hinab. Glücklicherweise war das würdevolle, elegante Antlitz ihrer Großmama selbst unversehrt geblieben.

„Niemand, der zu meiner Familie gehört, sollte sich je unsicher oder eingeengt fühlen", murmelte Großpapa.

Obwohl er mit dem Rücken zu ihr stand, entging Tessa der emotionale Unterton in seiner Stimme nicht. Sie stand auf, ging zu ihm hinüber und legte ihm eine Hand auf die Schulter. „Ist schon in Ordnung, Großpapa."

„Zumindest werde ich dafür sorgen, dass bald wieder Ordnung herrscht", erwiderte er leise. Dann richtete er sich auf und befahl ihr: „Lass uns allein, Tessie."

„Aber ich kann *helfen*. Ich werde mich verkleiden und unsere Feinde in sämtlichen Tavernen, in denen sie sich blicken lassen, ausspionieren ..."

„Halt den Rand, du einfältiges Gör!", mischte ihr Vater sich ein und sprang von seinem Stuhl auf wie ein Raubtier, das nur auf den richtigen Augenblick gewartet hatte. „Oder ich schwöre bei Gott, ich werd dir eine Tracht Prügel verpassen, die du deinen Lebtag nicht mehr vergisst!"

Seine Worte brachten sie wider besseres Wissen auf die Palme. „Da Gott noch eher von mir Notiz nimmt als du, sollte die Tracht Prügel von ihm kommen."

„Du undankbares kleines Miststück ..."

Wutentbrannt stürzte er auf sie zu, doch bevor er sie erreichte, hatte Bennett sich schützend vor sie gestellt und Ming ihm Einhalt geboten.

„Jetzt reiß dich gefälligst zusammen, Todd", wies Großpapa ihn scharf zurecht. „Bennett, bringen Sie Tessa nach oben."

Frustriert suchte sie den Blick ihres Großvaters, doch dieser ließ sich nicht erweichen. Er wollte ihr nicht gestatten, ihrer Familie in der Stunde ihrer größten Not zu helfen.

Entschlossen wandte sie sich ab. *Dann pfeife ich eben auf deine Erlaubnis.*

Während Tessa an ihrem Vater vorbeistürmte, der noch immer von Ming festgehalten wurde, folgte Harry ihr mit geballten Fäusten. Wie gerne würde er dem Mistkerl eine verpassen. Er hatte seine Tochter wie Dreck behandelt, obwohl sie nichts weiter getan hatte, als ihre Hilfe anzubieten. Allein die Tatsache, dass Ming unauffällig den Kopf schüttelte und seinen Griff um Todd verstärkte, hielt ihn davon ab, den Kerl zu verprügeln. Aus Prinzip schlug er niemanden, der sich nicht wehren konnte.

Außerdem durfte er keinesfalls seinen Job aufs Spiel setzen. Er musste alles dafür tun, um an Tessas Seite zu bleiben ... und sie vor den Dämonen seiner Vergangenheit zu beschützen.

Er konnte einen Anflug von Belustigung nicht unterdrücken, als sie wie ein kleines Kind vor ihm die Treppe hinaufstapfte. Wieder einmal wurde ihm bewusst, wie wunderbar widersprüchlich sie doch war: einerseits eine mutige, sinnliche Frau, andererseits ein verzogenes Gör. So unlogisch und unglückselig es auch war, ließ sich nicht länger leugnen, wie sehr er sich zu ihr hingezogen fühlte. Zwar wusste er nicht, wohin das noch führen würde, geschweige denn führen *könnte*, in Anbetracht des Schlamassels, in dem sie sich befanden, aber einer Sache war er sich ganz sicher: Er würde alles tun, um sie zu beschützen.

„Uff."

Er war so in Gedanken versunken gewesen, dass er nicht bemerkt hatte, wie sie abrupt innehielt. Instinktiv legte er eine Hand um ihre Hüfte und zog sie an sich, um nicht das Gleichgewicht zu verlieren. Trotz seines aufgewühlten Gemütszustands entfachte ihre Nähe glühendes Begehren in ihm. Ihr zierlicher, weicher Körper schmiegte sich einfach perfekt gegen den seinen.

Hastig ließ er sie los und murmelte: „Verzeihung, ich habe nicht aufgepasst ..."

„Sei still", zischte sie, mied jedoch verlegen seinen Blick. „Und komm mit. Aber so leise wie möglich."

Verwundert beobachtete er, wie sie die Treppe auf Zehenspitzen wieder hinuntereilte. War ihr Wutanfall nur gespielt gewesen?

Was hat das kleine Biest denn jetzt schon wieder vor?

An der Tür zum Billardzimmer blieb sie stehen und bedeutete ihm mit gekrümmtem Finger, ihr zu folgen. Mit hochgezogenen Brauen betrat er nach ihr den Raum, und sie schloss lautlos die Tür hinter ihm. Anschließend huschte sie hinüber zu dem Bücherregal, das an der Wand zu Blacks Arbeitszimmer stand, kniete sich davor nieder und begann, das mittlere Regal freizuräumen.

„Was soll denn das werden?", fragte er.

„Wenn du bleiben willst, dann sei gefälligst still", flüsterte sie zurück, ohne von ihrer Arbeit aufzusehen.

Von Neugier getrieben, kniete er sich neben sie und halft ihr, die Bücher so leise wie möglich auf dem Boden zu stapeln. Sobald das Regal leer war, langte sie hindurch und entfernte ein winziges Stück des Wandpaneels dahinter.

„Das gibt's doch nicht", murmelte er. „Du hast dir ein Guckloch gebohrt?"

Statt einer Antwort legte sie mahnend einen Finger an die Lippen. Zwar war das Loch nicht sehr groß und bot nur begrenzte Sicht auf das Geschehen im anliegenden Arbeitszimmer, aber immerhin waren die Stimmen der Anwesenden deutlich zu hören.

„... muss es einer der Herzöge gewesen sein", beharrte Malcolm Todd gerade. „Nur sie hätten die nötige Macht, um sowas durchzuzieh'n."

„Natürlich war es einer von ihnen. Hältst du mich für 'nen Schwachkopf?", gab Black ungehalten zurück. „Die Frage ist nur, *wer* von den elenden Verrätern steckt dahinter? Ming versucht, demjenigen auf die Schliche zu kommen, seit er mich letzten Monat im Nightingale's fast abgemurkst hätte."

Es hatte bereits zuvor einen Anschlag auf Black gegeben?

Stirnrunzelnd überlegte Harry, ob Inspector Davies davon wusste. Als Tessa ihm die Bedeutung des Medaillons erklärt hatte – nämlich, dass es sich um ein Symbol des Schutzes handelte, nicht um eines der Rache –, waren ihm bereits erste Zweifel an seiner Mission gekommen. Und nun stellte sich heraus, dass jemand zum *zweiten* Mal versucht hatte, Black umzubringen ...

Sein Bauchgefühl sagte ihm, dass etwas faul an der ganzen Sache war. Aber als er Tessa, die wie ein ungezogenes Schulmädchen in ihrem rosafarbenen Kleid neben ihm saß und lauschte, einen verstohlenen Blick zuwarf, musste er sich auch eingestehen, dass seine Objektivität gefährdet war. Er wünschte sich, dass Black unschuldig sein möge, weil er mit ihr zusammen sein wollte.

„Der Attentäter heißt John Loach", meldete sich Ming, knapp und sachlich wie immer, zu Wort. „Gibt 'ne Verbindung zwischen ihm und drei der Herzöge. Aber ich weiß nicht, wer für Schießerei im Nightingale's verantwortlich ist."

„Wer sind die drei Verdächtigen?", wollte Todd wissen.

Einen Augenblick lang herrschte Schweigen. Vermutlich wartete der treue Diener auf die Erlaubnis seines Arbeitgebers, antworten zu dürfen. Damit sollte Harry recht behalten, denn gleich darauf murmelte Black: „Sag's ihm."

„Loach besucht häufig Taverne in den Docklands. Taverne gehört Francis O'Toole."

Neben ihm ballte Tessa die Hände zu Fäusten.

„Loach hat auch Bruder", fuhr Ming fort. „Der gehört zu Severin Knights Männern."

Der Name sagte Harry nichts. Als er bemerkte, wie Tessa scharf einatmete, lehnte er sich zu ihr hinüber und flüsterte: „Wer ist Knight?"

„Der Herzog von Spitalfields", flüsterte sie zurück. „Er überwacht den Handel in dem Gebiet und erhält einen Großteil des Gewinns."

„Und Loach schuldet Geld", schloss Ming seinen Bericht. „Fünfhundert Pfund bei Adam Garrity."

Diesmal wusste Harry, um wen es ging. Der berüchtigte Geldverleiher war mit einer Freundin seiner Schwestern verheiratet, Gabriella Billings. Harry hatte Gabriella nur einmal getroffen, Jahre, bevor sie Garritys Gemahlin geworden war, und erinnerte sich daher nur dunkel an die mollige, rothaarige Quasselstrippe.

Ihren Ehemann hatte er zwar nie kennengelernt, wusste aber, dass seine Schwestern nicht viel von ihm hielten. Laut ihnen war er ein zwielichtiger Geselle, und sie bedauerten die Tatsache, dass sie Gabriella seit der Hochzeit kaum noch zu Gesicht bekamen.

„Garrity ist der Herzog des Finanzviertels", erklärte Tessa leise. „Ein gerissener Geldverleiher, bei dem Männer aus sämtlichen Gesellschaftsschichten Schulden haben."

„Ernenn mich zum Herzog", drängte Todd plötzlich. „Jetzt, wo John Randolph tot ist, brauchst du jemanden, der sich um Covent Garden kümmert. Wenn du mir die Verantwortung überträgst, kämpfe ich mit dir an vorderster Front. Ich werd den Angriff gegen O'Toole, Knight und Garrity höchstpersönlich leiten."

„Das sind keine Männer, mit denen man sich anlegen sollte, du Narr", knurrte Black. „Deshalb habe ich bisher noch nichts unternommen. Ich brauche erst handfeste Beweise, bevor ich in die Offensive geh. Und als Gegenleistung für deine Loyalität hab ich dir bereits meine Mavis gegeben, dich zum Teil unserer Familie gemacht. Reicht das nicht, um mir deine Treue zu sichern?"

„Doch, natürlich. Ich meinte nur ..."

„Ich weiß genau, was du meintest", unterbrach Black ihn in einem warnenden Tonfall. „Aber ich werde Covent Garden erst dann vergeben, wenn meine Feinde besiegt wurden. Also, wenn du irgendwann Herzog sein willst, solltest du dich besser nützlich machen."

„Was soll ich deiner Meinung nach tun?", fragte Todd hörbar verdrossen.

„Überlass Ming deine besten Männer. Er lässt die drei Mistkerle beschatten und könnte zusätzliche Augen und Ohren gebrauchen." Black hielt kurz inne, bevor er hinzufügte: „Wer auch immer dahintersteckt, wird die Feuersbrunst meiner Rache zu spüren bekommen und für das bezahlen, was er meinen Wachen angetan hat ... Ebenso wie denen, die im Gilded Pearl unter meinem Schutz standen.“

Black hat die Bewohner des Freudenhauses beschützt, dämmerte es Harry. Das Medaillon, das bei dem Opfer gefunden wurde, war ein Zeichen dafür gewesen, genau wie Tessa behauptet hatte.

„Dieser Feind kämpft nicht mit gewöhnlichem Feuer, Mr Black“, ließ Ming sich mit ernster Stimme vernehmen. „Sondern mit Höllenfeuer.“

„Höllenfeuer?“, wiederholte Todd und lachte verächtlich. „Ihr Chinesen habt doch echt ’ne Schraube locker.“

„Im Gegensatz zu dir weiß Ming sehr wohl, wovon er spricht“, sagte sein Schwiegervater mit unverhohlener Abneigung. „Dieses Dreckszeug hier, mit dem sie uns beworfen haben, wird Höllenfeuer genannt. Ming hat dasselbe Material auch im Pearl gefunden.“

„Ein Sprengkörper ist nicht explodiert“, erklärte der Bedienstete. „Hatte gleiches Zeug innen drin.“

„Keine Ahnung, woraus der Mist besteht, aber er ist doppelt so wirksam wie Schießpulver. Ming und ich haben’s ausprobiert“, fügte Black grimmig hinzu. „Der Stoff brennt sich durch alles, was ihm in die Quere kommt. Wenn Bennett diese Bastarde nicht daran gehindert hätte, weitere Sprengsätze zu zünden, hätten sie dieses Haus dem Erdboden gleichgemacht ... so wie das Pearl.“

Harrys Magen krampfte sich zusammen. Das klang ganz nach dem Explosivstoff, den er versehentlich in seinem Labor hergestellt hatte. Und der ihm von Celestes Vater, Aloysius De Witt, gestohlen worden war.

„Normalerweise kann ich den Verkauf von Materialien, die man zur Herstellung von Schießpulver verwendet, nachvollzieh’n“, erklärte Black. „Aber mit diesem Höllenfeuer ist es anders. Wir kennen die einzelnen Bestandteile nicht. Irgendein

Schwein könnte es direkt vor unserer Nase zusammenpantschen, ohne dass wir den Hauch einer Ahnung hätten."

Harry schluckte schwer. Er wusste genau, welche Komponenten man für die Herstellung brauchte: Salpetersäure, Vitriolöl und Baumwolle. Als De Witt von der Erfindung Wind bekam, wollte er große Mengen davon produzieren und gewerblich verkaufen. Harry hatte dagegen argumentiert, da die Substanz, die er „explosive Baumwolle" nannte, höchst unbeständig und viel zu gefährlich für den kommerziellen Verkauf war.

Daraufhin hatte De Witt ihm zunächst eine Partnerschaft vorgeschlagen und ihm die nötigen finanziellen Mittel vorgestreckt, um das Produkt weiterzuentwickeln und für mehr Sicherheit zu garantieren. Doch schon bald war er ungeduldig geworden und hatte drauf bestanden, es den Investoren vorzustellen, obwohl es noch nicht fertig war.

Harry war dagegen gewesen, und diese Entscheidung hatte ihn seine Zukunft gekostet. Allerdings waren seine zerstörten Bestrebungen nichts im Vergleich zu der Gefahr, die ihnen gegenwärtig drohte. War es De Witt gelungen, die explosive Mischung zu stabilisieren? Hatte er sie tatsächlich in eine Vernichtungswaffe verwandelt?

„Zudem sitzt mir die verdammte Gendarmerie im Nacken", wütete Black weiter. „Die haben ihre Spitzel überall, also seht euch bloß vor."

„Vor den Bullen hab ich keine Angst", schnaubte Todd verächtlich. „Jedem Spion, der es wagt, mein Haus zu betreten, schlitz ich den Hals auf."

„Von wegen. Den Kerl bringst du direkt zu mir", erwiderte Black mit einer eisigen Endgültigkeit, die Harry das Blut in den Adern gefrieren ließ. Ihm war bewusster denn je, dass er keinesfalls seine wahre Identität preisgeben durfte, wenn er am Leben bleiben wollte.

Plötzlich zuckte Tessa zusammen und verschloss hastig das Guckloch.

„Großvater kam gerade auf die Wand zu", flüsterte sie panisch. „Ich hoffe, er hat das Loch nicht bemerkt."

Wortlos stellte Harry die Bücher zurück an ihren Platz. Bevor sie das Zimmer verließen, steckte Tessa den Kopf in den Gang und sah sich vorsichtig nach allen Seiten um. Dann bedeutete sie ihm, ihr zu folgen. Wie betäubt lief er hinter ihr her, während sie ihn den verlassenen Korridor entlang und die Treppe hinaufführte.

Gedanken an das soeben Gehörte schwirrten ihm wild durch den Kopf ... Und tief in seinem Innersten kämpfte er mit der Erkenntnis, dass er unbeabsichtigt eine gefährliche Massenvernichtungswaffe auf London losgelassen hatte.

Kapitel Vierzehn

Aufgewühlt und fahrig betrat Tessa ihr Wohnzimmer. Sie scheuchte Lizzie hinaus, die gerade dabei gewesen war, ihre Aquarellfarben aufzuräumen. Demonstrativ ließ ihre Zofe beim Verlassen des Raumes die Tür offen, doch Tessa protestierte nicht. Sollte ihr Großvater zufällig vorbeikommen, würde eine verschlossene Tür nur seinen Argwohn wecken. Trotz der eingeschränkten Privatsphäre war sie jedoch wild entschlossen, zwei Punkte klarzustellen.

Zum einen wollte sie wissen, ob Bennett ihr und ihrer Familie in ihrer Stunde der Not beistehen würde.

Und zum anderen ... Was empfand er wirklich für sie?

Ihr Herz machte einen Satz. Seit sie das Gespräch ihres Vaters und Großpapas belauscht hatten, wirkte er noch in sich gekehrter, und sie wusste nicht, warum. War es die Bedrohung durch diese neuartige Waffe, Höllenfeuer ... oder bereute er womöglich ihr leidenschaftliches Stelldichein?

Was auch immer der Grund sein mochte, sie war das ewige Rätselraten leid.

„Bist du dabei oder nicht?", platzte sie unwirsch heraus und wirbelte zu ihm herum.

Trotz ihrer inneren Unruhe verspürte sie einen Anflug von Sehnsucht, als sie sah, wie er in seinem tabakbraunen Gehrock und der lederfarbenen Hose, die sich wie eine zweite Haut an seine muskulösen Beine schmiegte, neben dem Beistelltisch stand, auf dem sie ihre Malutensilien verwahrte. Dank Lizzie waren die Farbtöpfchen und Pinsel mit Elfenbeingriff ordentlich aufgereiht.

„Wie bitte?", fragte er stirnrunzelnd. „Wo soll ich dabei sein?"

„Wirst du mir helfen, meinen Großvater zu beschützen? Oder hast du vor, dich mir in den Weg zu stellen?"

Keinesfalls würde sie tatenlos dabei zusehen, wie das Leben ihres Großpapas und die Straßen ihres geliebten Viertels bedroht wurden. Sie wusste, dass es riskant war, Bennett in ihre Absichten einzuweihen. Es wäre durchaus möglich, dass er wie jeder andere Mann in ihrem Leben versuchen würde, sie in ihre Schranken zu weisen, ihr zu verbieten, etwas zu unternehmen.

Und doch entschloss sie sich, ihm zu vertrauen.

Seit ihrer ersten Begegnung hatte er ihr immer wieder bewiesen, dass sie sich auf ihn verlassen konnte. Er war einer der zuverlässigsten, intelligentesten und fähigsten Männer, die sie je kennengelernt hatte. In der Nacht zuvor hatte er sogar sein Leben riskiert, um ihr Heim und ihre Familie zu retten.

In dem Kampf, den sie zu führen gedachte, wollte sie ihn an ihrer Seite haben. Ihn als Verbündeten zu gewinnen, würde ihr zwei Vorteile verschaffen: Zum einen konnte sie sich seine unbestreitbaren Talente zunutze machen, zum anderen müsste sie ihn nicht anlügen, was ihre Absichten betraf.

Bennett musterte sie eindringlich. Sie war erleichtert zu sehen, dass er wieder mehr er selbst zu sein schien. Er wirkte weniger distanziert und konzentrierte sich mehr auf sie.

„Sind das meine einzigen Optionen?", fragte er schließlich.

„Meine Familie liegt unter Beschuss! Großpapa mag zu stolz sein, um es zuzugeben, aber er braucht jegliche Hilfe, die er kriegen kann. Ich werde nicht tatenlos dabei zusehen, wie unsere Feinde über uns herfallen."

„Tatenlos herumzusitzen, gehört wirklich nicht zu deinen Tugenden", erwiderte er mit einem Anflug von Belustigung. „Aber solltest du diese Angelegenheit nicht lieber von den Männern regeln lassen?"

„Ist es nicht mehr als offensichtlich, dass die dazu nicht in der Lage sind?", rief sie ungehalten aus und zählte dann an den Fingern ab: „Auf meinen Großvater wurde ein Mordanschlag verübt. Ein Freudenhaus, das unter seinem Schutz stand, wurde von Höllenfeuer in die Luft gejagt. Und gestern Nacht wurde sein Zuhause auf dieselbe Weise angegriffen. Wir befinden uns im *Krieg*, Bennett."

„Und genau aus diesem Grund solltest du dich aus der Schusslinie halten."

Warum nur hatte sie angenommen, er könnte anders sein als der Rest? Dass er mehr in ihr sehen würde als ein dummes, kleines Mädchen, das nichts zu bieten hatte?

Bist du so naiv, dass du ernsthaft geglaubt hast, ein paar Küsse könnten alles verändern?

„Du wirst dich also nicht auf meine Seite schlagen?", fragte sie, verärgert über das Zittern in ihrer Stimme.

„Das habe ich nicht gesagt."

Hoffnung keimte in ihr auf. „Also ... wirst du mir helfen?"

Als sie ihn nicken sah, eilte sie zu ihm hinüber und griff impulsiv nach seiner großen, rauen Hand. „*Danke*! Du weißt nicht, wie viel mir das bedeutet. Ich werde alles tun ..."

„Den Teufel wirst du tun. Wenn du willst, dass ich dir helfe, wirst du dich an die Regeln halten."

Stirnrunzelnd ließ sie seine Hand los. „Welche Regeln?"

Über den Rand seiner Brille hinweg musterte er sie streng. „Nummer eins: Du wirst nicht unbeaufsichtigt in der Gegend herumrennen. Um genau zu sein, wirst du gar nichts ohne meine Erlaubnis unternehmen."

„Deine *Erlaubnis*? Jetzt hör aber mal gut zu ..."

„Nummer zwei: Wenn ich dir befehle, etwas zu tun, wirst du mir gehorchen, ohne Fragen zu stellen."

Empört schüttelte sie den Kopf. „Für wen zum Henker hältst du dich eigentlich? Ich lasse mich nicht herumkommandieren!"

„Ich bin der Mann, den du brauchst, um deine Familie zu beschützen. Die Familie, für die du alles tun würdest."

Seine unverblümten Worte nahmen ihr den Wind aus den Segeln. Sie wusste, dass er recht hatte. Ohne seine Hilfe würde sie es nicht schaffen.

„Verflucht", murmelte sie. „Ich kann mich nicht entscheiden."

Fragend hob er eine Braue.

„Ich weiß nicht, ob ich mich über deine Überheblichkeit ärgern soll ... oder mich darüber freuen soll, dass du mir hilfst", erklärte sie mit einem ungehaltenen Schnauben.

Seine Lippen zuckten amüsiert. „Womit wir bei der letzten Regel wären."

„Treib es bloß nicht zu weit", warnte sie ihn mit zusammengekniffenen Augen.

„Wenn wir dieses Vorhaben als Partner durchziehen wollen, darf niemand sonst davon erfahren", sagte er und fügte nach einer kurzen Pause hinzu: „Weder deine Familie noch deine Freunde, absolut niemand."

Das Wort „Partner" ließ ihr Herz Saltos schlagen, als wäre sie eine Debütantin, die ihre erste Aufforderung zum Tanz erhalten hätte. Er wollte ihr zur Seite stehen, allen Widrigkeiten und den Wünschen ihrer Familie zum Trotz.

Er glaubte an ihren Plan ... an *sie*.

„Ich schwöre bei allem, was mir lieb und heilig ist, dass ich es keiner Menschenseele verraten werde“, verkündete sie feierlich. Und um ihm zu beweisen, wie ernst sie es meinte, fügte sie hinzu: „Soll ich den Schwur mit Blut besiegeln? Ich könnte schnell ein Taschenmesser besorgen.“

Einen Augenblick lang starrte er sie wortlos an. Dann brach er in schallendes Gelächter aus, und der Klang seiner tiefen, rauen Stimme jagte ihr einen Schauer über den Rücken.

Lächelnd schüttelte er den Kopf. „Behalte dein Blut, Dummchen.“

„Dann lass uns unseren Pakt mit einem Handschlag besiegeln“, sagte sie und hielt ihm die Hand hin.

Statt sie zu ergreifen, legte er einen Finger unter ihr Kinn und hob es sanft an. Die Berührung ließ ihren Puls in die Höhe schnellen und Hitze zwischen ihre Schenkel schießen. Erwartungsvoll hob sie ihm ihr Gesicht entgegen. Würde er sie erneut küssen? Instinktiv öffnete sie die Lippen ...

Doch er beugte sich nicht zu ihr hinunter, sondern drehte ihren Kopf erst ein wenig in die eine, dann in die andere Richtung. Als würde er sie ... studieren?

„Ich glaube dir“, sagte er schließlich.

„Wirklich?“

„Deine Augen verraten dich. Wenn du lügst, weiten sich deine Pupillen“, erklärte er. „Sie werden trüb, wie Grünspan in einer nicht löslichen Solution. Gerade sind sie jedoch ganz klar.“

Noch nie hatte jemand ihren Augen so viel Aufmerksamkeit geschenkt. Obwohl sie den Vergleich nicht ganz verstand, beschloss sie, ihn als Kompliment aufzufassen. Ein warmes, wohliges Gefühl durchflutete sie. Seine lobenden Worte ließen sie beinahe die Tatsache vergessen, dass sie offensichtlich ein verräterisches Merkmal hatte, das es zu eliminieren galt.

„Also ist es abgemacht?", fragte sie atemlos.

„Noch nicht ganz", erwiderte er leise und ließ seine Hand sinken.

„Du kannst nicht einfach so dein Wort brechen ..."

„Das meinte ich damit nicht. Ich wollte noch über das sprechen, was im Billardzimmer geschehen ist." Er räusperte sich und verschränkte die Hände hinter dem Rücken, bevor er fortfuhr: „Ich muss mich bei dir entschuldigen. Ohne nachzudenken, habe ich dich ausgenutzt und ..."

„Hast du *nicht*." Sie wollte und konnte ihn nicht in dem Irrglauben lassen. „Ich habe mich dir willig hingegeben."

„Ich habe mich vergessen und so gar nicht wie ein Gentleman benommen", beharrte er stur. „Du bist eine unschuldige Dame."

„Von wegen unschuldig! Ich bin in einem Freudenhaus aufgewachsen, verflucht!"

Seine Miene wurde steinern. „Wie dem auch sei, es war falsch von mir ..."

„Ich wollte es." Trotz der Hitze, die ihr in die Wangen schoss, fügte sie nachdrücklich hinzu: „Ich wollte, dass du mich küsst. Ich habe dich praktisch angefleht, es zu tun."

„Tessa ..." Einen kurzen Augenblick lang ließ er die eiserne Maske fallen, und dahinter bemerkte sie die Sehnsucht in seinem Blick, bevor er sie wieder aufsetzte. „Ich kann dir gegenüber nicht das Ehrenhafte tun."

Seine Worte versetzten ihr einen Stich ins Herz. „Weil du es nicht willst?"

„Weil ich es nicht kann." Er umrundete den Tisch, um etwas Abstand zwischen sie zu bringen. Nachdenklich ließ er den Daumen über die seidigen Spitzen ihrer Pinsel gleiten. „Du hast etwas Besseres verdient. Du bist umwerfend schön, klug und wohlhabend. Glaub mir, jeder Mann würde dir zu Füßen liegen."

„Sogar ein Herzog?", entfuhr es ihr, bevor sie sich zurückhalten konnte.

„Wenn du den Herzog von Ranelagh und Somerville wolltest, könntest du ihn haben."

Obwohl er in neutralem Tonfall sprach, zuckte der Muskel in seinem Kiefer verräterisch. Das Engegefühl in ihrer Brust verschwand.

„Ich will aber nicht ihn", sagte sie, „sondern dich."

Da war es wieder, dieses Aufflackern der Begierde in seinem Blick.

„Tessa, ich bin wahrlich nicht in einer Position, in der ich um dich anhalten kann ..."

„Dann lass es. Gemeinsam daran zu arbeiten, Großpapa zu beschützen, verschafft uns die Gelegenheit, mehr Zeit miteinander zu verbringen", erwiderte sie. „Wir können in Ruhe prüfen, ob wir zueinander passen, ohne uns dem Druck hoher Erwartungen beugen zu müssen."

Je mehr sie darüber nachdachte, desto perfekter erschien ihr der Plan. Sie erwartete nicht, dass Bennett sich seiner Gefühle ebenso sicher war wie sie, nicht nach ihrem bedauernswert kindischen Verhalten ihm gegenüber. Ihre Idee würde ihr genug Zeit verschaffen, ihr Benehmen wiedergutzumachen, ihn zu umwerben und ihm zu beweisen, dass sie in jeder Hinsicht eine würdige Gefährtin für ihn wäre.

Außerdem musste sie sich überlegen, wie sie ihren störrischen Großvater davon überzeugen konnte, dass Bennett die eindeutig bessere Wahl für sie wäre, verglichen mit Ransom.

Bennett runzelte die Stirn. „Verdammt, du sollst deine Erwartungen aber nicht meinetwegen einschränken müssen."

„Das macht mir nichts aus. Ich will nur dich", sagte sie aufrichtig.

Er stieß einen tiefen Seufzer aus und fuhr sich mit der

Hand durchs Haar. „Herr im Himmel, was soll ich nur mit dir anstellen?"

Ein unbeschreibliches Hochgefühl durchströmte sie. Sein zwiespältiger, aber sehnsüchtiger Blick verriet ihr, dass sie gewonnen hatte. Sie sollte die Gelegenheit erhalten, ihm zu beweisen, dass sie die Frau seiner Träume war.

„Du könntest mich besser kennenlernen", schlug sie vor und näherte sich ihm langsam. „Mir dabei helfen, meine Familie zu retten."

Als sie vor ihm stehen blieb, streckte er unwillkürlich die Hand nach ihr aus und ließ seinen Daumen über ihre Wange gleiten.

„Du bist wirklich loyal, hm? Und noch dazu hinreißend."

Er findet mich hinreißend?

Ein Schauer jagte ihr über den Rücken, als sein Daumen über ihre Lippen glitt, bevor er die Hand fallen ließ.

„H-hinreißend? Ich?", hauchte sie.

Seine Mundwinkel zuckten amüsiert. „Zumindest, wenn du mich nicht verhaften lässt oder meine Stiefel ruinierst oder mir einen Scherzartikel unters Sitzkissen legst, der obszöne Geräusche erzeugt."

„Ich werde dir nie wieder einen Streich spielen!", schwor sie feierlich.

„Versprich nichts, was du nicht halten kannst."

Sein schiefes Lächeln verzauberte sie, und wie in Trance hob sie eine Hand, um die Narbe über seiner Augenbraue zu berühren. „Woher hast du die?"

Sein Lächeln verblasste. „Von einem Sprengstoffunfall, bei dem ich verschüttet wurde."

„Donnerwetter, das muss ja furchterregend gewesen sein!"

„Ich hatte schon bessere Tage."

„Hast du deshalb deine Anstellung als Streckenarbeiter aufgegeben?"

„Unter anderem." Er zögerte kurz, bevor er hinzufügte: „Seitdem fällt es mir schwer, mich in beengten Räumen aufzuhalten."

„Das kann ich dir nicht verdenken..."

Sie verstummte, als sie draußen im Gang das Rascheln von Röcken vernahm. Als sie herumwirbelte, sah sie, wie eines der Dienstmädchen geschäftig den Korridor entlangeilte. Zwar hatte niemand sie erwischt, aber dennoch war der Zauber des Augenblicks gebrochen. Sie war unsanft in die Realität zurückgeholt worden und erinnerte sich an das, was sie vorhatten.

„Wir haben nicht viel Zeit", sagte sie daher schnell. „Aber ich habe einen Plan, wie wir den Schurken ausfindig machen können, der hinter den Anschlägen steckt. Zunächst müssen wir herausfinden, in welchen Tavernen O'Toole, Knight und Garrity sich aufhalten." Sie hielt inne und nagte nachdenklich an ihrer Unterlippe. „Nachts wäre das natürlich am einfachsten. Selbstverständlich werde ich mich verkleiden, und ..."

„Den Teufel wirst du tun! Du bleibst hier!"

Sein unerbittlicher Tonfall irritierte sie. „Aber wir sind *Partner*. Ich werde nicht tatenlos hier herumsitzen, während du da draußen Kopf und Kragen riskierst."

„Das werde ich auch nicht. Es ist nicht nötig, dass wir diesen Kerlen nachspionieren. Dieser Plan ist viel zu gefährlich, und außerdem hast du doch gehört, was dein Großvater gesagt hat: Ming lässt sie seit Wochen erfolglos beschatten."

Damit hatte er durchaus recht. „Hast du denn einen besseren Vorschlag, Professor?"

Eigentlich hatte sie mit dem Spitznamen die Stimmung etwas auflockern wollen, aber stattdessen verfinsterte sich sein Blick.

„Wir können einem anderen Hinweis nachgehen: dem Höllenfeuer."

Sie dachte kurz über seine Worte nach. „Dieses Baumwollzeug? Aber darüber wissen wir doch so gut wie gar nichts."

„Während meiner früheren Anstellung habe ich mit ähnlichen Materialien gearbeitet. Ich bin mir ziemlich sicher, dass es von einem Mann hergestellt wurde, den ich einst kannte."

Sein Geständnis überraschte sie, ergab aber auch irgendwie Sinn. Als ehemaliger Streckenarbeiter kannte er sich natürlich mit Sprengstoffen aus.

„Wer ist dieser Kerl?", fragte sie mit wachsendem Eifer. „Hat er gemeinsam mit dir für die Eisenbahngesellschaft gearbeitet?"

„Er ist tot. Und er war nicht verantwortlich für den Einsatz des Höllenfeuers, denn er wusste, dass die Verbindung der Chemikalien zu unbeständig war, um sie tatsächlich anzuwenden. Daher hielt er die Formel versteckt. Ihm war klar, dass sie denjenigen, die damit in Kontakt kamen, nur Schaden zufügen würde." Er hielt inne und presste grimmig die Lippen aufeinander. „Und er hatte recht, denn er musste für seine Entdeckung sterben."

„Wie furchtbar", flüsterte Tessa. „Das ist ja wie die Geschichte von Dr. Frankenstein."

Bennett nickte knapp. „Auch wenn der Erfinder nicht mehr unter uns weilt, könnte einer seiner Kollegen die Formel in die Finger bekommen haben. Womöglich hat derjenige es geschafft, die Verbindung entsprechend abzuändern und dieses Höllenfeuer daraus zu erschaffen."

„Weißt du, wer diese Partner waren?"

Abermals nickte er.

Sie biss sich auf die Unterlippe. „Warum hast du Großpapa gegenüber nichts davon erwähnt? Sollten wir es ihm nicht sagen?"

„Ich wollte nicht, dass irgendwer dem Zorn deines Großvaters ausgesetzt wird, bevor ich nicht eindeutige Beweise habe."

Das war ein einleuchtendes Argument. So unberechenbar wie die Launen des Familienoberhaupts gegenwärtig waren, konnte man nie wissen, wie er reagieren würde.

„Lass mich dir helfen. Die Gefahr lauert an allen Ecken, denn wie Großpapa schon sagte, steckt auch die Gendarmerie ihre Nase in unsere Angelegenheiten, und niemand spielt ein schmutzigeres Spiel als diese Bastarde", sagte sie verächtlich. „Eher würde ich einer Kakerlake trauen als einem Polizisten."

„Denk an meine Regeln, Tessa", wies er sie unnötig scharf zurecht. „Ich kann nicht gleichzeitig Nachforschungen anstellen und für deine Sicherheit sorgen."

Nur mit Mühe schluckte sie ihren Protest herunter. So gerne sie auch an dem Abenteuer teilhaben würde, wusste sie doch, dass zu viel auf dem Spiel stand: nicht nur das Wohl ihrer Familie, sondern auch Bennetts. Sie würde es sich nie verzeihen, wenn irgendwer ihretwegen zu Schaden käme.

„Ich werde mich an unsere Abmachung halten, wenn du dich an deinen Teil hältst", erwiderte sie hastig. „Du wirst mich über *alles*, was geschieht, informieren. Wir sind Partner, vergiss das nicht."

„Käme mir niemals in den Sinn", konterte er trocken. „So, jetzt sollte ich gehen, damit du dich ein wenig ausruhen kannst."

In diesem Augenblick ertönte das dumpfe Pochen eines Gehstocks draußen auf dem Gang. Trotz des Risikos stellte Tessa sich auf die Zehenspitzen und ließ ihre Lippen sanft über Bennetts stoppelige Wange streifen.

„Danke, dass du mir dabei hilfst, Großpapa zu beschützen. Und dass du mir eine zweite Chance gibst", flüsterte sie.

Er legte ihr einen Finger unters Kinn und bedachte sie mit einem glühenden Blick. „Du kannst dich auf mich verlassen, Tessa."

Kapitel Fünfzehn

Als Harry sich zwei Abende später auf den Weg nach Cheapside machte, ließ er seine jüngste Zusammenkunft mit Davies in Gedanken Revue passieren. Er hatte sich in den frühen Morgenstunden mit dem Inspector auf dessen Boot getroffen und ihm über Blacks Feinde, die Revierkämpfe innerhalb der Londoner Unterwelt sowie Loachs versuchten Anschlag Bericht erstattet. Abschließend hatte er Davies auch von Höllenfeuer erzählt und ihm mitgeteilt, dass Black seiner Ansicht nach unschuldig sei, was den Vorfall im Gilded Pearl betraf.

„Verdammt, wir können ihn also nach wie vor nicht mit einem Verbrechen in Verbindung bringen?", hatte der Inspector geflucht und war sich mit der Hand durchs Haar gefahren. Glücklicherweise war sein Fokus dann jedoch auf das weitaus schwerwiegender Problem gefallen. „Die Situation ist ja noch viel schlimmer, als ich dachte. Wir müssen uns dringend um die Eindämmung einer solch gefährlichen Waffe wie diesem Höllenfeuer kümmern. Sollte ein richtiger Bandenkrieg ausbrechen, wären wir mit den Männern, die uns zur Verfügung stehen, machtlos dagegen."

Harry holte tief Luft, bevor er Davies von seinem Verdacht über Sir Aloysius De Witt erzählte. Dabei hatte er natürlich einige Details seines schmachvollen Abgangs aus Cambridge, die Celeste betrafen, ausgelassen. Anschließend wartete er verunsichert auf die Reaktion seines Vorgesetzten.

„Wir alle machen Fehler, Kent. Sie haben einfach den falschen Leuten vertraut."

Harry nickte erleichtert.

„Die Frage ist nur, wie wir unsere Ermittlungen im Folgenden strukturieren sollen. Unsere Ressourcen sind bereits jetzt an ihren Grenzen." Davies runzelte frustriert die Stirn. „Und nun müssen wir neben diesen Halsabschneidern auch noch den Bastard De Witt überwachen."

„Um De Witt werde ich mich kümmern", bot Harry an. „Wenn es mir gelingt, sein Labor ausfindig zu machen, kann ich die Substanzen identifizieren, an denen er arbeitet, und überprüfen, ob es sich in der Tat um Höllenfeuer handelt oder nicht."

Der Inspector musterte ihn kritisch. „Trauen Sie sich das wirklich zu, Kent? Auf Ihnen würde eine große Verantwortung lasten. Ich kann es mir nicht leisten, Ihnen Verstärkung zur Verfügung zu stellen, und außerdem wäre das auch nicht sehr klug. Black hasst die Gendarmerie. Er weiß, dass er unter Beobachtung steht. Sollte er auch nur die leiseste Verbindung zwischen Ihnen und der Gerichtsbarkeit vermuten, würden Sie in großer Gefahr schweben."

Nicht das Risiko ließ ihn zögern, sondern die Sorge um Tessa. Er hasste den Gedanken, sie weiterhin anlügen zu müssen. Aber was blieb ihm anderes übrig, wenn er verhindern wollte, dass seine Erfindung ihrer beider Welten zerstörte? Wie sonst könnte er an ihrer Seite bleiben, um sie zu beschützen?

„Ich habe dieses Höllenfeuer mit erschaffen", sagte er, „und ich werde ihm den Garaus machen."

„Sie sind ein guter Mann, Kent. Aufrichtig und ehrenhaft", erwiderte Davies und schüttelte ihm die Hand. „Sobald wir diesen Kampf gewonnen haben, werde ich dafür sorgen, dass Sie die Anerkennung erhalten, die Ihnen zusteht."

Bevor ihre Wege sich wieder trennten, hatte der Inspector ihm noch eine Adresse genannt, bei der er Unterstützung für seine Mission finden könnte. Aus diesem Grund war Harry nun unterwegs zu einer kleinen Konditorei zwischen St. Mary le Bow und Old Change. Es war bereits halb neun Uhr abends, und durch die geschlossenen Vorhänge des Ladenfensters drang ein schwacher Lichtschein auf die Straße. Da die Tür unverschlossen war, öffnete Harry sie und betrat das winzige Geschäft. Sofort schlug ihm der Duft von karamellisiertem Zucker, gerösteten Nüssen und süßen Früchten entgegen.

Mrs Parbury, eine Matrone mit rosigen Wangen, blickte von ihrem Platz hinter dem breiten Holztresen auf, wo sie damit beschäftigt war, Gläser und Schüsseln voll Süßwaren, gelierten Früchten und anderen zuckrigen Gaumenfreuden zu arrangieren.

„Guten Abend, Ma'am", grüßte Harry und zog den Hut.

„Ihnen auch, Sir", erwiderte die Konditorin mit einem Augenzwinkern und senkte verschwörerisch die Stimme, obwohl niemand sonst anwesend war. „Geh'n Sie nur nach hinten, Junge. Er wartet schon auf Sie."

Er nickte höflich und trat durch die Tür, die in die Küche führte. Dort fand er Mr Parbury vor, einen korpulenten Mann, dessen beachtlicher Bauch kaum Platz in dem beengenden Stoff seiner fleckigen Schürze fand.

„Da brat mir einer einen Storch! Wenn das nicht Harry Kent ist", rief der Konditor fröhlich aus. Unwillkürlich fragte Harry sich, ob die Berufung der Parburys unweigerlich zu einem zuckersüßen Gemüt führte.

„Es ist lange her, Sir", erwiderte er. „Guten Abend."

„Gut ist er auf jeden Fall", bekräftigte der korpulente Mann und rührte in einem großen Topf herum. „Können Sie erraten, was ich hier zusammenbraue?"

Harry sog schnuppernd die Luft ein. „Irgendetwas mit Zitrone?"

„Zitronendrops, um genau zu sein, Sir. Die Damen sind ganz verrückt danach. Meine Geheimzutat ist ein Tropfen Rosenwasser, für einen frischen Atem. Ein hervorragendes Geschenk für Schwestern ... oder auch eine Angebetete", fügte er mit einem Zwinkern hinzu.

Die Anspielung stürzte Harry erneut in ein Wechselbad der Gefühle.

Ich will nicht ihn, sondern dich. Tessas aufrichtiges Geständnis erfüllte ihn mit Sehnsucht ... und Gewissensbissen. Er hatte sie angelogen, was seine wahre Identität anbelangte, und sich unter einem falschen Vorwand in ihre Familie eingeschlichen, um diese für seinen Arbeitgeber auszuspionieren, eine Institution, die Black mehr als alles andere verabscheute.

Aber auch ohne diese massiven Hürden war er sich nicht sicher, ob er ihr überhaupt geben konnte, was sie wollte. Was die meisten Frauen seiner Erfahrung nach wollten. Gefühlsduselei und leere Schmeicheleien lagen ihm fern. Außerdem hatte er sich nach dem Desaster mit Celeste geschworen, niemals wieder jemanden an sein Herz heranzulassen.

Er wusste ja nicht einmal, ob Tessa und er zueinanderpassten. Sie war äußerst ... ungewöhnlich. Konnte er sich wirklich eine Zukunft vorstellen, in der Frettchen, Halsabschneider und grenzenloses Chaos zum Alltag gehörten?

Er war hin- und hergerissen. Denn aller Logik zum Trotz wollte er sie.

Mehr als alles andere, verdammt.

„Ich nehme eine Dose", hörte er sich sagen.

„Meine Frau wird sie Ihnen hübsch verpacken", erwiderte

Mr Parbury strahlend. „Dann können Sie sie nach Ihrem Besuch gleich mitnehmen."

Harry bedankte sich bei dem Konditor und verließ die Küche über einen kurzen Gang, der zu einer schlichten Holztür führte. Er klopfte an, bevor er das beengte, aber gemütliche Wohnzimmer betrat, das dahinter lag.

„Harry." Ambrose Kent erhob sich von dem Stuhl, auf dem er gesessen hatte, und kam ihm lächelnd entgegen. „Wie schön, dich zu sehen."

Harry schloss die Tür hinter sich, bevor er seinem älteren Bruder die Hand schüttelte. „Ich freue mich ebenfalls."

„Komm, setz dich doch", sagte Ambrose und deutete auf einen kleinen Tisch, der über und über mit Gebäck und anderen Köstlichkeiten beladen war. „Ich habe den Parburys gesagt, dass dieser Aufwand nicht nötig sei, aber sie haben darauf bestanden."

Harry nahm seinem Bruder gegenüber Platz. „Sie haben eben nie vergessen, was du für sie getan hast."

„Ach, das war doch keine große Sache", winkte Ambrose ab, bevor er ihnen Tee einschenkte.

Natürlich spielte er seinen Verdienst herunter. Jeder andere würde damit angeben, einen Einbrecher nur anhand eines schlammigen Schuhabdrucks überführt zu haben, aber der älteste Kent-Bruder war nun einmal ebenso bescheiden wie kompetent.

„Du siehst gut aus", merkte Harry an, während er sich zu einem Stück des glasierten Pfefferkuchens verhalf. „Wie geht es Marianne und den Kindern?"

„Marianne geht es gut. Sie lässt dich lieb grüßen." Die Augen seines Bruders leuchteten voll Wärme, wann immer er über seine Frau sprach. „Sophie ist nach wie vor ein sanftmütiger Engel und Edward ist ... nun ja, eben Edward."

Harry schmunzelte amüsiert. Ambroses ältester Sohn war

von einem altklugen Knaben zu einem regelrechten Genie herangewachsen, dessen Neugier ihn oftmals in brenzlige Situationen brachte (ein Schicksal, das er selbst nur zu gut nachvollziehen konnte). Edward war zweifelsohne verantwortlich für einige der grauen Strähnen, die das dichte, dunkle Haar seines Vaters durchzogen.

„Aber genug von mir. Was spielt sich bei dir ab?", fragte Ambrose leise. „Erst wird mir von Davies aufgetragen, die Familie von dir fernzuhalten. Dann erfahre ich von einem der Gossenjungen, dass ich dich hier unter dem Mantel der Verschwiegenheit treffen soll."

Als er die Sorgenfalten im Gesicht seines Bruders sah, überkam Harry erneut ein Anflug von Schuldgefühlen. Ambrose war um einiges älter als der Rest seiner Geschwister, da er aus der ersten Ehe ihres Vaters stammte. Nach dessen Tod hatte er die Rolle des Familienoberhaupts übernommen, eine Aufgabe, die er mit Ernst und Hingabe erfüllte.

Schnell setzte er seinen Bruder über die Geschehnisse der vergangenen Tage in Kenntnis, wobei er gewisse intime Details, die Tessa betrafen, ausließ. Entgegen ihrer Überzeugung *war* sie eine Dame, deren Zartgefühl es zu beschützen galt. Außerdem wollte er nur ungern über Gefühle sprechen, die er selbst noch nicht so ganz verstand.

Nachdem er seinen Bericht beendet hatte, fluchte Ambrose leise. „Teufel noch eins, du spionierst *Bartholomew Black* aus? Bist du denn völlig von Sinnen? Er ist der gefährlichste Halsabschneider von ganz London!"

Damit mochte sein Bruder zwar recht haben, allerdings begann Harry langsam, den König der Unterwelt in einem anderen Licht zu sehen. Mehr als einmal war er Zeuge dessen Loyalität geworden, wenn es um seine Familie und diejenigen ging, die unter seinem Schutz standen. Er musste an das denken, was Mrs Crabtree zu ihm gesagt hatte: dass sie Black viel zu verdanken hatte, ebenso wie zahlreiche andere Bewohner des Elendsviertels, deren Leid und Bedürfnisse die Regierung geflissentlich ignorierte.

„Black ist kein durch und durch schlechter Mensch", erwiderte er langsam.

„Man hat seine Feinde in der Themse gefunden. *Zerstückelt.*"

„Hatten Marianne und du nicht vor ein paar Jahren mit ihm zu schaffen?", fragte Harry vorsichtig.

„Marianne war ihm etwas schuldig. Wir haben bezahlt, was er verlangte, und damit war die Sache erledigt", erklärte Ambrose mit fester Stimme. „Er mag vielleicht nicht so schlecht sein wie sein Ruf, aber dennoch sollte man sich nicht mit ihm anlegen. Davies hat gut daran getan, dich zu mir zu schicken. Ich werde einen Weg finden, dich da rauszuholen, und hinterher helfe ich dir dabei, diesen Bastard De Witt auffliegen zu lassen."

Verdammt. Ihm blieb nichts anderes übrig, als mit der Wahrheit herauszurücken. „Ich kann Blacks Dienste nicht verlassen."

„Warum nicht? Geht es darum, dass du deinen Wert beweisen willst? Wegen dem, was vor zwei Jahren vorgefallen ist?"

Harry wurde von einer Welle aus Bitterkeit und Scham übermannt. Es wäre gelogen zu behaupten, dass seine Vergangenheit nichts damit zu tun hätte. Damals hatte er alles verloren: seine Anstellung in Cambridge, seine Mitgliedschaft in der Royal Society, sein Ansehen unter Kollegen. War es da so falsch, seinen Namen reinwaschen zu wollen?

„Harry, das war doch nicht deine Schuld. Du wurdest von einem Paar hinterhältiger Diebe hereingelegt ... Schlimmer als Diebe, wenn sie tatsächlich hinter diesen heimtückischen Höllenfeuer-Angriffen stecken."

„Das entschuldigt nicht meine blindäugige Naivität", erwiderte er mit vor Selbsthass triefender Stimme. „Ich hätte mich nicht von meinen Gefühlen blenden lassen dürfen."

„Du warst doch noch jung." Ambrose bedachte ihn mit einem warmen, mitfühlenden Blick. „Weißt du, du hast dir noch nie gerne in die Karten schauen lassen, warst anderen gegenüber immer auf Distanz. Ich wünschte nur, du wärst damals zu mir gekommen und hättest mir erzählt, was geschehen ist …"

„Weder du noch irgendjemand sonst hätte etwas dagegen tun können. In den wissenschaftlichen Kreisen wird Aloysius De Witt als Gottheit verehrt, und er stellte mich mit Celestes Hilfe als Dieb hin."

Die Erinnerung an ihren Verrat schmerzte noch immer.

„Du musst einen Weg finden, die Vergangenheit ruhen zu lassen", sagte Ambrose in eindringlichem Tonfall. „Zwei Jahre lang hast du als Streckenarbeiter Kopf und Kragen riskiert. Und kaum, dass du nach London zurückgekehrt bist, hast du dich in ein gefährliches Schlangennest gestürzt. Du hast mehr als genug Buße getan, Harry. Es gibt niemanden, dem du etwas beweisen müsstest. Schließe damit ab und richte den Blick nach vorne."

Die Worte seines Bruders trafen einen Nerv. Bislang hatte er seine Taten nicht als Buße betrachtet, sondern vielmehr als den Wunsch, das Richtige zu tun, die verlorene Ehre wiederzuerlangen.

Aber nun hatte sich der Einsatz erhöht. Inzwischen ging es auch um Tessa.

Rück endlich mit der Wahrheit heraus.

Er holte tief Luft und setzte an: „Black und seine Familie schweben in Gefahr. Ich kann sie nicht einfach im Stich lassen."

„Du sorgst dich um ihn und seine Familie? Warum zum Teufel sollten sie dir … Oh, *verdammt.*" Ambrose brach ab und musterte ihn argwöhnisch. „Es ist die Enkelin, nicht wahr?“

„Tessa ist ganz anders als ihr Großvater“, verteidigte er sie.

„Tessa?“

Und genau deshalb bleibe ich lieber auf Distanz.

„Sie ... ist eine nette, junge Dame“, murmelte er mit hochrotem Kopf.

Das war die Untertreibung des Jahrhunderts, aber er wusste nicht, wie er ihren einzigartigen Charme in Worte fassen sollte. Sie steckte voller Widersprüchlichkeiten, war vorlaut, unerschrocken und konnte mitunter ein richtiger Teufelsbraten sein. Gleichzeitig besaß sie eine sanftmütige, verletzliche Seite, die kaum jemand zu Gesicht bekam. Es gab niemanden, der sich auch nur ansatzweise mit ihr vergleichen ließ.

Allein bei dem Gedanken an ihr Angebot, einen Blutschwur zu leisten, musste er sich erneut ein Lachen verkneifen.

In Wahrheit verstand Harry die Intensität seiner Gefühle für sie immer noch nicht ganz. Er wusste nur, dass sie in ihrer Gegenwart viel stärker und lebhafter waren. Mit ihr konnte er einfach ... er selbst sein.

„War sie bei eurer ersten Begegnung nicht als Bursche verkleidet und hat eine Bande Halsabschneider ausgenommen?“

„Ja schon ... Aber sie ist so viel mehr als das.“ Als er den ungläubigen Blick seines Bruders bemerkte, fügte er unbeholfen hinzu: „Sie mag zwar kühn und unbedacht sein, aber auf eine lebensfrohe, unschuldige Art. Sie sorgt sich um ihre Familie und besitzt einen unerschütterlichen Sinn für Loyalität.“

Noch während er sprach, musste er an ihren Besuch bei den Familien der gefallenen Wachmänner an diesem Morgen denken. Tessa hatte die trauernden Witwen mit einer Reife und Anmut getröstet, mit der er nie gerechnet hätte. Anschließend hatte sie mit den Kindern gespielt, ihnen Süßigkeiten zugesteckt und Swift Nick ein paar Kunststücke vorführen lassen. Für eine kurze Zeit war es ihr gelungen, die kummervollen Gesichtchen der Kleinen zu erhellen.

Eigentlich sollte es ihn nicht überraschen, dass ihr Lebensmut andere anzustecken vermochte. Immerhin strahlte sie eine Wärme aus, die selbst ihn berührte. Allein der Gedanke an ihr freches Grinsen schien ihm eine Last von den Schultern zu nehmen.

„Harry, du weißt, wie ungern ich dich darauf hinweise, aber ich fürchte, mir bleibt keine Wahl. Du bist einer der intelligentesten Männer, die ich kenne. Was jedoch das weibliche Geschlecht anbelangt ...“

Ambrose ließ den Rest des Satzes in der Luft hängen. Er musste auch gar nicht mehr sagen.

Harry wusste selbst, wie katastrophal sein Urteilsvermögen in Bezug auf Frauen war. Und es ließ sich nicht leugnen, dass Tessa gewisse Ähnlichkeiten mit Celeste aufwies, insbesondere, was das Blenden und Manipulieren betraf ... Man denke nur an ihren ersten Kuss, mit dem sie einen ganz bestimmten Zweck verfolgt hatte.

Aber im Gegensatz zu Celeste war sie auch loyal, stark und leidenschaftlich. Außerdem war er nicht mehr der Grünschnabel von einst. Ungeachtet seiner Gefühle für Tessa würde er weder ihr noch sonst irgendeiner Frau jemals wieder sein Herz auf dem Silbertablett servieren. Zukünftig würde er sich ausschließlich von seinem Verstand leiten lassen.

„Ich habe meine Lektion damals gelernt“, erwiderte er kurz angebunden.

„Immerhin sprichst du mit mir darüber, anstatt wie früher still vor dich hinzubrüten“, seufzte Ambrose und lehnte sich nach vorne. „Harry, ich will doch nur das Beste für dich. Und glaube mir, diese Tessa Todd bedeutet nichts als Ärger.“

Harry hob eine Braue. „Ach, weil du dich noch nie zu einer Frau hingezogen fühltest, die dich in Bedrängnis brachte?"

Sein Bruder errötete sichtlich. „Das war etwas völlig anderes."

„Wenn ich mich recht entsinne, war Marianne eine Verdächtige, gegen die du ermitteln solltest."

„Touché", lenkte Ambrose ein und hob beschwichtigend die Hand. „Wenn du nicht auf mich hören willst, dann sag mir wenigstens, wie ich dir helfen kann."

„Ich brauche einen Einblick in De Witts Finanzen, um festzustellen, ob Geld ein Motiv darstellen könnte."

„Wird erledigt." Sein Bruder hielt kurz inne. „Was ist mit seinem Labor? Wie willst du es finden?"

„Ich habe ihn während der letzten zwei Abende beobachtet. Seine Routine ist immer dieselbe: Er lässt sich auf einem gesellschaftlichen Anlass blicken, bevor er den Rest der Nacht beim Glücksspiel im Crockford's verbringt. Sobald er heute nach Einbruch der Dunkelheit das Haus verlässt, werde ich bei ihm einsteigen und nach Hinweisen suchen."

Nach ihrem Treffen hatte sich Harrys Plan ein wenig geändert. Ambrose hatte ihn dazu überredet, mit der Durchsuchung von De Witts Residenz bis zum folgenden Tag zu warten, sodass seinem Bruder genügend Zeit blieb, um Verstärkung anzufordern. Aus diesem Grund hatte Harry nun unerwarteterweise freie Zeit zur Verfügung, und nach einem kurzen Zwischenstopp in seiner Unterkunft beschloss er, ein anderes Ziel anzusteuern.

Als er beim Underworld ankam, wartete bereits eine lange Schlange von Freiern vor dem Eingang. Da er keine Lust hatte, sich anzustellen, ging er kurzerhand zur Hintertür und fragte nach Francie. Diese erschien wenige Augenblicke später, gekleidet in ein aufreizendes, violettes Kleid mit tiefem Ausschnitt und einer dazu passenden Feder im rotbraunen Haar.

„Mr Bennett." Ein überraschter Ausdruck machte sich auf ihrem stark geschminkten Gesicht breit. „Sie hätte ich nicht erwartet."

„Verzeihen Sie die Störung", erwiderte er mit einer höflichen Verbeugung. „Ich wollte nur Miss Belindas Mantel zurückbringen."

„Wie umsichtig von Ihnen." Francie nahm den Umhang entgegen. „Gibt nicht viele Kerle, die sich an so 'ne Kleinigkeit erinnern würden."

Mit einem Anflug von Wehmut dachte er an das Paar Stiefel, das Tessa ihm ruiniert hatte. „Es ist keine Kleinigkeit, wenn es sich um ein Lieblingsstück handelt."

„Stimmt", erwiderte Francie, bevor ihre Miene ernst wurde. „Wie geht's Tessa nach dem Anschlag?"

Diesmal war es Black nicht gelungen, die Gerüchte zu kontrollieren, die sich über den Angriff auf seine Residenz verbreiteten. Nicht nur in der Unterwelt, sondern in sämtlichen Ballsälen des *ton* wurde darüber geredet. Einzig die Art der Waffen, die verwendet worden waren, hatte er geheim halten können. Niemand schien Genaueres über Höllenfeuer zu wissen.

„Es geht ihr gut. Allerdings wird sie in absehbarer Zukunft erst einmal nicht mehr hier vorbeischauen." Harry wollte nicht unfreundlich erscheinen, aber Tessas Freundinnen mussten begreifen, was auf dem Spiel stand. „Ich kann nicht zulassen, dass sie in Gefahr gerät."

Die Bordellwirtin wirkte eher erleichtert als empört. „Wird auch langsam Zeit, dass jemand ordentlich auf die Kleine aufpasst."

„Aus diesem Grund hat Mr Black mich eingestellt. Ich werde mein Bestes tun, um sie im Zaum zu halten."

„Unsere Tessa braucht keine Zügel, sondern *Verständnis*", schnaubte Francie. „So sehr ihr Großvater sie auch anbeten und verhätscheln mag, versteht er sie doch nicht wirklich."

„Was genau versteht er nicht?", entfuhr es Harry, bevor er sich zurückhalten konnte.

Die Bordellwirtin musterte ihn abschätzend. „Liegt sie Ihnen am Herzen?"

„Sie ist mein Schützling", erwiderte er steif. „Ihr Wohlergehen obliegt meiner Verantwortung."

„Mehr als eine Aufgabe sehen Sie also nicht in ihr?"

Unter Francies eindringlichem Blick wollte ihm keine Ausrede über die Lippen kommen, also sagte er nichts weiter. Sein Schweigen schien ihr Antwort genug zu sein, denn sie nickte zufrieden.

„Sie müssen wissen, dass Tessa niemals ohne Grund handelt. Was genau diese Gründe sein mögen, ist nicht immer klar, da sie gern mal ihre Spielchen spielt, aber sie ist bei Weitem nicht das verzogene Gör, für das Sie sie halten."

Als er sich an die Auseinandersetzung erinnerte, die Tessa und er in diesem Freudenhaus hatten, errötete er. „Ich halte sie nicht für ein verzogenes Gör."

Zumindest nicht immer. Nicht, seit er sie besser kennengelernt hatte und zu realisieren begann, warum sie sich in gewissen Situationen so trotzig und eigensinnig verhielt. Die Ursache lag im Umgang mit ihrem Vater und Großvater. Kein Wunder, dass sie sich nach Aufmerksamkeit sehnte, wo ihre Bedürfnisse und Argumente jahrelang ignoriert oder abgelehnt zu sein worden schienen.

Angesichts dieser widrigen Umstände hätten viele andere Frauen zweifellos irgendwann aufgegeben, doch Tessa war eine Kämpferin. Auch wenn Harry manchmal die Auswirkungen ihres Starrsinns zu spüren bekam, bewunderte er ihren unerschütterlichen Willen.

„Tessa besitzt mehr Ehrgefühl als die meisten Männer. Das hat sie von ihrem Großvater, auch wenn er's nicht einsehen will. Als Sie ihr bei dem gezinkten Kartenspiel gegen Dewey O'Toole begegnet sind und sie als Bursche verkleidet war, hat sie sich nicht einfach nur 'n lustigen Abend gemacht. Zumindest nicht *nur*."

Harry runzelte die Stirn. „Was steckte dann dahinter?"

„Sie wollte sich für das rächen, was O'Toole unserer Belinda angetan hat."

Plötzlich traf ihn die Erkenntnis wie ein Blitz. „Er war derjenige, der ihr diese Blutergüsse zugefügt hat?"

„Allerdings, und noch dazu hat er der Ärmsten ihr sauer erspartes Geld gestohlen", erklärte Francie mit grimmiger Miene. „Nicht, weil er es brauchte, sondern einfach, weil er's konnte. Nach dem Vorfall war Belinda nicht mehr sie selbst. Deshalb hat Tessa sich eingeschaltet."

„Warum hat Todd nichts unternommen?" Harry hätte nie für möglich gehalten, dass Tessas Vater in seinem Ansehen noch tiefer sinken könnte.

Die Bordellwirtin sah sich flüchtig um, bevor sie mit gedämpfter Stimme fortfuhr: „Der hat nicht die Eier in der Hose, um gegen die O'Tooles vorzugeh'n. Außerdem schert er sich einen feuchten Dreck um uns Dirnen, im Gegensatz zu Tessa. Das Mädchen hat ein Herz aus Gold und passt auf diejenigen auf, die unter dem Schutz ihrer Familie stehen.

Bereits zum zweiten Mal hörte er diese Worte über Blacks Enkeltochter. Ein seltsames, prickelndes Gefühl breitete sich in ihm aus, das jedoch von einer anderen, weitaus unangenehmeren Emotion überschattet wurde ... Reue.

Er hatte sie unterschätzt. Sein Verstand hatte sich geweigert, die Wahrheit anzuerkennen, die er tief in sich spürte:

Tessa war ein durch und durch guter Mensch. Ihre Tugendhaftigkeit war wie eine unbeugsame Blume tief in den schmutzigen Straßen des Elendsviertels verwurzelt.

„Warum hat sie ihrem Großvater oder mir nichts davon erzählt?", fragte er kopfschüttelnd. „Sie ließ uns in dem Glauben, dass sie das alles nur zum Vergnügen getan hätte."

„Sie musste Belinda schwören, kein Wort über die Sache zu verlieren. Und Tessa bricht niemals ein Versprechen."

Das Gefühl von Reue wich einer Welle von Selbstvorwürfen. Wie hatte er sie nur mit Celeste vergleichen können? Im Gegensatz zu dieser war Tessa durchaus eine Frau, die er mit Stolz an seiner Seite haben wollte.

„Sie ist ein außergewöhnlicher Mensch", murmelte er.

„Zweifellos ist sie kein schüchternes Mauerblümchen, dennoch viel verletzlicher, als sie sich gibt. Daran ist nur dieses elende Internat schuld."

Harry runzelte die Stirn. „Warum? Was ist dort vorgefallen?"

„Die eingebildeten Schnösel, mit denen sie zusammen unterrichtet wurde, haben sich über sie lustig gemacht und sie wie den letzten Dreck behandelt." Francie hielt inne und presste die Lippen zusammen. „Vier Jahre lang musste sie diese Schikane über sich ergehen lassen. Kein Tag verging, an dem sie nicht mit verheulten Augen bei uns aufkreuzte."

Ihre Worte versetzten Harry einen Stich ins Herz. Am liebsten hätte er irgendetwas oder irgendjemanden zu Kleinholz zerschlagen für den Schmerz, den man ihr zugefügt hatte. Kein Wunder, dass sie eine solche Abneigung gegen die Oberschicht empfand und kein Interesse daran hatte, die spießige Miss Theresa Smith zu mimen.

„Auch wenn unsere Tessa kein blaues Blut besitzt, ist sie eine waschechte Dame", fuhr Francie in strengem Tonfall fort. „Deshalb sollten Sie sie besser entsprechend behandeln."

Die Rüge hatte er sich redlich verdient. Er war ein blinder Narr gewesen, hatte nicht erkannt, was sich direkt vor seiner Nase befand.

Harry bedankte sich bei der Bordellwirtin und verbeugte sich zum Abschied. Dann trat er hinaus in die kühle Nachtluft und atmete tief durch. In seinem Kopf drehte sich alles. Er fühlte sich wie ein Mann, der einen Schlag auf den Schädel erhalten hatte. Oder vielmehr wie einer, der endlich aufwachte.

Kapitel Sechzehn

Lautlos stahl Tessa sich über den Innenhof und steuerte auf die Stallungen zu, eine große Schachtel in Händen haltend. Sie hatte keine Laterne mitgenommen, um das Risiko, entdeckt zu werden, möglichst gering zu halten. Nach der endlosen Stunde, die sie sich schlaflos im Bett herumgewälzt hatte, fühlte sich die Nachtluft frisch und belebend auf ihren Wangen an. So sehr sie sich auch bemühte, hatte sie keinen Schlaf finden können. Sobald sie die Augen schloss, wurde sie von der Erinnerung an Ned und Josiah und deren trauernde Familien heimgesucht und von einem Gefühl verzweifelter Hilflosigkeit übermannt.

Es gab nichts, was sie für die beiden gefallenen Helden tun konnte. Und der für die Tragödie verantwortliche Schurke war noch immer auf freiem Fuß. Ihre ganze Hoffnung ruhte auf Bennett: Vor dem Abendessen hatte er ihr erzählt, dass er für ein paar Stunden verschwinden würde, um eine Spur zu verfolgen. So erfreut sie über seinen Fortschritt war, machte sie sich jedoch auch Sorgen um seine Sicherheit.

Um sich abzulenken, hatte sie beschlossen, während seiner Abwesenheit eine Überraschung vorzubereiten.

Aus diesem Grund stieg sie nun mit der Schachtel unter dem Arm die Treppe zu Bennetts bescheidener Unterkunft über den Stallungen hinauf. Das dunkle Fenster verriet ihr, dass er noch unterwegs sein musste. *Perfekt.* So konnte sie in Ruhe alles vorbereiten, und wenn er zurückkehrte, würde er sich hoffentlich über sein unerwartetes Geschenk freuen.

Auch das gehörte zu ihrem Plan, ihn für sich zu gewinnen. Immerhin war sie sich ziemlich sicher, dass er sie körperlich anziehend fand. Obwohl sie eine Jungfrau war, hatte sie die Zeichen seiner Erregung bemerkt, als sie sich die letzten beiden Male in den Armen lagen. Folglich musste seine Unschlüssigkeit, was sie betraf, etwas mit ihren anderen Unzulänglichkeiten zu tun haben.

Missmutig erinnerte sie sich an die Auseinandersetzung, während der er sie ein verzogenes Gör genannt hatte. Ein Mann wie er hatte zweifellos Erfahrung im Bett, und zwar mit Frauen, die weitaus attraktiver, erfahrener und femininer waren als sie. Damen, die nicht in Männerkleidung herumrannten, die sich mit der Kunst der Koketterie auskannten und die den Mann, den sie zu heiraten gedachten, nicht mit albernen Streichen nervten.

Verflixt. Hätte sie sich in diesem Punkt doch nur etwas mehr zurückgehalten. Mit Unbehagen dachte sie an all die Tricks und Spielchen zurück, mit denen sie ihn zur Weißglut getrieben hatte. Immerhin hatte er sich mit dem explodierenden Springbrunnen an ihr gerächt (was für ein genialer Einfall), aber es gab noch einiges wiedergutzumachen.

Ihre Brust schnürte sich zusammen. *Wenn ich ihn doch nur dazu bringen könnte, mich zu* mögen.

Sie war noch nie gut darin gewesen, jemandes Anerkennung zu gewinnen, ob nun die ihres Vaters oder die ihrer Schulkameraden. Nicht einmal ihr Großvater, der sie über alles liebte, wollte einsehen, was in ihr steckte. Der Gedanke an eine weitere Zurückweisung, insbesondere durch Bennett, erfüllte sie mit eisiger Angst. Dennoch musste sie alles versuchen, um sein Herz zu gewinnen ... denn das ihre besaß er längst.

Auch wenn das bedeutete, sich seinem Spott und der Lächerlichkeit auszusetzen. Sie war gewillt, die riskanteste, aber auch potenziell lohnendste Strategie anzuwenden: Ehrlichkeit. Da ihm ihre schonungslose Offenheit neulich im Billardzimmer gefallen zu haben schien, wollte sie nicht von dieser Taktik abweichen. Indem sie ganz sie selbst war, würde sie hoffentlich seine Bewunderung erlangen.

Einen Versuch ist es wert. Ich kann es ja nicht noch schlimmer vermasseln als ohnehin schon, nicht wahr?

Als sie an der Tür zu seinem Zimmer rüttelte, stellte sie fest, dass diese abgeschlossen war. Unbeirrt stellte sie die Schachtel ab, kramte zwei Haarnadeln aus ihrer Tasche hervor und machte sich an dem Schloss zu schaffen. Dann hob sie ihre Überraschung wieder auf und betrat lautlos die winzige, düstere Stube. In dem schwachen Mondlicht, das durch den Spalt zwischen den Fensterläden hereinfiel, konnte sie die dunklen Umrisse der Möbel ausmachen.

Bevor sie jedoch eine Lampe finden konnte, ertönte ein leises Rascheln hinter ihr, und im nächsten Moment zerrte jemand sie zurück, presste sie an seine kräftige, muskulöse Brust und legte ihr so fest einen Arm um den Hals, dass sie keine Luft mehr bekam. Panik stieg in ihr auf.

„Bennett, ich bin es", presste sie keuchend hervor.

„Tessa?"

Augenblicklich ließ der Druck um ihre Kehle nach, und Bennett trat einen Schritt zurück. Während sie nach Atem rang, entzündete er eine Lampe auf einem kleinen Tisch in der Nähe. Das warme Kerzenlicht erhellte den Raum sowie den ernsten Ausdruck auf seinem Gesicht.

„Verdammt noch mal", fluchte er. „Habe ich dich verletzt?"

„Nein, mir geht es gut. Ich muss nur ein wenig Luft holen", keuchte sie.

„Ich hätte dich ..." Er brach ab und fuhr sich aufgewühlt mit der Hand durch das ohnehin schon zerzauste Haar. „Was zum Henker hast du dir nur dabei gedacht, dich um diese Uhrzeit in mein Zimmer zu schleichen?"

Bevor sie antworten konnte, schob er sie zu dem einzigen Stuhl hinüber, der vor dem Tisch stand, und bedeutete ihr, sich zu setzen. Dann stapfte er wortlos davon, kehrte wenige Augenblicke später jedoch mit einem Glas zurück, das er ihr in die Hand drückte. Sie nahm einen vorsichtigen Schluck. Der warme Kognak beruhigte ihren schmerzenden Hals.

„Also?", fragte er unwirsch. Er stand mit verschränkten Armen vor ihr und musterte sie wütend. Erst da fiel ihr auf, dass er nichts weiter als einen Morgenmantel trug. Der abgetragene, dunkelblaue Stoff schmiegte sich um seine breiten Schultern und die muskulöse Brust, die, wie der leicht auseinanderklaffende Kragen preisgab, von dunklem Haar bedeckt war.

Auch seine kräftigen Arme und die schmalen Hüften kamen vortrefflich zur Geltung. Der Saum endete knapp unter den Knien, sodass sie einen Blick auf seine entblößten, strammen Waden erhaschte. Er trug keine Pantoffeln, und sie bemerkte, wie groß seine nackten Füße waren.

Eine Hitze, die nichts mit dem Kognak zu tun hatte, durchflutete sie. Ihre Brustwarzen wurden hart und rieben gegen den dünnen Stoff des Nachtgewands, das sie unter ihrem Mantel trug. Gütiger Himmel, er bot einen Anblick für die Götter!

„Ich warte", presste er ungehalten hervor.

Leider schien er nicht gerade in romantischer Stimmung zu sein.

„Ich dachte, du wärst noch unterwegs", erwiderte sie, sprang von ihrem Stuhl auf und lief zu dem Geschenk hinüber, das sie vor Schreck hatte fallen lassen. „Und ich wollte dir nur etwas, äh, vorbeibringen."

Plötzlich überkamen sie Selbstzweifel. Sie fühlte sich wie ein unbeholfenes Schulmädchen, das ihrem Schwarm, dem erfahrenen Hauslehrer, einen Apfel als Zeichen der Zuneigung überbrachte.

Bennetts Blick fiel auf die Schachtel in ihren Händen. „Was ist das?"

„Ach, äh, gar nichts."

Zu spät realisierte sie, wie ungewöhnlich und viel zu intim ihr Geschenk war. Keine wohlerzogene Dame würde einem Mann etwas Derartiges überreichen, es sei denn, sie besäße keinerlei Sinn für Anstand und gesellschaftliche Gepflogenheiten.

Gott, was habe ich mir nur dabei gedacht? Ihre Wangen glühten vor Verlegenheit.

Bennett streckte die Hand aus und krümmte den Finger, als wollte er sagen: *Her damit.*

Sie drückte die Schachtel noch fester an sich. „Ich, äh, habe es mir doch anders überlegt."

„Man kann ein Geschenk nicht einfach zurücknehmen."

„Genau genommen habe ich es dir noch nicht gegeben, also kann ich das durchaus."

„Ich weiß, du diskutierst für dein Leben gern über alles und nichts", erwiderte er, und trotz seiner ernsten Miene meinte sie, einen Anflug von Belustigung in seiner Stimme zu hören, „aber könntest du vielleicht nur dieses eine Mal eine Ausnahme machen und mir das verdammte Ding einfach ohne Widerworte aushändigen?"

„Ich diskutiere überhaupt nicht über alles und nichts ...", protestierte sie, brach dann jedoch ab und biss sich kleinlaut auf die Unterlippe.

Wortlos hob er eine Braue.

„Also gut." Irritiert drückte sie ihm die Schachtel in die Arme. „Aber gib nicht mir die Schuld, wenn du es albern findest."

„Das werde ich nicht."

Nervös beobachtete sie, wie er die Box auf dem Tisch abstellte, die Schnur löste und den Deckel anhob.

Verwirrt runzelte er die Stirn. „Du hast mir ... Stiefel gekauft?"

Am liebsten wäre sie vor Scham im Boden versunken. „Ich habe dir doch gesagt, dass es eine alberne Idee war. Ich dachte nur, weil ich ja dein Lieblingspaar mit meinen kindischen Streichen ruiniert habe ..."

„Woher wusstest du, welche Größe ich trage?", unterbrach er sie, nahm einen der Schuhe heraus und ließ seine Finger über das geschmeidige, schwarze Kalbsleder gleiten.

Trotz ihrer Verlegenheit war Tessa nach wie vor davon überzeugt, dass ihm die Stiefel ausgezeichnet stehen würden. Sie hatte den Schuhmacher gebeten, sie denen nachzuempfinden, die das berühmte, aber leider nicht mehr bestehende Schuhgeschäft Hoby's auf der St. James's Street für den Duke of Wellington angefertigt hatte. Im Gegensatz zu gewöhnlichen Reitstiefeln waren die sogenannten Wellingtons höher, eng anliegender und schlichter. Ihre zweckmäßige Eleganz würde hervorragend zu Bennett passen.

„Ich habe deine zerstörten Stiefel aus dem Müll geholt und sie dem Schuhmacher gegeben. Anhand der Maße war er in der Lage, dieses Paar anzufertigen." Als sie sah, wie behutsam, beinahe ehrfürchtig er das weiche Leder berührte, fragte sie schüchtern: „Gefallen sie dir?"

„Sie sind von ausgezeichneter Qualität. Schöner als alle anderen, die ich je besessen habe", sagte er leise.

Erleichterung und Freude machten sich in ihr breit. „Oh, da bin ich ja froh."

Er räusperte sich, bevor er hinzufügte: „Wie es der Zufall will, habe ich auch etwas für dich."

Sie erstarrte und spürte ein seltsames Flattern in ihrer Brust. „Tatsächlich?"

Vorsichtig legte er die Stiefel zurück in ihre Schachtel, bevor er zu seinem Gehrock hinüberging, der an einem Haken an der Wand hing. Kurz wühlte er in den Taschen herum, bevor er aus einer ein winziges Päckchen herauszog und mit diesem zu ihr zurückkehrte.

„Es ist nur eine Kleinigkeit", murmelte er.

Bennett hat mir ein Geschenk mitgebracht!, dachte sie aufgeregt. Was auch immer es sein mochte, sie würde es für immer in Ehren halten.

Mit zitternden Fingern löste sie das gelbe Geschenkband und anschließend das braune Packpapier. Ihre Augen weiteten sich, als sie eine kleine Blechdose erblickte, die über und über mit Bildern von Herzen, Blumen und Putten bedeckt war.

„Oh, wie *hübsch*!" Verzückt öffnete sie den Deckel und hauchte überrascht: „Du hast mir Zitronendrops gekauft?"

„Ich sagte ja, es ist nichts Großes."

„Die mochte ich als Kind *am allerliebsten*! Gott, ich habe ewig keine mehr gegessen." Sorgsam wählte sie einen der juwelenförmigen Bonbons aus und steckte ihn sich genüsslich in den Mund. Der süßsaure Geschmack breitete sich wie Sonnenschein auf ihrer Zunge aus. „Die sind köstlich! Möchtest du auch einen?"

Viel zu spät dachte sie daran, ihm die Dose anzubieten.

Seine Mundwinkel zuckten amüsiert. „Danke, nein. Aber es freut mich, dass ich deinen Geschmack getroffen habe."

Die Tatsache, dass er daran gedacht hatte, ihr ein Geschenk zu besorgen, dass er *überhaupt* an sie gedacht hatte, verursachte ihr Schmetterlinge im Bauch. „Wann hast du die Zeit gefunden, eine Zuckerbäckerei aufzusuchen?"

„Die, äh, lag auf meinem Weg", sagte er und rückte sich die Brille zurecht. „Als ich deiner Freundin den Umhang zurückbrachte."

Sie schmolz ebenso dahin wie die Süßigkeit auf ihrer Zunge. Er war *so* ein guter Mensch, ein aufrichtiger Mann, der stets zu seinem Wort stand. „Danke, dass du an Belinda gedacht hast. Und für die Bonbons."

„Gern geschehen."

Als ihre Blicke sich in dem schwachen, flackernden Kerzenlicht trafen, jagte ihr ein elektrisierender Schock durch den Körper. Jede Faser ihres Seins wurde von einer unerträglichen Sehnsucht erfüllt, die sie mit jeder Sekunde näher an den Rand der Selbstbeherrschung drängte.

Ihr stockte der Atem, als er eine Hand ausstreckte und mit den Fingerknöcheln sanft über ihre Wange strich. Er musterte sie eindringlich, beinahe so, als sähe er sie zum ersten Mal. Und endlich einmal versteckte er sich nicht hinter seiner wachsamen, reservierten Maske, sondern betrachtete sie mit unverhohlener, glühender Begierde.

„Verdammt, Tessa", flüsterte er mit heiserer Stimme. „Ich will dich."

Bei seinem Geständnis wurden ihr die Knie weich.

„Dann nimm mich, Bennett", hauchte sie. „Ich gehöre dir."

Wie zum Teufel sollte er ihr widerstehen?

Ab dem Moment, als sie ihm voller Verlegenheit die Stiefel überreicht hatte, war ihm eindeutig bewusst geworden, dass es zwecklos war, weiterhin gegen seine Gefühle für sie anzukämpfen. Gefühle für eine Frau, hinter deren eigensinniger Fassade sich ein reines, großzügiges und überaus loyales Herz verbarg. Die niemals ihre Freundinnen aus dem Freudenhaus hintergehen würde, selbst wenn es zu ihrem eigenen Nachteil war. Die sich über eine Dose Zitronendrops freute, als wären es kostbare Diamanten. Die ihn ansah, als wäre er der Grund dafür, dass morgens die Sonne aufging ... ohne, dass er große Gesten vollbringen musste.

Gott, er war es *leid*, sein Begehren für sie zu unterdrücken. Also würde er es zulassen.

Was auch immer die Konsequenzen sein mochten, er würde sich ihnen stellen ... denn Tessa war die *Seine*.

Er nahm ihr Gesicht in beide Hände und sah ihr tief in die Augen, labte sich am Anblick ihrer rosigen, samtweichen Haut und ihres sinnlich vollen Mundes. Dann senkte er den Kopf, um das süße Aroma ihrer Lippen zu kosten, denen noch immer ein leichter Zitrusgeschmack anhaftete. Sie zu küssen war aufregender als jede wissenschaftliche Entdeckung, explosiver als jedes Sprengpulver unter der Sonne.

Er erschauderte, als sie die Finger in seinem Haar vergrub und fest zupackte, während sie seinen Kuss mit ebenbürtigem Enthusiasmus erwiderte. Mühelos hob er sie hoch und trug sie hinüber zu seinem Bett, wobei er seine Brille achtlos auf den Nachttisch warf. Vorsichtig legte er sie nieder und bewunderte für einen kurzen Moment den Anblick ihrer wallenden, dunklen Locken auf seiner abgenutzten Decke sowie das Funkeln in ihren Augen, die wie ein Leuchtfeuer in der Dunkelheit zu glühen schienen.

Dann ließ er sich neben ihr nieder und fuhr zärtlich mit dem Daumen über ihre Unterlippe. „Bist du dir sicher, dass du das hier willst, Tessa?"

„Todsicher", erwiderte sie prompt und zerrte ungeduldig am Kragen seines Morgenmantels. „Beeil dich doch bitte ein wenig."

Ihr unverfrorener Eifer entlockte ihm ein Lächeln. „Wozu die Eile?"

„Ich will nicht, dass du es dir anders überlegst", gestand sie ihm leise.

Die Unsicherheit in ihren Augen versetzte ihm einen Stich ins Herz. Es war bemerkenswert, wie stark und verletzlich zugleich sie sein konnte. Und er hasste sich dafür, ihr je einen Grund gegeben zu haben, an sich selbst zu zweifeln.

Sanft legte er ihr eine Hand an die Wange und sagte mit Nachdruck: „Ich werde es mir nicht anders überlegen, mein Herz. Aber beeilen werde ich mich auch nicht, denn ich will jede Sekunde mit dir genießen."

„Also wirst du ... mit mir schlafen?"

„Ich werde dich verwöhnen, dir jedoch nicht deine Unschuld nehmen."

Das verbot ihm seine Ehre als Gentleman. Niemals würde er etwas Unwiderrufliches tun, solange er sich nicht sicher war, dass er hinterher Verantwortung übernehmen und um ihre Hand anhalten könnte. Falls sie das überhaupt noch wollte, nachdem sie erfuhr, dass er sie die ganze Zeit über belogen hatte.

Der Gedanke weckte erneut Schuldgefühle in ihm. Einen kurzen, wilden Augenblick lang überlegte er, einfach reinen Tisch zu machen, ihr von seiner Mission zu erzählen, seinem Vorhaben, den Höllenfeuer-Anschlägen Einhalt zu gebieten ... ihr seinen richtigen Namen zu nennen. Aber Tessa war eine Tochter der Unterwelt, und der Hass gegen die Gerichtsbarkeit war ihr somit in die Wiege gelegt worden.

Niemand spielt ein schmutzigeres Spiel als diese Bastarde ... Eher würde ich einer Kakerlake trauen als einem Polizisten.

Es war unmöglich, ihr die Wahrheit zu sagen. Er konnte es nicht riskieren, dass sie ihn aus ihrem Leben verbannte, gerade jetzt, wo er bei ihr bleiben musste, um sie vor der lauernden Gefahr zu beschützen.

„Ist ... ist alles in Ordnung, Bennett?"

Tessas zitternde Stimme riss ihn aus seinen düsteren Gedanken. *Sobald die Bedrohung vorüber ist, werde ich ihr alles gestehen*, schwor er sich. *Und dann werde ich alles tun, was nötig ist, damit sie mir vergibt.*

„Ja, alles bestens", erwiderte er leise.

„Warum grübelst du dann mit so finsterer Miene vor dich hin?", fragte sie und musterte ihn forschend. „Wenn ich etwas falsch gemacht habe, dann …"

„Tessa, du bist perfekt. Dieser Augenblick ist perfekt." Um seinen Worten Nachdruck zu verleihen, küsste er sie, bis ihr die Luft wegblieb und sie ihn völlig verklärt ansah. „Ich denke nur darüber nach, auf wie viele verschiedene Arten ich dich heute Nacht verwöhnen kann."

„Oh." Plötzlich grinste sie ihn verschmitzt an. „Brauchst du ein wenig Inspiration? Ich habe nämlich noch immer das Kartendeck, das Alfred mir geliehen hat …"

Er wusste nicht, ob er lachen oder genervt stöhnen sollte. „Diese verdammten Karten hatte ich völlig vergessen, ansonsten hätte ich sie längst beschlagnahmt."

„Beschlagnahmt?", wiederholte sie mit einem frechen Zwinkern. „Und was hättest du mit ihnen angestellt, *Professor*?"

Als er den Spitznamen aus ihrem Mund hörte, musste er wieder an den erotischen Traum denken, in dem sie ihn so genannt hatte. Obwohl sein Schwanz mittlerweile so hart war, dass es beinahe schmerzte, zwang er sich, es langsam anzugehen, jeden Zentimeter ihres Körpers sorgfältig zu erkunden und zu verwöhnen. Sie schien seine Gedanken gelesen zu haben, denn das Lächeln verschwand aus ihrem Gesicht und wich einem erwartungsvollen, einladenden Ausdruck, dem er nicht widerstehen konnte.

Er küsste ihren Nacken und sog dabei ihren süßen, einzigartigen Duft ein. Als er sanft an ihrem Ohrläppchen knabberte, entfuhr ihr ein Laut, der halb Stöhnen, halb Wimmern zu sein schien und seine eigene Erregung nur noch weiter anschürte. Ungeduldig zerrte er an den Bändern ihres Umhangs und ließ ihn achtlos zu Boden fallen. Ihr Nachtgewand ereilte gleich darauf dasselbe Schicksal.

Der Anblick ihres entblößten Körpers raubte ihm nicht nur den Atem, sondern auch die Sprache. Mit ihren sinnlichen Rundungen und der blassen, makellosen Haut glich sie einer verführerischen Wassernymphe, die einer sprudelnden Quelle entstiegen war. Als er das dunkle, von ihrem Tau benetzte Haar zwischen ihren Schenkeln bemerkte, musste er schwer schlucken.

„Findest du mich ... anziehend?"

Ihre zögerlichen Worte lenkten seinen Blick zurück zu ihrem Gesicht. Sie wirkte so ernst und ... besorgt?

„Gott, Tessa, du bist so schön, dass ich nicht auszudrücken vermag, wie sehr ich dich begehre", erklärte er nachdrücklich.

Dann umfasste er eine ihrer Brüste, die perfekt in seine ausgehöhlte Handfläche passte. Sie biss sich auf die Unterlippe, welche dieselbe rosige Farbe hatte wie ihre kleinen, harten Brustwarzen. Der Anblick ließ ihm förmlich das Wasser im Mund zusammenlaufen.

„Du findest sie also nicht zu klein?"

Es dauerte einen Moment, bis er begriff, was sie meinte.

„Deine Brüste?", fragte er überrascht.

Verlegen senkte sie den Blick. „Die anderen Mädchen in der Schule haben sich immer darüber lustig gemacht und gesagt, ich solle sie besser gießen, damit sie wachsen", erklärte sie mit einem aufgesetzten Lachen. „Sie meinten, die Männer würden Damen bevorzugen die, äh, etwas großzügiger ausgestattet seien."

Als er hörte, wie unerbittlich sie gepiesackt worden war, erfasste ihn eine kalte Wut. Gleichzeitig überkam ihn ein Anflug von Zärtlichkeit für das Mädchen, das sie einst gewesen war, und welches noch immer in ihrem Herzen lebte. Langsam, aber sicher begann er, die vielschichtige Frau in seinen Armen besser zu verstehen.

„Diese dämlichen Gänse hatten doch nicht die geringste Ahnung", schnaubte er und hob ihr Kinn mit einem Finger an, damit er ihr in die Augen sehen konnte. „Alles an dir ist perfekt."

„Wirklich?"

Das aufrichtige Staunen in ihrem Blick versetzte ihm einen Stich ins Herz. Im selben Augenblick spürte er jedoch, wie sein Schwanz ungeduldig pulsierte. Also ließ er seinen Daumen über ihre rechte Brustwarze gleiten und erfreute sich an dem überraschten Schrei, den sie ausstieß.

„Siehst du, wie bereitwillig dein Körper auf meine Berührungen reagiert? Wie deine Nippel sich verhärten und mir entgegenragen? Es gibt keinen berauschenderen Anblick als das", flüsterte er mit belegter Stimme. „Nichts erregt einen Mann mehr als zu wissen, dass einer Frau gefällt, was er tut."

Der Blick, mit dem sie ihn bedachte, spiegelte eine Vielzahl undefinierbarer Emotionen wider. Dann jedoch schenkte sie ihm ein strahlendes Lächeln und sagte: „In dem Fall solltest du wissen, dass mir das, was du tust, *sehr* gefällt."

„Vorlautes Gör."

Schmunzelnd beugte er sich zu ihr hinunter und küsste sie, fasziniert, wie anders und neuartig sich alles mit ihr anfühlte. Ihre Nähe und das Mondlicht verdrängten die Schatten seiner Vergangenheit. Sie war einfach unvergleichlich. Bei keiner seiner früheren Eroberungen, seien es feine Damen der Gesellschaft oder Frauen aus dem Arbeiterlager gewesen, hatte er je etwas Ähnliches empfunden. Keine andere hatte es je vermocht, auf so mühelose Weise Leidenschaft mit Humor, Unschuld mit der Sinnlichkeit einer Sirene und Verspieltheit mit schonungsloser Ehrlichkeit zu verbinden.

Als er eine ihrer Brustwarzen zwischen Daumen und Zeigefinger zu reiben begann, stöhnte sie laut auf. Widerstrebend löste er seine Lippen von den ihren, um ihren eleganten Hals zu küssen, dann ihr Schlüsselbein, bis er völlig trunken vor Lust ihre Brüste fand, eine ihrer zartrosa Knospen mit dem Mund umschloss und sanft daran saugte.

„Gütiger Himmel“, keuchte sie, warf den Kopf in den Nacken und hob sich ihm entgegen.

Abwechselnd saugte und leckte er an ihren steifen Brustwarzen, angespornt von den lustvollen, heiseren Lauten, die sie ausstieß. Als er eine Hand zwischen ihre Beine gleiten ließ und spürte, wie feucht sie für ihn war, wäre er beinahe auf der Stelle gekommen.

„Gott, du bist klatschnass“, flüsterte er mit rauer Stimme und ließ einen Finger genüsslich über ihre Scham gleiten.

„Ich kann nichts dafür“, entgegnete sie und nagte an ihrer Unterlippe, während sie sich seiner Hand entgegenpresste. „Das passiert immer, wenn ich in deiner Nähe bin.“

Verdammt, ihre schonungslose Ehrlichkeit brachte ihn noch um den Verstand. Mit ihr fühlte er sich unbezwingbar.

Und spitzer als ein unerfahrener Grünschnabel.

„Ich wette, du schmeckst ebenso fantastisch, wie du dich anfühlst“, murmelte er.

Bevor sie etwas erwidern konnte, drückte er ihre Schenkel auseinander und senkte den Kopf, um sich an ihrem betörenden Nektar zu laben.

Kapitel Siebzehn

Tessa hatte sich immer für recht aufgeklärt gehalten, was den Geschlechtsakt anbelangte, zumindest im theoretischen Sinne. In der Tat zeigte die Karte der Herzkönigin ihres geliehenen Decks einen Mann, der ebendiesen Akt an einer Dame vollführte, die auf einem Thron saß und ihre Röcke hochhielt. Als sie das Bild zum ersten Mal gesehen hatte, war sie verblüfft gewesen. Welcher Mann, geschweige denn welche Frau, würde schon gerne an etwas derart Perversem teilhaben wollen? Und doch bewies Bennett ihr wieder einmal aus erster Hand, wie ahnungslos sie gewesen war.

Denn so befremdlich der Akt auch sein mochte ... Er fühlte sich *unglaublich* gut an.

Obwohl sie zunächst ein wenig verlegen gewesen war, seinen Mund an ihrer intimsten Stelle zu spüren, ließ die unbeschreibliche Wonne, die sie dabei verspürte, sämtliche Bedenken verfliegen. Mit jeder Berührung seiner geschickten Zunge schmolzen ihre Hemmungen wie Eis in der Sonne, und eine träge, prickelnde Hitze durchflutete ihren Körper.

„Mmm, köstlich", murmelte er.

Die Worte und sein heißer Atem an ihren feuchten Schamlippen ließen sie erzittern. Seine Zunge glitt an ihrer Spalte entlang, bis sie die feste, kleine Perle an deren Spitze fand und spielerisch zu umkreisen begann. Tessa fürchtete, vor Lust den Verstand zu verlieren.

„Komm für mich", spornte er sie mit belegter Stimme an.

Hilflos wand sie sich unter ihm, während er sie immer weiter reizte und mit jeder feurigen Berührung seiner Lippen und Zunge ihrem Höhepunkt entgegentrieb. Als er plötzlich den Mund um ihre empfindlichste Stelle schloss und daran zu saugen begann, hob sie sich ihm mit einem Schrei entgegen und gab sich den wilden Wogen ihrer Ekstase hin.

Bevor sie sich erholen konnte, spürte sie seine Lippen auf den ihren. Sich selbst auf seiner Zunge zu schmecken, jagte ihr einen elektrisierenden Schock durch den Körper. Er küsste sie so fordernd und intensiv, wie er noch wenige Sekunden zuvor ihre Pussy verwöhnt hatte, und trotz ihres eben erlebten Höhepunkts begann die Flamme der Erregung erneut in ihr zu glühen.

Nach einer Weile löste er sich von ihr, musterte sie forschend und fuhr ihr mit dem Daumen über die geschwollene Unterlippe. „Bist du etwa noch nicht fertig, Liebling?"

„Doch, schon. Also ich, äh, bin gerade fertig geworden … sozusagen."

Ihre Wangen glühten, während sie fieberhaft nach den richtigen Worten suchte. Francie und die anderen hatten ihr nur erzählt, dass der Höhepunkt einer Frau eine echte Seltenheit war. Sie wusste, dass Bennett ihr etwas Wunderbares, Außergewöhnliches beschert hatte. Allerdings wunderte sie sich darüber, dass sie trotz der Befriedigung den unersättlichen Wunsch nach *mehr* verspürte.

„Ich weiß, dass du gekommen bist, mein Herz", erwiderte er lächelnd. „Was ich meinte, war: Willst du es noch einmal tun?"

Sie blinzelte verwirrt. „Ist das denn möglich?"

Sein Lächeln wurde breiter. „Für manche Frauen, vielleicht. Für dich, ganz sicher."

„Macht mich das nicht zu einer Dirne?", fragte sie verunsichert.

Wenn sie ehrlich war, machte es ihr nichts aus, eine zu sein, solange sie nur mehr von dieser unbeschreiblichen Lust erfahren durfte.

„Es macht dich zu einer sinnlichen, leidenschaftlichen Frau", erwiderte er und strich ihr zärtlich eine widerspenstige Locke hinters Ohr. „Und mich zu einem verdammten Glückspilz."

Seine Worte ließen ihr Herz höherschlagen. Allerdings lenkten sie ihre Aufmerksamkeit auch auf eine dringliche Angelegenheit, die heiß und hart gegen ihren Schenkel pulsierte.

Sie nahm all ihren Mut zusammen und fragte: „Bennett?"

„Ja, mein Liebling?"

„Gibt es etwas, das ich ... für dich tun kann?"

Ihr Mut wurde von einem Blick aus seinen warmen, braunen Augen belohnt, der blanke Begierde widerspiegelte.

„Willst du das denn wirklich?"

„Natürlich. Eine Hand wäscht die andere ... Wobei wir alles andere als sauber aus der Sache hervorgehen", fügte sie mit einem verschmitzten Grinsen hinzu.

Einen Augenblick lang starrte er sie unverwandt an, bevor seine Schultern in stillem Gelächter zu beben begannen.

Selbstzufrieden hakte sie nach: „Zeigst du mir, was ich tun soll? Was dir gefällt?"

„Mir gefällt es, bei dir zu sein. Dich so zu sehen, wie du bist. Aber wenn du mehr tun möchtest ..."

„Das will ich", erwiderte sie und nickte eifrig.

„... Dann tu das, was dir von den Dingen, die ich getan habe, am besten gefallen hat."

Darüber dachte sie einen Augenblick nach. „Aber mir hat alles gefallen."

Er schenkte ihr ein breites, anzügliches Grinsen. „Dann bin ich ein noch größerer Glückspilz, als ich angenommen hatte."

Mehrere Ideen schwirrten ihr im Kopf herum, eine kühner und verwegener als die andere.

„Ich will dich sehen", platzte sie heraus. „Ohne deinen Morgenmantel."

Er erhob sich auf die Knie und entledigte sich des Kleidungsstücks. Als sie das volle Ausmaß seiner muskulösen Manneskraft erblickte, stockte ihr der Atem. Sein Körper glich dem eines Titanen: wohlgeformt, athletisch und so makellos wie gemeißelter Marmor.

Das silberne Mondlicht umspielte seine breiten Schultern und seine beachtlichen Armmuskeln. Seine harte, flache Brust war von dunklem, lockigem Haar bedeckt, das in einem dünnen Streifen über seinen definierten Bauch bis hinunter zu seinem Becken führte. Und dort, zwischen seinen kräftigen Schenkeln, hing groß und schwer ...

Gütiger Himmel. „Groß" war noch untertrieben. Er war *riesig*. Sein langer, dicker Schwanz ragte hervor wie ein mächtiger Ast.

Ehrfürchtig sah sie zu ihm auf. „Du bist wunderschön."

Seine Mundwinkel zuckten amüsiert. „Männer sind nicht *schön*, Liebling."

„Du schon", beharrte sie nachdrücklich.

Er bedachte sie mit einem glühenden Blick, und im nächsten Moment hatte er sich über ihr ausgestreckt. Sie seufzte vor Wonne, als sie seinen warmen, entblößten Körper zum ersten Mal so nah an dem ihren spürte, ohne Hindernisse, Haut an Haut.

„Du bist samtweich, wie ein Kätzchen", flüsterte er mit heiserer Stimme.

„Du nicht." Fasziniert ließ sie die Hände über seine kräftigen Schultern gleiten und spürte, wie die Muskeln in seinen Armen unter ihrer Berührung zuckten. Als sie merkte, wie seine heiße, harte Erektion gegen ihren Bauch pulsierte, fuhr sie sich mit der Zunge über die Lippen und sah, wie sein lüsterner Blick der Bewegung folgte. „Du bist hart ... und zwar überall."

Er senkte den Kopf und küsste sie fordernd, umspielte ihre Zunge mit der seinen und stöhnte tief, als sie daran zu saugen begann. Seine haarige Brust rieb gegen ihre steifen, empfindlichen Brustwarzen, und ein elektrisierender Schock durchfuhr sie, während sich eine kribbelnde Hitze in ihrem Körper ausbreitete. Sie spürte, wie sie erneut feucht wurde. Als er einen seiner muskulösen Schenkel zwischen die ihren schob und nach oben drückte, stöhnte sie laut auf und rieb sich daran, verteilte ihren Nektar auf seiner warmen Haut.

„Verdammt", knurrte er mit kehliger Stimme, „du bist ja schon wieder so weit."

Allerdings. Aber vorher gab es noch etwas anderes, das sie tun wollte.

„Warte", keuchte sie atemlos. „Erst will ich dich verwöhnen."

„Wenn du mir noch mehr Lust bescherst, explodiere ich."

„Ist das nicht das Ziel der Sache?"

Er küsste sie lachend, und seine sündhaften Lippen raubten ihr die Sinne, sodass sie beinahe völlig vergaß, was sie ursprünglich vorgehabt hatte. Doch dann nahm er ihre Hand und führte sie an seinem perfekt gebauten Torso entlang zu seinem harten Gemächt. Ihr stockte der Atem, als er ihre Finger um die imposante Erektion legte, die sie kaum zu umschließen vermochte.

„Es ist so groß", platzte sie heraus. „Wie schaffst du es, damit herumzulaufen?"

„Normalerweise ist er nicht so ... prominent", erwiderte er mit einem amüsierten Funkeln in den Augen. „Nur, wenn ich mit dir zusammen bin."

Sie lächelte zufrieden. Es gefiel ihr, dass sie in der Lage war, ihn auf diese Weise zu erregen. Das Wissen verlieh ihr ein Gefühl der Macht und Unbezwingbarkeit. Fasziniert ließ sie die Finger an dem riesigen, dicken Schaft auf- und abgleiten, registrierte die hervortretenden Venen und das regelmäßige Pulsieren. Als sie mit dem Daumen über die breite Spitze fuhr, quoll ein Tropfen aus dem winzigen Loch in der Mitte und benetzte ihre Haut.

Er legte seine Hand um ihre und drückte sie fest um seine Erektion.

„So ist es gut", murmelte er.

Sie lagen einander zugewandt auf der Seite, während er ihr beibrachte, was ihm gefiel, wie schnell und fest sie ihn berühren sollte. Ihn auf diese Weise zu verwöhnen, die Hand von der Wurzel seines harten, dicken Glieds bis hinauf zur geschwollenen Eichel gleiten zu lassen, seine heiße, samtige Haut unter ihren Fingern zu spüren, brachte sie vor Lust beinahe um den Verstand. Sie stöhnte laut auf, als er eine Hand zwischen ihre Schenkel schob und damit begann, sie ebenfalls zu befriedigen.

„Mach weiter so", spornte er sie an. „Ich kümmere mich um deine feuchte, kleine Pussy, und dann sehen wir mal, wer als Erstes kommt."

Seine verruchten Worte und der herausfordernde Ausdruck in seinen Augen brachten ihren Puls zum Rasen. Entschlossen verstärkte sie den Griff um seinen Schwanz, welcher mittlerweile von einem dünnen Film überzogen war, der ihr das Auf- und-Abgleiten erleichterte. Ihre Lippen vereinten sich zu einem heißen, hungrigen Kuss, ihre Zungen zu einem erotischen Tanz.

Instinktiv presste sie die Schenkel zusammen, als sie spürte, wie sein Finger an ihrer Spalte entlangfuhr und die Stelle umkreiste, an der sie mit ihm verbunden sein wollte.

„Bitte", wimmerte sie flehentlich.

Langsam und stetig ließ er seinen Finger in ihre feuchte Hitze hineinsinken, und ihre Scheidenmuskeln zogen sich angesichts des ungewohnten, aber himmlischen Gefühls zusammen.

„Verdammt, du bist so eng", keuchte er. „Tut das weh, mein Herz?"

„Nein, kein bisschen", stöhnte sie. „Mach weiter."

Halb lachend, halb stöhnend folgte er ihrer Aufforderung. Sein Finger drang immer tiefer in sie ein, und sie rang verzweifelt nach Atem, während sich ein süßer, qualvoller Druck in ihr aufbaute. Als er eine geheimnisvolle Stelle tief in ihr berührte und gleichzeitig mit dem Daumen über ihre Perle rieb, konnte sie nicht länger an sich halten und gab sich den gewaltigen Wogen ihrer nicht enden wollenden Ekstase hin.

„So *wunderschön*", knurrte er atemlos. „Gott, ich kann nicht …"

Seine Hand umklammerte die ihre, und er begann, seinen heftig pulsierenden Schwanz mit kräftigen Stößen seiner Hüften in die Höhle ihrer vereinten Finger zu schieben. Erst jetzt wurde ihr klar, wie sehr er sich bislang zurückgehalten hatte. Ihre Pussy zog sich mit jedem Stoß zusammen, sehnte sich danach, sein riesiges, heißes Gemächt in sich zu spüren.

Schließlich spannten sich seine Muskeln an, sein Schaft zuckte noch einmal heftig, und dann ergoss er sich mit einem kehligen Stöhnen über ihre Hände und Bäuche.

Erschöpft ließ er sich zurück auf die Matratze fallen und zog sie auf seinen Körper.

Während sie so dalag, die Wange gegen seinen Brustkorb gepresst, unter dem sie das wilde Pochen seines Herzens vernahm, kam ihr plötzlich ein Gedanke, der sie zum Kichern brachte.

„Was ist denn so lustig, mein Herz?“, wollte er wissen.

Sie hob den Kopf und sah ihn an. „Da ich zuerst gekommen bin, habe ich dich *endlich* einmal bei einer Sache geschlagen!“

Sein tiefes, schallendes Lachen war der Preis für ihren Sieg.

Kapitel Achtzehn

Am folgenden Morgen wartete Bennett um acht Uhr vor dem Frühstückszimmer auf sie. Obwohl er kaum geschlafen hatte, strotzte er vor männlicher Vitalität. Sein dunkles Haar glänzte gepflegt, und sein Gesicht war frisch rasiert. Wie üblich war er schlicht gekleidet, trug jedoch die Stiefel, die sie ihm geschenkt hatte. Er sah einfach umwerfend aus, von Kopf bis Fuß wie ein waschechter Gentleman. Ein elektrisierender Schauer jagte ihr über den Rücken, als sie daran dachte, wie nah sie seinem kräftigen, muskulösen Körper noch vor wenigen Stunden gewesen war.

„Guten Morgen, Miss Todd. Haben Sie gut geschlafen?"

Das lüsterne Funkeln hinter seinen Brillengläsern, das seine höfliche Frage Lügen strafte, ließ sie heftig erröten. „Ja, ausgesprochen gut, danke. Und selbst?"

„Wie ein Toter", murmelte er. „Offensichtlich haben die jüngsten Aktivitäten mich ziemlich erschöpft."

„Tatsächlich? Ich hatte nicht den Eindruck, dass es Ihnen an Ausdauer mangelt", neckte sie ihn mit gedämpfter Stimme.

Seine Mundwinkel zuckten amüsiert. Nachdem sie sich gegenseitig befriedigt hatten, bescherte er ihr noch einen dritten

Orgasmus, bevor er sie zurück auf ihr Zimmer schickte. Sie war so benebelt vor Lust und Wonne gewesen, dass sie gar nicht mehr an die Bedrohung durch das Höllenfeuer gedacht hatte, bis sie wieder in ihrem eigenen Bett lag. Aus diesem Grund hatte sie ihm an diesem Morgen eine Nachricht zukommen lassen, um ihm mitzuteilen, dass sie ein wenig früher als gewöhnlich zum Frühstück erscheinen würde.

„Wir müssen reden", sagte sie leise und sah sich in dem verlassenen Korridor um. „Über Du-weißt-schon-was."

Das amüsierte Funkeln in seinen Augen verschwand, und die Sorgenfalten um seinen Mund verrieten ihr, dass er in der Tat etwas in Erfahrung gebracht hatte.

„Bennett, du hast mir versprochen, dass du mich auf dem Laufenden halten würdest ..."

Das Klappern eines herannahenden Servierwagens schnitt ihr das Wort ab.

„Nicht hier", murmelte er, während er ihr die Tür öffnete. „Lass uns drinnen weitersprechen."

Kaum, dass sie das Esszimmer betreten hatten, wurden sie von Jeffries, dem Butler, sowie Will, dem ersten Diener, begrüßt. Tageslicht fiel durch die großen Bogenfenster in den Raum und spiegelte sich in den silbernen Servierglocken auf der Anrichte wider. Das Gedeck am Kopfende des Tisches war unberührt, ebenso wie die gebügelte Zeitung daneben. Ihr Großvater war also noch nicht zum Frühstück erschienen, was ihr und Bennett ein paar Minuten Privatsphäre verschaffte ... vorausgesetzt, es gelänge ihr, die Bediensteten loszuwerden.

Gemächlich schlenderte sie zur Anrichte hinüber und hob die Servierglocken an, um zu sehen, was sich darunter befand. Der köstliche Duft von gegarten Eiern, Speck, gewürzten Lammnieren, Kedgeree und Räucherfisch stieg ihr in die Nase. Zudem gab es eine Auswahl an knusprigen Brötchen, Gebäck und Toastbrot sowie verschiedene Konfitüren.

Mit einem strahlenden Lächeln wandte Tessa sich an den grauhaarigen Butler. „Jeffries, hat die Köchin vielleicht noch etwas von ihrem göttlichen Zitronenaufstrich übrig? Darauf habe ich heute Morgen besonders Appetit."

„Ich lasse William welchen bringen", erwiderte der Butler und nickte dem Lakaien zu.

Kaum hatte dieser den Raum verlassen, fügte sie wie beiläufig hinzu: „Wie ich sehe, haben Sie Großvater ein Exemplar der *Times* besorgt."

„Jawohl, Miss. Es ist seit jeher die Lieblingszeitung des Hausherrn."

„Das mag wohl sein, aber erst neulich erwähnte er mir gegenüber, dass er die *Bell's Life* noch lieber liest", sagte sie unschuldig. „Wäre es nicht wunderbar, ihn mit der Ausgabe von dieser Woche zu überraschen?"

„Ich werde umgehend ein Exemplar besorgen", stimmte der Butler zu. „Das heißt, wenn es Ihnen nichts ausmacht ...?"

„Ich komme hier bestens allein zurecht", erwiderte sie und schickte ihn mit einem fröhlichen Winken seines Weges.

Sobald auch er den Speisesaal verlassen hatte, wandte sie sich Bennett zu, dessen Mundwinkel verdächtig zuckten.

„Was ist denn so lustig?", fragte sie und hob eine Braue.

„Du. Die Art, wie dein Verstand arbeitet", antwortete er kopfschüttelnd. „Du bist wirklich eine raffinierte Schwindlerin."

Sie wusste, dass seine Worte als Kompliment gemeint waren, und liebte ihn dafür. Aber so gerne sie auch in ihren Gefühlen schwelgen würde, durfte sie sich nicht ablenken lassen.

„Wir haben nicht viel Zeit. Da du gestern früher als erwartet zurückgekehrt bist, nehme ich an, dass du etwas herausgefunden hast?"

Er zögerte kurz. „Ja, das habe ich."

„Und was?" Nachdem er nicht gleich antwortete, fügte sie in drängendem Tonfall hinzu: „Ich habe meinen Teil der Abmachung eingehalten, bin zu Hause geblieben und habe mich von Ärger ferngehalten. Wenn du nicht willst, dass ich allein losziehe und Nachforschungen anstelle ..."

„Schon gut, schon gut. Du hast gewonnen. Zum wiederholten Mal", gab er sich geschlagen und bedachte sie mit einem anzüglichen Grinsen.

Verflucht, warum konnte er so unverschämt charmant sein, wenn er wollte? Obwohl seine Anspielung auf ihren „Sieg" in der Nacht zuvor ihren Puls zum Rasen brachte, ließ sie sich nicht beirren, sondern hielt seinem Blick entschlossen stand.

Er seufzte resigniert. „Ich habe einen Verdächtigen ausfindig gemacht. Einen Mann, der meines Wissens mit dem Erfinder des Sprengstoffs in Verbindung stand. Heute Abend werde ich sein Haus durchsuchen, um Beweise seiner Verwicklung in die Herstellung von Höllenfeuer zu sichern."

„Ich will dich begleiten", sagte sie wie aus der Pistole geschossen.

„Auf keinen Fall!", erwiderte er streng. „Es ist zu gefährlich."

„Aber genau deswegen *brauchst* du mich", beharrte sie. „Niemand kennt sich im Elendsviertel besser aus als ich. Denk doch nur an unsere erste Begegnung, wie ich dir geholfen habe zu entkommen ..."

„Zunächst einmal wohnt er nicht im Elendsviertel, und zweitens habe ich *dir* geholfen, wenn ich mich recht entsinne."

„Wie bitte? Wo wohnt er denn dann ... etwa in Mayfair?", fragte sie scherzhaft, wurde jedoch augenblicklich wieder ernst, als sie den Ausdruck auf seinem Gesicht bemerkte. „Er lebt tatsächlich in Mayfair? Also ist er ein *Blaublütler?*"

„Verdammt", fluchte Bennett leise und fuhr sich mit der Hand durchs Haar.

„Wer ist er? Du hast mir versprochen ...“

„Du bist wirklich hartnäckiger als eine Bulldogge, weißt du das?“

Statt darauf einzugehen, versuchte sie es mit einer anderen Taktik: „Vertraust du mir denn nicht ... nach allem, was wir miteinander geteilt haben?“

„Das ist nicht fair.“

„Bitte, Bennett.“ Da er auf ihr Flehen anzusprechen schien, fügte sie leise hinzu: „Du bist mir so wichtig. Ich könnte den Gedanken nicht ertragen, dass dir meinetwegen etwas zustößt.“

Er musterte sie mit undurchdringlicher Miene, und eine Welle der Panik erfasste sie. Hatte sie zu früh zu viel preisgegeben? Sie stand noch ganz am Anfang ihres Plans, ihn für sich zu gewinnen, womöglich hatte sie ihn mit diesem Zugeständnis ihrer Gefühle abgeschreckt ...

„Ich werde dir seinen Namen unter der Bedingung verraten, dass du dich an deinen Schwur erinnerst, alles zu tun, was ich dir auftrage.“

Erleichtert nickte sie.

„Sir Aloysius De Witt“, presste Bennett hervor. „Er ist Wissenschaftler und Mitglied der Royal Society.“

Sie runzelte die Stirn. „Warum sollte ein Mann seines Standes in diese Höllenfeuer-Sache verwickelt sein?“

„Ein Titel spiegelt nicht zwangsläufig den Charakter eines Menschen wider“, entgegnete er steif.

„Das weiß ich doch. Ich meinte vielmehr: Warum entwickelt ein angesehener Wissenschaftler wie er Waffen für die Londoner Unterwelt ... *Oh.*“ Plötzlich fiel es ihr wie Schuppen von den Augen. „Wegen des Geldes?“

„De Witt setzt zwar viel daran, den Schein zu wahren, aber das wäre auch meine Vermutung. Irgendwann werde ich seine finanzielle Situation genauer unter die Lupe nehmen, aber heute Abend gilt es, Beweise für seine Verbindung zu diesem

Höllenfeuer zu finden." Bennett hielt inne und bedachte sie mit einem strengen Blick. „Versprich mir, dass du zu Hause bleibst und dich keinesfalls einmischen wirst."

Tief in ihrem Inneren wusste sie, was sie zu tun hatte. Was das Richtige war. Also kreuzte sie heimlich die Finger zwischen den Falten ihres Rocks und nickte.

„Ich gebe dir mein Wort."

In diesem Moment ertönte die Stimme ihres Großvaters draußen auf dem Gang. „Ist für morgen alles vorbereitet?"

„Jawohl, Sir", erwiderte Ming. „Alle Herzöge sagen zu."

Die beiden Männer betraten den Raum, Großpapa wie immer mit Perücke auf dem Kopf und auf seinen Gehstock gestützt. „Sehr gut. Ich will zusätzliche Wachen ... Oh, Tessie", unterbrach er sich, als er sie neben der Anrichte stehen sah. „Du bist ja früh auf den Beinen."

„Was ist denn für morgen geplant?", fragte sie prompt.

Er stampfte hinüber zu seinem Platz am Kopfende des Tisches. „Kann ein Mann nicht mal in Ruhe ’ne Tasse Tee trinken, bevor er mit Fragen bombardiert wird?"

„Ich schenke dir eine ein, Großpapa."

Geschwind eilte sie zu ihm, ließ sich auf den Stuhl neben ihm nieder und griff nach der Teekanne. Sorgfältig bereitete sie ihm sein Getränk zu, wie er es am liebsten mochte, mit viel Sahne und zwei großzügigen Löffeln Zucker. Seit sie ein kleines Mädchen gewesen war, hatte es ihr Freude bereitet, ihm diesen Gefallen zu erweisen. Gebannt beobachtete sie, wie er auf den heißen Tee blies, bevor er einen Schluck trank.

„Gut?", fragte sie.

Ein wohlwollendes Brummen war die Antwort. Er nahm noch einen Schluck, und dann noch einen. Als er nach seiner Zeitung griff, konnte sie jedoch nicht länger an sich halten. „Also, was geschieht morgen?"

„Himmelherrgott!", knurrte er und starrte sie finster an. „Kann ein Mann nicht mal in Ruhe sein Frühstück genießen?"

„Du wolltest deinen Tee, und den hast du bekommen. Jetzt sag schon, was ist los? Sonst frage ich eben Ming."

Sie warf der rechten Hand ihres Großvaters einen Blick zu. Ming stand einige Meter entfernt neben Bennett und zeigte keine Regung, außer einem kaum merklichen Augenrollen, das auszudrücken schien: *Halt mich da raus.*

„Ohne meinen ausdrücklichen Befehl sagt der gute Ming kein Sterbenswörtchen", verkündete Großpapa selbstgefällig und schüttelte seine Zeitung aus.

„Na schön, dann werde ich dich eben so lange nerven, bis du es mir verrätst", erwiderte sie voller Entschlossenheit. „Was ist für morgen geplant?"

Wortlos hielt er sich die Zeitung vors Gesicht.

Tessa knickte die obere Hälfte um. „Wofür haben die Herzöge zugesagt?"

„Verdammt noch mal, du zerknitterst ja sämtliche Seiten ..."

Sie sprang auf, schlug mit den Handflächen auf den Tisch und starrte ihren Großvater eindringlich an. „Ich bin eine Black. Was auch immer in dieser Familie geschehen mag, geht mich etwas an. Deshalb werde ich nicht aufhören, dich zu löchern, bis du mich endlich einweihst."

„Ist ja schon gut, zum Donnerwetter", knurrte Großpapa. „Reg dich ab, ich sag's dir ja."

Sie legte den Kopf schief und musterte ihn erwartungsvoll.

„Ich habe für morgen eine Versammlung im Nightingale's einberufen. Ming hat drei Verdächtige identifiziert – drei der Herzöge – und ich habe sie zu 'ner Unterredung eingeladen. Kein Grund zur Aufregung."

Sollte das ein Scherz sein? Wie könnte sie sich da *nicht* aufregen? „Du wirst dich willentlich mit dem Bastard, der versucht hat, dich *umzubringen,* in ein und demselben Zimmer aufhalten?"

„Wär ja nicht das erste Mal", erwiderte ihr Großvater, trank einen weiteren Schluck von seinem Tee und fuhr sich genüsslich mit dem Handrücken über den Mund. „Auch nicht das erste Mal diese Woche."

„Das ist nicht witzig. Was, wenn dir etwas zustößt? Allein im letzten Monat wurde auf dich geschossen und dein Heim angegriffen. Du bist keine K-Katze, die s-sieben Leben hat, Großpapa." Zu ihrem Unmut begann ihre Stimme zu zittern, und sie spürte, wie ihr die Tränen in die Augen stiegen. „Ich habe einfach kein gutes Gefühl bei der Sache ..."

„Ming wird für den nötigen Schutz sorgen", beschwichtigte er sie und legte eine seiner großen, von Altersflecken gezeichneten Hände über die ihre. Der Siegelring mit dem Wappen der Familie, Symbol seiner Macht, glänzte eindrucksvoll im Morgenlicht. „Und wie oft muss ich es dir noch sagen, Kind? Ein wahrer Black vergießt eher sein eigenes Blut als auch nur eine Träne."

„Wenn du es nur zuließest, würde ich Blut für dich vergießen", flüsterte sie. „Würde treu an deiner Seite stehen."

„Das weiß ich doch. Und wie ich stets zu sagen pflege: Wir mögen nicht von einem Blut sein, dafür aber von einem Herzen. Jetzt hör auf, dir den Kopf zu zerbrechen, klar?" Er tätschelte ihr liebevoll die Wange. „Ich kann dich zwar morgen nicht mitnehmen, aber du sollst wissen, dass du immer bei mir bist ... hier drin", fügte er hinzu und tippte sich auf die Brust.

Natürlich wusste sie das, wusste, wie sehr er sie liebte und wie tief sie diese Liebe mit jeder Faser ihres Seins erwiderte. Auch, wenn sie ihn nicht zu beschützen vermochte, gab es jemanden, den sie an ihrer statt schicken konnte.

„Nimm Bennett morgen mit", sagte sie. „Für zusätzlichen Schutz."

Als dieser ihren Blick bemerkte, meldete er sich prompt zu Wort: „Es wäre mir eine Ehre, Ihnen zu Diensten sein zu dürfen, Sir."

„Bitte, Großpapa", flehte sie. „Nimm Bennett mit, sonst mache ich mir zu große Sorgen."

„Na schön, wenn du dann endlich Ruhe gibst", murmelte ihr Großvater.

Ein unbändiges Gefühl der Erleichterung durchflutete sie. „Versprochen!"

„Aber nur unter einer Bedingung."

War ja klar. Sie unterdrückte ein Seufzen und wartete auf eine Erläuterung.

„Ich hab 'ne Einladung von Ransom erhalten. In drei Tagen gibt er 'nen Maskenball und will, dass du kommst. Ich erwarte, dass du ohne Mucken hingehst. Und während du dort bist, wirst du dir mit Seiner Gnaden gefälligst Mühe geben, verstanden?"

Tessa nagte an ihrer Unterlippe und warf Bennett einen verstohlenen Blick zu. Obwohl dieser keine Miene verzog, beruhigte es sie zu sehen, dass seine breiten Schultern sich merklich anspannten.

Sie war ihm *nicht* egal. Er wäre niemals so intim mit ihr geworden, wenn er nicht zumindest einen Funken Zuneigung für sie empfinden würde.

Zwar stand ihre Beziehung noch auf wackeligen Beinen, aber zumindest machten sie Fortschritte. Und eines Tages würde er sich ebenso Hals über Kopf in sie verlieben, wie sie sich in ihn verliebt hatte. Sie vertraute ihm von ganzem Herzen. Er würde nicht tatenlos zusehen, wie sie an den Herzog verheiratet wurde, sondern mit ihr in den Sonnenuntergang davonreiten, wie Großpapa es mit Großmutter getan hatte. Ihre Liebe würde jede Hürde überwinden, jedes Leid überstehen und bis in die Ewigkeit anhalten.

„Haben wir uns verstanden, mein Fräulein?“, hakte ihr Großvater nach.

Unter dem Tisch kreuzte sie abermals die Finger zwischen den Rockfalten.

„Ja, Großpapa“, erwiderte sie.

Kapitel Neunzehn

Lautlos betrat Harry das Stadthaus der De Witts.

Er hatte gewartet, bis auch das letzte Licht im Bedienstetenquartier erloschen war, bevor er das Schloss der Hintertür knackte. Wachsam und in Alarmbereitschaft durchquerte er die dunkle, höhlenartige Küche. Als er ein leises Rascheln vernahm, erstarrte er ... entspannte sich jedoch sogleich wieder, als er eine Ratte vorbeihuschen sah.

Auf leisen Sohlen erklomm er die Treppe ins Erdgeschoss und eilte einen langen Korridor hinunter. Während er die düsteren Salons und Freizeiträume passierte, fiel ihm die brandneu und kostspielig wirkende Einrichtung auf. Ein stattlicher Flügel, über dem ein prunkvoller Kronleuchter hing, nahm fast das gesamte Musikzimmer ein.

Grimmig presste er die Zähne zusammen. Celeste würde sich an dem Instrument perfekt in Szene setzen können, einem Engel gleich, mit ihrem langen, blonden Haar und den eleganten Fingern, die geschickt über die Tasten flogen. Beschämt dachte er an jene Zeit zurück, als er ihr versonnen beim Spielen zugesehen hatte, in der Hoffnung, sie möge ihn mit einem ihrer lieblichen Lächeln belohnen.

Doch dann wurden seine düsteren Gedanken von der Erinnerung an Tessa verdrängt, wie sie es während ihrer Geigenstunde an diesem Nachmittag zu seinem eigenen Entsetzen und dem ihres Musiklehrers geschafft hatte, ihrem armen Instrument Geräusche zu entlocken, die den qualvollen Todesschreien einer sterbenden Katze ähnelten.

Aber was ihr an musikalischem Talent fehlte, machte sie durch ihr Geschick beim Liebesspiel wieder wett. Gott, wenn er nur an ihre zügellose Leidenschaft dachte, geriet sein Blut in Wallung.

Keine andere Frau hatte es je geschafft, sein Begehren auf solch intensive Weise zu wecken wie sie, und bei keiner anderen hatte er sich selbst je so begehrt gefühlt. Keine andere brachte ihn so zum Lachen wie sie. Keine andere hatte sein Leben je mit so viel Licht und Wärme erfüllt, ohne im Gegenzug etwas von ihm zu erwarten.

Was nur dazu führte, dass er ihr mehr von sich geben wollte. Wenn schon nicht sein Herz, dann zumindest seinen Namen. Aber dazu musste er erst dieser Höllenfeuer-Geschichte auf den Grund gehen.

Am Ende des Korridors fand er schließlich De Witts Arbeitszimmer. Vorsichtig schloss er die Tür hinter sich und entzündete eine Laterne, bevor er sich in dem flackernden Licht lautlos an den Bücherregalen vorbeischlich und auf den Schreibtisch zusteuerte. Auf der ledernen Schreibunterlage befanden sich ein Tablett voll Schreibutensilien, ein Briefbeschwerer aus grünem Glas sowie ein Stapel Briefe, den Harry flüchtig durchblätterte. Als ihm eine cremefarbene, vergoldete Karte in die Hände fiel, hielt er inne.

Es war eine Einladung zum Maskenball des Herzogs von Ranelagh und Somerville, der in drei Tagen stattfinden sollte.

Da die De Witts hohes Ansehen in der Gesellschaft genossen, war es nicht weiter verwunderlich, dass sie zu allerlei

Veranstaltungen der Hautevolee eingeladen wurden. Dennoch war es ein seltsamer Zufall, eine Verbindung zwischen Ransom und seinem Hauptverdächtigen zu finden. Ein ungutes Gefühl machte sich in ihm breit. Fürs Erste legte er die Information gedanklich zu den Akten.

Mithilfe seiner Werkzeuge öffnete er sämtliche Schubladen und durchwühlte den Inhalt, fand jedoch weder Hinweise in den Schriftstücken noch den Hauptbüchern. Frustriert klappte er das letzte Notizbuch zu, das er durchblättert hatte, und legte es zurück. Nichts stach heraus, das De Witt mit der Herstellung des Höllenstoffs in Verbindung brachte.

Irgendwo muss es doch einen Beweis geben. Ich weiß, dass dieser hinterlistige Bastard dahintersteckt. Wenn ich er wäre, wo würde ich Indizien meiner ruchlosen Taten verstecken?

Nachdenklich ließ er den Blick durch den Raum wandern, bevor er die Bücherregale abschritt und wahllos hier und da Lederbände herauszog, um die Holzwand dahinter abzuklopfen. Bei seinem dritten Versuch hörte er das Echo eines Hohlraums, und sein Puls schnellte in die Höhe. Hinter diesem Regal befand sich ein Raum ... vielleicht eine Art Vorzimmer? Aber wie gelangte man dorthin?

Er rüttelte an dem Bücherregal, doch es bewegte sich nicht vom Fleck. Womöglich gab es einen verborgenen Mechanismus, den man betätigen musste. Obwohl er sorgfältig jeden Zentimeter absuchte, stach ihm jedoch kein versteckter Knopf oder Hebel ins Auge. In einem anderen Zimmer schlug eine Uhr Mitternacht. Verdammt, er musste sich beeilen. Während er abwog, ob es eine gute Idee sei, sich mithilfe eines leichten Sprengsatzes Zutritt zu verschaffen (nicht gerade subtil, aber immerhin wirksam), öffnete sich die Tür.

Er wirbelte herum, zog seine Pistole aus der Innentasche seines Mantels und richtete sie auf die Person, die sich durch den Türspalt ins Zimmer schob.

„Nicht schießen, Bennett", flüsterte eine vertraute Stimme. „Ich bin es."

„*Tessa?*" Ungläubig musterte er sie in ihrer Verkleidung, komplett mit Kappe und Hose. „Was zum Teufel hast du hier zu suchen?"

„*Nicht so laut*, sonst weckst du noch das ganze Haus auf!", zischte sie und starrte ihn mit großen Augen an. „Ich bin hier, um dir zu helfen."

„Verdammt noch mal." Im Handumdrehen war sein Schock in blanke Wut umgeschlagen. „Du hast mir *versprochen*, dass du zu Hause bleiben würdest."

„Ich weiß, aber ich bin vor Sorge halb wahnsinnig geworden, bis ich es nicht mehr ausgehalten habe. Ich musste etwas unternehmen. Eigentlich wollte ich mich nur aus der Ferne versichern, dass es dir gut geht", erklärte sie schnell, „aber dann entdeckte ich drei zwielichtige Gestalten, die draußen vor dem Haus herumlungern. Sie sehen aus wie Bullen." Bei dem Wort verzog sie verächtlich die Mundwinkel. „Zwar tragen sie keine Uniform, aber du weißt ja, wie diese miesen Spitzel vorgehen. De Witt hat sie bestimmt bestochen, damit sie seine Verbrecher-höhle bewachen."

Wäre Harry nicht so wütend gewesen, hätte ihre scharfe Beobachtungsgabe ihn schwer beeindruckt. Natürlich konnte sie nicht wissen, dass nicht De Witt die Aufpasser angeheuert hatte, sondern er selbst. Ambrose und seine Partner, Lugo und McLeod, hielten draußen Wache für ihn. Alle drei Männer besaßen Pfeifen, die den Ruf einer Möwe nachahmten und ihn warnen sollten, falls die De Witts früher als erwartet zurück-kehrten.

Da er keinen Pfiff vernommen hatte, vermutete er, dass Tessa unbemerkt an den erfahrenen Ermittlern vorbeigelangt war. Dummerweise konnte er ihr nicht von Ambrose erzählen, ohne sich dabei selbst zu verraten.

Mit Mühe schluckte er seinen Ärger hinunter und presste hervor: „Wie bist du an ihnen vorbeigekommen?"

„Ach, das war kinderleicht." Sie versuchte nicht einmal, bescheiden zu wirken. „Ich gab einem Straßenkehrer ein bisschen Geld, damit er ein Ablenkungsmanöver inszeniert. Du weißt schon, der altbewährte Ich-wurde-von-einer-Kutsche-angefahren-Trick. Funktioniert jedes Mal. Die Bullen waren so sehr damit beschäftigt, dem brüllenden Knaben zu helfen, dass ich mich unbemerkt ins Haus schleichen konnte."

Donnerwetter. Als er den stolzen Ausdruck in ihren Augen bemerkte, wusste er nicht, ob er sie anschreien sollte, weil sie Kopf und Kragen riskiert hatte, oder sie beglückwünschen sollte, weil es ihr spielend gelungen war, drei erfahrene Detektive aufs Kreuz zu legen. Da sie gerade dabei waren, in ein Haus einzubrechen, war weder das eine noch das andere eine wirkliche Option, weshalb seine Wut sich ins Unermessliche steigerte.

Plötzlich bemerkte er eine Bewegung in ihrer Jacke, und im nächsten Augenblick steckte Swift Nick den Kopf heraus, um Harry anzufauchen.

Hastig drückte Tessa das Frettchen zurück in ihre Tasche. „Nicht jetzt, Nick. Wir befinden uns mitten in einem Einbruch."

Harry atmete mehrmals tief durch und stemmte die Hände in die Hüften, um nicht vollends die Beherrschung zu verlieren.

Tessa musterte ihn mit großen Augen. „Bist du ... verärgert?"

Unter Aufwand all seiner Kräfte zwang er sich, ruhig zu bleiben und sich auf das zu konzentrieren, was im Augenblick wichtig war. Um die dreiste Lügnerin würde er sich später kümmern.

„Darüber reden wir noch", erwiderte er kühl. „Uns bleibt nicht viel Zeit. Hinter diesem Regal ist eine Art Vorzimmer, und ich muss den Mechanismus finden, um den Eingang zu öffnen."

Selbst im Halbdunkel des Arbeitszimmers sah er, wie ihre Augen aufleuchteten. „Lass mich mal sehen."

Sie lief zu dem Bücherregal hinüber und suchte überall dort, wo er ebenfalls schon nachgesehen hatte. „Hmm, es gibt keinen sichtbaren Hebel."

„Das weiß ich längst", schnaubte er ungeduldig und sah sich in dem Raum um. „Vermutlich ist er irgendwo in diesem Zimmer versteckt."

„Ich persönlich würde ihn an einem Ort platzieren, der leicht zu erreichen ist. Vielleicht in der Nähe des Schreibtischs?" Sie trat an den massiven Tisch heran und begann, die Briefe durchzusehen. Mit hochgezogenen Brauen zog sie die Einladung heraus, die er zuvor auch schon gelesen hatte. „Die De Witts verkehren in Ransoms Kreisen?"

„Offensichtlich", erwiderte er. „Leg alles wieder so hin, wie es war. Wir wollen nicht, dass jemand Verdacht schöpft."

„Oh, was für ein hübscher Briefbeschwerer! Ist das eine echte Blume da drin?", wunderte sie sich, und ohne seinen Worten Gehör zu schenken, schickte sie sich an, den grünen Gegenstand aufzuheben.

„Ich sagte doch ..." Er hielt inne, als er sah, wie sie die Stirn runzelte. „Was ist?"

„Er lässt sich nicht bewegen", sagte sie und versuchte abermals, den Briefbeschwerer anzuheben. „Vielleicht, wenn ich ..."

Als sie ihn leicht zur Seite drehte, ertönte aus Richtung der Bücherregale ein leises Klicken.

„Heiliger Strohsack", flüsterte sie.

Harry eilte schnellen Schrittes zurück zu dem Regal und drückte mit beiden Händen dagegen. Diesmal glitt es ohne Widerstand zur Seite und gab den Blick auf einen dunklen Eingang frei.

Tessa trat neben ihn, die Laterne in der Hand haltend.

Er nahm sie ihr ab und knurrte: „Bleib hinter mir."

Sie nickte eifrig.

Als er den Raum betrat und seine Augen sich an das schummrige Licht gewöhnt hatten, stellten sich ihm die Nackenhaare auf. Die winzige Kammer war eine exakte Nachbildung seines ehemaligen Labors in Cambridge. Der flackernde Kerzenschein erhellte zahlreiche Glasgefäße, Bunsenbrenner und Metallwerkzeuge, deren vertrauter Anblick ihn zurück in die Vergangenheit warf und ihm das Blut in den Adern gefrieren ließ.

„Stellt der elende Schuft hier etwa das Höllenfeuer her?", flüsterte Tessa.

„Das bezweifle ich. Nicht einmal De Witt wäre töricht genug zu riskieren, dass sein Haus in die Luft fliegt. Ich vermute, hier führt er vorläufige Experimente durch." Vor einem Tisch, auf dem mehrere verschlossene Glaskolben standen, hielt er inne und reichte Tessa die Laterne. „Halte die Flamme besser auf Abstand."

Mit großen Augen trat sie einen Schritt zurück. Er hob den ersten Kolben an, der eine klare, farblose Flüssigkeit enthielt. Vorsichtig entfernte er den Korken und fächerte sich die austretende Luft mit der Hand zu. Er erkannte den beißenden, erstickenden Geruch sofort: Es war der Gestank von Zerstörung und Versagen.

„Was ist das?", fragte Tessa.

„Salpetersäure."

Sie musterte den Kolben misstrauisch. „Ist das Zeug explosiv?"

„Nicht in diesem Zustand." Auf ihren erleichterten Blick hin fügte er hinzu: „Allerdings ist es hochätzend und kann andere brennbare Stoffe zum Explodieren bringen. Ähnlich wie Kaliumnitrat mit Schießpulver."

Sie nagte an ihrer Unterlippe. „Wenn man also die Salpetersäure mit einer anderen brennbaren Substanz vermischt, könnte man Höllenfeuer erzeugen?"

Er nickte, stellte den verschlossenen Kolben zurück an seinen Platz und hob den nächsten hoch. Dieser war ebenfalls mit einer klaren Flüssigkeit gefüllt, die eine ölige Viskosität besaß. Obwohl er wusste, um was es sich handelte, zog er den Korken heraus.

Tessa rümpfte die Nase, als der faulige Geruch zu ihr hinüberdrang. „Ist das Vitriolöl?"

Harry nickte knapp. „Auch bekannt als Schwefelsäure. Sie fungiert als Katalysator und verstärkt die Wirkung des Scheidewassers. Wenn diese beiden Substanzen vermischt werden, braucht man nur noch eine Brennstoffquelle ..." Instinktiv öffnete er eine der Schubladen. „Aha, da haben wir sie ja."

Skeptisch betrachtete sie die gefalteten Tücher. „*Handtücher* sind der Hauptbestandteil der Höllenfeuer-Sprengvorrichtungen?"

„Wenn man sie mit einer Lösung aus Schwefel- und Salpetersäure tränkt, wird die Baumwolle hochentzündlich. Dann reicht ein einzelner Funke, und ... Bumm!"

Und ich weiß es, glaub mir, dachte er grimmig. Eines schicksalhaften Abends in Cambridge hatte er ein Gemisch der beiden Säuren erhitzt, als ihm der Kolben zerbrach. Schnell hatte er nach dem nächstbesten Stück Stoff, einer Baumwollschürze, gegriffen, um die Sauerei aufzuwischen. Als er diese anschließend zum Trocknen neben dem Kamin aufhängte, dauerte es nicht lange, bevor sie vor seinen ungläubigen Augen in Flammen aufging.

Die zufällige Entdeckung hatte ihm die Tür zu völlig neuen Forschungsmöglichkeiten geöffnet ... Eine Tür, die ihm ebenso schnell wieder vor der Nase zugeknallt worden war, als De Witt seine Erfindung stahl und ihn in Verruf brachte. Er war so tief in Ungnade gefallen, dass man ihn der wissenschaftlichen Gemeinschaft verwiesen hatte.

„Sagtest du nicht, dass die Verbindung höchst unbeständig sei? Wie stellt De Witt sie dann her? Und wo bewahrt er sie auf?“

Das war eine gute Frage. Eine, auf die Harry noch keine Antwort hatte.

„Er erzeugt das Höllenfeuer irgendwo anders“, murmelte er grimmig. „Und ich muss seine Produktionsstätte finden, sie mit eigenen Augen sehen. Bislang haben wir keinerlei handfeste Beweise. De Witt könnte behaupten, dass er hier lediglich ein paar harmlose Experimente durchführt ...“

Er wurde von einem schrillen, vogelähnlichen Pfiff unterbrochen. Das Warnsignal seines Bruders.

„Verdammt, sie sind zurück.“

Tessa runzelte die Stirn. „Ich höre niemanden im Haus.“

„Wir müssen hier weg. *Sofort.*“ Hastig schloss er die Schublade und zerrte sie mit sich zurück in das Arbeitszimmer, wo er gerade das Bücherregal zuschob, als ein zweiter Pfiff ertönte. Tessa rückte den Briefbeschwerer in seine ursprüngliche Position, um den Eingang zu verschließen.

Dann verließen sie gemeinsam das Zimmer. Harry hörte, wie jemand draußen die Stufen zur Haustür heraufkam, während die Schritte eines Bediensteten auf die Eingangshalle zusteuerten. Die Tür öffnete sich mit quietschenden Scharnieren. Harry presste sich gegen die Wand, um sich so gut es ging in den Schatten zu verstecken, und bedeutete Tessa, die hinter ihm kauerte, das Gleiche zu tun.

„Wie war Ihr Abend, Miss De Witt?“, fragte eine männliche Stimme.

„Langweilig. Lassen Sie mir etwas warme Milch aufs Zimmer bringen.“ Celestes heller, klarer Tonfall hatte sich in all den Jahren nicht verändert, doch statt Verzückung weckte er nur noch glühende Wut in Harry. „Nach dem stundenlangen Geschwätz brauche ich etwas für meinen Hals."

Der Bedienstete murmelte eine Antwort und entfernte sich, vermutlich in Richtung Küche, während Celeste die Treppe ins Obergeschoss zu nehmen schien.

„Wir müssen versuchen, es zur Haustür zu schaffen."

Tessas dringliches Flüstern riss ihn aus seinen Gedanken. Er nahm ihre Hand, und gemeinsam schlichen sie sich so lautlos wie möglich in die Eingangshalle. Den Bruchteil einer Sekunde verharrten sie reglos, und als sie sicher waren, dass niemand kam, verließen sie das Haus und rannten die Straße hinunter. Auf halbem Weg rollte ihnen eine schnittige Kutsche entgegen.

Die Tür des Gefährts flog auf, und Ambrose steckte den Kopf heraus. Wortlos griff er nach Tessas Arm und zog sie zu sich hinein, während Harry von hinten nachhalf. Er sah gerade noch ihren schockierten Gesichtsausdruck, bevor er ihr schwungvoll hinterhersprang.

Kapitel Zwanzig

Unsanft landete Tessa auf dem Sitzkissen der Kutsche, doch statt sich zu erholen, zückte sie den Dolch, der sich in ihrem Stiefel verbarg, und ließ ihn in Richtung des grimmig dreinblickenden Polizeibeamten fliegen, der ihr gegenübersaß.

Zielsicher nagelte sie seinen Hut an die Wand des Gefährts.

„Der nächste landet mitten in deiner Brust, Bulle", zischte sie abfällig. „Lass uns sofort gehen."

Der Angesprochene hob die dunklen Brauen. „Sagtest du nicht, sie sei eine ‚nette junge Dame'?"

Seine seltsamen Worte verwirrten sie noch mehr, als sie erkannte, dass diese an Bennett gerichtete waren.

„Sie hat ihre guten Momente", erwiderte der kurz angebunden.

Dann wechselten die beiden Männer einen vielsagenden Blick.

„Augenblick mal ... Kennt ihr euch etwa?", entfuhr es ihr.

„Jetzt steck endlich deine Dolche wieder ein", sagte Bennett. „Das ist mein Bruder."

„Dein *Bruder*?"

Sie hatte ja keine Ahnung gehabt, dass er Geschwister hatte. In diesem Moment wurde ihr klar, wie wenig sie eigentlich über ihn wusste, außer, dass er als Streckenarbeiter gearbeitet hatte, in so ziemlich allem gut war, was er tat und sie mit seinem Lächeln um den Verstand bringen konnte.

Bennetts Bruder zog den Dolch samt Hut aus der Wand und reichte ihr die Waffe, welche sie ein wenig verlegen entgegennahm und wieder sicher in ihrem Stiefel verstaute. Nachdem Bennett keine Anstalten machte, sie einander vorzustellen, übernahm sie diesen Part eben selbst.

„Verzeihen Sie das Missverständnis, Sir. Mein Name ist Tessa Todd", sagte sie höflich. „Bennett hat Sie mir gegenüber noch nie erwähnt."

„Das wundert mich nicht", erwiderte der Angesprochene, nannte ihr jedoch seltsamerweise nicht seinen Namen.

„Das ist mein Bruder, Ambrose", mischte Bennett sich in schroffem Tonfall ein. „Er hat heute Abend für mich Wache gestanden."

Verflixt. Unwissentlich hatte sie also Bennetts Bruder hinters Licht geführt.

Entschlossen, einen guten Eindruck zu machen – oder zumindest den katastrophalen ersten Eindruck zu korrigieren –, sagte sie zerknirscht: „Die Verwechslung tut mir schrecklich leid, Mr Bennett. Ich hoffe, Sie verzeihen mir die kleine, äh, Szene mit dem Straßenkehrer. Ich dachte, Sie seien ein Bulle, wissen Sie? Da ich mir Sorgen um Bennett machte, wendete ich diese List an, um ihn warnen zu können."

„Tatsächlich?" Ambrose bedachte sie mit einem scharfen Blick aus seinen bernsteinfarbenen Augen. „Wie bemerkenswert."

Sie war erleichtert, Neugier statt Abneigung in seiner tiefen Stimme zu hören. Nun, da sie sich die Zeit nahm, ihn näher zu betrachten, konnte sie eine eindeutige Ähnlichkeit zwischen den beiden Männern ausmachen.

Sie waren etwa gleich groß, schlank gebaut und unverschämt gut aussehend (wobei ihr Auserkorener natürlich um einiges attraktiver war). Beide strahlten dieselbe vertrauenswürdige Aura eines geborenen Beschützers aus. Den silbernen Strähnen in seinem dunklen Haar nach zu urteilen, musste Ambrose allerdings etwa zwanzig Jahre älter als sein Bruder sein.

„Ja, so bin ich nun mal." Zu spät bemerkte sie, dass sie bei ihrem unsanften Einstieg in die Kutsche ihre Kappe verloren hatte, die nun auf dem Sitzpolster neben ihr lag, und ihr Haar fiel ihr in wilden Locken über die Schultern. „Bitte verzeihen Sie mir neben meiner List und dass ich Ihren Hut ruiniert habe auch meine Erscheinung."

„Schwamm drüber", erwiderte Ambrose mit einem amüsierten Funkeln in den Augen, das ihn beinahe so umwerfend aussehen ließ wie seinen Bruder. „Aber wenn ich mir die Frage erlauben darf ... Was ist das da in Ihrer Tasche?"

„Oh, das ist Swift Nick Nevison." Sie öffnete die Lasche, und im nächsten Augenblick sprang das Frettchen heraus auf den Sitz, wo es sich mit zuckender Nase und neugierigem Blick umsah.

„Sag Hallo zu Bennetts Bruder", wies Tessa es an.

Swift Nick hob den Kopf und neigte ihn dann zu einem unverkennbaren Nicken.

Ambrose entfuhr ein seltsamer, erstickter Laut. „Sie haben ein Frettchen ... zu einem Einbruch mitgenommen ...?"

„Wenn wir dann mit den Zirkuskunststücken fertig sind", mischte Bennett sich scharf ein, „würde ich gern mit Miss Todd unter vier Augen sprechen."

Sein eisiger Tonfall jagte ihr einen Schauer über den Rücken. Seine Miene war undurchdringlich, die alte Maske wieder an ihrem Platz. Nervös vergrub sie die Fingernägel in ihren Handflächen.

„Ich lasse euch beide allein", erwiderte Ambrose nüchtern. „Meine Partner sind uns gefolgt und werden mich in ihrer Kutsche nach Hause bringen." Mit diesen Worten öffnete er das Fenster und befahl dem Kutscher, anzuhalten.

Bevor er ausstieg, sagte Bennett zu ihm: „Ich melde mich bald wieder."

„In Ordnung. Ach, und Miss Todd?"

Sie riss den Blick von Bennett los, um sich dessen Bruder zuzuwenden. „Ja?"

„Es hat mich gefreut, Sie kennenzulernen", sagte Ambrose mit einem warmen Lächeln.

Dann nahm er zu ihrer Überraschung ihre Hand in die seine und küsste sie. Bevor er sie losließ, drückte er sie flüchtig, um ihr wortlos etwas mitzuteilen, das sie nicht zu interpretieren vermochte. Dennoch war die Geste auf seltsame Weise tröstend.

Nachdem er sich verabschiedet hatte, setzte die Kutsche sich erneut in Bewegung. Swift Nick, den das Geschehen nicht weiter zu interessieren schien, hatte sich in einer Ecke zusammengerollt und war im Handumdrehen eingeschlafen.

„Du hast mich angelogen", ergriff Bennett ohne Umschweife das Wort.

Obwohl er in ruhigem Tonfall sprach, traf seine Anschuldigung sie wie eine Kanonenkugel. Er saß ihr gegenüber auf dem Platz, den sein Bruder verlassen hatte, und musterte sie mit einem ausdruckslosen Blick, der ihr Unbehagen bereitete.

Aus diesem Grund platzte sie mit dem ersten Gedanken heraus, der ihr durch den Kopf ging.

„Ich hatte die Finger gekreuzt, als ich dir das Versprechen gab!"

„Oh, Verzeihung, das wusste ich nicht", erwiderte er mit vor

Sarkasmus triefender Stimme. „Dann ist es natürlich in Ordnung zu lügen."

„Nein, ist es nicht." Sie schluckte schwer und schickte sich an, ihm ihre Beweggründe zu erklären: „Es tut mir leid, dass ich mein Versprechen gebrochen habe, aber du hast mir keine Wahl gelassen ..."

„Es ist also meine Schuld? Natürlich, was auch sonst", entgegnete er verbittert. „Warum solltest du auch die Verantwortung für deine Taten, deine verdammten *Lügen* übernehmen, wenn ich als Gelackmeierter herhalten kann?"

Trotz ihres inneren Aufruhrs kam ihr etwas an seinen Worten seltsam vor ... und ungerecht.

„Ich schiebe dir keineswegs die Schuld zu", sagte sie leise. „Die Verantwortung liegt allein bei mir. Ich habe mein Versprechen gebrochen und bin heute Abend hierhergekommen."

„Allerdings." Ein Muskel in seinem Kiefer zuckte bedrohlich. „Ich habe dir mein Vertrauen geschenkt, und du hast mir ohne jeden Zweifel demonstriert, dass du es nicht verdienst."

Obwohl seine harten Worte ihr einen Stich ins Herz versetzten, ließ sie sich nicht einschüchtern. Sie hatte beschlossen, Bennetts Gunst für sich zu gewinnen, aber nicht unter Einbuße dessen, was sie als Mensch ausmachte.

Außerdem hatte sie angenommen, dass er der eine Mann war, der niemals von ihr verlangen würde, dass sie sich änderte. Hatte sie sich diesbezüglich in ihm getäuscht?

„Vielleicht bist du ja derjenige, der *mein* Vertrauen nicht verdient hat", erwiderte sie.

Er runzelte irritiert die Stirn. „Was zum Henker soll das denn heißen?"

„Ich mag mein Wort gebrochen haben, aber doch nur, weil du mir keine andere Wahl gelassen hast", erklärte sie und hob herausfordernd das Kinn an. „Du wolltest nicht auf mich hören, hast nicht einmal in Erwägung gezogen, dass ich dir bei der

Mission zur Hand gehen könnte, was ich im Übrigen getan habe, denn immerhin war ich diejenige, die den Zugang zu De Witts Labor gefunden hat."

„Aber zu welchem Preis?", presste er hervor. „Verdammt, Tessa, du bist nachts allein durch die Gegend gerannt und in ein Haus eingebrochen. Weißt du denn nicht, wie gefährlich das ist? Dir hätte sonst was passieren können!"

„Also bist du deshalb wütend, weil du dich um meine Sicherheit sorgst?", unterbrach sie ihn.

„Ich bin wütend, weil du mein Vertrauen missbraucht hast", gab er zurück.

Immerhin war nun seine kühle Gefasstheit von ihm abgefallen. Gegen Sarkasmus und subtile Seitenhiebe vermochte sie nichts auszurichten (weswegen die gehässigen Mitschülerinnen im Internat ständig die Oberhand hatten), aber wenn es um direkte Konfrontation ging, war sie unschlagbar, da sie niemals klein beigab.

„Du meines doch ebenfalls", platzte sie heraus.

„Von wegen."

„Es ist die Wahrheit!"

„Inwiefern, hm?", verlangte er zu wissen.

Ihr war egal, dass sie allmählich die Beherrschung verlor, dass er sehen konnte, wie aufgewühlt sie war. „Weil du nicht an mich geglaubt hast. Weil du mich wie alle anderen Männer in meinem Leben behandelst: als sei ich nichts weiter als eine lästige Unruhestifterin!"

„Wenn du aufhören würdest, dich wie eine zu benehmen, würde man dich auch nicht wie eine behandeln", erwiderte er in beißendem Tonfall.

Nun reichte es aber! Diesen verbalen Abrieb wollte sie sich nicht länger gefallen lassen. Mit einem Schlag übermannten sie all die Erniedrigungen, die sie ein Leben lang über sich hatte ergehen lassen müssen.

„Glaubst du, es *gefällt* mir, mein Wort zu brechen? Ich versuche immer wieder, nüchtern und gefasst meine Sicht der Dinge darzulegen, aber *niemand* hört mir zu. Weder mein Vater noch mein Großvater noch du. Niemand schert sich um meine Ansichten und Gefühle. Niemand sieht den Menschen in mir, der ich wirklich bin. Sieht *mich*. Tessa." Sie hielt inne und deutete mit dem Finger auf sich selbst. „Eine Frau, ja, aber eine, die sowohl Herz als auch Verstand besitzt. Die nicht einfach tatenlos zusehen kann, während der Mann, den sie liebt, sich in Gefahr begibt. Hast du überhaupt eine Ahnung, wie *qualvoll* die Sorge um dich für mich ist? Nicht zu wissen, wo du bist oder was du gerade tust oder welchen Risiken du dich aussetzt ... *Uff!*"

Ihre Worte verloren sich in einem überraschten Ausruf, als Bennett einen Arm um ihre Taille legte und sie mit einem kräftigen Ruck auf seinen Schoß zog. Einen Augenblick lang saß sie völlig verdattert da, fest gegen seine harte Brust gepresst, und versuchte zu begreifen, was gerade geschehen war.

„Was um alles in der Welt ...?", stammelte sie.

„Sei still."

Wie konnte er es wagen? „Ich werde ganz sicher *nicht* still sein ..."

„Schön, aber dann verpasst du meine Entschuldigung."

Sie verstummte, lehnte sich ein wenig zurück und musterte ihn erwartungsvoll.

Seine Miene war noch immer angespannt, aber in seinen Augen funkelte etwas Verletzliches, Emotionales, wie Diamanten in der Dunkelheit. Unwillkürlich hielt sie den Atem an.

„Du bist keine lästige Unruhestifterin", begann er mit rauer Stimme. „Der einzige Grund, weshalb ich dich aus dieser Sache heraushalte, ist, dass ich dich beschützen möchte. Ich will nicht, dass du verletzt wirst."

„Und ich will dich beschützen." Da sie ihm nun ihre Karten gezeigt hatte, konnte sie den Einsatz ebenso gut verdoppeln und ihm die ganze Wahrheit gestehen. „Ich habe mich in dich verliebt, Bennett", sagte sie mit ruhiger Überzeugung. „Ich erwarte nicht, dass du meine Gefühle erwiderst. Es ist in Ordnung, wenn du es nicht tust. Wirklich. Meine Liebe ist ein Geschenk. Aber ich wollte ganz offen mit dir sein, denn meine Zuneigung für dich ist der wahre Grund, warum ich heute Abend mein Versprechen gebrochen habe. Ich kann nicht tatenlos dabei zusehen, wie der Mann, den ich liebe, allein in den Kampf zieht. Diese Art von Frau bin ich nicht und werde es auch nie sein."

„Tessa ..."

Sie brachte ihn mit einer Geste zum Schweigen, entschlossen, ihm zu sagen, was sie zu sagen hatte, bevor sie den Mut verlor. „Es war mein Fehler zu versuchen, jemand zu sein, der ich nicht bin. Ich dachte, wenn ich mich dir gegenüber sanftmütiger und gehorsamer verhalte, bestünde eine größere Chance, dass du mich ... magst." Obwohl sie vor Verlegenheit errötete, hielt sie seinem Blick stand. „Aber die Wahrheit ist, dass ich niemals eine andere sein kann als die Person, die ich bin. Es tut mir leid, dass ich dein Vertrauen missbraucht habe, aber ich muss an erster Stelle mir selbst treu bleiben. Wenn das bedeutet, dass du unsere ... Affäre beenden möchtest, dann soll es so sein", fügte sie schweren Herzens hinzu.

Nachdem sie geendet hatte, zitterte sie am ganzen Körper. Sie spürte, wie ihr die Tränen in die Augen stiegen und bot sämtliche ihrer Kräfte auf, um sie zurückzuhalten. Andernfalls fürchtete sie, in tausend Teile zu zerspringen.

„Du wirst niemals so sein wie alle anderen, Tessa."

Seine unverblümten Worte trafen sie wie ein Hieb mit dem Hammer. Ein stechender Schmerz durchfuhr sie, und diesmal konnte sie die Tränen nicht länger zurückhalten. Sie versuchte, sich aus seinem Griff loszueisen, doch seine starken Arme hielten sie zu fest umschlungen.

„Lass mich los", verlangte sie mit erstickter Stimme.

„Das kann ich nicht", murmelte er ihr ins Ohr. „Gott weiß, ich habe es versucht. Ich mag dich sehr, Tessa, und zwar genau deswegen, weil du anders bist als alle anderen. Ich bin in meinem ganzen Leben noch nie jemandem wie dir begegnet und werde es gewiss auch nie mehr, selbst wenn ich noch weitere fünfzig Jahre auf dieser Erde wandeln sollte."

Es dauerte einen Moment, bis seine Worte eingesunken waren.

Erstaunt legte sie den Kopf zurück und sah ihm in die Augen. „Du magst mich? Wirklich?"

„Wirklich." Zärtlich wischte er ihr mit dem Daumen eine einzelne Träne von der Wange. „Wie kannst du nur daran zweifeln?"

„Ich weiß ja, dass ich dir k-körperlich gefalle", schniefte sie. „Aber beim Rest war ich mir eben nicht sicher. Immerhin habe ich dir so viele Streiche gespielt, vor deinen Augen mit dem Herzog angebandelt, und heute Abend hast du mir gesagt, ich hätte dein Vertrauen nicht verdient ..."

„Aber doch nur, weil ich Angst um deine Sicherheit hatte, Liebling. Ich war wütend und habe mich dazu verleiten lassen, unüberlegte Dinge zu sagen." Er zögerte kurz, bevor er leise hinzufügte: „Ich wurde schon einmal belogen, deswegen reagiere ich etwas allergisch auf Unehrlichkeit."

Seine Worte riefen ihr die Nacht im Billardzimmer in Erinnerung, als er etwas Ähnliches angedeutet hatte.

„Wer hat dich belogen?", fragte sie zögernd.

Nachdem er nicht gleich antwortete, beeilte sie sich hinzuzufügen: „Ich will nicht neugierig sein. Das heißt, eigentlich bin ich es schon, aber nur, weil ich dich besser verstehen möchte.

Um dir gegenüber das Richtige zu tun. Die Richtige für dich zu sein."

„Dazu musst du einfach nur du selbst sein, Tessa. Ich bin derjenige, der sich mehr zusammenreißen sollte."

Seine Worte waren Balsam für ihre Seele.

„Du bist ebenfalls perfekt so, wie du bist", erwiderte sie sanft. „Aber wenn du je darüber reden möchtest ... dann bin ich für dich da."

Er betrachtete sie eine Weile lang schweigend. Gerade, als sie überzeugt war, dass er ihr Angebot ablehnen würde, begann er, ihr seine Geschichte zu erzählen.

„Vor einigen Jahren habe ich eine Frau umworben. Ich war in sie verliebt, und sie ließ mich glauben, dass sie meine Gefühle erwiderte. Ich vertraute ihr, wollte sie heiraten ... aber sie hat mein Vertrauen missbraucht", erklärte er tonlos. „Sie hatte nie die Absicht, meine Frau zu werden. Als ich endlich begriff, dass sie mich nur als Mittel zum Zweck benutzte, hatte sie längst meinen Ruf und meine Zukunftspläne ruiniert."

In Tessas Kopf drehte sich alles aufgrund dieses Geständnisses. Bennett sprach sonst kaum zwei Sätze, daher waren seine Enthüllungen umso schockierender.

„Du hast sie geliebt?", entfuhr es ihr.

„Ja."

Sie spürte, wie seine Oberschenkel sich unter ihrem Gesäß anspannten, und obwohl sie ihm nicht noch größeres Unbehagen bereiten wollte, konnte sie sich ihre nächste Frage nicht verkneifen.

„Liebst du sie noch immer?"

Bennett starrte sie entgeistert an. „Gütiger Himmel, nein."

Unbändige Erleichterung durchflutete sie. Wenigstens schmachtete er dieser geheimnisvollen Dame nicht länger hinterher.

„Gut. Sie hat deine Liebe auch nicht verdient", sagte sie

unverblümt. „Jede Frau, die dein Herz mit Füßen tritt, ist eine hirnlose Närrin."

Er musterte sie einen Augenblick lang forschend.

„Das meinst du wirklich ernst, nicht wahr?", murmelte er schließlich.

Sie nickte bekräftigend. „Wenn du mir ein so wertvolles Geschenk gäbest, würde ich es für immer in Ehren halten."

„Tessa ... Ich will dich nicht anlügen", begann er mit rauer Stimme. „Ich glaube nicht, dass ich mein Herz je wieder auf diese Weise öffnen, jemanden auf diese Weise lieben kann."

„Oh", hauchte sie nur. Was sollte sie auch sonst darauf sagen?

„Ich will dich. Ich mag dich. Und wenn dieser ganze Schlamassel ausgestanden ist, werde ich mich dir gegenüber ehrbar zeigen und um deine Hand anhalten, wenn du es zulässt." Er hielt inne und bedachte sie mit einem entschlossenen Blick. „Ich wäre dir ein treuer Ehemann, würde alles tun, um dich glücklich zu machen und dich mit meinem Leben zu beschützen. Dieses Versprechen kann ich dir guten Gewissens geben."

Sein Antrag ließ ihr Herz höherschlagen. Sie mochte zwar nicht seine Liebe gewinnen, dafür aber seine Leidenschaft und Hingabe. Wie viele Frauen konnten das von ihren Männern schon behaupten?

Freudiger Optimismus machte sich in ihr breit. Bennett wollte sie heiraten! Er mochte sie so, wie sie war!

Ich werde sein Vertrauen gewinnen, schwor sie sich insgeheim. *Und eines Tages auch sein Herz.*

„Ich will dich", flüsterte sie.

Sein Blick verdunkelte sich vor Begierde ... und einer Reihe anderer Emotionen, die sie nicht zu deuten vermochte.

„Dann gehörst du mir", erwiderte er.

Kapitel Einundzwanzig

Achtlos schob Harry seine Brille in eine seiner Manteltaschen, bevor er Tessa zu sich heranzog und sie fordernd küsste. Sie erwiderte den Kuss mit einem Eifer, der ihn um den Verstand zu bringen drohte.

Die ungezügelte Leidenschaft, die zwischen ihnen knisterte, ließ ihn all seine Sorgen vergessen ... Die Tatsache, dass er seine wahre Identität vor ihr verbarg, dass er keine Ahnung hatte, wie er sie dazu bringen sollte, ihn zu heiraten, sobald sie die Wahrheit erfuhr (an die Reaktion ihres Großvaters wollte er gar nicht erst denken), dass er ihr kaum das Leben zu bieten vermochte, das sie verdiente ...

Nichts davon spielte in diesem Augenblick eine Rolle. Es gab nur Tessa, ihr süßes Aroma, ihre weichen Rundungen.

Gott, wie perfekt sein Schwanz zwischen ihre prallen Gesäßbacken passte.

Ausnahmsweise war er froh über ihre knabenhafte Verkleidung, da er so leichter an das kam, was er begehrte. Kurzerhand riss er ihr Jacke und Krawattenschal vom Leib und vergrub das Gesicht in ihrer Halsbeuge, während er eine Hand unter ihr Hemd gleiten ließ. Sie wimmerte leise, als er eine ihrer festen

Brüste umschloss und mit dem Daumen neckisch über die steife Brustwarze rieb.

„Du bist so empfindlich hier“, murmelte er. „Ich wette, ich könnte dich allein durch das Liebkosen deiner perfekten Titten zum Höhepunkt bringen.“

„Darauf würde ich mein Geld setzen“, keuchte sie.

Ihre Unverblümtheit entlockte ihm ein amüsiertes Lächeln. Gleichzeitig beschlichen ihn Gewissensbisse, wenn er daran dachte, wie ungerecht er sie behandelt hatte. Wer war er schon, sie eine Lügnerin zu nennen? Sie gar mit Celeste zu vergleichen? Gut, sie mochte ihr Wort gebrochen haben, aber nicht, weil sie ihn hatte manipulieren oder verletzen wollen. Ihre Beweggründe waren reiner Natur gewesen, geboren aus Loyalität und ... Liebe.

Ich habe mich in dich verliebt, Bennett.

Verdammt, er hatte ihre Liebe nicht verdient. Er verdiente *sie* nicht.

Mehr als alles andere sehnte er sich nach dem Tag, an dem er endlich seinen wahren Namen aus ihrem Mund hören würde. Aber bis dahin wollte er jede einzelne Sekunde genießen, in der er sie in den Armen halten durfte. Entschlossen schob er ihr Hemd nach oben. Im Halbdunkel der Kutsche strahlte ihre Haut wie feinster Alabaster. Ihre lieblichen, zartrosa Nippel ragten ihm entgegen, und ohne eine weitere Sekunde zu verschwenden, beugte er sich hinunter und begann, an ihnen zu saugen.

Sie vergrub die Finger in seinem Haar und wand sich genüsslich auf seinem Schoß, während er abwechselnd ihre festen, kleinen Knospen verwöhnte. Nach ein paar Minuten öffnete er ihre Hose und schob eine Hand hinein. Ein kehliges Stöhnen entwich ihm, als er feststellte, wie feucht und bereit sie für ihn war. Ohne Umschweife fuhr er mit dem Finger an ihren geschwollenen Schamlippen entlang, bevor er dazu überging, ihre empfindliche Perle zu reiben, bis sie mit einem erstickten Schrei kam.

Er küsste sie fordernd, während er darauf wartete, dass ihr Puls sich beruhigte und sie aufhörte, vor Ekstase am ganzen Körper zu zittern.

Als er ihr bezauberndes, rosiges Gesicht betrachtete, beschloss er, Ambroses Kutscher ruhig noch eine Runde drehen zu lassen. Das Risiko war es ihm wert, denn mehr als alles andere wollte er Tessa einen weiteren Orgasmus bescheren, was, wenn man es recht bedachte, nicht allzu lang dauern dürfte. Wie mit allem anderen, hielt sie sich mit ihrer Leidenschaft nicht zurück.

Allein der Gedanke an ihre ungezügelte Lust ließ ihn beinahe selbst kommen. Spielerisch knabberte er an ihrer geschwollenen Unterlippe und flüsterte: „Bereit für die nächste Runde, mein Herz?"

Obwohl er die Antwort bereits kannte, verlor er bei ihrem sinnlich-heißeren „O ja" beinahe die Beherrschung.

Er konnte es kaum erwarten, ihren Nektar auf seiner Zunge zu kosten.

„Dann leg dich hin", wies er sie an.

Er hob sie von seinem Schoß, um sie auf das gegenüberliegende Sitzkissen zu drücken, aber sie entzog sich seinem Griff.

„Das will ich nicht", erwiderte sie bestimmt.

Nicht, dass ihre Launenhaftigkeit überraschend kam ... Aber dennoch war er überrascht. „Äh, na gut, dann lasse ich den Fahrer wissen, dass er ..."

Er brach ab und beobachtete mit zunehmendem Staunen, wie sie ihre Jacke auf den Boden warf und sich zwischen seinen Knien darauf niederließ. Als ihre Finger sich an der Knopfleiste seiner Hose zu schaffen machten, fand er schließlich die Sprache wieder.

„Was ... was tust du da?" Natürlich hatte er einen Verdacht, aber allein der Gedanke an diese Möglichkeit ließ seine Erektion so schmerzhaft anschwellen, dass seine Knöpfe von allein abzuspringen drohten.

„Ich will nicht immer nur von dir verwöhnt werden, sondern dir auch etwas zurückgeben.“

Gütiger Himmel. Gelähmt vor Lust sah er zu, wie sie seinen Schwanz umschloss. Sein Schaft war mittlerweile so steif und prall, dass sie ihn kaum mit einer Hand zu umgreifen vermochte. Sanft ließ sie ihre Finger über die pulsierenden Venen wandern, während sie ihm einen verruchten Blick zuwarf, der seinen schmutzigsten Fantasien entsprungen sein musste.

„Es gefällt mir, dich zu berühren“, murmelte sie und ließ ihre Faust von der Wurzel seines Glieds bis zur Eichel gleiten.

„Ich mag es, von dir berührt zu werden.“ *Das war die Untertreibung des Jahrhunderts.*

„Mache ich es so richtig?“, fragte sie mit einem neckischen Lächeln. „Ich versuche, mich an die vergangene Lektion zu erinnern, Professor.“

Verdammt, konnte sie seine Gedanken lesen? Wusste sie um seine erotischen Fantasien, sie zu züchtigen und ihre wilde Energie für weitaus explizitere Aktivitäten einzusetzen, anstelle von Streichen? Mit keiner seiner bisherigen Liebhaberinnen hatte er je ein solches Level an Intimität erlebt, diese einzigartige Kombination aus Lust, Humor und Zärtlichkeit. Nie zuvor hatte er den Wunsch verspürt, das Liebesspiel in die Länge zu ziehen, um mit seiner Partnerin, na ja, … zu spielen.

„Du machst das hervorragend“, gestand er ihr zu. „Allerdings könntest du etwas fester zupacken und mich härter reiben.“

„So etwa?“ Ihr sinnliches Schmollen brachte ihn beinahe um den Verstand. „Aber du bist so groß, dass ich meine Finger gar nicht richtig um dich schließen kann.“

„Dann nimm die andere Hand dazu, mein Herz."

Sie folgte seinem Vorschlag, und er wurde halb wahnsinnig vor Lust, während er beobachtete, wie ihre zarten Finger ihn verwöhnten. Als sie sich nach vorne beugte, bis ihre Lippen nur noch wenige Zentimeter von seiner Eichel entfernt waren, stockte ihm der Atem. Verdammt, wollte sie etwa ...?

„Du hast nicht nur deine Hände benutzt", murmelte sie, und ihr heißer Atem an seiner empfindlichen Haut jagte ihm einen elektrisierenden Schock durch den Körper. Verzweifelt krallte er sich in den Sitzpolstern fest. „Soll ich dasselbe tun wie du?"

Gott, ja!

„Nur, wenn du es willst, mein Herz", presste er hervor.

Statt einer Antwort senkte sie den Kopf und ließ die Lippen federleicht über seine geschwollene Eichel streifen.

Ein dicker Lusttropfen quoll aus seinem Schlitz und perlte an seinem Schaft hinunter.

Sie beobachtete ihn fasziniert, dann beugte sie sich vor und *... leckte ihn ab.*

Die sinnliche Berührung, gepaart mit dem erotischen Anblick, den sie dort unten zwischen seinen Schenkeln bot, während ihre Zunge genüsslich um die Spitze seines Glieds kreiste, entlockte ihm ein kehliges Stöhnen. Mit jeder weiteren, zaghaften Liebkosung verspannten sich seine Muskeln, und sein Atem ging immer schneller und flacher. Ihre unerfahrenen Berührungen trieben ihn an den Rand der Ekstase, schafften es jedoch nicht, ihm die ersehnte Erlösung zu bringen. Mit einem Anflug von Belustigung realisierte er, dass sie wieder einmal ihre Fähigkeit unter Beweis stellte, die Grenzen seiner Selbstbeherrschung bis zum Äußersten zu strapazieren.

Nach einer Weile blickte sie fragend zu ihm auf. „Ist es so richtig?"

„Du bist ein Naturtalent, Liebling." Angesichts ihres

stolzen Strahlens musste er ein Grinsen unterdrücken. „Aber wenn ich dir ein paar Tipps geben dürfte ...?"

„Nur zu, Professor."

Gott, wie er ihr freches Mundwerk *liebte*.

Einen Augenblick lang überlegte er, wie er die Informationen verpacken sollte. In eine derartige Situation war er noch nie zuvor geraten. Bei einer erfahrenen Liebhaberin oder Dirne hatte er nie das Thema Fellatio zur Sprache bringen müssen, und bei einer Dame wäre es ihm im Traum nicht eingefallen. Aber Tessa war sowohl unerfahren als auch experimentierfreudig, und er wollte nichts falsch machen, wenn es um sie ging. Dieses Erlebnis sollte etwas Besonderes für sie werden ... Außerdem wollte er der einzige Mann auf Erden sein, der es je mit ihr teilen würde.

„Erinnerst du dich an die Zitronendrops, die ich dir geschenkt habe?", fragte er und strich ihr eine widerspenstige Locke hinters Ohr. „Wie genüsslich du daran gelutscht hast?"

Sie legte den Kopf schief. „Ja?"

„Stell dir einfach vor, ich sei ein Zitronenbonbon."

Sie riss die Augen auf, und selbst im Halbdunkel der Kutsche sah er, wie sich Erkenntnis und Aufregung über ihre Züge ausbreiteten. „Du meinst ... etwa so?"

Er stöhnte laut auf, als sie den Mund um seine glänzende Eichel schloss.

„Ja, so ist es gut. Nimm mich so tief in dir auf, wie du ... Ah, *verdammt*." Keuchend warf er den Kopf in den Nacken und schloss die Augen.

Sie konnte also doch Befehle befolgen ... und zwar mit *ausgezeichnetem* Ergebnis. Eifrig legte sie die Finger um die Wurzel seines Schafts, während der Rest seiner massiven Erektion zwischen ihren warmen, feuchten Lippen verschwand. Erst waren ihre Bewegungen langsam und zögernd, doch mit jedem Auf und Ab wurde sie immer selbstbewusster und schneller.

Das Blut in seinen Adern fühlte sich an wie flüssige Lava. Genüsslich beobachtete er, wie sie zwischen seinen Beinen kniete und ihn mit Hingabe verwöhnte, wobei ihre langen, wilden Locken ihm wie ein seidener Vorhang über die Schenkel fielen. Instinktiv streckte er eine Hand aus und legte sie an ihre Wange. Als er seinen steinharten Schwanz durch ihre samtweiche Haut spürte, verlor er beinahe die Beherrschung. Schnell schob er sie von sich und zog sie nach oben auf seinen Schoß.

„Ich war noch nicht fertig", schmollte sie.

Gott, sie war so hinreißend, dass er sie einfach küssen musste. Seine salzige Essenz auf ihren Lippen zu kosten, trieb ihn gefährlich nahe an den Rand der Ekstase.

„Es war zu knapp, mein Herz", gestand er ihr. „Ein Gentleman kommt nicht im Mund einer Dame."

„Oh." Nachdenklich runzelte sie die Stirn. „Aber, äh ... Ich bin doch auch in deinem gekommen?"

Verdammt noch mal. Sie war einfach zu viel für ihn. Lang würde er nicht mehr an sich halten können.

Ohne eine weitere Sekunde zu verlieren, schob er seine Hand in ihre geöffnete Hose und ließ einen Finger zwischen ihre geschwollenen Schamlippen gleiten. Sofort zogen ihre Scheidenmuskeln sich um ihn zusammen.

Sie wölbte sich ihm entgegen und klammerte sich verzweifelt an seine Schultern. „Ah, *Bennett*!"

„Reite meinen Finger", wies er sie an. „Auf und ab. Nimm mich so tief in dir auf, wie du kannst."

Auf seinen Befehl hin ließ sie die Hüften kreisen, und er atmete scharf aus, als er merkte, wie sein Mittelfinger immer tiefer in ihrer feuchten Hitze verschwand. Mit jeder Bewegung zogen sich ihre Muskeln fester um ihn zusammen, als wollten sie mehr von ihm in sich spüren. Er folgte der stummen Aufforderung und führte zwei weitere Finger in sie ein, während er mit dem Daumen über ihre Perle zu reiben begann.

„O Gott!", stöhnte sie. „Es ist zu viel, ich ..."

„Du gewöhnst dich gleich daran", versprach er ihr mit heiserer Stimme.

Und er sollte recht behalten, denn nur wenige Sekunden später ritt sie seine Finger mit einem lustvollen Eifer, der sein Blut in Wallung brachte. Mit jeder Bewegung klatschte seine Handfläche gegen ihre triefenden Schamlippen. Während er unablässig ihre Perle reizte, packte er mit der anderen Hand seinen schmerzhaft harten Schaft und stellte sich vor, ihre pulsierende Pussy würde statt seiner Finger seinen Schwanz in sich aufnehmen. Der Gedanke brachte das Fass zum Überlaufen.

„Küss mich, Tessa", keuchte er.

Sie presste ihre Lippen auf die seinen und ließ sich schwungvoll zurück auf seine Finger sinken, in dem verzweifelten Versuch, sie tief in sich an ihrer besonderen Stelle zu spüren. Offenbar hatte sie damit Erfolg, denn plötzlich erstarrte sie, als wäre sie vom Blitz getroffen worden. Ihre lustvollen Schreie vibrierten gegen seinen Mund, und das wilde Zucken ihrer Scheidenmuskeln jagte ihm einen elektrisierenden Schock durch den Körper. Seine Hoden zogen sich zusammen und er stöhnte laut auf, als er sich heiß und schier endlos über seine Faust ergoss.

Erschöpft ließ sie sich gegen ihn fallen, und mit ein wenig Bedauern zog er seine Finger aus ihr zurück. Der stickige Geruch ihres Liebesspiels hing noch in der Luft, während er versuchte, erst ihre und dann seine Kleidung zu richten, bevor er sie wieder in seine Arme zog. Eine Weile lang verharrten sie schweigend und ließen sich von dem Rattern der Kutschenräder einlullen.

„Bennett?", fragte sie schließlich mit schläfriger Stimme.

„Ja, mein Herz?“

„Falls ich es noch nicht erwähnt habe: Es gefällt mir, die Deine zu sein.“

Ihre Worte schnürten ihm die Kehle zu. Wie immer fiel es ihm außerordentlich schwer, seine Gefühle auszudrücken. Alles, was er hervorbrachte, war: „Gut, denn das bist du.“

Es war nicht viel, aber sie schien zufrieden zu sein. Seufzend kuschelte sie sich an ihn und war wenige Minuten später eingeschlafen.

Harry wies den Kutscher an, sie nach Hause zu bringen. Während das Gefährt durch die Dunkelheit rollte, überkam ihn die unaussprechliche, aber eindeutige Gewissheit, dass sich mit dieser Nacht alles verändert hatte.

Kapitel Zweiundzwanzig

Am nächsten Morgen betrat Harry ein Etablissement, das den Namen „Will Nightingales Kaffeehaus" trug. Gemeinsam mit Ming und einer Gruppe bewaffneter Wachmänner bildete er Bartholomew Blacks Entourage für dessen anstehendes Treffen mit den Herzögen der Unterwelt. Als er Blacks Hochburg betrat, hatte er das Gefühl, in der Zeit zurückgereist zu sein. Kaffeehäuser waren schon vor Jahrzehnten aus der Mode gekommen, und während dieses einen gepflegten Eindruck machte, gehörte die altmodische Einrichtung doch dem vorangegangenen Jahrhundert an.

Hobelspan auf dem Boden dämpfte die schweren Schritte der Gäste. Die Wände waren mit dunklem Holz verkleidet und hier und da mit Jagdtrophäen behangen, die mit gläsernen Augen ins Leere starrten. Neben den verschlissenen Tierköpfen prangten fragwürdige Aquarellgemälde, die nur von einer bestimmten Person stammen konnten. Harry musste ein Schmunzeln unterdrücken. An seiner Tessa war wahrhaftig kein Künstler verloren gegangen.

Wenn es jedoch darum ginge, eine zukünftige Gemahlin zu wählen, die entweder hübsch malen konnte oder zügellose

Leidenschaft besaß ... Nun, die Entscheidung fiele ihm nicht sonderlich schwer. Allein die Erinnerung an ihr erotisches Stelldichein während der Kutschfahrt am Abend zuvor brachte sein Blut in Wallung. Energisch schob er die unangebrachten Gedanken beiseite. Er durfte sich nicht von seinen Fantasien ablenken lassen, während er es mit einem Haufen Halsabschneider zu tun hatte ... von denen einer Tessas Großvater war.

Der Inhaber des Kaffeehauses verneigte sich vor Black und versicherte ihm, dass sein üblicher Tisch bereitstehe. Harry folgte seinem Arbeitgeber an den anderen Gästen vorbei, die allesamt in ehrfürchtiges Schweigen verfielen, als sie den König der Unterwelt erblickten. Ein Bursche erhob sich, zog seine Kappe und dankte Black stammelnd dafür, dass er ihm eine Anstellung verschafft hatte, was dieser im Vorübergehen mit einem knappen Nicken quittierte.

Blacks üblicher Platz entpuppte sich als massiver Eichentisch, der eine abgeschirmte Nische ausfüllte. Schwere, rote Samtvorhänge waren zurückgebunden, boten, wenn nötig, aber zusätzliche Privatsphäre. Insgesamt gab es acht Sitzplätze, von denen der kunstvoll geschnitzte, thronähnliche Stuhl am Kopfende des Tisches zweifellos Black gehören musste.

Nachdem der König der Unterwelt sich darauf niedergelassen hatte, stellte Ming sich wie immer hinter seinen Herrn. Harry schickte sich an, es ihm gleichzutun, wurde jedoch von Black aufgehalten.

„Bennett, hierher." Der Halsabschneider deutete auf den Platz zu seiner Rechten. „Ich will mit Ihnen reden, bevor die anderen eintreffen."

Harry warf Ming einen flüchtigen Blick zu. Der Chinese hob kaum merklich die Brauen, was dem überraschten Ausruf eines gewöhnlichen Mannes entsprach. Argwöhnisch ließ er sich auf dem angewiesenen Stuhl nieder. Einige Augenblicke lang musterte Black ihn schweigend, während er mit seinen beringten Fingern auf den Tisch trommelte. Ein junger Kellner kam mit einer silbernen Kanne herbeigeeilt und füllte ihre Tassen mit einer dampfenden, dunklen Flüssigkeit.

Ohne Eile begann Black, Sahne und Zucker in seinen Kaffee zu rühren. Mit jeder Minute, die verstrich, wurden Harrys arme Nerven mehr auf die Zerreißprobe gestellt. Ihm wurde immer unbehaglicher zumute. Blacks Benehmen gefiel ihm ganz und gar nicht.

Seine Intuition sollte recht behalten, denn im nächsten Augenblick fragte sein Arbeitgeber: „Was ist Ihr Geheimnis, Bennett?"

Gottverdammt, weiß er etwa über Tessa und mich Bescheid? Bei dem Gedanken bekam Harry ganz klamme Hände. *Oder hat er herausgefunden, dass ich für die Gendarmerie arbeite?*

„Äh, welches Geheimnis meinen Sie, Sir?", presste er hervor.

„Na, wie Sie es anstellen, mit meiner Tessie fertigzuwerden", erklärte Black ungeduldig. „Vor Ihnen hab ich unzählige andere Leibwächter beschäftigt, und keiner von denen hat es je geschafft, sie zu bändigen. Aber seit Sie die Stelle angetreten haben, benimmt sie sich lammfromm."

Eine Welle der Erleichterung übermannte Harry. Gleichzeitig kam er nicht umhin, sich zu wundern. Wenn Black Tessas Verhalten während der vergangenen zwei Wochen als lammfromm bezeichnete, wie ungestüm musste sie dann erst vorher gewesen sein?

„Hab Ihnen doch schon zu Anfang gesagt, dass sie 'n lebhaftes Mädel ist", fügte Black hinzu, als hätte er seine Gedanken gelesen. „Aber beim Frühstück heute Morgen war sie so nett und gehorsam wie sonst noch was. Hat mir gleich erzählt, dass die Schneiderin vorbeikommt, um ihre Maße für Ransoms Maskenball zu nehmen, ohne sich darüber zu beschweren oder darauf zu bestehen, dass sie mich zu diesem

Treffen begleiten will." Der Halsabschneider hielt inne und schnaubte beeindruckt. „Da haben Sie 'n wahres Wunder vollbracht."

Harry hielt es für das Beste, ihm nicht zu verraten, auf welche Weise er Tessa dazu bekommen hatte, sich ihm zu fügen. Er wusste, dass sie dem Termin mit der Schneiderin nur wegen der Abmachung mit ihrem Großvater zustimmte. Sie wollte unbedingt sicherstellen, dass Harry ihn beschützte, und ihre Liebe und Loyalität waren nun einmal stärker als alles andere.

Außerdem vermutete er, dass noch etwas anderes hinter ihrer Bereitschaft steckte, an dem Maskenball teilzunehmen: die Einladung, die sie in De Witts Korrespondenz gefunden hatten. Obwohl sie Harry nur allzu bereitwillig geschworen hatte, sich dem Wissenschaftler nicht zu nähern, falls dieser auftauchen sollte, zweifelte er an ihrer Aufrichtigkeit. Wieder einmal würde er sie genauestens im Auge behalten müssen. Glücklicherweise erlaubte ihm die Tatsache, dass alle Gäste Masken tragen würden, sich unerkannt unter die Menge zu mischen.

„Das war nicht weiter schwer", erwiderte er mit Bedacht. „Sie ist eine außergewöhnliche junge Dame."

„So kann man es auch nennen", schmunzelte Black und trank einen Schluck von seinem Kaffee. „Ich bin jedenfalls froh, dass sich zur Abwechslung mal jemand anderer mit ihren Mätzchen herumschlagen muss."

„Miss Todd meint es nur gut. Sie ist loyal und wünscht sich nichts sehnlicher, als ihre Familie stolz zu machen", entfuhr es ihm, bevor er sich zurückhalten konnte.

Black musterte ihn argwöhnisch. „Sie scheinen meine Enkelin ja recht gut zu kennen, was?"

Besser, als Sie es sich vorstellen können. „Es ist offensichtlich, dass sie einen bemerkenswerten Charakter besitzt."

„Allerdings. Sie finden also auch, dass meine Tessie unter allen Umständen beschützt werden muss, Bennett?"

„Absolut, Sir."

„Und sollte der Zeitpunkt kommen, wo ich nicht für sie da sein kann, würden Sie sich um ihre Sicherheit kümmern, ja?"

Harry runzelte die Stirn. „Warum sollten Sie nicht da sein?"

„Das war nur hypothetisch gemeint. Man muss für alle Eventualitäten gewappnet sein." Black lehnte sich dichter zu ihm heran und fügte mit gedämpfter Stimme hinzu: „Nachdem ich geseh'n hab, wie Sie mit dem Höllenfeuer-Angriff umgegangen sind, weiß ich, dass ich Ihnen vertrauen kann. Sollte es dazu kommen, will ich, dass Sie Tessie in Sicherheit bringen. Gibt es einen Ort, an dem Sie sie verstecken können?"

„Wie bitte?" Eine ungute Vorahnung überkam ihn bei diesen Worten.

„Haben Sie einen geheimen Rückzugsort, an den Sie sie bringen können, falls mir was zustößt? Außerhalb von London, meine ich. Irgendwo, wo meine Feinde sie niemals finden würden."

Harry musste an Chudleigh Crest denken, das verschlafene Nest in Berkshire, in dem er und seine Geschwister aufgewachsen waren. „Ja, ich kenne einen geeigneten Ort."

„Behalten Sie ihn für sich. Verraten Sie niemandem was davon, nicht mal mir. Und sollte der Tag kommen, an dem Sie mit Tessie fliehen müssen ... dann begeben Sie sich unverzüglich dorthin und warten auf weitere Anweisungen, verstanden?"

„Verstanden." Was sollte er auch sonst darauf antworten? Natürlich würde er Tessa mit seinem Leben beschützen.

„Sehr gut." Black lehnte sich in seinem Stuhl zurück und setzte eine undurchdringliche Miene auf. „Da sind ja unsere Gäste."

Harry erhob sich, als er die Neuankömmlinge erblickte. Die

Leibwächter der Herzöge blieben einige Meter vom Tisch entfernt stehen und bildeten eine Mauer zwischen der Nische und dem restlichen Schankraum. Er erkannte Malcolm Todd unter ihnen, aber die anderen drei Männer waren ihm fremd.

Ein kräftiger Hüne mit rotem Haar und grau meliertem Bart trat vor und verneigte sich. Er war ziemlich untersetzt und hatte dieselben verschlagenen Augen wie sein Sohn ... Dewey O'Toole.

„Einen schönen guten Morgen wünsch ich dir, Black", sagte er mit aufgesetzter Heiterkeit.

„Ich dir ebenfalls, O'Toole", erwiderte der König der Unterwelt und sah sich suchend um. „Wo ist denn dein Junge? Dachte, er soll lernen, wie das Geschäft läuft?"

„Dewey ist kein Frühaufsteher. Weißt ja, wie die jungen Leute so drauf sind", erwiderte der rothaarige Mann unbekümmert.

„Ich weiß nur, dass wir alle besser dran wären, wenn die jüngere Generation mehr Einsatz zeigen würde, statt rumzulungern und Ärger zu machen."

O'Toole bemühte sich sichtlich, seine gut gelaunte Fassade aufrechtzuerhalten.

Black bedeutete ihm, auf dem Stuhl zu seiner Linken Platz zu nehmen, bevor er sich an den nächsten Herzog wandte.

„Severin Knight. Lange nicht geseh'n."

„Mr Black. Verzeihen Sie mir, dass ich Ihnen in letzter Zeit so wenig Respekt erwiesen habe." Knights geschliffene Ausdrucksweise stand in starkem Widerspruch zu seinen rauen Zügen und seiner kräftigen Statur. Der luxuriöse Seidenstoff seines Krawattentuchs schmeichelte dem dunklen Ton seiner Haut. „Das Geschäft hat meine gesamte Aufmerksamkeit gefordert."

„Da bist du nicht der Einzige. Setz dich."

Knight neigte höflich den Kopf, bevor er sich neben O'Toole niederließ.

Schließlich trat der letzte der unbekannten Männer nach vorne. Auch ohne das Ausschlussverfahren hätte Harry dank der Berichte seiner Schwestern mittlerweile erraten können, um wen es sich handelte. Laut ihnen war Adam Garrity ein kultivierter Gentleman, dessen attraktives Aussehen von seiner kaltblütigen, skrupellosen Aura überschattet wurde. Wie immer trafen sie mit ihren ausführlichen Beschreibungen ins Schwarze.

Obwohl der Geldverleiher weder das größte noch das stämmigste oder lauteste Mitglied der Gruppe war, strahlte er eine unterschwellige, bedrohliche Autorität aus. Er war schlank und drahtig und hatte tiefschwarze, wachsame Augen. Seine dunklen, buschigen Brauen und die markanten Wangenknochen verliehen ihm eine gewisse Seriosität. Als er zum Gruß den Kopf neigte, bewegte sich kein Haar auf seinem perfekt frisierten Haupt.

„Danke, dass du gekommen bist, Garrity", sagte Black.

„Es ist mir wie immer ein Vergnügen." Der Geldverleiher fixierte Harry mit einem interessierten Blick, woraufhin dieser sich unwillkürlich versteifte. „Ein neuer Leibwächter?"

„In Zeiten wie diesen ist zusätzliche Sicherheit unabdingbar", erwiderte Black vage.

„Allerdings", stimmte Garrity ihm zu und begab sich zu einem Platz am anderen Ende des Tisches.

Nun blieb nur noch Malcolm Todd übrig, der den Blick über die verfügbaren Stühle wandern ließ. Offensichtlich unzufrieden mit der Auswahl, marschierte er zu Harry hinüber und blaffte ihn an: „Steh auf und stell dich zu dem Chinesen rüber!"

„Bennett bleibt, wo er ist", mischte Black sich ein. „Setz dich gefälligst auf einen der freien Plätze."

Todd starrte Harry wütend an, bevor er sich widerwillig

dem Befehl seines Schwiegervaters beugte. Harry blieb auf dem begehrten Stuhl zu Blacks rechter Seite sitzen und spürte, wie die übrigen Männer ihn abwägend musterten. Irgendetwas Bedeutungsvolles war gerade geschehen, auch wenn er nicht genau sagen konnte, was.

Mehrere Kellner kamen herbeigeeilt und schenkten ihnen Kaffee nach, während gleichzeitig eine Auswahl an Fleisch, Käse und Backwaren serviert wurde. Sobald sie sich wieder entfernt hatten, nickte Black seinen Wachmännern zu, die auf sein Geheiß hin die Samtvorhänge schlossen, um ihnen mehr Privatsphäre zu verschaffen.

„Kommen wir direkt zur Sache. Ich habe euch nicht zu 'nem Kaffeekränzchen hergebeten", ergriff Black das Wort.

„Das ist uns durchaus klar", erwiderte O'Toole, der gerade dabei war, einen Keks in seinen Kaffee zu tauchen. „Also, worum geht's?"

„Unter uns befindet sich ein Verräter. Wir müssen ihn finden und ausmerzen."

Harry hätte sich denken können, dass der König der Unterwelt den direkten Weg wählen würde. Die unverblümte Ansage wurde mit argwöhnischen, verunsicherten Blicken quittiert.

„Damit meinst du doch wohl nicht diejenigen, die an diesem Tisch sitzen?", wollte O'Toole wissen.

„O doch, genau die meine ich. Jeder von euch weiß, dass ich letzten Monat vor diesem Kaffeehaus angegriffen wurde. Wer das Gegenteil behauptet, ist ein elender Lügner. Einer von euch ist mir in den Rücken gefallen. Ich gebe demjenigen hier und jetzt die Chance, sich zu stellen."

„Deine Unterstellungen gefall'n mir ganz und gar nicht, Black. Ich bin kein Verräter!", rief O'Toole aufgebracht und gestikulierte dann energisch zu den anderen. „Die feinen Herren hier im Übrigen auch nicht."

Falls er gehofft hatte, eine Rebellion anzuzetteln, wurde er bitter enttäuscht. Knight wirkte nachdenklich, Garrity eher amüsiert.

„Es liegt wohl kaum in der Natur eines Verräters, sich zu enttarnen", merkte der Geldverleiher an. „Sie haben doch nicht ernsthaft geglaubt, dass einer von uns die Verantwortung übernehmen würde?"

„Natürlich nicht. Aber miese Ratten treibt für gewöhnlich nur eines an: Selbsterhaltung."

Black ließ den Blick über die Runde schweifen, und Harry bemerkte, dass keiner der anderen Männer es wagte, wegzuschauen, ob nun aus Angst, Trotz oder als Beweis ihrer Stärke blieb dahingestellt.

„Als ich meine Herrschaft über dieses Gebiet angetreten habe, lagen zwei von euch noch in den Windeln. Deswegen erinnert ihr euch womöglich nicht an die schlimmen Zeiten, als Chaos und Gewalt das Elendsviertel regierten. Die Gesetze der Gesellschaft zielen darauf ab, Männer wie uns zu unterdrücken, aber das bedeutet nicht, dass wir nicht unsere eigenen Regeln brauchen. Aus diesem Grund habe ich damals das Gebiet aufgeteilt und das Abkommen geschlossen. Wir mögen Halsabschneider, Diebe und Geldverleiher sein, doch wir haben unseren eigenen Ehrenkodex, der verlangt, dass wir unseren Besitz beschützen und unseren Verbündeten gegenüber loyal sind. Daran will ich euch heute erinnern. Ein Angriff auf mich ist auch ein Angriff auf unsere Lebensweise. Wenn die Brüder der Unterwelt anfangen, gegeneinander zu kämpfen, schwächt das uns alle."

Mit jedem Wort wuchs Harrys Bewunderung für Black. Der alte Halsabschneider mochte in den Augen der Gesellschaft für diverse Verbrechen verantwortlich sein, aber zumindest lebte er strikt nach seinen eigenen Verhaltensregeln und sorgte im Londoner Elendsviertel für Recht und Ordnung. Ohne ihn würde zweifellos das Chaos regieren.

„Wir waren zwar nicht immer einer Meinung, aber ich bin dir dankbar für alles, was du geleistet hast, Black", ergriff wieder einmal O'Toole als Erster das Wort. „Allerdings gefällt es mir gar nicht, eines Verbrechens bezichtigt zu werden, das ich nicht begangen habe. Hast du irgendwelche Beweise, die belegen, dass einer von uns der vermeintliche Verräter ist?"

„Ihr alle standet mit John Loach in Verbindung, dem Bastard, der versucht hat, mich umzubringen."

Harry beobachtete die drei Herzöge scharf, doch keiner von ihnen zeigte auf Blacks Antwort hin eine verdächtige Gemütsregung. Mit einem Mal lag jedoch etwas Bedrohliches in der Luft, als brauten sich dunkle Sturmwolken über ihnen zusammen. Sein Bauchgefühl sagte ihm, dass jeder der Anwesenden mit dem eben genannten Namen vertraut war.

„Das hat nichts zu bedeuten. Loach war im Elendsviertel bekannt wie ein bunter Hund", sagte Knight mit ausdrucksloser Miene, obwohl er gerade zugegeben hatte, den Schuldigen zu kennen.

„Nicht nur dort", fügte Garrity ebenso gelassen hinzu. „Meinen Quellen zufolge arbeitete er gelegentlich als Informant für einen gewissen Inspector Davies."

Harry jagte ein eisiger Schauer über den Rücken. *Teufel noch eins ... Loach hat für Davies gearbeitet? Warum hat er mir das verschwiegen, als ich ihm von dem versuchten Mordanschlag auf Black erzählte?*

„Du scheinst ja viel über den Kerl zu wissen", bemerkte O'Toole spitz und musterte den Geldverleiher argwöhnisch.

Garrity zuckte unbekümmert mit den Achseln. „Ich weiß viel über so ziemlich jeden, insbesondere diejenigen, die mir Geld schulden. Loach war einer meiner langjährigen Kunden. Wenn die Situation es verlangte, verkaufte er Informationen an die Gendarmerie, um seine Fristen bei mir einzuhalten."

„Du meinst, wenn einer deiner Schläger damit gedroht hat,

ihm andernfalls die Kniescheiben zu zertrümmern, was?", mischte Todd sich in höhnischem Tonfall ein.

Garrity bedachte ihn mit einem messerscharfen Lächeln. „Meine Methoden sind vertraulich."

„Du nimmst Geld von Spitzeln?", fragte O'Toole angewidert.

„Ich nehme Geld von denjenigen, die es mir schulden", erwiderte Garrity kühl. „Wie bedauerlich, dass Loach das Zeitliche gesegnet hat. Er musste noch ein Darlehen von fünfhundert Pfund abbezahlen."

„Das reicht jetzt", donnerte Black. „Loach mag tot sein, aber die Bedrohung ist es noch lange nicht. Jemand hat sowohl das Gilded Pearl als auch mein Heim mit derselben Waffe angegriffen, einem Sprengstoff, der ganze Viertel und Gebietsgrenzen zerstören kann. Habt ihr das jetzt endlich kapiert? Niemand an diesem Tisch ist sicher."

Eine seltsame, elektrische Energie knisterte in der stickigen Luft der Nische. Insgeheim gratulierte Harry Black zu dessen brillantem Schachzug. An den Selbsterhaltungstrieb der Herzöge zu appellieren, gewährleistete ihm deren Unterstützung und würde hoffentlich auch den Verräter aus seinem Versteck locken.

„Was können wir tun?", fragte Knight.

„Liefert mir die Ratte aus", erwiderte Black. „Ich gebe euch eine Woche. Findet den Verräter, ansonsten sehe ich mich gezwungen, die Führungsriege gründlich zu säubern ... mit welchen Mitteln auch immer."

Nachdenkliche Blicke machten die Runde. Das Ultimatum war eindeutig, ebenso wie die Frage, die jedem der Angeklagten durch den Kopf ging: *Wer von uns ist der Schuldige?*

„Das wäre alles", erklärte der König der Unterwelt.

Garrity, Knight und O'Toole verabschiedeten sich und verließen die Nische, Todd hingegen blieb stur sitzen.

Kaum, dass die Wachmänner den Vorhang zugezogen hatten, wandte Black sich an seine Begleiter: „Und?"

Ming schüttelte den Kopf. „Weiß nicht. Könnten alle schuldig sein."

„Mir gefällt dieser Bastard Garrity nicht", sagte Todd mit säuerlicher Miene. „Vertraue nie einem Kerl, der Geld von Polizeispitzeln nimmt. Womöglich stecken die verdammten Bullen hinter der ganzen Sache! Kann doch sein, dass sie Loach dafür bezahlt haben, dich umzulegen. Immerhin haben sie schon alles Mögliche versucht, um dich dranzukriegen."

Unvermittelt schossen Harry die Worte seines Vorgesetzten durch den Kopf: *Verdammt, wir können ihn also nach wie vor nicht mit einem Verbrechen in Verbindung bringen?* Inspector Davies hatte es sich zur Lebensaufgabe gemacht, Black für seine Taten festzunageln, aber ein Mann des Gesetzes würde doch sicher nicht zu mörderischen Maßnahmen greifen, um sein Ziel zu erreichen?

„Wäre nicht das erste Mal, dass einer dieser Mistkerle versucht, mir was in die Schuhe zu schieben", knurrte Black. „Beschützer des Volkes, von wegen! Die scheren sich doch einen Dreck um unsereins."

Harrys Magen verkrampfte sich schmerzhaft. Wem sollte er nur vertrauen? Arbeitete er für die richtige Seite?

Der König der Unterwelt war bei Weitem kein Heiliger, allerdings sorgte er für Recht und Ordnung in seinem Gebiet, setzte sich für wohltätige Zwecke ein und half den Bedürftigen. Und nun wurde er von einem Unheil bedroht, das die ganze Stadt in Schutt und Asche legen konnte, wenn niemand ihm Einhalt gebot.

„Was denken Sie, Bennett?"

Blacks Stimme riss ihn aus seinen düsteren Gedanken.

„Wir sollten O'Toole, Knight und Garrity beschatten lassen

... sowie jeden anderen, der eine Verbindung zu Loach hatte", erwiderte er unumwunden. *Einschließlich Davies.*

„Haben wir genug Männer dafür, Ming?", fragte Black.

„Könnte knapp werden."

„Ich bin gerne bereit ...", begann Harry, doch sein Arbeitgeber unterbrach ihn.

„Nein. Sie haben ihre Befehle. Sehen Sie zu, dass Sie die erfüllen."

Dem hatte er nichts entgegenzusetzen. Er wusste, dass seine Aufgabe die wichtigste von allen war.

„Ich werde euch Verstärkung schicken", bot Todd an.

Black nickte grimmig. „Also gut. Der Köder wurde ausgeworfen. Jetzt heißt es abwarten, bis der Verräter anbeißt."

Kapitel Dreiundzwanzig

„**I**hr habt wirklich keine Ahnung, wer der Schuldige ist?“, hakte Tessa zum wiederholten Mal nach, während die Kutsche gemächlich dahinrollte.

„Es könnte jeder von ihnen sein.“ Bennett wirkte ernüchtert, was kaum verwunderlich war angesichts der Umstände, die er ihr soeben geschildert hatte.

Trotz des bedrückenden Themas wurde ihr warm ums Herz, weil sie so offen darüber reden konnten. Sie spürte, wie ihre Beziehung sich mit jeder Minute, die sie miteinander verbrachten, vertiefte. Bennett behandelte sie wie eine ebenbürtige Partnerin. Ohne, dass sie ihn groß dazu überreden musste, hatte er ihr die Einzelheiten des Treffens mit den Herzögen erläutert.

Und nicht nur das, im Gegenzug hörte er auch *ihr* zu.

Während ihrer Anprobe für den Maskenball hatte sie darüber nachgegrübelt, wie sie De Witt am besten auf den Zahn fühlen könnten. Dabei war ihr die zündende Idee gekommen, welche sie Bennett nun voll Stolz präsentierte: Sie sollten ihren Freund Alfred Doolittle um Hilfe bitten! Als er sich erkundigte, ob man Alfred denn trauen könne, hatte sie ihm versichert, dass sie dem Mann ihr Leben anvertrauen würde, ohne mit der Wimper zu zucken. Und so waren sie gegenwärtig auf dem Weg, um besagtem Freund einen Besuch abzustatten.

Um den Anstand zu wahren, musste sie Lizzie als Begleitung mitnehmen. Immerhin hatte sie die Zofe dazu überreden können, oben auf dem Kutschbock mitzufahren, sodass es ihr und Bennett möglich war, ein paar ungestörte Minuten miteinander zu verbringen.

„Was ist mit der Gendarmerie? Glaubst du, die Bullen stecken da mit drin?", fragte sie.

„Ich ... weiß es nicht", erwiderte er stirnrunzelnd.

„Es würde mich jedenfalls kein bisschen überraschen. Wie ich immer zu sagen pflege: Man sollte einem Gesetzeshüter niemals über den Weg trauen." Sie schnaubte verächtlich, bevor sie hinzufügte: „Die sind allesamt Spitzel, Söldner und Halunken."

„Mhm." Bennett räusperte sich unbehaglich. „Wie auch immer, dein Vater stellt uns einen Teil seiner Männer zur Verfügung, damit wir sämtliche Verdächtige beschatten können, die mit Loach in Verbindung standen."

„Es ist Papas *Pflicht*, zu helfen."

Sie war froh, dass dieser trotz der Unstimmigkeiten zwischen ihm und ihrem Großvater endlich einmal Rückgrat zeigte. Hoffentlich würde der gemeinsame Kampf die beiden einander wieder näherbringen, denn Tessa hasste nichts mehr als familiäre Konflikte. Der Gedanke an ihre Familie rief ihr einige Fragen in Erinnerung, die sie Bennett gerne stellen würde.

Die unerwartete Begegnung mit seinem Bruder hatte ihr vor Augen geführt, wie wenig sie eigentlich über ihn wusste, darüber, wer er war und woher er kam. Bislang hatten sie den Großteil ihrer gemeinsamen Zeit damit verbracht, sich zu streiten, brenzlige Situationen zu meistern oder sich leidenschaftlich zu lieben. Jetzt, da sie einen Augenblick der Ruhe genossen, wollte sie die Gelegenheit nutzen, um mehr über ihn zu erfahren.

„Es hat mich gefreut, deinen Bruder gestern Abend kennenzulernen", setzte sie an.

„Die Freude war ganz seinerseits", erwiderte er nach kurzem Zögern.

„Wirklich?", hakte sie aufgeregt nach.

Wie sehr sie sich wünschte, dass dem so wäre. Sie sehnte sich danach, seine ganze Familie kennenzulernen und von ihr akzeptiert zu werden. Und doch konnte sie die Angst nicht abschütteln, wie so oft zuvor Ablehnung zu erfahren.

Ambrose Bennett hatte zwar freundlich gewirkt, aber alles an ihm, von der Kutsche über seine Kleidung bis hin zu seinem Benehmen, ließ eindeutig darauf schließen, dass er ein Gentleman aus gutem Hause war. Es bestand die Möglichkeit, dass er eine Beziehung zwischen seinem Bruder und einer Tochter der Unterwelt nicht gutheißen würde. Um zu wissen, womit sie es zu tun hatte, musste sie mehr über Bennetts familiären Hintergrund erfahren.

„Ambrose fand dich hinreißend. Wer würde das nicht?", versicherte er ihr mit einem warmen Blick.

Sie hatte nicht genug Finger an den Händen, um ihm ihre Gegner aufzuzählen, daher begnügte sie sich damit, das Kompliment zu genießen. „Hast du denn noch andere Geschwister?"

„Ja, ich habe Schwestern."

„Wie viele?"

„Vier."

Da er nichts weiter dazu sagte, seufzte sie wehmütig: „Ich habe mir immer Geschwister gewünscht."

„Nach dem Tod unserer Eltern haben Ambrose und meine älteste Schwester praktisch deren Rolle übernommen."

„Wie alt warst du, als sie starben?"

Er zögerte kurz. „Ich war schon erwachsen, als mein Vater von uns ging. Meine Mutter starb, als ich zwölf war."

„Hast du sie sehr vermisst?", fragte sie leise.

„Ja, sie fehlte uns allen schrecklich. Sie war eine wundervolle Frau, voller Liebe und Geduld. Ein Fels in der Brandung für jeden von uns." Seine Stimme begann zu zittern. „Manchmal denke ich ..."

„Was?", hakte sie nach.

Er hielt den Blick fest auf seine Hände gerichtet. „Dass die Jahre vor ihrem Tod die glücklichsten meines Lebens waren."

Seine Worte versetzten ihr einen Stich ins Herz. Wie unsagbar schwierig es gewesen sein musste, seine geliebte Mutter in so jungen Jahren zu verlieren. Ob er deshalb – und auch wegen des Verrats seiner früheren Geliebten – so ungern seine wahren Gefühle zeigte?

Deine glücklichsten Jahre liegen noch vor dir, Bennett. Dafür werde ich schon sorgen, versprach sie ihm insgeheim. Als sie jedoch die Verletzlichkeit in seinen Augen bemerkte, beschloss sie, fürs Erste nicht weiter auf das Thema einzugehen.

„Ich würde den Rest deiner Familie ebenfalls gerne kennenlernen", sagte sie stattdessen und lächelte ihn an.

„Das wäre schön", erwiderte er leise. „Eines Tages vielleicht."

„Leben sie alle in London?"

„Nein, nicht alle."

„Aber dein Bruder schon?" Auf sein Nicken hin fügte sie ernst hinzu: „Ich würde ihm liebend gerne ein Dankesschreiben schicken."

„Das ist nicht nötig."

„Finde ich schon. Er war uns immerhin eine große Hilfe", beharrte sie. „Jetzt, wo ich so darüber nachdenke, machte er einen äußerst souveränen Eindruck. Hatte er früher schon mit ähnlichen Situationen zu tun?"

Bennett hob eine Braue. „Zielt diese Frage darauf ab, ob er ein erfahrener Einbrecher ist?"

Sie errötete heftig. „Nein, ich wollte natürlich nicht andeuten, dass ..."

„Ambrose ist ein besonnener Mensch und ein waschechter Gentleman."

„Ja, das ist er zweifellos", stimmte sie ihm hastig zu. „Ich wollte ihn nicht beleidigen."

Warum nur ist meine große Klappe immer schneller als mein Gehirn? In der darauffolgenden Stille vermischte sich das Pochen ihres Herzens mit dem Getrappel der Hufe, während sie in Gedanken verzweifelt nach einem anderen Thema suchte.

„Ich hatte heute die Anprobe für den Maskenball", platzte sie schließlich heraus.

Einen Augenblick lang starrte er sie ausdruckslos an, bevor er fragte: „Und wie ist es gelaufen?"

„Ganz gut, denke ich. Das Motto lautet: ‚Wunder der Tierwelt'. Madame Rousseau sagte, sie könne mir jedes Kostüm anfertigen, das ich wollte."

„Und für welches Tier hast du dich entschieden?"

„Das ist eine Überraschung", erwiderte sie schnell.

Seine Mundwinkel zuckten amüsiert. „Du wirst sicher alle Anwesenden begeistern, egal, was du trägst."

„Da wäre ich mir nicht so sicher."

Auf seinen fragenden Blick hin erläuterte sie: „Ehrlich gesagt, sehe ich dem Ball mit gemischten Gefühlen entgegen. Ich, oder besser gesagt, Miss Theresa Smith, hatte noch nie großen Erfolg auf diesen elenden Anlässen."

„Warum nicht?"

„Weil ich keinerlei gesellschaftliche Umgangsformen

besitze! Weil ich die Kunst des Kokettierens ähnlich gut beherr-sche, wie ich Geige spiele!" Sie hielt inne und schürzte miss-mutig die Lippen. „Oder vielleicht liegt es auch daran, dass ich mich lieber einer Horde Halsabschneider in einer dunklen Gasse stellen würde als den fächerschwingenden Weibsbildern in einem Ballsaal."

„Ich kann mich nicht beklagen, was deine Verführungs-künste anbelangt", merkte er an, und sein lüsterner Blick brachte ihren Puls zum Rasen. „Solange du sie bei niemandem außer mir einsetzt."

„Ich habe nicht das geringste Interesse daran, mit irgendwem sonst anzubandeln."

„Weißt du denn nicht, wie unwiderstehlich deine Natür-lichkeit ist? Wie unwiderstehlich *du* bist?", murmelte er.

Sie starrte ihn mit offenem Mund an. Gott, sie liebte ihn so sehr, dass es kaum auszuhalten war.

„Verdammt, sieh mich nicht so an. Es kostet mich eh schon all meine Willenskraft, dich nicht einfach auf meinen Schoß zu ziehen und unaussprechliche Dinge mit dir anzustellen", knurrte er.

„Dagegen hätte ich nichts einzuwenden", flüsterte sie.

Das sündhafte, träge Lächeln, mit dem er sie bedachte, jagte ihr einen wohligen Schauer über den Rücken. „Führe mich nicht in Versuchung, du kleine Hexe. Sonst vergesse ich wirk-lich noch, dass wir uns am helllichten Tag in einer Kutsche befinden und sowohl der Kutscher als auch deine Zofe uns hören können."

Sie seufzte tief. Das waren tatsächlich nicht gerade opti-male Umstände.

„Ich habe doch gesagt, du sollst mich nicht in Versuchung führen!"

„Tue ich doch gar nicht", protestierte sie schmollend.

„Wie ich schon sagte, ist einfach alles an dir unwiderstehlich. Lassen wir das. Erzähl mir lieber, was genau an dem Maskenball dir Unbehagen bereitet."

Es fühlte sich gut an, jemanden zu haben, dem sie sich anvertrauen konnte. Und Bennetts spielerische Neckereien machten es ihr umso einfacher, offen über ihre Ängste zu reden.

„Zum einen werden höchstwahrscheinlich sämtliche meiner ehemaligen Mitschülerinnen aus dem Verlies des Grauens dort sein." Allein der Gedanke an deren hämische Gesichter verursachte ihr Übelkeit.

Seine Mundwinkel zuckten amüsiert. „Damit meinst du Mrs Southbridges Internat, nehme ich an?"

„Ich habe jede Sekunde an dieser Schule gehasst", sagte sie mit Nachdruck. „Und zwar nicht nur wegen des langweiligen Unterrichts, sondern weil die anderen Mädchen mich pausenlos gepiesackt haben. Aufgrund meines Aussehens ..." Sie brach ab und blickte auf ihren Schoß, wo sie nervös mit den Bändern ihres Rocks spielte. „Aufgrund meiner Persönlichkeit."

„Ich glaube, ich habe mich verhört", sagte er. Bevor sie auf ihrem Standpunkt beharren konnte, fügte er hinzu: „Lässt du dich allen Ernstes von diesen albernen Püppchen einschüchtern?"

„Du weißt nicht, wovon du redest. Sie sind durch und durch *boshaft*."

„Aber doch nur aus Neid", erwiderte er nüchtern. „Sie beneiden dich um deine Schönheit, deine Lebensfreude und deine Einzigartigkeit. Keine von ihnen wird dir je das Wasser reichen können, und das wissen sie ganz genau."

Seine Worte machten sie sprachlos. So etwas Nettes hatte ihr noch nie jemand gesagt. Und offensichtlich war er noch nicht fertig.

„Du bist nicht mehr dieselbe Person, die du damals warst. Mittlerweile kennst du deinen eigenen Wert. Wenn irgendjemand dich unhöflich behandelt, dann steh darüber und lächle einfach. Ignoriere ihre Sticheleien, ihren Neid."

„Du hast leicht reden", beschwerte sie sich. „Was weißt du schon darüber, wie man sich als Außenseiter fühlt?"

„Mehr als du denkst", erwiderte er, und plötzlich legte sich ein Schatten über sein Gesicht. Bevor sie weiter darauf eingehen konnte, fügte er hinzu: „Vertrau mir, du wirst an dem Abend keinesfalls als Mauerblümchen dastehen."

„Ja, ich weiß, da Ransom mich eingeladen hat, wird er mich notgedrungen zum Tanzen auffordern müssen", gab sie widerwillig zu.

„Auf den Mistkerl habe ich mich nicht bezogen."

„Woher willst du dann wissen, dass ich nicht als Mauerblümchen in der Ecke stehen werde?"

„Ich weiß es einfach", beharrte er.

Die Kutsche wurde langsamer, und die lauten Rufe von Händlern, die ihre Ware anpriesen, verrieten ihr, dass sie in Whitechapel angekommen waren, wo Alfred wohnte.

Bevor sie ausstieg, warf sie noch einen letzten, sehnsüchtigen Blick auf Bennett und seufzte: „Ich wünschte, ich könnte auf dem Maskenball mit dir tanzen."

„Eines Tages wird es so weit sein, mein Herz", versprach er ihr und sah ihr tief in die Augen. „Aber bis dahin werde ich aus der Ferne über dich wachen."

Kapitel Vierundzwanzig

Nachdem Harry sich sorgfältig in der engen, belebten Straße umgesehen hatte, half er Tessa aus der Kutsche. Sie trug ein weißes Baumwollkleid, dessen eng anliegendes Mieder ihre schlanke Figur betonte, während die vollen Röcke elegant über ihre Seidenpantoffeln fielen. Mit der von Blumen gesäumten Haube, die ihr liebliches Gesicht umrahmte, erinnerte sie ihn an die Porzellanfigur einer Schäferin, die er einst in einem Geschäft gesehen hatte.

Wenn er an ihr Geständnis über die Schikane zurückdachte, die sie hatte erdulden müssen, hätte er am liebsten etwas oder jemanden verprügelt. Wie konnte dieses aufgeblasene Pack es wagen, auf ihrer strahlenden Lebensfreude herumzutrampeln? Obwohl er während des Balls nicht an ihrer Seite sein konnte, würde er dafür sorgen, dass ihr niemand auch nur ein Haar krümmte.

Seine Tessa war kein Mauerblümchen, und niemand würde sie in eine Ecke stellen.

Einen Augenblick lang schloss seine Hand sich fest um die ihre, bevor er sie losließ.

Sie schenkte ihm ein warmes Lächeln. „Da wären wir."

Bei ihrem Ziel handelte es sich um ein Geschäft, das sich zwischen zwei andere Läden drängte. Über dem Eingang prangte ein riesiges Schild, auf dem in goldenen Lettern stand: „Doolittles Wunderemporium.“

Wunderemporium, von wegen. Das chaotische Allerlei im Schaufenster verriet Harry, dass es sich um ein gewöhnliches Pfandhaus handelte. Er hoffte nur, dass Tessas Freund seine Ware auf ehrliche Weise erhielt und kein Hehler war.

Bevor sie hineingingen, wies er den Pferdeknecht an, mit gezückter Waffe draußen auf sie zu warten.

„Kein Grund zur Sorge“, sagte Tessa. „Heute ist doch Mittwoch.“

„Und was ist an diesem Tag so besonders?“, wollte er verwirrt wissen.

„Seine Mittwochsgemahlin ist eine ausgezeichnete Schützin.“

Während er ihr die Tür aufhielt, starrte er sie stirnrunzelnd an. „Seine ... Mittwochsgemahlin? Was soll das bedeuten?“

„Alfred hat für jeden Wochentag eine andere Dame“, erklärte sie.

„Dein Freund ist also ein ... Bigamist?“, fragte Harry alarmiert.

„Nein, keine Sorge, er ist mit keiner von ihnen rechtmäßig verheiratet“, beschwichtigte sie ihn.

Im Inneren des Geschäfts befand sich ein Labyrinth aus Regalen, die von oben bis unten kunterbunt mit allem vollgestopft waren, was man sich vorstellen konnte, von Teekannen über Kleidung bis hin zu exotischen Kuriositäten. Das Ganze bot einen äußerst bizarren Anblick. Neben einer beschädigten Kristallvase stand beispielsweise ein ausgestopfter Affe, der eine Spitzenhaube trug. Ein seltsamer Geruch aus Tabak, Zitrone und nassem Hund stieg Harry in die Nase.

Als sie am Tresen ankamen, fanden sie dahinter eine vollbusige Blondine um die vierzig vor, die gerade mit einem kleinen, zwielichtig wirkenden Mann feilschte, der einen verbeulten Hut sowie einen abgewetzten Mantel trug. Zwischen ihnen auf der Theke lag ein Stapel seidener Taschentücher. Sie waren so in ihre Verhandlungen vertieft, dass sie Tessa und Harry gar nicht bemerkten.

„Eine Krone, und das ist mein letztes Angebot", sagte die blonde Frau.

„Schon eines von den Dingern ist mehr wert als das, geschweige denn sechs!", rief der Mann, hob eines der Taschentücher hoch und wedelte ihr damit vor dem Gesicht herum. „Das ist erstklassige Seide. Siehst du nicht, wie sie in der Sonne glänzt?"

„Mhm, die Ware ist vermutlich auch heißer als die Sonne." Trotz ihres zerzausten Auftretens und des äußerst knappen Kleides, das sie trug, verriet der scharfsinnige Ausdruck in ihren Augen, dass sie sich nicht leicht für dumm verkaufen ließ.

„Ich hab die Dinger nicht geklaut", protestierte ihr Möchtegernkunde. „Das sind Familienerbstücke. Hab sie von meiner verblichenen Ma bekommen, Gott habe sie selig."

Die blonde Verkäuferin musterte ihn argwöhnisch. „Ist dein Name nicht Jenkins?"

„Ganz richtig, Täubchen." Er zwinkerte ihr zu und stützte sich lasziv mit dem Ellbogen auf dem Tresen ab. „Man nennt mich Big Bobby Jenkins ... und zwar nicht wegen meiner Körpergröße."

„Wenn das so ist, warum lauten die Initialen deiner Ma dann *L. M.*?", wollte sie wissen und deutete mit dem Finger auf das gestickte Wappen auf dem Seidentuch.

„Ach, steht das da wohl drauf? Ich hab nie Lesen gelernt, weißt du", erklärte Big Bobby mit einem unverfrorenen Grinsen. „Also gut, Täubchen, zehn Schilling für alle sechs. Normalerweise kosten die Dinger in den feinen Läden auf der Pall Mall sechs Schilling das Stück.“

„*Die* bieten ja auch keine geklaute Ware an“, erwiderte sie und verdrehte die Augen. „Pass auf, es wird mich einiges an Zeit und Mühe kosten, die Stickereien hier zu entfernen, also nimm die Krone oder lass es.“

„Acht Schilling.“

„’Ne Krone, du langfingeriger Bastard, und keinen Schilling mehr.“

Seufzend gab Big Bobby sich geschlagen. „Du bist echt ’ne harte Nuss, Täubchen.“

„Bring mir das nächste Mal Ware ohne Kennzeichnung, dann lass ich mich schneller erweichen als ein adeliges Hinterteil“, erwiderte die Inhaberin und warf ihm eine Münze zu, die Bobby gut gelaunt auffing.

„Guten Tag, Sal“, rief Tessa der Frau zu.

Die Blondine drehte sich überrascht zu ihr um. „Tessa! Lang nicht geseh’n!“

„Ich war ziemlich beschäftigt“, entschuldigte sie sich.

Sal hob eine aufgemalte Braue und nickte in Harrys Richtung. „Wer ist der denn?“

„Das ist Sam Bennett, mein, äh, Leibwächter“, erklärte Tessa mit leicht geröteten Wangen. „Bennett, das hier ist Sally Doolittle.“

„Bist ja ’n hübsches Kerlchen, was?“, sagte Sal und musterte ihn auf dieselbe Weise, auf die ein Hund einen besonders schmackhaften Knochen in Augenschein nahm.

Gütiger Himmel. Harry räusperte sich verlegen. „Freut mich, Sie kennenzulernen, Ma’am.“

„Nenn mich ruhig Sal, Schätzchen. Das tut hier jeder.“ Sie beugte sich ein wenig nach vorn und gewährte ihm dadurch einen großzügigen Blick auf ihr tief ausgeschnittenes Dekolleté.

„Verzeihung, Sir.“ Big Bobby war auf seinem Weg nach

draußen gegen Harry gerempelt und grinste ihn entschuldigend an, wobei er eine Reihe äußerst gelblicher Zähne zeigte.

„Keine Ursache", erwiderte er.

Bobby zog zum Abschied den Hut und setzte seinen Weg fort.

„Keinen Schritt weiter!", rief Tessa abrupt.

Der Gauner blieb wie angewurzelt stehen.

„Gib das zurück, was du gestohlen hast, du elender Taschendieb", verlangte sie.

Harry blinzelte verwirrt und klopfte seinen Mantel ab. „Meine Taschenuhr!", rief er. „Der Mistkerl hat sie geklaut."

Big Bobby setzte zur Flucht an, doch bevor Harry ihm hinterhereilen konnte, hallte ein Schuss durch den Laden.

„Verdammt, Sal, das war mein bester Hut!", jammerte Bobby.

Er bückte sich und hob die heruntergefallene Kopfbedeckung vom Boden auf. Harry zog erstaunt die Brauen hoch, als er das präzise Loch in dem abgewetzten Stoff bemerkte.

Sal verstaute eine kleine Pistole mit Perlmuttgriff wieder sicher zwischen den Falten ihrer Röcke. „Du weißt doch, dass man nicht dort scheißen soll, wo man isst. Wenn ich dein hässliches Gesicht noch einmal hier seh, knall ich dir 'ne Kugel zwischen die Augen. Jetzt gib dem Burschen seine Uhr zurück, und dann verschwinde."

Beleidigt setzte Bobby seinen Hut auf, reichte Harry die Taschenuhr und schlurfte aus dem Laden.

„Zielsicher wie immer", sagte Tessa bewundernd.

Sal lächelte stolz. „Kein Vergleich zu dir und deinen Dolchen."

Das gegenseitige Schmeichelkränzchen wurde von der Ankunft eines jungen Mannes unterbrochen, der gähnend durch die schweren Samtvorhänge hinter dem Tresen trat.

„Zum Teufel noch eins", murmelte er verschlafen. „Kann ein Kerl hier nicht mal fünf Minuten Ruhe haben?"

„*Alfie*!", rief Sal erfreut aus und eilte zu ihm hinüber. Von der taffen Feilscherin war nichts mehr zu sehen. „Tut mir leid für den Lärm, Schätzchen, aber sieh doch nur: Tessa ist hier!"

„Ich bin ja nicht blind. Und wer ist die Brillenschlange?" Alfred Doolittle schlenderte gemächlich auf Harry zu und musterte ihn von Kopf bis Fuß.

Harry tat es ihm gleich. Von Nahem sah der Mann wesentlich älter aus als zuerst angenommen. Sie mussten etwa im selben Alter sein, nur besaß Alfred einen jugendlichen Charme, der von seiner schlanken Statur, dem schmalen Gesicht und den wilden, braunen Locken noch zusätzlich betont wurde.

„Sam Bennett", stellte Harry sich vor. „Mr Black hat mich angeheuert, um Miss Todd zu beschützen."

„Den hast du also noch nicht vergrault, was?", fragte Doolittle, an Tessa gewandt.

„Dir auch einen guten Tag", erwiderte sie schnippisch. „Und nein, ich habe nicht die Absicht, ihn zu vergraulen. Genau genommen sind wir hier, weil wir deine Hilfe brauchen."

„Das ist ja ganz was Neues", murmelte er. „Also gut, dann folgt mir mal ins Büro." An seine Geliebte gewandt, fügte er hinzu: „Halt die Stellung, Schätzchen, und zögere nicht, deine Talente einzusetzen, wenn nötig."

„Welche Talente denn, Alfie?", säuselte Sal und fuhr ihm mit den Fingern durchs Haar.

„Mit der Pistole, du ungezogenes Flittchen." Doolittle tätschelte ihr anzüglich den Hintern, woraufhin sie wie ein Schulmädchen kicherte. „Deine anderen Talente heben wir uns besser für den Feierabend auf."

Im nächsten Moment bedeutete er Harry und Tessa mit geschäftiger Miene, ihm durch den Vorhang zu folgen.

Sein Büro stellte sich als ein überraschend geschmackvoll eingerichtetes Zimmer im hinteren Teil des Geschäfts heraus. Die Möbel passten zwar nicht zueinander, waren aber allesamt von hoher Qualität. Es gab einen Schreibtisch aus massiver Eiche, einen halbmondförmigen Tisch aus Palisander sowie eine Kuriositätenvitrine aus Zebrano. Als Harry einen neugierigen Blick in das vollgepackte Kabinett warf, entdeckte er darin einen vertrauten Scherzartikel, hergestellt aus einer Schweineblase. Er richtete sich auf und funkelte Tessa missmutig an. Die grinste nur frech und führte ihn zu einem mit Chintz bezogenen Sofa vor dem Kamin hinüber.

Doolittle ließ sich neben ihnen auf einem ledernen Ohrensessel nieder.

„Also, worum geht es?", fragte er in dem gebieterischen Tonfall eines Schlossherrn.

„Zunächst einmal möchte ich dir die hier zurückgeben." Tessa öffnete ihre große Stricktasche, und sofort steckte Swift Nick den Kopf heraus. Im Maul hielt er einen weiteren vertrauten Gegenstand: das anrüchige Kartendeck, mit dem sie Dewey O'Toole aufs Kreuz gelegt hatte.

„Wenn das nicht mein kleiner, pelziger Bandit ist", sagte Doolittle gedehnt.

Nick ließ das Deck in Tessas Hände fallen und verschwand mit einem zufriedenen Fiepen zurück in der Tasche.

Sie legte die Karten auf dem Kaffeetisch neben einem unvollständigen Schachspiel ab. „Danke, dass du sie mir ausgeliehen hast."

„Haben sich als nützlich erwiesen, was?", erwiderte Doolittle schmunzelnd. „Ja, ich hab von dem Trubel gehört, den du in Joes Taverne angerichtet hast."

„Sagen wir einfach, sie haben ihren Zweck erfüllt", bestätigte Tessa ihm.

Als Harry den verschwörerischen Blick bemerkte, den die

beiden wechselten, runzelte er die Stirn. „Woher genau kennt ihr euch eigentlich?“

„Ich hab Tessie kennengelernt, als sie noch ’n kleines Püppchen war“, erklärte Doolittle.

„Damals habe ich Alfred im Underworld dabei erwischt, wie er etwas stahl“, fügte Tessa mit einem nostalgischen Lächeln hinzu.

„Hab mal ’ne Zeit lang für den ehemaligen Besitzer gearbeitet. ’Nen Typen namens Hunt.“

Harry horchte überrascht auf. Der frühere Inhaber des Freudenhauses war Gavin Hunt, dessen Frau Persephone mit seiner Schwägerin Marianne eng befreundet war. Die Kents und die Hunts standen sich schon seit Langem nahe, und vor Antritt seines Studiums in Cambridge hatte Harry viel Zeit in deren Gesellschaft verbracht. Die Tatsache, dass auch Alfred Doolittle eine Verbindung zu ihnen hatte, alarmierte ihn.

Er glaubte jedoch nicht, dass er dem Mann zuvor schon einmal begegnet war, und auch dieser erweckte nicht den Anschein, als hätte er Harry erkannt.

„Jedenfalls hat es Hunt nie gestört, wenn ich mal ’n paar Kerzenhalter hab mitgehen lassen. Wie sollte ich also wissen, dass die Regeln sich unter der neuen Führung geändert hatten?“, plapperte Doolittle in einem Tonfall weiter, der seine Beweggründe als äußerst überzeugend darstellte. „Leider reagierte Tessies Pa ziemlich allergisch auf lange Finger. Als seine Wachen mir auf die Schliche kamen, versteckte ich mich im Zimmer einer der Dirnen. Stellen Sie sich mal vor, wie überrascht ich war, als ich dieses kleine Ding darin vorfand. Und noch überraschter war ich, dass sie keinen Piep von sich gab, als die Aufseher reinstürmten und sie fragten, ob sie jemanden hätte reinkommen seh’n. Obwohl sie ganz genau beobachtet hatte, wie ich unters Bett kroch ...“

„Und seitdem sind wir die besten Freunde", beendete Tessa seinen Bericht.

„Ah", machte Harry, als sei es das Selbstverständlichste der Welt, dass ein kleines Mädchen sich mit einem ausgefuchsten Dieb anfreundete. Aber so war sie nun einmal: loyal bis zum Abwinken. Ein Charakterzug, den sie offensichtlich mit Doolittle teilte, wenn man von dem – glücklicherweise – brüderlichen Blick ausging, mit dem er sie bedachte.

„Also gut, wie kann dein alter Freund dir diesmal helfen?", wollte Alfred wissen.

Tessa sah fragend zu Harry hinüber, der ihr aufmunternd zunickte. Er vertraute ihr.

Außerdem brauchten sie jegliche Unterstützung, die sie kriegen konnten.

Die Verbindung zwischen Inspector Davies und dem gescheiterten Attentäter Loach war zu offensichtlich, als dass er sie ignorieren konnte. Da er nicht wusste, wem er noch vertrauen sollte, hatte er Ambrose gebeten, die Aktivitäten des Inspectors zu durchleuchten. Allerdings hatte sein Bruder schon genug mit der Überprüfung von De Witts Finanzen sowie seinen eigenen Fällen zu tun.

Außerdem plagte Harry seit dem Treffen im Nightingale's ein ungutes Gefühl. Black hatte den Herzögen den Handschuh vor die Füße geworfen, nun blieb abzuwarten, was im Laufe der folgenden Woche geschehen würde. Es war zwingend erforderlich, dass sie den Schuldigen fassten, bevor er erneut zuschlagen konnte.

Und genau da kam Tessas Freund Doolittle ins Spiel.

Nachdem sie ihm von den Höllenfeuer-Anschlägen berichtet hatte, fügte sie flehentlich hinzu: „Niemand kennt diese Straßen besser als du, Alfred. Da Bennett und ich es nicht allein schaffen, De Witt zu beschatten, brauchen wir deine

Hilfe. Du sollst nichts weiter tun, als dich an seine Fersen zu heften und ihn aus sicherer Entfernung zu beobachten."

Doolittle, der sich alles schweigend angehört hatte, kratzte sich am Ohr. „Warum hast du deinem Großvater nichts davon erzählt?"

„Du weißt doch, wie er ist. Er will nicht, dass ich mich einmische. Meine Vorschläge nimmt er nie ernst", erwiderte sie mit finsterer Miene. „Und bislang haben wir noch keine handfesten Beweise gegen De Witt. Es ist nicht unüblich, dass ein Wissenschaftler ein privates Labor bei sich zu Hause hat. Aber wenn es uns gelänge, ihm zu seiner geheimen Produktionsstätte zu folgen, dann haben wir ihn!", rief sie und schnippte mit den Fingern. „Dann *muss* Großpapa mir einfach glauben. Und nur dann werden wir dieser Bedrohung ein Ende setzen können."

Doolittle seufzte auf eine Weise, die Harry verriet, dass er Tessa nur zu gut kannte. „Du lässt dich sowieso nicht davon abbringen, hm?"

Sie schüttelte so vehement den Kopf, dass eines der Veilchen sich aus ihrer Haube löste und zu Boden flatterte.

„Also gut, wo wohnt der Kerl?", fragte der Pfandleiher resigniert.

„*Danke*, Alfred!", rief sie mit einem strahlenden Lächeln.

„An den beiden Abenden, an denen ich ihn beschattet habe, verließ er sein Haus gegen neun Uhr, besuchte kurz eine Veranstaltung und machte sich dann auf den Weg zu seinem Herrenklub, dem Crockford's in St. James", sagte Harry.

„Crockford's, hm?" Doolittle stieß einen anerkennenden Pfiff aus. „Ziemlich kostspieliger Schuppen."

Genau aus diesem Grund musste Harry mehr über De Witts finanzielle Lage erfahren. War er verschuldet? Hatten Geldnöte ihn dazu verleitet, das Höllenfeuer herzustellen und an die Unterwelt zu verkaufen?

„Beide Male hat er den Klub nicht vor Tagesanbruch verlassen", fuhr er fort. „Meinen Informationen zufolge ist De Witt ein Gewohnheitstier. Das heißt, ihn zu beschatten, bringt lange Nächte mit sich."

„Die sind nicht das Problem", erwiderte Doolittle und streckte sich gähnend. „Es sind die Tage, die ich hier in diesem Laden festsitze. Zu viel Seriosität lässt einen Mann einrosten."

Wenn Alfred den Beruf eines Hehlers als anständig erachtete, wollte Harry lieber gar nicht erst wissen, was in seinen Augen als unehrbares Gewerbe galt.

Bevor er etwas erwidern konnte, ertönte ein lauter Schuss aus dem vorderen Teil des Geschäfts.

„Gütiger Himmel!", rief Tessa und riss die Augen auf. „Sollen wir nachsehen, was los ist?"

„Quatsch. Wenn's Montag wäre, würde ich ja sagen", erwiderte Doolittle und wechselte einen vielsagenden Blick mit seiner Freundin, woraufhin Harry sich fragte, welche Sorte Frau seine „Montagsgemahlin" wohl sein mochte. „Aber mittwochs muss ich mich praktisch um nichts kümmern." Er gähnte erneut. „Ich glaub, ich werd mich tatsächlich noch ein wenig aufs Ohr hauen."

„Dann wollen wir dich nicht länger stören." Tessa erhob sich, und Harry tat es ihr gleich. „Wir sprechen uns bald wieder?"

„Sicher. Hoff nur, ich hab's noch drauf." Mit einem müden Winken verabschiedete Doolittle sich von ihnen.

Kapitel Fünfundzwanzig

Zwei Abende später saß Tessa vor ihrem Frisiertisch und wartete ungeduldig, während Lizzie ihrer kunstvollen Frisur den letzten Schliff gab. Madame Rousseau hatte eine etwas neumodischere, nicht ganz so strenge Coiffure vorgeschlagen, die in den Augen der Modistin besser zu Tessas Kostüm passte. Mavis war vor ein paar Stunden eingetroffen und beobachtete das Geschehen von einer Chaiselongue aus. Mehrere Decken hielten sie warm.

Ihre Mutter hatte sich immer noch nicht ganz von ihrem letzten Schwächeanfall erholt. Durch den Spiegel konnte Tessa ihre blutleeren Lippen und die blauen Adern erkennen, die durch ihre blasse Haut hindurchschimmerten.

Besorgt runzelte sie die Stirn. „Du hättest wirklich nicht herkommen müssen, Mama."

„Aber ich wollte es. Wenn ich dich schon nicht zu dem Maskenball begleiten kann, will ich dir wenigstens bei der Vorbereitung Gesellschaft leisten", erwiderte Mavis. „Eine junge Frau braucht ihre Mutter vor ihrem großen Auftritt um sich."

„Das ist doch nicht mein gesellschaftliches Debüt", merkte Tessa an.

Während ihrer Jahre auf dem Internat hatte sie bereits diverse solcher Veranstaltungen über sich ergehen lassen müssen. Da sie auf keiner einen guten Eindruck hinterlassen hatte, wollte sie die Hoffnungen ihrer Mutter nicht unnötig wecken.

Außerdem verfolgte sie mit ihrer Anwesenheit nur ein einziges Ziel: die De Witts zu beschatten, falls sie sich blicken lassen sollten. Zwar hatte sie Bennett versprochen, ihnen fernzubleiben, aber das bedeutete nicht, dass sie nicht ein Auge auf sie haben könnte.

„Aber diesmal ist es anders", beharrte Mavis. „Durch das Interesse des Herzogs von Ranelagh und Somerville stehen dir sämtliche Türen offen."

„Seine Gnaden ist nicht wirklich an mir interessiert."

„Er *vergöttert* dich!"

Tessa schnaubte amüsiert. Aufgrund ihres kränklichen Auftretens übersahen andere oftmals die Tatsache, dass ihre Mutter einen harten Kern besaß. Denn trotz ihrer gesundheitlichen Einschränkungen war sie noch immer eine Black. Ihre Willensstärke zeigte sich vor allem dann, wenn es um ihre Stieftochter ging: Nichts schien ihren Optimismus hinsichtlich Tessas Zukunft trüben zu können.

Als sie sich Mavis zuwenden wollte, protestierte Lizzie empört.

„Halten Sie bitte still, Miss. Ich bin noch nicht fertig."

„Tut mir leid, Lizzie." An ihre Stiefmama gewandt, sagte sie: „Er vergöttert nicht mich, sondern die Mitgift, die Großvater ihm versprochen hat. Das hat er recht unumwunden zugegeben, als wir neulich durch den Garten der Gräfin von Friesing spazierten."

„Tatsächlich?" Ihre Mutter presste missbilligend die Lippen zusammen. „Das war aber nicht sehr ehrenhaft von ihm."

„Aufrichtigkeit ist mir lieber als leere Schmeicheleien."

„Nichtsdestotrotz sollte ein Gentleman der Dame gegenüber Respekt zeigen, die er umwirbt. Ich werde meinen Vater darauf ansprechen."

„Bitte nicht, Mama!" Keinesfalls wollte sie, dass ihr Großvater Ransom dazu nötigte, mit falscher Romantik aufzuwarten. „Oberflächliche Aufmerksamkeiten interessieren mich nicht."

„Jede Dame verdient es, sich wie etwas Besonderes zu fühlen", beharrte Mavis. „Vor allem, während man ihr den Hof macht."

Bevor Tessa etwas darauf erwidern konnte, verkündete Lizzie: „Ich glaube, wir haben es! Was meinen Sie?"

Bewundernd drehte sie den Kopf hin und her und betrachtete das Kunstwerk, das ihre Zofe erschaffen hatte, von allen Seiten im Spiegel. Lizzie hatte ihr Haar zu mehreren Zöpfen geflochten und diese zu einer eleganten Schnecke an ihrem Hinterkopf eingedreht. Ihr einziger Kopfschmuck bestand aus einem schmalen Band, von dem zwei kleine, pelzige Ohren abstanden. Sie waren aus exquisitem, cremefarbenem Hermelin, der zu dem Pelz am Saum ihres Abendkleids passte.

„Komm her und lass dich ansehen", bat Mavis.

Nachdem Lizzie das Zimmer verlassen hatte, setzte Tessa sich zu ihrer Mutter auf die Chaiselongue.

Mehrere Augenblicke lang betrachtete Mavis sie eingehend, bevor sie stolz verkündete: „Du bist ein Diamant von höchster Güte. Glaub mir, Ransom wird dir noch vor Ende des Abends einen Antrag machen."

Gütiger Himmel, das war nun wahrlich das Letzte, was sie wollte. Mit wachsendem Unbehagen wurde ihr klar, dass sie den Herzog irgendwie abwimmeln und gleichzeitig ihrer

Familie weiterhin vormachen musste, dass sie sich von ihm umwerben ließ. Kein leichtes Unterfangen.

Wenn ich Mama und Großpapa doch nur ganz offen sagen könnte, dass Bennett der einzig Wahre für mich ist.

Sie warf ihrer Mutter einen verstohlenen Blick zu. Diese schien ihren inneren Aufruhr nicht zu bemerken, denn sie schwärmte unablässig von dem vorteilhaften Kostüm und der perfekt sitzenden Frisur ihrer Stieftochter. Würde sie Tessas Wunsch verstehen, aus Liebe statt aus praktischen Gründen heiraten zu wollen?

Unvermittelt fragte sie: „Woher wusstest du, dass du meinen Vater heiraten wolltest?"

Mavis blinzelte überrascht. „Nun, er hatte mich gefragt, ob ich seine Frau werden will. Oder besser gesagt: Er hielt bei deinem Großvater um meine Hand an. Ich war eine junge Witwe, und dein Vater schien mir ein guter Mann zu sein."

„Warst du auch … in ihn verliebt?"

„Nein, das glaube ich nicht", erwiderte ihre Stiefmama mit einem Achselzucken. „Liebe ist keine Voraussetzung für die Ehe."

Obwohl Tessa sich der nüchternen Umstände bewusst war, die die Beziehung ihrer Eltern ausmachten, konnte sie nicht umhin, nachzubohren: „Wolltest du denn keinen Ehemann, den du liebst?"

„Ich habe meinen ersten Gemahl geliebt. Das hat mir gereicht", sagte Mavis und presste die Lippen aufeinander.

Sie sprach nicht gern über ihre erste Ehe … aus Trauer, wie Tessa stets angenommen hatte. Dem Hörensagen nach war Warren Kingsley ein starker, gut aussehender Mann gewesen, der viel zu jung bei einem Bootunglück ums Leben gekommen war. Erst Tage später hatte man den armen Kerl aus der Themse gezogen und kaum noch identifizieren können.

„Was soll dieses Gerede über Liebe, Tessa? Hast du etwa Gefühle für Ransom entwickelt?"

„Nein." Sie war froh, ihre scharfsinnige Stiefmutter zumindest in dieser Hinsicht nicht anlügen zu müssen. „Und genau da liegt das Problem. Ich *möchte* meinen Zukünftigen nämlich lieben."

Mavis lachte leise. „Himmel, du bist ja eine richtige Romantikerin geworden. Wenn du nicht aufpasst, machst du noch deinem Großvater Konkurrenz." Sie schüttelte den Kopf. „Aber lass mich dir einen Rat geben: Es ist besser, die Erwartungen an eine Ehe nicht zu hochzuschrauben. Toleranz und Zuneigung sind weitaus realistischere und friedvollere Ziele."

Bevor sie etwas darauf erwidern konnte, klopfte es an der Tür.

„Tessie, bist du endlich fertig?", ertönte die durchdringende Stimme ihres Großvaters. „Wenn das noch lange dauert, werde ich das Zeitliche segnen, bevor ich dein ‚geheimes' Kostüm zu Gesicht bekomme!"

„Lass ihn besser rein", sagte Mavis. „Sonst tritt er noch die Tür ein."

Hastig folgte sie dem Rat ihrer Mutter und spürte, wie ihr der Atem stockte, als Bennett hinter Großpapa eintrat. Da sie auf dem Ball schlecht einen Leibwächter mit sich herumschleppen konnte, würde er sich währenddessen als Baronin von Friesings Lakai ausgeben, um sie unauffällig im Auge behalten zu können.

Aus diesem Grund war er in eine schwarz-weiße Uniform gekleidet, die seine große, muskulöse Statur hervorragend zur Geltung brachte. Der glühende Blick, mit dem er sie bedachte, ließ sie förmlich dahinschmelzen.

„Lass dich mal ansehen", verlangte ihr Großvater, der einen Morgenmantel aus smaragdgrüner Seide sowie eine dazu passende, mit Fransen versehene Nachthaube trug.

Gehorsam drehte sie sich um die eigene Achse. Ihr Abendkleid war aus champagnerfarbenem Samt und hatte einen tiefen Ausschnitt. Das schulterfreie Mieder schmiegte sich eng an ihren zierlichen Oberkörper, während die vollen Röcke nach unten hin ausfächerten. Der Saum war mit luxuriösem Hermelinpelz besetzt, und auch an ihrer Kehrseite war ein wenig Fell angebracht, das einem kurzen, buschigen Schwanz ähnelte.

Sie liebte das Kostüm, allerdings hatte es ihrer Ansicht nach einen entscheidenden Nachteil.

„Was für ein entzückendes Kätzchen!", rief ihr Großvater anerkennend.

Verflixt. Mama hatte sie auf den ersten Blick ebenfalls für eine Katze gehalten. Was bedeutete, dass Tessas cleverer Einfall sein Ziel verfehlt hatte.

Warum glauben alle, ich hätte mich für etwas so Langweiliges entschieden?, dachte sie missmutig. *Insbesondere, nachdem ich so ein Geheimnis aus der Sache gemacht habe!*

„Ich glaube nicht, dass Miss Todd eine Katze darstellen soll, Sir", sagte Bennett, in dessen Tonfall ein Anflug von Belustigung mitschwang.

„Was soll sie denn sonst sein?", wollte Großpapa wissen.

Bennett warf ihr einen verschmitzten Blick zu. „Ich vermute, sie ist ein Frettchen. Immerhin sind das ihre Lieblingstiere."

Und genau deshalb *liebe ich ihn!* Niemand hatte sie je auf so intime Weise verstanden wie er.

Als sie ihm ein strahlendes Lächeln schenkte, zuckten seine Mundwinkel verräterisch.

Ihr Großvater funkelte sie ungehalten an. „Himmelherrgott noch mal, Tessie, du willst ausgerechnet als *Nagetier* auf dem Ball des Herzogs aufkreuzen?"

Sie funkelte irritiert zurück. „Zunächst einmal sind Frettchen keine Nagetiere …"

„Schluss damit!", ging Mavis von ihrem Platz aus dazwischen. „Tessa, wir brauchen jetzt keinen stundenlangen Vortrag über Frettchen. Vater, jeder wird sie ohnehin für eine Katze halten, also mach dir keinen Kopf."

Großpapa schnaubte nur, während Tessa die Augen verdrehte.

Nach einem Augenblick fügte er brummend hinzu: „Deinem Kostüm fehlt etwas."

„Was du nicht sagst. Immerhin hat niemand außer Bennett erkannt, was es darstellen soll."

Er seufzte entnervt, bevor er in die Tasche seines Morgenmantels langte und eine kleine Samtschatulle herauszog. „Ich hab lange auf den richtigen Zeitpunkt gewartet, um dir das hier zu geben. Es gehörte einst deiner Großmutter. War ihr heiligster Besitz. Sie hätte gewollt, dass du es eines Tages bekommst."

Ehrfürchtig nahm sie die Box entgegen. Obwohl sie ihrer Großmutter nie begegnet war, hatte sie unzählige Geschichten über deren Schönheit, Mut und Tugendhaftigkeit gehört. Althea Bourdelain Black war eine wahre *Legende*.

„Was ist es?", hauchte sie, jeglichen Gedanken an ihre vorherige Diskussion vergessend.

„Öffne es und sieh selbst."

Mit zitternden Fingern hob sie den Deckel an. Ihre Kehle schnürte sich zusammen, als sie einen vertrauten, herzförmigen Rubin darunter entdeckte, der in Gold eingefasst war. Es war derselbe Anhänger, den Althea auf ihrem Ahnenporträt trug. In echt hatte der kleine Edelstein eine noch viel intensivere Farbe, als auf dem Bild zu erkennen war. Als sie das Schmuckstück umdrehte, sah sie, dass auf der goldenen Rückseite etwas eingraviert war: *Für A. B. Den Stolz einer Familie.*

„Oh, Großpapa", hauchte sie mit erstickter Stimme. „Ich kann mir kaum vorstellen, wie sehr Großmutter dieses

Geschenk von dir geschätzt haben muss. Ich werde mein Bestes tun, um mich seiner würdig zu erweisen."

„Ich habe ihr weder die Kette noch den dazu passenden Ring geschenkt. Die Schmuckstücke bekam sie von ihrer Familie."

Überrascht sah Tessa zu ihrer Mutter hinüber, die den Rubinring so lange sie sich erinnern konnte getragen hatte. Auch Mavis wirkte verblüfft.

„Ich dachte immer, Mamas Juwelen wären von dir, Vater", sagte sie.

Der schüttelte den Kopf und richtete den Blick wehmütig in die Ferne. „Als meine Althea sich entschloss, meine Frau zu werden, zog das schwerwiegende Konsequenzen nach sich. Die Bourdelains waren von vornehmer Abstammung und nahmen es ihr furchtbar übel, dass sie unter ihrem Stand heiratete. Sie enterbten sie nicht nur, sondern verboten ihr zudem, ihren jüngeren Bruder zu sehen, obwohl sie den Burschen vergötterte. Ein paar Jahre später erfuhr sie, dass er gestorben war, und niemand hatte ihr Bescheid gesagt. Sie hatte sich nicht mal von ihm verabschieden können. Noch Jahre später trieb ihr der Anblick der Rubine Tränen in die Augen."

Angesichts der tragischen Geschichte schnürte es Tessa die Kehle zu. „Arme Großmama."

„Aber Althea legte ihre Familienerbstücke niemals ab, denn sie liebte die Bourdelains, egal, wie schlecht sie sie auch behandelt haben mochten. Sie erduldete den Schmerz der Liebe willen. Ja, meine Althea besaß das Herz einer Löwin, welches nun in unserer Tochter weiterlebt", fügte Großpapa mit einem Blick auf Mavis hinzu, die ihn mit feuchten Augen anlächelte. „Und natürlich auch in unserer Enkelin. Es ist nur rechtens, dass jede von euch einen Teil von ihr trägt."

„Ich fühle mich geehrt", erwiderte Tessa leise.

„Und denk immer dran: Genau wie deine Großmutter bist

auch du 'ne waschechte Dame, die vor niemandem den Kopf einzieht", ermahnte er sie streng. „Wo du auch bist und was du auch tust, du tust es mit hocherhobenem Haupt, klar?"

„Ja, Großpapa."

Verstohlen sah sie zu Bennett hinüber, dessen Blick nicht wie sonst wachsam und unnahbar war. Sie meinte, sich selbst in seinen warmen, braunen Augen zu erkennen ... Und das Spiegelbild, das ihr entgegenblickte, war hinreißend schön.

„Elender Verschluss", fluchte ihr Großvater leise, der die Kette aus der Schatulle genommen hatte und vergeblich versuchte, sie zu öffnen. „Meine Hände wollen nicht mehr so wie früher. Bennett, erledigen Sie das", knurrte er und reichte ihm das Schmuckstück.

Bennett nahm es an sich und trat hinter Tessa. Seine unvermittelte Nähe ließ ihr Herz höherschlagen. Als ihr sein frischer, würziger Duft in die Nase stieg, jagte ihr ein elektrisierender Schauer über den Rücken. Je mehr sie versuchte, gegen ihr Verlangen anzukämpfen, desto stärker wurde es.

Behutsam legte er ihr die Kette um. Als der kühle, herzförmige Anhänger ihre erhitzte Haut berührte, erschauderte sie. Während er an dem Verschluss herumnestelte, streiften seine rauen Fingerspitzen ihren Nacken, zwar nur für den Bruchteil einer Sekunde, aber die flüchtige Berührung allein reichte aus, um ihr Blut in flüssige Lava zu verwandeln. Hitze breitete sich durch ihren gesamten Körper aus, und sie spürte, wie ihre Brustwarzen steif wurden, wie es zwischen ihren Schenkeln zu pulsieren begann.

„Das hätten wir", murmelte Bennett mit seltsam belegter Stimme. War dieser seltsam intime Moment, der eigentlich nichts Außergewöhnliches an sich hatte, ihm ebenso nahegegangen wie ihr?

Sie atmete tief durch und drehte sich dann zu ihm um. In seinem Blick lag eine brennende Sehnsucht, die er vor den anderen zu verbergen vermochte, aber nicht vor ihr. Denn sie kannte ihn. Sie liebte ihn. Ihr Löwenherz hatte sie zu diesem Mann geführt und ihn als den ihren auserkoren.

„Sie steht Ihnen hervorragend, Miss Todd", sagte er leise, bevor er beiseitetrat.

Während sie ihm nachsah, schwor sie sich, dass sie schon bald zusammen sein würden. Sobald sie den Schurken geschnappt hatten, der hinter den Höllenfeuer-Anschlägen steckte, und sie ihre Familie in Sicherheit wusste, würde sie nichts und niemanden mehr zwischen sich und Bennett kommen lassen.

Sie wurde vom Klopfen des Butlers aus ihren Gedanken gerissen, der mit einem Tablett voll Gläsern und einer Flasche Champagner eintrat.

Damit sie alle miteinander anstoßen konnten, erhob auch Mavis sich und sagte: „Auf Tessas zweites Debüt. Möge sie uns stolz machen."

„Tut sie doch immer", behauptete ihr Großvater schroff.

Tessa blinzelte mehrmals, um die aufsteigenden Tränen der Rührung zu unterdrücken, und hob ihr Glas an. „Auf die Blacks. Mögen wir uns niemals unseren Feinden beugen und stets für die Familie und die Liebe kämpfen."

„Für Familie und Liebe", wiederholten ihre Mutter und Großpapa.

Als sie Bennett einen verstohlenen Blick zuwarf, bemerkte sie die mittlerweile unverhohlene Sehnsucht in seinen Augen. Am liebsten hätte sie alle Vorsicht außer Acht gelassen und ihn eingeladen, sich ihnen anzuschließen, an ihre Seite zu treten, wo er hingehörte. Aber sein kaum merkliches Kopfschütteln hielt sie davon ab.

Obwohl es ihr zunehmend schwer fiel, zwang sie sich, kein Wort über ihre Beziehung zu verlieren. Fürs Erste.

Kapitel Sechsundzwanzig

Als Tessa auf dem Maskenball eintraf, herrschte bereits dichtes Gedränge.

Die verspiegelten Wände des Ballsaals erweckten den Eindruck, als strömten doppelt so viele Menschen herein, wie es tatsächlich der Fall war. Vergoldete Säulen und zahlreiche Topfpflanzen verliehen dem hohen, weitläufigen Raum eine beengende Atmosphäre. Schwere Parfümwolken vermischten sich mit dem Geruch des brennenden Bienenwachses dreier mit Kerzen bestückten Kronleuchter.

„Darf ich Ihnen sagen, wie reizend Sie in Ihrem Kostüm aussehen?", sagte der Herzog von Ranelagh und Somerville, während er sie auf die Tanzfläche führte. „Sie geben ein bezauberndes Kätzchen ab."

Tessa machte sich nicht die Mühe, ihn zu korrigieren. Seit sie auf dem Ball eingetroffen war, hatte die Handvoll Personen, die sich zu einem kurzen Gespräch mit ihr herabließen, sie allesamt für eine Katze gehalten. Nicht einmal die Halbmaske, die sie trug, machte einen Unterschied. Bennett hatte ihr während der Kutschenfahrt geholfen, diese anzulegen, und die braune Samtmaske, die mit goldenen Stickereien und winzigen Saatperlen verziert war, anschließend mit einem schiefen Grinsen bewundert.

„Jetzt seid Swift Nick und du praktisch Zwillinge", lautete sein Urteil.

Wie gerne würde sie nun mit *ihm* tanzen anstelle des Herzogs. Immerhin tröstete sie der Gedanke, dass er irgendwo in der Menge war und über sie wachte. Inzwischen war es bereits nach Mitternacht, und bislang waren die De Witts noch nicht angekündigt worden. Langsam verlor sie die Hoffnung, dass diese noch auftauchten und ihre verdeckte Detektivarbeit zum Einsatz käme.

Unglücklicherweise tummelten sich unter den Gästen andere Personen, die sie nur allzu gut kannte, einschließlich ihrer Erzfeindin, Lady Hyacinth Tipping, die mittlerweile die Gräfin von Fyffe war. Hyacinth war bei ihrem Eintreffen an Tessa vorbeigerauscht, als sei sie Luft, und hatte sie auch seither keines Blickes gewürdigt. Überraschenderweise war es die Baronin von Friesing gewesen, die ihre eine einleuchtende Erklärung für das Verhalten der Gräfin geliefert hatte: Es schien dieser nicht zu gefallen, dass Ransom offenkundiges Interesse an Tessa zeigte.

„Lady Fyffes Gemahl ist nur ein einfacher Graf, noch dazu ein schottischer", hatte die Baronin in spitzem Tonfall angemerkt. „Das wüssten Sie auch, wenn Sie ab und zu mal die Nase in Ihren Debrett's stecken würden."

Wie gut ihre Anstandsdame sie doch kannte ...

Während Tessa zu den Klängen des Orchesters über die Tanzfläche schwebte, erhaschte sie einen Blick auf Hyacinth, die neben einer der vergoldeten Säulen stand und sie mit säuerlicher Miene beobachtete. Plötzlich erschien es ihr gar nicht mehr so schlimm, mit Ransom zu tanzen. Immerhin *war* er äußerst zuvorkommend und freundlich zu ihr, was man vom Rest des aufgeblasenen Haufens nicht behaupten konnte.

Sie schenkte ihm ein gewinnendes Lächeln. „Und Sie sind der König dieser Gattung, wie ich sehe."

Der Herzog war als Löwe verkleidet und trug einen modischen Frack aus bronzefarbenem Samt, der seine schlanke Statur vorteilhaft betonte, dazu eine passende Halbmaske, die von goldenem Fell umrahmt war. Seine schwarze, seidene Weste zierten kunstvoll gestickte Löwen.

„Ich bin gerne der Anführer der Meute", erwiderte er gedehnt.

„Rudel, Euer Gnaden."

„Wie bitte?"

„Eine Gruppe von Löwen bezeichnet man als Rudel."

„Richtig." Er bedachte sie mit einem breiten Lächeln, das eine Reihe von perlweißen Zähnen zeigte. „Sie besitzen einen wahren Fundus an Wissen, Miss Smith."

Wenn der wüsste ...

„Ich mag Tiere", erklärte sie bescheiden und fügte dann, von einem Impuls getrieben, hinzu: „Eigentlich soll ich ein Frettchen darstellen."

„Ein Frettchen? Interessant. Sie sind zweifellos das erste und einzige, das ich heute Abend gesehen habe. Die meisten Damen bevorzugen etwas ..."

„Eleganteres?", schlug sie vor. „Exotischeres?"

Die meisten der anwesenden Frauen trugen extravagante Kreationen, die sämtliche Blicke auf sich zogen. Tessa hatte mehrere Pfauenkostüme gezählt, ebenso wie Papageien und Goldfische.

„Ich hatte eher an das Wort *herkömmlich* gedacht. Was Sie nun ganz und gar nicht zu sein scheinen."

„Eine der vielen Tugenden, mit denen ich nicht gesegnet bin", stimmte sie seufzend zu.

Er führte sie in eine Drehung und zog sie anschließend mit solchem Schwung zu sich heran, dass die Bewegung, gepaart mit seiner Nähe, ihr Schwindel verursachte. Zu dem benommenen Gefühl trugen auch die Worte bei, die er ihr anschließend ins Ohr flüsterte: „Tugend wird ohnehin überbewertet, mein kleines Frettchen."

In diesem Moment endete der Walzer, und sie sah ihm forschend in die goldbraunen Augen. Er war wirklich ein verteufelt gut aussehender Wüstling und verstand sich so mühelos auf die Kunst des Schmeichelns, dass sein geheucheltes Interesse aufrichtig wirkte.

„Wie machen Sie das?", fragte sie neugierig.

„Was meinen Sie?"

„So aufrichtig *unaufrichtig* zu sein."

Er lachte laut auf, und sofort wandten sich ihnen mehrere Köpfe zu. Offensichtlich fragten sich sämtliche Gäste in Hörweite, was sie gesagt haben mochte, das ihn so königlich amüsierte.

„Sind Sie immer so direkt?", murmelte er, während er sie von der Tanzfläche führte.

„Keineswegs. Ich kann eine ausgezeichnete Lügnerin sein, wenn die Situation es erfordert."

In der Tat spielte sie gegenwärtig allen etwas vor. Wie sehr wünschte sie sich, dass sie ihre Gefühle für Bennett offen zeigen könnte, dass ihr Großvater Verständnis haben und ihr erlauben würde, ihren Leibwächter statt des Herzogs zu heiraten (egal, wie nett dieser auch zu ihr sein mochte).

Wenn es Bennett und mir gelingt, den Fall um das Höllenfeuer aufzuklären, sieht Großpapa vielleicht ein, was für eine würdige Partie er ist. Instinktiv strich sie mit den Fingern über den Rubinanhänger ihrer Großmutter, das Vermächtnis von unbeugsamer Liebe und Stärke. *Vielleicht lassen die De Witts sich ja doch noch blicken ...*

„Ein Wesenszug, den wir gemein haben", sagte Ransom.

„Sie sind ein guter Lügner, Euer Gnaden?" Es überraschte sie, dass er das so freimütig zugab.

„Dieser ganze Ball ist eine Lüge, oder nicht?"

Fasziniert sah sie ihn an. „Weil alle vorgeben, etwas zu sein, das sie nicht sind?"

„Auch, aber vor allem deswegen, weil diese Soiree ein falsches Bild von Luxus und Überfluss projiziert." Er hielt inne und bedachte sie mit einem humorlosen Lächeln. „Luxus, den ich mir nicht leisten kann."

„Warum richten Sie dann überhaupt eine so aufwändige Veranstaltung aus?"

„Weil der Schein wichtiger ist als alles andere, mein kleines Frettchen."

Mit diesen Worten brachte er sie zurück zur Baronin von Friesing, die in günstiger Nähe des Büfetts stand und sich angeregt mit einer anderen Anstandsdame unterhielt. Sie wirkte beinahe ein wenig pikiert, als ihr Plausch unterbrochen wurde.

Nichtsdestotrotz schenkte sie dem Herzog ein strahlendes Lächeln. „Sie bringen mir meinen Schützling schon so früh zurück, Euer Gnaden?"

„Bedauerlicherweise gestatten die Regeln des Anstands nicht mehr als zwei aufeinanderfolgende Tänze", erwiderte Ransom in aalglattem Tonfall. „Aber vielleicht würden Sie mich nachher auf einem Spaziergang durch den Saal begleiten, Miss Smith?"

„Warum nicht?", stimmte Tessa zu und hielt demonstrativ die leere Tanzkarte hoch, die an ihrem Handgelenk baumelte. „Ist ja nicht so, als hätte ich etwas Besseres zu tun."

„*Miss Smith*", zischte ihre Aufpasserin empört.

Ransoms Mundwinkel zuckten amüsiert, und er küsste ihr höflich die Hand, bevor er sich entfernte.

„Glauben Sie, mit einem solchen Benehmen gelingt es Ihnen, Seine Gnaden für sich zu gewinnen?", schalt die Baronin sie mit einem missbilligenden Blick. „Warum geben Sie sich nicht mehr Mühe mit ihm?"

Weil ich ihn nicht heiraten will.

Tessa zuckte nur mit den Achseln. „Warum sollte ich? Meine Mitgift ist schließlich der Köder."

„Ihre Leichtfertigkeit ist höchst unziemlich, Miss Smith. Ihr Großvater wird davon hören", warnte Lady von Friesing sie. „Ich werde für Ihr widerspenstiges Verhalten nicht die Verantwortung übernehmen."

„Gütiger Himmel, ich habe doch bereits *zweimal* mit ihm getanzt", protestierte sie. „Was soll ich denn noch tun, um mich kooperativ zu zeigen? Vor aller Augen mit ihm auf der Tanzfläche kopulieren?"

„Hüten Sie Ihre Zunge!"

„Wozu?", fragte sie und verschränkte trotzig die Arme vor der Brust. „Mich ignoriert hier doch ohnehin jeder."

Es war wieder genauso wie damals auf dem Internat. Sie stand völlig allein da (abgesehen von der Baronin, deren Gesellschaft allerdings um Längen schlimmer war als die Einsamkeit). Als sie Lady Hyacinth am anderen Ende des Saals erspähte, wie diese hinter vorgehaltenem Fächer mit ihren Freundinnen kicherte, wusste sie genau, wer für ihre Ausgrenzung verantwortlich war.

Sie versuchte sich einzureden, dass es ihr egal sei, und klammerte sich verzweifelt an Bennetts Rat: *Du bist nicht mehr dieselbe Person, die du damals warst. Mittlerweile kennst du deinen eigenen Wert. Wenn irgendjemand dich unhöflich behandelt, dann steh darüber und lächle einfach. Ignoriere ihre Sticheleien, ihren Neid ...*

Wo steckte er überhaupt? Gerade, als sie den Hals reckte, um die Menge überblicken zu können, vernahm sie eine weibliche Stimme hinter sich, die sagte: „Was für ein zauberhaftes Kostüm!"

Tessa wirbelte herum und fand sich einer hübschen Brünetten gegenüber, die ein orange-schwarz gestreiftes Tigerkostüm trug. Sie war in Begleitung einer ebenso hinreißenden Blondine, deren schneeweißes, gefiedertes Ensemble zweifellos einen Schwan darstellen sollte. Hinter ihnen folgten zwei große, attraktive Gentlemen, deren schwarze Halbmasken die einzige Kostümierung war, die sie sich für den Ball zugelegt hatten.

Tessa blinzelte verwirrt. „Äh ... Meinen Sie etwa mich?"

Aus dem Augenwinkel sah sie, wie die Baronin neben ihr erstarrte und die Neuankömmlinge mit leicht geöffnetem Mund beobachtete.

„Selbstverständlich. Ich wollte Ihnen unbedingt sagen, wie sehr mir Ihr Frettchenkostüm gefällt", erwiderte die brünette Dame mit einem warmen Lächeln. „Ich weiß Kreativität und Einfallsreichtum zu schätzen."

„Oh ... Vielen Dank!" Tessa wusste nicht, worüber sie erstaunter sein sollte: den Scharfsinn der anderen Frau oder das Kompliment an sich. „Sie sind die erste Person hier, die erkannt hat, dass ich ein Frettchen sein soll."

„Meiner Gemahlin entgeht niemals etwas", mischte der schwarzhaarige Gentleman sich ein, der hinter ihr stand. Obwohl er auf den ersten Blick ein wenig kühl wirkte, machte ihn das amüsierte Funkeln in seinen jadegrünen Augen, mit dem er über seine Frau sprach, sympathisch. „Auch sie besitzt einen Sinn für Kreativität, allerdings keinen sehr ausgeprägten für Umgangsformen, wenn man bedenkt, wie ungezwungen sie Gespräche beginnt, ohne sich vorzustellen."

„Ach, du meine Güte, das hatte ich völlig vergessen!", rief die brünette Dame aus und errötete. „Ich bin Emma, und der werte Gentleman, der es nicht unterlassen kann, mich zu necken, ist mein Gemahl, der Herzog von Strathaven." Sie lächelte Tessa an und deutete dann auf die kurvige Blondine zu ihrer Rechten. „Das hier sind meine jüngere Schwester

Polly und ihr Ehemann Sinjin, Herzog und Herzogin von Acton."

„Freut mich sehr", erwiderte Tessa und knickste hastig. „Ich bin Miss Theresa Smith, und das hier ist meine, äh, Tante, die Baronin von Friesing."

„Es ist mir eine Ehre, Eure Gnaden." Die Baronin verneigte sich tief.

„Wie gefällt Ihnen der Ball?", fragte die Herzogin von Acton mit einem schüchternen Lächeln.

„Nicht besonders ... *Autsch!*" Tessa warf ihrer Anstandsdame, die ihr unsanft einen Ellenbogen in die Rippen gestoßen hatte, einen finsteren Blick zu. „Wofür war das denn?"

„Meine Nichte amüsiert sich königlich", schwärmte Lady von Friesing. „In der Tat hat der Herzog von Ranelagh und Somerville ihr heute Abend besondere Aufmerksamkeit geschenkt und sie bereits *zweimal* zum Tanz aufgefordert."

„Womit er allerdings der Einzige war", murmelte Tessa.

„Das ist ja unerhört!", rief Lady Strathaven aus und wandte sich ihrem Gemahl zu. „Liebling, hast du nicht eben noch angemerkt, wie gerne du eine Runde übers Parkett drehen würdest?"

Der Herzog verneigte sich. „Würden Sie mir die Ehre erweisen, Miss Smith?"

Tessa kam sich vor wie im Traum, während sie erst einen schottischen Reel mit Lord Strathaven und anschließend eine Quadrille mit dem Herzog von Acton tanzte. Hinterher nahmen die beiden Schwestern sie unter ihre Fittiche, bestanden darauf, dass sie sie „Emma" und „Polly" nannte und stellten sie einer Vielzahl der anderen Gäste vor. Zu ihrer maßlosen Überraschung wurde sie von jedem wärmstens aufgenommen.

Ihre Tanzkarte begann sich zu füllen, und obwohl ihre Partner ausschließlich vornehmer Herkunft entstammten, waren sie allesamt überaus freundlich zu ihr. Gegenwärtig tanzte sie mit dem Grafen von Ruthven, einem drahtigen Mann mit dichtem Haar, das an den Schläfen bereits leicht ergraute.

„Was für eine bezaubernde Katze Sie abgeben, Miss Smith", sagte er mit einem gutmütigen Lächeln, während er sie geschickt um die anderen Paare herummanövrierte.

„Eigentlich bin ich ein Frettchen", erwiderte sie und fügte, nachdem sie das leichte Stirnrunzeln hinter seiner Halbmaske bemerkt hatte, schnell hinzu: „Aber ich muss zugeben, dass ich mir ebenfalls nicht sicher bin, was Sie darstellen sollen. Eine Krähe vielleicht? Oder einen Raben?"

„Das überlasse ich Ihrer Fantasie", sagte er schmunzelnd. „Um ehrlich zu sein, wurde ich der Gästeliste recht spät hinzugefügt und musste mein Kostüm in letzter Minute zusammenstellen. Keine Ahnung, wo mein Diener diese Maske aufgetrieben hat."

„Kennen Sie den Gastgeber gut?", fragte sie, während sie zur Musik über die Tanzfläche glitten.

„Ehrlich gesagt, kenne ich kaum jemanden hier. Niemand hatte erwartet, dass ich den Titel erbe, da ich nur ein entfernter Nachfahre bin", erklärte er mit einem betrübten Lächeln. „Aber hier bin ich nun mal."

Sie war überrascht, jemanden gefunden zu haben, dem es ähnlich erging wie ihr. „Ich kenne diese Leute auch kaum", gestand sie ihm daher.

„Und doch sind Sie von Verehrern umringt."

„Aber nur, weil die Strathavens und Actons so freundlich waren, mich unter ihre Fittiche zu nehmen."

„Sie sind zu bescheiden", erwiderte Ruthven. „Es liegt ausschließlich daran, dass Sie ebenso hinreißend und einzigartig sind wie der Edelstein um Ihren Hals."

„Er gehörte meiner Großmutter", sagte sie voll Stolz.

Tessa wusste, dass Althea an diesem Abend über sie wachte, ihre Schritte vorbei an Fettnäpfchen und hin zum Erfolg lenkte.

Nach dem Walzer führte Ruthven sie zu ihren neu gewonnenen Freunden zurück, denen sich gerade eine weitere Person angeschlossen hatte, eine kleine, rundliche Frau mit feuerrotem Haar und einem knallgelben Kostüm, das über und über mit Federn und Rüschen bedeckt war. Die beiden Herzoginnen umarmten den Neuankömmling freudig zur Begrüßung.

„Da sind Sie ja, Miss Smith", rief Emma ihr übers ganze Gesicht strahlend zu. „Wir sind gerade einer guten Freundin über den Weg gelaufen, die wir ewig nicht mehr gesehen haben. Darf ich vorstellen, Miss Theresa Smith, Mrs Gabriella Garrity."

Tessa stellten sich die Nackenhaare auf. *Gütiger Himmel …* doch nicht etwa die Gemahlin des berüchtigten Geldverleihers?

„Wie geht es Ihnen, Mrs Garrity?", fragte sie ein wenig zurückhaltend.

„Ganz hervorragend. Und bitte nennen Sie mich ruhig Gabby, das tut jeder. Ich muss zugeben, dass es sich himmlisch anfühlt, endlich einmal wieder aus dem Kinderzimmer rauszukommen. Dort verbringe ich aktuell mehr oder weniger jede Minute, wissen Sie? Nicht, dass ich mich beschweren will. Obwohl es sich schon ein wenig so anhört, nicht wahr?"

Tessa wusste gar nicht, was sie auf den Redeschwall antworten sollte, und brachte nur ein verunsichertes „Äh …" heraus.

„O weh, ich plappere schon wieder ohne Punkt und Komma, was? Das ist eine schlechte Angewohnheit von mir, vor allem, wenn ich nervös bin", fuhr Gabby fort und sah sie mit ihren großen, blauen Augen arglos an. „Es war schon vorher kaum auszuhalten, fragen Sie ruhig Emma und Polly, aber seit ich den lieben langen Tag mit den Kindern verbringe, ist es noch tausendmal schlimmer geworden. Mir fehlt einfach die Gesellschaft von Erwachsenen ..."

„Wenn dem so ist, warum kommst du uns dann nicht hin und wieder mal besuchen, Gabby?", fiel Emma ihr (glücklicherweise) ins Wort. „Du hast in letzter Zeit jede unserer Einladungen ausgeschlagen."

„Es stimmt, ich war euch eine schreckliche Freundin ... wenn ihr mich überhaupt noch als Freundin betrachtet. Ich würde es euch nicht verübeln, wenn ihr es nicht tätet", erwiderte Gabby zerknirscht. Ihre runden Wangen waren von goldenen Sommersprossen übersät, die ihr selbst in trübseligem Zustand einen fröhlichen Charme verliehen. „Ich *wollte* euch ja sehen, aber es kam einfach so viel zusammen. Erst die Kinder, dann der neue Landsitz, dessen Umbau Mr Garrity genauestens überwachen will, nicht zu vergessen der Gesundheitszustand meines Vaters ..."

„Wir glauben dir ja, Gabby", unterbrach Polly sie und tätschelte ihr beschwichtigend die Schulter. „Hol erst einmal tief Luft."

Die hübsche Rothaarige tat, wie ihr geheißen.

„Weder Zeit noch Distanz werden unserer Freundschaft je etwas anhaben können", sagte Emma mit sanfter Stimme. „Ich wollte damit nur zum Ausdruck bringen, dass wir dich vermissen."

„Ich euch auch. Ihr könnt euch gar nicht vorstellen, wie sehr." Gabby hielt inne und nagte an ihrer Unterlippe. „Ich weiß wirklich nicht, wie ihr beide das schafft."

„Was denn?", fragte Emma.

„Na, einfach *alles*", rief Gabby und machte eine ausladende Handbewegung. „Mutter und Ehefrau zu sein und gleichzeitig noch Zeit für alles andere zu haben. Du arbeitest nebenher sogar als Ermittlerin, Emma!"

Eine Frau, die als Ermittlerin arbeitete? Nun war Tessas

Neugier aber geweckt. *So etwas hört man nicht alle Tage über eine angesehene Herzogin.*

„Ich helfe nur hin und wieder bei einem Fall aus“, wiegelte diese ab. „Und niemand schafft alle seine Pflichten im Alleingang.“

„Selbst mit einer umfangreichen Dienerschaft und Mr Garritys strengen Zeitplänen habe ich das Gefühl, nichts auf die Reihe zu kriegen“, murmelte Gabby bedrückt.

Polly runzelte die Stirn. „Er gibt dir Zeitpläne vor?“

„Um mir bei der Organisation meines Tagesablaufs zu helfen. Auf diese Weise vergesse ich nichts. Er ist ungemein fürsorglich, wisst ihr?“, erklärte sie mit einem versonnenen Lächeln.

Tessa bemerkte den Blick, den die beiden Schwestern wechselten. Offensichtlich würden sie Mr Garrity und seine Zeitpläne mit weniger schmeichelhaften Adjektiven beschreiben.

„Ist dein Gemahl denn heute Abend auch hier?“, fragte Emma.

Gabby nickte eifrig, sodass ihre roten Löckchen munter auf und ab hüpften. „Eigentlich ist es ihm lieber, wenn wir zu Hause bleiben, aber heute hatte er etwas mit einem Klienten zu besprechen, deshalb sind wir hergekommen.“

Emma hob überrascht die Brauen. „Ein geschäftliches Treffen? Hier auf dem Ball?“

„Jeder braucht Geld, selbst die Mitglieder des *ton*. Mr Garritys Einfluss erstreckt sich in letzter Zeit weit über die Standesgrenzen hinaus. Warum sollten Neureiche wie wir sonst zu einem so gehobenen Anlass eingeladen werden?“, erwiderte Gabby achselzuckend.

Hinter ihrem überschäumenden Gemüt steckte also auch eine pragmatische Veranlagung. Zudem ließen ihre Worte keinen Zweifel mehr daran, dass es sich bei ihrem Gemahl um *den* Garrity handelte: einen der Männer, die womöglich hinter dem Attentat auf Tessas Großvater steckten. War es reiner Zufall, dass der Geldverleiher eine Veranstaltung besuchte, zu der auch De Witt eingeladen war? Plötzlich kam ihr noch ein anderer Gedanke, und sie erstarrte. Gab es möglicherweise eine Verbindung zwischen Garrity, De Witt ... und Ransom?

Gabby, die ihre Reaktion missverstanden zu haben schien, fügte hastig hinzu: „Verzeihung, es war ziemlich geschmacklos von mir, so offen über Geld zu reden, nicht wahr? Als Tochter eines Bankiers und Frau eines Geldver... Geschäftsmannes vergesse ich manchmal, dass es sich nicht ziemt, über derartige Themen zu sprechen. Ich wollte Sie nicht beleidigen.“

„Das haben Sie auch nicht“, erwiderte Tessa wahrheitsgemäß.

Als die andere Frau ihr ein erleichtertes Lächeln schenkte, überkam sie ein Anflug von Bedauern. Sie mochte Gabby und hoffte, deren Gemahl möge sich nicht als Feind ihrer Familie entpuppen.

Im nächsten Augenblick trat ein livrierter Diener an sie heran und verneigte sich. „Mr Garrity möchte aufbrechen und wartet bereits draußen vor der Kutsche auf Sie, Mrs Garrity.“

„Sagen Sie ihm, dass ich sofort bei ihm sein werde“, erwiderte Gabby, bevor sie sich noch einmal an ihre Freundinnen wandte. „Ich muss los, aber ich würde mich wirklich freuen, wenn ihr mich morgen Nachmittag besuchen kämt, Emma und Polly. Wollt ihr mir den Gefallen tun? Sie natürlich auch, Miss Smith, falls Sie noch nichts anderes vorhaben.“

Tessa blinzelte überrascht und konnte kaum glauben, welche einmalige Gelegenheit sich ihr gerade aufgetan hatte.

Kaum, dass die beiden Herzoginnen freudig zugesagt hatten, fügte sie schnell hinzu: „Ich habe ebenfalls Zeit.“

„Wunderbar.“ Gabby kramte in ihrem Pompadour herum und händigte ihr eine zerknitterte Visitenkarte aus. „Hier ist meine Adresse. Ich freue mich darauf, euch morgen wiederzusehen!"

Während sie davoneilte, ließ sie hinter sich eine Spur aus gelben Federn zurück.

„Glaubst du, es geht ihr gut?", murmelte Emma besorgt.

„Das werden wir morgen schon herausfinden", erwiderte Polly ebenso leise.

Tessa konnte immer noch nicht glauben, dass sie am nächsten Tag die Gelegenheit haben sollte, Garrity in seinen eigenen vier Wänden zu durchleuchten ... vorausgesetzt, Bennett stimmte ihrem Plan zu. Aufgeregt sah sie sich im Gedränge nach ihm um, denn sie wollte ihm unbedingt so schnell wie möglich von den jüngsten Entwicklungen erzählen. Der Abend hätte wahrlich nicht besser verlaufen können.

In diesem Moment verkündete eine durchdringende Stimme die Ankunft weiterer Gäste:

„Sir Aloysius De Witt und die ehrenwerte Miss Celeste De Witt!"

Kapitel Siebenundzwanzig

„Harry ... Bist du das?", ertönte eine glockenhelle Stimme hinter ihn und ließ ihn erstarren.

Verdammt. Für den Bruchteil einer Sekunde war er versucht, seine Identität abzustreiten und seinen Weg fortzusetzen. Als er die De Witts hatte eintreffen sehen, war er wütend aus dem Ballsaal geflohen und den angrenzenden Korridor hinuntergeeilt. Keinesfalls wollte er sich von seinen Gefühlen zu einer Dummheit verleiten lassen, und beschloss, die beiden aus sicherer Entfernung zu beobachten.

Aloysius und Celeste hatten eine Runde durch den Saal gedreht und mit einigen anderen Gästen Höflichkeiten ausgetauscht, einschließlich Garrity sowie einem Mann, den Harry nicht kannte, der zuvor allerdings mit Tessa getanzt hatte. Außerdem hatte Aloysius sich ausführlich mit Ransom unterhalten, welcher anschließend Celeste zum Tanz aufforderte.

Vor etwa einer Viertelstunde war De Witt dann wieder gegangen, während seine Tochter mit ihrer Anstandsdame zurückblieb. Harry hatte geglaubt, sich ihrer Aufmerksamkeit erfolgreich entzogen zu haben ... Doch wieder einmal hatte er sie unterschätzt.

Widerwillig drehte er sich nun zu ihr um.

Celeste machte ihrem Namen wie immer alle Ehre. Ihr weißes, von daunenweichen Federn gesäumtes Schwanenkostüm verlieh ihr eine engelsgleiche Eleganz. Die blonden Locken hatte sie zu einer perfekt sitzenden Frisur hochgesteckt, und ihre Augen waren von einem hellen Blau, das er einst mit der Farbe des Himmels verglichen hatte.

Inzwischen betrachtete er sie jedoch nicht mehr mit der Unerfahrenheit eines jungen Burschen, sondern den Augen eines erwachsenen Mannes. Zwar war sie noch immer hinreißend, aber nun erkannte er, wie vergänglich diese Schönheit war. Sie besaß weder die Veranlagung noch den passenden Charakter, um ihr gutes Aussehen mit fortschreitendem Alter halten zu können.

Als er die Maske abnahm, huschte ein Schatten über ihr Gesicht ... oder vielleicht war es nur die Flamme des flackernden Kerzenlichts.

„Wusste ich doch, dass du es bist“, flüsterte sie. „Wolltest du dich etwa davonstehlen, ohne mit mir zu sprechen?“

Sollte das ein Scherz sein?

Trotz seiner Bemühungen, sich zusammenzureißen, kochte die Wut in ihm hoch. Nachdem er seine Optionen abgewogen hatte, ging er auf das nächstgelegene Zimmer zu und spähte hinein. Es war ein unbenutzter Musikraum.

Wortlos bedeutete er ihr, hineinzugehen, und folgte ihr anschließend, wobei er darauf bedacht war, die Tür offen zu lassen. Sollte sie zufällig jemand zusammen erwischen, würde er vorgeben, ein Lakai zu sein, der sich lediglich um einen der Gäste kümmerte.

„Was willst du?“, fragte er barsch.

„Ich will mit dir reden“, erwiderte sie mit zitternder Stimme. „Um dir zu sagen ... wie leid es mir tut. Ich möchte mich für das entschuldigen, was ich dir angetan habe.“

Glaubte sie allen Ernstes, dass ihre Worte ihm irgendetwas bedeuteten?

„Dafür ist es ein wenig zu spät, findest du nicht?", presste er hervor.

„Ich weiß, was ich getan habe, war unverzeihlich. Gott, wie du mich hassen musst!" Tränen traten ihr in die Augen. „Aber ich wollte diese schrecklichen Lügen gar nicht verbreiten. Papa hat mich dazu gezwungen."

Zwei unzusammenhängende Gedanken schossen ihm gleichzeitig durch den Kopf. Zum einen dachte er, dass Tessa niemals jemand anderen für ihre Entscheidungen verantwortlich machen würde. Obwohl sie manchmal zu List und Flunkerei griff, hatte sie meist gute Gründe dafür. Und hinterher übernahm sie stets die Verantwortung für ihr Handeln.

Zum anderen kam ihm in den Sinn, dass dies eine ausgezeichnete Gelegenheit wäre, mehr über De Witts Pläne zu erfahren. Er wusste zwar nicht, ob Celeste ebenfalls darin verwickelt war, aber trotz ihrer flehenden Miene traute er ihr nicht über den Weg. Es konnte nichts schaden zu versuchen, ihr ein paar Antworten zu entlocken.

„Dein Vater hat dir also aufgetragen, mich zu verführen und abzulenken, während er sich in jener Nacht Zutritt zu meinem Labor verschaffte und meine Arbeit stahl?", fragte er tonlos.

Sie fuhr sich nervös mit der Zunge über die Lippen. „Ja ... Aber ich bin damals auch aus eigenem Antrieb zu dir gekommen, Harry. Du warst der einzige Mann, der je gut zu mir war", sagte sie mit zitternder Stimme. „Der einzige, der mir je wirklich zuhörte, dem ich nicht egal war. Der einzige, den ich je ..."

„Und war er es auch, der dir befahl, am Morgen darauf zu lügen und mein einziges Alibi zu zerstören?"

„Ich wollte das alles nicht", schluchzte sie, während ihr eine einzelne Träne über die Wange rollte. „Seitdem ist kein Tag vergangen, an dem ich meine Taten nicht bereut habe."

Nicht so sehr wie ich.

Er zwang sich, ihr Spielchen mitzuspielen. „Wenn das wahr ist …"

„Ist es! Gott, wie ich es gehasst habe, dich anzulügen." Sie trat einen Schritt auf ihn zu und streckte verzweifelt die Hand nach ihm aus. „Ungeachtet dessen, was ich getan habe, waren meine Gefühle für dich stets aufrichtiger Natur. Ebenso aufrichtig wie die Gefühle, die du einst für mich zu Papier brachtest. Ich habe jedes einzelne deiner Gedichte aufgehoben, Harry, und sie vor Papa versteckt", sagte sie und musterte ihn eindringlich. „Ich lese sie jede Nacht vor dem Abendgebet."

Sie hätte ihn besser nicht an die verdammten Verse erinnern sollen, die er damals auf so unbeholfene Weise verfasst hatte. Doch bei dem Gedanken daran verspürte er nicht länger den Wunsch, vor Scham im Boden zu versinken. Es war nichts weiter als eine unangenehme Erinnerung. Ambrose hatte recht gehabt: Als er sich in Celeste verliebte, war er ein unerfahrener Bursche gewesen. Es fiel ihm nicht schwer, seinem jüngeren Ich zu vergeben, wie bereitwillig dieses anderen vertraut hatte, wie leichtfertig es sich von Schönheit hatte blenden lassen.

Mittlerweile sah er alles mit anderen Augen, und nur das zählte.

Plötzlich wurde ihm klar, dass er seine neue Perspektive allein Tessa zu verdanken hatte. Dank ihres Lebensmutes, ihres Humors und ihrer schonungslosen Ehrlichkeit hatte sie ihn dazu gebracht, seine Gefühle neu zu entdecken, anderen wieder zu vertrauen.

„Wie hast du die hier erhalten?", riss Celeste ihn aus seinen Gedanken und deutete mit einem behandschuhten Finger auf die Narbe über seiner Augenbraue.

„Was hat dein Vater mit meinen Formeln angestellt?"

Ihre Pupillen weiteten sich vor Panik. Langsam ließ sie die

Hand sinken und trat einen Schritt zurück. „Ich ... ich kann nicht ...“

Er folgte ihr und packte sie fest an den Armen. „Sag es mir, Celeste.“

„Ich habe Angst“, flüsterte sie. „Papa würde mir nie verzeihen.“

Als er spürte, wie sie am ganzen Körper zu zittern begann, wusste er, dass sie ihm zumindest in dieser Hinsicht nichts vormachte. Sie hatte sich schon immer vor Aloysius De Witt gefürchtet. Zwar hatte sie stets verneint, dass er sie schlug oder misshandelte, aber es war offensichtlich gewesen, dass er sie durch andere Mittel und Wege kontrollierte. Harry begriff nun, dass sie die ganze Zeit über nichts weiter als eine Schachfigur im teuflischen Spiel ihres Vaters gewesen war. Einst hatte er sie vor ihm retten und beschützen wollen, und diese Erinnerung besänftigte sein kochendes Gemüt.

„Sag es mir“, wiederholte er leise. „Vielleicht kann ich dir helfen.“

„Ich weiß nichts Genaueres, nur, dass er in irgendwelche üblen Geschäfte verwickelt ist.“ Sie hielt kurz inne und schluckte schwer. „Mit üblen Männern.“

„Wer sind diese Männer?“

„Ihre Namen kenne ich nicht, aber sie sind allesamt Rohlinge.“ Plötzlich warf sie sich ihm in die Arme und klammerte sich verzweifelt an ihm fest. „Bring mich von hier fort! Als du mir damals vorgeschlagen hast durchzubrennen, hatte ich nicht den Mut, aber jetzt ...“

Bevor Harry sich aus ihrem Griff befreien konnte, vernahm er einen schockierten Laut und sah sich suchend um. Er erhaschte gerade noch einen Blick auf Tessas entsetztes Gesicht, bevor sie sich im Türrahmen umdrehte und davonstürmte.

Blindlings rannte Tessa den Gang hinunter und bog an dessen Ende um eine Ecke ... nur um sich in einer Sackgasse wiederzufinden. Nein, nicht ganz. Da war eine einzige Tür. Ohne nachzudenken, betrat sie den Raum. Es handelte sich um die Bibliothek, die glücklicherweise verlassen zu sein schien. Zwischen den Bücherregalen und in der Sitzecke vor dem Kamin regte sich nichts.

Schnell schloss sie die Tür hinter sich und lehnte sich anschließend gegen das kühle Holz, um sich zu sammeln, ihre aufgewühlten Gefühle zu beruhigen.

Wie konnte er ihr so etwas nur antun? Trotz ihrer Bemühungen wurde sie von Wut und Verzweiflung übermannt.

Bring mich von hier fort! Als du mir damals vorgeschlagen hast durchzubrennen, hatte ich nicht den Mut, aber jetzt ...

Wieder und wieder hallten Celeste De Witts Worte in Tessas Kopf nach. Hatte Bennett etwa eine Affäre mit der Frau? Wie lange kannte er sie schon?

Trotz des stechenden Schmerzes in ihrer Brust begannen ihre Gedanken zu rasen und ein eisiger Schauer lief ihr über den Rücken. Ging zwischen Bennett und den De Witts mehr vor sich, als sie bislang angenommen hatte? Als er ihr von seinem Verdacht erzählte, dass der angesehene Wissenschaftler hinter den Höllenfeuer-Anschlägen stecken könne, hatte sie ihm blindlings geglaubt, weil sie ihm vertraute. Weil sie überzeugt gewesen war, dass er ihre Familie beschützen würde.

Nun wurde ihr klar, was für einen törichten Fehler sie begangen hatte. Bennett hatte sie angelogen ... und wer wusste schon, worin er noch alles verwickelt war? Was, wenn er die ganze Zeit über weder ihr noch ihrer Familie gegenüber ehrbare Absichten gehegt hatte?

Panisch hörte sie, wie Schritte den Gang entlanggeeilt kamen und vor der Bibliothek verharrten.

„Öffne die Tür", ertönte Bennetts tiefe Stimme durch das Holz.

Tessa schlug das Herz bis zum Hals. „Verschwinde, du verlogener Bastard!"

„Wenn du nicht aufmachen willst, dann tritt beiseite."

Das würde er nicht wagen ... oder doch? Vorsichtshalber wich sie ein paar Schritte zurück.

Die Tür wurde mit solcher Wucht aufgetreten, dass sie laut gegen die Wand knallte. Bennett schloss sie energisch hinter sich, nachdem er ins Zimmer marschiert war. Er näherte sich ihr mit grimmiger Miene. „Wir müssen reden."

„Ich habe kein Interesse daran, mir weiterhin deine *Lügen* anzuhören."

„Ich schulde dir eine Erklärung."

„Allerdings", erwiderte sie mit eisiger Stimme. „Jedoch wäre es besser gewesen, mir reinen Wein einzuschenken, bevor ich dich eng umschlungen mit der *Tochter des Hauptverdächtigen* erwischt habe. Oder war das auch gelogen? Hast du die ganze Sache mit De Witt nur erfunden?"

„Was zur Hölle?" Einen Augenblick lang starrte er sie stirnrunzelnd an, bevor er sie am Handgelenk packte und mit sich in Richtung der Bücherregale zerrte.

„Wir brauchen mehr Privatsphäre."

„Lass mich sofort los, du Rüpel!"

„Willst du die Sicherheit deiner Familie gefährden? Dann schrei ruhig so laut weiter, dass jeder auf diesem verdammten Ball dich hören kann."

Sie funkelte ihn wütend an, erwiderte jedoch nichts, sondern folgte ihm in das Labyrinth aus Regalen. Zwischen den unzähligen Reihen schwerer Lederbände herrschte eine seltsam gedämpfte Atmosphäre. Sobald sie sich im Herzen der Bibliothek befanden, riss sie sich von ihm los.

„Ich habe dich und Miss De Witt zusammen gesehen", zischte sie aufgebracht. „Sie lag in deinen Armen und erinnerte dich daran, dass du ihr einst vorgeschlagen hattest, gemeinsam durchzubrennen!"

„Das ist richtig."

Sein Zugeständnis versetzte ihr einen Stich in die Brust. Sie war so verletzt, dass sie nicht wusste, was sie darauf erwidern sollte.

„Aber das war vor sehr langer Zeit", sagte er und fuhr sich mit der Hand durchs Haar. „Ich habe sie nicht mehr gesehen, seit ich Cambridge vor über zwei Jahren verließ."

„Was hattest du denn in Cambridge zu schaffen?", fragte sie, ohne zu wissen, warum ausgerechnet diese Worte aus ihr heraussprudelten.

„Ich habe dort am wissenschaftlichen Institut studiert."

„Du sagtest doch, du seist Streckenarbeiter gewesen!"

„War ich auch. Nachdem De Witt meine Karriere zerstört hatte."

Diese Information ließ sie innehalten. Plötzlich erinnerte sie sich an das, was er ihr über den Erfinder des Sprengstoffs erzählt hatte ... Dass dieser für sein Werk mit dem Leben bezahlen musste.

„*Du* warst derjenige, der das Höllenfeuer entdeckt hat?", fragte sie ungläubig. „Der deiner eigenen Aussage nach gestorben ist?"

„Ein Teil von mir ist damals auch in gewisser Weise gestorben", erwiderte er angespannt. „Als man mich beschuldigte, ein Dieb und ein Lügner zu sein, war mein Ruf ruiniert. Ich wurde zur Persona non grata der wissenschaftlichen Gemeinschaft. Also habe ich mein Studium abgebrochen und versucht, mit meinen Kenntnissen eine Anstellung als Streckenarbeiter zu finden."

Sein schonungsloses Geständnis jagte ihr einen Schauer über den Rücken, erfüllte sie gleichzeitig aber auch mit Hoffnung.

„Erzähl mir alles", verlangte sie. „Fang ganz von vorne an und lass nichts aus."

„Ich habe das Höllenfeuer zufällig während eines missglückten Experiments entdeckt", sagte er mit grimmiger Miene. „Leider war ich so töricht, Miss De Witt von meiner neuen Erfindung zu berichten. Ich hatte sie schon eine geraume Weile umworben ..."

„Wie lange?", wollte Tessa wissen.

„Um die vier Jahre. Ich hatte sie gebeten, mich zu heiraten, aber sie hielt mich hin, behauptete, ihr Vater würde nie zulassen, dass sie die Gemahlin eines Mannes mit meinen Zukunftsaussichten werde, und ich habe ihr geglaubt. De Witt ist nicht nur ein Baron, sondern auch ein äußerst ehrgeiziger Mensch. Er wollte seiner Tochter einen Titel sichern. Als ich ihr von meiner Entdeckung erzählte, überredete sie mich, auch ihren Vater einzuweihen, um seine Gunst zu gewinnen. Er zeigte großes Interesse an dem Gemisch, insbesondere aufgrund des Potenzials für industrielle Anwendung." Bennett hielt inne und schüttelte den Kopf. „Ich habe ihn gewarnt, ihn darauf hingewiesen, wie gefährlich und instabil der Sprengstoff ist, dass ich mich damit versehentlich fast selbst in die Luft gejagt hätte."

Tessa versuchte, den Schwall an Informationen zu verdauen, aber vorrangig ließ sie der Gedanke nicht los, dass er Miss De Witt hatte heiraten wollen.

Natürlich hat er sich in eine Schönheit wie sie verliebt. Sie ist so liebreizend und elegant und ... groß. Alles, was ich nicht bin.

„Was geschah dann?", fragte sie, bemüht, nicht weiter darüber nachzudenken.

„Wir trafen eine Abmachung. Er bezahlte mich dafür, an einer stabileren Version der Verbindung zu arbeiten, unter der Bedingung, dass ich Stillschweigen über das Projekt bewahrte. Er wollte nicht, dass jemand von meiner ‚Schießbaumwolle', wie ich sie getauft hatte, erfuhr und uns womöglich das Patent vor der Nase wegschnappte. Sollten meine Versuche von Erfolg gekrönt sein, wollte er darüber nachdenken, mir die Hand seiner Tochter zu geben."

„Er wusste genau, welchen Köder er auswerfen musste", murmelte Tessa vor sich hin.

„Wie bitte?", fragte Bennett stirnrunzelnd.

„Ach, nichts. Und weiter?"

„Nichts weiter. Es gelang mir nicht, das Gemisch zu stabilisieren", sagte er. „Zumindest nicht innerhalb von so kurzer Zeit. Nach knapp zwei Wochen saß De Witt mir bereits im Nacken und verkündete, er habe Investoren gefunden, die bereit seien, unser Produkt zu kaufen. Nach einem Monat wurde er unvernünftig, ließ nicht mehr normal mit sich reden. Er warf mir vor, ich würde absichtlich sein Lebenswerk sabotieren. Eines Abends, nach einem heftigen Streit, war ich so weit, dass ich unsere Partnerschaft beenden und fortan allein an meiner Schießbaumwolle weiterforschen wollte, als plötzlich Celeste bei mir auftauchte."

Tessa spürte eine glühende Eifersucht in sich aufsteigen. „Was wollte sie von dir?"

„Ursprünglich wollte sie sich nur für das Verhalten ihres Vaters entschuldigen. Sie sagte, er sei aufgrund finanzieller Verpflichtungen ziemlich angespannt. Aber dann führte eines zum anderen." Er hielt inne und räusperte sich.

„Hast du ... mit ihr geschlafen?", presste sie hervor.

„Gott, nein! Das hätte Celeste niemals zugelassen. Aber

wir, äh, haben uns geküsst. Was weitaus mehr war als alles, was sie mir in den vier Jahren erlaubt hatte, in denen ich ihr den Hof machte."

Ein Gefühl der Erleichterung durchflutete Tessa. Gleichzeitig war sie froh über das schummerige Licht, da ihre Wangen vor Scham glühten. Celeste hatte ihm nach vier Jahren *einen* Kuss gestattet, sie selbst war bereits nach *drei Wochen* zu weitaus mehr bereit gewesen.

„Als ich am nächsten Morgen in meinem Labor eintraf, wartete De Witt mit dem Rektor sowie anderen Fakultätsmitgliedern bereits auf mich, und beschuldigte mich vor ihnen des Diebstahls", fuhr Bennett fort und ballte die Hände zu Fäusten. „Er behauptete, ich hätte in der Nacht zuvor sein Labor verwüstet und die Aufzeichnungen zu *seinen* Experimenten gestohlen. Und dafür hatte er sogar Beweise. Vor meiner Ankunft hatten sie meinen Arbeitsplatz durchsucht und ein in seiner Handschrift verfasstes Notizbuch gefunden, in dem sämtliche Details über die Schießbaumwolle festgehalten worden waren."

„Er hat also deine Aufzeichnungen gestohlen, sie in seiner Handschrift kopiert und dir die Fälschung untergejubelt?", fasste Tessa zusammen.

Bennett sah sie überrascht an. „Woher weißt du das?"

„Weil es das ist, was *ich* tun würde, wenn ich jemandem etwas anhängen wollte."

Einen Augenblick lang musterte er sie mit undurchdringlicher Miene, bevor seine Haltung sich ein wenig entspannte. „Danke", sagte er leise.

„Wofür?"

„Dafür, dass du mir glaubst."

„Das ändert nichts an der Tatsache, dass du mich angelogen hast", konterte sie.

„Ich weiß. Und es tut mir aufrichtig leid."

Angesichts der Reue in seinen braunen Augen fiel es ihr zunehmend schwerer, ihm böse zu sein. „Wie ging es weiter?"

„Da ich am Abend zuvor mit Celeste zusammen war, hatte ich ein Alibi für den fraglichen Zeitraum. Allerdings konnte ich das als Gentleman unmöglich zugeben."

„Warum denn nicht?", platzte sie ungehalten heraus. „Immerhin standen deine Karriere und dein guter Name auf dem Spiel!"

„Ich weiß. Aber ich brachte es einfach nicht über mich, den Ruf einer Dame zu ruinieren. Und insgeheim hoffte ich, dass *sie* das Richtige tun würde."

„Und?"

Seine Miene verfinsterte sich. „Natürlich hat sie die Aussage ihres Vaters bestätigt und behauptet, sie sei an jenem Abend bei ihm gewesen und hätte gesehen, wie ich sein Büro verließ."

„*Teufel noch eins!*" Tessa fiel vor Schock die Kinnlade herunter. „Sie war von Anfang an eingeweiht?"

„Um dafür zu sorgen, dass ich wie der größte Narr dastehe", sagte er voller Verbitterung.

Endlich fügte sich alles zu einem klaren Bild zusammen. Nun begriff sie, warum er so überzeugt davon war, nie wieder lieben zu können ... Weil die Frau, die er einst zu lieben glaubte, ihn auf übelste Weise verraten hatte.

Plötzlich fiel ihr noch etwas anderes ein, und ihre Wut flammte erneut auf.

„In der Kutsche hast du behauptet, du würdest nichts mehr für sie empfinden", sagte sie anklagend.

Er runzelte die Stirn. „Das tue ich auch nicht."

„Warum hast du dann vorhin mit ihr angebandelt?"

„Es war nicht so, wie es aussah, das musst du mir glauben."
Er hielt inne und rieb sich verlegen den Nacken, bevor er hinzufügte: „Ich habe lediglich versucht, ihr Informationen über

ihren Vater zu entlocken, als sie sich mir ganz plötzlich an den Hals warf."

„Wer's glaubt, wird selig", schnaubte sie irritiert.

„Denkst du wirklich, ich will sie nach allem, was sie mir angetan hat, noch immer?"

Als sie die Verachtung in seiner Stimme hörte und die Anspannung in seinen breiten Schultern bemerkte, musste sie widerwillig klein beigeben. „Na schön, das wäre unlogisch. Aber du wärst nicht der erste Mann, der sich von einem anderen Körperteil als seinem Kopf leiten ließe. Immerhin kannst du nicht leugnen, dass Celeste De Witt ein Juwel von erster Güte ist. Sie ist blond, groß und gertenschlank ... einfach rundum perfekt."

„Das mag auf den Geschmack anderer zutreffen, aber ich bevorzuge zierliche Brünette in fragwürdigen Frettchenkostümen", erwiderte er, und seine Augen funkelten neckisch hinter den Gläsern seiner Brille. „Ich will keine außer dir, Tessa."

Sie war noch nicht bereit, ihn vom Haken zu lassen. „Warum hast du mich dann angelogen? Warum hast du mir nichts von deiner Verbindung mit den De Witts erzählt?"

„Weil ich alles andere als stolz auf meine Vergangenheit bin", erklärte er mit rauer Stimme. „Und welcher Mann gibt schon gerne vor der Frau, die ihm wichtig ist, zu, dass er ein hirnloser Narr war?"

Ich bin ihm wichtig. Aus seinem Mund kam das praktisch einer Liebeserklärung gleich.

„Oh, Bennett." Unwillkürlich streckte sie die Hand nach ihm aus.

Er ergriff sie und hielt sich wie ein Ertrinkender daran fest. „Es tut mir leid, dass ich nicht immer ehrlich zu dir war. Aber was meine Gefühle für dich betrifft, habe ich nie gelogen, das schwöre ich dir."

„Ich vergebe dir", erwiderte sie mit einem zaghaften Lächeln. „Lüg mich nur nie wieder an."

Ein seltsamer Ausdruck huschte über sein Gesicht, und er schloss kurz die Augen. Als er sie wieder öffnete, fegte die unverhohlene Sehnsucht in seinem Blick auch die letzten ihrer Zweifel fort. In seiner Nähe fühlte sie sich selbstbewusst, schön und vor allem *begehrenswert*. Obwohl sie nicht perfekt war, war sie die Richtige für ihn. Und er war der Einzige, den sie wollte.

„Ich weiß wirklich nicht, womit ich dich verdient habe", flüsterte er mit vor Verwunderung rauer Stimme.

„Ich auch nicht", erwiderte sie ebenso leise und bedachte ihn mit einem glühenden Blick. „Aber ich hätte da eine Idee, wie du dich erkenntlich zeigen könntest."

Kapitel Achtundzwanzig

Wie immer hatte sie sich für ihre Spielchen den denkbar schlechtesten Zeitpunkt ausgesucht.

Und wie immer war er machtlos, ihr zu widerstehen.

Zärtlich umschloss er ihr Gesicht mit den Händen und sah ihr tief in die Augen. Der offene, vertrauensselige Ausdruck, mit dem sie ihm entgegenblickte, brachte eine erneute Welle von Gewissensbissen mit sich.

Ihre rosigen Wangen und ihr leicht geöffneter Mund entfachten ein brennendes Verlangen in ihm ... Gleichzeitig überkam ihn aber auch das dringende Bedürfnis, ihr alles zu gestehen: wer er wirklich war, dass er als Polizeibeamter arbeitete und verdeckt ermittelte, um die Höllenfeuer-Anschläge aufzuklären. Wie standen die Chancen, dass sie ihm hinterher vergeben, ihm jemals wieder vertrauen würde?

Man sollte einem Gesetzeshüter niemals über den Weg trauen ... Die sind allesamt Spitzel, Söldner und Halunken.

Lüg mich nur nie wieder an ...

Harrys Magen verkrampfte sich schmerzhaft. Er *wollte* sie ja nicht anlügen. Aber wenn er ihr die Wahrheit erzählte, würde sie ihn höchstwahrscheinlich aus ihrem Leben verbannen. Das durfte er nicht zulassen, nicht jetzt, wo sie ungeahnten Gefahren ausgesetzt war und seinen Schutz brauchte. Ihre Liebe zu verlieren, wäre unerträglich ... aber zu riskieren, dass ihr etwas zustieß?

Das war ein Ding der Unmöglichkeit.

„Bennett?"

Die Unsicherheit in ihrer Stimme riss auch die letzten Mauern seiner Selbstbeherrschung ein. Zwar konnte er die Wahrheit nicht in Worte fassen, ihr dafür aber zeigen, was er für sie empfand: eine Sehnsucht, die tiefer ging als alles andere. Langsam neigte er den Kopf zu ihr hinunter und ließ seine Lippen zärtlich über die ihren streifen. Er wollte den Moment auskosten, ihr begreiflich machen, dass niemand, am allerwenigsten Celeste, ihr das Wasser reichen konnte.

Sie jedoch schien andere Pläne zu haben, denn sie öffnete den Mund und vertiefte den Kuss, umspielte seine Zunge fordernd mit der ihren, und er verlor sich in ihrem berauschenden Aroma. Bevor er sichs versah, hatte sie die Arme um seinen Hals geschlungen, und er presste sie gegen das nächstgelegene Bücherregal, angetrieben von dem Verlangen, ihr alles zu sagen, was er nicht laut aussprechen durfte, von der Tatsache, dass er sich nicht auf diese alles konsumierende Leidenschaft einlassen sollte. Aber es war zu spät.

Seiner Begierde folgend, begann er, an ihrem Ohrläppchen zu knabbern, und die leisen Seufzer, die sie ausstieß, steigerten seine Erregung ins Unermessliche. Seine Lippen wanderten an ihrem Hals entlang über ihr Schlüsselbein hinunter zu ihrem tief ausgeschnittenen Dekolleté. Obwohl es ihm nicht gefallen hatte, wie sie von den anderen Gentlemen auf dem Ball angegafft worden war, konnte er ihnen die lüsternen Blicke nicht verübeln. In ihrem Kostüm war sie eine wahre Augenweide.

Die Haut unter dem Hermelinpelz, der ihren Ausschnitt

säumte, fühlte sich noch seidiger an als das hochwertige Fell. Leider kam er nicht recht viel weiter, da ihr Mieder ihm den Zugang erschwerte.

„Ich hätte nie gedacht, dass ich das einmal sage", murmelte er, „aber ich glaube, in Hemd und Hose gefällst du mir besser."

Trotz des schummerigen Lichts konnte er das spitzbübische Funkeln in ihren Augen sehen. „Hey, ich habe unzählige Komplimente für mein Kostüm bekommen."

„Ich weiß. Am liebsten hätte ich jedem Bastard, der dich anzüglich gemustert hat, den Hals umgedreht."

„Es ist dir also aufgefallen?", fragte sie erfreut.

Früher hätten bei ihm sofort die Alarmglocken geschrillt, wenn eine Frau sich begeistert über seine Eifersucht zeigte, aber Tessa war anders. Sie spielte keine hinterhältigen Spielchen, sondern freute sich einfach, dass jemand bemerkt hatte, wie gut sie bei den hochkarätigen Gästen angekommen war.

Ihre nächsten Worte bestätigten seine Überzeugung. „Anfangs lief es nicht sehr gut, aber ich erinnerte mich an deinen Rat und habe Hyacinth und ihr gehässiges Gefolge ignoriert. Dann lernte ich ein paar äußerst reizende Damen kennen. Sie waren so nett und bodenständig, ich konnte kaum glauben, dass sie Herzoginnen waren!"

Harry wunderte sich nicht sonderlich darüber ... Immerhin handelte es sich um seine Schwestern. Er hatte Emma und Polly gebeten, Tessa unter ihre Fittiche zu nehmen, und die beiden hatten wie immer Wort gehalten. „Was du nicht sagst."

Tessa nickte eifrig. „Sie machten mich mit vielen anderen Gästen bekannt, und meine Tanzkarte begann, sich zu füllen ... Oh!"

Er hatte es geschafft, sich Zugang zu einer ihrer Brustwarzen zu verschaffen, und rieb mit dem Daumen über die feste, kleine Knospe. „Und weiter?"

„Ich kann nicht klar denken, wenn du das tust“, keuchte sie atemlos.

„Soll ich lieber damit aufhören?“

„Wage es ja nicht!“

Er bemühte sich, ernst zu bleiben. „Würdest du ein Hemd tragen, könnte ich dich hier liebkosen“, murmelte er und ließ seinen Finger um ihren anderen Nippel kreisen. „Würde dir das gefallen, mein Herz?“

Ihre dunkelgrünen Augen waren glasig vor Begierde. „Das weißt du doch ganz genau.“

Fordernd legte er einen Finger auf ihre Lippen. „Lutsch daran, Liebling. Mach ihn schön nass.“

Sein Schwanz pulsierte vor Erregung, als sie den Mund um seinen Daumen schloss und sanft daran zu saugen begann. Erinnerungen an ihre gemeinsame Kutschfahrt und Tessas verruchtes Talent, was orale Befriedigung betraf, schossen ihm durch den Kopf. Schwer atmend zog er seine Hand zurück und fuhr fort, erst ihre eine, dann die andere Brustwarze mit der feuchten Fingerspitze zu reizen.

„Stell dir vor, ich würde deine süßen, kleinen Nippel küssen, daran saugen“, flüsterte er, während er leicht in eine der empfindlichen Knospen kniff.

Es dauerte nicht lang, bis sie völlig außer Atem und halb von Sinnen vor Lust war.

„Einen Vorteil hat dieses Kostüm allerdings“, murmelte er.

„Welchen denn?“, keuchte sie, während sie sich ungeduldig unter seinen Berührungen wand.

Statt einer Antwort schob er mit der freien Hand ihre Röcke nach oben. „Halt sie für mich fest, mein Herz.“

Kaum war sie seiner Anweisung gefolgt, kniete er sich vor sie hin, legte die Hände auf ihre entblößten Schenkel und drückte sie weiter auseinander, um sich an dem Anblick ihrer engen, feuchten Pussy zu laben. Mit einem hungrigen, wölfischen Grinsen vergrub er das Gesicht in den dunklen, samtigen Locken ihrer Scham.

„*Donnerwetter*", stöhnte sie.

Man sollte meinen, ein verruchter Akt wie dieser sei eine ernste Angelegenheit, aber wie immer schaffte sie es, ihn in jeder noch so ungewöhnlichen Situation zum Lachen zu bringen. Mit *Donnerwetter* lag sie ganz richtig. Sie war wie Ambrosia für seine Sinne. Gierig ließ er seine Zunge an ihrer feuchten Spalte entlangfahren, bevor er die Lippen um ihre Perle schloss und daran zu saugen begann.

Mit einem leisen Aufschrei presste sie sich ihm entgegen und gab sich ihrer Ekstase hin. Er stöhnte kehlig und spürte, wie ihm ein paar heiße Lusttropfen aus der Eichel quollen. So erotisch der Anblick auch war, verriet ihm die rastlose Energie, die sie ausstrahlte, dass sie mehr wollte. Also sprang er auf die Füße, küsste sie fordernd und ließ seinen Mittelfinger in ihre Pussy gleiten, während seine Zunge die ihre umspielte.

Ihr Körper empfing ihn bereitwillig, und sie wölbte sich ihm stöhnend entgegen, als er einen zweiten Finger in ihre feuchte Hitze sinken ließ.

„Zu viel?", presste er hervor, bemüht, sein brennendes Verlangen unter Kontrolle zu halten.

„Mehr", wimmerte sie. „Gott, Bennett, ich will dich spüren …"

Darum musste sie ihn nicht zweimal bitten. Schweißperlen bildeten sich auf seiner Stirn, während er sie immer härter und schneller befriedigte, wobei sein Daumen unablässig über ihren klatschnassen Kitzler rieb. Er küsste sie hart, verlor sich in dem leidenschaftlichen Tanz ihrer Zungen, als er plötzlich spürte, wie ihr Körper sich verspannte und ihre Scheidenmuskeln sich um seine Finger zusammenzogen. Seine Lippen dämpften ihre lustvollen Schreie, während sie auf der nicht enden wollenden Woge ihrer Befriedigung ritt.

Eine Weile lang streichelte er sie sanft, bis ihr Atem und ihr Puls sich beruhigt hatten und sie ihn mit einem verträumten Lächeln bedachte. Gott, sie war nie hinreißender als in diesen intimen Momenten, die sie miteinander teilten. Er zwang sich, seine eigene Erregung zu ignorieren. Sie waren dem Ball schon viel zu lange ferngeblieben.

„Es wird Zeit, dass du zu den anderen zurückkehrst", sagte er und strich ihr eine widerspenstige Locke aus der schweißnassen Stirn. „Aber zuerst müssen wir dich wieder salonfähig machen."

Einen Augenblick lang starrte sie ihn wortlos an, bevor sie ihn von sich schob und vor ihm auf die Knie fiel. Sein Herz begann, wie wild zu schlagen, als sie sich mit geschickten Fingern am Verschluss seines Hosenbunds zu schaffen machte.

„Danach", flüsterte sie.

„Äh … wonach?", fragte er mit erstickter Stimme. Was glaubte er denn, was sie vorhatte? Er stand mit heruntergelassener Hose vor ihr, und ihre behandschuhten Finger waren fest um seine riesige, pulsierende Erektion geschlossen. Er war so erregt, dass sein dicker Schaft kerzengerade nach oben stand und kaum von seinen harten Bauchmuskeln wegzubewegen war. Dennoch gelang es ihr, den Mund um die geschwollene Eichel zu schließen.

Er keuchte ihren Namen, als sie leicht daran zu saugen begann, und der verzweifelte Unterton in seiner Stimme war ebenso berauschend wie sein herber, männlicher Duft. Genüsslich fuhr sie mit der Zunge über die hervortretenden Venen und die samtige Haut seines steifen Glieds. Sie versuchte, sich an das zu erinnern, was er ihr beim letzten Mal beigebracht hatte, und legte eine Hand um die Wurzel seines Schafts, während sie sich anschickte, den Rest mit dem Mund zu umschließen.

Was wahrlich kein leichtes Unterfangen war, denn abgesehen von seiner beachtlichen Größe war dies gerade einmal ihr zweiter Versuch. Seiner Reaktion nach zu urteilen, schien sie sich jedoch recht erfolgreich zu schlagen.

„Gott, dein Mund", presste er hervor und klang halb trunken vor Leidenschaft, „fühlt sich himmlisch an."

Hmm. Vielleicht war sie besser, als sie angenommen hatte.

Nach mehreren Anläufen verfiel sie in einen regelmäßigen Rhythmus. Es gefiel ihr, ihn auf diese Weise zu verwöhnen, ihm dieselbe Lust zu bescheren, die er ihr so freimütig schenkte ... zu sehen, wie zur Abwechslung *er* die Kontrolle verlor. Eine Hand hatte er in ihrer völlig zerzausten Frisur vergraben, während er sich mit der anderen an das Bücherregal klammerte, als suchte er nach einem Halt, der ihn im Hier und Jetzt verankerte. Sein Gesicht spiegelte wilde, zügellose Lust wider.

Der Anblick spornte sie an, sich noch mehr Mühe zu geben. Ihre Faust fuhr immer härter und schneller über seinen Schaft, während sie versuchte, den Rest von ihm so tief es ging in ihrem warmen, feuchten Mund aufzunehmen. Seine Hüften zuckten unfreiwillig, und sie röchelte ein wenig, als seine fette Eichel gegen ihren Rachen stieß. Als er jedoch versuchte, sich zurückzuziehen, verstärkte sie ihren Griff um ihn und zog ihn dichter an sich heran.

„Tessa, lass los", keuchte er. „Ich kann mich nicht mehr zurückhalten ..."

Kurz ließ sie von ihm ab, um mit heiserer Stimme zu flüstern: „Das sollst du auch nicht."

Ihre Worte schienen ihm den letzten Funken Selbstbeherrschung zu rauben. Heftig atmend vergrub er die Finger beider Hände in ihren Locken und ließ seinen Schwanz erneut zwischen ihre geschwollenen Lippen gleiten. Sie begrüßte jeden seiner kräftigen Stöße mit ebenbürtigem Enthusiasmus, berauscht von dem Gefühl, ihn so hemmungslos, so hingebungsvoll zu sehen. Von einem Impuls getrieben, begann sie, seine schweren, samtigen Hoden zu liebkosen.

„*Verdammt*", stöhnte er auf, bevor er sich heftig pulsierend in ihren Mund ergoss. Seinen heißen, salzigen Samen auf ihrer Zunge zu kosten, zu beobachten, wie er sich dem Höhepunkt hingab, den sie ihm beschert hatte, erfüllte sie mit einem Gefühl tiefer Befriedigung.

Als er sich, immer noch hart, aus ihr zurückzog, ließ sie ihn gewähren.

Anschließend half er ihr behutsam auf die Füße und küsste sie zärtlich.

„Gottverdammt", flüsterte er mit kehliger Stimme, während er einen Daumen über ihre Unterlippe gleiten ließ. „Du schmeckst nach mir."

„Ich liebe dein Aroma", flüsterte sie zurück.

Der Ausdruck aufrichtigen Staunens in seinen warmen, braunen Augen ließ sie am ganzen Körper erbeben. „Tessa, ich … ich habe mich noch nie zuvor so gefühlt wie mit dir …"

„Ähem." Sie fuhren erschrocken zusammen, als sie das demonstrative Räuspern ihres Gastgebers aus der Richtung des Kamins vernahmen. „Ist da hinten zwischen den Regalen jemand?"

Bennett fluchte leise, während er mit zitternden Händen seine Hose zuknöpfte.

Tessa, die sich schneller wieder gesammelt hatte als er, flüsterte ihm zu: „Bleib hier."

Bevor er sie aufhalten konnte, war sie entschlossen an ihm vorbeimarschiert.

Ransom stand vor dem Kamin und wirkte nicht sonderlich überrascht, sie zu sehen.

„Sie haben mich ganz schön erschreckt, Euer Gnaden",

sagte sie und zwang sich zu einem Lächeln. „Ich wollte mir nur die Bibliothek ein wenig ansehen. Sie ist von ... beachtlicher Größe." *Verdammt, warum denke ich nicht nach, bevor ich den Mund aufmache?* Hastig fügte sie hinzu: „Ich meine, der Umfang Ihrer Büchersammlung ist beeindruckend."

„Größe spielt eben doch eine Rolle, meine Teure, egal, was andere Männer behaupten mögen", erwiderte er und hob amüsiert die Brauen. „Möchten Sie meine ... *Sammlung* vielleicht ein wenig eingehender betrachten?"

„Nein! Äh, ich ..." Verzweifelt suchte sie nach einer Ausrede. „Ich bin ziemlich durstig, und wollte mir gerade etwas zu trinken holen. Wären Sie so freundlich, mich zu begleiten?"

Mit einem lautlosen Stoßgebet auf den Lippen eilte sie in Richtung Tür.

„Moment noch, Miss Smith."

Sie erstarrte, als der Herzog an sie herantrat und eine Hand nach ihr ausstreckte ... Doch er richtete lediglich ihr Haarband mit den spitzen Öhrchen, das während ihres Liebesspiels mit Bennett völlig verrutscht war. Einen Augenblick lang lüftete sich der Schleier seiner Gleichgültigkeit, und sein kalter, lauernder Blick verlieh seinem Raubtierkostüm eine bedrohliche Glaubwürdigkeit.

„Wir sollten darauf achten, dass unser wildes Kätzchen in angemessenem Zustand von seinem Erkundungsgang zurückkehrt", murmelte er.

Verflixt ... Wusste er etwa Bescheid?

Mit hämmerndem Herzen bemühte sie sich, nicht bis unter die Haarwurzel zu erröten oder einen verräterischen Blick zu den Bücherregalen hinüberzuwerfen.

„V-vielen Dank, Euer Gnaden", stammelte sie.

Der Schleier legte sich wieder über sein Gesicht, und mit einem gelangweilten Lächeln hielt er ihr den Arm hin. „Wollen wir?"

Kapitel Neunundzwanzig

„Versprich mir, dass du immer bei den anderen bleiben wirst", verlangte Harry.

„Zum hundertsten Mal: Ich verspreche es!"

Er wusste, dass Tessa nur mit Mühe ein Augenrollen unterdrückte, aber das war ihm egal. Er bereute es bereits zutiefst, dass er sich zu diesem haarsträubenden Plan hatte überreden lassen. Als sie ihm am Abend zuvor auf dem Rückweg von Ransoms Ball davon erzählte, war er noch viel zu entspannt und befriedigt von ihrem Schäferstündchen gewesen, um klar denken zu können.

Und nun war es zu spät. Sie befanden sich bereits auf dem Weg zu Garritys Stadthaus in Bloomsbury.

„Ich weiß nicht, was du dir von diesem Besuch erhoffst", sagte er kopfschüttelnd.

„Selbst der kleinste Hinweis ist besser als nichts", erwiderte sie in nüchternem Tonfall. „Da Alfred sich an De Witt gehängt hat, bleibt uns mehr Zeit, andere Verdächtige unter die Lupe zu nehmen. Ich werde heute Nachmittag jedenfalls Augen und Ohren offen halten."

Sie klang wie eine erfahrene Ermittlerin.

„Garrity ist ein gefährlicher Mann", gab Harry zu bedenken. „Wenn er dich dabei erwischt, wie du in seinem Haus herumschnüffelst ..."

„Er wird mich nicht erkennen. Ich bin ihm nur ein einziges Mal begegnet, und das war vor vielen Jahren, als Großpapa mich als Kind mit ins Nightingale's nahm. Außerdem glaube ich kaum, dass er um diese Uhrzeit zu Hause sein wird. Wenn doch, wird er mich als Miss Smith kennenlernen, eine Freundin seiner Frau, die zum Kaffeekränzchen vorbeischaut."

„Und mehr wirst du auch nicht tun!" Gott sei Dank waren seine Schwestern ebenfalls eingeladen und würden ein Auge auf Tessa haben. Da er Ambrose gebeten hatte, die beiden von seiner Mission und den damit verbundenen Gefahren in Kenntnis zu setzen, konnte er sich sicher sein, dass sie alles tun würden, um sie zu beschützen.

„Ich hab's ja verstanden, Professor."

Wie immer brachte ihr freches Mundwerk ihn zum Schmunzeln. Mit ihrem eleganten, beigefarbenen Kleid und der dazu passenden Strohhaube mochte sie zwar wie eine sittsame Debütantin aussehen, aber im Herzen war sie ein temperamentvoller Wirbelwind.

„Eines Tages", sagte er in gespielt belehrendem Tonfall, „wirst auch du lernen, dass schlechtes Betragen Konsequenzen nach sich zieht, junge Dame."

„Was denn für Konsequenzen?"

Er konnte sich ein Prusten nicht verkneifen. „Du solltest nicht so eifrig klingen, wenn es um hypothetische Züchtigung geht."

„Warum nicht? Züchtigung kann unglaublich erregend sein", erwiderte sie wissend.

Einen Augenblick lang starrte er sie fassungslos an. „Wie kommst du denn darauf?"

„Im Freudenhaus meines Vaters gab es einen beliebten

Raum mit der Bezeichnung ‚Büro des Rektors‘. Ich fragte mich stets, was daran so aufregend sei, also musste ich natürlich Nachforschungen anstellen.“

„Natürlich“, erwiderte er trocken.

„Es war alles höchst seltsam. An den Wänden hingen lauter Ruten und Paddel und sonstige Instrumente.“ Sie hielt inne und rümpfte die Nase. „Als ich Francie danach fragte, sagte sie nur: *Jedem das Seine.*“

Wieder einmal erstaunte ihn ihr vielseitiges Wissen. Ihr Gehirn war eine wahre Schatzgrube an beiläufigen Fakten, Halbwahrheiten und echten Perlen der Weisheit, ähnlich dem exotischen Allerlei in Alfred Doolittles Pfandleihgeschäft. Sich mit ihr zu unterhalten, glich einer Schatzsuche: Man wusste nie, auf welche Art von Juwel man als Nächstes stoßen würde.

Tessa warf ihm einen argwöhnischen Blick zu. „Du würdest mich doch nicht etwa gerne züchtigen wollen ... oder?“

Genau *das* meinte er. Mit welcher anderen Frau könnte er sich über derart unangebrachte Themen unterhalten? Die Antwort lautete: mit keiner. Tessa verband auf einzigartige Weise die Unschuld einer Jungfrau mit dem Mundwerk eines Gassenjungen in sich.

Der Gedanke entlockte ihm ein Lächeln.

„Nicht mit Ruten oder Paddeln oder dergleichen“, erwiderte er ernst. „Aber mir fiele da die eine oder andere Art ein, auf die ich dich quälen könnte.“

„Wie denn?“

Ihre atemlose Stimme und die rosigen Wangen verrieten ihm, dass sie der Vorstellung nicht gänzlich abgeneigt war. Ein elektrisierender Schock durchfuhr ihn. Verdammt, ihr Gespräch driftete in gefährliches Terrain ab. Wenn das so weiterging, wären sie in null Komma nichts beim Vorspiel angelangt. Und das durfte er nicht zulassen. Sie mussten sich auf den bevorstehenden Besuch konzentrieren. Außerdem waren Lizzie und der Kutscher in Hörweite.

Nicht zum ersten Mal wünschte er sich, Tessa ganz für sich allein haben zu können, sie irgendwohin zu entführen, wo sie vor den Gefahren und Täuschungen der restlichen Welt sicher wären. Wo es nichts gäbe außer ihnen beiden und ihrer ungezügelten Leidenschaft ...

Gefangen in seiner Fantasie, antwortete er leise: „Ich könnte zum Beispiel deinen Lustgewinn erhöhen, indem ich deinen Orgasmus hinauszögere ...“

„Ich hasse es zu warten!“, protestierte sie.

„Eben. Und je ungezogener du wärst, desto länger müsstest du warten. Ich würde dich überall küssen und liebkosen, ohne dich kommen zu lassen“, murmelte er mit rauer Stimme. „Das dürftest du erst, wenn du mich artig darum bitten würdest.“

Ihre Lippen bildeten ein überraschtes „O“, und sofort musste er daran denken, wie sündhaft gut sie ausgesehen hatte, als sie seinen Schwanz lutschte, ihm den intensivsten Höhepunkt seines Lebens bescherte. Er hatte nie eine großzügigere Liebhaberin gekannt als sie, und zwar nicht nur, was den Geschlechtsakt betraf. Tessa akzeptierte ihn so, wie er war und forderte nie mehr, als er zu geben bereit war ... Und bei Gott, aus diesem Grund wollte er ihr *alles* geben.

Leider kam in diesem Augenblick die Kutsche zum Stehen und erinnerte ihn daran, dass dies weder die Zeit noch der Ort waren, um sich derartigen Fantasien – geschweige denn deren Umsetzung – hinzugeben.

Bald, schwor er sich. *Bald kommt der Tag, an dem das alles ausgestanden ist. Dann werde ich ihr reinen Wein einschenken, sie um Vergebung anflehen und zu der Meinen machen.*

„Tessa“, sagte er leise.

„Hmm?“

Seine Mundwinkel zuckten amüsiert, als er ihren verklärten

Blick bemerkte. Offensichtlich war er nicht der Einzige, der in Erinnerungen an ihr leidenschaftliches Liebesspiel schwelgte. Gott, er liebte diese schamlose, lustvolle Seite an ihr. Er liebte *alles* an ihr.

„Wir sind da", sagte er. „Halte dich an die Herzoginnen und zieh auf keinen Fall allein los, versprochen?"

„Versprochen", hauchte sie.

~

„Ich freue mich ja so, dass Sie es einrichten konnten!", rief Gabriella Garrity aus.

„Vielen Dank für die Einladung", erwiderte Tessa mit einem warmen Lächeln.

Gabby hatte sich für den Besuch ihrer Gäste offensichtlich ins Zeug gelegt. Kaum waren sie in dem gewaltigen, nagelneuen Stadthaus eingetroffen, wurden sie durch die mit poliertem Marmor gefliese Eingangshalle in den luxuriösen Salon geführt, in dem sie sich gegenwärtig befanden. Die Einrichtung zeugte von Reichtum und erlesenem Geschmack. Die Seidentapete an den Wänden sowie das Mobiliar aus Palisander verliehen dem Raum eine schlichte Eleganz, während die taubengrauen Sitzpolster für ein gehobenes, aber dezentes Flair sorgten.

Im Gegensatz dazu waren die Erfrischungen, die kredenzt wurden, alles andere als unauffällig. Der Butler hatte einen Servierwagen hereingeschoben, auf dem sich Berge von glasiertem Gebäck und mundgerechten Sandwiches türmten, mit denen man eine ganze Armee hätte versorgen können. Die Obstplatte glich einem Kunstwerk, das Tessa sich nicht anzurühren traute. Gabby hingegen lud sich und ihren Gästen fröhlich eine Auswahl an Ananasstücken, Orangenscheiben und gezuckerten Beeren auf die Teller.

Nun saßen sie alle gemeinsam um den Kaffeetisch, Gabby auf einem Diwan, Tessa und die Herzoginnen auf bequemen Lehnstühlen. Während sie sich angeregt miteinander unterhielten, bemerkte Tessa wohlwollend, dass ihre Gastgeberin sich nicht nur zum Schein etwas auf den Teller gehäuft hatte, sondern die Köstlichkeiten sichtlich genoss.

„Du hättest dir unseretwegen nicht so viel Mühe machen müssen, Gabby", sagte Emma, deren rosafarbenes Satinkleid in einem anmutigen Kontrast zu ihren braunen Locken stand.

„Ach, das macht mir nichts aus. Mr Garrity hat gerne eine Auswahl an Imbissen bereitstehen, wenn er um die Mittagszeit zu Hause ist, daher sorge ich stets dafür, dass es ihm an nichts mangelt", erklärte Gabby, bevor sie, an den Butler gewandt, hinzufügte: „Das wäre dann alles, Burke, danke." Der alte Mann verneigte sich tief, bevor er sich lautlos zurückzog.

Polly legte den Kopf schief und musterte ihre Freundin mit großen Augen. „Du lässt *jeden Tag* ein solches Festmahl auffahren?"

„Mr Garrity gefällt es so", erwiderte Gabby und schob sich eine Gabel voll Zitronencremetorte in den Mund.

„Strathaven würde das auch gefallen, aber das heißt noch lange nicht, dass er es auch bekommt", murmelte Emma.

„Du hast Seiner Gnaden doch auch schon öfters seinen geliebten Scotch Pie gemacht", merkte ihre Schwester neckend an.

„Stimmt", gab Emma zu und nippte an ihrem Tee, wobei ihre braunen Augen über den Rand ihrer Sèvres-Tasse hinweg spitzbübisch funkelten. „Aber für gewöhnlich kriegt er den nur, wenn ich etwas ausgefressen habe. Oder ihn bestechen will."

Ihre Worte wurden von vergnügtem Gelächter quittiert.

„Oh, wie ich euch vermisst habe!", rief Gabby und stellte so energisch ihren Teller ab, dass die Rüschen ihres fliederfarbenen Kleids wie Espenlaub im Wind zitterten. „Sie natürlich auch, Miss Smith, obwohl ich Sie erst gestern kennengelernt habe."

Auch wenn die Worte der rothaarigen Frau wenig Sinn ergaben, waren sie so herzlich und aufrichtig gemeint, dass Tessa lächeln musste. „Bitte nennen Sie mich doch Tessa."

Emma setzte ihre Tasse ab und sagte: „Es ist viel zu lange her, Gabby. Wie geht es dir?"

„Alles ist einfach wunderbar. Die Kinder sind wohlauf, obwohl ich zugeben muss, dass es eine willkommene Abwechslung ist, sie und ihre Gouvernanten mal einen Nachmittag aus dem Haus zu haben. Und Mr Garrity verzeichnet einen Erfolg nach dem anderen. Papa zufolge hat er sich zu einem der wichtigsten Männer Londons entwickelt. Allerdings wünschte ich mir manchmal, die beiden würden sich besser verstehen", fügte sie mit einem Stirnrunzeln hinzu. „Aber so ist das nun mal mit der Familie. Nur mache ich mir ziemliche Sorgen darüber, wie viel der Erfolg Mr Garrity abverlangt. Erst vor einem Monat hat er sich mit etwas furchtbar Tragischem ..."

Gerade, als Tessa gebannt die Ohren spitzte, fiel Emma ihrer Freundin ins Wort.

„Gabby, du hast meine Frage nicht beantwortet. Ich wollte wissen, wie es *dir* geht."

„Aber das habe ich doch gerade erzählt", erwiderte diese verwirrt.

„Nicht wirklich, meine Liebe", sagte Polly, deren sanftmütiges Wesen zweifellos gut bei Kindern und nervösen Tieren ankam. „Du hast über deinen Ehemann, deine Kinder und deinen Vater geredet, aber nicht über *dich*."

„Oh." Verlegen senkte Gabby den Blick. „Nun ja ... Da gibt es eigentlich nicht viel zu berichten."

Damit widmete sich wieder ihrem Teller und schaufelte mehrere Gebäckstücke in sich hinein.

Tessa bemerkte den besorgten Blick, den die Schwestern

miteinander wechselten. Selbst sie, die Gabriella Garrity kaum kannte, machte sich ein wenig Sorgen über den Gemütszustand ihrer Gastgeberin. Wie konnte eine so liebenswerte, arglose Person wie sie nur mit einem angeblich so kaltherzigen und skrupellosen Mann wie Adam Garrity verheiratet sein?

„Gabby, irgendetwas stimmt doch nicht", sagte Emma leise. „Was ist es? Du kannst uns vertrauen."

Nachdem diese ihren letzten Bissen heruntergeschluckt hatte, zögerte sie kurz, bevor sie antwortete: „Es ist nichts. Ich frage mich nur manchmal ob ... ob ich ..."

„Ja?", hakte Tessa nach. Immerhin hatten sie nicht den ganzen Tag Zeit.

„Ob ich eine gute Ehefrau bin", platzte Gabby heraus und brach gleich darauf in Tränen aus.

Teufel noch eins. Tessa saß wie versteinert da, unsicher, wie sie sich verhalten sollte.

Glücklicherweise übernahmen die Herzoginnen das Kommando, erhoben sich eilig und ließen sich zu jeweils einer Seite neben Gabby nieder.

„Ist ja schon gut", murmelte Polly und tätschelte der Freundin tröstend die Schulter.

„Lass einfach alles raus, meine Liebe", sagte Emma und reichte ihr ein Taschentuch. „Ich habe noch einen ganzen Stapel davon in der Tasche, wenn du sie brauchst."

„Ich w-weiß nicht, w-was auf einmal mit mir los ist", schniefte Gabby und tupfte sich die Wangen trocken. „N-normalerweise bin ich nicht so eine Heulsuse ..."

„So geht es uns allen hin und wieder", wiegelte Emma ab. „Wir wissen doch, wie sehr Ehemänner bisweilen die Nerven strapazieren können."

Ihre Gastgeberin stieß einen weiteren herzzerreißenden Schluchzer aus.

„*Em*, damit ist nun wirklich niemandem geholfen“, flüsterte Polly mahnend.

„Ich wollte doch nur verdeutlichen, dass ich nachvollziehen kann ...“

„Aber genau *das* ist es ja. Wie s-solltet ihr das v-verstehen können? *Eure* Männer vergöttern euch! Und w-warum auch nicht?“, presste Gabby hervor. „Ihr beide s-seid schließlich perfekt.“

„Niemand ist perfekt“, mischte Tessa sich ein, bevor ihr auffiel, dass ihre Worte von den Herzoginnen als äußerst taktlos aufgefasst werden könnten. „Damit wollte ich niemanden beleidigen!“, fügte sie daher schnell hinzu.

„Nein, Sie haben schon ganz recht mit dem, was Sie sagen“, pflichtete Emma ihr bei.

Ermutigt wandte sie sich wieder an Gabby und fragte: „Ist denn etwas vorgefallen, was Sie an Ihren Fähigkeiten als Ehefrau zweifeln lässt?“

„Du kannst es uns ruhig erzählen. Wir urteilen nicht“, sagte Polly.

„Ich weiß“, murmelte Gabby mit zitternder Stimme. „Ihr seid die besten Freundinnen, die man sich wünschen kann.“

„Und wir werden auch niemandem ein Sterbenswörtchen verraten“, sagte Emma.

Ihre Gastgeberin spielte eine Weile lang nervös mit dem Taschentuch in ihrem Schoß, bevor sie zaghaft ansetzte: „Vor ein paar Wochen kam Mr Garrity früher als sonst nach Hause. Er ... war völlig aufgelöst, als stünde er unter Schock. So hatte ich ihn noch nie zuvor erlebt. Als ich mich jedoch erkundigte, ob etwas passiert sei, sagte er nur, es wäre alles in Ordnung.“

„Bekäme ich doch nur einen Penny für jedes Mal, wenn Strathaven das sagt ...“, murmelte Emma und verdrehte die Augen.

„In jener Nacht schloss er sich in seinem Arbeitszimmer

ein, und da ich vor Sorge nicht schlafen konnte, beschloss ich, nach ihm zu sehen. Er ... Nun ja, er war ein wenig angeheitert."

„Ein wenig?", hakte Polly mit sanfter Stimme nach.

„Also gut, er hatte eine ganze Flasche Kognak getrunken", gab ihre Freundin zu und schüttelte ungläubig den Kopf. „Mein Mann schlägt sonst niemals so über die Stränge. Er hat sich immer unter Kontrolle. *Immer.*"

„In dieser Nacht jedoch nicht?", fragte Emma stirnrunzelnd. „Hat er dir etwa wehgetan, Gabby?"

„Gütiger Himmel, nein!", rief diese alarmiert aus, was Tessa als gutes Zeichen ansah. „Mr Garrity würde mir *niemals* Schaden zufügen. Zumindest nicht absichtlich." Ihre Augen füllten sich erneut mit Tränen.

„Was ist dann geschehen?", wollte Tessa wissen. Ihr Instinkt sagte ihr, dass sie gleich etwas Wichtiges erfahren würde.

„Ich fragte ihn erneut, was los sei. Da er so betrunken war, erzählte er es mir. Er sagte, jemand, der ihm nahestand, sei gestorben. Bei einem Brand am Arbeitsplatz. Mehr habe ich jedoch nicht aus ihm herausbekommen." Sie hielt inne und schluckte schwer, bevor sie mit hochrotem Kopf fortfuhr: „Am nächsten Morgen las ich in der Zeitung, dass es in einem Freudenhaus namens The Gilded Pearl eine tödliche Explosion gegeben hätte. Das konnte kein Zufall sein. Als ich Mr Garrity darauf ansprach, stand ihm die Wahrheit ins Gesicht geschrieben. Ich mag nicht besonders schlau sein, aber ich kenne meinen Gemahl. Die Person, wegen der er so aufgewühlt gewesen war, wegen der er sich fast bis zur Besinnungslosigkeit betrunken hatte ... war eine *Prostituierte* aus einem Bordell!", schloss sie mit erstickter Stimme und begann, erneut zu weinen.

Während die beiden Schwestern sie trösteten, versuchte Tessa, sich aus dem Gehörten einen Reim zu machen. Jemand, der Garrity nahestand, hatte im Gilded Pearl gearbeitet? Wenn dem so wäre, würde ihn das mit großer Wahrscheinlichkeit als

Verdächtigen ausschließen. Aber warum hatte er Großpapa während des Treffens im Nightingale's nichts davon erzählt?

„Hat er dir gegenüber zugegeben, dass er untreu war?", fragte Emma leise.

„Nein, er hat es abgestritten und mir gesagt, ich solle gefälligst nicht so albern sein", erwiderte Gabby und fügte dann mit blitzenden Augen hinzu: „Aber wenn er mich nicht betrogen hat, warum sollte ihm der Tod einer Prostituierten dann so nahegehen?"

Gute Frage, dachte Tessa bei sich.

„Vielleicht war sie ja nur eine Freundin?", gab Polly zu bedenken.

Gabby wirkte nicht überzeugt, was Tessa ihr nicht verübeln konnte. Immerhin wusste sie aus Erfahrung, dass Bordellbesuche selten platonischer Natur waren. Und wenn Garrity in eine der Frauen, die im Pearl arbeiteten, verliebt gewesen wäre, hätte er es ihrem Großvater sicher mitgeteilt, um sein Alibi zu stärken. Plötzlich kam ihr ein ganz anderer Gedanke.

„Was, wenn es gar nicht um eine der Dirnen ging?", platzte sie heraus.

„Wie bitte?", fragte Gabby schniefend.

„In einem Freudenhaus arbeiten viele verschiedene Leute ... wie ich hörte." *Lass bloß nicht deine Tarnung auffliegen.* „Und laut den Zeitungsberichten gab es auch Todesopfer unter dem Küchenpersonal, den Lakaien und den Dienstmädchen."

Vielleicht hatte Garrity eine Verbindung zu jemandem unter den Angestellten gehabt ... eine Verbindung, von der aus unerfindlichen Gründen niemand erfahren sollte.

„Hervorragende Schlussfolgerung, Tessa!", lobte Emma sie.

„Wäre das denn möglich?", flüsterte Gabby. „Hatte Mr Garrity am Ende gar keine Geliebte?"

„*Jemand, der ihm nahestand* kann vieles bedeuten", argumentierte Tessa.

„Stimmt, es könnte jemand sein, dem er etwas schuldete. Ein Freund ... oder vielleicht ein entfernter Verwandter", fügte Polly hinzu. „Vielleicht gibt es einen Teil seiner Familie, den du noch nicht kennengelernt hast?"

„Ich habe bislang niemanden von seinen Angehörigen kennengelernt", erwiderte Gabby langsam. „Seine Mutter ist verstorben, und über den Rest spricht er nicht ... falls es überhaupt noch jemanden gibt."

„Familiäre Beziehungen können kompliziert sein", sagte Emma mit einem wissenden Nicken. „Was auch eine logische Erklärung dafür wäre, warum er dir *aufgelöst* vorkam, nicht jedoch untröstlich oder in tiefer Trauer versunken."

„Das ... Ihr habt völlig recht."

Ein hoffnungsvolles Lächeln erhellte Gabbys sommersprossiges Gesicht. Es tat beinahe weh, sie direkt anzusehen, erkennen zu müssen, wie verzweifelt sie ihren Ehemann liebte. Unwillkürlich musste Tessa daran denken, wie sie sich gefühlt hatte, als sie Celeste De Witt in Bennetts Armen erwischte. Ein Schauer jagte ihr über den Rücken.

Im Unterschied zu ihrer neu gewonnenen Freundin wusste sie jedoch, dass sie Bennett vertrauen konnte.

Garrity war eine ganz andere Nummer.

„Als mein Gemahl an jenem Abend nach Hause kam, wirkte er wirklich mehr verärgert als traurig", bestätigte Gabby aufgeregt. „Und als ich ihn dann betrunken in seinem Arbeitszimmer vorfand, erschien er mir nicht von Kummer übermannt, sondern vielmehr aufgewühlt und, äh ..."

„Und?", hakte Polly nach.

„Ziemlich *erregt*", flüsterte sie mit hochroten Wangen.

„In der Hinsicht gab es also keine Probleme zwischen euch?", fragte Emma trocken.

Gabby schüttelte verlegen den Kopf. „Ich glaube, ich habe voreilige Schlüsse gezogen", gestand sie mit einem strahlenden

Lächeln. „Vielen Dank, meine Lieben. Es geht mir schon viel besser ...“

Sie wurde jäh unterbrochen, als die Tür sich öffnete. Tessas Puls schnellte in die Höhe, als sie den schlanken, dunkelhaarigen Mann erblickte, der den Raum betrat und auf sie zusteuerte.

„Mr Garrity!“, rief Gabby atemlos aus. „Sie sind aber früh zu Hause.“

„Ich hoffe, ich störe nicht“, erwiderte er und verbeugte sich höflich. „Eure Gnaden.“

Emma und Polly murmelten etwas Undeutliches zur Begrüßung.

„Miss Smith, ich glaube, Sie kennen meinen Gemahl noch nicht“, wandte Gabby sich mit unverhohlenem Stolz an Tessa.

Dieser wurde unter Garritys eindringlichem Blick unbehaglich zumute. Mit seinen zurückgekämmten Haaren und dem blassen, ernsten Gesicht erinnerte er sie an einen gefallenen Engel.

„Freut mich sehr“, sagte er und musterte sie aus zusammengekniffenen Augen. „Sind wir uns wirklich noch nie begegnet?“

„Nein.“ Sie fühlte sich wie ein in die Enge getriebenes Beutetier. „Ich bin mir sicher, dass wir noch nicht das Vergnügen hatten.“

„Möchten Sie sich zu uns gesellen, Sir?“, fragte Gabby und lenkte damit die Aufmerksamkeit ihres Mannes glücklicherweise wieder auf sich.

„Leider habe ich noch zu arbeiten. Einen schönen Nachmittag, meine Damen.“ Er verneigte sich und wandte sich zum Gehen, hielt dann aber inne und fügte, an seine Frau gerichtet, hinzu: „Wir sehen uns dann beim Abendessen?“

Diese nickte und strahlte wie eine Frischvermählte übers ganze Gesicht. Obwohl Garrity nach außen hin keine Emotionen zeigte, lag in dem Blick, mit dem er sie bedachte, doch etwas Besitzergreifendes. Oberflächlich betrachtet, passten die beiden so gar nicht zusammen, aber irgendetwas war da zwischen ihnen, das sich nicht leugnen ließ.

Tessa wusste, dass sie nicht die Einzige war, der diese seltsame Verbindung auffiel. Emma und Polly beobachteten das Geschehen mit besorgten Mienen, als fiele es ihnen schwer zu glauben, dass Garrity ihre Freundin wirklich glücklich machte.

Allein Gabby schien nichts von der angespannten Atmosphäre mitzubekommen, denn sie fragte fröhlich in die Runde: „Wer möchte noch Kuchen?"

Kapitel Dreißig

Aufgrund des leichten Regens, der eingesetzt hatte, saß Lizzie auf dem Rückweg bei Harry und Tessa in der Kutsche, sodass er erst von den Erkenntnissen des Nachmittags erfuhr, als sie wieder zu Hause waren. Tessa hatte ihre Zofe unter einem Vorwand fortgeschickt, während sie und Harry im Salon gemeinsam Erfrischungen zu sich nahmen.

Nach der Explosion hatten mehrere Schreiner, Bauarbeiter und andere Handwerker umgehend mit der Renovierung des Zimmers begonnen. Die Möbel waren erneuert worden, man hatte die Fenster ausgetauscht (und mit gusseisernen Gitterstäben versehen, die sowohl dem Schutz als auch der Dekoration dienten), und die wiederaufgebauten Wände zierte nun eine waldgrüne Seidentapete.

Auch die Ahnenporträts hingen an ihren angestammten Ehrenplätzen. Althea Bourdelain Black blickte würdevoll auf ihre Enkelin hinab, die unruhig vor dem Kamin auf und ab tigerte.

„Damit können wir Garrity als Verdächtigen ausschließen, nicht wahr?", fragte sie aufgeregt. „Warum sollte er ein Bordell in die Luft jagen, in dem jemand arbeitete, der ihm *nahestand?*"

Harry, der gelassen neben dem Kamin stand, nickte zustimmend. „Zumindest steht er auf unsere Liste nun ganz unten. Gut gemacht."

Sie strahlte ihn freudig an.

„Wir sollten deinen Großvater davon in Kenntnis setzen", sagte er, und ihr Lächeln erlosch.

„Ich weiß. Er wird nicht gerade glücklich darüber sein zu erfahren, dass ich bei Garrity zu Besuch war, hm?"

„Er wird stinksauer auf dich sein, weil du hingegangen bist, und auf mich, weil ich es zugelassen habe", erwiderte er unverblümt. „Aber die Information ist zu wichtig, als dass wir sie ihm vorenthalten sollten."

„Du hast ja recht", seufzte Tessa und fügte nach kurzem Zögern hinzu: „Sollen wir den Stier bei den Hörnern packen und ihm auch gleich berichten, was wir über die De Witts in Erfahrung gebracht haben?"

Diese Frage hatte er sich ebenfalls schon mehrfach gestellt. Es waren mittlerweile fünf Tage vergangen, seit Black seinen Herzögen das Ultimatum gestellt hatte. Innerhalb der nächsten zwei Tage konnte also alles Mögliche passieren.

Andererseits gab es keinerlei Beweise für De Witts Vergehen, und es könnte gefährlich für Harry werden, wenn Black begann, ihn über seine gemeinsame Vergangenheit mit dem Wissenschaftler auszufragen. Auf keinen Fall wollte er riskieren, dass er seines Platzes an Tessas Seite verwiesen wurde.

„Geben wir Doolittle noch ein wenig mehr Zeit, etwas Konkretes herauszufinden", sagte er. „Wenn er uns bis morgen keinen Beweis dafür liefern kann, dass De Witt in die Produktion des Höllenfeuers verwickelt ist, werde ich deinen Großvater in unseren Verdacht einweihen."

„Klingt nach einem guten Plan ...", setzte Tessa an, wurde jedoch von einem Klopfen unterbrochen.

Der Butler trat ein und präsentierte ihr ein Silbertablett, auf dem ein Brief lag. „Der ist soeben für Sie eingetroffen, Miss."

„Vielen Dank. Ach, wissen Sie zufällig, wann Großpapa nach Hause kommt?"

„Meines Wissens verbringt der Hausherr den Abend im Nightingale's."

Tessa wartete, bis der Butler sich entfernt hatte, bevor sie das Siegel aufbrach.

„Eine Nachricht von Alfred!", rief sie aufgeregt aus. „Er will sich mit uns treffen."

~

„Wir beide sind uns recht ähnlich, Sie und ich", merkte Doolittle gut gelaunt an.

„Wie kommen Sie darauf?", fragte Harry, der nur mit halbem Ohr hinhörte.

Sie befanden sich in einer Taverne in Bluegate Fields, dem berüchtigten Hafenviertel, und hatten einen der heiß begehrten Tische an den Fenstern ergattert. Harry beobachtete aufmerksam das Gebäude auf der gegenüberliegenden Straßenseite. In der einsetzenden Dämmerung wirkte das Lagerhaus verlassen und baufällig, mit der abplatzenden Farbe, den zerbrochenen oder fehlenden Fensterscheiben und dem verschlossenen Tor, das den schmalen Eingang versperrte.

„Und Sie sind sich ganz sicher, dass Sie De Witt gestern in dieses Gebäude haben hineingehen sehen?", raunte er seinem Gegenüber zu.

„Todsicher." Doolittle schlürfte genüsslich an seinem Bier, und als er den Krug absetzte, zierte ein kleiner Schaumbart seine Oberlippe, der ihn wie eine betrunkene Putte aussehen ließ. „Tagelang ist mir der Bastard entwischt, aber gestern hab ich mich endlich an seine Fersen heften können."

Der Pfandleiher hatte ihm bereits einen umfassenden Bericht seiner außergewöhnlichen Überwachungsarbeit geliefert. Während der ersten Nacht war er De Witt bis zum Crockford's gefolgt, allerdings hatte der Wissenschaftler den Klub erst bei Tagesanbruch wieder verlassen. In der zweiten Nacht beschloss Alfred, des Wartens überdrüssig, die Dinge voranzutreiben und sich, als Angestellter getarnt, in den Herrenklub einzuschleichen. Auf diese Weise konnte er De Witt aus nächster Nähe beschatten und machte dabei eine überraschende Entdeckung: Im Keller des Crockford's gab es einen alten Tunnel, der das Gebäude mit dem nebenan verband.

Doolittle war De Witt notgedrungen in einigem Abstand gefolgt und hatte gerade noch mitbekommen, wie dieser das benachbarte Anwesen verließ und mit einer Mietdroschke davonfuhr. In der dritten Nacht wollte Alfred nichts dem Zufall überlassen. Er lieh sich die Kutsche eines Freundes und wartete ganz in der Nähe des Gebäudes. Wie erwartet, erschien De Witt nach einer Weile und winkte den vermeintlichen Droschkenfahrer zu sich heran, der ihn zu der Adresse brachte, die Harry und er nun observierten.

„Der alte Pfennigfuchser hat mir nicht mal 'n Trinkgeld für meine Mühe gegeben", beschwerte Doolittle sich.

„Sie haben ihn ja auch ausspioniert", gab Harry zu bedenken.

„Aber das wusste *er* doch nicht."

Er wandte sich wieder dem Warenlager zu. „Wie kommen wir am besten da rein?"

„Geduld, mein bebrillter Freund. Wir können nicht einfach so reinplatzen. Ich hab den Laden seit gestern Abend beobachtet und rausgefunden, dass er von fünf Rohlingen bewacht wird, von denen der Anführer doppelt so breit ist wie ich. Aber keine Sorge, der gute Alfred hat 'nen narrensicheren Plan", sagte Doolittle und tippte sich an die Stirn. „Wir müssen nur auf den richtigen Augenblick warten."

„Wann soll der sein?"

„Wenn ich es sage. Und während wir hier rumsitzen und warten, können wir uns auch ein wenig unterhalten."

„Worüber denn?", fragte Harry und nippte an seinem Bier, das überraschenderweise annehmbar schmeckte.

„Wie ich schon sagte, sind wir beide uns recht ähnlich, insbesondere, was unseren Charme bei den Damen der Schöpfung betrifft."

„Ich würde es niemals wagen, meine Fähigkeiten in dem Bereich mit den Ihren zu vergleichen."

„Was soll ich sagen? Die Täubchen stehen eben auf mich", erwiderte Doolittle mit einem breiten Grinsen, das seine jungenhafte Zahnlücke zeigte, und wischte sich den Schaumbart von der Lippe. „Aber seien Sie nicht so bescheiden, mein Freud. Ich kenne keinen anderen Kerl, der es geschafft hätte, Tessa davon abzuhalten, heute Abend hierherzukommen. Wie in aller Welt haben Sie das angestellt?"

„Unter größter Anstrengung", murmelte Harry.

Genau genommen hatte er den Nachmittag damit verbracht, mit ihr zu streiten, zu diskutieren und zu verhandeln. Nachdem das alles nichts gebracht hatte, versuchte er, sie mit leidenschaftlichen Küssen zu überzeugen. Am Ende waren sie beide völlig außer Atem, und erst, als er ihr gestanden hatte, dass er sich vor Sorge nicht konzentrieren könne, wenn sie dabei wäre, hatte sie ihm mit liebestrunkener Miene versprochen, zu Hause auf ihn zu warten ... unter der Bedingung, dass er ihr umfassend Bericht erstatten würde.

Kompromissfindung war der Schlüssel zum Erfolg.

„An unserer Tessa beißt man sich leicht die Zähne aus. Ich für meinen Teil bevorzuge Frauen, die sanftmütig und fügsam sind, aber Sie scheinen mir der Typ Mann zu sein, der die Herausforderung liebt."

Unter Doolittles wissendem Blick stieg ihm die Hitze ins Gesicht. Verdammt, war er so leicht zu durchschauen?

„Ich bin ihr Leibwächter", erwiderte er ausweichend.

„Das eine schließt doch das andere nicht aus." Doolittle öffnete die Papiertüte voll gerösteter Maronen, die er zuvor bei einem Straßenhändler gekauft hatte, und schob sich eine in den Mund. „Ich merk doch, wie Sie sie ansehen. Und wie Tessa Sie ansieht. Ich kenn sie schon seit Ewigkeiten, und bisher hat sie sich noch nie auf diese Weise für 'nen Kerl interessiert."

„Auf welche Weise?", entfuhr es Harry.

„Na, als sähe sie 'nen richtigen Mann vor sich, nicht ein Opfer, das man ausnehmen oder herausfordern oder mit Streichen in den Wahnsinn treiben kann."

„Auch das war ich bereits für sie", murmelte er.

Dennoch konnte er sich des Stolzes nicht erwehren, der ihn bei dem Gedanken durchflutete, Tessas erster richtiger Schwarm zu sein, der Mann, den sie als ihren Zukünftigen auserkoren hatte. Und langsam begann er, an seiner Überzeugung zu zweifeln, dass er nie wieder würde lieben können. Was er für sie empfand, war etwas völlig anderes als die Gefühle, die er Celeste gegenüber hegte.

Mit Tessa fühlte es sich tiefer und stärker an ... real.

„Und doch sind Sie immer noch hier. Sie scheint in Ihnen ihren Meister gefunden zu haben, was wahrscheinlich der Grund dafür ist, dass sie ihr Herz an Sie gehängt hat. Die Frage ist nur: Welche Absichten haben Sie ihr gegenüber, hm?"

Das musste er sich von einem Burschen anhören, der sich für jeden Wochentag eine andere „Ehefrau" hielt ...

Harry hob die Brauen. „*Sie* fragen *mich*, ob meine Absichten ehrbarer Natur sind?"

„Ich beschütze diejenigen, die mir nahestehen. Da können

Sie jedes meiner Täubchen fragen. Tessa ist zwar keine meiner Frauen, aber ich liebe sie wie eine kleine Schwester. Trotz ihrer temperamentvollen Art kann sie auch unglaublich naiv sein und sich von ihrem Sinn für Loyalität blenden lassen." Ein bedrohliches Funkeln trat in Doolittles Augen, das Harry an die Tatsache erinnerte, dass der Mann das Elendsviertel nicht nur überlebt hatte, sondern regelrecht darin aufblühte. „Jeder Kerl, der töricht genug ist, Tessa auszunutzen, muss sich vor mir verantworten."

Obwohl Harry nicht gerade entzückt darüber war, dass seine Ehre in Frage gestellt wurde, erleichterte ihn der Gedanke, dass sie einen so treuen Freund an ihrer Seite hatte. Allein aus diesem Grund zwang er sich, Doolittles Frage zu beantworten.

„Meine Absichten sind ehrbar", erklärte er aufrichtig.

„Black wird das gar nicht gefallen", warnte Alfred ihn. „Er will sie mit 'nem reichen Schnösel verheiraten."

„Sobald die Gefahr gebannt ist, werde ich einen Weg finden, ihn davon abzubringen. Oder auch nicht. So oder so werde ich Tessa zu meiner Frau machen."

Doolittle musterte ihn mit zusammengekniffenen Augen. „Meinen Sie das wirklich ernst?"

„Wenn nicht, würde ich es nicht sagen", erwiderte Harry ungeduldig.

„Gut, dann hätten wir das geklärt. Aber jetzt sollten wir uns an die Arbeit machen, sind ja immerhin nicht zum Kaffeekränzchen hier."

Bevor Harry ihn darauf hinweisen konnte, dass nicht *er* derjenige gewesen war, der dieses Gespräch vom Zaun gebrochen hatte, erhob Doolittle sich von seinem Platz, den Blick starr aus dem Fenster gerichtet. Durch die schmutzige Scheibe sah Harry einen Hünen aus dem Lagerhaus auftauchen, gefolgt von vier weiteren Schergen. Die fünf Männer überquerten die Straße und steuerten zielstrebig auf die Taverne zu.

„Jetzt geht's los", sagte Doolittle.

Harry und Alfred eilten unauffällig um das Warenlager herum. In der engen Gasse hinter dem Gebäude stank es nach Unrat und Urin. In diesem Teil der Stadt lauerte die Gefahr an jeder dunklen Ecke, weshalb Doolittle Wache hielt, während Harry das Schloss des Tors knackte. Anschließend huschten sie über einen winzigen Innenhof, vorbei an ein paar angebundenen Pferden, die leise wieherten, als die beiden Männer sie passierten.

Nachdem Harry auch die Hintertür aufgebrochen hatte, betrat er als Erster das Lagerhaus, dicht gefolgt von seinem Begleiter. Laternen an den Wänden erleuchteten einen großen, höhlenartigen Raum, der mit Frachtgut gefüllt war. Der Geruch von Kaffee, Tabak und exotischen Gewürzen lag in der Luft. Vor ihnen erstreckte sich ein Labyrinth aus Säcken und Holzkisten, versehen mit den Schriftzügen verschiedener Schifffahrtsgesellschaften.

„Hier hat sich jemand eindeutig Ware von den Docks zusammengeklaut", bemerkte Doolittle, der neugierig in einer geöffneten Kiste herumwühlte und einige Meter hochwertiger indischer Seide herauszog. „Oh, das würde meiner Sal ganz ausgezeichnet stehen, finden Sie nicht?"

„Legen Sie das zurück", befahl Harry und sah sich in dem schwach beleuchteten Raum um. „Wir sind nicht hier, um zu stehlen."

„Ist es denn wirklich stehlen, wenn es sich um Diebesgut handelt?", sinnierte Doolittle.

Auf Harrys warnenden Blick hin legte er den Stoff zurück

und sagte nüchtern: „Gestern Nacht haben die Rohlinge nur 'ne knappe Stunde fürs Abendessen gebraucht, daher sollten wir uns beeilen."

„Teilen wir uns am besten auf und suchen getrennt nach dem Höllenfeuer."

Während er sich gegen den Uhrzeigersinn durch das Labyrinth aus Frachtgut arbeitete, startete sein Partner in entgegengesetzte Richtung. Harry durchsuchte sämtliche Säcke und Kisten, fand jedoch nichts, was ansatzweise als Schießbaumwolle hätte durchgehen können. Als er und Doolittle sich am anderen Ende des Lagers wiedertrafen, verriet ihm dessen frustrierter Blick, dass auch seine Suche erfolglos geblieben war.

„Es muss hier irgendwo sein." Harry dachte zurück an die Nacht, als sie De Witts Stadthaus durchsucht hatten, und sagte: „Drehen wir noch eine Runde. Halten Sie diesmal nach einer Falltür oder einem geheimen Eingang Ausschau."

Während sie sich von hinten nach vorne durcharbeiteten, hielt er den Blick auf den Boden gerichtet. Eine dicke Staubschicht bedeckte die unbehandelten Holzdielen. Nirgendwo sah er ein Anzeichen, das auf eine versteckte Luke hinwies. Vor einer großen Kiste in einer Ecke des Raumes blieb er stehen. Sie war etwa zwei Meter hoch und halb so breit, und ihm fiel auf, dass der Staub um sie herum verwischt war ... als herrschte an dieser Stelle regelmäßiger Fußverkehr.

Vorsichtig klopfte er gegen die Seite des Transportbehälters. Sein Puls schnellte in die Höhe, als er das Echo im Inneren hörte.

„Haben Sie was gefunden?", fragte Doolittle, der zu ihm herübergeeilt kam.

„Die Kiste hier ist leer." Konzentriert ließ Harry die Hände an den Seiten entlanggleiten, auf der Suche nach einem geheimen Mechanismus. „Ich glaube, sie ist ..."

Plötzlich sank sein Finger in eine winzige Vertiefung. *Klick.*

Ihm stellten sich die Nackenhaare auf, als die Vorderseite der Kiste wie eine Tür aufschwang und den Blick auf eine Treppe freigab, die hinunter in die Dunkelheit führte. Er zog eine Kerze aus der Tasche seines Mantels und zündete sie an.

„Folgen Sie mir", sagte er zu Alfred, bevor er die knarrenden Stufen hinabstieg.

Unten angekommen, wurde er von dem beißenden Geruch vertrauter Chemikalien begrüßt. Als er mit hocherhobener Kerze vortrat, bot sich ihm eine Szene, die seinen schlimmsten Albträumen entsprungen zu sein schien.

„Gütiger Himmel", flüsterte Doolittle hinter ihm.

Das schwache Kerzenlicht verlieh dem unterirdischen Labor eine unheimliche, jenseitige Atmosphäre. Auf den Tischen befanden sich unzählige moderne Instrumente, Werkzeuge aus poliertem Stahl sowie bauchige Glasgefäße. Harry versuchte, die aufsteigende Panik zu unterdrücken und den Sachverhalt mit wissenschaftlicher Nüchternheit zu untersuchen. Er ging zu dem längsten Tisch hinüber, der an der gegenüberliegenden Wand stand, und inspizierte die Utensilien darauf. Alles, was man zur Herstellung von Höllenfeuer benötigte, lag ordentlich aufgereiht nebeneinander.

An einem Ende standen zwei große Glasbehälter, von denen einer der Beschriftung zufolge Salpetersäure enthielt und der andere Schwefelsäure. Neben ihnen befand sich ein Gefäß zum Vermischen der beiden Substanzen. Unter dem Tisch entdeckte Harry einen verschlossenen Wäschekorb. Als er ihn öffnete, fand er einen Stapel sauberer Baumwolltücher darin. Auf der Tischplatte darüber war eine glasierte Tonschale, die wahrscheinlich dazu verwendet wurde, um die Baumwolle mit der Säuremischung zu tränken.

Daneben befand sich ein fest verschlossenes Behältnis, in dem ein feuchtes, unschuldig wirkendes Stück Stoff lag. Hastig hielt er die Kerze so weit weg wie möglich, da er genau wusste, wie instabil die Schießbaumwolle sein konnte. Ein paar Meter weiter gab es einen freistehenden Waschtisch, über dem zwei Regale hingen. Auf einem von ihnen stand ein Eimer voll Wasser, auf dem anderen Gefäße mit den Aufschriften *Pottasche* und *Kalisalpeter*.

Plötzlich ergab alles einen Sinn.

„Gerissener Halunke", murmelte Harry. „Nachdem er die Baumwolle gewaschen hat, taucht er sie in die Kaliumlösungen, um weitere Fremdstoffe zu entfernen. Dann presst er sie hiermit trocken." Er deutete auf eine Holzpresse neben dem Waschtisch. „So erhält er ein stabiles Produkt."

Zu guter Letzt trat er vor einen großen Apothekerschrank und öffnete eine der vielen, kleinen Schubladen. Im Inneren lag eine beunruhigend vertraute Eisenröhre. Zur Sicherheit stellte er die Kerze in einiger Entfernung ab, bevor er die abgedichtete Metallbüchse herausholte, aus deren Ende eine lange Zündschnur herausragte. Vorsichtig entfernte er den Verschluss am anderen Ende ... ausgefranste Fetzen der präparierten Schießbaumwolle quollen heraus.

Höllenfeuer.

In diesem Augenblick ertönte lautes Getrampel über ihren Köpfen, und eine durchdringende Stimme donnerte: „Wer ist da unten?"

Ihnen blieb keine Zeit, zu verschwinden oder sich zu verstecken. Doolittle fluchte leise. Instinktiv verschloss Harry den Sprengsatz, behielt ihn jedoch in der Hand, während er mit der anderen nach seiner Kerze griff.

Sein Begleiter zog etwas hervor, das aussah wie eine mit Bleischrot gefüllte Socke, und schwang sie kreisend über dem Kopf, als fünf Rohlinge, angeführt von dem Hünen, in den Raum gestürmt kamen.

„Eindringlinge!", brüllte der Muskelprotz. „Schnappt sie euch, Jungs!"

„Keine Bewegung!“, rief Harry und hielt sowohl den Sprengsatz als auch die Kerze hoch. „Sonst jage ich hier alles in die Luft.“

„Der Wahnsinnige will uns alle umbringen!“, schrie einer der Halunken.

„Tretet zur Seite“, forderte Harry.

Die fünf Männer gehorchten ihm ohne Widerrede. Unter dem wütenden Blick und den drohenden Gesten des Anführers nährten Doolittle und er sich der Treppe. Nachdem Alfred die Stufen hinauf verschwunden war, folgte Harry ihm rücklings, wobei er einmal stolperte und die Flamme dem Ende der Zündschnur gefährlich nahekam.

Oben angekommen, knallte Doolittle die Öffnung der Kiste zu und schob einen schweren Sack davor. „Der wird sie nicht lange aufhalten“, ächzte er.

„Die haben uns reingelegt, Jungs!“, hallte die Stimme des Anführers von unten herauf. „Niemand ist verrückt genug, um mit diesem Höllenzeugs rumzuspielen. Ihnen nach!“

Hastig blies Harry die Kerze aus und steckte den Sprengstoff in seine Tasche. „Raus hier!“

Er und Doolittle sprinteten durch das Labyrinth aus Frachtgut, während sie hinter sich das Geräusch von berstendem Holz vernahmen, gefolgt von donnernden Schritten. In dem Moment wurde ihm klar, dass sie es nicht ohne einen Kampf aus dem Warenlager hinausschaffen würden. Er ging hinter einem Haufen Jutesäcke voll Kaffee in Deckung, packte einen von ihnen und warf ihm dem Verfolger, der ihm am dichtesten auf den Fersen war, vor die Füße. Der Schurke stolperte und krachte kopfüber in eine Kiste.

Schon kam der nächste Gegner mit fliegenden Fäusten angerannt. Harry wich dem ersten Schlag gekonnt aus und parierte mit einem Kinnhaken, der sich gewaschen hatte. Stöhnend und mit zweifellos gebrochenen Knochen ging der Mann zu Boden. Harry blieb jedoch keine Zeit zu verschnaufen, da sich ihm drei weitere Angreifer näherten. Einer von ihnen stürzte sich auf Doolittle, während der andere Harry attackierte. Der

Dritte im Bunde, ihr hünenhafter Anführer, rannte an ihnen vorbei und brüllte: „Knöpft sie euch vor, Jungs! Ich kümmere mich um die Lieferung!"

Harry sah gerade noch, wie der riesige Rohling mit einem Sack voll Sprengstoff davonsprintete, bevor sein Gegner zum Angriff ansetzte. Leichtfüßig wich er den Attacken aus, täuschte eine Rechte an, nur um dem Mistkerl von der anderen Seite aus die Faust in den Magen zu rammen. Als Zugabe verpasste er ihm noch einen kraftvollen linken Haken. Stöhnend kippte der Bastard nach hinten um, doch es ging direkt weiter, denn im nächsten Augenblick wurde er von dem Kerl, den er zuerst umgehauen hatte, gerammt, und nach kurzem Gerangel gelang es dem Schuft, ihm die Arme auf den Rücken zu drehen.

„Ich hab den Drecksack!", brüllte der Mann triumphierend.

Einer der übrigen Rohlinge näherte sich ihm mit gezückter Klinge. „Halt ihn schön still, damit ich ihn wie 'nen Fisch ausnehmen kann."

Vergeblich wehrte Harry sich gegen den Griff seines Gegners. Da dieser jedoch die Überhand hatte, versuchte er es mit einer anderen Taktik, und warf sich stattdessen schwungvoll gegen die Brust des Mannes, der völlig verdattert nach hinten stolperte. Mit einem lauten Schrei krachte er zu Boden, und sein Kopf schlug mit einem unappetitlichen Knacken auf dem harten Holzboden auf.

Harry, der auf ihm gelandet war, sprang auf die Füße und stürzte sich auf den dolchschwingenden Halunken.

Gemeinsam gingen sie zu Boden, wobei der Kerl seine Waffe fallen ließ. Verzweifelt versuchte er, sie zu erreichen, doch Harry war schneller. Seine Finger umschlossen den Griff und schwangen den Dolch durch die Luft, als er spürte, wie sein Angreifer ihn von hinten zu überwältigen versuchte. Er sah, wie die Augen des Mannes sich weiteten, spürte, wie die Klinge sich in dessen Haut bohrte und warmes Blut über seine zitternde Hand floss.

Unsanft rollte er den Halunken von sich hinunter und erhob sich taumelnd. Schwer atmend stellte er fest, dass sein Feind nicht mehr zu retten war. Als er sich umsah, bemerkte er, dass zwei weitere Männer bewusstlos dalagen, während Doolittle den letzten unter seinem Stiefel hatte und mit seiner mittlerweile rot gefärbten Schleuderwaffe bedrohte.

Harry sprintete zu ihm hinüber. „Geht es Ihnen gut?"

Mit seiner blutenden Stupsnase und dem missmutigen Gesichtsausdruck sah Alfred aus wie ein schmollendes Kind. „Bestens", knurrte er.

„Wohin bringt euer Anführer den Sprengstoff?", wandte Harry sich an den einzigen Halunken, der noch bei Bewusstsein war.

„Zu spät", krächzte der Schurke und grinste hämisch. „Den erreicht ihr nie mehr rechtzeitig."

„Ich frage dich nur noch einmal." Harry zog seine Pistole hervor und packte den Mann beim Kragen. „Wohin. Ist. Er. Gegangen?"

„Mein Freund hier ist ziemlich aufbrausend", warnte Doolittle ihn. „Schau nur, was aus deinem Kameraden geworden ist."

Der Halunke warf einen Blick zu dem Toten hinüber und schluckte schwer.

„Ich an deiner Stelle würde mit der Sprache rausrücken, wenn dir dein Leben lieb ist", sagte Doolittle in geselligem Tonfall und tätschelte ihm die Schulter.

Schweißperlen rannen dem Rohling über die Stirn. „Wenn ich auch nur ein Sterbenswörtchen verrate, bringt er mich um!"

„Wen meinst du mit *er*?", wollte Harry wissen und hielt dem Kerl drohend den Lauf an die Schläfe.

„Wenn ich es euch sage, müsst ihr schwören, dass ihr mich nicht verpfeift."

Statt einer Antwort entsicherte Harry die Waffe.

„Schon gut, schon gut. Es war O'Toole!", rief der Halunke panisch. „Er hat uns angeheuert. Er arbeitet mit so 'nem affektierten Schnösel namens De Witt zusammen. Der ist sozusagen das Gehirn der Operation, hat uns beigebracht, wie man dieses Höllenfeuer-Zeug herstellt."

„Wohin bringt euer Anführer den Sprengstoff?", fragte Harry zum wiederholten Male.

Der Rohling zögerte kurz. „Nach Seven Dials. Zu so 'nem Laden ... Nightingale's heißt der, glaub ich."

Kapitel Einunddreißig

Als Harry am Nightingale's ankam, fand er sich in der Hölle auf Erden wieder.

Dichter, dunkler Rauch hing in der Luft, Flammen erhellten den Nachthimmel, und überall hörte man die Leute schluchzen und schreien, während sie versuchten, sich einen Weg aus den Trümmern zu bahnen oder verzweifelt nach Verschollenen suchten.

„Heilige Mutter Gottes", flüsterte Doolittle, der neben ihm stand, fassungslos.

Hätte ich diese Tragödie verhindern können? Wenn ich nur schneller gewesen wäre, De Witt eher zu fassen bekommen hätte ...

Harry schüttelte den Kopf. Nun war nicht der Zeitpunkt, um sich in einer *Was-wäre-wenn*-Spirale zu verlieren. Er musste handeln, wollte helfen. Entschlossen rannte er auf die Überreste des Nightingale's zu, hielt jedoch inne, als er hörte, wie jemand seinen Namen rief. Erleichterung durchströmte ihn, als er sich umdrehte und Tessas Großvater erblickte, der unverletzt zu sein schien. Hinter ihm stand Malcolm Todd, der einigen Freiwilligen, die Wassereimer zu dem brennenden Gebäude schleppten, laut bellend Befehle erteilte.

Bartholomew Black steuerte in Begleitung von Ming und einer Schar Wachen auf Harry zu. Die Fußsoldaten umringten sie, um ihnen Schutz zu bieten, während sie sich unterhielten.

„Sir …", setzte Harry an.

„Keine Zeit", unterbrach Black ihn. Der König der Unterwelt hatte seine Perücke verloren und war von Kopf bis Fuß rußverschmiert. „Erinnern Sie sich an das Versprechen, das Sie mir gegeben haben?"

Ich soll Tessa in Sicherheit bringen. Weit weg von hier, wenn nötig.

„Ja", erwiderte er in angespanntem Tonfall.

„Gut. Machen Sie sich unverzüglich auf den Weg."

Das konnte er nicht. Nicht, ohne Black vorher die Wahrheit zu sagen. „Sir, O'Toole steckt hinter den Höllenfeuer-Anschlägen. Er hat einen Wissenschaftler angeheuert …"

„De Witt, ich weiß", erwiderte dieser zu Harrys maßloser Überraschung. „Ich hab den Bastard in Gewahrsam … oder besser gesagt, *hatte*. Er liegt unter den Trümmern begraben, der Teufel hab ihn selig. Eigentlich wollte ich O'Toole heute mit meinem Gefangenen konfrontieren, nur ist der Mistkerl nicht zu unserem vereinbarten Treffen aufgetaucht. Jetzt weiß ich auch, warum. Er hat uns 'ne verdammte Falle gestellt."

„Woher wussten Sie …?"

„Ich weiß alles … Harry Kent."

Harry gefror das Blut in den Adern. Wie versteinert stand er da und starrte Black an.

„Ich wusste von Anfang an, für wen du arbeitest. Aber ich kenne auch deine Familie und weiß, dass Ehre, Loyalität und ein unbeugsamer Sinn für Gerechtigkeit einem jeden Kent in die Wiege gelegt wurde."

Harry war so verdattert, dass ihm die Worte fehlten.

„Aus diesem Grund vertraue ich auch darauf, dass du dich an dein Versprechen hältst", fuhr Black mit leiser, eindringlicher Stimme fort. „Und sollte meine Tessie dir Ärger bereiten, gib ihr den hier." Er streifte seinen Siegelring ab und drückte ihn Harry in die Hand. „Sie weiß, was er bedeutet."

Das Schmuckstück lag kühl und schwer in seiner Handfläche und löste Gewissensbisse in ihm aus. Trotz seines Verrats vertraute Black nach wie vor darauf, dass er das Richtige tun würde.

Er schluckte schwer und ließ den Blick über den Ort der Zerstörung schweifen. „Ich sollte vielleicht lieber hierbleiben und helfen ..."

„Verdammt, Kent, *Tessie ist in Gefahr*." Das leichte Zittern in Blacks Stimme beunruhigte ihn zutiefst. „Ich zähle darauf, dass du sie beschützt. Bist du dieser Verantwortung gewachsen?"

„Jawohl, Sir. Sie können sich auf mich verlassen", versprach Harry und wandte sich zum Gehen.

Der alte Mann legte ihm eine Hand auf die Schulter. „Ach, eines noch: Verrate Tessa bloß nicht, wer du wirklich bist und dass du für die Gendarmerie arbeitest. Nicht, ehe du von mir hörst, dass die Gefahr gebannt ist. Ich kenne meine Enkelin. Wenn du erst einmal ihr Vertrauen verlierst, wirst du sie nicht länger beschützen können."

Harry nickte knapp, dann wandte er sich ab und marschierte davon, um sich der wichtigsten Mission seines Lebens zu widmen.

Kapitel Zweiunddreißig

Tessa öffnete verschlafen die Augen und sah sich einige Sekunden lang orientierungslos um. Wo war sie? Dann fiel ihr mit einem Schlag alles wieder ein: Bennetts Rückkehr mitten in der Nacht, seine eilige Erklärung, ihr überstürzter Aufbruch in einer der Kutschen ...

Instinktiv fasste sie sich an den Hals. Großpapas Ring hing neben ihrem Rubinanhänger.

Es war also kein Albtraum. Das alles ist wirklich geschehen, dachte sie wie betäubt.

Nur eine ausgewachsene Krise würde ihren Großvater dazu veranlassen, sich von dem Symbol seiner Autorität zu trennen.

Verbissen hielt sie die aufsteigenden Tränen zurück und straffte die Schultern. Wenigstens waren sowohl er als auch ihr Vater unverletzt. Sie würden ihre Feinde besiegen, daran bestand kein Zweifel. Bis es so weit war, würde sie sich dem Befehl ihres Großvaters beugen und in einem sicheren Versteck ausharren, um die Zukunft der Familie Black zu beschützen.

Mit grimmiger Miene schloss sie die Hand um den Ring. *Du kannst dich auf mich verlassen, Großpapa.*

Plötzlich realisierte sie, dass die Kutsche sich überhaupt

nicht bewegte. Sie hatte keine Ahnung, wo sie sich befanden oder wie weit Bennett bereits gefahren war. Es war ein Wunder, dass sie bei dem ganzen Aufruhr überhaupt hatte einschlafen können. Als sie den Vorhang beiseiteschob, stieß Swift Nick, der neben ihr auf dem Sitzpolster gedöst hatte, einen missbilligenden Laut aus, da das grelle Licht ihn blendete.

Der Anblick, der sich ihr bot, verwirrte sie noch mehr. Um sie herum gab es nichts als ... Bäume?

„Donnerwetter", murmelte sie. „Wohin hat Bennett uns nur gebracht?"

Sie stieß die Tür auf und sprang aus der Kutsche, landete jedoch weder auf Kopfsteinpflaster noch Schlamm noch sonstigen Bodenbeschaffenheiten, die sie aus London gewohnt war. Stattdessen stand sie auf einer Weide ... Grünes Gras und sanfte Hügel umgaben sie, so weit das Auge reichte. In dieser Umgebung wuchsen mehr Bäume und Büsche als im Hyde Park, als sie überhaupt je im Leben an einem Ort gesehen hatte.

Swift Nick kletterte ebenfalls aus der Kutsche und reckte schnuppernd die Schnauze in die Luft. Dann verschwand er übermütig zwischen den hohen Grashalmen.

„Lauf nicht zu weit weg!", rief sie ihm hinterher.

„Tessa, du bist ja wach."

Sie wirbelte herum und erblickte Bennett, der um die Kutsche geschlendert kam. Er hatte seinen Gehrock und das Krawattentuch abgelegt und die Ärmel seines Hemdes hochgerollt. Sein markantes Kinn und die Wangen waren von einem Bartschatten überzogen. Der Blick, mit dem er sie durch seine Brillengläser bedachte, war warm und voller Sorge.

Sein Anblick gab ihr ein nie gekanntes Gefühl von Sicherheit und Hoffnung. Mit Tränen in den Augen stürzte sie sich in seine Arme.

Er fing sie auf und drückte sie fest an sich. „Ist ja gut, mein

Herz. Weine doch nicht. Es wird sich alles zum Guten wenden."

„Ich weine überhaupt nicht", schniefte sie gegen seine Weste. „Das wäre albern. Großpapa ist unversehrt. Er wird O'Toole zur Strecke bringen, und dann können wir im Handumdrehen nach Hause zurückkehren."

„So ist es", stimmte er ihr zu und streichelte ihr beruhigend über den Rücken. „Wir müssen nur ein wenig hier warten, bis die Gefahr vorüber ist."

Sie hob den Kopf und sah ihn fragend an. „Wo sind wir hier überhaupt?"

„In Chudleigh Crest, einem Dorf in Berkshire." Er löste sich von ihr und führte sie am Arm um die Kutsche herum. „Dem Heimatort meiner Familie. In diesem Häuschen dort bin ich aufgewachsen."

„*Hier* hast du gelebt?", fragte sie völlig verdattert.

Seine Mundwinkel zuckten amüsiert. „Wir sind auf dem Land, Tessa, nicht auf den Äußeren Hebriden."

Obwohl sie nicht weit von London entfernt waren, kam ihr die ländliche Gegend wie eine völlig andere Welt vor. „Ich habe die Stadt nie verlassen, mein längster Ausflug ist nach Hampstead gewesen", erklärte sie. „Mama war immer zu schwach für weite Reisen, und Großpapa stets zu beschäftigt."

„Dann schlagen wir also zwei Fliegen mit einer Klappe. Zum einen bringen wir dich hier in Sicherheit, und zum anderen führe ich dich in die Vorzüge des Landlebens ein", erwiderte Bennett mit einem Grinsen und öffnete ihr das Gartentor.

Staunend ging sie unter einem vergitterten Bogengang hindurch, der über und über mit gelben Rosen bewachsen war. „Das ist das Haus deiner Familie?"

Sie kam sich vor wie in einem Märchen. An den pfefferkuchenfarbenen Wänden der kleinen Hütte rankte tiefgrüner

Efeu empor, und in den Beeten wucherten Hecken sowie Rosenbüsche vor sich hin. Alles in allem strahlte das Anwesen einen leicht verwahrlosten, aber gemütlichen Charme aus.

„Nicht ganz. Das Haus, in dem wir aufwuchsen, haben wir verkauft. Dieses Grundstück gehört Ambrose."

„Und es macht ihm nichts aus, dass wir uns hier verstecken?", fragte sie zaghaft.

Er nahm ihre Hand und führte sie durch die geöffnete Haustür. „Mitglieder der Familie sind hier jederzeit willkommen."

In seinen Augen zählte sie also zur Familie? Der Gedanke wärmte ihr das Herz, ebenso wie die Erkenntnis, was er alles für sie getan hatte. So lange hatte sie sich den Herausforderungen in ihrem Leben allein stellen müssen, dass es ihr unheimlich viel bedeutete, endlich einen verlässlichen Partner an ihrer Seite zu haben. Zu wissen, dass er immer für sie da sein würde, wenn sie ihn brauchte.

Sie drückte seine Hand und schenkte ihm ein Lächeln.

Die Einrichtung der Hütte war etwas altmodisch, aber gemütlich. Das kleine Wohnzimmer war vollgestellt mit plüschigen Sitzmöbeln aus Chintz und deckenhohen Bücherregalen, die zum Entspannen und Schmökern einluden. Bennett führte sie weiter durch die Küche, den Essbereich und die Schlafgemächer im hinteren Teil des Hauses.

„Ich habe deine Sachen hier reingestellt", sagte er und deutete auf das größere der beiden Schlafzimmer, in dem es ein breites Himmelbett und eine Chaiselongue vor dem Kamin gab. „Das Bad befindet sich gleich daneben. Vielleicht möchtest du dich erst mal ein wenig frisch machen?"

„Ja, gleich", erwiderte sie, nagte dann jedoch nervös an ihrer Unterlippe. „Bennett, glaubst du, dass Großpapa und Vater etwas zustoßen wird?"

„Die Lage ist kritisch", sagte er in ernstem Tonfall. Sie war froh, dass er nicht versuchte, sie mit leeren Worten zu trösten. „Aber Bartholomew Black hat nicht ohne Grund so viele Jahre lang über die Unterwelt regiert. Er ist ein starker, einflussreicher Mann, dem mächtige Verbündete zur Seite stehen. Außerdem ist er klug. Er wusste von Anfang an, dass O'Toole gemeinsame Sache mit De Witt machte und ..." Abrupt hielt er inne und bedachte sie mit einem seltsamen Blick den sie nicht zu deuten vermochte.

„Und was?", hakte sie nach.

„Und dass alles, was ihm wichtig ist, auf dem Spiel steht", vollendete er seinen Satz und legte ihr eine Hand an die Wange. „Ich bin mir sicher, dass dein Großvater einen Plan hat. Du musst nur Geduld haben und deinen Teil der Abmachung erfüllen."

„Du hast ja recht", seufzte sie und schmiegte sich in seine Berührung. „Ich weiß wirklich nicht, was ich ohne dich tun würde."

Kurz nach Mitternacht lag Harry noch immer wach im Bett, die Arme hinter dem Kopf verschränkt, und starrte an die Decke. Schwaches Mondlicht fiel durch einen Spalt zwischen den Vorhängen herein und malte Schatten an die Wände.

Seine Sorgen und Schuldgefühle ließen ihn einfach nicht einschlafen. Black wusste, wer er war, und dass er für die Gendarmerie arbeitete. Nichtsdestotrotz vertraute der Halsabschneider ihm ... weil er seine Familie kannte. Weil er sich sicher war, dass Harry das Richtige tun würde. Tessa war die Einzige, die noch im Dunkeln tappte, und er wünschte sich nichts sehnlicher, als ihr endlich die Wahrheit sagen zu können. Er wollte diese Last nicht länger mit sich herumtragen, wollte sie um Vergebung bitten und ganz von vorne mit ihr beginnen, eine Beziehung führen, die nicht auf Betrug und Lügen beruhte.

Aber das durfte er nicht. Black hatte recht: Ihr jetzt reinen Wein einzuschenken, würde ihre Sicherheit gefährden. Sie musste sich darauf konzentrieren, ihren Feinden fernzubleiben. Es wäre selbstsüchtig von ihm, sie von ihrer Mission abzulenken.

Nein, er musste das Versprechen einhalten, das er ihrem Großvater gegeben hatte. Sie zu beschützen, war sein einziges Ziel. Sobald die Gefahr gebannt war, hätte er ausreichend Gelegenheit, ihr alles zu gestehen.

Und um ihre Hand anzuhalten.

Sein Wiedersehen mit Celeste hatte zumindest einen Vorteil gehabt: Ihm war klar geworden, dass die Wunden der Vergangenheit verheilt waren. Er war bereit, sein Herz erneut zu vergeben. Und niemand verdiente es mehr als Tessa, die ihm auf so großzügige und bereitwillige Weise ihre Liebe geschenkt hatte. Eine Liebe, die ihn tief in der Seele berührte und für die er jeden Tag aufs Neue dankbar war.

Manchmal fiel es ihm noch immer schwer zu glauben, dass sie sich für ihn entschieden hatte.

Verdammt, er konnte es kaum erwarten, bis dieses ganze Affentheater endlich vorüber war. Dank der Unterstützung seiner Familie würde es hoffentlich nicht mehr allzu lange dauern. Vor ihrer überstürzten Abreise hatte er Doolittle noch damit beauftragt, Ambrose eine Nachricht zukommen zu lassen, in der er seinen Bruder bat, Black seine Dienste anzubieten. Zwar wollte er keinesfalls seinen gegenwärtigen Aufenthaltsort preisgeben, für den Fall, dass die Nachricht in falsche Hände fiel, andererseits wusste er aber auch, dass seine Geschwister sich Sorgen machen würden, wenn sie nicht wussten, wo er war.

Also hatte er einfach geschrieben, dass er „nach Hause"

gegangen sei und zurückkehren würde, sobald die Gefahr gebannt wäre. Einstweilen solle jedoch niemand nach ihm suchen.

Nun blieb ihnen nichts anderes übrig als abzuwarten.

Plötzlich öffnete sich die Tür mit einem leisen Quietschen, und er setzte sich ruckartig auf.

Mit wild pochendem Herzen beobachtete er, wie Tessa das Zimmer betrat. Sie trug ein langes, blütenweißes Nachtgewand, unter dessen Saum ihre nackten Füße hervorspitzten. Die dunklen, seidigen Locken fielen ihr offen über die Schultern.

Da er nun wirklich nicht mit einem nächtlichen Besuch gerechnet hatte, war er in seinem üblichen Aufzug zu Bett gegangen: splitterfasernackt. Hastig zog er sich die Decke bis zur Brust hoch und räusperte sich. „Äh, stimmt etwas nicht?"

„Ich konnte nicht schlafen. Es ist so verflucht still hier ... und gleichzeitig so laut!" Sie trat an sein Bett und musterte ihn mit großen Augen. „Zwitschern diese nervtötenden Vögel etwa die ganze Nacht durch?"

Verwirrt legte er den Kopf schief und lauschte einen Moment lang auf das Geräusch, das sie angesprochen hatte. Dann breitete sich ein Grinsen auf seinem Gesicht aus. „Das sind keine Vögel, sondern Grillen, mein Herz."

„Oh." Verlegen senkte sie den Blick und ließ die Finger über seine Bettdecke gleiten.

Ihr süßer Duft und ihre Nähe brachten sein Blut in Wallung. Er spürte, wie sein Schwanz zu pulsieren begann. Aber er hatte sich geschworen, sich während ihres Aufenthalts in Chudleigh Crest wie ein Gentleman zu benehmen und sie in dieser verletzlichen Situation nicht auszunutzen. Allerdings machte sie es ihm nicht leicht. Völlig entblößt und nur durch eine dünne Decke von der Frau seiner Träume getrennt zu sein, zerrte an den seidenen Fäden seiner Selbstbeherrschung.

„Wolltest du sonst noch etwas?", fragte er.

„Ja, in der Tat."

„Warte doch kurz draußen. Ich ziehe mich nur schnell an und ..."

„Nicht nötig. Was ich will, bist du." Trotz ihrer schamlosen Worte wirkte sie schüchtern, beinahe ein wenig verunsichert. „Wäre es in Ordnung, wenn ich heute Nacht bei dir bleibe?"

Gütiger Himmel. Er konnte sein Verlangen nach ihr kaum noch zurückhalten.

„Das halte ich für keine gute Idee", presste er hervor. „Du bist völlig übermüdet, und es ist schon spät. Pass auf, ich kleide mich an und bringe dich zurück in dein Schlafzimmer. Wenn du willst, bleibe ich bei dir, bis du eingeschlafen bist ..."

„Bennett, ich brauche keinen Leibwächter, sondern *dich.*" Bevor er reagieren konnte, war sie zu ihm ins Bett geklettert und ließ sich auf seinem Schoß nieder. „Willst du mich denn nicht?", flüsterte sie.

„Darum geht es nicht ... Ah, verdammt, *Tessa!*" Er vergrub die Finger in ihren Hüften, als sie sich vorbeugte und an seinem Ohrläppchen zu knabbern begann. „Lass das!"

„Gefällt dir das hier besser?", fragte sie und küsste erst seine Wange, dann an seinem Hals entlang, wobei ihre seidigen Locken verführerisch über seine entblößte Brust fielen. Gott, ihr berauschender Duft, ihre sinnlichen Berührungen ... einfach alles an ihr brachte ihn um den Verstand.

Aber das durfte er nicht zulassen. Sanft vergrub er die Finger in ihrem Haar und drückte sie von sich weg. „Ich will dich nicht ausnutzen, mein Herz", murmelte er und sah ihr tief in die Augen, in denen sich das silberne Mondlicht spiegelte. „Du stehst unter enormem Stress ..."

„Du hast recht. Meine Liebsten sind in Gefahr, und ich kann nichts dagegen tun." Ihr Blick strahlte Unschuld aus, gleichzeitig aber auch Weisheit und Stärke. „Doch in diesem Moment gibt es nur dich und mich. Ich liebe dich, Sam Bennett, und auch wenn ich nicht weiß, was der morgige Tag bringen wird, bin ich mir einer Sache sicher: Hier und jetzt, in deinen Armen, fühle ich mich geborgener und behüteter als irgendwo sonst auf der Welt."

Gottverdammt, wie sollte er ihr nach diesem Geständnis noch widerstehen?

Zärtlich legte er ihr einen Finger unters Kinn und hob es an. „Ich begehre dich so sehr, dass es wehtut, Tessa. Ist dir das überhaupt klar?"

„Jetzt schon", erwiderte sie mit einem tränenreichen Lächeln.

Er war am Ende seiner Beherrschung angelangt. Ohne ein weiteres Wort warf er sie auf die Matratze, rollte sich auf sie und küsste sie fordernd. Sie erwiderte seine leidenschaftlichen Küsse mit ebenbürtigem Enthusiasmus, und schon bald zog er ihr ungeduldig das Nachtkleid über den Kopf, um ihre samtige Haut an der seinen zu spüren.

Als ihre Körper sich zum ersten Mal ohne störende Barrieren berührten, seufzten sie beide vor Wonne auf. Selbst in seinen kühnsten Träumen hätte er sich diesen Moment nicht perfekter ausmalen können. Er schob alle Gedanken an den Rest der Welt beiseite, um sich ganz seiner geliebten Tessa und den unterschiedlichen Arten, auf die er sie befriedigen konnte, hinzugeben.

Sanft, aber bestimmt drehte er sie auf den Bauch, und musste ein Schmunzeln unterdrücken, als sie ihm einen verwirrten Blick über die Schulter zuwarf. Ihr leidenschaftlicher Eifer ließ ihn manchmal vergessen, wie unerfahren sie im Grunde noch war. Es gab noch so viele Facetten des Liebesspiels zu entdecken, und ihm jagte ein elektrisierender Schock durch den Körper bei dem Gedanken, dass er allein mit ihr auf diese Entdeckungsreise gehen würde.

Er kniete sich neben sie, strich ihr die langen Locken vom

Rücken und betrachtete sie einen Augenblick lang bewundernd. Ihre Schönheit war unvergleichlich. Sie war zierlich und kurvig zugleich, und ihre seidige Haut war so weiß und makellos wie frischer Schnee. Er beugte sich zu ihr hinunter, um ihren Nacken zu küssen, und vergrub sein Gesicht ein paar Sekunden lang in ihrer süß duftenden Wärme, bevor er seine Lippen über ihre Wirbelsäule nach unten wandern ließ.

„Du zitterst ja", murmelte er.

„Weil du meine *Kehrseite* küsst", erwiderte sie atemlos.

Er lachte leise gegen ihren unteren Rücken. „Gefällt dir das etwa nicht?"

„Doch, aber es erscheint mir ein wenig verrucht."

„Nur ein wenig? Dann muss ich mir wohl mehr Mühe geben."

Mit diesen Worten biss er sie leicht und spielerisch in eine ihrer Gesäßbacken. Ihr überraschtes Quietschen wich einem Stöhnen, als er mit der Zunge über die leicht gerötete Stelle fuhr, während er eine Hand zwischen ihre Schenkel gleiten ließ und mit dem Daumen über ihre empfindliche Perle rieb. Glühendes Begehren durchflutete ihn, als seine Finger über ihre geschwollenen Schamlippen wanderten und er feststellte, wie feucht und bereit sie für ihn war.

Er rollte sie auf den Rücken und begann, sie mit Mund und Zunge zu verwöhnen.

Sie vergrub die Fingern in seinem Haar und hob ihm keuchend ihre Hüften entgegen, während er an ihrem Kitzler leckte und saugte. Es dauerte nicht lang, bis er den Nektar ihrer Ekstase kostete. Trunken vor Lust schob er ihre Schamlippen auseinander und tauchte mit der Zunge in ihre triefende Hitze ein, sich danach sehnend, ihr so nahe wie möglich zu sein, die Frau seiner Träume auf jede nur erdenkliche Weise und bis in alle Ewigkeit zu der Seinen zu machen.

„Bennett?"

Tessa erkannte ihre eigene Stimme kaum wieder. Er hatte sie so oft zum Höhepunkt gebracht, dass sie vor lautem Schreien und Stöhnen ganz kehlig und heiser klang. Sie fühlte sich erschöpft, knochenlos, bis in jede Faser ihres Körpers befriedigt.

Er hob den Kopf und bedachte sie mit einem glühenden Blick. „Hattest du genug, mein Herz?"

„Komm her und küss mich", flüsterte sie fordernd.

Er rollte sich über sie, und sie spürte seine riesige, pulsierende Erektion gegen ihren Bauch pressen. Denn während er sie ein ums andere Mal verwöhnt hatte, war er selbst noch nicht zum Zug gekommen. Als er den Kopf senkte, um sie zu küssen, ließ sie eine Hand zwischen ihre Körper gleiten und schloss die Finger um seinen harten, geschwollenen Schaft. Er stöhnte leise gegen ihre Lippen.

„Jetzt bin ich an der Reihe", murmelte sie, während sie begann, ihn von der Wurzel bis zur Spitze zu liebkosen. „Lässt du mich tun, was immer ich will?"

„Was immer du willst."

Der lodernde, intensive Ausdruck in seinen Augen sagte ihr, dass er es ernst meinte. Er war bereit, ihr alles zu geben.

Was bedeutete, dass auch sie ihm *alles* geben wollte.

Sie rutschte auf der Matratze etwas weiter nach oben und rieb ihre feuchte Pussy gegen seinen Schwanz. Es fühlte sich so unglaublich gut und erregend an, dass ihr erneut ein elektrisierender Schock durch den Körper jagte. Instinktiv schlang sie die Beine um seine Hüften, und in dieser Position spürte sie, wie seine geschwollene Eichel gegen ihre Scham stieß.

„O Gott, ich will dich in mir spüren", stöhnte sie.

Er verspannte sich und blickte schwer atmend auf sie hinab. „Tessa, ich will die Situation nicht ausnutzen ..."

„Du hast gesagt, du gibst mir, was immer ich will", erinnerte sie ihn und presste ihre pulsierende Pussy abermals fordernd gegen sein riesiges Gemächt. „Ich will dich, Bennett, will auf die intimste Weise, die es gibt, mit dir verbunden sein."

„Verdammt, Tessa", keuchte er, umfasste ihr Gesicht mit beiden Händen und sah ihr tief in die Augen. „Bist du dir auch ganz sicher?"

„Ich liebe dich", flüsterte sie. „Und ich will mit Körper und Seele dir gehören."

„Wenn wir das tun, gibt es kein Zurück mehr", warnte er sie. „Du wirst die Meine sein, in jedem erdenklichen Sinne, und ich werde dich nie wieder gehen lassen."

„Das bin ich doch schon längst, Liebling."

Ihre Worte schienen ihm auch die letzten Bedenken zu nehmen. Etwas Wildes, Leidenschaftliches blitzte in seinen Augen auf, und dann gab er ihr endlich, wonach sie sich so sehr sehnte. Sie spürte, wie seine von Lusttropfen benetzte Eichel zwischen ihre weichen Schamlippen glitt und gegen ihre Scheidenmuskeln drängte. Der dumpfe, ungewohnte Druck entlockte ihr ein Keuchen.

„Ich lasse es langsam angehen", murmelte er. „Sag mir, wenn ich aufhören soll."

„Hör bloß nicht auf", wimmerte sie. „Gib mir mehr. Gib mir alles!"

Stöhnend kam er ihrer Aufforderung nach und drang mit einer langen, stetigen Bewegung tiefer in sie ein, bis er eine verborgene Stelle in ihr berührte, die ihr vor Lust den Verstand raubte. Sie begann, unkontrolliert zu zucken und stöhnte gequält auf.

„Habe ich dich verletzt?", fragte er besorgt und erstarrte über ihr.

„Es fühlt sich so *gut* an", seufzte sie, halb von Sinnen vor Ekstase.

„*Gut* ist die Untertreibung des Jahrhunderts", knurrte er, während er seine Hüften sanft gegen die ihren kreisen ließ. „Gott, du bist so eng, so wunderschön ..."

Als sie merkte, wie er sich aus ihr zurückzog, öffnete sie den Mund, um zu protestieren, doch schon im nächsten Augenblick stieß er erneut in sie hinein, und sie vergaß alles um sich herum. Die Gefühle, die er in ihr auslöste, waren unbeschreiblich. Nichts ließ sich mit der Hitze, der Intimität, der prickelnden Erregung vergleichen, die sie empfand, während sie seinen riesigen, harten Schwanz gegen ihre Scheidenmuskeln reiben spürte. Der dumpfe Druck verschwand, und mit jeder Bewegung hob sie sich seinen Hüften instinktiv entgegen, um ihn so tief es ging in ihrem Körper aufzunehmen.

„So ist es gut, mein Herz", murmelte er mit kehliger Stimme. „Beweg dich mit mir, lass mich mit dir verschmelzen ..."

Als er seine Position leicht veränderte, gelang es ihm, noch tiefer und schneller in sie einzudringen, wobei sein stahlharter Schaft gegen ihre überreizte Perle rieb. Jedes Mal, wenn er aufs Neue in sie hineinsank, durchfuhr sie ein elektrisierender Schock, bis sie vor Wonne unkontrolliert zu zittern begann.

„Komm für mich", presste er hervor. „Ich will, dass wir den Höhepunkt gemeinsam erreichen."

Die Vorstellung, diesen intimsten aller Momente gleichzeitig mit ihm zu durchleben, trieb sie über den Rand der Beherrschung. Ihre Scheidenmuskeln zogen sich heftig pulsierend um ihn zusammen, und mit einem lauten, heiseren Schrei gab sie sich der intensivsten Ekstase ihres Lebens hin.

Stöhnend zog er sich aus ihr zurück und begann, seine riesige, von ihrem Nektar überzogene Erektion mit der Faust zu pumpen.

Der Anblick seiner ungezügelten, männlichen Lust brannte sich auf ewig in ihr Gedächtnis ein. Schwer atmend ließ sie den

Blick über die Muskeln in seinem Arm hinunter zu seinem prachtvollen, riesigen Schwanz gleiten, bevor sie ihm geradewegs in die Augen sah. Mit rauer Stimme rief er ihren Namen, während er sich heiß und scheinbar nicht enden wollend über ihren Bauch, ihre Rippen und ihre Brüste ergoss.

Der salzige Duft seiner Befriedigung stieg ihr in die Nase und jagte ihr einen kribbelnden Schauer über den Rücken. Sie lächelte ihn verträumt an.

„Das war ... das war ..." Es fiel ihr schwer, die richtigen Worte zu finden.

„Perfekt", flüsterte er heiser.

Genau das war es, was sie hatte sagen wollen.

Und sie standen gerade erst am Anfang.

„Wann können wir es wiederholen?", fragte sie ungeduldig.

Mit einem erschöpften Lachen beugte er sich zu ihr hinunter und gab ihr einen zärtlichen Kuss.

Kapitel Dreiunddreißig

Zwei Tage später stand Tessa verträumt lächelnd am Spülbecken und wusch das Geschirr. Da Bennett sich um das Mittagessen gekümmert hatte, war es das Mindeste, was sie tun konnte. Genau genommen hatte er jede ihrer Mahlzeiten zubereitet (und somit wieder einmal ihre Vermutung bestätigt, dass es nichts gab, was er nicht beherrschte), da sie nichts über das Kochen wusste.

Gegenwärtig hackte er draußen im Garten Holz, wie sie durch das kleine Küchenfenster sehen konnte. Sein dichtes Haar glänzte im Sonnenlicht, sein Kragen war aufgeknöpft, und er hatte die Ärmel seines Hemds hochgerollt, wodurch seine sehnigen, kräftigen Unterarme auf ansprechende Weise zur Geltung kamen. Während sie ihn beobachtete, schwang er die Axt in hohem Bogen durch die Luft und zerteilte ein Holzscheit sauber in der Mitte.

„Ist er nicht einfach *perfekt*, Nick?", seufzte sie.

Ihr Frettchen, das neben ihr auf dem Teppich döste, schnaubte nur und rollte sich auf die andere Seite.

Ohne den Blick von Bennett abzuwenden, schrubbte Tessa gedankenverloren eine Schüssel sauber. Trotz der immerwährenden Sorge um ihre Familie ließ sich nicht leugnen, dass die letzten beiden Tage wie ein wunderbarer Traum gewesen waren. Sie hatte Bennett ihre Jungfräulichkeit geschenkt, und im Gegenzug hatte er ihr die Hoffnung gegeben, dass er sich doch irgendwann in sie verlieben könnte.

Ihre intime Vereinigung hatte ihnen eine völlig neue Welt des Liebesspiels eröffnet. Den Großteil des vorherigen Tages hatten sie im Bett verbracht, wo Bennett sie in alle möglichen Arten der Befriedigung einführte. Die Positionen und Stellungen, in denen sie sich geliebt hatten, waren ebenso kreativ wie verrucht gewesen. Sie errötete heftig, als sie daran dachte, wie hingebungsvoll er jeden Zentimeter ihres Körpers geküsst und verwöhnt hatte, wie aufregend es gewesen war, als er sie von hinten nahm und sie ihr Gesicht in den Kissen vergrub, um ihre erderschütternden Lustschreie zu dämpfen ...

Doch es war mehr als nur die körperliche Befriedigung, die sie miteinander teilten. Bennett öffnete sich ihr gegenüber auch emotional auf völlig neue Weise. Er zeigte sich unbeschwerter, verspielter als bisher, neckte sie unentwegt dafür, ein Stadtkind zu sein, und hatte während des letzten Abendessens doch tatsächlich eine Essensschlacht angezettelt. Natürlich waren sie sich uneinig darüber gewesen, wer gewonnen hatte. Wenn man jedoch das heiße Bad in Betracht zog, das sie hinterher miteinander genossen hatten, schienen sie beide in gewisser Weise den Sieg davongetragen zu haben ...

Zudem erzählte er ihr Geschichten über seine Kindheit in Chudleigh Crest, über die unzähligen Streiche, die seine Lieblingsschwester Violet und er einander zu spielen pflegten. Die Anekdoten hatten so wundervoll geklungen, dass sie nicht umhin konnte, ihm zu sagen, wie gerne sie Violet und den Rest seiner Familie kennenlernen würde. Da wurde er wieder verschlossen und in sich gekehrt, was sie ein wenig beunruhigte.

Will er mich seinen Schwestern nicht vorstellen, weil ich ihm peinlich bin? Glaubt er, sie würden mich nicht akzeptieren?

Als sie ihn darauf ansprach, hatte er sie mit einem warmen, liebevollen Blick bedacht. „Sie werden dich lieben, mein Herz. Da bin ich mir ganz sicher."

Das musste sie ihm wohl oder übel glauben. Außerdem war es nicht seine Familie, über die sie sich den Kopf zerbrechen sollte. Sobald die Gefahr gebannt war und Großpapa wieder fest auf seinem Thron saß – und sie glaubte mit jeder Faser ihres Seins daran, dass dem so wäre –, würde sie ihn und ihren Vater überreden müssen, Bennett und sie heiraten zu lassen.

Ihr Großvater ließe sich wahrscheinlich eher überzeugen, immerhin vertraute er Bennett genug, um ihn mit der Sicherheit seiner einzigen Enkelin zu beauftragen. Überdies rechnete er ihm alles, was er bislang für die Blacks im Kampf gegen deren Feinde getan hatte, zweifellos hoch an.

Mit ihrem Vater verhielt es sich jedoch ganz anders. Sie wusste, dass er Bennett nicht leiden konnte, und wenn Malcolm Todd sich einmal eine Meinung gebildet hatte, ließ er sich nur schwer davon abbringen. Mavis war mit hoher Wahrscheinlichkeit die Einzige, die ihn umzustimmen vermochte. Sobald sie wieder in London waren, würde Tessa ihre Mutter um Unterstützung bitten.

Plötzlich erregte eine Staubwolke in der Ferne ihre Aufmerksamkeit ... Eine Kutsche kam den von Bäumen gesäumten Weg entlanggerollt!

„*Großpapa*", flüsterte sie.

In freudiger Erwartung rannte sie, dicht gefolgt von Swift Nick, zur Tür hinaus und an Bennett vorbei, der ihr etwas zurief, doch sie war zu aufgeregt, um innezuhalten. Sie erreichte die Kutsche gerade, als diese zum Stehen kam.

Als die Tür sich öffnete und sie sah, wer im Inneren saß, blieb ihr die überschwängliche Begrüßung im Halse stecken.

Es war der Herzog von Ranelagh und Somerville. Leichtfüßig sprang er aus dem Gefährt, wie immer elegant gekleidet in einen weinroten Gehrock und eine eng anliegende, lederfarbene Hose.

„E-Euer Gnaden", stammelte sie verwirrt. „Was tun Sie denn hier?"

Ransom verneigte sich vor ihr. „Ich bin selbstverständlich gekommen, um Sie abzuholen, meine Teure."

„Wozu?", fragte sie stirnrunzelnd. „Woher wussten Sie überhaupt, dass ich hier bin?"

„Oh, ich weiß so einiges, Miss Todd. Beispielsweise kenne ich auch die wahre Identität Ihres, ähem, Leibwächters hier." Ransom bedachte Bennett, der hinter sie getreten war, mit einem berechnenden, triumphierenden Blick. „Wollen Sie es ihr sagen, oder soll ich?"

„Ich weiß selbst, wer er ist", schnaubte sie ungehalten.

Um Bestätigung heischend drehte sie sich zu ihm um ... doch seine angespannte Haltung und das qualvoll verzerrte Gesicht jagten ihr einen eisigen Schauer über den Rücken.

„Tessa, es gibt gewisse Dinge, die ich dir sagen muss", begann er in leisem, dringlichem Tonfall. „Ich hätte sie dir schon viel früher gestehen sollen, aber ..."

„Aber er wollte sich vor Ihnen nicht dafür rechtfertigen müssen, dass er Sie die ganze Zeit über angelogen hat. Von Anfang an", unterbrach der Herzog ihn mit einem schmallippigen Lächeln. „Er hat Ihnen allen etwas vorgemacht, um eine Anstellung bei Ihrem Großvater zu ergattern. Bennett ist nicht einmal sein richtiger Name. In Wahrheit heißt er Harry Kent, und er ist ein in Verruf geratener Wissenschaftler, der nun für die Londoner Polizeibehörde arbeitet. Seine geheime Mission lautet, Ihre Familie auszuspionieren."

„Was?" Sie war wie betäubt vor Schock. „Das ... das kann

nicht sein. Bennett, sag ihm, dass das nicht wahr ist", flehte sie, an ihren Liebhaber gewandt.

Doch als sie den Ausdruck in seinen Augen bemerkte, war ihr, als hätte ihr jemand einen Dolch in die Brust gerammt.

„Mein Name ist Harry Kent, und ich arbeite in der Tat für die Gendarmerie. Ich wurde damit beauftragt, Nachforschungen über deinen Großvater anzustellen", sagte er mit rauer Stimme. „Aber schon bald änderte sich das Ziel meiner Mission dahingehend, dass ich die Höllenfeuer-Anschläge aufklären sollte. Wir sind auf derselben Seite, Tessa. Je besser ich deine Familie kennenlernte, desto klarer wurde mir ..."

„Dass er sich noch einen viel größeren Fisch angeln konnte", fiel Ransom ihm ins Wort. „Sein mickriges Salär, das ihm als Polizeibeamten zusteht, gegen eine saftige Mitgift einzutauschen. Und dafür musste er nichts weiter tun, als die Enkelin des berüchtigten Bartholomew Black zu umwerben."

„Verdammt, das hatte nichts damit zu tun!", knurrte Bennett ... oder vielmehr *Harry Kent.*

„Mein Fehler", erwiderte der Herzog ungerührt. „Da muss ich Sie wohl mit der *anderen* Kent-Familie verwechselt haben. Sie wissen schon, die mit dem ältesten Bruder, Ambrose, ein bescheidener Ermittler, der die bezaubernde und steinreiche Witwe Marianne Draven geheiratet hat. Oder Emma Kent, die sich den Herzog von Strathaven angelte ..."

„Noch ein Wort über meine Geschwister, und ich fordere Sie zum Duell", zischte Harry.

„Oho, ein Duell unter Gentlemen? Wie ironisch, wenn man bedenkt, dass *Sie* der Herausforderer sind", erwiderte Ransom schnippisch.

„Das reicht!", hörte Tessa sich sagen, obwohl ihre Stimme von weit her zu kommen schien. Von einem Ort eisiger Kälte und Dunkelheit tief in ihrem Inneren, der den Schmerz, der sie zu zerreißen drohte, betäubte. Sie konnte, *wollte* nicht glauben, dass der einzige Mann, den sie je geliebt hatte und lieben würde, sie auf so skrupellose Weise betrogen hatte.

Er hatte ihr nur etwas vorgemacht, sie als Mittel zum Zweck benutzt, um an ihre Familie heranzukommen und diese von innen heraus zu zerstören.

„Tessa, ich schwöre dir, dass ich dir alles beichten wollte, sobald die Gefahr vorüber ist", redete Kent auf sie ein, aber der einzige Gedanke, der ihr durch den Kopf ging, war: *Lügen. Nichts als Lügen.* „Dein Großvater wusste von Anfang an über meine wahre Identität Bescheid. Er stimmte mir zu, dass es noch zu riskant sei, dir die Wahrheit zu erzählen ..."

„Wer's glaubt, wird selig", mischte Ransom sich ein. „Und wie es der Zufall will, kann niemand Ihre Behauptungen bestätigen, da von Black jede Spur fehlt."

Bei diesen Worten wurde Tessa von einer Welle der Panik erfasst. „Wie bitte? Was ist mit Großpapa geschehen?"

„Ich muss Ihnen bedauerlicherweise mitteilen, dass er seit zwei Tagen verschwunden ist, genau wie Ihr Vater", erwiderte der Herzog mit ernster Miene.

„O Gott", hauchte sie und schloss die Augen. „Meine Mutter ..."

„Der geht es gut. Soviel ich weiß, wurde sie von einem Angestellten namens Ming in Sicherheit gebracht. Sie befindet sich auf dem Anwesen der Garritys ... Freunde Ihres Großvaters, nehme ich an?"

„Ich muss sofort zurück nach London", verkündete sie entschlossen. Auch wenn ihre Welt soeben zusammengebrochen war, war sie noch immer eine Black. „Ich muss mich um Mama kümmern und den anderen bei der Suche nach Großpapa und meinem Vater helfen."

„Genau deswegen bin ich hergekommen, meine Teure. Ich werde Sie unterstützen, wo ich nur kann", sagte Ransom.

„Rein in die Kutsche, Swift Nick", befahl sie ihrem Frettchen.

„Geh nicht, Tessa." Kent ergriff ihren Arm und sah sie flehentlich an. „Es ist zu gefährlich. Ich traue diesem Bastard nicht über den Weg ..."

„Das sagt gerade der Richtige", erwiderte sie in bitterem Tonfall. „*Du* bist doch derjenige, der mich von unserer ersten Begegnung an belogen und betrogen hat."

„Ich weiß. Und bei *Gott*, ich wünschte, ich könnte nur einmal im Leben die richtigen Worte finden, um dir alles zu erklären", presste er hervor und verstärkte seinen Griff um ihren Arm. „Um dir zu sagen, wie leid es mir tut."

Sie konnte und wollte ihm nicht länger Gehör schenken. Ihre Gefühle waren auch so schon aufgewühlt genug.

„Halt dich einfach von mir fern", flüsterte sie. „Ich will dich nie wiedersehen. Und jetzt *lass mich gefälligst los*."

„Sie haben die Dame doch gehört", mischte Ransom sich ein und schnippte mit den Fingern. Umgehend sprangen drei muskelbepackte Lakaien aus der Kutsche. „Lassen Sie sie los, ansonsten zwinge ich Sie dazu."

„Tessa, hör mir zu", flehte Kent verzweifelt, ohne seinen Griff zu lösen. „Ich mag über meine Identität gelogen haben, nicht aber in Bezug auf meine Gefühle. *Ich liebe dich*."

Die Worte, nach denen sie sich so lange gesehnt hatte, brachten ihr nichts als Kummer und Schmerz, denn tief in ihrem Herzen wusste sie, dass sie nichts bedeuteten.

Ebenso, wie *sie* diesem Mann nichts bedeutete.

Einer der Wachmänner trat vor und zerrte sie von ihm weg, bevor die drei hünenhaften Kerle Harry Kent umringten.

„Tessa, geh nicht!", rief er ihr zu.

Sie zwang sich, ihm den Rücken zu kehren und zu Ransom hinüberzugehen, der neben der Kutsche wartete.

„Sie werden ihm doch keinen Schaden zufügen, oder?", fragte sie leise.

Der Herzog erschauderte sichtlich. „Gütiger Himmel, nein. Ich hasse Gewalt. Meine Männer werden ihn lediglich hier festhalten, damit er uns nicht in die Quere kommt."

Tessa nickte knapp und wollte gerade in die Kutsche steigen, als Ransoms nächste Worte sie zurückhielten.

„Eine Sache wäre da noch, meine Teure. Ich weiß, dass Ihr Großvater eine Vermählung zwischen uns anstrebte. Als ein Gentleman, der den Wert einflussreicher Beziehungen zu schätzen weiß, wäre es mir eine Ehre, der Familie meiner zukünftigen Braut zur Seite zu stehen."

Seine Absichten waren unmissverständlich: Als Gegenleistung für seine Hilfe erwartete er, dass sie ihn heiratete.

Wenigstens sagt er mir klipp und klar, was er erwartet, und blendet mich nicht mit bedeutungslosen Liebesgeständnissen.

Wut und Verzweiflung durchfluteten sie gleichermaßen. Was spielte es schon für eine Rolle, wessen Frau sie wurde, ob nun die seine oder die eines anderen dahergelaufenen Kerls? Von der Liebe wollte sie nichts mehr wissen. Nie wieder würde sie sich so zum Narren halten lassen. In Ransoms Fall wusste sie genau, worauf sie sich einließ.

Harry Kents verzweifelte Rufe drangen an ihr Ohr, doch sie ignorierte ihn.

„Ganz wie Sie wünschen", erwiderte sie tonlos.

„Sie machen mich zum glücklichsten Mann in ganz London", sagte er mit einem Grinsen, das seine strahlend weißen Zähne zeigte. „Übrigens war ich so frei und habe uns bereits eine Sondergenehmigung des Bischofs besorgt. Wir können also heiraten, sobald wir wieder in der Stadt sind."

Kapitel Vierunddreißig

Als Harry zu sich kam, blinzelte er verwirrt und stellte fest, dass seine Sicht verschwommen war. Außerdem pochten seine Schläfen auf unangenehme Weise, und um sein linkes Auge, das er aus irgendeinem Grund nicht zu öffnen vermochte, pulsierte ein dumpfer Schmerz. Erst jetzt bemerkte er, dass er geknebelt und gefesselt auf dem Boden lag und sich nicht bewegen konnte.

Dann brachen die Erinnerungen über ihn herein, begruben ihn in einer Dunkelheit, die furchterregender war als jene in dem Eisenbahntunnel, in dem er beinahe umgekommen wäre. Schuldgefühle und Reue schnürten ihm die Kehle zu.

„Tessa", stöhnte er gegen den Stoff in seinem Mund.

Aber sie war fort. Er hatte sie vergrault, mit seinen Lügen, seinem Betrug ... Im Grunde genommen hatte er sie ebenso schäbig behandelt wie Celeste damals ihn. Bei der Erinnerung an den verletzten Ausdruck in Tessas tiefgrünen Augen drehte sich ihm beinahe der Magen um.

Warum habe ich ihr nicht vertraut? Warum nur habe ich die Frau, die ich liebe, belogen?

Rückwirkend betrachtet erkannte er, wie stark ihre Liebe

für ihn gewesen war, und dass sie ihm vergeben hätte, wenn er nur mutig genug gewesen wäre, sich ihr früher anzuvertrauen. Stattdessen hatte er den Weg des Feiglings gewählt. Widerwillig musste er sich eingestehen, dass er nicht sie beschützt hatte, sondern sich selbst. Er war ihr von der ersten Begegnung an verfallen, hatte jedoch Angst gehabt, sich seine Gefühle einzugestehen, ihr sein Herz zu öffnen, und damit den größten Schmerz und Verlust seines Lebens zu riskieren.

Nun hatte sie ihn verlassen, wollte nichts mehr mit ihm zu tun haben ... und er konnte es ihr nicht einmal verübeln. Sie hatte etwas Besseres als ihn verdient.

Trotz seiner überwältigenden Verzweiflung konnte er die innere Unruhe nicht ignorieren, die an ihm nagte. Sie war mit Ransom fortgegangen, der im besten Fall ein Mitgiftjäger war, im schlimmsten jedoch auf weitaus gefährlichere Weise in diese finsteren Machenschaften verwickelt sein könnte. Wie sonst war es ihm gelungen, die Wahrheit über Harry herauszufinden? Woher wusste der Herzog, dass er für die Gendarmerie arbeitete?

Sein Magen krampfte sich zusammen. Sollte Ransom es wagen, Tessa auch nur ein Haar zu krümmen ...

Dann werde ich ihm jeden Knochen im Leib brechen.

Er musste zu ihr, bevor der schleimige Mistkerl sie durch eine List dazu brachte, ihm das Jawort zu geben, oder bevor er sie auf andere Weise kompromittierte. Auch wenn sie Harry nicht länger wollte, würde er weiterhin alles tun, um sie zu beschützen.

Verzweifelt kämpfte er gegen seine Fesseln an, aber es war vergebens. Ransoms Schergen hatten das Seil fachmännisch um seine Knöchel, Knie und Handgelenke geknotet.

Denk nach, Kent. Tessas Sicherheit steht auf dem Spiel.

Er brauchte einen scharfen Gegenstand, mit dem er die Fesseln durchtrennen konnte.

Ein Messer ... aus der Küche!

Entschlossen versuchte er, auf die Beine zu kommen, verlor jedoch die Balance und kippte hintenüber. Der Aufprall jagte ihm einen stechenden Schmerz durch Kopf und Rippen. Er wartete mehrere Augenblicke, bis das Stechen abgeklungen war, bevor er unbeholfen auf die nächstgelegene Wand zurobbte und sich mit deren Hilfe in eine stehende Position brachte. Schwer atmend sah er sich um und versuchte, die Entfernung zu seinem Ziel abzuschätzen. Bis zur Küche waren es etwa zehn Meter. Das sollte zu schaffen sein.

Nach dem ersten Sprung protestierte sein ganzer Körper, doch er biss die Zähne zusammen und setzte seinen Weg fort.

Im nächsten Moment flog die Tür auf und zwei Männer stürmten herein.

Ambrose und Strathaven! Gott sei Dank hatten sie sich nicht an seine Anweisung gehalten und waren ihm gefolgt.

„Harry?", rief sein Bruder überrascht aus. „Gütiger Himmel, was ist denn passiert?"

Erleichtert ließ er sich gegen Ambrose sinken, während dieser ihm den Knebel abnahm.

„Der Herzog von Ranelagh und Somerville hat Tessa", platzte er heraus, kaum, dass er wieder sprechen konnte.

Nachdem Strathaven ihn von seinen Fesseln befreit hatte, rieb er sich die schmerzenden Handgelenke und sprintete anschließend zur Tür. „Wir dürfen keine Zeit verlieren. Ich erkläre euch alles Weitere auf der Rückfahrt nach London!"

„Schmeckt Ihnen das Essen nicht, meine Teure?"

Tessa, die gedankenverloren auf ihrem Teller herumgestochert hatte, hielt inne. „Doch, es ist köstlich."

Ransom zerlegte seinen Wachtelbraten mit einer kühlen

Präzision, die ihr Unbehagen bereitete, ebenso wie alles andere in dem prunkvollen Speisesaal seines Stadthauses. Nach einer langen Fahrt mit nur wenigen Pausen waren sie noch am selben Tag in London eingetroffen und nahmen nun ein spätes Abendmahl zu sich. Mittlerweile war ihre Wut, die Bennetts schockierenden Enthüllungen folgte, einem qualvollen, übermächtigen Gefühl der Verzweiflung gewichen. Zudem konnte sie sich des Eindrucks nicht erwehren, dass sie vom Regen in die Traufe gekommen war.

Obwohl Ransom sich ihr gegenüber stets zuvorkommend verhalten hatte, traute sie ihm nicht über den Weg. Sein elegantes Auftreten, sein sinnlicher Charme und die hochnäsige, gelangweilte Manier wirkten wie eine sorgfältig erschaffene Fassade. Sie hatte keine Ahnung, wer dieser Mann war oder was er, abgesehen von ihrer Mitgift, von ihr wollte.

Nach einer Weile schob sie ihren Teller beiseite. „Ich will meine Mutter sehen."

„Wir werden sie morgen früh auf dem Weg zur Trauung abholen", erwiderte er, und der Blick, mit dem er sie bedachte, gefiel ihr gar nicht. Etwas Seltsames, Lauerndes funkelte in seinen goldbraunen Augen. „Sie kann als unsere Zeugin fungieren."

Warum nur hatte sie so vorschnell eingewilligt, ihn zu heiraten?

„Ich kann unmöglich Ihre Frau werden, bevor ich Großpapa in Sicherheit weiß", erwiderte sie rasch. „Meine gesamte Familie soll bei der Zeremonie anwesend sein."

„Ihn zu finden, wird kein billiges Unterfangen werden, meine Teure. Leider herrscht in meiner Haushaltskasse gähnende Leere", erklärte er und schüttelte betrübt den Kopf. „Um ihn aufzuspüren, brauche ich Zugriff auf Ihre Mitgift."

„Ich kann meine Juwelen verkaufen", bot sie an.

„Quid pro quo, Tessa."

Seine Worte waren unerbittlich, aber gemäßigt, ganz wie er selbst. Je mehr Zeit sie mit ihm verbrachte, desto stärker fühlte sie sich in ihrer Theorie bestätigt, dass Hochgeborene ebenso skrupellos sein konnten wie Halsabschneider, nur bevorzugten sie es, mit anderen Waffen zu kämpfen. Der Herzog schreckte beispielsweise nicht davor zurück, die Sicherheit ihrer Familie als Druckmittel zu benutzen, um ihr seinen Willen aufzuzwängen.

Wozu ist dieser Mann sonst noch fähig?

„Wie haben Sie Bennetts wahre Identität herausgefunden?", fragte sie unvermittelt.

„Ein kleines Vögelchen hat es mir ins Ohr gezwitschert."

„Wenn ich Ihnen vertrauen soll, müssen Sie mir schon Ihre Quelle nennen", erwiderte sie kühl.

Ransom nippte gelangweilt an seinem Wein. „Nicht, dass es eine Rolle spielt ... aber es war der Graf von Ruthven."

Tessa erinnerte sich an den netten Gentleman, der auf dem Maskenball mit ihr getanzt hatte.

„Als er Kent auf dem Ball bemerkte, kam dieser ihm irgendwie bekannt vor", fuhr der Herzog fort. „Dann machten seine Schwestern Sie mit ihm bekannt, und plötzlich fiel ihm wieder ein, dass sie einen Bruder hatten, der vor ein paar Jahren in einen Skandal verwickelt gewesen war. Er zählte eins und eins zusammen und hielt es für das Beste, mich darüber zu informieren, dass er den in Verruf geratenen Mr Kent dabei beobachtet hatte, wie er sich ohne Aufsicht mit Ihnen in die Bibliothek schlich."

„Aber woher wussten Sie, dass er für die Polizei arbeitet?", hakte sie nach.

„Indem ich einen Privatdetektiv auf ihn ansetzte", erklärte Ransom in nüchternem Tonfall. „Nachdem ich durch Ruthven erfahren hatte, dass er eine falsche Identität benutzte, wollte ich ihn ein wenig genauer durchleuchten. Innerhalb eines Tages fand der Ermittler heraus, dass Kent erst vor Kurzem der Londoner Gendarmerie beigetreten war. Außerdem lieferte er mir Informationen über seine Familie sowie seine ländliche Herkunft. Im Zuge seiner Observation beobachtete er, wie Kent mit Ihnen aus der Stadt floh und konnte sich denken, welchen Zielort er anstrebte. Aus diesem Grund wusste ich auch, wo ich Sie finden würde."

Vor lauter Erkenntnissen drehte sich ihr der Kopf. „Sie haben auch *mich* beschatten lassen?"

„Ich wollte nur der Konkurrenz einen Schritt voraus sein", sagte Ransom und leerte sein Weinglas in einem Zug. „Sie sollten jetzt besser aufessen, damit Sie genug Energie für unseren großen Tag morgen haben."

„Ich habe keinen Hunger."

„Dann lasse ich Ihnen etwas Leichteres zubereiten." Er nickte einem der Lakaien zu, der an den Tisch trat, um ihren Teller an sich zu nehmen, doch sie hielt ihn fest.

„Nicht nötig. Ich nehme das hier mit aufs Zimmer. Swift Nick hat den ganzen Tag über noch nichts gegessen."

„Ah, ja. Was das Wiesel betrifft ..."

„Nick ist ein *Frettchen*", fiel sie ihm ungehalten ins Wort. Sein angewiderter Tonfall gefiel ihr ganz und gar nicht.

„Was auch immer er sein mag, ich würde es begrüßen, wenn er mich nicht unentwegt anfauchen würde. Vielleicht sollten Sie sich besser ein etwas sanftmütigeres Haustier zulegen? Dank der Königin sind Spaniel gerade der letzte Schrei."

Nun reichte es aber! Als ob sie sich je von ihrem treuen Gefährten trennen würde.

„Ich muss Sie leider enttäuschen. Weder Nick noch ich haben ein sanftmütiges Wesen", erwiderte sie spitz.

„Oh, von einer Frau erwarte ich das auch gar nicht", sagte Ransom und hob eine Braue. „Zumindest nicht im Bett."

Seine Anspielung jagte ihr einen eisigen Schauer über den Rücken. Sie konnte diesen Mann unmöglich heiraten.

Verzweifelt versuchte sie, ihre Optionen abzuwägen. Irgendwie würde sie schon einen anderen Weg finden, um ihren Großvater zu retten. Ihre Mutter und sie würden die Köpfe zusammenstecken und sich etwas einfallen lassen. Wahre Blacks wussten sich immer zu helfen. Sie brauchte weder Ransoms Unterstützung … noch die eines anderen.

Ich muss diesen Wüstling irgendwie loswerden und von hier verschwinden. Am einfachsten wäre das natürlich, wenn sie ihn dazu bringen könnte, die Verlobung von sich aus zu lösen.

„Da wir gerade von der Ehe sprechen, sollte ich Sie vielleicht darüber informieren, dass ich keine Jungfrau mehr bin", verkündete sie, wobei sie versuchte, die Erinnerungen an ihre leidenschaftliche Liebesnacht mit Bennett auszublenden. Es ging nur darum, den Herzog abzuschrecken. Jeder wusste doch, dass Männer unberührte Frauen bevorzugten.

„Noch etwas, das wir gemein haben", erwiderte er und schob sich genüsslich einen Bissen von seiner Wachtel in den Mund.

„Wie bitte?", platzte sie heraus. „Ist es Ihnen denn völlig egal, dass ich mit einem anderen Mann das Bett geteilt habe?"

„Sicher, solange Sie sich nicht von ihm haben schwängern lassen", sagte er gleichmütig und begann, seinen Spargel in gleichmäßige Stücke zu schneiden. „Aber selbst dann könnte ich das Balg immer noch als mein eigenes ausgeben."

Gütiger Himmel. An was für eine Sorte Mann war sie da nur geraten?

Ungehalten sprang sie auf die Füße. „Ich habe es mir anders überlegt. Keine zehn Pferde bringen mich dazu, Sie zu heiraten!"

Er erhob sich ebenfalls und legte seine Serviette auf dem Tisch ab. „Bevor Sie hier weiter so ein Theater abziehen, sollten Sie eines wissen." Sein stählerner Blick strafte seinen geselligen Tonfall Lügen. „Hier geht es nicht um einen Ausflug zur Modistin, bei dem Sie nach Lust und Laune Ihre Meinung zu einem Kleid ändern können. Wir *werden* morgen heiraten. Es bleibt Ihnen überlassen, ob die Sache für Sie angenehm abläuft ... oder nicht."

„Sie können mich hier nicht einfach festhalten", presste sie wütend hervor. „Das ist *Entführung*."

Ransom seufzte tief. Seine nächsten Worte richtete er jedoch nicht an sie, sondern an den Lakaien, der ihr zuvor den Teller wegnehmen wollte. „Begleite die Dame bitte nach oben und halte vor ihrer Tür Wache. Wir wollen doch nicht, dass die Braut vor dem großen Tag verloren geht."

Kapitel Fünfunddreißig

Schwungvoll sprang Harry über das schwarze Tor und landete leichtfüßig in dem dunklen Garten hinter Ransoms herrschaftlichen Stadthaus.

Ambrose und Strathaven folgten ihm wenige Augenblicke später.

Hinter keinem der Fenster an der Rückseite des Gebäudes brannte Licht, was Harry als gutes Zeichen wertete. Lautlos sprintete er in Begleitung der beiden anderen Männer zur Küchentür, welche wie zu erwarten verschlossen war. Gerade, als er sein Dietrichset herausziehen wollte, legte Ambrose ihm eine Hand auf die Schulter.

„Warte", flüsterte er. „Wie es aussieht, kannst du dir die Mühe sparen."

Harry sah ihn stirnrunzelnd an. „Warum?"

Sein Bruder trat einen Schritt beiseite und deutete nach oben.

Eines der Fenster im zweiten Stock war geöffnet worden, und plötzlich fiel ein aus Bettlaken zusammengeknotetes Seil heraus. Mit offenem Mund sah Harry zu, wie eine zierliche Gestalt in einem bauschigen Nachtgewand auf dem Fenstersims erschien und begann, die gut fünf Meter hohe Hauswand hinunterzuklettern.

Verdammt, ich werde sie für ihren Leichtsinn umbringen ... Wenn sie mir damit nicht zuvorkommt!

Mit hämmerndem Herzen rannte er zu der Stelle hinüber, wo das Seil endete, und wartete darunter, um sie aufzufangen. So gerne er sich auch zu erkennen gegeben hätte, hielt er sich zurück, um ihre Konzentration nicht zu stören oder sie so sehr zu erschrecken, dass sie abstürzte.

Aber darüber hätte er sich keine Sorgen machen müssen, sie hatte ihn auch so gehört. Als sie sich drehte, um nach unten zu blicken, schwang das notdürftig zusammengeknotete Seil gefährlich hin und her, und ihm brach der kalte Schweiß aus, während er zusah, wie sie die Balance zu halten versuchte.

„Was zum Henker hast du hier zu suchen?", zischte sie. „Verschwinde!"

„Gütiger Himmel, Tessa, halt dich bloß gut fest."

„Glaubst du, ich bin so blöd, dass ich loslassen würde?", fauchte sie irritiert zurück, setzte ihren Weg jedoch unbeirrt fort.

Es schien eine Ewigkeit zu dauern, bis sie endlich nah genug am Boden war.

„Jetzt kannst du loslassen", rief er ihr zu. „Ich fange dich auf."

Sie ignorierte ihn und kletterte auch noch den letzten Abschnitt ohne Hilfe hinunter, bevor sie leichtfüßig neben ihm landete. Als sie sich anschickte, wortlos an ihm vorbeizumarschieren, versperrte er ihr den Weg.

„Ich hatte dir doch gesagt, dass du dich von mir fernhalten sollst", schnauzte sie ihn an und stemmte die Hände in die Hüften.

Ihre blitzenden Augen und die langen Locken, die ihr wild

und lose über die Schultern fielen, verliehen ihr das Aussehen einer Rachegöttin.

Verdammt, sie war so wunderschön. Und sie war seine ganze Welt.

„Es tut mir leid", flüsterte er eindringlich. „Bitte verzeih mir, dass ich dich belogen habe. Ja, die Gendarmerie hat mich damit beauftragt, deinen Großvater zu durchleuchten, weil sie nämlich dachten, er sei für die Zerstörung des Gilded Pearl verantwortlich gewesen. Aber sobald ich meinen Vorgesetzten darüber informierte, dass Black nichts damit zu tun hatte, änderte sich das Ziel meiner Mission dahingehend, die Höllen-feuer-Anschläge aufzuklären und weitere Explosionen zu verhindern. Ich hatte Angst, dir die Wahrheit zu gestehen, weil ich an deiner Seite bleiben wollte. Um dich zu beschützen."

„Ich brauche weder deinen Schutz noch den eines anderen Mannes", erwiderte sie patzig.

Damit hatte sie zweifellos recht. „Du besitzt ein beunruhi-gendes Maß an Einfallsreichtum, das ist wahr. Vielleicht brauchst du mich nicht ... aber *ich* brauche *dich*."

Spielte ihm das Mondlicht einen Streich, oder wurden ihre Züge ein wenig sanftmütiger?

„Fahr zur Hölle", murmelte sie.

Eindeutig ein Trick des Mondlichts ...

„Ich habe Neuigkeiten über deinen Großvater", sagte er rasch. „Bevor wir beide nach Chudleigh Crest aufbrachen, enthüllte ich meine wahre Identität vor Doolittle und bat ihn, meinen Bruder Ambrose zu kontaktieren und ihm aufzutragen, Black zu helfen. Aber noch bevor Doolittle in jener Nacht das Nightingale's verließ, beobachtete er, wie dein Großvater und dein Vater von O'Toole entführt wurden. Er folgte ihnen bis zu einem Freudenhaus in Blue Gate Fields. Dort werden die zwei festgehalten. Doolittle informierte Ambrose über die Gescheh-nisse, und dieser hat das Bordell während der letzten beiden

Tage von seinen Männern überwachen lassen. Wir haben bereits einen Plan ausgearbeitet, wie wir deine Familie befreien können.“

Ein Wechselspiel aus Angst und Hoffnung huschte über ihr Gesicht, bevor sie entschlossen das Kinn hob. „Danke für die Informationen, Kent. Und jetzt geh mir aus dem Weg.“

Aus Panik, sie endgültig zu verlieren, fasste er einen Entschluss. Er musste alles auf eine Karte setzen, ihr begreiflich machen, was er für sie empfand.

Langsam kniete er vor ihr nieder und nahm ihre Hand in die seine.

Sie versuchte, sich seinem Griff zu entziehen. „Was zur Hölle soll das werden? Steh auf!“

„Es ist mir schon immer schwergefallen, meine Gefühle zu verstehen oder auszudrücken. Aber eines weiß ich ganz genau: Ich liebe dich, Tessa Todd“, sagte er mit ernster Miene. „Von unserer ersten Begegnung an hast du mich in deinen Bann gezogen. *Alles* an dir fasziniert mich. Dein Temperament, deine Schönheit, dein Mut und ...“

In diesem Moment steckte Swift Nick, der sich zwischen ihren ungezähmten Locken versteckt hatte, den Kopf heraus und fauchte ihn an.

„... und selbst dein vermaledeites Frettchen“, fuhr er unbeirrt fort. „Ich glaubte einst zu wissen, wie Liebe sich anfühlt, aber das war nur ein Schatten dessen, was ich für dich empfinde. Du bringst mich zum Lachen, hältst mich auf Trab, machst mich rasend vor Verlangen ... manchmal sogar alles auf einmal. Es kommt mir so vor, als hätte ich die ganze Zeit über in einem dunklen Tunnel festgesteckt, und du ... du bist das Licht, das mir endlich den Ausweg zeigt. Du gibst meinem Leben einen völlig neuen Sinn und ich ... ich brauche dich, Tessa.“

Verdammt, er klang wie ein Narr, aber er wusste nicht, wie er ihr sonst begreiflich machen sollte, wie überwältigend seine

Gefühle für sie waren. Sie erwiderte nichts, sondern starrte ihn nur mit großen Augen an.

Er holte tief Luft, bevor er hinzufügte: „Die ganze Zeit über glaubte ich, indem ich dir die Wahrheit verschwieg, würde ich dich beschützen ... doch in Wirklichkeit beschützte ich damit nur mich selbst. Ich hatte Angst davor, mich in dich zu verlieben, mich diesem Schmerz erneut auszusetzen. Meine Mutter zu verlieren, war unerträglich. Und die ganze Geschichte mit Celeste bestätigte mich nur in dem Glauben, dass Verletzlichkeit zu nichts als Kummer und Leid führt. Ich war so geblendet von meiner Überzeugung, dass ich einen katastrophalen Fehler beging: Ich verschloss mein Herz vor dir. Und deswegen habe ich dich verloren. Die einzige Frau, die ich je geliebt habe und jemals lieben werde."

Mehrere Augenblicke verstrichen in angespannter Stille.

„Bitte sag doch etwas", flehte er verzweifelt, als sie sich weiter in Schweigen hüllte.

„Was ist mit deinem Gesicht passiert?"

Das kaum merkliche Zucken um ihre Mundwinkel erfüllte ihn mit unbändiger Erleichterung.

„Ich hatte eine kleine Meinungsverschiedenheit mit Ransoms Schergen", erklärte er mit belegter Stimme. „Sie wollten mich von der Frau fernhalten, die ich liebe. Das konnte ich nicht kampflos hinnehmen."

„Nächstes Mal solltest du besser gewinnen. Das Veilchen sieht nämlich ganz schön unattraktiv aus", schnaubte sie. „Und jetzt steh endlich auf."

Er sprang auf die Füße. „Heißt das ... du vergibst mir?"

„Ja." Sie kniff die Augen zusammen und bohrte ihm einen Finger in die Brust. „Aber du stehst nach wie vor auf meiner Liste der Vergeltung."

Eine Welle der Hoffnung, Erleichterung und Liebe übermannte ihn.

„Es ist mir eine Ehre, auf deiner Liste zu stehen, solange ich nur an deiner Seite bleiben darf", flüsterte er mit einem glücklichen Lächeln.

Dann zog er sie in seine Arme und küsste sie zärtlich, bemüht, all seine Gefühle für sie zum Ausdruck zu bringen.

Und Gott sei Dank erwiderte sie den Kuss.

Zu seinem Verdruss spürte er, wie jemand ihm auf die Schulter tippte.

Widerwillig löste er sich von ihr und drehte den Kopf, ließ allerdings nach wie vor einen Arm um ihre Taille ruhen.

„So ungern ich diese rührende Szene auch unterbreche", sagte Ambrose, „sollten wir damit vielleicht warten, bis wir uns an einem geeigneteren Ort befinden." Dann fügte er mit einem kleinen Lächeln hinzu: „Es freut mich, Sie wiederzusehen, Miss Todd."

„Die Freude ist ganz meinerseits, Mr Kent", erwiderte sie mit hochroten Wangen.

Harry schlüpfte aus seinem Gehrock und legte ihn über ihre Schultern. „Machen wir, dass wir hier wegkommen ..."

„Niemand bewegt sich vom Fleck", ertönte plötzlich die Stimme des Herzogs von Ranelagh und Somerville.

Das darf doch nicht wahr sein.

Genervt verdrehte Tessa die Augen, während sie zusah, wie Harry und seine beiden Begleiter sich Ransom und seinen Lakaien angriffslustig zuwandten.

„Du willst doch jetzt nicht ernsthaft kämpfen, oder?", fragte sie ihn.

„O doch", erwiderte er grimmig. „Ich werde diesen elenden Entführer windelweich prügeln!"

„Ich habe sie nicht entführt. Sie hat eingewilligt, mich zu heiraten", erwiderte Ransom.

„Und dann habe ich meine Meinung geändert. Sehen Sie es endlich ein." Tessa verschränkte die Arme vor der Brust und funkelte den Herzog wütend an. „Andernfalls werden Sie noch Ihr blaues Wunder erleben."

„Damit werde ich schon fertig", schnaubte er verächtlich.

„Ach, wirklich? Was, glauben Sie, wird mein Großvater tun, wenn ich ihm sage, dass Sie mich gegen meinen Willen zu einer Vermählung zwingen wollten?"

Den Bruchteil einer Sekunde lang wirkte Ransom verunsichert, bevor er wieder seine gewohnt gleichgültige Miene aufsetzte. „Er würde mir mit Freuden Ihre Mitgift zukommen lassen. Immerhin will er einen Titel in der Familie."

„Nicht, wenn ich ihm erzähle, dass Sie mich *genötigt* haben", erwiderte sie mit einem vielsagenden Blick.

Harry, der hinter ihr stand, stieß ein wütendes Knurren aus.

„Verdammt, ich habe Sie nicht angerührt, Sie Lügnerin!" Ransom wirkte mittlerweile weitaus weniger selbstsicher.

„Einmal hat ein Kerl mich nur schief von der Seite *angesehen*. Wissen Sie, was mit ihm passiert ist?"

Der Herzog zögerte kurz. „Was?"

Sie schüttelte mit gespieltem Bedauern den Kopf. „Keine Ahnung. Er wurde nie wieder gesehen."

Man konnte beinahe hören, wie es in Ransoms Kopf ratterte, während er seine Möglichkeiten abwog. Schließlich zuckte er gelangweilt mit den Schultern. „Es ist wohl oder übel das Vorrecht einer Dame, ihre Meinung zu ändern."

„Vielen Dank für Ihr Verständnis, Euer Gnaden", säuselte sie.

„Mir blieb wohl kaum eine andere Wahl."

„Das ist nur einer meiner vielen unerfreulichen Charakterzüge. Seien Sie froh, dass ich Sie vor diesem Ärger bewahrt habe."

Einen Augenblick lang musterte er sie forschend und dann ... lächelte er.

„Manchmal ist der Ärger es wert", murmelte er. „Wenn ich ein anderer Mann wäre."

Mit diesen Worten wandte er sich zum Gehen.

„Nicht so schnell!", rief Harry ihm nach.

Tessa legte ihm eine Hand auf den Arm. „Lass ihn gehen." Als er sich anschickte, dem Herzog zu folgen, fügte sie mit sanfter Stimme hinzu: „Bitte, Liebling."

Langsam entspannte sich seine Miene und er öffnete die Fäuste. Bevor sie wusste, wie ihr geschah, lag sie in seinen starken Armen.

„Was immer du willst, mein Herz."

Kapitel Sechsunddreißig

Wenige Stunden später fand Tessa sich im Salon der Herzogin von Strathaven wieder, umringt von Harrys vier Schwestern: Emma, Thea, Violet und Polly. Rosie, Ambrose Kents hinreißende Tochter, die in Pollys Alter war, hatte sich ebenfalls zu ihnen gesellt. Offenbar hatte Emma ihre Geschwister über die Schwierigkeiten informiert, in denen ihr geliebter Bruder steckte, woraufhin diese alles hatten stehen und liegen lassen, um ihm zu Hilfe zu eilen.

Die Liebe zwischen den Kents glühte heller und wärmer als das Feuer im Kamin. Außerdem hatten sie Tessa mit offenen Armen in ihrem Kreis aufgenommen und leisteten ihr Gesellschaft, während die Männer unterwegs waren, um sich zu vergewissern, dass es Mavis bei den Garritys gut ging. Eigentlich hatte sie mit ihnen gehen wollen, aber angesichts der späten Stunde bestand Emma darauf, dass sie bei ihnen blieb. Um ehrlich zu sein, war sie so müde und erschöpft, dass es ihr nichts ausmachte, sich mit den Damen zu unterhalten, während Häppchen und Getränke serviert wurden.

„Wie mutig von Ihnen, Ransom die Stirn zu bieten!", sagte Emma gerade.

„Ach, das war nicht der Rede wert“, murmelte Tessa und kraulte Swift Nick, der neben ihr auf dem Kissen lag und leise schnarchte.

„Sie sind viel zu bescheiden“, behauptete Rosie.

„Harry zufolge waren Sie eine richtige *Heldin*“, merkte Polly an, deren aquamarinblaue Augen bewundernd funkelten.

„Und nicht nur wegen Ihrer furchtlosen Konfrontation mit dem Herzog“, sagte Violet, die Vicomtesse Carlisle, eine große, hübsche Brünette mit karamellfarbenen Augen und einem lebhaften Gemüt, das Tessa vom ersten Moment an gefallen hatte. Sie war Harry vom Alter her am nächsten ... und offensichtlich in anderen Umständen.

Genüsslich schob Violet sich ein riesiges Stück Kuchen in den Mund und fuhr, nachdem sie es heruntergeschluckt hatte, fort: „Harry erzählte mir, Sie seien an einem selbstgeknüpften Seil aus Laken aus dem Fenster geklettert. Das ist einfach genial! Wie gerne hätte ich das gesehen.“

„Vi wollte früher Akrobatin werden“, fügte Emma trocken hinzu.

„Carlisle gefällt meine unkonventionelle Art“, erwiderte die Vicomtesse grinsend. Sie schien die Art von Frau zu sein, die genau wusste, wer sie war, und dass ihr Gemahl sie für ihr wahres Ich liebte.

Genau genommen strahlte jede der Schwestern diese besondere Zuversicht aus.

„Unser Bruder kann nicht aufhören, von Ihnen zu schwärmen, Tessa“, meldete sich Thea, die Marquise von Tremont, mit einem sanftmütigen Lächeln zu Wort. „Das sieht ihm so gar nicht ähnlich.“

„Warum nicht?“, fragte sie neugierig.

„Weil er sonst nie so offen seine Gefühle zeigt“, erklärte Emma. „Unser lieber Bruder mag ein wissenschaftliches Genie sein, aber in puncto Herzensangelegenheiten ist er für gewöhnlich unglaublich schwer von Begriff."

„Er ist verschlossener als eine Miesmuschel", sagte Violet, bevor sie sich über einen Teller voll Sandwiches hermachte.

Emma beobachtete sie mit hochgezogenen Brauen. „Soll ich vielleicht Nachschub bringen lassen?"

„Warum nicht?", erwiderte Vi. „Immerhin esse ich für zwei."

Eher für sechs oder sieben, dachte Tessa bei sich.

„Damals, als er sich auf diese furchtbare Celeste De Witt einließ, hat er uns gegenüber keinen Piep gemacht", fuhr die Vicomtesse fort. „Er war immer nur mies gelaunt und brütete die ganze Zeit vor sich hin. Dann erfuhren wir plötzlich aus zweiter Hand, dass er in einen Skandal verwickelt war, aus Cambridge geschmissen wurde und davonlief, um sich irgendwo als Streckenarbeiter zu verdingen. Zwei Jahre später tauchte er auf einmal wieder in London auf, ohne uns Bescheid zu sagen, und trat ausgerechnet der Gendarmerie bei!"

Seit sie von Harrys wahrer Identität erfahren hatte, glühte ein Funke in Tessas Brust, der nun zu einem lodernden Feuer heranwuchs. Nach seinem rührenden Liebesgeständnis war ihre Wut auf ihn verflogen. Sie konnte nachvollziehen, warum er sie belogen hatte, wusste, dass er nur bemüht gewesen war, das Richtige zu tun. Wie konnte sie ihm nicht glauben, dass er sie liebte, nach allem, was er für sie und ihre Familie getan hatte?

Sie wusste nur nicht, ob sie die Kraft besaß, ihm gegenüber das Richtige zu tun.

„Was glauben Sie, warum er sich ausgerechnet für die Laufbahn als Ordnungshüter entschieden hat?", fragte sie in die Runde.

„Es liegt in unserer Familie, sich für die Gerechtigkeit einzusetzen", erklärte Emma. „Bevor Ambrose seine Privatdetektei gründete, arbeitete er viele Jahre lang bei der Flusspolizei.“

Gütiger Himmel, Harry entstammte also einer *Familie* von Gesetzeshütern? Wohingegen sie einer Dynastie von Halsabschneidern angehörte.

Wir kommen aus zwei völlig unterschiedlichen Welten. Wie sollen wir uns jemals ein gemeinsames Leben aufbauen?

„Ich glaube, nach dem Skandal in Cambridge verspürte er das Bedürfnis, seinen Namen reinzuwaschen“, sagte Thea leise. „In seinen Augen war die Arbeit als Polizist womöglich der einzige Weg, seine Ehre zu retten, obwohl er diese unserer Meinung nach nie wirklich verloren hatte.“

Dem konnte Tessa nur zustimmen. Ehre bedeutete Männern wie Harry *alles*. Aber wenn er sie heiratete, wie könnte er dann weiter als Gesetzeshüter arbeiten? Und wenn sie ihn heiratete, müsste sie dann ihren Traum aufgeben, an der Seite ihres Großvaters zu stehen und die Londoner Unterwelt zu einem besseren Ort zu machen?

Unvermittelt musste sie an die Geschichte ihrer Großeltern denken, und zum ersten Mal in ihrem Leben fragte sie sich, ob es fair war, die Person, die man liebte, zu bitten, alles für den anderen aufzugeben. Ja, sie und Harry liebten einander. Aber was, wenn Gefühle allein nicht ausreichten?

„Dank Ihnen haben wir unseren Bruder zurückbekommen“, sagte Polly. „Diesen Verdienst wissen wir sehr zu schätzen.“

Während die übrigen Schwestern ihre Zustimmung äußerten, zwang Tessa sich zu einem Lächeln. Es brachte nichts, sich über die Zukunft das Hirn zu zermartern. Viel wichtiger war es, ihren Vater und Großpapa zu retten. Sobald sie die beiden in Sicherheit wusste, würde sie eine Entscheidung fällen.

In der Zwischenzeit wollte sie jede Minute auskosten, die ihr mit Harry vergönnt war.

Wie aufs Stichwort öffnete sich die Tür, und ihr Liebster

betrat den Salon. Sein Anblick ließ ihr Herz höherschlagen, bevor sie realisierte, dass er allein war. Beunruhigt erhob sie sich. „Wo ist Mama?"

Er kam zu ihr herüber und legte ihr eine Hand auf die Schulter. „Es geht ihr gut. Sie und Ming sind nach wie vor bei den Garritys. Wie sich herausstellte, ist Garrity ein treuer Verbündeter deines Großvaters. Nach dem Gespräch im Nightingale's gab es wohl noch ein privates Treffen zwischen Black und ihm, bei dem sie zu einer Übereinkunft kamen. Obwohl Garrity uns keine Einzelheiten nennen wollte, deutete er an, dass ihm ebenso viel daran liegt wie deinem Großvater, den Verantwortlichen für die Explosion im Gilded Pearl zu finden. Er schwor, Black zu helfen und Schutzsuchenden Unterschlupf zu gewähren, wenn nötig."

„Aber warum hast du meine Mutter nicht mitgebracht?"

„Da sie vor dem Zubettgehen etwas Laudanum genommen hatte, schlug Gabby vor, sie schlafen zu lassen und morgen früh herzuholen."

Tessa nickte erleichtert.

„Der Morgen kommt schneller, als uns lieb ist", sagte Emma. „Wir sollten uns alle ein wenig ausruhen, damit wir uns frisch und erholt daran machen können, Tessas Familie zu retten."

„Harry?", echote Tessas Stimme durch die Dunkelheit.

Gott, er liebte es, seinen richtigen Namen aus ihrem Mund zu hören.

Leise schloss er die Tür zwischen ihren Schlafgemächern hinter sich (und dankte seiner ältesten Schwester im Stillen für die weise Voraussicht, ihre Zimmer nebeneinanderzulegen), bevor er zu ihrem Bett hinüberhuschte. Er hatte lange hin- und herüberlegt, ob er zu ihr gehen sollte.

Es war spät, sie brauchte ihren Schlaf, und ein heimlicher Besuch dieser Art ziemte sich überhaupt nicht.

Andererseits war er unsterblich in sie verliebt.

„Hast du jemand anderen erwartet?", fragte er lächelnd.

Sie setzte sich auf und entzündete eine Lampe auf ihrem Nachttisch. „Dummkopf. Natürlich habe ich darauf gehofft, dass du zu mir kommst."

Ihre Aufrichtigkeit ließ sein Herz höherschlagen, und als sie einladend die Decke zurückschlug und auf die freie Stelle neben sich klopfte, spürte er ein erwartungsvolles Flattern in der Magengegend.

Eifrig schlüpfte er zu ihr ins Bett und zog sie in seine Arme. Bei ihr zu sein, fühlte sich so gut an. So richtig.

„Ich vergöttere dich", flüsterte er gegen ihren Haarschopf.

Als ihr Körper sich verspannte, verspürte er einen Anflug von Reue. Angesichts seiner Lügen konnte er es ihr nicht verdenken, wenn sie ihm nicht glaubte. Sie mochte ihm vergeben haben, aber das bedeutete nicht, dass sie seine Fehltritte je vergessen würde. Während er verzweifelt nach den richtigen Worten suchte, um ihr zu sagen, dass alles in Ordnung käme, dass er ihr Vertrauen um jeden Preis zurückgewinnen wollte, hob sie den Kopf von seiner Brust und musterte ihn forschend.

„Laut deinen Schwestern bist du nicht wirklich der überschwängliche Typ."

Das spitzbübische, liebevolle Funkeln in ihren Augen erfüllte ihn mit Erleichterung. „Bin ich auch nicht. Nur, wenn es um dich geht."

„Heißt das, ich darf zukünftig selbstverfasste Gedichte auf meinem Kissen erwarten?"

„Wenn es das ist, was du willst?" Er würde ihr Gedichte

schreiben, ihr jeden noch so haarsträubenden Wunsch erfüllen, wenn es nötig sein sollte.

„Was um alles in der Welt soll ich denn mit dem schnulzigen Kram anfangen?" Sie ließ eine Hand unter den Morgenmantel gleiten, den er sich von Strathaven geliehen hatte, und griff zielsicher nach seinem bereits hart werdenden Schwanz. Ihre Berührung jagte ihm einen elektrisierenden Schock durch den Körper, und er wurde noch härter, als sie ihm ins Ohr flüsterte: „Das hier ist mir um einiges lieber."

Er drehte sich auf die Seite, um ihr in die Augen sehen zu können. „Wir müssen heute Nacht nicht miteinander schlafen", sagte er ernst. „Du bist doch sicher völlig erschöpft. Lass mich dich in den Armen halten, bis du eingeschlafen bist."

„Ich habe eine bessere Idee", erwiderte sie und begann, ihre Faust langsam an seinem Schaft auf und ab gleiten zu lassen. „Warum beglücken wir einander nicht so lange, bis die Sonne aufgeht? Was hältst du davon?"

Statt einer Antwort entwich ihm ein kehliges Stöhnen. Als er sich jedoch nach vorne beugte, um sie zu küssen, drückte sie ihn schwungvoll von sich, sodass er mit dem Rücken auf der Matratze landete und verwirrt zu ihr aufblickte, als sie sich auf seinen Schoß setzte. „Tessa, was ...?"

„Ich habe entschieden, wie ich meine Vergeltung an dir üben will. Du wirst dich schön zurücklehnen und mir zu Willen sein."

Oh. Das waren ja ganz neue Töne.

Nicht, dass er oder sein Schwanz etwas dagegen hätten. „Was immer du befiehlst, Liebling."

Sie beugte sich zu ihm hinunter und küsste ihn auf so zärtliche, gefühlvolle Weise, dass ihm vor Glück das Herz zu zerspringen drohte. Instinktiv wollte er die Arme um sie legen, doch sie wand sich aus seinem Griff und gab ihm einen Klaps auf die Hand.

„Behalte deine Hände bei dir, Professor", wies sie ihn an.

Gott, ihr freches Mundwerk allein brachte ihn beinahe um die Beherrschung.

Nachdem er die Arme hatte fallen lassen, küsste sie ihn erneut, ließ ihre Lippen sanft über sein verletztes Gesicht streifen und fuhr anschließend mit der Zunge genüsslich über die harten Muskeln seines Torsos. Schwer atmend vergrub er die Finger im Laken, während ihre sinnlichen Berührungen ihm den Verstand zu rauben drohten. Nach einer Weile richtete sie sich auf und entledigte sich ungeduldig ihres Nachtgewands. Der Anblick ihres prachtvollen Körpers traf ihn wie ein Blitzschlag.

„Verdammt, du bist die schönste Frau, die ich je gesehen habe", flüsterte er.

„Du bist auch nicht zu verachten. Vor allem in dieser Position." Ihre Finger wanderten spielerisch über den Haarstreifen, der sich über seinen Bauch bis hinunter zu seiner Lendengegend zog. „Hmm, wie ein Pfeil, der auf mein liebstes Körperteil zeigt."

„Soso, dein liebstes Teil?", fragte er mit einem breiten Grinsen.

„Gleich nach deinen Augen. Und deinem Mund", erwiderte sie und lächelte verschmitzt. „Na gut, es ist wohl eher eines von vielen."

„Tessa?"

„Ja?"

„Dein liebstes Teil mag dich auch."

Mit einem leisen Lachen kniete sie sich zwischen seine Beine und schloss die Finger um seinen heißen, harten Schwanz. Sie begann, ihn mit einer festen, rhythmischen Auf- und Abwärtsbewegung zu befriedigen, bis die ersten Lusttropfen aus seiner geschwollenen Eichel quollen. Er betete, dass seine Ausdauer ihn nicht im Stich lassen mochte.

Unwillkürlich zuckte er mit den Hüften, als sie sich nach vorne beugte und den Mund um ihn schloss. Sie saugte erst leicht an seiner Spitze, bevor sie die Zunge über seinen Schlitz und anschließend an seinem Schaft entlangfahren ließ. Er konnte ein Stöhnen nicht zurückhalten, als sie seine schweren, pulsierenden Hoden erreichte. Verdammt, er wusste nicht, was erotischer war: ihre verruchten Liebkosungen oder der Anblick ihrer vor Lust glasigen Augen und geröteten Wangen.

Als sie die Lippen erneut um ihn schloss und ihn so tief es ging in ihren feuchten, heißen Mund gleiten ließ, warf er keuchend den Kopf zurück. „Ah, so ist es gut!"

Ihre undeutliche Antwort vibrierte gegen seine pulsierende Erektion und jagte ihm einen elektrisierenden Schock durch den Körper. Noch eifriger begann sie, ihn zu verwöhnen, ließ ihre Lippen an seinem Schaft auf und ab gleiten, immer schneller, bis er so tief sank, dass er mit der Eichel gegen ihren Rachen stieß. Seine Hoden zogen sich erwartungsvoll zusammen und er wusste, dass er nicht mehr lange würde an sich halten können.

„Ich komme gleich", presste er mit heiserer Stimme hervor.

Seine Worte spornten sie an, seinen Schwanz noch härter und schneller zu lutschen, bis er sich mit einem lauten Stöhnen in ihren warmen, willigen Mund ergoss.

Nachdem sie seinen Samen geschluckt hatte, richtete sie sich schwer atmend auf, und der Anblick ihrer glänzenden, geschwollenen Lippen brachte sein Blut erneut in Wallung. Gott, er konnte einfach nicht genug von ihr bekommen. Niemals.

Er legte ihr die Hände um die Hüften und zog sie zu sich herauf, bis er das Gesicht zwischen ihren Schenkeln vergraben konnte. Sein Mund fand ihre feuchte Pussy, und sie stöhnte laut auf, als er sie zu lecken und zu küssen begann, bevor er seine Zunge zwischen ihre geschwollenen Schamlippen gleiten ließ und sie auf diese Weise befriedigte, bis sie kurz vor dem Höhepunkt stand.

Bevor sie kam, ließ er jedoch von ihr ab und platzierte sie über seinem Schoß, wo sein stahlharter, pulsierender Schwanz bereits auf die nächste Runde wartete. Langsam drückte er sie hinunter, bis er so tief es ging in sie hineingesunken war.

In dieser Position verharrte er einige Augenblicke, genoss das Gefühl, ihre feuchte Hitze um sich zu spüren und erfreute sich daran, wie perfekt ihre Körper harmonierten.

„Harry", keuchte sie schließlich ungeduldig, „ich will mich bewegen."

„Nur zu, mein Herz. Reite mich", erwiderte er mit rauer Stimme.

Obwohl sie mit dieser Stellung noch nicht vertraut war, ließ sie instinktiv die Hüften kreisen, und als sie spürte, wie er dadurch noch tiefer in sie eindringen konnte, stieß sie einen überraschten Laut aus.

„Oh, das gefällt mir", flüsterte sie.

„Das dachte ich mir", murmelte er.

Bald schon hatte sie einen angemessenen Rhythmus gefunden und bewegte sich enthusiastisch auf seinem riesigen Schwanz auf und ab, während er die Finger in ihren Hüften vergrub und sie zu einem immer härter und schneller werdenden Tempo anspornte. Ihre festen, kleinen Brüste wippten bei jeder Bewegung auf und ab, und ihre triefenden Schamlippen klatschten gegen seine harten Bauchmuskeln, während sie wieder und wieder seinen Namen stöhnte.

Als er spürte, wie sich sein zweiter Orgasmus anbahnte, richtete er sich auf und begann, an einer ihrer Brustwarzen zu saugen. Gleichzeitig ließ er eine Hand zwischen ihre verschwitzten Körper gleiten und rieb mit dem Daumen über ihre empfindliche Perle.

„Ich liebe dich, Harry", keuchte sie. „Vergiss das bloß nie."

„Ich liebe dich auch, Tessa. Mehr als alles andere", stöhnte er.

Sie kam mit einem lauten, lustvollen Schrei, und er schaffte es gerade noch, sich aus ihr zurückzuziehen und seinen pulsierenden Schaft zwischen ihre prallen Pobacken zu pressen, bevor sein heißer Samen wie eine Fontäne aus ihm herausschoss und sich über ihren Rücken verteilte.

Erschöpft legte er die Arme um sie und ließ sich mit ihr zurück in die Kissen sinken.

„Tessa?", fragte er nach einer Weile, als sein Puls sich wieder normalisiert hatte.

Erst dachte er, sie wäre eingeschlafen, weil sie nicht reagierte. Doch dann hob sie den Kopf und sah ihn mit müden, verträumten Augen an. „Ja?"

„Willst du wissen, welchen deiner Körperteile ich am liebsten mag?"

„Welchen denn?"

Er schenkte ihr ein strahlendes Lächeln. „Jeden. Ich liebe einfach alles an dir."

Kapitel Siebenunddreißig

Am nächsten Morgen fand Tessa sich frisch gebadet und angekleidet (Lizzy war kurz nach Tagesanbruch mit Kleidung zum Wechseln eingetroffen) in Gesellschaft sämtlicher Kents in Emmas Salon wieder. Diesmal waren auch die Ehemänner der Schwestern anwesend, eine Gruppe äußerst attraktiver Gentlemen, die keinen Hehl daraus machten, wie sehr sie ihre Gemahlinnen anhimmelten. Zu ihrer Erleichterung trafen kurze Zeit später die Garritys ein, um ihre Mutter und Ming abzuliefern. Obwohl sie sichtlich blass um die Nase war, erwiderte Mavis die stürmische Umarmung ihrer Tochter mit ebenbürtigem Enthusiasmus.

Anschließend war Ming vor Tessa getreten und hatte mit gesenktem Blick und geballten Fäusten gemurmelt: „O'Tooles Männer haben uns überwältigt. Waren zu viele. Der Hausherr hat Ming befohlen, Mrs Todd in Sicherheit zu bringen. Also ich mit ihr geflohen." Er hielt inne und schluckte schwer. „Ich meinen Herrn im Stich gelassen."

„Du hast getan, was Großvater von dir verlangte", widersprach sie ihm und ergriff seine Hand. „Du hättest ihn in dieser Situation nicht retten können. Dank dir ist Mama noch am

Leben. Wir stehen in deiner Schuld, mein Freund, und ich weiß, dass wir uns auf deine Hilfe verlassen können, wenn wir Großpapa aus den Fängen dieses Mistkerls O'Toole befreien."

Einen Augenblick lang schien Ming von seinen Gefühlen überwältigt zu sein, bevor er sich mit einem knappen Nicken in eine Ecke des Zimmers zurückzog.

Nun saß Tessa zwischen ihrer Mutter und Alfred auf einem der gemütlichen Sofas. Sie hatte ihrem Freund ebenfalls überschwänglich für seine Hilfe gedankt, doch dieser hatte ihre Worte wie immer mit einer lässigen Handbewegung abgetan und sich anschließend mit großem Interesse den Erfrischungen zugewandt.

Der Rest der Gruppe hatte sich ebenfalls sitzend oder stehend um den Kaffeetisch versammelt. Obwohl Tessa die Nacht zuvor kaum geschlafen hatte (dank einer gewissen Person, die hinter ihr stand), fühlte sie sich erholt und gestärkt. Mit all den klugen Köpfen in einem Raum würde es ihnen zweifellos gelingen, einen Plan zu fassen, der ihre Liebsten wohlbehalten zurückbrächte.

„Es freut mich, dass Sie alle gekommen sind", ergriff sie das Wort. „Im Namen der Familie Black möchte ich mich herzlich für Ihre Unterstützung bedanken."

„Harrys Freunde sind auch unsere Freunde", sagte Ambrose Kent.

„Ihr Großvater hat mir einst einen großen Gefallen erwiesen, Miss Todd", fügte seine Gemahlin, Marianne, hinzu. „Und ich vergesse niemals, meine Schulden zu begleichen."

Als sie der blonden Schönheit an diesem Morgen vorgestellt wurde, hatte sie herausgefunden, dass Marianne Kent und Mavis sich von früher kannten. Offenbar hatte Marianne einst die Hochzeit ihrer Mutter ausgerichtet, allerdings war Tessa damals zu klein gewesen, als dass sie sich daran hätte erinnern können. Und bald darauf war der Kontakt abgebrochen.

Aber wie es schien, fand das Schicksal immer wieder aufs Neue einen Weg, die Kents und die Blacks zusammenzuführen.

Als sie Harrys Hand auf ihrer Schulter spürte, sah sie zu ihm auf, und der zuversichtliche Ausdruck in seinen Augen verlieh ihr Mut.

Entschlossen wandte sie sich an die Garritys, die auf einem der Zweisitzer Platz genommen hatten. „Meine Familie steht tief in ihrer Schuld für die Zuflucht, die Sie meiner Mutter geboten haben. Ich möchte mich aufrichtig dafür entschuldigen, dass ich Sie während meines letzten Besuchs bezüglich meiner Identität angelogen habe.“

„Das ist doch nicht nötig“, erwiderte Gabby mit einem strahlenden Lächeln. „Es ist absolut verständlich, dass Sie nach allem, was Ihrer Familie zugestoßen war, vorsichtig sein mussten. Wir haben Mrs Todd mit Freuden bei uns aufgenommen, und von Schulden kann gar nicht die Rede sein, nicht wahr, Mr Garrity?“

Ihr Gemahl hob kaum merklich die Brauen. „Wie Sie meinen, Mrs Garrity.“

Tessa hatte den Eindruck, dass der Geldverleiher und seine Frau unterschiedlicher Ansicht waren, was das Thema Schulden anbelangte. Aber das spielte keine Rolle. Sobald ihr Großvater in Sicherheit war, würde er diejenigen, die loyal zu ihm gehalten hatten, fürstlich belohnen.

„Wir Blacks vergessen niemals einen Gefallen ... oder ein Unrecht. Dieser Bastard O'Toole wird für das bezahlen, was er getan hat“, ergriff ihre sonst so sanftmütige Mutter das Wort. „Mr Garrity, würden Sie den anderen den Brief zeigen, den Sie heute Morgen erhalten haben?“

Der Geldverleiher zog eine gefaltete Nachricht aus einer Tasche seines dunklen Gehrocks. „Er ist von O'Toole. Der Mistkerl hat sich selbst zum neuen König der Unterwelt ernannt und den Herzögen ein Ultimatum von drei Tagen gestellt, um ihm die Treue zu schwören. Andernfalls lässt er Black hinrichten."

Tessa jagte ein eisiger Schauer über den Rücken, und sie spürte, wie Harrys Griff um ihre Schulter sich verstärkte.

„Das würde der Schuft nicht wagen", presste sie hervor.

„Mittlerweile dürfen wir wohl annehmen, dass O'Toole zu allem fähig ist", erwiderte Garrity und strich sich eine Fluse vom Hosenbein. „Soweit ich weiß, haben sich zwei der Herzöge bereits auf seine Seite geschlagen. Er hat genug Männer und Einfluss, um die Macht an sich zu reißen. Und wenn Blacks Anhänger sich ihm widersetzen, liefern sie ihm den perfekten Vorwand, um den alten König zu exekutieren."

Tessa schlug das Herz bis zum Hals. „Was wissen wir über das Freudenhaus, in dem O'Toole meinen Vater und Großvater festhält?"

„Ich habe anhand der Informationen, die meine Partner mir lieferten, einen Gebäudeplan erstellt", mischte Ambrose Kent sich ein und breitete eine große Karte auf dem Kaffeetisch aus. Alle rückten näher heran, um einen Blick auf die Details zu erhaschen.

„Es befindet sich in Blue Gate Fields, am Ufer der Themse. Meine Männer haben während ihrer Observation vier Eingänge entdeckt, zwei offensichtliche vorne und hinten." Er tippte auf die jeweils mit einem roten X gekennzeichneten Punkte. „Und dann gibt es unserer Vermutung nach noch zwei geheime Eingänge, da beobachtet wurde, wie mehrere Personen die angrenzende Taverne betraten und später aus dem Freudenhaus herauskamen."

„Also gibt es einen Tunnel, der die beiden Gebäude verbindet?", fragte Harry.

„Ganz genau."

„Was ist mit dem letzten Zugang hier?", fragte Tessa und

deutete auf das vierte Kreuz hinter dem Bordell. „Sieht aus, als läge er im Fluss."

„In der Tat führt er in die Themse, Miss Todd. Meine Männer haben mehrere Schuten in eine verborgene Mündung unter dem Freudenhaus hineinfahren sehen."

„Ein unterirdischer Kanal", hauchte Violet mit großen Augen. „Das erinnert mich an die vielen Geheimgänge, die wir damals gefunden haben, als wir diesen Mord aufklären mussten ... weißt du noch, Carlisle?"

Der Vicomte, ein schroff wirkender Schotte, seufzte tief. „Leider ja, obwohl ich mir alle Mühe gebe, diesen Schlamassel zu vergessen."

„Vier Zugänge, also", mischte Harry sich ein. „Haben wir genug Männer, um jeden von ihnen im Visier zu behalten?"

„Damit wären wir beim nächsten Punkt angelangt: unserem Angriffsplan", erwiderte Kent mit grimmiger Miene. „Garrity, wie schätzen Sie das Ausmaß von O'Tooles Streitkräften ein?"

„Er ist der Mächtigste unter den Herzögen. Mit Moran und Lavery an seiner Seite, ist er unseren vereinten Truppen zwei zu eins überlegen. Und da gibt es noch ein Problem ..." Der Geldverleiher sah sich mit ernstem, blassem Gesicht in der Runde um. „Black und ich kamen bei unserem letzten Gespräch zu der Überzeugung, dass O'Toole unmöglich alleine gehandelt haben kann. Er mag ein gewissenloser Rohling sein, aber er besitzt weder den Grips noch die Weitsicht für einen so ausgeklügelten Plan, gezielt Höllenfeuer einzusetzen und den Einfluss seines Rivalen stufenweise zu untergraben."

„Er muss einen Partner haben", stimmte Tessa ihm zu. „Glauben Sie, es ist De Witt?"

„Der war nur eine weitere Schachfigur", erwiderte Garrity nüchtern. „Seit Jahren steckt der alte Versager bis zum Hals in Schulden. Laut eines Kollegen versuchte er erfolglos, einen Sprengstoff an die Eisenbahnunternehmen zu verkaufen, doch die Substanz war viel zu instabil. Nachdem sein Vorhaben gescheitert war, verfiel er der Spielsucht. Ich vermute, er war so verzweifelt, dass er die Gelegenheit beim Schopf packte, als ihm jemand Geld dafür bot, Höllenfeuer für weitaus unheilvollere Zwecke herzustellen."

„Dann zieht irgendwer anders im Hintergrund die Fäden", sagte Harry stirnrunzelnd. „Jemand, der klug genug ist, seine Spuren sorgfältig zu verwischen."

„Oder *ihre* Spuren", warf Emma ein. „Man sollte niemals die Fähigkeiten einer Frau mit finsteren Absichten unterschätzen. Das musste ich am eigenen Leib erfahren."

Ihr Gemahl, der verteufelt gut aussehende Herzog von Strathaven, legte ihr einen Arm um die Taille und zog sie beschützerisch an sich.

„Wir haben keine Zeit, um über diesen geheimen Partner zu spekulieren", platzte Tessa heraus. „Uns bleiben nur zwei Tage, bis O'Toole meinen Vater und Großpapa umbringen will. Lasst uns endlich einen Angriffsplan ausarbeiten!"

Einen Augenblick lang herrschte angespanntes Schweigen.

„Es wird ein blutiger Kampf werden", sagte Ambrose Kent schließlich mit ernster Miene. „Wahrscheinlich werden wir große Verluste erleiden, und dabei ist nicht einmal garantiert, dass wir gewinnen werden."

„Zwei zu eins ist keine erfolgversprechende Aussicht", stimmte Garrity ihm zu. „Und ich für meinen Teil bin kein Mann, der auf ein lahmendes Pferd setzt."

„Aber wir müssen Tessa helfen", erwiderte Gabby mit weit aufgerissenen Augen.

Als diese den Blick über die Runde schweifen ließ, sah sie sich mit Sorge konfrontiert ... aber auch mit Entschlossenheit. Diese Menschen, die sie kaum kannte, wollten sich willentlich in Gefahr begeben, um ihre Familie zu retten. Mit ihren Männern in einen Kampf ziehen, den sie nicht gewinnen konnten. In diesem Moment wurde ihr klar, dass sie ein solches Opfer unmöglich von ihnen verlangen konnte.

Glücklicherweise kam ihr eine zündende Idee. „Mr Garrity, auf wessen Seite haben sich die übrigen Herzöge, abgesehen von den Verrätern Moran und Lavery, geschlagen?"

Er hob eine Braue. „Severin Knight, Christian Croft sowie der Prinz der Gassenjungen zeigen sich unparteiisch. Ich vermute, sie warten ab, um zu sehen, zu wessen Gunsten die Würfel fallen."

„Dann wird es höchste Zeit, sie an den Treueeid zu erinnern, den sie meinem Großvater geschworen haben", verkündete Tessa.

„Nichts für ungut, Miss Todd, aber ich glaube nicht, dass sie einer Frau Gehör schenken werden."

„Ich mag eine Frau sein", erwiderte sie, „aber an erster Stelle bin ich eine Black."

Harry trat neben sie und sagte leise, aber bestimmt: „Ich komme mit dir."

Gott, wie sie ihn dafür liebte. Dankbar nahm sie seine Hand und drückte sie.

„Sinjin und ich sind mit dem Anführer der Gassenjungen bekannt", meldete sich Polly zur allgemeinen Überraschung zu Wort. „Vielleicht sollten wir mal mit ihm reden?"

Tessa starrte die reizende Herzogin und ihren überaus attraktiven Gemahl sprachlos an. Wie um alles in der Welt kam es, dass ausgerechnet diese beiden eine Verbindung zu dem Prinzen hatten?

„Ist ’ne lange Geschichte", fügte der Herzog von Acton hinzu und bedachte seine Gemahlin mit einem amüsierten Schmunzeln. „Wir erklären die Einzelheiten auf der Fahrt."

„Wir haben noch einen weiteren Verbündeten", sagte Harry. „Die Polizei."

„Du glaubst, die *Bullen* werden uns helfen?", schnaubte

Tessa, bevor ihr einfiel, dass ihr Auserkorener ja ebenfalls zur Gendarmerie gehörte. „Äh, nichts für ungut.“

„Kein Problem“, erwiderte er mit einem Anflug von Reue. „Ich muss zugeben, als ich von Black erfuhr, dass Loach als Informant für Inspector Davies gearbeitet hat, wurde ich misstrauisch und bat meinen Bruder, der Sache auf den Grund zu gehen. Ich wollte einfach Gewissheit haben, dass die Polizei auf keine Weise in die Verschwörung gegen deine Familie verwickelt war.“

„Davies ist sauber“, sagte Ambrose leise. „Ich habe mit sämtlichen seiner Informanten gesprochen. Sie alle gaben zu Protokoll, dass der Inspector sie angewiesen habe, das Geschehen lediglich aus der Ferne zu beobachten, ohne sich einzumischen. Ich selbst kenne ihn seit über zwei Jahrzehnten, und mein Bauchgefühl sagt mir, dass er ein guter Mann ist.“

Trotz seiner aufbauenden Worte nagten weiterhin Zweifel an Tessa. Alte Vorurteile ließen sich nur schwer abschütteln.

„Gut und Böse existieren nicht nur in der Unterwelt, sondern auch in gesellschaftlichen Institutionen wie der Polizei nebeneinander“, gab Harry zu bedenken.

Dieser Logik konnte sie nicht widersprechen.

„Würdest du diesen Davies dann bitten, sich uns anzuschließen?“, fragte sie widerwillig.

„Lassen Sie mich das übernehmen“, sagte Ambrose. „Harry sollte Sie auf Ihrer Mission begleiten.“

Umringt von einer so loyalen, hilfsbereiten Gruppe, fasste Tessa neuen Mut. Instinktiv legte sie eine Hand auf das Medaillon und den glänzenden Siegelring um ihren Hals.

„Ich danke euch von Herzen, meine Freunde“, sagte sie. „Meine Familie wird euch den Gefallen, den ihr uns erwiesen habt, nicht vergessen.“

Zu Harrys Erleichterung verlief das Treffen mit dem Prinzen der Gassenjungen reibungslos. Im Nachhinein war das nicht weiter verwunderlich, da Sinjin dem Burschen einst das Leben gerettet hatte, und Polly die Mentorin seiner jüngeren Schwester war. In der Tat leiteten die beiden mittlerweile eine Schule außerhalb Londons, in der Kinder aus dem Elendsviertel einen Beruf erlernen konnten, wenn sie es wünschten.

Nichtsdestotrotz überkam ihn eine tiefe Bewunderung, als er seine Tessa in Aktion erlebte. Nicht zum ersten Mal kam ihm der Gedanke in den Sinn, dass sie ihrem Großvater ziemlich ähnlich war. Ohne zu zögern hatte sie das Kommando ergriffen und einmal mehr bewiesen, wie viel Mut in ihr steckte.

Sie war eine furchtlose, entschlossene, willensstarke Kämpferin, eine geborene Anführerin, ungeachtet ihrer zierlichen Statur und des fauchenden Frettchens auf ihrer Schulter.

Wenn sie etwas zu sagen hatte, hörten die Leute ihr zu. Sie glaubten ihr, weil sie an sich selbst glaubte.

Harry war es eine Ehre, an ihrer Seite stehen zu dürfen.

Nachdem sie sich die Unterstützung des Prinzen zugesichert hatten, machten sie sich auf zum nächsten Ziel, während Polly und Sinjin zurückblieben. Tessa hatte den beiden anderen Herzögen, Christian Croft und Severin Knight, vorab Nachrichten mit dem Siegel ihres Großvaters zukommen lassen. Leider stellte sich heraus, dass Croft auf Reisen war und erst in zwei Wochen nach London zurückkehren würde. Knight hingegen hatte prompt zurückgeschrieben und sie zu einem Treffen in seinem Büro eingeladen.

Aus diesem Grund bahnte ihre Kutsche sich nun einen Weg durch die engen, belebten Gassen Spitalfields, bis sie schließlich unweit des Petticoat Lane Market vor einigen Reihenhäusern anhielt. In der einsetzenden Abenddämmerung sahen die Gebäude alle gleich aus, mit ihren unscheinbaren Backsteinfassaden und den hohen, mehrstöckigen Fenstern.

Als Harry und Tessa vor Knights Büro eintrafen, wurden sie von einem Wachmann empfangen und durch die unteren Geschosse geführt, in denen sich Wohnungen zu befinden schienen. Die oberste Etage bestand aus einem weitläufigen Raum, der mit mehreren Webstühlen bestückt war, an denen gegenwärtig niemand arbeitete. Die Seidenspindeln und unfertigen Stoffbahnen wirkten im schwachen Licht der Wandleuchten ein wenig gespenstisch.

Severin Knight kam ihnen entgegen. Sein riesenhafter Schatten huschte mit jedem Schritt über die verlassenen Gerätschaften.

„Ah, Sie müssen Miss Todd sein", begrüßte er Tessa und küsste ihr die Hand, eine ungewöhnlich charmante Geste für einen Mann seiner Größe. Als er sich wieder aufrichtete, lag ein interessiertes Funkeln in seinen Augen, das Harry ganz und gar nicht gefiel. „Wie bedauerlich, dass wir uns nicht unter erfreulicheren Umständen kennenlernen."

„Mr Knight", erwiderte Tessa mit einem würdevollen Nicken und entzog sich seinem Griff. „Es tut mir leid, dass ich Sie zu so später Stunde stören muss, aber die Situation ist von höchster Dringlichkeit."

„Kommen Sie." Knight machte eine einladende Geste, die auch Harry mit einschloss. „Unterhalten wir uns doch in meinem Büro."

Während sie ihm in den hinteren Teil des Gebäudes folgten, fragte Tessa neugierig: „Ist es nicht ein wenig unkonventionell, die Wohnquartiere unter der Werkstatt zu haben?"

„Kommt auf die Perspektive an", erwiderte Knight. „Die Arbeit meiner Weberinnen ist vom Tageslicht abhängig. Sie müssen ihm folgen, wohin es wandert."

„Deswegen stehen die Webstühle hier oben vor den großen Fenstern."

„Ganz richtig." Knight öffnete ihnen eine Tür, hinter der

sich ein luxuriös eingerichtetes Büro befand. Drei der Wände waren mit kunstvoll gewebten Wandteppichen behangen, während die vierte beinahe vollständig aus Glas bestand. Durch die riesigen Fensterscheiben konnten sie gerade noch sehen, wie die letzten Sonnenstrahlen den Himmel in ein Meer aus Farben verwandelte.

„Wie wunderschön!", rief Tessa begeistert aus.

Knight, der sich hinter seinem Schreibtisch niedergelassen hatte, lächelte leicht und bedeutete ihnen, auf den Stühlen ihm gegenüber Platz zu nehmen. „Kommen wir zum Geschäft."

„Die Familie Black ruft ihre loyalen Anhänger zu den Waffen", begann sie.

„Ihr Oberhaupt wurde gefangen genommen", erwiderte Knight und legte die Fingerspitzen aneinander. „Ich würde sagen, der Kampf ist längst entschieden."

„Keineswegs. Der Feigling O'Toole hat meinen Großvater auf hinterlistige und unehrenhafte Weise in seine Gewalt gebracht. Er hat nicht das Zeug dazu, König der Unterwelt zu sein."

„Dennoch hält er unseren gegenwärtigen Anführer als Geisel. Und zwei der anderen Herzöge haben sich ihm bereits angeschlossen." Knight hielt inne und schob den silbernen Wachsstockhalter auf seiner Schreibtischunterlage hin und her. „Ich bin kein Freund von Konflikten, Miss Todd, und noch weniger gefällt es mir, mich der Verliererseite anzuschließen. Um ganz offen zu sein, interessiert es mich nicht, welchem König ich meinen Tribut zolle. O'Toole wird keinen höheren Anteil verlangen als Ihr Großvater. Für mich macht das alles keinen Unterschied."

Als Harry sah, wie Tessa vor Wut rot anlief, fragte er schnell: „Haben Sie mitbekommen, was der Einsatz von Höllenfeuer angerichtet hat, Sir?"

Ihr Gastgeber ließ die Hand sinken. „Ich habe das Nightingale's gesehen, ja."

„Vergessen Sie nicht das Gilded Pearl. Es geht nicht nur um die Zerstörung von Eigentum, sondern um den Verlust unschuldiger Leben. Bartholomew Black mag kein perfekter Herrscher gewesen sein, aber seit ich für ihn arbeite, habe ich mit eigenen Augen gesehen, wie er um die Menschen dieses Viertels trauerte, sich um sie kümmerte und stets versuchte, die Unterwelt zu einem möglichst sicheren Ort zu machen. Glauben Sie wirklich, dass ein Mann wie O'Toole dasselbe tun wird? Wollen Sie ihm wirklich die Herrschaft überlassen, wohl wissend, wozu er mit seinem Höllenfeuer fähig ist?"

Einen Augenblick lang herrschte Schweigen.

Dann lehnte Knight sich in seinem Stuhl zurück und sagte: „Ihr Leibwächter ist ein überzeugender Bursche, Miss Todd."

„Er ist nicht nur mein Leibwächter." Die unverhohlene Liebe in Tessas Augen erfüllte Harry mit glühendem Stolz.

„Zu schade", seufzte ihr Gegenüber. „Dennoch kann ich meine Männer nicht in eine Schlacht führen, die sie nicht gewinnen werden."

„Wir werden gewinnen, Mr Knight", erwiderte Tessa im Brustton der Überzeugung. „Mr Garrity und der Prinz der Gassenjungen sind auf unserer Seite."

Bei diesen Worten richtete der Herzog sich auf. „Ist das wahr?"

„Ja", sagte Harry. „Und auch meine Familie wird Miss Todd in ihrem Vorhaben unterstützen."

Knight hob eine dunkle Braue. „Wer, wenn ich fragen darf, ist Ihre Familie?"

„Mein Bruder ist Ambrose Kent."

„Ich habe von ihm gehört." Ein unverkennbarer Anflug von Respekt schwang in der Stimme des anderen Mannes mit. „Ein Privatermittler, nicht wahr?"

Harry nickte. „Und meine Schwestern sind mit einflussreichen Gentlemen vermählt, die unseren Kampf mit ihren Beziehungen und Ressourcen unterstützen."

„Wie Sie sehen, gibt es nur eine richtige Seite in diesem Krieg, Mr Knight", fügte Tessa hinzu. „Wenn wir Blacks den Sieg erringen, werden wir unsere Verbündeten fürstlich belohnen ... unsere Feinde jedoch bitter bezahlen lassen."

Harry fürchtete, dass sie mit ihrer Drohung zu weit gegangen sein könnte, aber Knight lachte nur amüsiert.

„Sie beide sind wirklich ein eingespieltes Gespann", sagte er. „Der eine versucht, mit Logik zu überzeugen, während die andere mit dem Knüppel droht. Also gut, Sie haben mich überzeugt. Zählen Sie mich und meine Männer zu Ihren Verbündeten."

Kapitel Achtunddreißig

Harry hielt Tessas Schultern fest umschlossen und zwang sie, ihm in die Augen zu sehen. „Versprich mir, dass du mit Mavis und Alfred hier auf dem Boot warten wirst."

Sie schenkte ihm ein halbherziges, unglaubwürdiges Lächeln. „Ich verspreche es."

Er schüttelte frustriert den Kopf. Trotz seiner Einwände hatte sie darauf bestanden, sich der Rettungsaktion anzuschließen. Und ausgerechnet *Mavis* hatte sie in diesem Wahnsinn unterstützt.

„Hier geht es um eine Familienangelegenheit", hatte diese gesagt, und damit war die Sache erledigt.

Nun befanden sich *beide* Frauen mit ihm auf einem Boot, das wenige Meter flussabwärts von O'Tooles Freudenhaus festgebunden lag. Mittlerweile war es stockfinster, und sie warteten darauf, dass die anderen Truppen ihren Angriff starteten. Am Tag zuvor hatten sich alle Beteiligten noch einmal versammelt, um den vierteiligen Plan durchzugehen.

Knights Männer würden den Vordereingang stürmen, während Garrity und sein Gefolge sich die Hintertür vornahmen. Der Prinz der Gassenjungen, die Kents sowie die Gendarmerie würden durch den Tunnel in der Taverne vordringen. Harry wollte sich mit Ming und Blacks Wachen über den Wasserweg Zutritt zu O'Tooles Festung verschaffen.

Nichtsdestotrotz war dieser ihnen zahlenmäßig weit überlegen. Um ihre Gewinnchancen zu erhöhen hatte Harry die Nacht durchgearbeitet, um spezielle Waffen für ihren Überraschungsangriff herzustellen.

Als hätte sie seine Gedanken gelesen, fragte Tessa: „Haben wir die Geschosse und Masken in den Schuten dabei?"

„Alles ist bereit", versicherte er ihr. „Wir warten nur auf das Signal von Knight und Garrity."

Die beiden Herzöge wollten die Festung als Erste stürmen und für Ablenkung sorgen, um O'Tooles Aufmerksamkeit zu beanspruchen, damit die anderen unbemerkt vordringen konnten. Harry hatte ihnen einen Feuerwerkskörper mitgegeben, den sie entzünden sollten, sobald sie ihren Angriff starteten.

Wie aufs Stichwort steckte Ming den Kopf in die Kabine. „Es geht los."

Harry küsste Tessa zum Abschied, und sie flüsterte ihm zu: „Sei vorsichtig, Liebling."

„Du auch. Rühr dich nicht vom Fleck", ermahnte er sie erneut.

Dann bestieg er eine der wartenden Schuten. Während das Binnenschiff durch das dunkle Wasser glitt, hielt er den Blick auf das immer kleiner werdende Boot gerichtet. Trotz der Gefahr, die vor ihnen lag, konnte er ein Schmunzeln nicht unterdrücken.

Tessa stand in Hemd und Hose am Bug, Swift Nick auf einer Schulter, und warf ihm Kusshände zu. Einige Haarsträhnen hatten sich aus ihrem langen Zopf gelöst und tanzten im Wind.

Doch seine leichtherzige Laune verflog, als Ming die

Waffen verteilte. Zusätzlich zu der Umhängetasche, in der sich seine selbstgefertigten Geschosse befanden, würde er auch eine Pistole samt Munition bei sich tragen.

„Sobald wir drin sind, begeben wir uns unverzüglich zu den Gefangenenzellen und holen Mr Black und Mr Todd heraus", fasste der Chinese den Plan noch einmal zusammen.

Am Tag zuvor hatten die Gassenjungen sich noch einmal in den Tavernen umgehört, in denen O'Tooles Männer bevorzugt verkehrten, und dabei zwei wichtige Details herausgefunden: Zum einen wurden die Gefangenen im Keller des Freudenhauses festgehalten. Zum anderen gab es ein geheimes Passwort, mit dem man sich über den Wasserweg Zutritt verschaffte.

Harry nickte, und dann beobachteten sie schweigend, wie sich die Schute O'Tooles Festung näherte.

Während sie in die dunkle, feuchte Höhle einfuhren, die sich unter dem Gebäude erstreckte, hielt er seine Pistole bereit. Die niedrige, steinerne Decke schien von oben auf ihn herabzusinken, und wieder einmal überkam ihn die Erinnerung an sein düsteres Geröllgefängnis. Sein Atem beschleunigte sich, seine Hände wurden klamm. Als er ein leises, flatterndes Geräusch über ihren Köpfen vernahm, zuckte er erschrocken zusammen.

Fledermäuse, realisierte er, als er die winzigen Gestalten ausmachte, die in einer schwarzen Wolke um sie herumschwirrten.

Endlich erreichten sie eine kleine, wackelige Anlegestelle, und Harry sprang als Erster von Bord. Anschließend bedeutete er seinen Männern zu warten, während er sich einer großen, schweren Tür näherte, die von der Höhle in das Freudenhaus führte. Er zog sich seine Kappe tiefer ins Gesicht und klopfte.

Ein schmaler Schlitz auf Augenhöhe öffnete sich, und ein Mann spähte argwöhnisch heraus. „Wer bist'n du?"

„Jones. Ich gehör zu Mr Lavery", erwiderte Harry. Er war sich ziemlich sicher, dass der Wachmann längst nicht die

Gesichter und Namen all seiner neuen Verbündeten kannte. „Mein Boss wollte, dass wir hier unten Stellung beziehen, falls die Mistkerle vorhaben, uns auch hier anzugreifen."

„Wie lautet das Passwort?", wollte der Aufseher wissen.

„*O'Toole der Eroberer*", presste Harry mit möglichst neutraler Miene hervor.

Der Schlitz schloss sich wieder, und im nächsten Moment hörte er, wie ein schwerer Metallriegel zurückgeschoben wurde, bevor die Tür sich öffnete. „Wird auch langsam Zeit, dass wir hier unten mal ordentlich Verstärkung bekomm... *Was zur Hölle?*"

Harry hatte die Tür mit Schwung aufgetreten und hielt dem überrumpelten Kerl die Waffe vors Gesicht.

„Fesselt und knebelt ihn", wies er einen von Blacks Männern an.

Dann führte er den Rest der Truppe durch den langen Gang, der sich durch die Eingeweide des Freudenhauses schlängelte. Über ihnen konnten sie Schreie und Schüsse hören. Harry hoffte inständig, dass ihre Seite am Gewinnen war. Nach einer Weile näherten sie sich einer Abzweigung, hinter der ein schwacher Lichtschein zu vernehmen war, ebenso wie Stimmen und das Rasseln von Stahl.

Mit einer Handbewegung brachte er seine Männer zum Stehen und spähte vorsichtig um die Ecke. Ein Dutzend Wachen standen bis an die Zähne bewaffnet in einem Vorraum um eine massive Tür.

„Bewacht die Zelle!", bellte ihr Anführer. „Und nehmt keine Gefangenen. Anweisung des Königs."

Das blutrünstige Gebrüll, das seinen Worten folgte, jagte Harry einen Schauer über den Rücken. Er trat einen Schritt zurück, zog drei Geschosse aus seiner Tasche, setzte seine Maske auf und bedeutete seinem Team, es ihm gleichzutun. Sobald alle ihre Schutzausrüstung trugen, steckte er die Zündschnüre an und warf die zischenden, funkensprühenden Kugeln um die Ecke.

„Was zur Hölle?" Verwirrtes Geschrei brach aus.

Er hatte die Vorrichtungen so konzipiert, dass sie statt zu explodieren Rauch verströmten. Während ihre ahnungslosen Gegner blind und hustend durch die Gegend stolperten, nutzten seine Männer das Überraschungsmoment für ihren Angriff.

Harry gab das Zeichen und stürmte durch den dichten, grauen Rauch geradewegs auf den Anführer zu, dem er einen schwungvollen rechten Haken verpasste. Der Mann fluchte laut, als ihm die Waffe aus der Hand fiel, fasste sich jedoch gleich wieder und rammte Harry im Gegenzug die Faust in den Magen. Dem nächsten Angriff wich dieser geschickt aus und stürzte sich auf seinen Feind, woraufhin sie gemeinsam zu Boden gingen. Dann prügelte er unerbittlich auf den Schurken ein, bis dieser das Bewusstsein verlor.

Als Harry spürte, wie eine Hand auf seiner Schulter landete, wirbelte er angriffsbereit herum.

„Befreien Sie Mr Black." Es war Ming, den man durch die Maske kaum verstehen konnte. „Die Männer und ich kümmern uns um den Rest."

Harry nickte, schnappte sich die Schlüssel von seinem gefallenen Feind und sprintete durch den Rauch hinüber zu der schweren Tür, während Ming und seine Truppe zusammenrückten und eine Barriere bildeten, sodass niemand ihm folgen konnte. Er sperrte das Schloss auf, riss sich die Maske vom Gesicht und rannte einen weiteren Gang entlang, der in einem zweiten Vorzimmer endete und …

Gerade noch rechtzeitig warf er sich auf den Boden, um einer Kugel zu entgehen. Eine zweite zischte um Haaresbreite an seinem Ohr vorbei. Er rollte sich auf den Rücken, zückte seine eigene Pistole, registrierte aus dem Augenwinkel Black und Todd, die brüllend an den Stäben ihrer Zelle rüttelten, und feuerte einen Schuss auf seinen Angreifer ab, der ebenfalls erneut abgedrückt hatte.

Dem lauten Knall folgten einige Sekunden Stille.

O'Toole, sein Gegner, starrte erst ihn an, dann ließ er den Blick an sich hinunterwandern. Auf seinem Hemd breitete sich ein tiefroter Blutfleck aus.

Anschließend brach der Halsabschneider wie in Zeitlupe zusammen.

Schwer atmend erhob Harry sich und stieg über seinen gefallenen Feind hinweg, um zu der Zelle zu gelangen. Mit zitternden Fingern holte er den Schlüsselbund hervor und steckte einen der Schlüssel ins Schloss. Er bewegte sich nicht ...

„Das nehme ich an mich, wenn es Ihnen nichts ausmacht", ertönte eine tiefe, kultivierte Stimme hinter ihm.

Er wirbelte herum und fand sich wieder einmal dem Lauf einer Waffe gegenüber.

Der grauhaarige Mann, der die Pistole hielt, kam ihm seltsam bekannt vor. *Wo habe ich den Kerl nur schon mal gesehen?* Irgendetwas an seinen vornehmen Zügen und den stechenden grünen Augen rüttelte an seiner Erinnerung ...

Sein Gegenüber musterte ihn mit kühler Gelassenheit. „Legen Sie die Waffen nieder, sonst sehe ich mich gezwungen, Sie zu erschießen."

Als er dem Befehl nicht gleich folgte, fügte der Fremde hinzu: „Haben Sie nicht bemerkt, wie still es geworden ist?"

Jetzt, da er es sagte, fiel Harry auf, dass die Schreie und Kampfgeräusche verstummt waren. Ein eisiger Schauer lief ihm über den Rücken.

„Meine Männer haben Ihre Truppen umzingelt und oben in die Enge getrieben. Wenn Sie nicht für ihren Tod verantwortlich sein wollen, sollten Sie tun, was ich sage."

Verdammt. Harry blieb keine andere Wahl, als sich geschlagen zu geben.

Der Unbekannte nahm ihm die Schlüssel ab und kickte seine Waffen beiseite.

„Wer sind Sie?“, mischte Black sich wutentbrannt ein. „Warum tun Sie das alles?“

Der grauhaarige Mann lachte humorlos auf. Das Geräusch glich dem Kreischen von Stahl über eine Glasscheibe.

„Sieh mir in die Augen, Bartholomew Black“, erwiderte er leise. „Sieh mich ganz genau an und sage mir, dass du mich nicht erkennst, dass du nicht weißt, was du mir gestohlen hast.“

Einen Moment lang musterte Black seinen Gegner stirnrunzelnd. Dann wurde er leichenblass.

„Ihre Augen“, flüsterte der Halsabschneider mit heiserer Stimme. „Sie … Sie gehören zu Altheas Familie.“

Kapitel Neununddreißig

Tessa, die draußen vor dem Kellerraum kauerte, schnappte überrascht nach Luft.

Alfred, der sich auf der anderen Seite der Tür positioniert hatte, schüttelte warnend den Kopf, um ihr zu bedeuten, sie nicht zu verraten. Sie nickte knapp, obwohl ihre Gedanken sich wie wild im Kreis drehten.

Der Graf von Ruthven ... ist Großmutters Verwandter?

Natürlich war sie der Warterei auf dem Boot irgendwann überdrüssig geworden. Außerdem hatte ihr Bauchgefühl ihr gesagt, dass Harry und die anderen ihre Hilfe brauchten. Da Alfred sie nicht hatte allein gehen lassen wollen, fuhren sie schließlich zu weit mit der letzten verbleibenden Schute los, während sie Mavis in Begleitung eines Wachmannes zurückließen. Sie kamen gerade noch rechtzeitig an, um zu sehen, wie Ming und sein Team von O'Tooles Schergen nach oben gebracht wurden. Zwei Männer blieben zurück, um den Eingang zum Gefängnis zu bewachen. Alfred hatte die beiden kurzerhand mit seiner Wurfsocke außer Gefecht gesetzt.

Nun lag es an ihnen, Harry und ihre Angehörigen zu retten. Sie drückte sich so flach wie möglich gegen die raue Steinwand und wagte einen flüchtigen Blick um die Ecke, um sich einen Überblick über die Lage zu verschaffen. Ihr Vater und Großpapa saßen in einer Zelle fest, neben der Harry stand. Vor ihm auf dem Boden lag eine leblose Gestalt.

Ruthven stand mit dem Rücken zur Tür und hielt die Waffe auf die übrigen Männer gerichtet.

„Ja, ich bin Altheas jüngerer Bruder", verkündete er gerade. „Anthony Bourdelain."

„Warum tun Sie das?", wollte Großpapa wissen. Seine Stimme klang heiser.

„Das weißt du ganz genau. Ich nehme Rache an dir für das, was du meiner Schwester angetan hast." Ruthvens eisiger Tonfall ließ Tessa das Blut in den Adern gefrieren.

„Ich habe Althea geliebt, und sie mich ebenfalls. Während unserer gemeinsamen Zeit habe ich ihr nie auch nur ein Haar gekrümmt."

„Du hast sie *ruiniert*. Sie war eine schillernde Debütantin, hatte eine vielversprechende Zukunft in der Gesellschaft vor sich. Sie hätte jeden Titel haben können, den sie wollte, aber du hast sie durch eine List verführt und nicht nur sie, sondern auch unsere Familie in den Ruin getrieben." Mit jedem Wort klang Ruthven wütender und erregter, und ein gefährliches, beinahe wahnsinniges Funkeln war in seine Augen getreten. „Hast du eine Ahnung, wie viele Jahre meine Eltern sparen und den Gürtel enger schnallen mussten, um ihr das lang ersehnte Debüt zu ermöglichen? Wir gehörten zwar der Oberschicht an, waren aber finanziell am Ende. Althea war unsere einzige Hoffnung auf Reichtum und Wohlstand. Doch dann bist du auf der Bildfläche erschienen und hast sie uns weggenommen, du elender Dieb!"

„Ich habe Althea geschworen, dass ich für ihre Familie sorgen würde. Aber Ihre Eltern weigerten sich, mit ihr zu sprechen, enterbten sie sogar. Es hat ihr das Herz gebrochen“, erwiderte Großpapa mit gequälter Miene.

„Althea war für uns von dem Moment an gestorben, als sie sich gegen uns entschied. Der Stolz der Bourdelains ist nicht käuflich. Wusstest du, dass unser Vater sich ein Jahr später das Leben nahm? Ich war damals erst zwölf Jahre alt und fand ihn mit einer klaffenden Wunde im Kopf auf seinem Schreibtisch liegen. Sein Blut hatte die Berge von Schuldbriefen durchtränkt. Kurz darauf starb meine Mutter an ihrem Schock und ich wurde ins Waisenhaus gesteckt“, fuhr Ruthven mit schonungsloser Offenheit fort. „Ich musste unendliche Qualen durchleiden. Und du bist an allem schuld!“

„Althea hat verzweifelt versucht, Sie zu finden. Aber das Waisenhaus, in dem Sie ihres Wissens zuletzt untergebracht waren, stand nach einem Brand leer“, erklärte Tessas Großvater. „Man sagte ihr, Sie seien gestorben. Jahrelang hat sie hinterher um Sie getrauert.“

„Ich bin aus diesem Drecksloch geflohen, als ich vierzehn war, und habe mich im Alleingang bis an die Spitze geschlagen. Um zu überleben, habe ich Dinge getan, die einen mordlustigen Halsabschneider wie dich vor Angst erzittern lassen würden“, behauptete Ruthven mit einem grausamen Lachen, das Tessa instinktiv nach ihren Dolchen greifen ließ. „Die ganze Zeit über hat mich der Gedanke angetrieben, dass ich meine Familie eines Tages rächen würde. Irgendwann war mir das Glück hold und verlieh mir den Titel und das Vermögen, das ich brauchte, um dich zu zerstören ... und alles, was dir lieb ist.“

„Sie haben keineswegs im Alleingang gehandelt“, mischte Harry sich mit ruhiger Stimme ein. Tessa wusste, dass er versuchte, Zeit zu gewinnen, indem er Ruthven weiter ins Gespräch verwickelte. „Wie haben Sie es geschafft, De Witt und O'Toole für Ihre Zwecke zu gewinnen?“

„Ziel meiner Vergeltung war es, Black alles zu nehmen, was

ihm lieb und teuer ist. Nicht nur sein Leben, damit würde seine Strafe viel zu gering ausfallen, sondern auch sein Herrschaftsgebiet. Ich wählte O'Toole als Verbündeten, weil er Blacks stärkster Gegner ist. Oder besser gesagt: war." Ruthven warf einen abfälligen Blick auf seinen gefallenen Partner. „Aber das spielt keine Rolle. Er hat seinen Zweck erfüllt. De Witt lief ich zufällig in einer Spielhölle über den Weg. Er war betrunken, verzweifelt und quatschte mir die Ohren voll über seine unglaubliche Erfindung, eine der mächtigsten Waffen, die es je gegeben hatte, die ihm aber niemand abkaufen wollte. Da wusste ich, dass ich das fehlende Teil meines Puzzles gefunden hatte."

„Warum haben Sie das Gilded Pearl zerstört?", fragte Harry.

„Das Pearl war ein Testlauf, mehr nicht. Und ein erster Schlag, um Blacks Macht in ihren Grundfesten zu erschüttern. Diejenigen unter seinem Schutz sollten merken, dass er nicht mehr für die nötige Sicherheit sorgen konnte und seine Herrschaft sich dem Ende neigte."

„Ich hab mit der ganzen Sache überhaupt nichts zu tun. Lassen Sie mich gefälligst geh'n", wetterte Tessas Vater.

„Blind vor Rache haben Sie das Blut Unschuldiger vergossen", erhob Großpapa die Stimme über seinen Schwiegersohn. „Dieser Wahnsinn muss endlich aufhören. Töten Sie mich, wenn es sein muss, aber lassen Sie die anderen laufen."

„So leicht kommst du mir nicht davon", erwiderte Ruthven mit einem gehässigen Lachen. „Was glaubst du wohl, warum ich O'Toole befohlen habe, dich am Leben zu lassen? Meine Männer werden schon bald deine geliebte Tochter und deine Enkelin herbringen, und dann wirst du hilflos zusehen, wie ich sie nacheinander abknalle. Ich werde dir *alles* nehmen, so wie du mir alles genommen hast."

Hat der Bastard Mama in seine Gewalt gebracht? Tessa

versuchte, die aufsteigende Panik zu unterdrücken und sich auf das Geschehen zu konzentrieren.

„Aber zuerst werde ich deine Begleiter hier aus dem Weg räumen. Sie sind mir lästig", sagte Ruthven und richtete seine Pistole auf Harry.

Tessa blieb vor Schock beinahe das Herz stehen. Sie musste handeln ... und zwar *jetzt*.

Sie nickte Alfred zu und zog ihren Dolch. Dann stürmte sie durch die Tür, zielte, und ließ ihre Klinge fliegen.

Ruthven stieß einen Schrei aus, als der kühle Stahl die Schulter seines Waffenarms durchbohrte. Er ließ die Pistole fallen, und Harry, der damit gerechnet hatte, schnappte sie sich. Fluchend versuchte der Graf, den Dolch zu fassen zu bekommen, doch Alfred war schneller und zog ihn mit einem unsanften Ruck aus der Wunde. Ruthven heulte vor Wut und Schmerz auf, als er sich der blutigen Klinge und dem Lauf seiner eigenen Waffe gegenübersah.

Swift Nick schnellte aus ihrer Tasche hervor und fauchte den Schurken feindselig an.

„Doolittle, seien Sie so gut und fesseln Sie ihn", sagte Harry, ohne die Pistole zu senken.

„Ihr seid tote Männer!", brüllte der Graf, während Alfred den Dolch wegsteckte und ein Seil aus seiner Umhängetasche zog. „Ihr alle! Meine Soldaten haben euch umzingelt ..."

„Wo ich schon dabei bin, werd ich dir besser auch das Maul stopfen. Das ist ja nicht zum Aushalten", murmelte Alfred und legte Ruthven einen Knebel um.

Tessa rannte auf Harry zu. „Geht es dir gut?"

„Du solltest doch auf dem Boot bleiben", erwiderte dieser und fügte, an Swift Nick gewandt, hinzu: „Und du auch."

Das Frettchen legte unschuldig den Kopf schief.

„Das tut jetzt nichts zur Sache", wiegelte Tessa ab. „Wir müssen die anderen befreien. Wo sind die Schlüssel?"

„Hier." Alfred nahm Ruthven den Bund ab und warf ihn ihr zu.

Harry fing ihn auf, steckte seine Pistole weg und öffnete die Zelle.

Kaum war ihr Großvater herausgetreten, warf Tessa sich ihm in die Arme. „Oh, Großpapa!"

„Später, meine mutige Tessie", murmelte er. „Jetzt ist nicht der richtige Zeitpunkt."

„Stimmt", erwiderte sie mit zitternder Stimme. „Mama könnte sich in ihrer Gewalt befinden ..."

Sie wurde von Harry unterbrochen, der laut fluchte. Im selben Moment ertönte die kühle, ruhige Stimme ihres Vaters: „Tritt zurück, Tessa."

Schockiert wirbelte sie zu ihm herum. Er musste sich beim Verlassen der Zelle unbemerkt die Pistole geangelt haben und hielt diese nun auf seinen Schwiegervater gerichtet.

„Wenn irgendwer auch nur mit der Wimper zuckt, wird Black sterben."

„Was soll der Unsinn, Todd?", knurrte Großpapa.

„Ich bin dein ewiges Wutgebrüll leid, alter Mann. Außerdem wär ich wegen dir fast draufgegangen! Aber nun hat das Blatt sich gewendet", prahlte ihr Vater. „Jetzt habe ich die Macht!"

„Vater", rief Tessa ihm flehentlich zu.

Swift Nick, der auf ihrer Schulter kauerte, bleckte fauchend die Zähne.

„Halt den Rand", zischte er. „Und jetzt lasst alle brav die Waffen fallen, aber dalli! Sonst knall ich Black ab."

Widerwillig folgten Harry und Alfred seinem Befehl.

„Du auch, Tessa", drängte ihr Vater.

Mit zitternder Hand warf sie ihm ihren letzten Dolch vor die Füße.

„Rein da", sagte er zu Harry und deutete auf die Zelle. „Du auch, Doolittle."

Als keiner von beiden sich bewegte, entsicherte er die Waffe. „Los, sonst stirbt der Alte."

„Bitte, Harry, tu es einfach", flehte Tessa ihren Liebhaber verzweifelt an, als sie den Zwiespalt in seinem Blick bemerkte.

Langsam bewegte er sich in das Gefängnis hinein, dicht gefolgt von Alfred.

Swift Nick fauchte erneut … und bevor Tessa wusste, wie ihr geschah, hatte ihr Vater das Frettchen gepackt und es mit solcher Wucht in die Zelle geschleudert, dass es an den hinteren Eisenstäben abprallte und mit einem kläglichen Fiepen zu Boden fiel.

Harry eilte zu Nick hinüber und hob ihn vorsichtig in seine Arme, während Malcolm die Tür zusperrte.

„Ich tu das alles für uns, Tessa. Sobald ich den Mistkerl hier los bin, werde ich zum König ernannt", sagte er mit einem entrückten Gesichtsausdruck und einem gierigen Funkeln in den Augen, das ihn wie einen völlig Fremden wirken ließ. „Wenn ich erst einmal an der Macht bin, haben wir mehr Kohle, als du dir in deinen wildesten Träumen vorstellen kannst!"

„Das Geld ist mir völlig egal", erwiderte sie mit erstickter Stimme. „Bitte hör auf damit."

Langsam umrundete er Großpapa, die Pistole stetig auf dessen Brust gerichtet. „Pass auf, wir machen Folgendes: Ich knall ihn ab, und dann sagen wir, O'Toole wär's gewesen und ich hätte den Mistkerl aus Rache getötet. So werde ich in aller Augen zum Helden und jeder wird zustimmen, dass ich Blacks Nachfolge antreten soll", erklärte er mit einem begeisterten Lachen.

„Nein, auf keinen Fall. Du weißt genauso gut wie ich, dass das nicht richtig wäre", entgegnete sie verzweifelt.

„Wenn ich erst Mal König bin, kann ich dir jeden Wunsch

erfüllen. Meinetwegen darfst du sogar diesen Bastard hier heiraten", fügte er mit einem Kopfnicken in Harrys Richtung hinzu. „Du musst lediglich meine Version der Geschichte bestätigen, Tessa."

„Sie wird niemals für dich lügen, du Dreckskerl", knurrte Harry und rüttelte an den Gitterstäben. „Ebenso wenig wie ich."

Tessa warf ihrem Auserwählten einen dankbaren Blick zu.

„Ich liebe dich", entfuhr es ihr, bevor sie darüber nachdenken konnte.

„Und ich liebe dich." Die glühende Loyalität in seinen Augen erfüllte sie mit Zuversicht und Wärme.

„Deine Entscheidung, Bennett. Tote reden nicht." Malcolm Todds finsteres Lächeln erstickte den Keim der Hoffnung in ihrem Herzen.

Dieser Mann mochte ihr das Leben geschenkt haben, aber das bedeutete noch lange nicht, dass sie eine Familie waren.

„Also, was sagst du, Tessa?", wandte er sich ungeduldig an sie. „Wenn du auf meiner Seite bist, dann verschwinde jetzt, während ich mich hier um den Rest kümmere."

„Ich gehe nirgendwohin. Und lügen werde ich auch nicht." Hoch erhobenen Hauptes trat sie vor ihren Großvater.

„Verschwinde, Tessie", sagte dieser in schwermütigem Tonfall. „Ich hab dich nie zu etwas gezwungen, aber diesmal spreche ich ein Machtwort. *Hau ab!*"

„Auf keinen Fall", erwiderte sie, ohne den Blick von Malcolm abzuwenden. „Ich bin eine Black. Wenn du Großpapa umbringen willst, musst du zuerst mich aus dem Weg schaffen."

Sie ignorierte Harrys verzweifelte Rufe hinter sich, während sie auf die Reaktion ihres Vaters wartete.

Dieser runzelte die Stirn, bevor er eine undurchdringliche Miene aufsetzte. „Wie du willst."

Er richtete die Pistole auf sie. Tessa zwang sich, ihrem

Schicksal furchtlos entgegenzublicken, als ein ohrenbetäubender Knall die Luft zerriss.

Zu sterben war gar nicht so furchtbar, wie sie immer gedacht hatte. Ihre Ohren schrillten zwar ein wenig, und sie spürte, wie sich ein kribbelndes Taubheitsgefühl in ihrem Körper ausbreitete, aber es tat nicht weh. Sie kam sich leicht und schwerelos vor, wie eine Feder.

Dann hörte sie ein Keuchen, nur kam es nicht von ihr, sondern von ... Todd? Plötzlich bemerkte sie den roten Fleck auf seiner Brust.

Im nächsten Augenblick fiel er zu Boden.

Wie gelähmt stand sie da und sah zu, wie ihr Großvater sich bückte, um die Pistole aufzuheben.

„Ist er tot?", fragte eine leise Stimme ... War das etwa ihre *Mutter?*

Verwirrt blickte sie zur Tür hinüber. Tatsächlich, dort stand Mavis, eine rauchende Waffe in der ausgestreckten Hand haltend.

„Noch nicht", erwiderte Großpapa. „Bleib zurück, mein Goldstück, ich mache ihn kalt."

„Nein." Mama steuerte entschlossen auf ihren reglos daliegenden Gemahl zu. „Ich will ihm in die Augen sehen."

„*Du?*", japste Todd, als er sie erblickte. „D-du ... hast mich erschossen ...?"

„Niemand fügt meiner Familie ungestraft Schaden zu", sagte sie ruhig.

Mit weit aufgerissenen Augen starrte er sie an, bis er einen letzten, erstickten Laut von sich gab und sein Kopf schlaff zur Seite rollte.

Tessa stand nach wie vor reglos da und betrachtete den Mann, dessen Blut in ihren Adern floss ... und der bereit gewesen war, dieses Blut zu vergießen. Der aufgrund seiner Habgier nun tot vor ihr lag.

Das Seltsame war ... sie empfand bei diesem Anblick rein gar nichts.

Mit halbem Ohr hörte sie, wie die Zellentür aufflog, und wenige Sekunden später spürte sie Harrys starke Arme um sich, seine Wärme, die sie einhüllte und ihre Lebensgeister weckte. Sie atmete tief durch und schmiegte sich fest an ihn, während er ihr beruhigende Worte zuflüsterte. Dann fühlte sie ein vertrautes Kratzen an ihrem Bein und entlang ihres Arms, als Swift Nick sich seinen Weg auf ihre Schulter bahnte und sich in ihre Halsbeuge kuschelte. Unvermittelt traten ihr die Tränen in die Augen.

„Es ist noch nicht vorbei", sagte ihr Großvater in eindringlichem Tonfall. „Wir müssen ..."

Doch er wurde von donnernden Schritten unterbrochen.

Harry stellte sich schützend vor Tessa, als eine große Gestalt in den Raum gestürmt kam.

„Gütiger Himmel!" Ambrose Kent ließ den Blick verblüfft über die Gefallenen sowie den gefesselten und geknebelten Ruthven wandern. „Was um alles in der Welt ist denn hier passiert?"

Eine Stunde später stand Tessa an Deck des Bootes, mit dem sie hergekommen waren. In den frühen Morgenstunden verschmolzen das Wasser und der Himmel zu einer dunklen, ebenmäßigen Fläche. Aus dem Augenwinkel beobachtete sie, wie Harry sich mit seinem Vorgesetzten unterhielt. Obwohl Inspector Davies sich ihr gegenüber nicht sonderlich freundlich verhalten hatte, stand sie dennoch in seiner Schuld. Immerhin hatte der ernsthafte Gesetzeshüter ihnen dabei geholfen, den Feind zu besiegen. Seine Männer und ihre Truppen waren gerade dabei, die bezwungenen Gegner einzusammeln und in Gewahrsam zu nehmen.

Sie konnte zwar nicht hören, was Harry mit ihm besprach, aber bevor der Inspector in seine eigene Schute stieg und davonfuhr, klopfte er seinem Untergebenen zum Abschied freundschaftlich auf die Schulter.

Als ihr Liebhaber nun auf sie zukam, schlug ihr das Herz bei seinem Anblick bis zum Halse. Er war alles, was sie sich je erträumt hatte. Aber gerade, *weil* sie ihn so sehr liebte, musste sie ihn gehen lassen.

„Wie ist es mit Davies gelaufen?", erkundigte sie sich.

„Er hat mir eine Beförderung mitsamt Lohnerhöhung angeboten", erwiderte Harry wie betäubt. „Und er hat mir sogar verziehen, dass ich ihn kurzzeitig für einen Verdächtigen hielt."

Tu es jetzt. Je länger du wartest, desto schwieriger wird es.

„Du musst mich nicht heiraten!", platzte sie heraus.

Er blinzelte verwirrt. „Wie bitte?"

„Ich weiß, dass du mir gegenüber das Richtige tun willst. Aber wir sind einfach zu verschieden." Schweren Herzens zwang sie sich, ihre einstudierten Worte auszusprechen. „Wir kommen aus völlig unterschiedlichen Welten. Du sehnst dich danach, ein ehrbares Leben zu führen, und das wirst du auch, sobald die Wahrheit über De Witt und deine Heldentaten ans Licht kommt. Der *ton* wird dich verehren. Aber wenn du akzeptiert werden willst, kannst du unmöglich mit einer Frau wie mir verheiratet sein." Sie hielt inne und holte tief Luft, bevor sie ihrem Herzen den letzten Todesstoß versetzte. „Ich entbinde dich hiermit offiziell von deiner Verpflichtung."

Sie konnte es kaum ertragen, seinem warmen, offenen Blick standzuhalten, während sie auf seine Antwort wartete. Hoffentlich verließ sie nicht der Mut, bevor diese Angelegenheit durchgestanden war.

Er runzelte die Stirn. „Liebst du mich, Tessa?"

Verflucht noch mal. Warum macht er es mir so unnötig schwer?

Doch sie konnte ihn unmöglich anlügen. „Ja, das tue ich, und ich weiß, dass du mich ebenfalls liebst. Aber was, wenn das nicht ausreicht? Sieh doch nur, was mit meinen Großeltern geschehen ist. Großmutter hat ihre Familie verloren, und Großpapa wurde aufgrund seiner Liebe zu ihr beinahe völlig zerstört. Ich werde nicht zulassen, dass du meinetwegen ein solches Opfer bringst. Und um ganz ehrlich zu sein ... Ich wäre nicht glücklich, wenn ich meiner Welt und meiner Familie den Rücken kehren müsste, um mit dir zusammen sein zu können.“

„Ich habe die Beförderung abgelehnt und Davies gerade über meine Kündigung informiert.“

Völlig verdattert starrte sie ihn an. „Oh, Harry, das darfst du nicht tun! Nicht meinetwegen ...“

„Ich habe es für *mich* getan.“ Zärtlich legte er ihr die Hände an die Wangen, und sie erbebte vor Sehnsucht, als sie seine warme, schwielige Haut an der ihren spürte. „Du bist alles, was ich will, Tessa. Du bist der Sinn meines Lebens, nach dem ich so lange gesucht habe. Um die Zukunft mache ich mir keine Sorgen, ich finde schon irgendwo eine Anstellung. Und um ehrlich zu sein, gilt meine wahre Leidenschaft der Forschung, nicht der Polizeiarbeit. Aber dich ... dich gibt es nur einmal. Du bist mein Licht, mein Fels ... meine große Liebe.“

Sie ließ den Tränen, die ihr in die Augen stiegen, freien Lauf.

„Ich liebe dich so sehr“, flüsterte sie mit erstickter Stimme. „Und ich will alles tun, um die Frau deiner Träume zu sein, mich deiner würdig zu erweisen ...“

Er brachte sie mit einem langen, innigen Kuss zum Schweigen, der auch den letzten ihrer Zweifel verfliegen ließ. Seine Wärme und unumstößliche Loyalität gaben ihr den Glauben daran zurück, dass die Liebe sämtliche Hürden zu überwinden vermochte.

Als sie sich nach einer gefühlten Ewigkeit voneinander lösten und sie die Augen öffnete, raubte der Anblick, der sich ihr bot, ihr den Atem. Hinter Harry war die Sonne aufgegangen und tauchte den Himmel in ein Meer aus schwindelerregenden Farben. Sein Haar glänzte im ersten Licht des Tages und seine braunen Augen leuchteten, während er ihr ein liebevolles Lächeln schenkte.

Überglücklich, mit einem Herz voll Hoffnung, erwiderte sie es.

Kapitel Vierzig

Drei Tage später

„Du läufst noch ein Loch in den Teppich, wenn du weiter so herumtigerst", beschwerte ihre Mutter sich.

„Warum dauert das denn so lange?", murmelte Tessa ungehalten. „Harry und Großpapa haben sich seit über einer Stunde im Arbeitszimmer verschanzt."

„Es gibt eben einiges zu klären. Eine Ehe betrifft nicht nur zwei Menschen, weißt du?"

Als sie das leichte Zittern in der Stimme ihrer Mutter hörte, hielt sie inne und ließ sich neben ihr auf dem Sofa nieder.

„Geht es dir gut?", fragte sie leise.

„Wie ich dir bereits vor einer Viertelstunde versichert habe: *ja*. Glaube mir, Liebes." Mavis lächelte sie matt an.

„Aber du hast, äh ... gerade deinen Ehemann verloren." Sie wusste nicht, wie sie es zartfühliger hätte ausdrücken können.

„Und du deinen Vater." Mama strich sich den schwarzen Seidenrock glatt und vermied es, Tessa direkt anzusehen. „*Ich* habe ihn dir genommen."

Sie blinzelte überrascht. Fühlte ihre Mutter sich etwa schuldig? Das konnte nicht sein.

„Er mag mich gezeugt haben, aber deswegen war er noch lange kein Vater. Ich habe nur ein wahres Elternteil ... und zwar diejenige, die mir das Leben rettete. *Du* hast mich beschützt, als Malcolm Todd mich und Großpapa töten wollte. *Du* bist meine Familie, Mama", sagte sie mit vor Emotionen zitternder Stimme.

„Ich liebe dich Tessa." Eine einzelne Träne rann über Mavis' blasse Wange. „Gott, ich hatte solche Angst, dass du mich hassen würdest, nachdem der erste Schock verflogen war ..."

„Das könnte ich niemals!" Zärtlich lehnte sie ihre Stirn gegen die ihrer Mutter. „Keiner von uns wird es leichtfallen, das Geschehene zu verarbeiten, aber wir haben einander, und nur das zählt. Gemeinsam werden wir es schon schaffen."

Lange Zeit hielten sie einander an den Händen und ließen ihren Tränen freien Lauf, bis Großpapas Stimme von der Tür her ertönte. „Was habe ich euch schon tausendmal über Blacks und Rumheulen gesagt?"

Hastig wischte Tessa sich übers Gesicht und erhob sich, um ihn mit einem Kuss zu begrüßen, bevor er sich auf dem frei gewordenen Platz neben seiner Tochter niederließ. Sie ging hinüber zu Harry, der ihr einen Finger unters Kinn legte und sie besorgt musterte.

„Es geht mir gut", flüsterte sie. „Wie ist es da drin gelaufen?"

Statt einer Antwort lächelte er breit und legte ihr einen Arm um die Taille.

Erleichtert schmiegte sie sich an ihn.

Großpapa reichte Mavis sein Taschentuch.

„Tut mir leid, dass ich dir das alles angetan hab, mein Goldstück", sagte er schroff.

„Du hast dir nichts zuschulden kommen lassen", erwiderte Mama und schnäuzte sich kräftig, bevor sie die Schultern straffte. „Wir Blacks halten immer zusammen. Ich habe nichts für dich getan, das du nicht auch schon für mich getan hättest."

Bevor Tessa hinter die Bedeutung ihrer Worte kommen konnte, räusperte ihr Großvater sich. „Wo wir gerade von Familie sprechen ... Warum heißt du nicht unser neuestes Mitglied willkommen?"

Gesagt, getan. Sie ließen Champagner bringen und prosteten sich ausgelassen zu.

„Jetzt, da die Gefahr gebannt ist, gibt es viel zu tun", verkündete Großpapa nach einer Weile mit ernster Miene. „Und ich brauche alle Mann an Deck. Ich erwarte, dass du uns dabei hilfst, die Unterwelt wiederaufzubauen, Sohn."

Tessa war überglücklich zu hören, wie bereitwillig ihr Großvater Harry akzeptiert hatte. Erwartungsvoll sah sie ihren Verlobten an.

„Es wäre mir eine Ehre, Sir", erwiderte dieser aufrichtig.

Sie strahlte über das ganze Gesicht.

„Was ist denn los, Fräulein? Willst du mir deine Unterstützung etwa nicht anbieten? Sonst bist du mir deswegen doch jeden Tag in den Ohren gelegen, aber jetzt, wo ich dich wirklich brauche, stehst du nur rum und grinst wie'n Honigkuchenpferd."

Einen Augenblick lang starrte sie ihren Großvater wie betäubt an, bevor sie die liebevolle Anerkennung in seinen dunklen Augen registrierte und herausplatzte: „Das Haus Black kann sich auf mich verlassen!"

„Das hat es schon immer, Tessie."

Er küsste sie sanft auf die Stirn und verkündete anschließend, dass es an der Zeit sei, dem zukünftigen Ehepaar ein wenig traute Zweisamkeit zu gönnen. Er begleitete Mavis zur Tür, blieb aber kurz, bevor er das Zimmer verließ, noch einmal vor dem Porträt seiner Gemahlin stehen und betrachtete es schweigend. Ein kleines Lächeln umspielte seine Lippen ... ein

Lächeln, das Tessa schier das Herz zerriss. Es zeugte von einer Liebe, die trotz unaussprechlicher Verluste ewig währen würde.

Sie spürte, wie ihr abermals die Tränen in die Augen stiegen.

„Meine Verlobte scheint eine undichte Stelle zu haben. Ständig tritt irgendwo Wasser aus."

Harrys neckende Worte entlockten ihr ein undamenhaftes Prusten. „Von wegen! Wir Blacks weinen nicht. Was hat euch beide eigentlich so lang im Arbeitszimmer aufgehalten? Hat Großpapa dir Ärger bereitet? Wenn ja, dann werde ich ..."

„Er hat meinen Antrag sofort akzeptiert", unterbrach Harry sie mit einem schiefen Lächeln. „Angeblich hat er schon seit Langem ein Bündnis mit meiner Familie angestrebt."

„Was? Aber warum wollte er mich dann dazu drängen, Ransom zu heiraten?"

„Kannst du dir das nicht denken?"

„Weil er wusste, dass ich mich gegen den Herzog entscheiden würde, je mehr er darauf beharrte!", rief sie aus und stemmte die Hände in die Hüften. „Oh, dieser durchtriebene, alte Schuft!"

„Gefällt dir etwa nicht, wie die Dinge sich entwickelt haben?"

Natürlich war sie zufrieden, aber sie konnte ihm ja schlecht auf die Nase binden, dass es ihr gefiel, hinters Licht geführt zu werden. „Wenn er dich unbedingt als seinen Schwiegersohn haben wollte, worüber habt ihr dann sonst so lang gesprochen?"

„Es gab einiges zu klären."

„Was denn?"

„Er wollte, dass ich ein Treffen mit Davies für ihn arrangiere", erklärte Harry mit einem amüsierten Blick. „Damit er sich beim Inspector bedanken kann."

„Ich kann nicht glauben, dass wir in der Schuld der Polizeibehörde stehen", murmelte sie.

„Sie haben Seite an Seite mit uns gekämpft, mein Herz. Und sie sorgen dafür, dass sämtliche Bestände der Höllenfeuer-Sprengsätze vernichtet werden."

„Mit *deiner* Hilfe. Du bist derjenige, der die ganze Arbeit leistet."

Harry hatte während der letzten Tage unermüdlich daran getüftelt, einen Weg zu finden, die gefährliche Substanz auf sichere Weise zu entsorgen. Er hatte sich ein neues Labor aufgebaut und führte eifrig Experimente durch. Tessa musste bei dem Gedanken ein Lächeln unterdrücken. Sie liebte es, ihren Professor bei der Arbeit zu beobachten.

„Ist das alles, worüber ihr geredet habt?", fragte sie und spielte an einem der Knöpfe seines Gehrocks herum.

„Wir haben auch darüber diskutiert, was wir wegen Ransom unternehmen sollen."

Als sie die angespannten Muskeln in seinem Kiefer sah, erwiderte sie leise: „Lass es gut sein. Mir ist nichts geschehen, und außerdem hat der Herzog die Stadt aufgrund seiner Schulden verlassen. Sollen die Geldeintreiber sich um ihn kümmern."

„Wenn ich nur daran denke, wie er dich entführt hat und dich zwingen wollte, ihn zu heiraten ..."

„Ganz so war es nicht", murmelte sie, fügte jedoch, als sie seinen finsteren Blick bemerkte, hastig hinzu: „Ich meine, es ist nichts zwischen uns geschehen. Und außerdem war es kinderleicht, aus seinem Anwesen zu entkommen ..."

„Die Erinnerung daran, dich fünf Meter über dem Boden in der Luft hängen zu sehen, hilft deinem Argument nicht gerade."

Sie wollte nicht, dass er Ransom ihretwegen verprügelte und anschließend die Konsequenzen tragen musste. Außerdem glaubte sie nach wie vor nicht, dass der Herzog ein übler Kerl war, sondern vielmehr ein Opportunist. Und das perfekte Opfer für einen ihrer aufwendigeren Streiche.

„Warum überlässt du Ransom nicht mir?", schlug sie vor. „Ich setzte ihn auf meine Liste der Vergeltung."

Er verschränkte die Arme vor der Brust und musterte sie mit hochgezogenen Brauen. „Auf keinen Fall. Wenn man bedenkt, wie du an *mir* Vergeltung geübt hast, wirst du nie wieder einen anderen Mann auf diese Liste setzen."

Sein besitzergreifender Tonfall und die heißen Erinnerungen, die seine Worte in ihr weckten, ließen ihr Herz höherschlagen.

Bevor sie etwas erwidern konnte, rief er ihr eine weitere Erinnerung ins Gedächtnis, als er vor ihr auf die Knie ging und ihre linke Hand in die seine nahm.

„In diesem Sinne sollte ich es wohl besser offiziell machen." Er hielt inne und räusperte sich. „Tessa Black-Todd, Tochter aus dem Hause Black, Mutter der Frettchen, Liebe meines Lebens ... würdest du mir die Ehre erweisen, meine Frau zu werden?"

Sie lachte verzückt auf. „Ja. *Ja!*"

Behutsam schob er ihr einen schlichten Goldring auf den Finger, auf dem ein außergewöhnlich feuriger Opal funkelte.

„Oh, Harry, er ist *wunderschön*." Hingerissen betrachtete sie ihre Hand aus sämtlichen Blickwinkeln.

„Er gehörte meiner Mutter", erklärte er und erhob sich. Zärtlich strich er ihr über die Wange und sah ihr tief in die Augen. „Sie hätte dich mit Freuden in den Schoß unserer Familie aufgenommen. Nun werden meine Schwestern es an ihrer statt tun. Sie können es kaum erwarten."

Als Tessa in sein vertrautes, attraktives Gesicht blickte, wusste sie, dass sie endlich am Ziel ihrer Träume angekommen war. Mit diesem Mann an ihrer Seite würde sie sich furchtlos allen Hürden stellen, die ihre Zukunft für sie bereithielt, denn ihre Liebe war stärker als alles Leid der Welt.

Eine Liebe für die Ewigkeit.

„Ich liebe dich", flüsterte sie.

„Und ich dich."

Ihre Lippen vereinten sich zu einem langen, leidenschaftlichen Kuss. Als sie sich endlich wieder voneinander lösten, waren sie beide atemlos und spürbar erregt. Tessa konnte sich ein Kichern nicht verkneifen.

„Was ist denn so lustig, mein Herz?", murmelte er.

„Ach, ich musste gerade nur daran denken, dass Severin Knight sich hinsichtlich unserer Partnerschaft geirrt hat."

„Inwiefern?", fragte er und ließ seinen Daumen über ihre Unterlippe gleiten.

„Offensichtlich bin ich diejenige, die mit Logik zu überzeugen versucht", erklärte sie spitzbübisch, „während du ..."

„Stopp!", stöhnte er, als er erkannte, worauf sie hinauswollte.

„... den großen *Knüppel* schwingst."

Gleichzeitig brachen sie in lautes Gelächter aus, beschwingt vom Glück der Gegenwart und den Aussichten auf die Zukunft.

Noch bevor das Echo ihrer unbeschwerten Heiterkeit verklungen war, verschmolzen ihre Lippen erneut zu einem zärtlichen Kuss.

Epilog

„Harry... Wir kommen noch zu spät ... *Ah!*“

Da seine Frau sich splitternackt und genüsslich unter seinen Liebkosungen wand, während er
sie gegen die Wand ihres lichtdurchfluteten Ankleidezimmers
nahm, schien sie Harrys Ansicht nach nicht wirklich besorgt zu
sein, was ihre Unpünktlichkeit betraf. Er vergrub die Finger in
ihren Hüften und hob sie leicht an, nur um sie anschließend
schwungvoll zurück auf seinen harten Schaft zu drücken. Ihre
Scheidenmuskeln zogen sich um ihn zusammen, und das
Gefühl ihrer feuchten Hitze um ihn jagte ihm einen lustvollen
Schauer über den Rücken.

„Dann musst du eben ein wenig schneller kommen“,
knurrte er.

Sie bedachte ihn mit einem glühenden Blick. „Bin ich
längst“, gab sie keck zurück.

Verdammt noch mal, sie war einfach unersättlich. Und sie
gehörte ihm, mit Herz und Seele.

Der Gedanke ließ sein eigenes Herz höherschlagen und
seinen Schwanz pulsieren. Er liebte es, sie ihm Stehen zu
nehmen, sich wieder und wieder in ihr zu vergraben, während

er sie in der Luft hielt, als wäre sie leicht wie eine Feder. Genüsslich vergrub er die Finger in ihren seidigen Locken und presste seine Lippen auf die ihren. Sie erwiderte den Kuss mit ebenbürtigem Enthusiasmus und rollte ihre Hüften den Stößen seiner eigenen entgegen. Er drang so tief es ging in sie ein, verzweifelt bemüht, ihr so nahe zu sein, wie es menschenmöglich war, nicht nur körperlich, sondern auch im Geiste verbunden.

Bald schon spürte er, wie seine Hoden sich zusammenzogen, und er wusste, dass er nicht mehr lange würde an sich halten können.

„Hilf mir, mein Herz", keuchte er. „Spiel mit deiner Perle und komm für mich."

Mit hochroten Wangen folgte sie seiner Aufforderung und ließ eine Hand zwischen ihre schweißnassen Körper gleiten. Halb von Sinnen vor Lust beobachtete er, wie ihre eleganten Finger über ihre krausen, dunklen Locken streiften und ihre intimste Stelle liebkosten, während sein dicker, glänzender Schaft immer härter und schneller zwischen ihren geschwollenen Schamlippen verschwand. Der Anblick war so erotisch, dass er unaufhaltsam seinem Höhepunkt entgegenraste ... ebenso wie sie.

Tessa stieß einen atemlosen Schrei aus, während ihre Pussy sich heftig um seinen pulsierenden Schwanz zusammenzog und mit ihrem Nektar benetzte. Er stieß noch ein- zweimal in sie hinein, bevor er sich mit einem kehligen Stöhnen in sie ergoss und sich den nicht enden wollenden Wogen der Befriedigung hingab.

Das Gesicht in ihrer Halsbeuge vergraben, versuchte er, wieder zu Atem zu kommen.

„Jetzt, da wir mein Ankleidezimmer gebührend eingeweiht haben", flüsterte sie ihm ins Ohr, „sollten wir uns als Nächstes vielleicht deines vornehmen. Was meinst du?"

Er lachte leise auf. „Du musst mir schon ein wenig Zeit geben bis zur nächsten Runde, du unersättliches Biest", erwiderte er, bevor er sich widerwillig aus ihr zurückzog und sie sanft auf dem Boden absetzte. „Und wenn du vorhast, jedes Zimmer in diesem Haus *einzuweihen*, muss ich mich ziemlich ranhalten."

„Großpapa hat es wirklich etwas übertrieben", murmelte sie.

Als Hochzeitsgeschenk hatte Bartholomew Black ihnen dieses prunkvolle Stadthaus in Mayfair gekauft. Am bemerkenswertesten waren jedoch nicht die unzähligen Räume, sondern vielmehr die enorme Größe des Kinderzimmers.

„Sagen wir einfach, sein Wink mit dem Zaunpfahl war nicht gerade diskret", erwiderte Harry trocken.

Er half seiner Frau in ihren Morgenmantel, bevor er seinen eigenen überzog. Anschließend holte er seine neue Uhr aus einer der Taschen und ließ die Finger mit einem verstohlenen Lächeln über die Gravur auf der Rückseite gleiten. Tessa hatte ihm das Schmuckstück eine Woche zuvor geschenkt, nachdem er erneut in der Royal Society aufgenommen worden war. Als herauskam, wie er dem betrügerischen De Witt das Handwerk gelegt hatte, war sein guter Ruf im Handumdrehen wiederhergestellt.

Zudem hatte die Royal Society ihm eine Auszeichnung für seine wissenschaftlichen Verdienste bei der Entwicklung sicherer Umgangsformen mit explosiven Materialien verliehen. Doch so sehr er sich über die Verwirklichung seiner akademischen Träume auch freute, ließen sie sich nicht mit der weitaus größeren Ehre vergleichen, die ihm zuteil geworden war.

Die Inschrift auf der Rückseite seiner Uhr fasste diese perfekt zusammen: *Für meinen Ehemann, den Professor der Liebe.*

Es gab keinen anderen Titel auf der Welt, den er mit größerem Stolz tragen wollte.

„Harry, ich bin überfällig."

„Keine Sorge, bis zur Zeremonie ist es noch über eine Stunde hin", erwiderte er lächelnd. „Wir schaffen es schon rechtzeitig."

„Das meinte ich damit nicht."

Es dauerte ein paar Sekunden, bis ihm die Bedeutung ihrer Worte bewusst wurde. Dann starrte er sie wie vom Donner gerührt an.

Ihre Wangen waren rosig, und ihre Augen funkelten. „Darf ich den Namen auswählen, wenn es ein Junge wird?"

„Was immer du willst", stammelte er, bevor er ihre Hände ergriff und jeden ihrer Finger nacheinander küsste. Er war so von seinen Gefühlen überwältigt, dass er nicht wusste, wie er sie zum Ausdruck bringen sollte. Aber das war schon in Ordnung. Er vertraute darauf, dass Tessa stets gut auf sein Herz achtgeben würde.

Als Tessa das Nightingale's betrat, verspürte sie einen seltsamen Anflug von Nervosität.

Kurze Zeit nach dem Höllenfeuer-Anschlag hatte Großpapa den Wiederaufbau seines geliebten Kaffeehauses finanziert, und obwohl die neue Innenausstattung sich kaum von der alten unterschied, gab es ein paar bedeutende Veränderungen. Zum Beispiel hielt er seine geschäftlichen Treffen nicht länger in seiner gewohnten Nische ab, sondern in einem separaten Büro, das am rückwärtigen Teil des Gebäudes angebaut worden war.

„Es wird alles gut gehen", flüsterte Harry ihr zu, während sie sich dem neuen Arbeitszimmer näherten.

Der verständnisvolle Ausdruck in seinen warmen, braunen Augen rührte sie zutiefst. Mit jedem Tag, der verging, wuchs die intime Bindung zwischen ihnen, und manchmal kam es ihr so vor, als könnten sie die Gedanken des jeweils anderen lesen.

„Ich hoffe, sie akzeptieren mich", flüsterte sie zurück.

„Wie sollte es anders sein? Du bist die treibende Kraft hinter dem Wiederaufbau der Londoner Unterwelt."

Sein unerschütterliches Vertrauen in sie schmeichelte ihr. „Ich hätte es nicht ohne dich geschafft."

In diesem Moment steckte Swift Nick den Kopf aus ... Harrys Jackentasche. Da Tessa an diesem besonderen Tag so souverän wie möglich aussehen wollte, hatte sie ein perfekt sitzendes, kirschrotes Kleid gewählt, das leider keinen zusätzlichen Platz für ein Frettchen bot. Glücklicherweise hatte Nick sich schnell an sein neues Herrchen gewöhnt.

„Wünsch mir Glück, Kleiner", murmelte sie ihrem pelzigen Begleiter zu.

Das Frettchen stieß einen zufriedenen Laut aus, als sie ihm über den Kopf streichelte, und verschwand anschließend zurück in Harrys Tasche.

Gemeinsam mit ihrem unverschämt gut aussehenden Ehemann trat sie vor die große Eichentür, die von zwei Lakaien bewacht wurde. Die beiden Männer verneigten sich tief vor ihnen.

„Bereit, mein Herz?", fragte Harry.

Sie ergriff seine Hand und verflocht ihre Finger mit den seinen.

„Bereit, Professor", erwiderte sie.

Dann holte sie tief Luft und nickte den Wachen zu. Sie öffneten ihr die Tür, und Tessa betrat den prunkvoll eingerichteten Raum. Ein riesiger Kronleuchter hing über einem massiven, runden Tisch, um den die mächtigsten Männer der Unterwelt saßen, die sich bei ihrem Eintreten allesamt erhoben.

Manche von ihnen – einschließlich Garrity, Knight und dem Prinzen der Gassenjungen – verneigten sich, als sie an ihnen vorüberschritt.

Vor dem freien Platz neben ihrem Großvater hielt sie an.

Großpapa nickte Harry zu und ergriff anschließend die Hand seiner Enkelin. Für den Bruchteil einer Sekunde sah sie den unverhohlenen Stolz in seinen Augen, bevor er sich gemeinsam mit ihr den versammelten Gästen zuwandte und feierlich verkündete: „Lang lebe die Herzogin von Covent Garden!"

Einen Augenblick lang herrschte andächtiges Schweigen ... und dann hallten die Rufe bis unter die Decke wider.

„Lang lebe die Herzogin!"

Der Verlorene Schatz des Herzogs (Buch 2, Game of Dukes - Gefährliches Spiel)

Die Jagd nach einem legendären Schatz führt den Herzog von Ranelagh und Somerville geradewegs zu einer ehemaligen Bardame, die einst seine Geliebte war. Maggie Foley birgt ein lang gehütetes Geheimnis, das dem draufgängerischen Wüstling die Augen öffnet und den Weg zur Vergeltung weist. Gemeinsam müssen sie für ihre Zukunft kämpfen ... und für die ihrer Tochter. Doch das ist leichter gesagt als getan, denn gefährliche Feinde lauern hinter jeder Ecke! *Finalist des NECRWA Readers' Choice Award, des Golden Quill sowie des Maggie Award.*

Anmerkung der Autorin

Diejenigen unter Ihnen, die sich für geschichtliche Meilensteine im Bereich der Wissenschaft interessieren, haben vielleicht bemerkt, dass ich mir Harrys „Erfindung" von Christian Friedrich Schönbein (1799 – 1868) ausgeborgt habe. Schönbein war ein deutsch-schweizerischer Chemiker, der versehentlich einen Stoff entdeckte, den man zunächst als Schießbaumwolle bezeichnete und später als Nitrocellulose. Eigentlich machte er seine große Entdeckung erst 1845, also mehrere Jahre nach dem Zeitpunkt, zu dem Harrys Geschichte spielt, aber da es sich um ein fiktives Werk handelt, habe ich mir diesbezüglich ein paar künstlerische Freiheiten erlaubt. Außerdem wäre es gar nicht so abwegig gewesen, wenn Harry seine explosive Baumwolle bereits 1838 erfunden hätte, immerhin entwickelte der französische Wissenschaftler Braconnot 1832 aus Holzfasern und Salpetersäure ein explosives Material, das er „xyloïdine" nannte. Im Jahr 1838 gelang einem anderen französischen Chemiker namens Pelouze ein ähnlicher Durchbruch in Verbindung mit Papier und Pappe.

Danksagungen

Allen voran meinen LeserInnen: Danke für Ihre Unterstützung und Ihren Zuspruch. Ihre Nachrichten bedeuten mir die Welt. Viele von Ihnen waren traurig über das Ende der Kent-Saga, daher hoffe ich, dass Ihnen Harrys Geschichte und das Wiedersehen mit den Kent-Geschwistern umso mehr Freude bereiten konnte.

Meiner wundervollen Übersetzerin, Annika Mirwald: Danke, dass Du Dein Talent mit mir teilst und mir dabei hilfst, meine Geschichten der deutschsprachigen Leserschaft zugänglich zu machen. Danke auch an Ursula Mirwald für die großartige Arbeit als Korrektorin.

Meinen lieben Freunden und Freundinnen in der Autorenwelt: Ihr inspiriert mich und erinnert mich stets daran, wie viel Spaß das Schreiben doch macht!

Zu guter Letzt meiner Familie: Danke für Eure Unterstützung, Euer Verständnis und Eure Geduld während der Zeit, in der ich dieses Buch geschrieben habe. Ich liebe Euch.

Über die Autorin

Die internationale *USA-Today*-Bestsellerautorin Grace Callaway schreibt heiße, herzerwärmende, historische Liebesromane voller Spannung und Abenteuer. Ihr Debütroman schaffte es unter die Finalisten der Romance Writers of America®, Golden Heart® sowie auf Platz eins der National Regency Bestseller, und ihre weiterführenden Romane führen regelmäßig die nationalen und internationalen Bestsellerlisten an. Aktuell ist sie Gewinnerin des Daphne du Maurier Award for Excellence in Mystery and Suspense, des Maggie Award for Excellence in Historical Romance, des Golden Leaf sowie des Passionate Plume Award. Sie hat einen Doktorabschluss in klinischer Psychologie von der University of Michigan und lebt mit ihrer Familie und ihrem Adoptivhund in einem Tal nahe dem Meer. In ihrer Freizeit liebt sie es zu tanzen, in gemütlichen Restaurants zu essen und mit ihrem Sohn Abenteuer zu erleben, die auf dessen sonderpädagogische Bedürfnisse angepasst sind.

Erfahren Sie mehr über Grace:
Deutscher Newsletter:
https://gracecallaway.com/deutschernewsletter
Website: www.gracecallaway.com

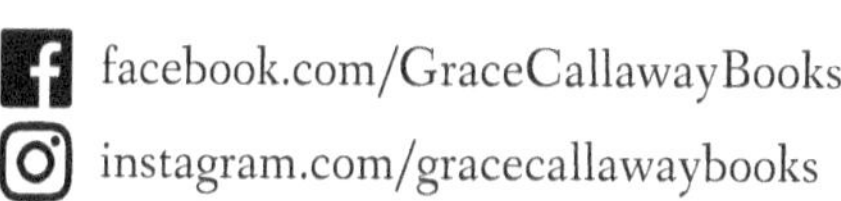

facebook.com/GraceCallawayBooks

instagram.com/gracecallawaybooks

9 781960 956019